Rizzoli best

Giampaolo Pansa

I vinti non dimenticano

Rizzoli

ISBN 978-88-17-04115-7

Prima edizione: ottobre 2010

I vinti non dimenticano

Nota al lettore

Come celebrare il 25 aprile?

La storia dal basso

I lettori troveranno in questo libro molti nomi di persone sconosciute. Donne e uomini privi di una storia pubblica, scomparsi senza lasciare traccia di sé. Sono persone uccise nel corso della nostra guerra civile. E quasi tutte schierate da una parte sola: quella fascista, raccolta sotto le bandiere della Repubblica sociale italiana, come militanti, combattenti, semplici simpatizzanti, o ritenuti tali da chi gli ha tolto la vita.

Ma i lettori dei *Vinti non dimenticano* leggeranno anche di tanti altri morti che non erano schierati con nessuno. Come i triestini, i goriziani e i fiumani deportati e fatti sparire dalle milizie comuniste jugoslave soltanto perché intendevano restare italiani. E come le molte migliaia di civili uccisi dai bombardamenti inglesi e americani, pure dopo l'armistizio e il passaggio dei Savoia e del maresciallo Pietro Badoglio nel campo degli Alleati.

Nei *Vinti non dimenticano* ho raccontato soprattutto di loro per una ragione di equità. Degli altri morti, quelli che appartenevano alla Resistenza o sono incappati nelle rappresaglie tedesche e fasciste, si è parlato e si è scritto moltissimo, per più di sessant'anni. Invece degli italiani caduti sul fronte dei vinti si è parlato e scritto sempre pochissimo. Ed era quasi fatale, anche se ingiusto, che fosse così.

La cultura dominante in Italia continua a essere quella dei vincitori, e dei vincitori rossi. Ai loro occhi gli sconfitti non esistono. Non devono parlare. Non devono scrivere. Non devono nemmeno ricordare. Ma non è possibile costringere tutti nella gabbia di ferro della dimenticanza e del silenzio. Anche perché la memoria non la si può imprigionare.

Libro dopo libro, ho imparato che i vinti non dimenticano. Lo stesso accade ai loro figli e ai loro nipoti. Adagio, con fatica e con dolore, ricordano e parlano. Accade quando incontrano qualcuno che non vuole espellerli dalla storia d'Italia. Ed è disposto ad ascoltarli. Come succede con me.

Tra i miei tanti punti deboli, posso vantare un punto di forza. Mi sono stancato di distinguere tra morti buoni e morti cattivi. Il mio revisionismo sta tutto qui. Ogni tanto incontro qualcuno che mi dice: il morto fascista era cattivo perché voleva la dittatura di Hitler. In quel caso replico: il morto comunista che voleva la dittatura di Stalin era buono, forse?

Starò diventando troppo anziano. Però mi rendo conto che dentro di me si fanno largo due convinzioni sempre più forti. La prima è che tutte le guerre sono un evento diabolico, non esiste una causa che renda giusto uccidere un essere umano. La seconda certezza è che a prevalere deve essere la pietà per chiunque sia morto in un conflitto armato.

La pietà è un sentimento indispensabile per chi scrive di storia. Aiuta a vedere le cose dal basso e non dall'alto. Obbliga a percorrere sentieri in apparenza secondari, ma che in realtà, tutti insieme, tracciano il percorso di una nazione. Cercare i nomi, le età, le professioni, le condizioni sociali, le circostanze della morte di tanti italiani ritenuti persone qualunque, consente di misurare sino in fondo l'enormità di quanto è accaduto durante una guerra civile.

Proprio il tentativo di guardare in basso mi ha rivelato la profonda diversità che esiste nel raccontare lo stesso fatto. Un conto è scrivere: nel tal giorno sono state uccise dai fascisti o dai partigiani dieci persone. Del tutto differente è narrare chi erano i fucilati, come si chiamavano, qual era stata la loro storia precedente, perché avevano concluso la vita di fronte a un plotone di esecuzione o in un eccidio nel corso di un'operazione militare.

Se poi lo sguardo si indirizza verso l'alto, verso i vertici politici e militari di un conflitto, scopri un modo nuovo di vedere le cose. Senza bavagli ideologici, sfuggendo alla retorica, evitando le trappole della storiografia dimezzata dalla faziosità. È un esercizio che ho tentato di fare a proposito del più forte tra i vincitori della guerra civile: i comunisti italiani e il loro partito, il Pci. Ecco il risultato delle mie riflessioni. Le trasferisco al lettore, nella speranza di aiutarlo a comprendere meglio il significato di questo libro.

Da Mosca alla Spagna e poi in Italia

Dalla sua fondazione nel 1921 in poi, il Partito comunista italiano è sempre stato una sezione, o una filiale, di un'impresa assai più grande: il Partito comunista sovietico.

Per decenni, tutte le fortune del Pci dipendono dall'aiuto di Mosca. I compagni sovietici assistono quelli italiani nel creare un minimo di difesa nei confronti del fascismo rampante di Benito Mussolini. Quando dirigenti, quadri e militanti sono costretti a espatriare, è l'Urss che finanzia il Centro estero del Pci, collocato a Parigi, e gli consente di vivere e di operare.

Ai quadri migliori viene offerto di trasferirsi a Mosca dove possono studiare nelle università riservate ai compagni stranieri. Molti di loro ricevono un'istruzione non soltanto politica, ma militare. E diventano agenti del Comintern, la Terza internazionale comunista, fondata nel 1919 da Lenin per esportare nel mondo la rivoluzione rossa.

Emerge in questo modo una generazione di dirigenti che, dopo la fine della seconda guerra mondiale, ritroveremo nei governi fantoccio dei paesi europei occupati dall'Armata sovietica. Oppure alla testa dei partiti comunisti in paesi democratici importanti, come la Francia e l'Italia. Palmiro Togliatti soggiorna per anni nella capitale sovietica. Va in Spagna come inviato del Comintern. Stalin lo vuole nella segreteria dell'Internazionale comunista. E sarà Stalin a decidere che toccherà a lui guidare il partito italiano.

La guerra civile in Spagna è la prova generale di quanto accadrà poi in Italia. Nella battaglia contro il nazionalismo fascista di Franco, troviamo migliaia di volontari comunisti accorsi da tutta l'Europa e da altri continenti. Stanno nelle Brigate internazionali e in totale saranno all'incirca 35 mila, con un altissimo numero di perdite: quasi 8 mila morti e oltre 9 mila feriti. Gli italiani arruolati in quelle brigate risulteranno fra i 3500 e i 4000, per due terzi comunisti. E lasceranno in Spagna almeno 600 caduti.

Sul fronte spagnolo fa la sua prova di comandante Luigi Longo, il dirigente comunista che nella guerra civile italiana guiderà le Brigate d'assalto Garibaldi. Nell'autunno del 1936, sta ad Albacete, una città della Mancia, la patria di Don Chisciotte. Qui hanno sede il centro reclute e il comando generale delle Brigate internazionali, entrambi con un'impronta politica sola: quella comunista.

Il numero uno del comando è il francese André Marty, un dirigente di 50 anni, corpulento, baffoni bianchi, un grande basco nero in testa. Deputato comunista all'Assemblea nazionale francese, è l'uomo di fiducia di Stalin in Spagna. Accanto a lui c'è Longo.

Nato nel 1900 a Fubine, in provincia di Alessandria,

Longo ha 36 anni. Le foto dell'epoca lo ritraggono magrissimo, un viso affilato e aspro, da contadino asciutto e teso. Se ne trovano tanti così dalle mie parti, tra i piccoli proprietari di un pezzo di terra, chiamati in dialetto piemontese "i particolar".

Marty è un cominternista fanatico, servile verso i sovietici, autoritario e iracondo, capace di vedere complotti dappertutto e incline a fucilare chiunque sia sospettato di essere nemico del comunismo. Lo scrittore americano Ernest Hemingway, che pure è un sostenitore della causa repubblicana, lo definirà "il macellaio di Albacete".

Longo, invece, si fa conoscere per doti opposte. È un comandante pratico, riflessivo, coraggioso e deciso senza essere un sanguinario. Ma è soprattutto un uomo speciale che sembra nato per quel tempo di ferro e di fuoco. Leo Valiani, uno dei fondatori del Partito d'Azione e poi storico di valore, lo descriverà così: "Longo ha il volto della sfinge, e di certo nessuno è capace di leggergli nei pensieri. Non tradisce mai un'emozione e tanto meno un dubbio. Appare come scolpito nella pietra. Un organizzatore eccezionale e un freddo ragionatore".

Anche Longo ha soggiornato a Mosca per due anni, dal 1933 al 1935. In Spagna ci è andato con la moglie Teresa Noce, una coetanea che da ragazza è stata stiratrice e sarta, poi dirigente della Gioventù comunista a Torino. Pure lei ha vissuto nella capitale sovietica. Arrivata ad Albacete, viene inserita nel commissariato delle Brigate internazionali. E sarà chiamata a dirigere "Il Volontario della libertà", il giornale della Brigata Garibaldi.

In Spagna i comunisti italiani di solito combattono bene. Mostrano entusiasmo e coraggio, sanno soffrire e vivono con poco. Dopo la sconfitta della repubblica, molti di loro li ritroviamo in Italia, al termine di un percorso che va dal campo di concentramento in Francia al rientro in patria per decisione del partito, con l'arrivo in carcere o al confino. Il vertice del Pci li vuole sul teatro interno, in previsione di quanto potrà avvenire il giorno che Mussolini cadrà.

Sono gli "spagnoli", come si diceva allora per brevità. Saranno loro a formare il primo nucleo delle Brigate Garibaldi, al comando di Longo. E del commissario politico Pietro Secchia, pure lui piemontese, un biellese di Occhieppo Superiore, che ha tre anni meno di Longo. Ecco un altro staliniano di ferro. Anche se a Mosca ha fatto soltanto fugaci apparizioni, perché trascorre anni e anni nelle prigioni fasciste e poi al confino.

Anche il nuovo reparto per il terrorismo urbano, i Gruppi di azione patriottica, i Gap, si avvarrà degli spagnoli. Sono gli unici comunisti che hanno già combattuto in una guerra civile. E sono i soli a sapere come si usano le armi e in che modo si guida una squadra in battaglia.

Alla prova dei fatti, non tutti si riveleranno all'altezza del compito. Spesso sono spietati, avidi di comandare, inchiodati a una politica rozza. Dopo la sconfitta nella guerra di Spagna, vogliono a ogni costo una rivincita. E sarà questa la causa di molti errori e di non pochi delitti. Ma senza di loro, per il Pci l'inizio della guerra civile sarebbe stato molto più lento e assai meno incalzante.

Uccidere subito i fascisti

Dopo l'8 settembre 1943, i comunisti sono gli unici in grado di muoversi subito. Gli altri partiti del Comitato di liberazione nazionale, la Democrazia cristiana, i socialisti e i liberali non possono fare nulla perché non hanno uomini né armi. Il Partito d'Azione riuscirà a creare qualche banda. Ma rispetto al Pci la sua forza è minima. E non sarà mai in grado di arginare la supremazia arrembante dei comunisti.

Il Pci ha due vantaggi sul resto dell'antifascismo che ha deciso di battersi nella guerra civile. Il primo è di poter disporre di una forza di militanti in espansione. Al 25 luglio 1943 gli iscritti al partito sono appena qualche migliaio, da un minimo di 4 mila a un massimo di 6 mila. Ma, come si vedrà presto, è una truppa in rapido aumento.

Nel marzo 1944 i militanti sono già saliti a 30-40 mila. Alla fine di ottobre, nella sola Italia del Nord, i comunisti in contatto con il partito risulteranno all'incirca 70 mila, così sostiene Secchia. Gli altri partiti stanno quasi a zero, compreso il Partito d'Azione di Ferruccio Parri.

Il secondo vantaggio è ancora più grande. Gli altri partiti del Cln non sanno in quale modo opporsi alla Rsi e ai tedeschi. E spesso hanno la tentazione di seguire il corso degli eventi e di aspettare. Il Pci invece ha già stabilito che cosa fare. Come racconto in due capitoli di questo libro, decide che bisogna uccidere subito il maggior numero di fascisti, soprattutto quelli di terza e quarta fila, i più indifesi. Senza preoccuparsi delle rappresaglie, vale a dire delle fucilazioni decise dai comandi della Rsi.

I capi comunisti, a cominciare da Longo e Secchia, sono rivoluzionari che conoscono sino in fondo l'importanza del cinismo. E pensano: più brutale sarà la reazione dei fascisti di fronte agli omicidi compiuti dai Gap, più la guerra civile si estenderà. È una previsione azzeccata, che farà scorrere fiumi di sangue.

Il lettore vedrà la sequenza iniziale dell'offensiva gappista, dal settembre 1943 alla primavera 1944. Giorno dopo giorno, emerge una catena infinita di uccisioni isolate che ci rivela un aspetto della tattica comunista di solito trascurato dagli storici rossi. La prima forma di guerriglia attuata su larga scala dal Pci è il terrorismo urbano, tanto nelle grandi città che nei piccoli centri. Con effetti via via sempre più devastanti sul morale dell'avversario.

Per capire quanto sia micidiale la tecnica dell'assassinio politico, proviamo a riflettere su un altro terrorismo di sinistra più vicino nel tempo: quello delle Brigate rosse. E domandiamoci che cosa sarebbe accaduto se, nell'Italia degli anni Settanta e Ottanta, il partito clandestino guidato da Renato Curcio e poi da Mario Moretti avesse potuto contare su centinaia di uomini, pronti a sparare e a uccidere in tutte le regioni italiane. Nessun governo sarebbe stato in grado di reggere a quella pioggia di sangue. E la Repubblica sarebbe morta sotto un colpo di Stato dei militari o delle forze dell'ordine.

Ritornando al terrorismo contro i fascisti della Rsi, è d'obbligo dire che sarà questa la forma di lotta che i comunisti continueranno a praticare durante l'intera guerra civile e nei primi anni del dopoguerra, sino alla fine del 1948. Dunque non è avventato sostenere che la nostra lotta partigiana è sempre stata molto lontana dal modello che intendeva imitare: quella di Tito in Jugoslavia, iniziata ben prima della Resistenza italiana.

Un esercito popolare è esistito davvero sull'altra sponda dell'Adriatico. Era una forza per intero comunista, dopo il fallimento del tentativo militare di Draza Mihajlovic. Ma ho molti dubbi sulla forza reale del nostro Corpo volontari della libertà. E su quanto era in grado di fare. Le descrizioni che si sono succedute per tanti anni, a cominciare dalla mia sulla guerra partigiana fra Genova e il Po, oggi mi sembrano abbastanza irreali o, comunque, enfatiche.

Il predominio delle Garibaldi

A partire dai primi mesi del 1944, soprattutto nell'Italia del Nord il Pci comincia a costituire bande partigiane in montagna o in territori di collina lontani dalle città. È una scelta quasi obbligata, imposta senza volerlo proprio dall'avversario. Le ripetute chiamate alle armi decise dalla Rsi causano un fenomeno sconosciuto nella storia d'Italia. È la renitenza massiccia delle reclute, il rifiuto di migliaia di giovani a vestire la divisa dell'esercito fascista. Dirà Parri: Mussolini ci ha regalato tanti bravi partigiani.

In quel momento la politica militare del Pci si sdoppia. Restano attivi i Gap, che proseguono con accanimento nella strategia del terrorismo urbano. Ma accanto a loro comincia a emergere la rete delle brigate comuniste o a guida comunista, le Garibaldi. Sarà una costruzione lenta e non priva di errori.

Lo rivela il disastro terribile della Benedicta che, nell'aprile 1944, segna la fine della 3ª Brigata Garibaldi Liguria. Il lettore lo vedrà rievocato in questo libro da una testimonianza eccezionale. È il racconto di una spia fascista inviata tra i partigiani di quel reparto, con lo scopo di raccogliere informazioni in vista di un grande rastrellamento, concluso con 147 fucilazioni.

Ma anche sul terreno delle bande, la supremazia del Pci nei confronti degli altri partiti del Cln rimane intatta. Certo, esistono pure le formazioni di Giustizia e libertà, il braccio partigiano del Partito d'Azione. Nascono reparti militari autonomi, come quelli di Mauri nelle Langhe. Non mancano formazioni cattoliche e socialiste.

Però la loro consistenza non è paragonabile, neppure alla lontana, a quella delle Garibaldi. Tanto che non è azzardato affermare che almeno il 70 per cento del movimento partigiano italiano risulterà comunista o guidato da comunisti.

Chi non concorda con questa tesi, sostiene che anche nelle Garibaldi i partigiani comunisti erano una minoranza. Per un certo aspetto, all'inizio questo è vero. Del resto, i giovani che per i motivi più diversi decidono di "andare in banda" sono cresciuti nel regime fascista. E non sanno nulla della politica e dei partiti antifascisti. Molti di loro, tuttavia, nel corso della guerra partigiana diventeranno militanti del Pci. Per due motivi.

Il primo, quello pratico o di ambiente, è la pedagogia ideologica messa in atto dai commissari politici e dai nuclei di partito all'interno delle bande. Il secondo, come vedremo tra un istante, è che soltanto il Pci sa offrire ai giovani partigiani un traguardo pieno di fascino. È il mutamento radicale, politico ed economico, della società italiana. Fondato sulla scomparsa del capitalismo privato, ossia dei padroni che hanno sostenuto il fascismo.

A questo proposito, posso citare un caso esemplare che conferma quel che ho detto. Lo ricavo dalla mia vecchia tesi di laurea, un malloppo di quasi mille pagine. E riguarda la zona partigiana più importante della Liguria, la Sesta, che gravitava su Genova. Sin dall'estate del 1944, qui il predominio del Pci è asfissante.

Dei 9 membri del comando di zona, 7 sono iscritti al partito. Nel comando della 3ª Divisione Garibaldi Cichero, i comunisti sono 7 su 8. L'unico non comunista è il comandante, Aldo Gastaldi, il leggendario Bisagno. È un cattolico che, verso la fine della guerra civile, dopo una lunga serie di contrasti, chiederà al comando generale del Corpo volontari della libertà l'abolizione dei commissari politici. E morirà in un incidente molto dubbio, un mese dopo la Liberazione.

Il suo non sarà un caso isolato di un comandante sgradito al Pci che scompare a guerra appena finita o all'ultimo minuto di lotta. Nei *Vinti non dimenticano* ho ricostruito la storia di Franco Anselmi, Marco, un pioniere del movimento partigiano sull'Appennino ligure-alessandrino. Ucciso il 26 aprile 1945, nell'ultimo minuto della guerra civile, con una raffica sparata da chissà chi.

Nel Sip della Sesta zona, il delicato e importante Servizio informazioni e polizia, i comunisti sono 50 su 50.

Nell'Intendenza 6 su 7. Nella Sanità 9 su 10. Nel Servizio stampa e propaganda 5 su 5. Ma anche nelle brigate della Divisione Cichero la struttura comunista è molto forte.

Nell'ottobre 1944, prima dei grandi rastrellamenti invernali, nella 58ª Brigata Oreste il comandante Aurelio Ferrando, chiamato Scrivia e amico di Bisagno, non è comunista. Ma dei suoi 300 partigiani ben 120 hanno la tessera del Pci. Sono raccolti in una cellula di brigata, diretta da un comitato di partito formato da 9 membri. E suddivisa in nuclei presenti in tutti i distaccamenti.

Sempre nell'autunno 1944, sui 1200 partigiani della Divisione Cichero ben 539 sono iscritti al Pci, vale a dire il 44,9 per cento. Nei reparti dipendenti in modo diretto dal comando della Sesta zona la percentuale sale ancora: su 89 partigiani, 84, ossia il 94,4 per cento, sono militanti comunisti.

Bisagno voleva un partigianato apolitico, che avesse come unico obiettivo la sconfitta dei tedeschi e dei fascisti. Ripeteva ai suoi uomini, tutti ragazzi sui vent'anni, di non aderire a nessun partito. E di rimandare la scelta a dopo la fine della guerra. Gastaldi era un comandante giovane, classe 1921, tra i primi a salire in montagna nell'autunno 1943. Aveva un ascendente fortissimo sui propri partigiani. Ma poteva ben poco di fronte al rullo compressore dell'apparato comunista.

Ed è facile immaginare come avranno reagito i tanti quadri del Pci all'interno della sua divisione leggendo una circolare inviata da Bisagno a tutti i comandi della Cichero. Diceva: "È assolutamente proibito ai commissari politici fare propaganda di partito".

Una dittatura rossa

Dei due vantaggi che ho citato, è il secondo a spiegare sino in fondo la forza del Pci rispetto agli altri partiti del Cln. Vi ho accennato prima di ricordare la topografia politica della Divisione Garibaldi Cichero. Questo vantaggio si riassume in una domanda, rivolta ai miei lettori più giovani. Per aiutarli a comprendere meglio quanto accadde durante la guerra civile e subito dopo.

Che cosa vogliono fare i comunisti una volta liberata l'Italia dai tedeschi e dai fascisti? La risposta è talmente ovvia da sembrare banale: vogliono conquistare il potere con le armi e fare del nostro paese uno Stato satellite dell'Unione sovietica. Non occorre essere docenti di Storia contemporanea per sapere che questa è la verità.

Eppure le tante sinistre italiane, tutte figlie o nipoti del vecchio Pci, ancora nel 2010 continuano a negare l'evidenza. Lo fanno con la testardaggine angosciata di certe famiglie che cercano di nascondere la presenza di un figlio nato e cresciuto male. E del quale è meglio non parlare.

Nel loro rifiuto anche del più timido revisionismo, seguitano a condurre una inutile battaglia di retroguardia, da poveri giapponesi isolati in una giungla che non esiste più e che soltanto loro vedono. Fanno pena le sinistre con la retromarcia perennemente innestata. Anche quelle che si dicono riformiste parlano un linguaggio da anni Cinquanta.

Senza ricordarsi di quanto è accaduto nella Prima Repubblica. Quel modo arcaico e falso di leggere la storia d'Italia è già stato sconfitto un'infinità di volte, anche nelle competizioni elettorali. Il paradosso, che spesso constato di persona, è che persino dei vecchi democristiani, oggi approdati a sinistra, dimenticano quanto ha fatto la loro Balena bianca per ristabilire un minimo di verità sulla guerra civile.

Che cosa temono le sinistre? Di veder rivisti, o revisionati, personaggi del calibro di Togliatti, di Longo, di Secchia? Ma si tratta di figure già consegnate alla storia. E a loro modo, e nel loro contesto storico, sono dei giganti se messi a confronto con certi politici rossi di oggi.

In realtà, le sinistre odierne temono un'altra cosa: il crollo della retorica resistenziale, la cosiddetta vulgata, che hanno sempre difeso e praticato. E di conseguenza paventano di dover riconoscere la grande bugia spacciata per anni ai loro tifosi. Con il rischio di perdere altri voti.

È un terrore che li spinge a non voler sapere nulla di quanto ormai si trova nei libri di storia. Per esempio, ciò che ha scritto negli anni Sessanta il compagno Secchia: "Particolarmente importante, come indice del nostro orientamento, mi sembra il fatto che già nel settembre 1943 noi sottolineassimo che il nostro obiettivo era la lotta per una democrazia popolare. In seguito si parlerà di democrazia progressiva. Ma sin dall'inizio il nostro obiettivo era chiaro ed esplicito: noi comunisti non ci battevamo per ritornare alla democrazia prefascista".

Uno che aveva capito tutto e subito è il generale Raffaele Cadorna, inviato dal governo del Sud a comandare il Corpo volontari della libertà. All'inizio del 1945, scrive al ministro della Guerra, Alessandro Casati, e dice: "Il Pci, che conduce il gioco, non nasconde affatto che il suo scopo è di prendere il potere. Per instaurare un regime russo che chiama popolare progressivo. I suoi capi nell'Italia del Nord sono stati addestrati in Unione sovietica. E sono passati attraverso la trafila delle Brigate internazionali in Spagna e del comunismo in Francia. Dichiarano apertamente di volersi appoggiare all'Urss e a Tito. E recalcitrano al pensiero di doversi sottomettere agli ordini degli Alleati occidentali".

Il primo degli storici revisionisti, il grande Renzo De Felice, ci ha spiegato gli obiettivi del Pci in alcune pagine del suo *Mussolini l'alleato*, l'ultimo volume della monumentale biografia del leader fascista, pubblicato da Einaudi nel 1997. I comunisti non volevano una democrazia parlamentare con più partiti, destinata a diventare la forma istituzionale stabile per l'Italia del dopoguerra. Il loro traguardo era una democrazia popolare o progressiva, considerata come una fase transitoria per arrivare alla dittatura del proletariato, un mito irrinunciabile.

È una strategia identica a quella di tutti gli altri partiti comunisti europei, a cominciare dal Pcf, il partito francese. L'aveva decisa Mosca e diventa la motivazione vera dell'impegno dei comunisti nelle guerre di liberazione dal fascismo e dal nazismo. Anche il Pci di Togliatti, ritornato dall'Urss alla fine del marzo 1944, guarda lontano, verso il passo successivo all'indomani della Liberazione. Secondo De Felice, questo fa del Pci un partito per niente riformista, ma neppure rivoluzionario in senso classico, bensì semplicemente staliniano.

Eccidi programmati

Questo connotato spiega molti aspetti della nostra guerra di liberazione che, di solito, vengono ignorati dagli storici di sinistra. Ne elenco alcuni. Prima di tutto, le divisioni all'interno dello schieramento antifascista.

I partiti moderati, a cominciare dalla Dc e dai liberali, conoscono bene le reali intenzioni dei comunisti. E constatano con apprensione la voglia di egemonia del Pci. È un disegno mai dichiarato, ma perseguito con tenacia. Traspare dal lavoro svolto fuori dai Cln e impenetrabile a ogni controllo. Molte delle crepe profonde nel Cln centrale, quello dell'alta Italia, vengono da questa radicale diversità di orizzonti.

Anche l'asprezza, e spesso la ferocia, dimostrata nella guerriglia da molte formazioni garibaldine ha origine nella natura staliniana del partito che le aveva costituite e fatte crescere. Chi ha per traguardo una dittatura rossa non va tanto per il sottile. Sopprimere i fascisti non significa solo togliere di mezzo un avversario nella guerriglia, ma prepara anche il terreno allo scontro futuro. Quello che inizierà dopo la fine del conflitto mondiale e la sconfitta del nazifascismo.

Pure le numerose uccisioni di partigiani non comunisti, e comunque il tentativo di indebolirne la forza e il prestigio quando si tratta di comandanti, non sono mai incidenti di percorso nel clima concitato e instabile di una guerra interna. Questi delitti, e anche le tante morti misteriose, si spiegano con il proposito di mettere fuori gioco i possibili avversari della fase successiva alla lotta di liberazione, quella dove il Pci avrebbe tentato di conquistare il potere.

Infine le grandi mattanze del primo dopoguerra, quelle che descrivo anche in questo libro, debbono essere riviste alla luce del disegno strategico del Pci. Non sono scoppi di furia popolare, o un insieme di vendette personali. Bensì eccidi programmati in vista della spallata rivoluzionaria.

Tutti i possibili avversari nella corsa verso la democrazia progressiva, anticamera della dittatura rossa, andavano eliminati. Dunque non soltanto i militi fascisti scampati ai roghi della guerra civile, caduti prigionieri, ma pur sempre in grado di usare le armi. Nemici da uccidere sono anche i partigiani bianchi, i militari anticomunisti che hanno combattuto insieme agli Alleati, gli antifascisti liberali, i possidenti, i sacerdoti, i politici moderati, i socialisti riformisti.

Se è stata evitata una liquidazione di massa, molto più pesante dei 20 mila uccisi dopo il 25 aprile 1945, lo dobbiamo soltanto alla presenza in Italia delle truppe americane e inglesi. Nel caso che al loro posto ci fossero stati i reparti sovietici o di Tito, come è avvenuto in altre aree dell'Europa, anche il nostro paese non avrebbe evitato un colossale bagno di sangue. E subito dopo ci sarebbe stato l'inizio di un regime autoritario comunista.

Ecco una semplice esposizione di fatti difficili da smentire e che mi obbliga a una domanda. Nata anche dal desiderio di confessare al lettore uno stato d'animo personale. Emerso dentro di me poco alla volta, dopo anni di ricerche e di letture sulla guerra civile.

La domanda è se dobbiamo ancora considerare una festa unitaria il 25 aprile. E se dobbiamo celebrarlo tutti insieme. Sto parlando, naturalmente, di chi la considera una data positiva nella storia italiana. E non di quanti, per scelta politica opposta o per tragiche vicende famigliari, lo ritengono un anniversario luttuoso.

Dunque, quando dico insieme mi riferisco all'antifascismo: un mondo di persone molto diverse fra loro. Democratici e postcomunisti. Liberali contrari a ogni dittatura e staliniani falliti. Cittadini che ricordano il 25 aprile come l'inizio della democrazia repubblicana. E quelli che lo giudicano soltanto la misera tappa di un cammino rivoluzionario interrotto e strillano ancora alla Resistenza incompiuta.

Non è strano andare in piazza l'uno accanto all'altro? Vedendo ogni anno anziani partigiani bianchi insultati da giovani estremisti rossi? Qui non voglio dare una risposta. La lascio ai lettori.

G.P.

Parte prima

I
Di nuovo Livia

Un sabato mattina del gennaio 2010, il mio cellulare cominciò a squillare. Non ricordavo dove l'avessi lasciato e fui costretto a correre nello studio. Arrivai appena in tempo a non perdere la chiamata. E com'ero solito fare, un po' in affanno dissi: «Sono Pansa!».

Mi rispose una voce di donna: «E io sono Bianchi».

«Bianchi chi?» domandai.

La donna mi regalò una risata cordiale: «Come "Bianchi chi"? Si è già dimenticato di me? Livia Bianchi».

Sono troppo anziano per sentirmi in imbarazzo. Ma quel giorno mi vergognai. Livia Bianchi era la bibliotecaria che mi aveva accompagnato nel viaggio per scrivere *Il sangue dei vinti*. L'altra protagonista di quel libro.

Cercai di scusarmi. Spiegando che ero alle prese con la mia tortura quotidiana: leggere dodici giornali nel tentativo di capire che cosa stesse accadendo in Italia.

Ma Livia mi fermò: «Non cerchi di farsi perdonare, con me non funziona. So che sta bene perché vedo i suoi pezzi su un paio di quotidiani. Ma non l'ho chiamata per informarmi della sua salute. Ho bisogno di parlarle. E subito. Può venire a Firenze domani mattina? Le rammento che la Biblioteca nazionale sarà chiusa, come ogni domenica. Mi potrà trovare in casa. Ricorda ancora il mio indirizzo?».

«Certo. Lei abita vicino a piazza della Signoria, ultimo piano, niente ascensore, settantasei gradini per arrivare alla sua tana.»

Livia rise: «Complimenti per la memoria. Allora l'aspetto domani mattina verso le undici. Immagino che verrà in treno da Roma. Non si alzi tardi e rispetti l'impegno che ha appena preso».

La fermai: «Un momento. È lei che sta impegnando me. Posso sapere perché ha bisogno di vedermi?».

Lei si limitò a dirmi: «Lo saprà domani. Venga che l'aspetto».

I capelli bianchi mi hanno insegnato a non fare domande inutili. L'indomani presi un Eurostar e in un lampo arrivai a Firenze. Dalla stazione di Santa Maria Novella chiamai Livia e lei disse che mi attendeva. Al posteggio dei taxi non c'era la solita coda e in pochi minuti mi trovai davanti al suo palazzo. Mi arrampicai per i settantasei gradini e la vidi sulla porta dell'appartamento, pronta a ricevermi con un bel sorriso.

Avevo conosciuto Livia nell'ottobre 2002 quando aveva 45 anni. Adesso ne aveva 53, ma non era cambiata molto. Una bella donna, alta, cicciosa, capelli neri sciolti sulle spalle, il naso sottile e lungo nel modo giusto, labbra seducenti. Anche la divisa domenicale era quella solita: pantalonacci, maglione, scarpe da ginnastica. Ma com'era accaduto la prima volta, benché conciata così, le sue forme si indovinavano tutte.

Lei si accorse che la stavo scrutando e mi interrogò, divertita: «Guarda sempre le donne in questo modo?».

Alzai le spalle: «No, soltanto quelle che mi intrigano. Del resto, alla mia età, che cosa posso fare di diverso?».

«Potrebbe scrivere un altro libro» replicò Livia, mentre mi indicava il divano del soggiorno.

«Ne ho appena finito uno. Sono i miei ricordi di orfano della Prima Repubblica. L'ho intitolato *I cari estinti* e uscirà da Rizzoli alla fine di marzo.»

Livia mi aveva preparato un caffè con latte e biscotti. E mentre lo bevevo, osservò: «Sapevo di questo nuovo lavoro. Non dimentichi che sono una bibliotecaria esperta. Ma intendevo un altro genere di libro».

«E quale?» domandai incuriosito.

«Il seguito del *Sangue dei vinti*, la seconda puntata.»

Sobbalzai e il caffè rischiò di andarmi di traverso: «Che cosa mi sta dicendo?».

«Quello che le ho appena detto, niente di più.»

Borbottai: «Si spieghi meglio...».

Livia non ci mise molto. Conosceva tutto del *Sangue dei vinti*, che del resto era anche un suo libro. Il grande successo che aveva raccolto. Le polemiche suscitate. I tre libri sulla guerra civile che erano venuti dopo. Il romanzo uscito in seguito. E infine il mio lavoro autobiografico, *Il revisionista*.

Disse: «Saltiamo tutte le puntate precedenti. E parliamo del futuro. Partendo dal difetto principale del *Sangue dei vinti*. Quel libro aveva un problema: ignorava quanto era accaduto in diverse regioni italiane. Per esempio, la Toscana, a cominciare proprio da questa città, Firenze. La Venezia Giulia e altre zone del Veneto. Certe province del Nordovest. Lei ha raccontato in più di un'intervista di aver ricevuto molte lettere che le chiedevano di scrivere le pagine rimaste bianche. È così?».

«Sì. E continuano ad arrivarmene parecchie.»

«Anch'io ne ho ricevute, sia pure meno di lei. Del resto, Livia Bianchi compare di continuo in quel libro. Si diceva che lavoravo alla Biblioteca nazionale centrale di Firenze. Mi hanno scritto lì. Erano soprattutto lettere di donne che si rivolgevano a un'altra donna. Non ho mai risposto per una forma di pudore: l'autore era lei, non io. Però le ho conservate. Adesso posso consegnarle al destinatario vero.»

Domandai: «Le ha creato qualche problema ricevere quelle lettere in ufficio?».

Livia mi sorrise: «Assolutamente no. Ma oggi il problema lo creano a lei».

«In che senso?» le chiesi.

«Nel senso che la obbligano a proporsi l'obiettivo che

le ho prospettato io: scrivere un secondo libro sul tema di quello uscito nel 2003.»

Rimasi in silenzio, con la tazzina in mano. Non mi decidevo a posarla sul tavolino accanto al divano. Tanto che Livia, ridendo, mi intimò: «Stia attento a non farla cadere. È del servizio buono che mi ha lasciato mia madre».

Sbuffando, misi la tazzina al sicuro. Poi sospirai: «La sua proposta mi ha sorpreso. Ma non del tutto. Le confesso che in questi anni ho messo da parte le lettere più interessanti e gli appunti che sono andato via via scrivendo. Dovrei riprenderli in mano e rivedere tutto con calma. E poi ripensare a quanto mi ha detto. Infine riparlare con lei. Potremmo cominciare già oggi. Sono quasi le tredici e la inviterei a pranzo...».

Livia mi fermò: «Oggi non posso. Devo andare a trovare un'amica. Gliel'avevo promesso e non voglio deluderla. Lei ritorni a Roma, ci rifletta bene e poi mi chiami. Potremmo rivederci a Firenze sabato prossimo. Dovrà invitarmi a cena. E in un ristorante come si deve».

Mi alzai: «Vedo che non ha perso l'abitudine di comandare. E come è già accaduto anni fa, a me non resta che ubbidire. Ci rivedremo sabato».

Livia chiamò un taxi, mi accompagnò alla porta e mi congedò con un bacio su una guancia. Come sempre, sapeva di un profumo dolce.

Ci ritrovammo a Firenze sei giorni dopo. Telefonai a Livia e le chiesi se voleva cenare con me dal Coco Lezzone. Era un locale che da giornalista avevo frequentato spesso. Con Livia eravamo stati lì, all'inizio del lavoro per *Il sangue dei vinti*.

Lei accettò e aggiunse: «Andiamoci presto. Dovremo parlare molto e dopo le nove il Coco si riempe di gente».

Quando arrivammo, il ristorante era ancora vuoto.

Livia era vestita come piace alle cinquantenni di oggi, soprattutto in gennaio. Jeans, maglioncino, giubbotto di pelle, scarponcini sportivi. Sul volto un trucco leggero.

La guardai ammirato. Lei sorrise: «Perché mi scruta così?».

Sbuffai: «Sempre la solita domanda! Perché la trovo bella. E molto in forma, per essere una signora di mezza età».

«Grazie per la mezza età» rispose Livia. «Ma adesso la smetta con queste occhiate. Mi imbarazzano un tantino.»

Scegliemmo un tavolo in disparte, lo stesso dove avevamo cenato la prima volta, nel 2002. Dopo aver ordinato un paio di piatti, Livia sorrise: «Sembriamo due morosi stagionati che si rivedono dopo una lunga separazione. Anch'io la trovo bene, caro giornalista. E sono felice che il mio aspetto non la deluda».

Le replicai: «Va a pesca di complimenti, cara bibliotecaria? Se è così, da stagionato guardone smetterò di osservarla. E non le farò nessuna domanda personale. Anche se vorrei chiederle se è sempre single, com'era quando ci incontrammo...».

Livia si mise a ridere: «Me l'aspettavo. Certo, sono ancora una zitella, come si diceva una volta, con una parola oggi proibita. E potrò di nuovo affiancarla nel suo lavoro. Ma adesso bando alle ciance. Mi riveli che meditazioni ha fatto in questi sei giorni».

«Meditazioni positive» le replicai. «Sì, possiamo farlo il libro che mi ha proposto. Ho rovistato fra le mie carte e le ho messe in ordine. Al primo posto c'è la sua vecchia tesi di laurea sul dopoguerra in Toscana. Ricorda di avermela consegnata? Me la sono riletta e ho scoperto che è una miniera di notizie. Una fonte preziosa...»

Livia mi interruppe: «Nel 2003 non ne aveva tenuto conto. E un po' mi era dispiaciuto. Poi ho pensato che a lei, un ex ragazzo del Nord, premeva soltanto quel che era accaduto dopo il 25 aprile nel suo territorio. E infatti lì siamo andati per scovare le storie che ha pubblicato. Ma anche in Toscana sono avvenute cose orrende. Anzi, qui la resa dei conti è stata doppia. Nel 1944, subito dopo l'arrivo degli angloamericani. E dopo l'aprile 1945, con le vendette contro i fascisti di questa regione che si erano rifugiati al Nord e tentavano di ritornare a casa».

«Ne parleremo e il suo aiuto sarà decisivo» dissi a Livia. «Ma ritorneremo anche al Nord, per raccontare vicende che allora avevo escluso dal libro. Mi limito a un esempio: quello che accadde sul confine orientale, a Trieste, a Gorizia, a Fiume dopo l'arrivo dei partigiani comunisti di Tito. Nel giro di poche settimane, lì il sangue è davvero scorso a fiumi. Migliaia di assassinati, di deportati, di scomparsi nel nulla. E non parlo soltanto delle foibe. Ci fu una sterminata operazione di pulizia etnica contro gli italiani. Tutti ritenuti fascisti. Ma vennero uccisi anche partigiani, militanti antifascisti e civili che erano sempre rimasti lontani dal regime di Mussolini.»

Livia osservò: «Allora lei mi aveva detto che erano vicende estranee al tema del suo libro. E se non ricordo male, l'ha pure scritto in una nota al lettore».

«È così. Ma sbagliavo. Adesso mi sono reso conto che le tragedie della Venezia Giulia sono decisive per rispondere a una domanda. È questa: che cosa sarebbe accaduto nell'Italia del Nord se i partigiani comunisti avessero conquistato il potere in assenza delle truppe americane e inglesi? Qualcuno potrebbe replicarmi che la storia non si fa con i "se". Però io me ne infischio di obiezioni come questa. E rispondo che, in quel caso, tante città del Nord avrebbero vissuto gli stessi orrori che hanno patito Trieste, Gorizia e Fiume, per limitarci a tre esempi.»

Livia mi scrutò: «Vedo che lei è diventato sempre più sicuro nei giudizi. Non vorrei che tra i suoi difetti abbia preso il sopravvento l'arroganza».

Le replicai: «Non sono mai stato un arrogante, anche se a volte mi piacerebbe esserlo. Quando non sono certo di un fatto, di un personaggio, di un problema, me ne rimango a bocca chiusa. Ma se ritengo di essere arrivato a una conclusione chiara e onesta, perché non dovrei dirlo?

«E a proposito della nostra guerra civile» continuai, «lei conosce la mia opinione. La Resistenza non è stata tutta uguale. Gli obiettivi dei partiti antifascisti erano diversi fra loro e spesso opposti. Il partito più forte tra i vincitori di quella guerra, il Partito comunista, voleva mettere in piedi una dittatura rossa al posto di quella nera, il fascismo sconfitto. Se ce l'avessero fatta, l'Italia sarebbe diventata l'Ungheria del Mediterraneo.»

«Questa faccenda dell'Ungheria sul mare da lei l'ho già sentita» osservò Livia.

«Ha ragione. Giuro che non la ripeterò più. C'è una cosa invece che non può sapere, poiché siamo stati lontani per sette anni. Scrivere *Il sangue dei vinti* e i libri successivi mi ha molto cambiato. Ho smesso di essere manicheo, di dividere il mondo in due, di qua i buoni e di là i cattivi. La mia pietas verso il genere umano è cresciuta molto. Ho scoperto che tutti, bianchi, rossi e neri, soffriamo nello stesso modo e spesso senza averlo meritato. Anche l'essere umano più lontano da me appartiene alla mia vita. I suoi morti sono anche i miei morti...»

«Quello che mi sta dicendo» mormorò Livia, «mi ricorda i versi di un poeta inglese del Seicento, John Donne. Sono diventati famosi perché Hemingway li ha messi come epigrafe del suo romanzo più noto, *Per chi suona la campana*. Li conosco a memoria. Lei li rammenta?»

«Sì, ma vorrei sentirli recitare da lei, con la sua bella voce.»

Livia scandì: «Ogni morte d'uomo mi diminuisce, perché io partecipo dell'umanità. E così non mandare mai a chiedere per chi suona la campana: essa suona per te».

L'ascoltai rapito. Poi le dissi: «Quei versi mi emozionano sempre. E mi aiutano a percorrere la strada corretta. È la strada della pietà per chi ha perso la vita in una guerra, giusta o sbagliata che fosse. Per questo non sopporto più chi distingue i propri morti da quelli degli altri. Parlo soprattutto di coloro che fanno politica in modo fazioso. Ormai mi danno un fastidio quasi fisico. Purtroppo debbo occuparmene perché questo è il mio mestiere. Ma se potessi farne a meno, li cancellerei dalla mia esistenza!».

«Immagino che stia parlando soprattutto dei politici di sinistra. Lei è stato a lungo un loro elettore» disse Livia.

«Certo. Non hanno compreso che i miei libri revisionisti gli offrivano una via di uscita dalla lunga bugia che hanno sempre coltivato. La sinistra cosiddetta riformista mi osteggia perché teme che, se non lo facesse, perderebbe dei voti. Quella radicale o antagonista mi aggredisce, spinta dalla sua ottusità atavica. La stessa che Giovanni Guareschi aveva ben dipinto con lo sberleffo delle tre narici. Ma ormai nessuno di loro mi interessa più. Le loro faccende hanno smesso di riguardarmi.»

«Vedo che questi sette anni l'hanno cambiata» constatò Livia.

«Sì. Oggi mi considero un anarchico liberale. Pacifico, naturalmente. Non lancio bombe. Mi limito a tirare qualche pietra contro i vetri. Nella speranza che si rompano e sia possibile vedere quanto sono sporchi. Parlo dei vetri dell'opportunismo messo in mostra dai politici di sinistra e da molti sedicenti intellettuali vicini alle loro parrocchie. Ma adesso sono stufo di sproloquiare su queste nullità.»

«Anch'io mi sono stancata» confessò Livia. «Mi dica come intende procedere in questa nuova avventura.»

«Nel modo più semplice. Quello che abbiamo seguito l'altra volta» le dissi. «Lavoreremo insieme, rispettando il suo impegno alla Biblioteca nazionale. Lei mi racconterà le storie che già conosce, io le racconterò le vicende che ho raccolto. Quando lei sarà libera dal lavoro, andremo a vedere qualche posto per poterlo descrivere nel libro. A inchiesta finita, ci penserò io a ricavarne un testo decente. Lei lo leggerà prima di chiunque altro e mi dirà se funziona o no. Ascolterò le sue proposte. E se mi convincono mi adeguerò. Ci sta a muoversi così?»

Livia sorrise: «Lei ha deciso e io obbedisco. Del resto, sono stata io a far uscire la lepre dalla tana. E non mi resta che correre insieme a lei. Anzi, sono già pronta a fare il primo passo».

«Ha una storia da raccontarmi?» domandai, un po' sorpreso.

«Sì. Me l'ha narrata un'amica. Poi l'ho controllata. Potremmo intitolarla *La strage delle ricamatrici*. È in grado di fermarsi a Firenze questa sera?»

«Certo. Ho prenotato una stanza al Savoy, in piazza della Repubblica.»

«Vedo che non ha perso l'abitudine di trattarsi bene. Venga da me domani pomeriggio. Le racconterò delle ricamatrici di Arcevia.»

2
Le ricamatrici di Arcevia

«Mi sono sempre domandata che cosa abbia pensato la signora Maria Teresa Podestà, vedova Anselmi, quando si è resa conto che i partigiani stavano per ammazzarla» mi confessò Livia, la domenica pomeriggio, quando tornai a casa sua. «Poi mi dico che, forse, non avrà pensato a niente. Sarà rimasta paralizzata dal terrore. Oppure, nell'ultimo istante di vita, si sarà chiesta: perché vogliono uccidermi?, non ho fatto nulla per meritare la condanna a morte...»

«Chi era la vedova Anselmi?» domandai.

«Era uno dei tredici civili assassinati dai partigiani ad Arcevia nelle Marche, tutti insieme e in una sola notte. L'ho sentita definire "la strage delle ricamatrici", anche se le vittime non erano tutte donne e le donne uccise non facevano tutte quel lavoro. La vedova Anselmi, ad esempio, era una signora borghese. Lo si intuisce da una sua fotografia: una donna di 63 anni, elegante, un nastro bianco al collo, un monile che mi sembra prezioso. Era la più anziana delle sei donne. Insieme a loro vennero uccisi sette uomini. Il più avanti negli anni ne aveva addirittura 77.»

«Non so nulla di questa strage» ammisi.

«Allora deve leggere il piccolo libro che ho qui per lei. È stato pubblicato nel 1989 dall'Ultima Crociata, a cura del Comitato per le onoranze alle vittime della strage. E s'intitola: *La verità sull'eccidio di Madonna dei Monti di Arcevia*. È un lavoro scrupoloso che descrive anche l'antefatto della strage. Vale a dire il retroterra militare della storia, quanto accadde nella guerra civile in quella zona prima del massacro. Lo legga, se vuole. Perché qui non starò a raccontarglielo.»

«Per quale motivo non intende farlo?» le domandai, sorpreso. «Di solito lei è una narratrice puntigliosa, sempre disposta a descrivere gli eventi che precedono la vicenda di cui ci occupiamo.»

«Stavolta non lo farò perché la strage di Arcevia parla da sola» mi replicò Livia. «Una storia esemplare dell'inutile crudeltà messa in mostra dai partigiani, e non soltanto dai tedeschi e dai fascisti. Abbiamo imparato che nelle guerre civili le due parti si scannano senza pietà. Ma lo fanno quasi sempre con uno scopo, per nefando che sia. Nel caso di Arcevia, di scopi politici o militari non ne esistevano. Di fatto la guerra era conclusa. E quei tredici civili non rappresentavano nessun pericolo per i partigiani vincitori.

«Per di più, non erano nemmeno persone da punire» precisò Livia. «Anche se dopo la liberazione delle Marche si cercò di giustificare il loro assassinio con un'accusa infame e falsa. Affermando che erano spie al servizio dei comandi tedeschi. E che avevano provocato la cattura e l'uccisione di decine di partigiani. Una menzogna che, come le dirò fra poco, viene ancora spacciata a tanti anni di distanza. E dai soliti noti: reduci della guerra di liberazione, cronisti rossi, storici di parte.»

Scossi la testa e replicai: «Si è sempre detto così di quasi tutte le persone uccise dai partigiani durante e dopo la guerra civile. Nel progettare questo libro ho previsto un capitolo da dedicare al tema viscido delle spie, quelle vere e quelle presunte. Ma qui voglio subito rammentarle un aspetto della questione.

«Se tutti gli uomini, e specialmente tutte le donne, eliminati dalle formazioni partigiane fossero stati davvero informatori dei tedeschi e dei fascisti, ne verrebbe distrutto uno dei miti più radicati della Resistenza: il carattere di massa dell'antifascismo. Dal momento che i collaborazionisti dell'occupante nazista e del suo alleato fascista sarebbero stati migliaia. Parlo di quelli attivi, disposti a rischiare la pelle per spiare i partigiani e denunciarli ai tedeschi o ai reparti della Repubblica sociale.»

«Sono d'accordo con lei» disse Livia. «In realtà i tredici assassinati di Arcevia furono vittime innocenti del fanatismo ideologico e sociale che pervadeva i loro boia: un distaccamento delle Garibaldi. Vale a dire partigiani comunisti, se non vogliamo nasconderci dietro un'insegna che può diventare generica e priva di senso.»

«Dove si trova di preciso Arcevia?» chiesi.

«È un comune in provincia di Ancona, collocato nell'interno a 535 metri d'altezza. All'inizio degli anni Quaranta contava quasi 12 mila abitanti: 1500 nel centro, gli altri residenti nelle quindici frazioni. In tempo di guerra, la popolazione era di certo cresciuta, per l'arrivo di parecchi sfollati.

«L'eccidio avvenne il 14 luglio 1944, quando nella zona il conflitto era già terminato. I tedeschi si stavano ritirando, lasciandosi alle spalle soltanto piccole retroguardie con un compito difensivo. E i partigiani potevano proclamare di aver vinto.

«Tutto iniziò nella notte fra il giovedì 13 e il venerdì 14. I tredici civili furono prelevati uno per uno, nelle loro case, e condotti in una località chiamata Madonna dei Monti, sulla strada che congiunge il paese con la città di Fabriano. Lì, in una radura di terra rossa, vennero pestati, seviziati e poi assassinati a raffiche di fucile mitragliatore. Non so dirle se siano stati uccisi uno dopo l'altro, in successione, oppure tutti insieme, in un gruppo solo. L'unico fatto certo è che nessuno rimase vivo.

«Non sono riuscita a sapere molto sulle vittime. Ma in questo caso, più che in altri, è importante fermarsi sulle loro figure. Infatti bastano anche pochi cenni per comprendere la criminale inutilità della strage. Comincerò dalle sei donne» mi spiegò Livia, «andando in base all'età.»

«La più anziana l'abbiamo già conosciuta: Maria Teresa Podestà vedova Anselmi. Era nata a Chiavari, in provincia di Genova, il 6 gennaio 1881 e dunque aveva 63 anni. L'opuscolo la qualifica come "possidente". Forse era arrivata ad Arcevia al seguito del marito, scomparso prima di lei.

«Poi viene Annita Poiani, nata ad Arcevia il 27 settembre 1891. Aveva 53 anni e lei, sì, faceva la ricamatrice, come la sorella che tra poco incontreremo. Teresa Togni, nata a Matera il 31 agosto 1893, aveva 51 anni e di mestiere era sarta. Bianca Poiani, sorella di Annita, nata ad Arcevia il 26 febbraio 1899, aveva 45 anni e campava pure lei ricamando tovaglie, lenzuola, biancheria intima. Ada Moriconi, nata a Genga, in provincia di Ancona, il 3 maggio 1909, era una casalinga di 35 anni. Nunzia D'Oca, nata a Palermo il 15 dicembre 1919, era anche lei casalinga e aveva 25 anni. Nunzia fu uccisa insieme al padre che conosceremo tra un istante.

«E veniamo ai sette uomini trucidati» continuò Livia. «Il più anziano era Pietro Paggi, nato a Castelleone di Suasa, in provincia di Ancona, il 17 dicembre 1867. Era un vecchio pensionato che stava per compiere 77 anni. Nazzareno Pandolfi, nato a Genga, in provincia di Ancona, il 1° giugno 1871, aveva 73 anni e faceva il commerciante. Giuseppe D'Oca credo fosse il padre di Nunzia. Nato a Palermo il 23 luglio 1880, aveva 64 anni ed era pensionato.

«Mario Santini, nato a Fossombrone, in provincia di Pesaro, il 13 maggio 1883, aveva 61 anni. Era dottore in Agraria e amministrava delle società. Su di lui, il libro che ha tra le mani racconta un fatto che le preciserò, perché dimostra l'assurdità dell'accusa di essere una spia dei tedeschi. Carlo Speranzini, nato a Vico del Gargano, in provincia di Foggia, il 18 gennaio 1889, aveva 55 anni ed era un generale della riserva. Federico Romei, nato a Napoli il 5 aprile 1894, era un ingegnere di 50 anni. L'ultimo era Giovambattista Ielapi, nato a Filadelfia, in provincia di Catanzaro, il 20 marzo 1915. Aveva 29 anni ed era un ex carabiniere.»

«Era quasi tutta gente anziana» osservai. «Due soltanto, la Nunzia D'Oca e l'ex carabiniere, avevano meno di trent'anni. Non ce li vedo a fare le spie dei nazisti. Che cosa potevano sapere che i comandi tedeschi della zona già non conoscessero?»

«E infatti non erano per niente colpevoli di spionaggio» replicò Livia. «Neppure i due ritenuti fascisti.»

«È riuscita a stabilire chi fossero questi due?» domandai a Livia.

«No. E dopo le spiegherò il perché. Da quel poco che trapela ancora oggi, sembra che non soltanto loro due, ma qualcun altro degli assassinati avesse la tessera del Partito fascista repubblicano. Mi domando come si possa affermarlo nel 2010 e su quale base documentaria.

«Ma se anche fossero stati iscritti al Pfr» continuò Livia, «la semplice appartenenza a quel partito non poteva diventare un motivo per ucciderli. In caso contrario, nelle regioni dell'Italia del Nord, dopo la Liberazione avrebbero dovuto essere accoppate non 20 mila persone, come si è accertato, bensì qualche centinaio di migliaia. Che, per le ragioni più diverse, avevano preso la tessera del fascio repubblicano.

«Tuttavia, sull'inconsistenza delle accuse di spionaggio la dice lunga la vicenda tragica che riguarda una delle vittime, il dottor Santini. Aveva un figlio di 17 anni, Giorgio. Verso la fine di giugno del 1944, tre soldati austriaci vennero uccisi dai partigiani alle Conce di Arcevia. Per rappresaglia i tedeschi fecero una retata nel paese e catturarono un gruppo di giovani. Tra loro c'era

Giorgio Santini. Come accadeva in quella guerra senza tregua, i ragazzi furono tutti deportati in Germania. Giorgio morì quasi subito, il 21 luglio 1944, e fu sepolto nel cimitero di Monaco di Baviera.»

«A volte il destino si diverte a costruire giochi orrendi» mormorai. «Il padre è ucciso dai partigiani e sette giorni dopo il figlio viene accoppato dai tedeschi. Ha ragione lei: se c'era uno che non avrebbe mai spiato per conto di Hitler era proprio il dottor Santini.»

«Certo, non poteva essere lui, ma neppure nessun altro dei tredici assassinati. Sono le loro figure a dirlo. Ce la vede la signora Anselmi dare informazioni a chiunque, a cominciare dai tedeschi? O il signor Paggi, vicino agli ottant'anni? O il signor Pandolfi, ormai al di là dei settanta?»

Domandai: «Ma perché, allora, vennero uccisi?».

«Proprio lei me lo chiede?» replicò Livia. «Tutti i suoi libri sulla guerra civile ci spiegano che per le bande partigiane comuniste chiunque non fosse d'accordo con loro era un nemico potenziale. E andava eliminato. Proprio quel che è accaduto con i tredici cristiani di Arcevia. Forse non approvavano i metodi della guerriglia nella zona, tutta rossa. Ed è possibile che si siano lasciati sfuggire qualche parola in paese. Penso sia bastato questo per indicarli ai partigiani come dei nemici, anzi come spie. A quel punto venne decisa la loro morte.

«Esiste poi un altro dato che conferma questa ipotesi. Nella notte fra il 13 e il 14 luglio 1944, i partigiani andarono a colpo sicuro. Il rastrellamento, perché di questo si trattò, non venne condotto a caso. Le vittime furono prelevate una dopo l'altra, ciascuna nella propria abitazione. Molti di loro erano già andati a dormire. Senza prendere nessuna precauzione. In qualche caso, i partigiani sfondarono le porte e li tirarono giù dal letto.»

Livia aggiunse: «Questo prova che esisteva un elenco predisposto con l'aiuto di spie vere: coloro che ad Arcevia lavoravano per le bande garibaldine. Ma i nomi di questi informatori non sono mai usciti. Del resto, costoro stavano con i vincitori e non con i vinti. E qualunque nefandezza abbiano commesso, sono stati assolti dalla storia. Si dice così, no?».

«Si sa qualcosa su quanto accadde nella radura di Madonna dei Monti?» domandai a Livia.

«Poco, ma quel che basta per renderci conto della crudeltà dell'eccidio» rispose lei. «L'ha raccontato undici anni dopo il parente di una delle vittime. Luciano Anselmi, autore di un articolo comparso su un settimanale di destra, "Il Borghese", nel numero del 20 maggio 1955. Era il nipote della signora Podestà vedova Anselmi. Nel luglio 1944 viveva ad Arcevia con la madre, cognata di Maria Teresa. La sua è l'unica testimonianza che esista dalla parte dei civili uccisi. La troverà in appendice all'opuscolo che le ho consegnato.»

«Che cosa raccontava Luciano Anselmi?»

«Nel luglio 1944 aveva 10 anni. All'alba del giorno 14, dopo le prime notizie sulla strage compiuta nella notte, accompagnò la madre dal podestà del paese. Con le lacrime agli occhi, il podestà fece comprendere alla signora che i civili catturati dai partigiani erano stati uccisi tutti, compresa sua cognata Maria Teresa. Fuori dal municipio, videro un cartello appeso a un chiodo. La scritta, a penna, ammoniva: "Non suonate le campane a morto, sono traditori della patria".

«Ai parenti delle vittime fu persino consigliato di non piangere. Perché le lacrime avrebbero provocato i partigiani. Scrive Anselmi: "Ma in quella piazza, baciata appena dal sole che sorgeva, non scorsi nessuno dei mandanti. Come sempre essi avevano preferito godersi la scena da dietro le persiane". I mandanti erano gente di Arcevia. Secondo Anselmi, le catture erano avvenute "fra il silenzioso guardare di alcune persone che tutto sapevano".

«Seguiamo sempre la testimonianza di Anselmi: "I morti furono caricati su dei barrocci, ammassati come bestie e portati al cimitero. Qui non fu possibile una messa, un funerale, un mazzo di fiori. Il parroco stesso aveva perso la testa e assunse verso i parenti delle vittime un contegno per lo meno deplorevole. Passammo giornate infernali perché in paese si parlava di una seconda ondata della quale avrebbero fatto parte mia madre e mia nonna. Decidemmo dunque di partire e di rifugiarci in campagna. Il ricordo dei corpi maciullati e delle dita tagliate (a qualcuno avevano persino rotto il dito per togliere l'anello) mi accompagnò per tutto il viaggio. E benché avessi appena dieci anni, ricordo il dolore nei volti dei miei genitori".

«Ancora dall'articolo di Anselmi: "Vennero gli Alleati e cominciarono le ruberie. Con la scusa degli eserciti liberatori, autentici delinquenti e ladri di professione, oltre naturalmente ai fuorusciti di tutte le leve, si arruolarono nelle brigate al seguito dell'esercito polacco che occupò la zona. In casa di mia zia Maria Teresa rubarono tutto quel che trovarono. E consigliati da persone che tuttora vegetano in paese, profanarono persino un tempietto che lei, una donna molto pia, aveva fatto costruire".»

Livia proseguì: «Anselmi anticipa quello che abbiamo saputo in seguito. Delle tredici persone fucilate, nessuno era un fascista militante, neppure quelli con la tessera del Pfr. Nessuno faceva attività politica. Tanto più in una zona devastata dagli scontri feroci fra tedeschi e partigiani. Ma tutti vivevano da soli, erano vedovi, scapoli o molto anziani. Dunque era possibile sequestrarli senza incontrare resistenze da parte loro o da famigliari presenti in casa».

«Una storia orribile, da qualunque parte la si guardi» dissi a Livia.

«Già, una storia che continuò. Secondo Anselmi, ogni anno, in occasione della ricorrenza di un'altra strage, questa volta compiuta dai tedeschi sui partigiani, si ripeteva che i tredici di Arcevia avevano collaborato con i nazisti ed erano volgari traditori. Venivano sempre promesse le prove del tradimento. Ma nessuno le ha mai presentate. Per la semplice ragione che non esistono. Se ci fossero, verrebbero mostrate in pubblico. A parziale giustificazione dell'eccidio» concluse Livia.

«Dice dell'altro Anselmi?» domandai.

«Sì. Ci offre delle note di costume interessanti, a proposito di quelli che lui chiama "i benpensanti", la gente che non aveva avuto il coraggio di condannare la strage. Sentiamolo: "Per un po' di anni in Arcevia i benpensanti finsero di credere che si fosse trattato di spionaggio. Proprio loro che ben conoscevano le persone assassinate e che per anni tolsero il saluto ai parenti delle vittime, per non compromettersi. Ma anche ad Arcevia il tempo è passato. E chi non salutava più ritorna a scappellarsi e a strisciare attorno come una serpe. Però gli assassini sono rimasti impuniti. Continuano a fare i comunisti, a ubriacarsi e a togliere i fiori che qualche coraggioso depone nella piccola radura di terra rossa che vide il martirio di tredici innocenti".»

Chiesi a Livia se avesse provato a parlare con Luciano Anselmi.

«Sì. Ma mi hanno spiegato che è mancato prima del tempo. Faceva il giornalista, non so in quale testata. Ho rintracciato soltanto un suo lungo racconto: *Niente sulla piazza*. L'aveva scritto a Fano, fra l'agosto e l'ottobre 1956. Ed era stato pubblicato nel 1960 dall'Istituto statale d'arte di Urbino. È la descrizione, molto intensa e stesa con eleganza, di un'infanzia passata ad Arcevia durante la guerra. C'è anche qualche accenno alla fucilazione delle presunte spie. E alla partenza della "zia Ginestra", ossia della signora Maria Teresa Anselmi, prelevata in piena notte dai partigiani.

«Voglio leggerle una pagina di quel racconto» disse Livia. «Eccola qui: "Come si chiama?" chiese accigliato uno dei partigiani alla zia. Lei disse semplicemente nome e cognome. Allora, d'autorità, il partigiano le ordinò di seguirlo in piazza. "Deve esserci un equivoco" disse semplicemente la zia Ginestra. "Non lo so, signora, sono gli ordini. Credo che si tratti di un colloquio." "Se è così, mi copro e vengo subito" concluse la zia, sempre tranquilla... Vidi uscire la zia Ginestra in mezzo a tre uomini armati, mia madre veniva poco più indietro con la napoletana per il caffè da dare alla zia. "Non le serve" disse il capo dei tre a mia madre... Dalla piazza una voce roca chiese: "Ci sono tutti?". "Con questa sono tredici!" gridò il capo dei tre armati, facendo megafono con le mani... Dalla finestra di casa vidi, confusa nel buio, una lunga colonna di gente partire dalla piazza e andare verso i giardini, fuori dal paese.»

«Peccato che Luciano Anselmi sia scomparso» dissi a Livia. «Ci avrebbe saputo raccontare qualcosa di più. Forse bisognerebbe andare ad Arcevia e interrogare qualche anziano del paese.»

«Non servirebbe a nulla» replicò lei. «Un amico che conosce bene Arcevia mi ha spiegato che l'eccidio ha lasciato una ferita profonda. Può sembrare incredibile, ma anche i pochi che sanno qualcosa della strage e delle vittime hanno ancora paura di parlare...»

«Forse tacciono anche perché il loro paese ha un record poco invidiabile» dissi a Livia. «Credo di conoscere bene la storia della guerra civile. E non mi pare che altrove ci sia stata una fucilazione di così tante presunte spie, uccise con una sola esecuzione. Non è certo colpa degli abitanti di Arcevia. Ma è la verità.»

«In compenso parlano i vincitori» osservò Livia. «Il

fanatismo è duro a morire. I vincitori rifiutano sempre, con testarda ostinazione, di smentire le proprie bugie e di accettare la verità dei vinti. Nel piccolo libro che le ho dato, troverà più di un esempio della faziosità cieca di certi storici partigiani. In un testo del 1963 sulla Resistenza nell'Anconetano, si parla ancora di un "centro di spionaggio ad Arcevia, responsabile di numerosi misfatti". E in un lavoro degli anni Settanta si legge di peggio. Ascolti.»

Livia lesse che cosa avrebbero fatto le presunte spie di Arcevia, dopo un rastrellamento tedesco concluso con l'uccisione di 43 partigiani e di una famiglia di contadini: «Il gruppo delle spie esce all'aperto e questa volta non nell'oscurità, ma in pieno giorno... A casa di una di loro si festeggia, con un torrente di champagne... La festa si ripete poi, a distanza di pochi giorni, in una seconda casa.

«E non è finita. Il 13 luglio 1988, in un comunicato dell'Anpi di Arcevia, si ritorna a parlare dell'esecuzione delle tredici "spie fasciste". E si continua a sostenere che erano state giustiziate "quali responsabili del massacro di settanta partigiani e della deportazione di decine e decine di giovani arceviesi innocenti nei campi di concentramento in Germania, dove alcuni poi trovarono la morte nei forni crematori".

«Non è una storia che fa tremare?» mi chiese Livia.

«Sì. Però a me fa venire soprattutto la nausea» risposi. «Abbiamo fatto bene a cominciare questo libro raccontando dei tredici innocenti uccisi ad Arcevia.»

3
Morire di bombe

«Lei è mai stato sotto i bombardamenti aerei degli angloamericani?» mi domandò Livia. Aveva dinanzi a sé un altro mucchietto di schede ed era pronta a raccontarmi un'altra storia.

«Per davvero sotto le bombe no» risposi. «Nell'estate del 1944, quando andavo per i 9 anni, gli Alleati cominciarono a prendere di mira i due ponti sul Po della mia città. Quello stradale lo colpirono subito e lo resero inagibile. Quello ferroviario, che sorgeva a pochissima distanza dal primo, non riuscirono mai a distruggerlo.

«Per questo, gli aerei continuarono ad arrivare su Casale Monferrato molte altre volte. Ma le bombe non caddero mai sul centro. Le sirene dell'allarme suonavano, noi correvamo nei rifugi e una volta cessato il pericolo si ritornava in casa.»

«Lei è stato un bambino fortunato» osservò Livia. «Ma in molte altre città italiane non andò nello stesso modo. Nella mia tesi di laurea sul dopoguerra in Toscana avevo dedicato un capitolo alle città della regione colpite dagli aerei inglesi e americani. In questi giorni l'ho ripreso in mano e ho cercato di aggiornarlo. Dovremmo dedicargli un po' di spazio. Sulla base di una constatazione inevitabile.»

«E quale sarebbe?» domandai.

«Semplicemente questa: le vittime dei bombardamenti degli Alleati che ci stavano liberando furono molto più numerose dei caduti nelle rappresaglie dei tedeschi che occupavano l'Italia. La stupisce?»

«Sì, non avevo riflettuto su questo aspetto della guerra» confessai. «Come vede, cara Livia, non sono poi il revisionista integrale che molti mi accusano di essere.»

«Bene!» sorrise lei. «Sono riuscita a sorprenderla. Più tardi vedremo delle cifre e ne discuteremo. Ma adesso vorrei raccontarle di una città toscana distrutta dalle bombe: Grosseto.»

«Quali sono le sue fonti?» domandai.

«Sono più di una e tutte coincidono. Molti non lo ricordano» cominciò Livia, «ma nel corso della guerra Grosseto era diventata un obiettivo militare. Per due motivi. Il primo era la presenza di un aeroporto importante per la Luftwaffe, l'aviazione militare germanica. Il secondo perché, dopo l'8 settembre, dal mare dell'Argentario partivano i grandi zatteroni tedeschi che portavano sul fronte del Sud viveri, munizioni e armi.

«Il primo bombardamento aereo su Grosseto avvenne il 26 aprile 1943. Era un lunedì di Pasqua e la città non era preparata all'incursione, men che meno in pieno giorno. Dall'Algeria arrivò un grande stormo di aerei americani. Dovevano colpire l'aeroporto, ma sbagliarono mira e le bombe caddero sul centro di Grosseto. I morti furono 134 e i feriti quasi 200. Rimasero uccisi anche molti bambini che in quel pomeriggio di festa erano andati con i genitori al luna park.

«Meno di un mese dopo» continuò Livia, «gli aerei americani ritornarono. Era il 20 maggio e questa volta le bombe caddero sull'aeroporto, causando una strage fra i militari tedeschi. Una fonte parla di 1600 morti, ma le confesso che mi sembra una cifra irreale. Il 21 luglio, quattro giorni prima della caduta di Mussolini, ci fu una terza incursione sulle base grossetana con altre vittime e nuove distruzioni.

«Da quel momento in poi, Grosseto e l'area circostante non ebbero più requie. Nel frattempo c'era stato l'8 settembre e tutta la costa era diventata una zona militare tedesca. Per di più, all'aeroporto di Grosseto stavano arrivando grossi reparti dalla Sardegna e dalla Corsica, evacuate dalla Wehrmacht tra la fine di settembre e l'inizio di ottobre. Il 18 novembre 1943, gli aerei americani si rifecero vivi e colpirono di nuovo, con altre distruzioni e 22 morti. Il 26 e il 29 novembre venne bombardata la stazione ferroviaria. E l'8 dicembre toccò a Porto Santo Stefano.

«Era la festa dell'Immacolata. In pieno giorno, due ondate di aerei americani si accanirono sul porto e sull'abitato. La contraerea tedesca cercò di tenerli lontani, ma non ci riuscì. Questa prima incursione uccise 32 civili e causò danni terribili. Dopo di allora, il promontorio dell'Argentario fu un obiettivo continuo. L'unica spiegazione è quella che le ho già dato.»

«Era diventato la base dei rifornimenti alle truppe tedesche che combattevano a Cassino?» domandai.

«Sì, e dalla fine del gennaio 1944 anche per sostenere i reparti impegnati a contrastare lo sbarco alleato ad Anzio e a Nettuno. I rifornimenti viaggiavano dentro piccole imbarcazioni e su zattere armate di cannoncini e mitragliere che procedevano lungo la costa.

«Porto Santo Stefano pagò un conto salato. Dal dicembre 1943 in poi, subì 95 attacchi aerei e una cinquantina di bombardamenti dal mare. In quel tempo contava poco più di 10 mila abitanti e quasi tutti persero la casa e quello che avevano.

«Il 21 gennaio 1944 altre bombe caddero su Grosseto. Il 23 e il 26 gennaio, dopo qualche giorno di pausa, Porto Santo Stefano fu di nuovo attaccata. Le sirene dell'allarme ormai non suonavano più. E cominciò a circolare una leggenda. Diceva che, nel silenzio della notte, gli abitanti potevano sentire il rombo delle Fortezze volanti americane in partenza dalla Corsica.»

«Già, le famose Fortezze volanti!» esclamai. «Da bambino ne sentivo parlare come di mostri indistruttibili. I nostri strateghi casalinghi, ce n'erano in ogni famiglia, sostenevano che quell'aereo da solo avrebbe fatto vincere la guerra agli americani.»

Livia sorrise: «Fortezza volante era il soprannome dato al B-17 da un giornale americano, il giorno del suo primo volo, nel 1935. Era un quadrimotore, capace di portare sino a 2700 chili di bombe, molto resistente alla contraerea e che poteva raggiungere una quota massima di diecimila metri. I piloti lo consideravano un bombardiere onesto, maneggevole, facile da condurre in formazione.

«Le aggiungo che aveva un equipaggio di undici persone: due piloti, un navigatore bombardiere, un radiotelegrafista e sette armieri. Il loro non era un lavoro facile. Il B-17 volava sempre a quote molto alte, per evitare la contraerea leggera. L'equipaggio doveva usare la maschera con ossigeno e operare a temperature assai basse. Ossia a quaranta o cinquanta gradi sottozero.»

Guardai Livia sorpreso: «Dove le ha imparate tutte queste cose?».

Lei mi sganciò un altro sorriso ironico: «Me lo chiede perché sono una donna o perché il mio mestiere è la bibliotecaria? Le ho imparate leggendo buoni libri. A cominciare da uno che le citerò più tardi. La verità è che lei si occupa soltanto di partigiani, di fascisti e di tedeschi. Ma dal 1943 in poi, l'Italia ha patito un'altra guerra, ben più sanguinosa di quella civile. E adesso mi segua ancora perché il mio racconto non è per niente finito.

«Dal 16 al 20 febbraio 1944 furono di nuovo colpiti con bombe sganciate da bassa quota Porto Ercole, Monte Argentario e Talamone. Nel mese di marzo altre incursioni sugli stessi paesi e su Follonica. Nel mese di aprile sempre bombe su Porto Santo Stefano e su Alberese, una frazione di Grosseto. Alla fine del mese, ci fu un ennesimo bombardamento massiccio su Porto Santo Stefano e su Orbetello, qui morirono 37 civili.»

«Che cosa facevano le autorità fasciste?»

«Nulla. Ma non per cattiva volontà. Era impossibile fare qualsiasi cosa. Il capoluogo si stava svuotando, gli uffici pubblici più importanti erano già stati evacuati verso i paesi della provincia. E lo stesso le autorità politiche. Queste ultime, tuttavia, non erano al riparo dai rischi della guerra civile. C'erano bande partigiane molto attive che, di solito, accoppavano i fascisti isolati.

«Il 30 aprile, la Guardia nazionale repubblicana, la Gendarmeria tedesca e la polizia circondarono Grosseto. Cercavano armi e propaganda clandestina. Ma non trovarono nulla. La città era semidistrutta e disabitata. Furono bloccati tutti gli accessi, però le perquisizioni fallirono perché molti edifici erano chiusi e nessun appartamento venne forzato.

«La fine della guerra si avvicinava. Ma i bombardamenti non cessarono. All'inizio del giugno 1944 colpirono Pitigliano e Arcidosso. In entrambi i luoghi a pagarla cara toccò, come sempre, ai civili. Nel primo comune ci furono 87 morti, nel secondo 92: numeri pesantissimi per la dimensione dei due abitati.

«Sul bombardamento di Arcidosso, un comune senza nessuna rilevanza strategica, c'è un buon libro» disse Livia. «L'autore è Filippo Bardelli e il titolo *Quando l'inferno cadde dal cielo*, pubblicato dalle Edizioni Effigi di Arcidosso nel 2009. Tutto iniziò quasi per caso. Nel sorvolare l'abitato, dei ricognitori americani Mustang P-51 vennero accolti da una mitragliata. A spararla erano stati dei tedeschi, un piccolo gruppo di soldati ancora attestati nel paese.

«La reazione fu inevitabile. Nel pomeriggio del 10 giugno, in due riprese, sei bombardieri americani colpirono Arcidosso. Come le ho detto, i morti furono 92. Ma secondo Bardelli il dato si riferiva soltanto ai residenti nel comune. Calcolando gli sfollati dalle città vicine, il numero reale delle vittime si alza a 110-120 morti. In quel libro viene citata una profezia di David Lazzaretti. Rammenta chi fosse?»

«Certo. Era un riformatore religioso, nato ad Arcidosso nel 1834. Aveva fondato la chiesa universale giurisdavidica e proclamò la "Repubblica di Dio". Nel 1878 morì sul monte Labro, nel Grossetano» dissi a Livia.

«Nel libro che le ho citato» mi spiegò lei, «il capitolo sul bombardamento di Arcidosso si apre ricordando una profezia di Lazzaretti, tramandata oralmente dai suoi seguaci. Dice: "Uccelli d'acciaio lanceranno pietre ferrigne". Non è impressionante?»

Borbottai: «Le profezie non mi piacciono. Mi danno i brividi e non servono a niente. Per favore, prosegua nel suo racconto».

Livia aggiunse: «Il 14 giugno gli americani raggiunsero Orbetello e il giorno successivo entrarono a Grosseto. Poche ore prima aveva lasciato il capoluogo l'ultimo reparto fascista. Era la colonna del comando provinciale della Gnr. Raggiunse Firenze, passando per Scarlino, Cecina e Pisa. Poi venne dirottata verso il Nord e arrivò sino a Bardolino, sul lago di Garda».

Domandai: «Le risulta che sia stata fatta una stima dei civili uccisi dalle bombe americane a Grosseto e nella sua provincia?».

Lei mi rispose: «Non lo so. E se qualcuno l'ha fatta non la conosco. Ma ho scovato un altro dato interessante in un libro di Vito Guidoni: *Cronache grossetane. Settembre 1943-giugno 1944*. È una delle mie fonti sui bombardamenti nella zona. Una fonte di destra, pubblicata nel 1995 dall'Associazione famiglie caduti e dispersi della Rsi a Grosseto.

«Nelle ultime pagine del libro c'è l'elenco dei caduti grossetani della Rsi, morti nella provincia o in altre località italiane. Quelli uccisi nella provincia, durante e dopo la fine della guerra civile, sono 101. Ossia molti di meno dei civili morti sotto le bombe nelle due incursioni su Paganico e Arcidosso, che sono 179, come minimo. E meno anche dei civili uccisi nel primo bombardamento di Grosseto, quello del 26 aprile 1943, che erano 134.»

«Che cosa vuole suggerire con questi confronti?»

«Quello che vedremo meglio alla fine di questo capitolo. Ossia che il vero flagello della guerra civile sono state le bombe degli americani e degli inglesi. Che pure combattevano anche per la nostra libertà.»

«Il bombardamento aereo era l'unica situazione che non presentava vie di scampo» osservai. «Non esiste difesa contro le bombe che cadono dall'alto. Tranne una: lo sfollamento, andarsene da una zona che è stata già colpita o che può esserlo nell'immediato futuro. Durante la guerra, in Italia gli sfollati furono milioni. Da bambino non sentivo che parlare di loro. Ma non potevo rendermi conto della loro tragedia: quella di aver perduto la casa e di essere profughi in patria.»

«Lei è mai stato sfollato?» mi domandò Livia.

Al ricordo, le sorrisi: «Sì, da ragazzino, nell'estate del 1944. Ma il mio sfollamento è stata una vacanza, durata sino all'autunno. Gli unici aerei che abbiamo visto passare erano le Fortezze volanti che andavano verso la Germania. Di notte appariva un piccolo aereo solitario, Pippo l'aviatore. Si diceva che andasse a caccia di qualunque obiettivo visibile. Ne era nata una filastrocca: "Se vedo un lumicino, getto un bombolino. Se vedo un lumicione butto un bombolone". Tutto qui. La tragedia vera dei civili bombardati io non l'ho vissuta, grazie a Dio».

«Chi non sfollava» continuò Livia, «correva sempre il rischio di morire. Gli Alleati non si curavano certo di avvertire i civili che rischiavano di andare all'altro mondo. Da quel che ho letto, avvenne in un solo caso: quello del primo bombardamento di Roma nel luglio 1943.»

«Non la conoscevo questa storia. Dove l'ha trovata?»

«In un ottimo libro di Marco Gioannini e Giulio Massobrio: *Bombardate l'Italia. Storia della guerra di distruzione aerea 1940-1945*, pubblicato da Rizzoli nel 2007. Si racconta che la notte precedente l'incursione, fra le due e le tre del 19 luglio, aerei americani gettarono su Roma 864 mila volantini per avvisare i romani che nel corso della giornata la capitale sarebbe stata bombardata.

«Nei manifestini si spiegava che gli obiettivi dell'incursione erano soltanto militari. E che i piloti avevano ricevuto un accurato addestramento per colpire con precisione. Poi si aggiungeva: "Comunque è impossibile evitare che siano inferti danni a edifici civili. Tuttavia, la nostra intenzione è limitare al massimo queste distruzioni. Il nostro attacco avverrà nel corso della giornata".»

Dissi a Livia: «Mi domando che senso avesse quell'avvertimento. Volantini lanciati di notte, quando tutti se ne stavano tappati in casa. Mi sembra una forma estrema di ipocrisia. Ho deciso di accopparti, però ti uso la cortesia di avvisarti che tra poco morirai...».

«Comunque sia» tagliò corto lei, «le bombe sorpresero Roma. Dalle undici di mattina alle tre del pomeriggio del 19 luglio, quattro ondate di bombardieri Usa, per un totale di 523 quadrimotori, sganciarono più di 9 mila bombe. Non si è mai saputo con certezza quante siano state le vittime civili. Il libro che le ho citato dice che furono fra 1600 e 3 mila.»

«Se non sbaglio» osservai, «anche questa incursione rientrava nella strategia di Winston Churchill. Colpire i civili per obbligare il governo fascista a uscire dal conflitto. Sulle grandi città dell'Italia del Nord, a iniziare da Milano, Torino e Genova, cominciarono a operare gli aerei inglesi del Bomber Command. L'Italia centrale e il Mezzogiorno furono zone di caccia degli americani, soprattutto dopo l'invasione della Sicilia.»

Livia commentò: «È di certo così. Ma nei fatti molte

città italiane vennero bombardate anche dopo l'armistizio. La strategia era cambiata: colpire i territori occupati dai tedeschi. E preparare il terreno per l'avanzata dell'8ª Armata britannica sul fronte adriatico e della 5ª Armata americana su quello tirrenico. A farne le spese furono, tra le altre, importanti città della Toscana e un centro industriale dell'Umbria, Terni. Ho provato a mettere alcuni di questi casi in una sequenza cronologica. Ecco il risultato.

«Il 28 maggio 1943, verso mezzogiorno, ci fu il primo bombardamento su Livorno. Un centinaio di Fortezze volanti, un mare di distruzioni, 249 morti, 10 mila senza tetto. La seconda incursione avvenne un mese dopo, il 28 giugno, con 252 morti. Ne seguirono decine di altre, più di settanta, sino all'arrivo degli americani il 19 luglio 1944.

«Livorno fu una delle città italiane più distrutte dalle bombe alleate. Nelle zone del centro rimase intatto appena l'8 per cento delle case. A peggiorare la sua sorte, arrivò l'ultima incursione, questa volta dei tedeschi, il 28 luglio 1944, quando la città era già in mano agli americani.

«L'11 agosto 1943, dopo la caduta di Mussolini, Terni, il cuore industriale dell'Umbria, subì il primo attacco. A bombardare in pieno giorno furono stormi americani. Obiettivi: lo scalo ferroviario e le acciaierie. La seconda incursione avvenne due settimane dopo, il 28 agosto. In totale, si contarono almeno 560 civili uccisi.

«La prima distruzione di Pisa si compì all'una di pomeriggio del 31 agosto 1943. Un'incursione di sette minuti, per opera di 152 bombardieri pesanti americani. Almeno mille morti. Altri bombardamenti sino alla liberazione della città, il 2 settembre 1944. Risultato: nuove vittime, in rovina le strutture industriali, distrutti i ponti sull'Arno e il 45 per cento degli edifici civili.

«Anche Firenze venne colpita più volte. Sempre durante il giorno e sempre da aerei americani. La prima incursione arrivò il 25 settembre 1943. I fiorentini non se l'aspettavano, ritenendo che la loro città d'arte, famosa nel mondo, sarebbe stata risparmiata. Era un'illusione e i civili uccisi in quel bombardamento furono 218, nelle strade attorno a Campo di Marte e alla ferrovia. Ci furono altre quattro incursioni, due nel marzo e due nel maggio 1944.

«Secondo una ricerca di Leonardo Paggi, *Il "popolo dei morti". La Repubblica italiana nata dalla guerra*, pubblicata dal Mulino nel 2009, alla fine del conflitto e in seguito alle incursioni aeree il conto delle vittime a Firenze e in provincia fu pesante: 1496 morti, 689 feriti e 360 invalidi permanenti. Nel solo capoluogo, i civili uccisi dalle bombe alleate risultarono 479, mentre a Prato furono 163 e a Empoli 161.

«Pistoia cominciò a essere bombardata il 24 ottobre 1943 ed ebbe 144 morti. Una frazione del capoluogo, Piteccio, fu l'obiettivo di ben quattordici incursioni, perché era vicina a un ponte della ferrovia Porrettana. Anche Arezzo venne colpita più volte. L'incursione del 14 gennaio 1944 uccise un centinaio di civili.»

«È una storia di stragi che non viene mai ricordata da chi è abituato a un racconto fazioso della guerra» disse Livia. «Parlo degli storici di regime, posso chiamarli in questo modo?»

«Che cosa intende per storici di regime? E di quale regime parla?» le domandai.

«Proprio a lei devo spiegarlo? Parlo del regime culturale messo su dai professionisti dell'antifascismo. Quelli che manovrano sempre la famosa lavagna dove tutti i buoni stanno da una parte e tutti i cattivi dall'altra. Questi signori rammentano di continuo la più piccola rappresaglia tedesca o fascista. Ma dimenticano quanti morti hanno fatto gli aerei americani e inglesi, bombardando l'Italia per cinque anni. Anche le loro vittime meritano di essere ricordate. Dovremmo scrivere un *Sangue dei vinti* tutto dedicato a loro.»

Guardai Livia sorpreso: «Mi sembra diventata più radicale di me...».

Lei alzò le spalle: «Ma no! Non ho fatto altro che seguire le sue orme, leggendo i suoi libri. E anche molti altri. Certi confronti sono inevitabili».

«Me ne citi uno» le chiesi.

«Eccolo. Sembra fatto apposta per dare ragione a me e, soprattutto, a lei. Riguarda due storie orrende, che hanno una secca concomitanza di date. Il 7 aprile 1944, Venerdì Santo, sull'Appennino ligure-alessandrino cominciano le fucilazioni dopo il rastrellamento della Benedicta. Tedeschi e fascisti uccidono 147 ragazzi catturati, molti dei quali senza armi in mano.

«Bene, quello stesso 7 aprile, uno stormo impressionante di Fortezze volanti americane, più di 150 aerei, arriva di giorno sopra Treviso. Ha per obiettivi la stazione ferroviaria centrale e lo scalo merci, strutture importanti, ma non di primo rango. In cinque minuti, dalle 13.24 alle 13.29, i B-17 coprono di bombe la città, forse per un errore di puntamento. Conclusione: una distesa di macerie e 1600 morti, tra i quali 123 bambini. Ossia più di dieci volte i fucilati della Benedicta.

«Della strage compiuta dai nazifascisti sul monte Tobbio sono pieni i libri di storia, a cominciare dal suo primo lavoro» osservò Livia. «Della strage compiuta dagli americani a Treviso non ha parlato quasi nessuno. A parte un testo locale: *Obiettivo Venerdì santo*, pubblicato nel 1992 da Canova Edizioni di Treviso, poi ristampato con documenti nuovi nel 2004. Gli autori sono Ernesto Brunetta, Nazzareno Acquistucci ed Everardo Artico. Altre notizie si trovano in *Bombardate l'Italia*, il libro che le ho già citato.»

«E questo che cosa significa, secondo lei?»

Livia rispose: «Che ancora oggi, a sessantacinque anni dalla fine della guerra, l'unica memoria ufficiale rimane quella antitedesca e antifascista. Un tempo, c'era almeno la destra italiana, parlo di quella neofascista del Msi, che ricordava le vittime delle bombe americane e inglesi. Adesso neppure gli eredi di quel partito lo fanno più».

«Come posso darle torto? Lei e io stiamo diventando troppo uguali. Forse dovremmo sciogliere la nostra coppia. Parlo di coppia professionale, s'intende» precisai sorridendo.

Livia non si adombrò. E disse: «Penso che la nostra coppia funzioni nel modo giusto. E siccome è lei che mi ha condotto lungo questa strada, le lascio trarre le conclusioni di quanto ci siamo raccontati a proposito dei bombardamenti alleati».

«Possiamo trarle assieme. Cominciando dal testo di Gioannini e Massobrio che lei ha citato. L'ho letto anch'io. E mi sembra un lavoro serio» dissi a Livia. «Alla fine del libro, gli autori provano a dare risposta a una domanda cruciale: quanti sono stati i civili italiani uccisi dalle bombe angloamericane, a partire dal giugno 1940 per arrivare alla fine dell'aprile 1945?

«Ben 70 mila, sulla base dei calcoli fatti dall'Istituto centrale di statistica, l'Istat. Ma secondo i due autori, è una cifra "largamente sottostimata". Un numero verosimile sta in una fascia compresa fra le 80 mila e le 100 mila vittime. Alle quali vanno aggiunti i feriti, i mutilati e i traumatizzati poi deceduti.

«Dovremmo infine considerare i danni arrecati al patrimonio nazionale» dissi ancora. «I due autori citano uno studio dell'economista Piero Barucci: *Ricostruzione, pianificazione, Mezzogiorno. La politica economica in Italia dal 1943 al 1955*, pubblicato dal Mulino nel 1978. Secondo questa fonte, sotto le bombe degli Alleati, scomparvero 9 mila ponti, il 40 per cento delle linee ferroviarie, il 91 per cento del naviglio mercantile, il 40 per cento delle aule scolastiche, il 20 per cento degli ospedali. E più di tre milioni di vani che furono distrutti o resi inabitabili.

«Certi confronti sono sempre odiosi» continuai. «Ma se torniamo alle perdite umane, di fronte alle 70 mila e più vittime dei bombardamenti, stanno le vittime delle rappresaglie tedesche. Secondo un autore insospettabile perché antifascista, lo storico militare Giorgio Rochat, i civili uccisi nelle rappresaglie nazifasciste sarebbero stati 10 mila. La cifra sale a 34 mila se mettiamo nel conto i deportati politici, esclusi gli ebrei. Se consideriamo anche gli ebrei italiani morti nei campi di sterminio tedeschi, 7300, il conto sale a poco più di 41 mila. Le cifre di Rochat stanno nell'appendice al secondo volume del *Dizionario della Resistenza*, pubblicato da Einaudi nel 2001.

«Dobbiamo fare un commento?» domandai a Livia.

Lei rispose: «Meglio di no».

4
Il marocchinato

La sera successiva ritornai a casa di Livia. Le domandai se fosse stanca dopo una giornata di lavoro alla Biblioteca nazionale. E se aveva voglia di affrontare un altro capitolo del nostro libro.

Lei mi rispose: «Non sono stanca per niente. Il mio lavoro alla Nazionale mi sembra lieve. In più le confesso di aspettare la sera. Per il piacere di rivederla. Ma soprattutto per il desiderio di costruire insieme a lei il nuovo libro. Infine c'è un aspetto del nostro rapporto che per me conta molto».

«E quale sarebbe?» le chiesi.

«L'orgoglio di essere io a offrirle il risultato delle mie vecchie ricerche che ho controllato dopo l'uscita del *Sangue dei vinti*. E che ho reso più salde con le notizie che mi sono cercata da sola. Senza andare al rimorchio, direbbe qualcuno, di un giornalista senior, incontrato per caso parecchi anni fa» concluse Livia con un sorriso cordiale e un pizzico d'ironia.

Le replicai, anch'io con un sorriso: «Su, non perda tempo a sfottermi. E mi dica di che cosa intende parlare stasera».

«Parleremo di quanto accadde dopo la liberazione di Siena. E le garantisco che non è un capitolo facile per una donna.»

«E perché mai?» le chiesi, sorpreso.

«Perché parleremo di stupri. Di donne violentate. E anche di uomini vittime della stessa violenza. Tutti alle prese con le azioni barbare compiute dalle truppe marocchine al comando dei francesi. Anche questi reparti nordafricani erano dei liberatori, in teoria. Ma si comportarono peggio dei tedeschi. Posso cominciare il mio racconto? Come vede, ho davanti a me una serie di schede e un canovaccio che mi aiuteranno a offrirle una narrazione ordinata.

«Il 18 giugno 1944» disse Livia, «il Corpo di spedizione francese entrò nella provincia di Siena dal confine meridionale. E il 3 luglio prese la città quasi senza colpo ferire. Anche qui ci furono vendette contro chi era stato con la Repubblica sociale. Come sempre le cifre sono discordanti. Ma si può affermare che non si videro le stragi compiute dai partigiani nell'Italia del Nord dopo il 25 aprile.

«In compenso, attorno a Siena, accadde quel che era già avvenuto a sud di Roma: gli stupri compiuti dai marocchini del Corpo di spedizione francese. Le bestialità di queste truppe sono diventate famose grazie a un romanzo di Alberto Moravia, *La ciociara*. E soprattutto per il film girato nel 1960 da Vittorio De Sica e interpretato da Sophia Loren. I marocchini si scatenarono contro i civili dopo aver rotto il fronte tedesco a Cassino. Fecero terra bruciata soprattutto nell'area di Esperia e poi a Frosinone.

«Gli stupri in quelle terre ebbero una dimensione numerica spaventosa, si disse quasi 50 mila. Nel Senese i casi furono molti di meno, ma provocarono traumi profondi pure in chi non li patì in modo diretto. Anche qui vennero violentati dei maschi. E a questo proposito le presenterò una testimonianza molto singolare, da tanti punti di vista. Ma lo farò soltanto alla fine del mio racconto.»

«D'accordo. Però adesso vorrei sapere qualcosa su questi marocchini venuti a combattere in Italia» dissi a Livia.

«Per conoscere tutto le consiglio di leggere un buon libro pubblicato da Mursia nel 2006. È di Fabrizio Carloni: *Il Corpo di spedizione francese in Italia. 1943-1944*. Adesso le dirò quanto basta.

«I marocchini erano soldati che avevano firmato un contratto regolare con l'esercito della Francia libera del generale Charles de Gaulle. Quelli destinati al combattimento erano pastori o contadini e venivano dalla catena montuosa dell'Atlante. I francesi li avevano arruolati perché li sapevano capaci di battersi in montagna e su terreni accidentati. Proprio quello che avrebbero dovuto fare nella campagna d'Italia. In più avevano la fama di essere molto coraggiosi. Un loro motto diceva: "I tunisini sono delle donne, gli algerini degli uomini, noi marocchini siamo dei leoni". Presunzione? Non del tutto. E infatti lo si vedrà sul fronte di Cassino.»

«Perché i soldati marocchini venivano chiamati goumiers?» domandai a Livia.

«Lo spiega Carloni nel suo libro. La parola derivava da un termine arabo, trascritto *goum*. Indicava una banda o una squadra arruolata in un villaggio o in una serie di villaggi contigui. Di solito aveva la forza di una compagnia. Più goum formavano un tabor. Un gruppo di tabor equivaleva a una brigata. La forza base, il tabor, era costituita da 60-70 ufficiali e sottufficiali francesi, quasi sempre nati in Nordafrica, più 800 soldati marocchini.

«Nel Senese arrivò un raggruppamento di tabor, composto da 7 mila goumiers con un corpo ufficiali di 645 francesi. Lo guidava il generale Augustin Guillaume, un militare esperto che sapeva bene in che modo condurre in battaglia i marocchini. Era un uomo di 49 anni, tarchiato, baffi neri e portamento marziale. Indossava sempre la vestaglia dei goumiers, fermata sui fianchi da un cinturone.

«Per fortuna» osservò Livia, «non tutti i goumiers si comportavano da stupratori. Ma di certo non sembravano signori pacifici. Anzi, non erano per niente belli a vedersi, specialmente per la gente delle campagne italiane che, in quel tempo, non aveva mai incontrato un nordafricano di colore, oggi diremmo un extracomunitario» osservò Livia. «Anche la divisa li distingueva e, in qualche modo, ne annunciava la diversità allarmante dai soldati stranieri dei due fronti.»

«Ho visto qualche fotografia scattata nell'Italia del 1944» dissi a Livia. «I goumiers indossavano una specie di zimarra o di vestaglia...»

«L'hanno descritta con precisione Carloni e una ricercatrice storica. È Federica Saini Fasanotti, autrice de *La gioia violata*, pubblicato nel 2006 dalle Edizioni Ares. I goumiers indossavano una tunica lunga sino alle caviglie, di lana grezza a strisce verticali, bianche, grigie o marroni, con un ampio cappuccio. Quando non portavano l'elmetto francese avevano un piccolo turbante, fatto di panni intrecciati. Preferivano calzare sandali con la suola di corda. Infine erano tutti armati di un mitragliatore Thompson calibro 45. E alla cintola tenevano un pugnale o un coltellaccio lungo e largo, sempre molto affilato. Era questa l'arma preferita da puntare contro la donna o l'uomo che volevano stuprare.

«Arrivati nel Senese, molti di loro cominciarono a dare la caccia alle donne e anche ai maschi, soprattutto i ragazzini e gli adolescenti. Fu una violenza davvero barbara e di massa. Anche se in dimensioni minori che in Ciociaria.»

«Per quale motivo?» domandai a Livia.

«Per quello più semplice: il rischio di essere puniti. Dopo gli orrori della Ciociaria, il controllo degli ufficiali francesi era diventato molto più rigoroso. E le fucilazioni più frequenti. Per esempio, a Casale di Pari, una frazione di Civitella Paganico sul confine grossetano, sei marocchini vennero giustiziati per aver stuprato la moglie di un piccolo dirigente fascista. E a Montalcino un goumier fu ucciso a rivoltellate da un ufficiale francese subito dopo una violenza sessuale.

«In proposito c'è un altro libro che dobbiamo citare» precisò Livia. «È di Claudio Biscarini, uno storico militare non accademico, assai bravo: *1944: i francesi e la liberazione di Siena*, pubblicato nel 1991 da Nuova Immagine, un editore senese. Biscarini vi descrive molti casi di stupri, e anche di omicidi, compiuti dai marocchini. Le località dove avvennero sono numerose: Colle Val d'Elsa, Monteriggioni, Casole d'Elsa, San Quirico d'Orcia, Poggibonsi, Abbadia San Salvatore, Montalcino, Casciano di Murlo, Monteroni d'Arbia, Buonconvento, Castel del Piano.

«Ad Arcidosso, in provincia di Grosseto, i primi Alleati ad arrivare dalla zona del monte Labro e dell'Aquilaia, furono i tabor della 3ª Divisione di fanteria marocchina. Era il 16 giugno. Nel libro di Bardelli c'è una pagina che racconta quel che accadde. I tabor si accamparono proprio nell'area dei Poggi dove erano sfollate molte famiglie. Anche lì ci furono violenze, su femmine e maschi. Gli ufficiali e i sottufficiali francesi avevano avvertito la popolazione del rischio rappresentato dai marocchini. Le donne vennero nascoste nei rifugi utilizzati dai partigiani durante i rastrellamenti. Per difenderle, i capifamiglia organizzarono dei turni di guardia, armati di bastoni e di roncole.

«Nelle campagne attorno a Siena» continuò Livia, «furono violentate donne di tutte le età: anziane, giovani, adolescenti. I marocchini non ebbero pietà per nessuna, neppure per chi stava a letto ammalata. Secondo la Saini Fasanotti, all'ospedale di Siena vennero ricoverate ventiquattro ragazzine tra i 12 e i 14 anni, tutte stuprate.

«Toccò anche ai maschi, non soltanto a quelli giovani. Un agricoltore di San Quirico d'Orcia per lo choc e la vergogna si uccise. Nel suo libro, Carloni racconta che sempre a San Quirico, nella località Podere Nuovo, nove goumiers irruppero nella casa di una famiglia e sequestrarono tre sorelle di 20, 18 e 15 anni. Dopo averle trascinate in un campo, le stuprarono per ore. Poi ritornarono nella casa e la saccheggiarono.

«A ribellarsi per primo a tante bestialità fu il vescovo di Siena, monsignor Mario Toccabelli. In una relazione inviata ai comandanti francesi, denunciò il flagello che aveva colpito la diocesi. Scrisse che non esisteva un podere che fosse stato risparmiato dalle violenze e dalle rapine dei marocchini. I contadini avevano smesso di lavorare nei campi per difendere le loro donne. Citò il caso di un podere sulla via di Poggibonsi, a pochi chilometri dalla città. Qui i goumiers stuprarono una signora di cinquant'anni e cercarono di violentare la figlia sedicenne che si gettò da una finestra. Poi arrivò il capofamiglia che con una roncola sgozzò due dei marocchini.»

«Ma che cosa facevano i comandanti francesi?» domandai a Livia.

«Quello che potevano. Numerosi soldati marocchini vennero fucilati. Ma ho l'impressione che i francesi considerassero gli stupri una sorta di danno collaterale della guerra, difficile da evitare. Dieci giorni dopo la liberazione di Siena, il 13 luglio 1944, monsignor Toccabelli incontrò il generale Alphonse Juin, comandante del Corpo di spedizione francese. Secondo la Saini, Juin disse al vescovo: "Sono costretto a fare la guerra a dei barbari con soldati altrettanto barbari". E ammise di ricevere ogni giorno dai suoi ufficiali una decina di richieste di condanne a morte, per il contegno "indomabile" dei marocchini.»

«Del resto, ai francesi, come a tutti gli eserciti, importava soltanto di vincere» osservai. «Purtroppo le guerre induriscono il cuore degli esseri umani.»

«Lo penso anch'io» sospirò Livia. «A cominciare dal cuore del generale De Gaulle. Il 29 giugno, arrivò a Castiglione d'Orcia e passò in rassegna le truppe che si preparavano a entrare in Siena. Nel libro di Biscarini, ci sono tre fotografie di quell'incontro. In una, il generale, tirato a lucido con il chepì e gli stivali, stringe la mano a un goumier marocchino. Anche lui perfetto nella sua zimarra da combattimento, con il Thompson a tracolla. E una faccia da guerriero, di quelle che è meglio non incontrare a tu per tu.»

«Mi aveva parlato di una testimonianza singolare» dissi a Livia. «Forse è il momento di sentirla.»

«L'ho raccolta nel 2005, dopo l'uscita del *Sangue dei vinti*. Un'amica che abita a Siena mi rivelò che conosceva la storia di un altro sconfitto della guerra. E mi aiutò ad arrivare a lui. Era un piccolo agricoltore che da giovane era stato stuprato da un soldato marocchino. Ma la violenza aveva avuto su di lui una conseguenza inaspettata. Le confesso che ancora oggi non so spiegarmi perché si sia aperto con me. Forse perché ero una donna. Mi disse pure che, dopo la sua morte, potevo pubblicare quello che mi aveva raccontato. A certe condizioni.»

«Quali?» domandai a Livia.

«Pazienti ancora qualche istante e glielo dirò. Quel testimone è deceduto nel 2007, a 81 anni. Era un piccolo agricoltore nato nel 1926 e quando venne violentato nell'estate 1944 aveva 18 anni. Le condizioni che mi ha posto sono le seguenti. Chiamarlo con la sola iniziale del nome di battesimo, M. Non precisare la località della val d'Orcia dove era sempre vissuto. E infine trascrivere il suo racconto in terza persona. Per ultimo mi ha detto: "Signora, con lei sarò sincero come non lo sono mai stato con nessuno. Rispetti il nostro patto. Si ricordi che la considero un sacerdote, un confessore. Non mi descriva come sono oggi, perché qualcuno potrebbe riconoscermi. E non mi tradisca".

«È una testimonianza unica» mi spiegò Livia. «Non soltanto perché si tratta di un maschio. Anche le donne violate non erano disposte a parlare. Una ex deputata del Pci mi ha raccontato che nel Senese, dopo la guerra, l'Udi, l'Unione donne italiane, era andata alla ricerca delle donne stuprate per aiutarle a ottenere la pensione prevista in quei casi. Ma nessuna aveva voluto raccontare quanto aveva patito. Comunque, ecco la storia di M., così come era stata trascritta da me subito dopo il colloquio. Le avevo dato anche un titolo.»

M. e il soldato

M. è orfano di padre e di madre, non ha fratelli né sorelle, abita da solo in un piccolo podere della val d'Orcia. Qui alleva un gregge di pecore, cinque mucche chianine, due maiali, polli e conigli. È un ragazzo di 18 anni, piccoletto, magro, con un viso dai tratti fini. In quell'estate di guerra vive nell'ansia. È sempre riuscito a sfuggire alle retate dei tedeschi in cerca di uomini da adibire allo scavo delle trincee. In che modo? Fingendo di essere una ragazza.

In casa M. conserva gli abiti della madre scomparsa. A suggerirgli l'espediente è stata una zia materna, che vive con il marito in un altro paese della val d'Orcia. Per essere più credibile come ragazza, M. si è lasciato crescere i capelli. In tempi più recenti sarebbe apparso solo uno dei tanti capelloni, ma nel 1944 la chioma lunga lo aiuta a sembrare davvero una femmina.

Alla fine di giugno del 1944 le truppe francesi avanzano verso Siena, passando per le alture dell'Orcia. La gente è in allarme. Tutti sanno delle violenze compiute dai marocchini dopo la battaglia di Cassino. I giornali della Repubblica sociale ne hanno parlato molto. Le donne violentate sono centinaia, forse migliaia, di tutte le età: dalle bambine alle anziane di 70 e 80 anni. Tante di loro sono state uccise.

Anche i maschi hanno subìto uno stupro, talvolta da

più marocchini. Con le violenze sessuali ci sono stati omicidi, furti, rapine, devastazioni di case. L'esistenza di tante vittime è stata distrutta. Molte hanno contratto malattie veneree, in quel tempo difficili da curare. La gente maledice i liberatori francesi e sostiene che si stava meglio sotto l'occupazione tedesca. I soldati di Hitler non erano così feroci e non hanno mai violentato donne o maschi.

Adesso le truppe marocchine si stanno avvicinando. M. è in preda al terrore. E si domanda che cosa accadrà. Questa volta non potrà fingere di essere una ragazza, perché cadrebbe dalla padella nella brace. Dovrebbe lasciare il podere e rifugiarsi dagli zii. Però teme che, al suo ritorno, non troverà più nulla di quello che ha lasciato.

Un pomeriggio vede arrivare attraverso i campi tre militari di pelle scura. Indossano lunghe zimarre color marrone, al posto dell'elmetto hanno un turbante, sono armati di fucili mitragliatori. Di sicuro sono marocchini. M. pensa di fuggire. Ma è troppo tardi per farlo. I soldati lo vedranno e gli spareranno.

Due dei marocchini si disperdono per la campagna, forse alla ricerca di donne da possedere e di qualcosa da rubare. Il terzo si dirige verso il podere di M. È un soldato alto, grosso, con una barba corta che termina con un pizzetto. Deve avere trent'anni, forse meno.

Il soldato irrompe nella casa di M. Parlando in francese e in un italiano incerto, saluta il ragazzo con un sorriso. Poi lo afferra e lo trascina verso la camera da letto. Gli fa capire che non intende rubare niente: vuole soltanto fare l'amore con lui.

Preso dal panico, M. gli grida di avere un brutto male contagioso. E che non deve essere toccato. Ma il marocchino non capisce o forse non gl'importa. Scaraventa il ragazzo sul letto a pancia in giù, si leva la zimarra e comincia a spogliarlo, tagliandogli i pantaloni con il lungo coltello che porta alla cintola.

Il soldato è sporco, sudato, puzza di capra, di mulo, di terra e di alcol. Ha un alito fetente. Il suo corpo sa di stalla. La dentatura è rovinata, con due incisivi di metallo. È già molto eccitato. Grida parole incomprensibili.

M. cerca di ribellarsi, ma il marocchino è troppo più forte di lui. Lo stordisce picchiandolo sulla testa, sul collo, sulla schiena. Lo schiaccia sotto il suo peso e lo possiede. M. urla per il dolore, si dispera, piange. Comincia a perdere sangue. Vorrebbe alzarsi dal letto. Ma il soldato gli punta il coltellaccio sui fianchi e gli fa capire che deve stare fermo e non muoversi. Quindi lo stupra per la seconda volta.

Per fortuna di M., il soldato marocchino voleva soltanto sfogarsi. Non lo uccide, non devasta la casa, non ruba nulla. Prima di andarsene, rovescia sul tavolo della cucina il contenuto dello zaino: qualche scatoletta di carne e pacchetti di sigarette. Ringrazia il ragazzo e gli fa capire che tornerà a trovarlo.

M. è sconvolto, si vergogna dello stupro. Decide di non ricorrere al medico condotto. E non racconta nulla agli zii. Poi ripensa alla promessa del marocchino e la ritiene una vanteria, più che una minaccia. Anche quel soldato arriverà a Siena e non si farà più vedere. Il ragazzo si impone di restare nel podere. È choccato per quel che ha subìto. Cammina a fatica, continua a sanguinare. Crede che il peggio sia passato. Ma non è così.

Tre giorni dopo il marocchino ritorna. Ha due zaini colmi di viveri e pretende di possedere ancora M. Questa volta vuole farlo con calma. Si spoglia del tutto: ha un corpo asciutto, la pelle cotta dal sole, una cicatrice sul petto e due piccole ferite a una gamba. Non si è lavato e sembra ancora più sporco.

Obbliga il ragazzo a denudarsi e a distendersi sul letto. Poi lo penetra con meno brutalità del primo incontro. Gli piace molto possederlo e cerca di dirglielo, con un parlottio confuso. M. è costretto a soddisfare le voglie del soldato. E deve comportarsi come una ragazza, non come un maschio.

Il marocchino gli indica la bocca: vuole essere baciato. M. lo bacia e quasi vomita per lo schifo. Il soldato ricambia il bacio. La sua saliva sa di tabacco e di polvere. Poi il marocchino si riveste e se ne va, dicendo che si chiama Jean e che ritornerà di nuovo.

Passa una settimana. M. si rende conto di aspettare senza paura la terza visita del soldato. Soprattutto sente che dentro di sé c'è stato un cambiamento. Era vergine e non aveva mai fatto l'amore con una donna. La sua prima volta è stata con il marocchino. Nel ricordo non gli sembra più uno stupro, ma un rapporto normale. E avverte un desiderio mai provato, quasi una rivelazione: vuole concedersi di nuovo al soldato, farsi possedere, provare piacere e dare piacere.

Finalmente il marocchino ritorna, sempre carico di cibo, di sigarette, di liquori. M. lo prega di aspettare in cucina. Poi va in camera da letto e si traveste con molta cura, usando i pochi indumenti femminili che ha. Si colora le labbra con il rossetto. Si acconcia i capelli come se fosse una ragazza. Quando ritorna in cucina, il soldato resta abbagliato dalla bellezza di M.

Il ragazzo lo accompagna in camera da letto e prende l'iniziativa di spogliarlo e di spogliarsi. Si amano per tutto il pomeriggio. M. scopre di poter essere una femmina quasi perfetta. È lui a offrirsi al soldato, più di una volta. Lo incita, lo invoglia. Con il desiderio di soddisfarlo e di esserne soddisfatto.

Alla fine del terzo incontro, M. si sente spossato, ma appagato. Si è dato per intero al marocchino. Pure il soldato è confuso. Non si aspettava di essere accolto con tanta passione. Prima di andarsene, i due si baciano. Il soldato si eccita di nuovo. Fa chinare M., gli solleva la gonna, gli abbassa le mutande, gli allarga le natiche e lo prende. In un italiano incerto, ringrazia il ragazzo e dice che si ricorderà di lui.

Il soldato marocchino non ritornerà più. Però sono bastati quei tre incontri a cambiare la vita di M. Lo stupro e poi l'amore con il soldato gli hanno fatto scoprire la propria sessualità nascosta. Per il ragazzo comincia un periodo tormentato. M. si guarda bene dal raccontare di essere stato violentato. Tanto meno intende confessare di aver incontrato per tre volte lo stesso soldato. Nei paesi circostanti la gente maledice i marocchini e la loro barbarie. Qualcuno potrebbe vendicarsi su di lui, il fidanzato del marocchino.

Per di più, essere gay nella Toscana degli anni Quaranta è molto difficile. Bisogna nascondersi, non rivelare un vizio tanto orrendo. È quello che fa M., aiutato dalla vita solitaria in un casale isolato. Di giorno è un uomo che si occupa del podere, delle pecore, delle vacche, del pollaio. La sera, dopo essersi chiuso in casa, diventa una donna. A Siena ha comprato abiti, scarpe e indumenti femminili. Si traveste, si trucca, poi si masturba pensando alle ore trascorse con il soldato marocchino.

M. non si sposerà. Non avrà rapporti con donne. Ma soltanto con qualche maschio dei paesi vicini, conosciuti per caso. Il rapporto più lungo, durato qualche anno, sarà con un medico, anche lui omosessuale. Tuttavia nessuno di loro potrà fargli dimenticare i tre pomeriggi con il soldato arrivato dal Marocco e poi scomparso nel grande caos della guerra.

Passano trent'anni. Siamo nel giugno 1974. M. vive sempre da solo nel podere in val d'Orcia. Un giorno vede arrivare un'auto di grossa cilindrata. Ne scende un signore di pelle scura, che camminando un po' a fatica raggiunge la casa di M. È Jean, il soldato che lo aveva posseduto. Entrambi non sono più quelli di un tempo. M. ha 48 anni, Jean è vicino ai sessanta. Si abbracciano come accade fra due amanti che si ritrovano.

Con un sorriso, M. indica a Jean la porta della camera da letto. E gli dice: se mi vuoi, sono ancora pronto ad accoglierti. Ma il marocchino scuote la testa. Racconta che durante lo sbarco nella Francia meridionale, nell'agosto 1944, è rimasto ferito all'inguine. E da quel momento è diventato impotente.

Abita a Rabat in una bella casa, ha un'officina meccanica per automobili bene avviata, ma non è più stato in grado di avere rapporti con donne e uomini. L'ultimo è stato proprio M. Per questo ha pensato di passare a salutarlo, durante quel viaggio in Italia offerto da un'importante industria di auto alla rete dei suoi clienti in Marocco.

I due uomini si raccontano la loro esistenza dopo la guerra. M. chiede al marocchino perché lui e i suoi compagni si sono comportati con tanta brutalità in Italia. La risposta del vecchio soldato rivela più di una spiegazione. I goumiers erano poveri e gli italiani ricchi. L'Italia ha fatto la guerra insieme a Hitler, poi ha aggredito la Francia e li ha costretti ad arruolarsi con i francesi e a venire qui a combattere. Molti soldati marocchini sono morti per ridare la pace agli italiani, ma quelli che tornano in patria vivranno con l'incubo della guerra nell'Italia alleata dei tedeschi. I marocchini erano tutti giovani, lontani da casa, avevano bisogno di sfogarsi e volevano farlo con le donne e i maschi dei paesi liberati: erano il loro bottino di guerra.

«Questo è il finale di una storia che poteva essere soltanto brutale. Quando M. me l'ha narrata, mi ha fatto vedere un libro di fotografie sulla liberazione di Siena. C'è anche una sequenza di immagini della sfilata dei tabor marocchini in piazza del Campo, nell'estate 1944. Mi indica un soldato e dice, con nostalgia: questo assomiglia a Jean.

«Adesso che le ho letto il racconto di M.» sospirò Livia, «la storia mi disturba più di quanto accadesse prima. Molte donne hanno vissuto le pene dell'inferno durante lo stupro e dopo. La loro esistenza ne è stata rovinata per sempre. Invece, il nostro M. ha scoperto l'amore. E si è reso conto di preferire i maschi alle donne.»

«Tutto giusto. E allora che cosa decidiamo?» domandai a Livia.

«Sarei propensa a non pubblicare la storia di M.» rispose lei.

Le replicai: «Perché non farlo? La vita degli altri non è sempre come la immaginiamo noi».

Parte seconda

5
Cecchini a Firenze

«La parola spetta di nuovo a lei» dissi a Livia. «Questa sera deve raccontare di Firenze. Da dove cominciamo?»

«C'è un tema obbligato» mi avvisò Livia. «I franchi tiratori, i cecchini fascisti che tentarono di ostacolare i reparti della 8ª Armata britannica, e i partigiani che stavano entrando a Firenze. Tutto accadde tra la fine di luglio e la fine di agosto del 1944, mentre gli Alleati cercavano di prendere la seconda grande città dell'Italia centrale dopo Roma.

«Firenze era anche un obiettivo simbolico, soprattutto per gli inglesi: una capitale dell'arte, la più importante in Europa, famosa in tutto il mondo. La pensavano allo stesso modo i fascisti della Repubblica sociale. A cominciare dal segretario del Pfr, Alessandro Pavolini, fiorentino. Fu così che decisero di rendere molto costoso l'ingresso degli Alleati in città. E tentarono di resistere, cosa che non avevano fatto neppure a Roma.»

«Chi organizzò i cecchini di Firenze?» domandai a Livia.

«Lo spiega uno dei libri che ho consultato in questi giorni. È di Enrico Nistri: *La Firenze della ricostruzione (1944-1957)*, pubblicato a Empoli nel 2008 da Ibiskos Editrice Risolo. La decisione fu presa da Pavolini, mentre la struttura dei franchi tiratori venne curata dal federale repubblicano di Firenze, Fortunato Polvani, aretino di Cortona, un dirigente fascista molto convinto.

«Polvani aveva 40 anni, si trovava in carica da pochi giorni e si diede molto da fare. A battaglia conclusa, anche lui si trasferì nell'Italia del Nord. Qui pubblicò un giornale, "Porta Romana", che uscì per pochi numeri. Quando la guerra finì, espatriò in Argentina. Tanto tempo dopo, rientrò in Italia. E visse a lungo perché morì a Genova nel 1994, a novant'anni.

«Si è detto che Pavolini si fosse infuriato per le circostanze dell'occupazione di Siena. Era avvenuta senza nessuna resistenza fascista. Allora si sosteneva che il podestà di Siena avesse mandato i figuranti del Palio a incontrare le truppe francesi per aprirgli le porte della città. Non era vero, ma in quei frangenti bastava crederlo per giurare che a Firenze sarebbe andata in modo molto diverso.»

Livia continuò: «Comunque, come osserva Nistri, Pavolini voleva dimostrare proprio nella sua città, tra le più fasciste, che non tutti gli italiani erano vigliacchi. Tanto da accogliere con entusiasmo i vincitori di una guerra che anche l'Italia aveva perduto.

«In quel momento il fiorentino Pavolini aveva 41 anni, un uomo magro, stempiato, i baffi neri. Era un intellettuale che si era dato tutto alla politica, il fondatore delle Brigate nere. Diventò segretario del Pfr nell'autunno del 1943 e conservò quella carica sino alla fine, ossia sino alla fucilazione a Dongo nell'aprile 1945. Al congresso di Verona, il 14 novembre 1943, aveva gridato: "Lo squadrismo è stato la primavera della nostra vita. Chi è stato squadrista una volta, lo è per sempre!".

«Pavolini sapeva che il fascismo sarebbe stato sconfitto. E che la sua Firenze era condannata. Quando arrivò da Milano, verso la metà del giugno 1944, per prima cosa ordinò di trasferire nell'Italia del Nord le famiglie dei fascisti più esposti per sottrarle alle vendette dei vincitori. All'inizio di luglio partirono le autorità istituzionali e politiche più importanti. A cominciare dal podestà Giotto Dainelli, il capo della provincia Raffaele

Manganiello e il federale Gino Meschiari, poi sostituito da Polvani.

«Ma prima di allora c'erano già state altre partenze da Firenze. Ho trovato una delle poche testimonianze su questi distacchi dalla città. È di Gigi Salvagnini, un autore che presto incontreremo. Nel 1944 aveva 15 anni. Suo padre, Rio Salvagnini, era un capitano di complemento dell'esercito che lavorava nella biblioteca dell'Istituto Geografico Militare. I tedeschi volevano trasferire il patrimonio archivistico dell'istituto in Germania. Ma i dirigenti si opposero e riuscirono a ottenere che il Geografico fosse spostato a Dobbiaco, in Alto Adige.

«Gigi rimase a Firenze, ospite di una zia. E andò a salutare il padre che partiva per raggiungere la nuova sede dell'istituto. In seguito raccontò quelle ore in una pagina di diario, pubblicata nel 1986 in un'edizione in trenta copie riservate agli amici: *Franchi tiratori. Cronaca di una pubertà*. È un brano che mi è piaciuto molto e voglio leggerglielo, anche perché contiene un'istantanea della Firenze in guerra e sotto la minaccia dei bombardamenti angloamericani.»

Livia prese un libricino bianco e lesse: «Accompagnai mio padre alla partenza. Il camion lo attendeva in piazza Santissima Annunziata, ed aveva la caldaia già sotto pressione... La piazza era la stessa degli ultimi mesi, eppure mi pareva di vederla per la prima volta. Le fontane del Tacca e la statua equestre di Ferdinando I erano nascoste sotto le sovrastrutture protettive. Tre scialbe baracche nel bel mezzo d'uno spazio limitato da due gradinate contrapposte come uno stadio di provincia. Anche i molli archi del Brunelleschi erano profanati da volgari pilastroni grezzi che ne puntellavano i cervelli. In fondo alla via dei Servi il cupolone dominava incautamente la città. Nessuna sovrastruttura poteva coprirlo, e quello se ne stava lì insolente. "Che sciocchezza" pensai. "Tentare di salvare le fontane del Tacca quando la cupola di

Santa Maria del Fiore corre tanto grave pericolo!". Che sarà Firenze senza di lei? Una città qualunque, con un clima orribile e qualche statua per le strade...».

«Molto bello. E Pavolini?» domandai.

«Lei ha sempre fretta!» sorrise Livia. «Anche lui se ne andò al Nord, però dopo tutti gli altri. Lasciando la città ai franchi tiratori. Nistri racconta la sua ultima giornata fiorentina. Visitò i luoghi dell'infanzia e dell'adolescenza. Si recò al cimitero di Scandicci per un estremo saluto alla tomba della madre. Quindi andò in via Tornabuoni per vedere l'amata libreria Seber. Infine telefonò a parecchi amici di gioventù, per salutarli. Ma soltanto pochi si fecero trovare, come ricorda Arrigo Petacco nella sua biografia del leader fascista.»

«Quanti cecchini riuscirono a organizzare, Polvani e Pavolini?» domandai a Livia.

Lei sorrise: «Mi aspettavo la domanda. Ma debbo confessarle che non ho una risposta sicura. Nessuno lo sa con esattezza. Nistri scrive di un centinaio di militanti, compreso un gruppo di ragazze. Altri autori parlano di trecento-quattrocento, un numero che mi sembra eccessivo. Tutti reclutati attraverso la struttura fiorentina del partito.

«L'unica notizia certa» proseguì Livia, «è che vennero addestrati al tiro di precisione e al combattimento presso le cave di Maiano, nella periferia della città. Furono dotati di fucili a cannocchiale. Disponevano di molte munizioni. E non vestivano nessuna divisa, ma abiti borghesi. In tasca non avevano nessun documento d'identità. O, quando li possedevano, erano falsi e con nomi inventati.

«Infine per la maggior parte erano giovani, uomini e donne fra i venti e i trent'anni. Ma con loro c'erano pure fascisti vicini ai quaranta, militanti decisi a tutto, oppure gente disperata per la morte di un parente ucciso dai partigiani. Nel dopoguerra si disse che anche Giovanni Spadolini, allora diciannovenne, avesse fatto il cecchino. Ma è una pura invenzione.»

«Quando cominciarono a sparare?» chiesi a Livia.

«Per avere un quadro chiaro dei tempi e dei luoghi del loro intervento, bisogna rammentare le tre fasi della battaglia di Firenze. Le spiega con precisione un ricercatore di destra, Gigi Salvagnini, in uno dei suoi libri: *Dagli al fascista!*, pubblicato a cura dell'autore nel dicembre 2005 e stampato dalla Tipografia il Bandino di Bagno a Ripoli. Lui ricorda le seguenti fasi, tutte dell'agosto 1944.

«Il 4 agosto gli Alleati entrarono nel quartiere dell'Oltrarno. Avevano l'intenzione di arrivare in città per la via più diretta, ossia superando Porta Romana per poi inoltrarsi lungo via dei Serragli, una strada stretta che conduce verso il ponte alla Carraia. Però non varcarono il fiume perché i ponti erano stati fatti saltare dai tedeschi e per evitare il rischio di cadere sotto il fuoco dei cecchini che sparavano dai tetti. L'11 agosto gli Alleati si decisero a passare l'Arno, preceduti dai partigiani che davano la caccia ai franchi tiratori appostati un po' dappertutto nel centro della città. Il 22 agosto la battaglia per Firenze poteva dirsi conclusa: i tedeschi avevano iniziato la ritirata verso il Mugello e il passo della Futa.»

«Allora possiamo dire che la battaglia dei cecchini durò all'incirca due settimane o poco meno?» chiesi a Livia.

«Sì, possiamo dirlo, ma anche in questo caso senza nessuna certezza» replicò lei. «È una cautela necessaria perché la questione dei cecchini è sempre stata avvolta nella nebbia del segreto, se posso usare questa immagine. Per esempio, nessuno sa quanti avversari abbiano ucciso. E chi erano poi questi avversari? Militari alleati, partigiani o anche civili?»

«Qualcuno sostiene che i cecchini fascisti abbiano sparato pure contro i civili, colpevoli di attendere con favore gli invasori» osservai.

«Lo so. Nistri scrive che, secondo una stima attendibile, i civili uccisi dai cecchini furono fra i trenta e i trentacinque» disse Livia. «Ma anche questo dato mi sembra avvolto dalla nebbia. Come vedremo, Salvagnini lo smentisce. Qualcosa di più si conosce sulla fine dei franchi tiratori catturati dai partigiani o dai militari alleati.»

«Mi dica quel che sostengono i testi che ha consultato.»

«La prima cosa è che la caccia al cecchino divenne subito anche la caccia ai fascisti o presunti tali che non imbracciavano nessun fucile. Qualunque fascista catturato nel centro di Firenze poteva essere considerato un franco tiratore e subito ucciso. Fu quello che accadde a un maresciallo che si era arruolato con gli inglesi ed era rientrato a Firenze insieme a loro.

«È una storia allucinante, narrata da Salvagnini. Il maresciallo si chiamava Luigi Gallerani e l'11 agosto era corso a rivedere la sua casa in Borgo Ognissanti, una zona presidiata dai franchi tiratori. Si affacciò a una finestra per rendersi conto della situazione. E venne notato da una pattuglia di partigiani che lo scambiò per un cecchino. Il maresciallo fu invitato a scendere in strada. Lui scese, senza immaginare che cosa stava per accadergli...»

«Venne pestato?» domandai.

«Di più: fu assalito da una folla inferocita. Lui cercò di spiegare chi era, ma nessuno gli diede ascolto. I partigiani lo passarono a un'altra pattuglia, sostenendo che era un franco tiratore. La pattuglia lo condusse in una strada vicina, via degli Orti Oricellari, lo spinse contro un muro e lo uccise con una raffica di mitra.

«I veri cecchini stanati e fucilati pare siano stati una

cinquantina» continuò Livia. «Vale a dire la metà della loro forza, ammesso che fossero un centinaio. Sulla loro fine lei ricorderà di certo la pagina della *Pelle* di Curzio Malaparte che descrive l'esecuzione dei cecchini sul sagrato della chiesa di Santa Maria Novella...»

«Sì, rammento l'arrivo dello scrittore sulla piazza, dentro una jeep guidata da un ufficiale americano. E la descrizione dei cecchini che vengono giustiziati uno dopo l'altro: tutti giovani, tutti spavaldi, tutti con la sigaretta tra le labbra.»

Livia sorrise: «È un'invenzione romanzesca. Nistri osserva che nei giorni attorno all'11 di agosto nel centro di Firenze non circolavano jeep né ufficiali americani. Ma è vero che i cecchini catturati affrontarono la morte con grande coraggio. In fondo erano dei kamikaze. E sapevano fin dall'inizio che dopo la cattura sarebbero stati uccisi. Secondo la testimonianza del giornalista Bruno Fallaci, lo zio paterno di Oriana, non pochi di loro si offrirono ai fucili dei partigiani con le mani sui fianchi e l'ultima sigaretta in bocca».

«Nel libro di Salvagnini che abbiamo citato» continuò Livia, «ho trovato molte altre notizie sui cecchini fascisti di Firenze. Per cominciare lui sostiene che erano fra i trecento e i quattrocento. Come forza combattente e al confronto delle truppe alleate, si trattava di un'inezia, una scheggia e non di più.

«La città era stracolma di gente. Nel 1940, nel comune di Firenze risiedevano 350 mila persone che quattro anni dopo erano diventate 500 mila. Ma secondo Salvagnini le fazioni che si combattevano potevano contare su appena 10 mila uomini, la metà dei quali fascisti.

«Sulle prime sembrò che Firenze venisse dichiarata "città apertà", immune dagli scontri fra due eserciti. Il 19 luglio 1994, Hitler aveva raccomandato a Kesselring:

"Firenze non deve diventare un campo di battaglia e i ponti non vanno distrutti". Il giorno successivo ci fu l'attentato al Führer e l'aria si fece gelida. In Kesselring le preoccupazioni di salvare Firenze calarono di molto. Per di più, il 29 luglio la Bbc inglese trasmise un appello di Harold Alexander. Il maresciallo incitava i fiorentini a fare tutto il possibile per "distruggere, ritardare e ingannare" i tedeschi.»

«Lei mi ha detto che Salvagnini concorda con la tesi che i franchi tiratori fossero fra i trecento e i quattrocento...» osservai.

«In un primo tempo è stato così. Poi, come vedremo, ha ridotto la sua stima numerica. È vero però che erano ben schierati e che quasi ogni isolato del centro aveva un suo nucleo di cecchini armati di fucili a cannocchiale. Qualcuno di loro possedeva pure una radio trasmittente. In più, Salvagnini scrive: "Nessuno aveva pensato che a questi nuclei si sarebbe affiancato una sorta di cecchinaggio spontaneo: uomini o donne, spesso parenti di fascisti trasferitisi nell'Italia del Nord, a volte con semplici fucili da caccia mettevano in pratica la teoria che ogni partigiano morto poteva rappresentare una probabilità di vita in più per i propri cari".»

«Salvagnini dice quando cominciarono a sparare i cecchini?» domandai a Livia.

«Il debutto avvenne il 4 agosto, in piazza Gavinana. Lo stesso giorno, sempre nell'Oltrarno, in via dei Serragli, spararono contro un reparto di neozelandesi che avanzava verso il fiume. Fu un succedersi di imboscate. Lo stesso accadde la mattina dell'11 agosto, quando i partigiani varcarono l'Arno per ripulire il centro della città dai franchi tiratori.

«Ci furono altre sparatorie, soprattutto nell'area della stazione di Santa Maria Novella, quella principale. Qui rimase ferito il comandante partigiano Angelo Gracci, Gracco. I cecchini lanciavano anche granate e colpirono una camionetta di partigiani, uccidendo il comandante. Un'altra zona molto battuta era il popolare quartiere di Santa Croce. Ma tutta l'area centrale della città divenne rischiosa, un fronte dentro il fronte.»

«Come andò a finire questa battaglia?»

«Male per i cecchini, com'era fatale che accadesse. Quelli stanati vennero subito uccisi. Un nucleo di cinque o sei fu giustiziato nell'area di Santa Croce. Altri furono catturati, processati da un improvvisato tribunale partigiano che si era installato nell'Hotel Baglioni, condannati a morte e fucilati in piazza Santa Maria Novella. Qui le esecuzioni si susseguirono per tutto l'11 agosto, con dieci cecchini eliminati. Uno di loro era una donna sui trent'anni, trascinata per i capelli dinanzi al plotone di esecuzione. Lo stesso accadde in piazza San Marco e alla Fortezza da Basso.»

«Salvagnini ha scoperto i nomi dei franchi tiratori soppressi dai partigiani?»

«Soltanto di qualcuno. Eccoli: il capitano o milite Renato Roscilde, il maresciallo Luciani, il brigadiere Luigi Spina, il diciannovenne Alessandro Manetti, poi Armando Fusini e Giulio Marucelli, entrambi giovani. Nei pressi di piazza Santa Croce caddero Alfredo Seri, Gino Lepri e Raffaello De Luca. Non lontano dal cinema Garibaldi in via Pietrapiana furono uccisi due sportivi molto conosciuti in città: il pugile Alfredo Magnolfi e il ciclista Pietro Chesi. Ma in ogni caso è difficile capire se si trattava di veri cecchini oppure di fascisti qualsiasi, magari militi della Gnr, fermati per strada e trattati da franchi tiratori.

«L'unico franco tiratore di cui si possiedono dati precisi è Ginetto Priori, di Empoli. Era del 1909, dunque aveva 35 anni. Venne snidato da una casa di via di Monticelli, sempre al di là dell'Arno, forse il 13 agosto.»

«Si sa qualcosa di più?» domandai.

«Io no» rispose Livia. «Lei neppure, a quanto pare.

Forse dovremmo cercare Gigi Salvagnini, abita qui a Firenze. E parlare con lui.»

Andammo a trovare Salvagnini. Era un signore di ottant'anni, fiorentino delle mura, che aveva insegnato Storia dell'arte all'università. Ci accolse in un grande studio zeppo di libri e di carte. E di buon grado accettò di rispondere alle domande che ci eravamo preparati.

A proposito dei cecchini di Firenze ci confermò che la loro vicenda continuava a essere avvolta nel segreto. Nessuno dei franchi tiratori scampati, pochi o tanti che fossero, aveva mai narrato la battaglia nel centro della città. In parte per la leggenda negativa di aver sparato anche su donne e bambini, una falsità totale secondo Salvagnini. E in parte per i rischi che potevano ancora correre, benché fossero passati così tanti anni.

Salvagnini ci raccontò di aver ricevuto la telefonata del figlio di un franco tiratore. Era uno sconosciuto che non volle rivelargli il proprio nome. Disse che soltanto in punto di morte il padre gli aveva confidato di essere stato uno dei cecchini fascisti a Firenze. Giurando di non aver mai sparato sui civili, ma soltanto sui partigiani e sui reparti neozelandesi. Lo sconosciuto promise a Salvagnini che gli avrebbe mandato una memoria scritta, con il racconto del padre. Ma il professore non ricevette mai nulla.

Livia gli chiese che cosa avesse spinto un certo numero di fascisti fiorentini a fare i cecchini. E a ingaggiare una battaglia che sapevano perduta in partenza. Salvagnini le rispose che, quando si parla di esseri umani e delle loro scelte, è necessario sempre tener conto dei sentimenti e delle esigenze psicologiche che sono spesso molto diverse da quelle pratiche.

I cecchini di Firenze avevano imbracciato il fucile per riscattare una vergogna: quella di non aver difeso dagli angloamericani né Roma né Siena. A conti fatti, tuttavia, non fu soltanto un gesto simbolico. Sparando sino al 18 agosto 1944, ostacolarono l'ingresso in città dei reparti dell'8ª Armata e uccisero molti partigiani comunisti, il loro primo avversario politico.

Salvagnini ci spiegò che continuava a occuparsi dei cecchini. Ed era arrivato a una conclusione diversa da quella espressa nel suo libro. Il dato di trecento o quattrocento franchi tiratori era davvero troppo alto. Adesso riteneva che non fossero più di duecento. Anche se neppure questo numero poteva ritenersi del tutto certo. Del resto, a differenza di quanto era avvenuto per il Partito fascista e per la Resistenza, sui cecchini non esisteva, né poteva esistere, alcuna documentazione d'archivio.

Gli chiesi come Pavolini e il federale Polvani avessero scovato uomini disposti a fare il lavoro ingrato e rischioso del franco tiratore. Salvagnini mi spiegò che, prima di tutto, mentre stava a Firenze Pavolini aveva tenuto parecchie riunioni nella Casa del fascio, alla ricerca di militanti pronti ad arruolarsi nelle Brigate nere appena costituite. E fu in quegli incontri che conobbe dei giovani fascisti tanto convinti e coraggiosi da accettare la missione pesante di combattere da cecchini.

Come ho ricordato prima, Pavolini arruolò giovani sia del capoluogo che della provincia. Molti ne trovò nella Gile, la Gioventù italiana del littorio per l'estero. La sezione fiorentina stava in via del Proconsolo. Erano profughi dalle vecchie colonie in Africa orientale e in Libia. Vivevano in collegi a Firenze e in Umbria. Nel convitto di Perugia c'erano molti orfani di guerra. Nella maggior parte dei casi si trattava di giovani. Ma alcuni erano più adulti. Ed è vero che tra di loro c'erano anche donne.

Nelle cave di pietra di Maiano, tra Firenze e Fiesole, ricevettero fucili a cannocchiale dell'ultima generazione, armi fornite dai tedeschi e molto adatte al tiro di precisione. Gli insegnarono che dovevano sparare un solo colpo e poi cambiare posizione per non essere scoperti. Chi sparava più colpi dallo stesso posto non era un vero cecchino. Anche la questione dei falsi documenti d'identità fa parte delle leggenda. I franchi tiratori non avevano in tasca nessun documento per non coinvolgere i famigliari in caso di cattura.

Quanti cecchini furono presi e subito uccisi? Salvagnini ci spiegò che pure in questo caso non esistevano cifre attendibili. L'unico fatto certo è che tutti quelli scoperti e fermati dai partigiani vennero accoppati nel giro di poche ore. L'ultimo a morire fu un franco tiratore appostato sul tetto di un albergo, forse il Grand Hotel Excelsior in piazza Ognissanti. Aveva colpito una jeep americana o un carro armato. Venne catturato il 1° settembre, verso le ore 20. Non si conosce che fine abbia fatto, ma anche lui scomparve.

Salvagnini esclude di nuovo con fermezza che i cecchini abbiano tirato contro donne e bambini. È una falsità che fa parte della leggenda nera costruita dai vincitori. Insieme ai partigiani, i bersagli preferiti erano i militari dell'8ª Armata: neozelandesi, sudafricani e soprattutto indiani che erano ritenuti stupratori.

La caccia ai cecchini fu sempre frenetica. In Oltrarno, nei quartieri attorno a piazza di Santo Spirito e a piazza del Carmine, vennero ricercati casa per casa. Furono evacuati molti stabili, con centinaia di persone radunate nelle strade. In questo modo si scovò un certo numero di franchi tiratori. Dapprima li condussero nella sede del Distretto militare. Poi finirono sotto terra.

C'è un ultimo dato che riguarda le perdite dei partigiani nel corso della battaglia di Firenze. I morti furono 205 o, secondo un'altra fonte, 250. I feriti 400 e i dispersi 18.

6
Vendette in Toscana

«Sono scappati, ma dovranno ritornare. Noi li aspetteremo e gli faremo la pelle!» scandì Livia.

«Che cosa sta dicendo?» esclamai, sorpreso.

«Quello che pensavano molti antifascisti fiorentini e toscani, per lo meno i più scaldati» rispose Livia, spiegando il senso delle sue parole. «Vivo a Firenze e l'ho sentito raccontare tante volte. I fascisti da aspettare erano quelli che avevano cercato riparo nell'Italia del Nord, lasciando la città ai franchi tiratori. Dopo la guerra, tanti di loro erano finiti a Coltano o in altri campi di concentramento. Quando rientrarono in Toscana incontrarono un'accoglienza davvero dura. Un benvenuto che a molti costò la vita.»

«Parliamo per prima cosa della partenza da Firenze» la pregai. «Ne abbiamo già accennato. Ma forse c'è qualcosa in più da raccontare.»

«Il problema dell'esodo dei fascisti fiorentini e di altre zone della Toscana venne preso in esame con un certo anticipo» mi spiegò Livia. «Dopo l'ingresso degli americani a Roma, il vertice della Rsi e, soprattutto, quello del partito compresero che l'avanzata delle truppe nemiche sarebbe stata molto veloce. Fu una previsione giusta. Infatti il 13 giugno venne occupata, noi diciamo liberata, Terni. Il 14 gli inglesi entrarono a Orvieto. Il giorno successivo fu la volta di Grosseto. Il 17 giugno gli americani sbarcarono all'isola d'Elba. Il 18 giugno gli Alleati entrarono a Perugia e ad Ancona.

«Com'era naturale, Pavolini si preoccupò soprattutto di Firenze. Lo spiega una ricerca di Andrea Rossi, *Fa-*

scisti toscani nella Repubblica di Salò, pubblicata a Pisa nel 2006 dalla Biblioteca Franco Serantini. Il capo della segreteria politica del Pfr, Olo Nunzi, il 15 giugno 1944 mise nero su bianco, in una circolare, una serie di informazioni destinate ai fascisti fiorentini che volevano abbandonare la città. Fu stabilito per ogni famiglia un contributo tre le 2 mila e le 5 mila lire. E venne indicato il tragitto più sicuro per i trasferimenti: da Firenze a Bologna e di qui verso le province del Nord che sarebbero state indicate in seguito.»

«Quante famiglie lasciarono Firenze?»

«Secondo Rossi, ne partirono "centinaia" da Firenze, da Empoli e da Prato. Dopo una breve permanenza a Bologna, vennero dirottate quasi tutte in Lombardia: a Milano, Sondrio, Varese, Bergamo, Brescia, Cremona. Ma posso citarle anche una fonte fascista: "Porta Romana", il foglio pubblicato a Milano da Polvani, l'ultimo federale di Firenze. Nel febbraio 1945 scrisse che i fiorentini riparati al Nord erano 12 mila, e forse di più. Le sembra un dato realistico?» mi domandò Livia.

«Non lo so. Ma è possibile. Del resto, ricordo quel che vidi da ragazzino nella mia città, proprio in quel febbraio» dissi a Livia. «Mia madre Giovanna aveva un negozio di mode sulla via centrale di Casale Monferrato. In via Roma, di fronte al negozio, c'era un albergo, il Leon d'Oro. Insieme a un altro hotel della città, la Rosa Rossa, era stato requisito per alloggiare le mogli e le figlie di fascisti costretti a lasciare Firenze e almeno altre quattro province toscane.»

«Che cosa facevano queste donne?»

«Nulla. Forse aspettavano di essere trasferite ancora più a nord, in Alto Adige. Oppure attendevano di poter passare in Svizzera. Venivano nel negozio di mia madre e chiedevano di acquistare cappotti, vestiti, borse, scarpe. Di soldi sembravano averne. Ma la mamma non possedeva più nulla da vendere. La guerra le aveva svuotato il negozio. E quel poco che era rimasto, l'avevano preso dei tedeschi di passaggio. Senza pagare, naturalmente.

«E così, a quelle donne non restava che parlare con mia madre. Parlavano per ore. All'inizio apparivano sfrontate, ma a poco a poco lasciavano trasparire la loro disperazione. Raccontavano di aver abbandonato casa, lavoro, proprietà, parenti, amicizie. Avevano perso tutto al di là del fronte. Dicevano a Giovanna: "Non partire era come offrirsi ai plotoni d'esecuzione dei partigiani". I loro uomini, ancora in armi, attraversavano l'Italia del Nord per combattere l'ultima battaglia di Mussolini. Ma le donne alloggiate nei due alberghi sentivano che era una battaglia già perduta.

«Chiedevano a mia madre: "E dopo, signora Giovanna, che cosa ci accadrà?". Avevano paura soprattutto dei comunisti. Li chiamavano i ribelli di Stalin. Dicevano: "Sono peggiori dei negri. Che cosa saranno capaci di fare alle donne dei fascisti?". Mia madre stava ad ascoltarle e provava per loro una grande pietà. Però non sapeva come rispondere.»

«Le capisco» sospirò Livia. «Quando le guerre civili finiscono, si spalancano le porte dell'inferno per chi è rimasto vivo ed è stato sconfitto. Accadde anche a Pavolini, fucilato a Dongo. Lo stesso avvenne per Idreno Utimpergher. Era un fascista di Empoli, diventato comandante della Brigata nera di Lucca. Pure lui venne ucciso a Dongo il 28 aprile 1945. Morì pure il maggiore Mario Carità, capo di un reparto speciale di polizia che aveva sparso il terrore a Firenze.»

«Se non sbaglio, sulla fine di Carità c'è ancora un mistero» dissi a Livia.

«Sì. Anche lui si era allontanato da Firenze, con tutto il suo gruppo. Alla fine della guerra civile, aveva pensato di rifugiarsi in una baita di Castelrotto, in provincia di Bolzano. Qui venne trovato morto il 19 maggio 1945. Qualcuno sostiene che si sarebbe ucciso. Un'altra versione parla di uno scontro a fuoco con soldati americani, sempre in quella zona.»

«Ritorniamo alla resa dei conti in Firenze» dissi a Livia.

«La caccia al fascista ebbe due fasi. La prima iniziò subito dopo la liberazione della città, alla fine dell'agosto 1944. La seconda divampò a partire dal maggio 1945, quando molti fascisti fiorentini e toscani ritornarono dai campi di concentramento e dalle prigioni.

«In entrambi i casi, osserva Nistri, non ci fu una violenza generale e sistematica come accadde in Emilia e in altre regioni dell'Italia del Nord. Ma a Firenze e in provincia si vide una persecuzione continua, incessante e spesso feroce contro i singoli fascisti. Questa sì fu una vera caccia all'uomo che si lasciò alle spalle molti morti.

«Vediamo la prima fase» disse Livia. «A partire dalla fine dell'agosto 1944, il vecchio carcere fiorentino delle Murate si riempì di fascisti arrestati. Secondo una fonte resistenziale, i detenuti erano mezzo migliaio, tutti ammassati nelle celle, in condizioni penose. La stessa fonte sostiene che i vincitori li avessero messi in prigione per sottrarli alla furia della popolazione.»

«Lei ci crede?» domandai a Livia.

«No. Tuttavia sia Nistri che Salvagnini registrano molti casi di linciaggi o di esecuzioni individuali, di fascisti rimasti in città e riconosciuti per strada o cercati nelle loro case. Questo clima durò per tutto il 1944 e l'inizio del 1945. Bastava essere stati in qualche modo legati al regime di Mussolini per rischiare la pelle. Nistri racconta che per poco non ci rimise le ghette anche un famoso cantante di musica leggera, Carlo Buti. Forse se lo ricorda, no?»

«Certo che lo rammento, anche perché piaceva molto a mia madre» le risposi. «Aveva inciso canzoni di grande successo: *Fiorin Fiorello, l'amore è bello*, *Reginella campagnola*, *Il primo amore non si scorda mai* e anche *Faccetta nera*. Che cosa gli accadde?» domandai.

«Alla fine del 1944, durante uno spettacolo nel teatro fiorentino della Pergola, qualcuno del pubblico si alzò per picchiarlo. I detrattori di Buti sostenevano che era stato un complice del fascismo e aveva fatto carriera grazie a Mussolini. Un'accusa priva di senso. Lo salvò Narciso Parigi, giovanissimo e destinato anche lui a diventare un cantante famoso. Aveva un fisico da granatiere, racconta Nistri. E soprattutto era figlio di Getulio Parigi, uno dei più tenaci oppositori del fascismo a Campi Bisenzio.»

Livia proseguì: «Molte storie di violenza le registra Salvagnini nel libro che abbiamo citato e nel suo lavoro precedente: *L'ultima guerra civile. Firenze e la Rsi*, uscito nel 2004 dalla Tipografia il Bandino di Bagno a Ripoli. A sentir lui, dopo l'arrivo degli angloamericani, per le strade di Firenze seguitarono a girare in bicicletta i gappisti comunisti.

«Erano tutti armati e si comportavano come se la guerra non fosse finita. Perlustravano la città e, all'occorrenza, ammazzavano il fascista individuato per caso. Poi lasciavano il cadavere sulla strada, come monito per i neri ancora in vita.

«Si trattava di esecuzioni senza processo. E soprattutto senza la certezza che la vittima avesse davvero compiuto nefandezze da punire con la morte. Non mi chieda quante persone vennero uccise a Firenze perché non sono in grado di dirglielo. Ma se debbo giudicare dai libri di Salvagnini, sempre molto precisi nell'indicare nomi, luoghi e date, le vendette in Toscana furono davvero tantissime.

«Quelle in fondo meno tragiche riguardano le molte donne rapate e non di rado violentate. A volte, dopo lo stupro, veniva messo in scena uno spettacolo davvero nefando. Con la donna mostrata alla folla, come un trofeo da sputacchiare, da picchiare, da offendere.»

«Non è accaduto soltanto in Toscana» ricordai a Livia. «Avvenne lo stesso in molte città del Nord, dopo il 25 aprile 1945. Nel *Sangue dei vinti* avevamo ricordato il caso di una ragazza di Asti, fidanzata con un poliziotto fascista. Catturata a Torino, la spogliarono, poi la fecero sfilare nuda per via Roma, la strada principale della città, quindi la uccisero.»

«Salvagnini racconta una storia simile, avvenuta il 3 settembre 1944 a Castelfranco di Sopra, in provincia di Arezzo» disse Livia. «Una sfollata, Italia B., sospettata di aver collaborato con i fascisti, fu sequestrata in casa da due partigiani. Derubata, violentata, rapata, fu poi costretta a girare nuda per le strade del paese. Nove giorni dopo, fu catturata di nuovo e obbligata a ripetere la sfilata per le strade di Figline Valdarno, in provincia di Firenze. Ma almeno lei non venne uccisa.»

Livia aggiunse: «Non riesco a non provare ribrezzo di fronte alle violenze sulle donne. Quando l'odio politico si fonde con la voglia del maschio di affermare il proprio potere sulla femmina. E genera comportamenti infami.

«Ma ai fascisti poteva capitare assai di peggio» continuò Livia. «L'8 novembre 1944, a Calenzano, un comune vicino a Firenze, ci fu quella che Salvagnini chiama "La Giornata del terrore". Venne ucciso il segretario politico del Pfr di Prato, Gino Aiacci. Poi toccò al segretario fascista della frazione di Secciano, Giuseppe Castellani, ammazzato e gettato in un torrente. Quindi fu la volta del bersagliere Giovanni Lenzi e dei fratelli Guido e Mario Manetti. A Galciana, una frazione di Prato, fu soppresso Muzio Calamai, un fascista pratese.

«Verso la fine del novembre 1944, cominciarono le fucilazioni di un gruppo di giovani fascisti che avevano fatto parte dei cosiddetti Servizi speciali della Rsi. Erano militari incaricati di raccogliere informazioni al di là del fronte, nel territorio già controllato dagli Alleati. Gli inglesi li avevano catturati, fatti processare e poi condannare a morte da un loro tribunale militare.

«Il primo a morire fu il capo del gruppo, il marò Ruy Blas Biagi, di Pistoia. Lo giustiziarono il 26 novembre 1944 alle cave di Maiano, vicino a Fiesole. Il 6 dicembre ne vennero fucilati altri tre alla Fortezza da Basso. Le esecuzioni proseguirono in dicembre, quindi nei mesi di gennaio, febbraio e marzo del 1945. L'ultima accadde nel giugno 1945. In totale furono venti. Sempre nelle cave di Maiano, il 31 marzo 1945 venne fucilato un tenente della Folgore, il fiorentino Ermete Benvenuti, medaglia d'argento e croce di guerra.»

«Adesso devo raccontare gli esiti sanguinari della caccia al fascista isolato, preso e ucciso non appena ritornato a casa dall'Italia del Nord o liberato dai campi di concentramento» disse Livia.

«Per questo versante, il secondo libro di Salvagnini è un censimento minuzioso delle vittime. Salvagnini ha fatto da solo un lavoro immenso e di importanza cruciale per la storia della guerra civile. Ricostruendo episodio per episodio, con le date, i nomi dei morti, le circostanze del loro assassinio. Ma qui non possiamo citare tutti i nomi. Mi limiterò a indicare i casi che mi hanno più colpito.»

Osservai a Livia: «A proposito dei tanti fascisti uccisi in Toscana dopo la fine della guerra, mi sono sempre fatto una domanda. E adesso cerco di esporla nel modo meno offensivo. Perché tanti fascisti ritornarono a casa, pur conoscendo i rischi che correvano? Specialmente nei piccoli centri, nei comuni minori, nelle frazioni, tutti sapevano tutto di tutti. Il reduce della Rsi che rientrava nella comunità veniva segnato a dito. E nel clima orrendo del dopoguerra rischiava di finire accoppato, come in molti casi avvenne».

Livia sospirò: «Me lo sono chiesto anch'io, tante volte. Purtroppo non ho una risposta che valga per tutti. Ma se ci riflettiamo, forse una ragione esiste. L'Italia era in guerra dal giugno 1940, ossia da cinque anni. Nel settembre 1943 la guerra era diventata civile, un'esperienza orribile per chi l'aveva combattuta tanto su un fronte che sull'altro. Molti, a cominciare dai fascisti sconfitti, volevano lasciarsi alle spalle quel tempo feroce. E il desiderio di ritornare a casa era più forte del timore di una vendetta. Del resto, soltanto oggi sappiamo quanto accadde, e nemmeno sino in fondo. Ma allora, parlo del 1945 e del 1946, poteva essere naturale il pensare di scamparla. La soddisfa la mia risposta?».

«Sì e no» ammisi. «Nello stesso tempo, non riesco a immaginarne un'altra. Mi racconti quello che ha saputo a proposito di Firenze e di altre località della Toscana. Questa volta lasciando da parte quasi tutti i nomi, perché sono davvero troppi. Chi vuole conoscerli li troverà nel censimento di Salvagnini.»

«Bene. Procederò seguendo un ordine cronologico. Alla fine del luglio 1945, l'ex segretario del fascio repubblicano di Càscina, in provincia di Pisa, era rientrato dal Nord, ma stava in libertà perché non esistevano denunce contro di lui. Eppure una notte, tre uomini gli entrarono in casa e lo uccisero nel suo letto. L'8 agosto 1945, a Firenze, vennero sequestrati e uccisi un militare delle SS italiane e un maresciallo della polizia repubblicana, appena rientrati da un campo di prigionia.

«Il 18 agosto 1945, in una frazione di Càscina, un ex squadrista sessantenne, minacciato e insultato di continuo, si uccise gettandosi nell'Arno. Nella seconda metà del mese, un fascista di Meleto, frazione di Cavriglia, in provincia di Arezzo, anch'egli ritornato dal Nord, venne circondato dalla folla e linciato a morte.

«Il 3 settembre, un fascista di Carrara, pure lui arrivato dall'Italia settentrionale, fu subito assassinato sulla porta di casa. Lo stesso accadde a un fascista di Barga, in provincia di Lucca, il 9 settembre 1945. Due settimane dopo, a Montevarchi, in provincia di Arezzo, prima ancora di rimettere piede in famiglia, due reduci dal campo di concentramento furono assaliti e uccisi a bastonate.»

Livia continuò, leggendo le schede che aveva ricavato dal censimento di Salvagnini: «Il 5 ottobre 1945, a Carrara, fu assassinato un bersagliere appena rientrato dal campo di Coltano. Il 19 ottobre, a Pisa, la stessa sorte toccò a un caporale della Gnr, anche lui reduce da Coltano. Il 5 novembre, ancora a Pisa, fu ucciso un milite della Brigata nera, un altro dei prigionieri usciti da Coltano. Il 10 novembre, a Firenze, un nuovo morto ammazzato: era un milite della Brigata nera, da poco ritornato dalla prigionia.

«Sempre nei primi giorni di novembre, un'operaia della Buitoni, accusata di essere una spia fascista, venne assalita dalla folla a Sansepolcro. Aveva in braccio il figlio di sette mesi ed entrambi rischiarono di essere uccisi. Furono salvati dai carabinieri. In seguito la donna venne processata da una Corte d'assise straordinaria e condannata a sei anni di reclusione. Il 17 novembre in una città toscana non indicata furono eliminati un maresciallo della Brigata nera e un milite della Gnr, reduci dal campo di Coltano.

«Tornare da Coltano significava rischiare la vita» disse Livia. «Erano implacabili i cacciatori di fascisti, almeno quelli toscani. Il 30 novembre e l'11 dicembre altri due reduci da quel campo vennero uccisi a Pisa. Il 5 dicembre a Rassina, un paese in provincia di Arezzo, un milite ventenne della Gnr trovò ad accoglierlo un centinaio di persone che lo picchiarono in modo selvaggio. Per salvarlo, i carabinieri lo arrestarono e lo rinchiusero nel carcere ad Arezzo.

«Rischiò di morire un fiorentino che era stato caposquadra nella Gnr. Circondato dalla folla, venne pestato, poi costretto a rimettersi la divisa fascista e a sfilare per le vie del quartiere di San Frediano, tra gli insulti e le botte della folla. Se la cavò per un pelo e venne ricoverato in ospedale con il viso distrutto. Gli omicidi e i pestaggi dei reduci di Salò erano ormai diventati così frequenti che a Montevarchi tre militari appena arrivati dal campo di Taranto, invece di andare a casa, preferirono consegnarsi alla caserma dei carabinieri.»

«Non finiva mai la guerra!» esclamai, disgustato.

«Infatti all'inizio del gennaio 1946, a Empoli, in località Santa Maria a Ripa, un killer ammazzò il direttore amministrativo delle vetrerie Taddei. Era accusato, ingiustamente, di aver collaborato alla deportazione di ventinove operai. Sempre in gennaio, a Bergiola Foscarina, in provincia di Massa Carrara, padre e figlio vennero sequestrati e condotti nella sezione del Pci. Il padre, rientrato dal Nord, fu ucciso a bastonate. Il figlio lo ferirono a colpi di scure.

«In febbraio, di nuovo a Càscina, un fascista rientrato dal Nord si azzardò ad andare nel municipio, dove aveva lavorato come impiegato. Assediato dalla folla, fu picchiato con calci e pugni, poi qualcuno gli sparò nel ventre una rivoltellata. Il 12 aprile 1946 a Firenze venne ucciso un ex brigatista. Era un reduce dal fronte russo dove l'avevano ferito in combattimento. Pensava di aver concluso il suo percorso di guerra, ma qualcuno lo freddò con più colpi di pistola.

«Anche nel maggio 1946 ci fu un delitto. A Massa Marittima un milite della Gnr che aveva prestato servizio a Grosseto venne eliminato, non so in quali circostanze. Ma l'ultimo censito da Salvagnini e ricordato anche da Nistri avvenne il 9 settembre 1946. Quando l'Italia sembrava pacificata e il referendum del 2 giugno aveva deciso la nascita della repubblica.

«Quel giorno il marchese Lapo Viviani della Rocca stava rientrando nella sua fattoria. Sulla strada di San Polo in Chianti, una frazione di Greve, in provincia di Firenze, fu avvicinato da un giovane del posto che aveva fatto il partigiano. Costui lo freddò con due colpi di rivoltella alla nuca. Al tempo del regime fascista, il marchese era stato segretario del fascio di San Polo. Poi le sue idee erano cambiate. Non aveva aderito alla Repubblica sociale. E alla vigilia della Liberazione, aveva ospitato nella propria fattoria i partigiani della Divisione Arno.

«Il killer del marchese venne catturato dai carabinieri. Dichiarò di essere comunista, e non era una vanteria. Spiegò di aver ucciso perché "sopraffatto dalla passione politica". Il Pci non lo espulse. E secondo Salvagnini, il quotidiano del partito, "l'Unità", intitolò la cronaca del delitto così: *Un disperato desiderio di giustizia.*

«Che ne pensa?» mi domandò Livia.

Le sorrisi: «Non ne penso nulla. Questa volta rimango a bocca chiusa».

7
Strage a San Quirico

«Ci sono storie che, in apparenza, non dovrebbero entrare in un libro come questo» dissi a Livia, mentre stavamo per iniziare un altro dei nostri incontri. «Però ho deciso che ce ne occuperemo lo stesso.»

«Non avevo mai sentito da lei una premessa del genere» osservò Livia.

«Ascolti il mio racconto e capirà. Le persone che hanno perso la vita nella strage di cui adesso le parlerò sono state uccise dai tedeschi e non dai partigiani. Eppure anche queste vittime appartengono al mondo dei vinti e non a quello dei vincitori. Infatti vengono commemorate ogni anno, ma senza mai spiegare le circostanze della loro morte.

«Comprenderà di più ascoltando la lettera che ho ricevuto nel settembre 2009 da un signore di Firenze, Fausto E. Pietrini, che aveva letto *Il revisionista*. Ascolti che cosa dice.

«Ho trovato a pagina 439 del suo libro il racconto di un eccidio perpetrato in Veneto dai tedeschi, come rappresaglia in seguito all'uccisione di loro soldati da parte di una formazione partigiana. È accaduta una cosa simile dal 17 al 19 agosto 1944 nel paese di San Quirico, in provincia di Pistoia. I partigiani uccisero due ufficiali tedeschi e poi fuggirono a gambe levate, fregandosene delle conseguenze della loro azione. Il risultato fu che i tedeschi rastrellarono venti persone innocenti. E dopo averle costrette a scavarsi la fossa, le fucilarono.

«Il racconto dettagliato dei fatti» continuava la lettera, «lo può trovare nel libretto che le invio in fotocopia, scritto dal parroco del paese. Nel 1944 avevo sette anni e ricordo benissimo la pena e il dolore di mia zia Massimilla Pattarino, sorella di mia madre. Non aveva da tempo notizie del marito Mario Venturini e ignorava che tra i civili uccisi grazie ai partigiani c'era anche lui. Questa è una delle stragi dimenticate e impunite. L'Anpi di Pistoia organizza ogni anno una cerimonia in ricordo dell'eccidio. Ma senza mai accennare alla responsabilità dei partigiani.»

Mostrai a Livia la fotocopia del libricino, intitolato *Barbarie tedesca. Le tragiche giornate del 17-19 agosto in S. Quirico di Valleriana*. Il nome dell'autore stava nell'ultima pagina: era il parroco del paese: don Vincenzo Del Chiaro. Non c'era indicazione dell'editore, ma sul frontespizio appariva una scritta minuscola: "Pescia 1945. Tip. E. Nucci", la data di pubblicazione e lo stampatore.

«Oggi lo definiremmo un istant book» osservò Livia. «Un testo scritto subito dopo i fatti.»

Le sorrisi: «Lei è una vera esperta di libri. Ma il valore di quelle pagine è un altro. È l'immensa pietà per le vittime che anima il sacerdote. Tanto da sentirsi morire anche lui sotto le raffiche dei tedeschi. Il pievano Del Chiaro sapeva di certo redigere una cronaca. Del resto, uno dei suoi doveri era quello di narrare nel registro della parrocchia quanto accadeva alle persone del paese. Ma questo opuscolo ha pagine memorabili, per la tensione che le ispira e per la ricchezza dei dettagli. Lo vedremo fra poco.

«Per cominciare, le dirò qualcosa su San Quirico. È una delle frazioni di Pescia, che negli anni Quaranta erano tredici. All'epoca contava cinquecento abitanti e nel 1944 forse qualcuno di più, per via dello sfollamento. A partire dal settembre 1944 venne a trovarsi sul fronte, colpita di continuo dalle batterie americane e tedesche.

«In quella zona la guerra finì il 26 settembre, con l'arrivo di reparti della 5ª Armata Usa. Ma prima della liberazione, il paese visse il trauma profondo di una strage mai patita prima. All'improvviso, vide spalancarsi di fronte a sé un abisso infernale. Dove diavoli vestiti con divise diverse cominciarono a spargere sangue, paura e morte.»

«È un aspetto della guerra civile che mi ha sempre fatto provare un terrore insopportabile» mi confessò Livia. «Una comunità cerca di rimanere estranea a un conflitto feroce che non la riguarda. Poi, all'improvviso, la guerra bussa alla porta. E distrugge la sua pace, le sue speranze, la sua vita. Con una brutalità alla quale nessuno può opporsi. Ha ragione lei: i vinti che più ispirano la nostra pietà sono le persone che non stavano con nessuna delle due parti in lotta. E che dopo la fine della guerra sono state dimenticate dalla storia.»

«Tutto iniziò la sera di giovedì 17 agosto 1944» raccontai a Livia. «Due ufficiali tedeschi avevano partecipato a una cena tra dipendenti della Todt, la società che costruiva fortificazioni per le forze armate germaniche. Poco prima della mezzanotte, nell'andarsene da San Quirico, diedero un passaggio in auto a un fascista di Pescia che sosteneva di essere minacciato dai partigiani.

«Durante il viaggio, la vettura si trovò la strada sbarrata da una squadra di sei uomini che sembravano tedeschi, anche perché vestivano la divisa della Wehrmacht. Qualcuno dei sei lo era davvero un tedesco, ma si trattava di disertori passati con i partigiani.

«La squadra sparò sugli ufficiali. Uno morì subito. L'altro rimase ferito in modo grave e si spense mentre lo portavano all'ospedale di Pescia. I corpi vennero recuperati da un terzo ufficiale tedesco anche lui di ritorno dalla cena della Todt. I partigiani e i tedeschi disertori erano già scomparsi. E si guardarono bene dal farsi vivi anche quando venne annunciata la rappresaglia.

«Il venerdì 18 agosto fu un giorno di calma apparente. Anche se attorno al paese non era mai accaduto un fatto di sangue di quella gravità. Molti cominciarono a temerne le conseguenze. Ma il pievano cercò di tranquillizzare i parrocchiani. Promise che sarebbe rimasto accanto a loro. E che avrebbe fatto di tutto per scongiurare qualsiasi pericolo.

«La mattina di sabato 19 agosto, due ufficiali superiori tedeschi si presentarono a San Quirico e chiesero di vedere il corpo del camerata ucciso. Il cadavere stava nei locali della Misericordia, dove il pievano l'aveva composto come meglio poteva. I due ufficiali rimasero in raccoglimento di fronte alla salma, poi uscirono dalla piccola stanza e diedero l'ordine di distruggere il paese, incendiandolo.»

Livia domandò, sorpresa: «Lo diedero così, all'improvviso, come se si trattasse di una pratica qualsiasi, da risolvere senza pensarci troppo?».

«Per tutti gli eserciti alle prese con una guerriglia, le rappresaglie sono davvero una pratica quasi burocratica. Del resto, erano quelli gli ordini ricevuti dai due ufficiali tedeschi. E loro dovevano eseguirli.

«San Quirico venne circondato, per impedire ai maschi di fuggire. Le donne e i bambini furono lasciati liberi di andarsene entro due ore. I vecchi e gli ammalati dovevano riunirsi nella chiesa, sotto la responsabilità del pievano.

«Poco dopo le undici di quel sabato, i militari tedeschi cominciarono a dar fuoco alle case. Scrive don Del Chiaro: "Il paese diventò ben presto un enorme braciere e poi un cumulo di rovine". Cinquanta case vennero distrutte. Altre diciannove lo furono in parte. Ancora altri edifici rimasero danneggiati. Le fiamme divorarono anche quindici fra capanne e metati, gli essiccatoi di castagne.

«Nel frattempo» dissi a Livia, «due soldati tedeschi

fabbricarono una rudimentale cassa da morto, vi collocarono l'ufficiale ucciso e lo trasferirono a Pescia. A quel punto, il comandante disse al pievano che poteva abbandonare San Quirico, ma il pievano replicò che era suo dovere restare. Allora l'ufficiale gli spiegò che cosa sarebbe accaduto.

«Disse al sarcedote: "Voi sapete che in questo vostro paese sono stati uccisi due nostri ufficiali. Secondo gli ordini del feldmaresciallo Albert Kesselring, per ogni tedesco ucciso dai ribelli devono essere fucilati dieci uomini. Sono spiacente di comunicarvi quest'ordine, ma gli ordini devono essere eseguiti. Vi prego di partecipare tutto a coloro che devono essere fucilati".»

«Quindi il comandante tedesco ordinò al pievano di far scavare all'interno del cimitero di San Quirico una grande fossa, capace di contenere venti corpi. E gli ingiunse di farlo entro due ore. Scaduto quel termine, sarebbero iniziate le esecuzioni.»

«Come vennero scelti i condannati a morte?» domandò Livia.

«Secondo il pievano, non furono scelti. E non vennero presi tra gli uomini del paese. L'operazione si svolse in due tempi. Nella prima fase, gli ostaggi vennero catturati a caso, tra quanti transitavano lungo la strada che da San Quirico conduce a Pietrabuona, un'altra frazione di Pescia. In totale, i rastrellati risultarono 47.

«La seconda fase iniziò non appena gli ostaggi vennero radunati a San Quirico. Tra loro ne vennero prelevati venti da uccidere. Anche i venti furono decisi dal caso: questo sì, questo no. A totale discrezione dei comandanti tedeschi. Su quale base avvenne la selezione nessuno lo saprà mai» dissi a Livia.

«Per gli ufficiali incaricati della rappresaglia erano dei perfetti sconosciuti» osservai. «Tra i venti poteva anche esserci qualcuno che parteggiava per l'Asse fra tedeschi e fascisti. E forse, come vedremo, almeno uno la pensava così. Ma come succede in tutte le stragi punitive, la storia di ciascuno dei condannati a morire non aveva nessuna importanza. Erano soltanto dei numeri, in questo caso dal numero uno al numero venti.»

«Qualcuno di loro riuscì a scrivere un'ultima lettera ai famigliari» raccontai a Livia. «Nella sua cronaca, il pievano ne riporta tre.

«Osvaldo Pescaglini, 43 anni, nato a Camaiore e residente a Filettole (Pisa) scrisse: "Cara Gina, mamma, bimbi miei, suocero, tutti. Questo è forse l'ultimo mio scritto. Pensate che vi ho sempre amati tutti. Tu Gina specialmente ricordati di me e ricordami ai bambini cui avevo donato tutta la mia vita e il mio affetto. Pregate per me e io veglierò dal Cielo su di voi, proteggendovi nella vita. Cara Gina, perdonami i torti che senza volerlo ti ho fatto. Ma ricordati che ti ho amato tanto, come mai uomo ha amato. Fino all'ultimo momento i vostri nomi sono sulle mie labbra, con quelli di Gesù e di Maria Santissima da cui invoco misericordia e perdono. Baci a tutti. Tanti tanti tanti baci. Osvaldo".

«Ugo Papini, 36 anni, funzionario del Genio civile di La Spezia, scrisse: "Partivo per venire a casa. Sono forte, soffro tanto, sono innocente. Sono circa le ore 18, muoio a San Quirico". Ed ecco il biglietto di Ettore Tofanelli, 24 anni, elettricista, residente a Torre del Lago: "San Quirico, 19 agosto 1944. Non piangete, ma pregate. Affronto la morte pensando alla Madonna. Mia cara Dilva ti sposerò in eterno, dal Paradiso. Tuo Ettore".

«Poco dopo le sedici, arrivò al cimitero il camion con gli ostaggi da uccidere. E qui devo lasciare la parola a don Del Chiaro e leggere quanto scrisse allora» dissi a Livia. «Anzi, lo legga lei, ad alta voce.»

Livia lesse: «Appena scendono dal camion, si stringono intorno al pievano. E veduto il picchetto armato schierato davanti al Camposanto, dicono: padre, padre, ci fucilano?, ma noi siamo innocenti... Uno domanda se vi sia un ufficiale al quale poter far nota la propria innocenza, ma gli si risponde che non c'è niente da fare e che la sentenza sarà eseguita immediatamente. Perduta ogni speranza, si stringono sempre di più attorno al sacerdote, l'abbracciano, lo baciano dicendo: questo è per la mia bambina, per la mamma, per la mia sposa. Gli consegnano i portafogli con i documenti personali, anelli matrimoniali, denaro, tutto quanto hanno in tasca. Angosciati lo pregano di farli recapitare alle loro famiglie, come ultimo pensiero e ricordo...

«Adesso basta!» mi disse Livia, con la voce strozzata. «Non riesco ad andare avanti. Continui lei, per favore!»

Allora ripresi a parlare: «L'esecuzione avvenne in tre riprese, a partire dalle cinque del pomeriggio» spiegai a Livia. «Nel primo giro furono uccisi in quattro, nel secondo otto, nel terzo sette. Il ventesimo ostaggio era stato freddato mentre tentava di fuggire dal camion che conduceva gli ostaggi al cimitero. Il pievano scrive che nella seconda esecuzione uno dei condannati gridò: "Viva l'Italia, viva la Germania, viva Hitler!" Forse voleva dire qualche altra cosa, ma le pallottole gli tolsero la parola.»

«Era lui il fascista, finito per sbaglio tra i rastrellati da uccidere?» domandò Livia, sorpresa.

«Non lo so. Il pievano non ne fa il nome. Nelle ultime pagine dell'opuscolo, don Del Chiaro pubblica un elenco preciso dei venti fucilati. Osservando che la sorte aveva voluto che tra loro non ci fosse nessuno di San Quirico.»

«Che cosa le suggerisce l'elenco?» domandò Livia.

«Tutto e niente, come accade nelle rappresaglie in tempo di guerra. I venti fucilati erano italiani uguali a tanti, incappati per caso dentro una storia orribile che non li riguardava. Il più anziano aveva 52 anni: il cavalier

Gastone Giandotti, sfollato a Calci, in provincia di Pisa. Il più giovane era Renzo Tognazzoni, residente a Pietrabuona, un cartaio appena sedicenne. Gli altri erano uomini quasi tutti fra i venti e i quarant'anni: operai, impiegati della Piaggio di Pontedera, un carabiniere, uno scalpellino, un carpentiere, un meccanico.

«Tra loro c'era anche lo zio del lettore che mi ha scritto» dissi a Livia. «Si chiamava Mario Venturini, nato il 19 ottobre 1902 a Pisa. Era un dipendente delle ferrovie e faceva il telegrafista alla stazione di Pietrasanta, in Versilia, dove risiedeva. La sfortuna volle che si trovasse su quella strada, mentre i tedeschi rastrellavano i passanti.»

«Che cosa accadde in seguito a San Quirico?» chiese Livia.

«Qualche settimana dopo la strage, il paese si trovò sul fronte che stava avanzando. L'8 settembre 1944 arrivarono i primi colpi di cannone sparati dagli americani. Il giorno successivo transitarono per San Quirico, provenienti dalla frazione di Aramo, i tedeschi che si stavano ritirando verso nord.

«L'11 settembre si videro i primi reparti americani. Si scontrarono con la retroguardia tedesca ed ebbero la peggio. Il 12 settembre sul paese arrivarono altre cannonate, questa volta tirate dai tedeschi. Il 13 settembre ritornò nel paese un reparto esplorante germanico. Volevano sapere chi avesse condotto a San Quirico i soldati americani. E per poco non ci fu una nuova rappresaglia.»

«Per San Quirico la guerra non era per niente finita» osservò Livia.

«E infatti il 14 settembre, alle sette del mattino, il paese fu di nuovo bersagliato dall'artiglieria americana. Vennero colpite la chiesa, la canonica e la sede della Misericordia. Il pievano e un suo nipote si salvarono per miracolo. Il giorno successivo fu lesionato il campanile. Poi venne distrutta una casa. Altre cannonate il

17 settembre. Quel giorno si videro di nuovo i soldati americani. Si piazzarono nell'orto della canonica e vi installarono una radio trasmittente per regolare il tiro dei cannoni collocati a Pescia.

«Ma i tedeschi resistevano e non volevano cedere terreno agli americani. Il 24 settembre per San Quirico fu "una giornata infernale", come scrisse il parroco. L'artiglieria germanica colpì la chiesa, già lesionata dai cannoni Usa. La volta venne sfondata. E furono danneggiate molte case. Poi la resistenza tedesca si affievolì. E tra il 26 e il 27 settembre, arrivarono in massa gli americani, stracarichi di jeep, di camion, di cannoni e provvisti di ogni ben di dio.

«San Quirico non era più lo stesso paese di prima, con quei venti fucilati nel mese precedente. Erano ancora sepolti in una fossa comune, quella che i tedeschi avevano fatto scavare all'interno del camposanto dai vecchi e dai malati raccolti nella chiesa. Ma adesso si poteva sperare che la vita ricominciasse senza tragedie né sangue.

«Anche don Vincenzo Del Chiaro respirò e fu in grado di terminare le sue memorie per consegnarle ai superiori. Vuole sapere come le concluse?» chiesi a Livia.

Lessi le ultime quattro righe dell'opuscolo: «Durante le suddette tragiche giornate, il Pievano non ha mai abbandonato la sua Chiesa. Solo trentasei ore dopo questi storici fatti, si recò a piedi a Lucca per portare all'Arcivescovo la presente relazione».

«Ho capito bene? Don Del Chiaro andò sino a Lucca a piedi?» domandò Livia.

«Sì, a piedi. Allora si usava così.»

8
Al Castello dell'Imperatore

«Nella sua tesi di laurea si era occupata di Prato?» domandai a Livia.

«Certo. Anche lì ci fu una resa dei conti violenta. Per di più in un ambiente speciale, scenografico: il Castello dell'Imperatore, che domina il centro della città. Negli anni scorsi, avevo aggiornato la mia ricerca su due fonti importanti che mi sono servite molto per capire quel che era avvenuto nel settembre 1944. E per sapere di più sulle persone uccise dai partigiani pratesi.»

«Sono fonti fasciste o antifasciste?» chiesi.

Lei sorrise: «Vedo che è sempre molto attento all'origine delle notizie che le interessano. E mi sembra un atteggiamento giusto, dal momento che troppa gente ha i fucili puntati contro di lei e i suoi libri. Ma anche questa volta la servirò a dovere...».

«In che senso?» domandai incuriosito.

«Nel senso che le mie due fonti più importanti sono di una parte e dell'altra. Quella antifascista è un ampio articolo di uno storico cattolico pratese, Claudio Caponi: *I fatti della Fortezza*, apparso nel 1994 su "Crocevia", la rivista del Centro culturale cattolico di Prato.

«La seconda è di un autore di destra che abbiamo già incontrato a proposito di Firenze: Gigi Salvagnini. Il suo libro ha per titolo *Fascisti pratesi. Trent'anni di storia e un massacro*, ed è stato pubblicato a Firenze nel gennaio 2006 a cura dell'autore. A questa fonte, possiamo affiancare l'articolo di un pratese, Sileno Desideri, uscito nell'aprile 2008 sul mensile "L'Ultima Crociata". Le sembrano sufficienti?»

«Penso di sì» risposi. «E ora che ha messo le carte in tavola, può dare inizio al suo racconto.»

«Bene. L'avviso che procederò giorno dopo giorno, come se compilassi un diario di quella terribile settimana del 1944. Per il momento, la mia guida sarà lo scritto di Caponi. Il giovedì 31 agosto e il venerdì 1° settembre i tedeschi si accinsero a lasciare Prato, una ventina di giorni dopo aver abbandonato Firenze. La città aveva subìto sette incursioni delle Fortezze volanti americane. La metà degli impianti industriali era stata distrutta. Almeno cinquanta civili avevano perso la vita sotto le bombe alleate. Nel ritirarsi in direzione della Linea Gotica, i tedeschi minarono il Ponte Mercatale e il Ponte della Vittoria. Anche la strada statale della val Bisenzio era stata seminata di mine.

«La domenica 3 settembre gli americani entrarono nel Pratese e raggiunsero Carmignano. Poi ebbero un primo contatto con il Cln di Prato. L'incontro avvenne a Campi Bisenzio. Al comando alleato fu spiegato che i tedeschi se ne erano andati e che bisognava fermare ogni bombardamento aereo.

«Il lunedì 4 settembre, il Cln uscì allo scoperto, lasciando il Monastero di San Niccolò dove stava nascosto. La prima decisione fu di far presidiare la città dalle uniche forze partigiane presenti, meno di duecento uomini. Tutto avvenne in tranquillità, dal momento che di tedeschi non ce n'erano più. E i pochi fascisti rimasti stavano nascosti e non avevano nessuna intenzione di combattere, come invece era accaduto a Firenze. Non risulta che dentro la città esistessero nuclei di franchi tiratori né depositi di armi.

«Il martedì 5 settembre» continuò Livia, «una trentina di partigiani entrò a Prato dalla Porta di Santa Trinita. A quel punto tutti pensarono: adesso arriveranno gli americani. Ma i reparti della 5ª Armata se la presero calma, muovendosi con la cautela di chi sta vincendo e non vuole avere perdite inutili. Nel frattempo si rifecero vivi i tedeschi. La loro retroguardia sparò delle cannonate sulla città. In piazza del Duomo un civile fu ucciso e tre rimasero feriti.

«Sempre il martedì 5 settembre ci fu la prima vittima fascista. Era il commissario prefettizio al comune di Prato, di fatto il podestà: Rosario Ardizzone. Sino al 28 giugno aveva guidato il commissariato di pubblica sicurezza. Poi il ministero dell'Interno della Rsi gli aveva affidato quel nuovo incarico. I partigiani lo prelevarono dal Monastero di San Vincenzo e lo fecero sparire. Caponi scrive che il suo cadavere venne ritrovato venti giorni dopo, in piazza dei Macelli.

«Ardizzone non fu che il primo di una lunga serie di morti ammazzati, da una parte e dall'altra» continuò Livia. «Anche i partigiani ebbero le loro ultime perdite. Nella notte fra il 5 e il 6 settembre, una formazione garibaldina, la Buricchi, si era messa in moto per entrare in città. Arrivati a Figline, una frazione di Prato, all'alba del 6 settembre la colonna si trovò di fronte la retroguardia tedesca. Ci fu un aspro combattimento, nel quale morirono sette tedeschi e dodici partigiani.

«Durante lo scontro, trenta garibaldini vennero catturati e condotti al comando germanico. Qui furono processati in modo sommario e condannati a morte. I tedeschi li impiccarono subito, alle travi di un cavalcavia pedonale. Uno solo riuscì a salvarsi. Nella confusione prodotta da una cannonata caduta nelle vicinanze, si sfilò il cappio dal collo e fuggì.»

«Ma gli americani dove stavano?» domandai a Livia.

«Alle dieci del mattino del 6 settembre, una loro staffetta di tre ufficiali entrò in città da Porta Santa Trinita e si diresse con la jeep verso il centro. In piazza del Duomo incontrarono un monsignore che stava uscendo dalla chiesa. Gli americani lo interrogarono sulle condizioni di Prato. Vollero sapere quanti abitanti fossero rimasti in città, i problemi sanitari, le necessità più urgenti, i danni subiti dai bombardamenti e dall'occupazione tedesca. Presero nota delle risposte e se ne andarono. Verso le 17 si fecero vive le prime pattuglie americane. La gente le accolse esultante.»

«Adesso siamo a giovedì 7 settembre» proseguì Livia. «Quello fu il giorno della caccia al fascista e delle prime esecuzioni.

«La scena principale diventò il castello al centro della città. Un fortilizio chiamato dai pratesi la Fortezza e che il fascismo aveva ribattezzato il Castello dell'Imperatore. Durante la Rsi era diventato la sede di un distaccamento della Gnr. Qui erano stati condotti gli operai arrestati per gli scioperi del marzo 1944, poi deportati in Germania. E sempre di lì erano partiti i rastrellamenti.

«Nel giorno della resa dei conti, la Fortezza divenne il mattatoio per i fascisti catturati. A farlo funzionare era un gruppo di partigiani comunisti, guidato da Marcello Tofani, detto Tantana, un giovanotto di 21 anni, un tipo duro, abituato a maneggiare il mitra. Suo fratello, Ruggero, classe 1910, dopo aver patito orrende torture, il 15 giugno 1944 era stato ucciso dai fascisti a Tizzana, una frazione di Quaranta, tra Prato e Pistoia. E Marcello aveva deciso di vendicarsi.

«Tantana e i suoi uomini si mossero per tutta la città, alla ricerca di chi si era schierato con la Repubblica sociale o veniva sospettato di simpatie per Mussolini. Riuscirono a fare un certo numero di prigionieri, li portarono alla Fortezza e cominciarono ad ammazzarli.

«Il Cln non intervenne per far cessare le esecuzioni. Anche gli americani fecero finta di nulla. Un sacerdote della vicina Basilica di Santa Maria delle Carceri chiese di amministrare i sacramenti a chi stava per essere ucciso, però venne respinto. I morti furono lasciati per terra, all'uscita della Fortezza. Su ciascuno venne posato un biglietto con due parole: spia repubblichina.

«Ma il dettaglio più ripugnante è un altro» spiegò Livia. «Ad assistere alle esecuzioni c'era parecchia gente, una piccola folla. Persone che sembravano molto appagate dallo spettacolo. Salvagnini lo rievoca citando una cronaca di A. Lazzeri apparsa sul "Tirreno" il 1° settembre 1994. Adesso le leggerò che cosa scrive nel suo libro.

«Oggi è difficile, forse ormai impossibile, ricostruire con precisione gli eventi. Possediamo soltanto dei flash, scintille di memoria affievolita e repressa. I prigionieri venivano fatti uscire uno ad uno dal castello. Sulla porta c'erano quattro o cinque partigiani. Gridavano: "Andatevene a casa, delinquenti!". E li spingevano lungo la rampa che scende verso la Madonna delle Carceri. Tra i due torrioni, addossata alle mura della Fortezza, allora c'era una catapecchia adibita a deposito di marmi. Tra quelle lastre se ne stava appostato il Tantana con i suoi accoliti che, a bruciapelo, sparavano alla nuca di questi disgraziati. Un carretto trainato da un ciuco, man mano, portava via i cadaveri, chissà dove. Il parroco della Basilica, don Franco Franchi, si raccomandava: "Lasciate che gli impartisca i sacramenti, prima di ucciderli!". Ma non gli fu concesso. Riuscì soltanto, fugacemente, a benedire i cadaveri. E ogni tanto a buttare un secchio d'acqua sulle pozze di sangue.»

«Quanti furono uccisi alla Fortezza?» domandai a Livia.

«Nessuno l'ha mai saputo con certezza. Caponi riporta un elenco di dodici nomi, tratto dal registro comunale delle denunce di morte alla data del 7 settembre. Vi è indicata anche l'ora dell'esecuzione. Le prime due alle 9.10, la terza alle 10.48, la quarta alle 13, la quinta alle 16.10, la sesta e la settima alle 18, l'ottava alle 19, la nona e la decima alle 19.30, l'undicesima e la dodicesima alle

23. Insomma, dei boia a orologeria, una vera catena di montaggio!» esclamò Livia.

«Ci furono altre esecuzioni il giovedì 7 settembre?»

Livia si strinse nelle spalle: «Non lo so. Salvagnini parla di "quaranta disgraziati" uccisi dai partigiani. Un sacerdote, monsignor Eugenio Fantaccini, in una lettera al vescovo di Prato, scrisse di diciassette persone eliminate quel giovedì. Nell'articolo per "L'Ultima Crociata", Sileno Desideri elenca altri ventuno nomi di fascisti eliminati fra il 4 e il 9 settembre, oltre ai dodici della Fortezza. Come vede le cifre cambiano. E non ho nessuna certezza da offrirle. Ma ritornerò dopo su questo problema».

«Ha trovato qualche notizia sulle figure dei fascisti uccisi a Prato?» chiesi a Livia.

«Sì, parecchie. Soprattutto grazie alla ricerca di Salvagnini. Possiamo cominciare dal commissario prefettizio Ardizzone. Come ho detto all'inizio, negli ultimi giorni di guerra si era rifugiato con un gruppo di agenti della polizia nel Monastero di San Vincenzo. Nello stesso luogo avevano trovato riparo molti altri abitanti di Prato, civili senza bandiera politica. Erano così tanti, scrive in una nota Salvagnini, che il 29 agosto si riunirono per la tradizionale processione nell'anniversario del sacco del 1512.

«Ardizzone non era un fascista scaldato. Gli era toccata la sfortuna di essere l'ultimo podestà di Mussolini a Prato, ma nessuna fonte sostiene che fosse un criminale» disse Livia. «Aggiungo un'osservazione basata sul buon senso: non avrebbe neppure avuto il tempo di mostrarlo, visto che si era insediato in municipio alla vigilia della fine. Per di più, aveva fatto il possibile per far arrivare in città i rifornimenti alimentari. A questo scopo, si era messo in contatto con il fronte opposto, il Cln o i partigiani.

«Quando lo andarono a prelevare, Ardizzone era convinto che i vincitori, americani o partigiani che fossero, volessero da lui il rendiconto dell'attività svolta in municipio. Aveva persino redatto una relazione minuziosa. Invece venne affidato a un partigiano con l'ordine di ucciderlo. Quello si rifiutò e allora lo consegnarono a un altro che lo accoppò. Non si sa dove né in che modo. Come le ho detto, il suo cadavere venne ritrovato in seguito in piazza dei Macelli.

«Qualcosa di più si conosce sul conto di Giuseppe Vivo. Era nato a Marigliano, in provincia di Napoli, nel 1886 e dunque aveva 58 anni. Era stato maresciallo dei carabinieri e poi della Gnr. Si era rifugiato nel Seminario cittadino, con il consenso del vescovo. Secondo Caponi, aveva in tasca una dichiarazione del comando dei partigiani di Prato che gli garantiva la libertà.

«Ma per il Tantana quello era un pezzo di carta senza valore. Dopo averlo scovato per caso, lì per lì lo lasciò al seminario. Poi ci ripensò, ritornò a prenderlo e lo portò alla Fortezza. E qui il maresciallo fu ucciso alle sei di sera del 7 settembre, anche lui con un colpo alla nuca.»

Livia continuò: «Più complessa è la vicenda di un altro milite della Gnr, Guido Cecchini, che non stava nel gruppo ammazzato alla Fortezza. Era nato a Pistoia e aveva 36 anni. Dopo aver fatto il vigile urbano a Prato, si era arruolato nella Guardia nazionale. Tantana era convinto che il Cecchini fosse il responsabile delle torture e della morte del fratello. Lo cercò per tutta Prato, voleva ucciderlo con le sue mani. Ma non lo trovò perché aveva lasciato in tempo la città ed era fuggito nell'Italia del Nord.

«Finita la guerra, Tantana venne a sapere che il milite stava nascosto a Milano e all'inizio del maggio 1945 si precipitò a cercarlo. Qualcuno che lo conosceva tradì il Cecchini e disse a Tantana che lo avevano arrestato e che si trovava in prigione, forse a San Vittore. Qui gli spiegarono che il Cecchini doveva essere trasferito a Prato, per essere processato. Ma nel caos di quei giorni, Tantana riuscì a farselo consegnare, lo accoppò e ne gettò il corpo nel Naviglio. Il suo cadavere non venne mai ritrovato.

«Torniamo ai fascisti eliminati il 7 settembre, alla Fortezza o in altri luoghi di Prato. Uno di loro era Maurizio Salvetti, 35 anni, iscritto al Pfr, impiegato all'ammasso della lana. Quel giorno stava correndo in via Muzzi e teneva per mano il figlio bambino. Un partigiano lo riconobbe e gli sparò. Salvetti cadde sul selciato, sempre stringendo la mano del figlio. Il piccolo finì sotto il cadavere del padre e cominciò a piangere, disperato. Poi qualcuno, impietosito, lo liberò e lo portò in salvo.

«Tra i fucilati alla Fortezza c'erano due fratelli: Lionello e Giovanni Giorgi, di 56 e 51 anni. Il primo, bidello in una scuola di Prato, era un caporal maggiore della Gnr. Anche il secondo, un imbianchino e fervente cattolico, stava nella Guardia, da semplice graduato. Erano fascisti scaldati, di quelli che nei bar imponevano l'attenti! mentre la radio trasmetteva il bollettino di guerra.

«In un primo tempo, si disse che i fratelli Giorgi erano stati catturati dai partigiani nella sede della Banca Toscana. Si erano asserragliati lì, con armi e munizioni, nell'intento di preparare una difesa a oltranza contro gli americani. Condotti alla Fortezza, furono i primi a essere uccisi, poco dopo le nove di mattina del 7 settembre.»

«Volevano fare i franchi tiratori soltanto in due? E contro la 5ª Armata americana? Mi sembra impossibile» dissi a Livia.

«E infatti quella era una leggenda metropolitana, sia pure su scala ridotta» mi spiegò Livia. «Al libro di Salvagnini è acclusa una nota scritta da un testimone che aveva conosciuto bene i due fratelli Giorgi. In quella nota si sostiene che erano sì fascisti, ma anche monarchici convinti. Dopo il 25 luglio, fecero a pezzi una fotografia di

Mussolini e non vollero mai aderire alla Repubblica sociale. Le confesso» aggiunse Livia, «che non so sciogliere questo enigma. Forse i Giorgi erano stati nella Milizia prima del 25 luglio e non nella Guardia repubblicana. Ma l'interesse di quella nota è un altro. E ci rivela come in realtà potevano andare le catture dei fascisti sconfitti.

«Il testimone, molto attendibile per i rapporti di parentela con i due Giorgi, sostiene che non vennero affatto catturati dentro la Banca Toscana. E che non preparavano nessuna resistenza. Seguiamo il suo racconto.

«Lionello, il più anziano, fu preso in casa, abitava in un cortile interno di via Atto Vannucci. Quando la guerra civile stava per finire anche a Prato, qualche amico gli suggerì di tagliare la corda e di nascondersi sino a quando le acque non si fossero calmate. Lui si rifiutò di scappare, dicendo: "Non ho mai fatto del male a nessuno. E se qualcuno ha avuto uno schiaffo da me e gli sembra di non averlo meritato, me lo renda e non se ne parla più!".

«Quando i partigiani si presentarono alla sua porta, ad aprire fu la vecchia madre Ida. La donna gli gridò: "Lionello, vogliono te!". All'ordine di seguirli, lui disse: "Vado a prendere la giacca e vengo". Poi rivolto alla madre aggiunse: "Non state in pensiero, ritorno presto". La donna si mise a piangere. E allora uno dei partigiani le disse: "State tranquilla, nonnina. Non siamo come i fascisti. Vi si riporta, il vostro figliolo, vi si riporta!".

«Due giorni dopo, quando Lionello era già stato ucciso, i partigiani andarono per la seconda volta in via Vannucci. Questa volta cercavano il figlio Gualtiero. Ma non lo trovarono. Un altro dei fratelli Giorgi, di idee politiche opposte, lo aveva costretto quasi con la forza a nascondersi nella sua casa di Firenze.»

«E Giovanni, il fratello di Lionello, come venne catturato?» domandai a Livia.

«Anche lui fu preso in casa, in via Lottini» mi spiegò Livia. «Le ho già detto che Giovanni era molto religioso, un uomo pio e anche dedito alla carità. Quando i partigiani bussarono, stava pregando con la moglie Poldina. Non oppose nessuna resistenza. E disse alla moglie che sarebbe ritornato presto, e invece non tornò. Da quel giorno, la Poldina non riuscì più a coricarsi da sola nel letto matrimoniale. E per anni, sino alla morte, dormì sempre su una sedia.»

Dissi a Livia: «Sono storie che mi danno i brividi. E constato ancora una volta quanto sia difficile ricostruire le vicende della guerra civile. I vincitori hanno parlato troppo, spesso raccontando cose non vere o verità di comodo. I vinti non hanno potuto parlare che poco o niente. E anche questo complica l'intera faccenda».

«La penso anch'io così» sospirò Livia. «Lo prova anche il lavoro di Salvagnini che pure è un ricercatore tra i più puntigliosi. Pure lui ha incontrato molte difficoltà nell'accertare il numero dei fascisti trucidati alla Fortezza.»

«Eravamo partiti da dodici, il numero indicato da Caponi. Monsignor Fantaccini sostiene che i fascisti uccisi il 7 settembre furono diciassette, però non indica il luogo o i luoghi. E Salvagnini ci ricorda che l'*Albo d'oro dei caduti della Rsi* alza il numero a venticinque, non tutti uccisi alla Fortezza.»

«Tra loro ci sono quattro donne» precisò Livia. «Maria Bardazzi, segretaria del Fascio repubblicano femminile di Prato. Gennara Bettarini, 28 anni, vicesegretaria di quel fascio. Marianna Campani, operaia tessile, volontaria del Dopolavoro fascista. E Bruna Fantaccini, infermiera volontaria della Croce Rossa. Ma nel registro del camposanto, citato da Caponi e da Desideri, è presente un'altra donna: Fiorenza Rassai o Massai, una ragazza di 18 anni, vigilatrice nelle colonie dell'Opera nazionale balilla.

«Infine, sempre Salvagnini, alla conclusione del suo libro, pubblica un elenco di altri diciassette fascisti pratesi uccisi tra il 6 settembre 1944 e il maggio 1945. Persone accoppate a Prato, a Filettole, a Calenzano, a Galciana, a Cafaggio e Vaiano.»

«Bene. Con l'aiuto di Caponi e di Salvagnini anche noi abbiamo fatto il possibile per raccontare senza errori la fine della guerra in quest'area» dissi a Livia.

Lei osservò: «Non ci resta che andare a Prato per visitare la Fortezza».

«Non ci penso neppure» replicai. «Risparmiamoci almeno la visita a uno dei mattatoi della guerra civile.»

9
Mattanza in Garfagnana

«Tutte le guerre civili lasciano una ferita, a volte molto profonda, pure in chi non le ha combattute. E a volte anche in persone che non erano ancora nate» dissi a Livia, riflettendo ad alta voce.

C'eravamo trovati a casa sua, dopo cena, con tutte le nostre carte. Lei mi domandò: «Mi sta annunciando un altro capitolo del libro?».

«Sì, e questa volta sarò io a raccontarlo. Il capitolo ha bisogno di un prologo. Nel settembre dell'anno scorso ero andato a Pisa per presentare *Il revisionista* alla Libreria Feltrinelli. Alla fine dell'incontro, una signora mi ringraziò per i miei lavori e mi consegnò un libro, dicendomi: "Mi chiamo Giuseppina Mannaioli. Qui c'è anche la storia di mio padre. Lo legga e poi, se lo ritiene, mi chiami".

«Il libro aveva per titolo: *Appunti per una storia della guerra civile in Garfagnana. 1943-1945*, ed era stato pubblicato nel 2003 a Lucca da Maria Pacini Fazzi Editore. L'autore è Mario Pellegrinetti, già direttore didattico, narratore scrupoloso e molto equilibrato: uno storico lontano dall'accademia e anche dalle faziosità di non pochi baroni della storia contemporanea.

«Nel capitolo *La strage dimenticata* ricostruiva la mattanza dei fascisti garfagnini compiuta dai partigiani nell'ottobre 1944. In quel momento si pensava che la fine della guerra fosse vicina. Il 2 settembre gli americani erano entrati a Pisa. Il 6 settembre venne liberata Lucca. Il 7 settembre fu la volta di Prato. Poi le speranze svanirono.

«Il 15 settembre arrivò sul fronte della Garfagnana la 42ª Divisione tedesca. L'area rimase divisa in due. A Barga stavano già i brasiliani, inseriti nella 5ª Armata americana. Poco più a nord c'erano le truppe germaniche. E la guerra continuò a straziare la regione.»

«Fu da quel momento che i partigiani intensificarono la caccia al fascista?» domandò Livia.

«Sì, ma per essere precisi la caccia non fu ai fascisti in armi, ossia ai reparti della Rsi, bensì a quelli civili e disarmati. Pellegrinetti racconta che alcuni di loro avevano ricoperto piccoli incarichi nel fascismo repubblicano, ma nessuno aveva partecipato alla lotta contro i partigiani. Di conseguenza pensavano di non aver nulla da temere. Non erano fuggiti nell'Italia del Nord, restando tranquilli nelle loro case. Fu questo a perderli. I partigiani li sequestrarono uno dopo l'altro, li condussero in posti isolati e li ammazzarono tutti con la solita tecnica: un colpo di pistola alla nuca.»

«Furono tanti questi casi nell'autunno 1944?» chiese lei.

«Pellegrinetti ne elenca venti, fra l'ottobre e il novembre 1944. Se si aggiungono quelli uccisi prima e dopo, il totale è di cinquantadue fascisti soppressi in Garfagnana. Attenzione: le ripeto che stiamo parlando di civili, non di militari della Repubblica che combattevano su quel fronte.»

«Vediamo alcuni dei casi citati da Pellegrinetti» mi invitò Livia.

«La prima vittima, uccisa il 6 ottobre 1944, fu un impresario edile che lavorava per l'Organizzazione Todt, la struttura creata per costruire fortificazioni per i tedeschi. Si chiamava Giovan Battista Nutini, era un ingegnere di 50 anni, di Camporgiano. Prelevato dai partigiani, venne condotto sul monte Tondo ed eliminato. Con lui fu soppresso il segretario: Giuseppe Fiori, 40 anni. I cadaveri vennero ritrovati mutilati.

«Proprio negli stessi giorni fu rapito il padre della signora Mannaioli: si chiamava Giuseppe, aveva 40 anni e nessun incarico politico. Però possedeva la tessera del Partito fascista repubblicano. Nato a Minucciano, viveva a Magliano con la moglie che, dopo un'attesa lunga, era finalmente incinta. Anche lui venne portato sul monte Tondo e ammazzato. La figlia nacque orfana del padre. E tra poco sentiremo la sua testimonianza.»

«È molto minuzioso l'elenco di Pellegrinetti, mi pare» osservò Livia.

«Sì. E spesso racconta quel che accadde dopo le esecuzioni. Ecco un esempio che voglio citarle. Riguarda un impiegato delle poste di Camporgiano: Silvio Santarini, 61 anni, sfollato con la famiglia a Casatico. Fu condotto nei pressi di Casciana, in località Gualcola, e accoppato il 14 ottobre 1944.

«Dopo averlo ucciso, i partigiani si presentarono a casa sua e la svaligiarono. Sotto gli occhi della moglie e dei quattro figli, paralizzati dal terrore, si presero tutto ciò che aveva un valore anche minimo. Si erano portati dei sacchi e ci rovesciarono il contenuto della rapina, compresa la biancheria intima della vedova. Lasciando la famiglia del Santarini priva di ogni cosa.»

«Accadeva spesso così» osservò Livia.

«Sì, per non dire quasi sempre. E non soltanto in Garfagnana, naturalmente, ma in tutte le zone dove esistevano bande partigiane. Mi costa riconoscerlo, perché la Resistenza è sempre stata la mia patria morale. Però certi modi d'agire erano da banditi di strada, non da combattenti.

«Lo schema era il seguente. Un fascista, o presunto tale, veniva sequestrato, portato al sicuro e subito liquidato. Poi i suoi assassini ritornavano dalla famiglia e si comportavano in un modo abbietto. Sostenevano che il prigioniero era vivo, aveva bisogno di indumenti, di cibo, di soldi per sopravvivere. I famigliari consegnavano quel poco che avevano. Ed erano loro a morire di fame. Nel caso di Santarini, osserva l'autore del libro che ci serve come fonte, i partigiani non si scomodarono neppure a inventare scuse: depredarono la famiglia e basta.»

«A fare la mattanza dei fascisti in Garfagnana furono partigiani comunisti?» domandò Livia.

«Comunisti in senso stretto, no. Appartenevano alla Divisione Garibaldi Lunense, comandata da un maggiore inglese, Anthony John Oldham. Era un ufficiale di 32 anni catturato in guerra e prigioniero in Italia. L'8 settembre era fuggito dal campo di concentramento e si era dato alla macchia. Riuscì presto a formare una banda partigiana e a darsi da fare come guerrigliero.

«Oldham aveva molto coraggio, ma non andava per il sottile. E in più di un caso si rivelò un sanguinario. La parola Garibaldi non deve trarci in inganno. La Lunense non era una formazione comunista. Era stato il maggiore inglese, un ammiratore dell'Eroe dei due mondi, a volerla chiamare così.

«Fu Oldham a decidere la mattanza dei fascisti» spiegai a Livia. «Per odio politico e anche per motivi pratici. Come abbiamo visto, mentre il sequestrato andava all'altro mondo, la sua famiglia veniva depredata di tutto quello che aveva un valore. In questo modo, gli uomini del maggiore inglese mettevano in cassa ciò che gli serviva: coperte, vestiario, cibo e non di rado soldi. Aggiungo che il monte Tondo, luogo di molte esecuzioni, nell'estate era diventato la sede del comando di Oldham.

«Sempre nell'autunno 1944, vennero uccisi ben sette segretari di piccoli fasci repubblicani. Il primo fu Settimo Pellegrinetti, 45 anni, di Minucciano, impiegato comunale. Andarono a prenderlo a casa e il 10 ottobre lo accopparono nei boschi di Ugliancaldo. Il suo cane lo aveva seguito e venne ammazzato anche lui.

«Poi toccò al segretario del fascio di Gorfigliano: Alfredo Del Taglia, 52 anni, ucciso a Foce di Careggine il 15 ottobre. Il terzo fu Marino Bartolomasi, 42 anni, handicappato, un uomo mite e inoffensivo. Era il segretario di Camporgiano. Lo presero a Roccalberti, dove era sfollato, e lo finirono con il solito colpo alla nuca il 17 ottobre, presso Casciana, in località Vetricia.

«Il quarto fu Primo Davini, 49 anni, segretario del fascio di Metra. Era già stato fermato una volta e poi rilasciato perché ritenuto senza colpe. In seguito i partigiani ci ripensarono e lo convocarono di nuovo. Lui si presentò, confidando nella propria innocenza. Ma stavolta i partigiani non lo lasciarono andare. Lo condussero in un vallone presso Regnano e il 17 ottobre lo uccisero.

«Il quinto fu Domenico Coltelli, 55 anni, segretario del fascio di Vagli Sotto. I partigiani lo prelevarono in casa e lo ammazzarono a Foce di Careggine, il 22 ottobre. Il sesto fu Aristide Contadini, segretario a Careggine. Anche lui venne sequestrato in casa e spedito all'altro mondo il 7 novembre, alla Foce di Careggine. Il settimo fu Francesco Diamantini, 41 anni, segretario del fascio di Giuncugnano. Di mestiere era falegname e, nel timore di essere ucciso anche lui, si era trasferito a Cascianella. Senza prevedere che pure lì poteva essere catturato.

«Infatti i partigiani lo tenevano d'occhio. Un giorno andarono a prenderlo, dicendogli che il maggiore Oldham voleva parlare con lui. Il Diamantini venne condotto a Roggio e portato alla presenza del comandante della Lunense. Oldham lo interrogò e poi decise di rilasciarlo. Secondo il testo di Pellegrinetti, a opporsi furono dei partigiani di Magliano, compaesani di Diamantini. Dissero al maggiore inglese che bisognava ucciderlo. E così avvenne, il 12 novembre.

«Il libro di Pellegrinetti è una miniera di notizie, tutte ricche di particolari sulle persone uccise in Garfagnana nella mattanza dell'autunno 1944. E conferma una certezza che, almeno per me, è diventata sempre più salda con il passare degli anni.»

«E quale sarebbe questa certezza?» mi chiese Livia.

«È molto semplice. Se vogliamo comprendere per intero la tragedia della guerra civile, bisogna guardarla dal basso e non dall'alto. Ossia è indispensabile arrivare ai morti, a chi è stato ucciso da una parte e dall'altra. Anche se erano uomini e donne qualsiasi, gente comune diremmo oggi, senza un rilievo speciale, né politico né militare. Gli storici della Resistenza, o quelli che si definiscono tali, hanno sempre scritto soltanto dei morti partigiani, mai dei morti fascisti. Come lei sa bene, cara Livia, nel mio piccolo sto tentando di colmare una lacuna grave e faziosa.

«In questo senso, le ricerche di Pellegrinetti sono davvero preziose per le vicende della guerra in Garfagnana. Contengono storie che soltanto grazie a lui non si sono dissolte nel silenzio. Sempre a proposito della mattanza dei fascisti in quel territorio nell'autunno 1944, rivelano episodi che in poche righe ci consegnano tutta la brutalità della nostra guerra interna. Voglio ricordarne ancora uno.

«Riguarda la fine del medico condotto di Careggine» spiegai a Livia. «Era un capitano medico in congedo: Fedele Bianchi, di 41 anni. Il 2 o il 3 novembre 1944 una squadra di partigiani andò a cercarlo e gli chiese di seguirli perché c'era un ferito da curare. Il dottor Bianchi prese la borsa dei ferri e andò con loro, senza sospettare nulla. In realtà non esisteva nessun ferito. Il medico venne arrestato e portato a Foce di Careggine.

«Qui fu rinchiuso in un porcile dove stavano già altri prigionieri. Uno di loro era Saulle Grandini, di 55 anni, che aveva fatto parte di un osservatorio antiaereo della Gnr. Il dottor Bianchi e il Grandini rimasero nel porcile per qualche giorno. Poi i partigiani uccisero entrambi il 7 novembre. Di certo insieme ad altre persone catturate.

«Devo continuare?» domandai a Livia.

«No. La prego di fermarsi qui. Questo elenco di morti mi dà la nausea. Vorrei sentire la testimonianza della signora Mannaioli, la bambina nata dopo l'uccisione del padre.»

«D'accordo. Le leggo il testo che mi ha inviato nel febbraio di quest'anno. Le avevo chiesto di narrare la storia dei suoi genitori e la sua. La signora Mannaioli, una donna amabile e molto cortese, mi ha mandato questo racconto.»

«Mio padre Giuseppe e mia madre Rosaria si conobbero nel 1922 quando lui aveva 18 anni e lei 14. Lui era del 1904, lei del 1908. Giuseppe era un bel ragazzo, alto, magrissimo, dal profilo greco. Rosaria era una bruna piccolina, cicciosetta, molto graziosa. Entrambi garfagnini, il babbo era nato a Minucciano, mentre la mamma era di Varliano, una frazione di Giuncugnano.

«Erano fatti l'uno per l'altra, ma non potevano sposarsi subito. La mamma era troppo giovane e per di più le loro condizioni economiche non erano buone. Il babbo era orfano della madre, morta di parto. Ed era stato allevato dal padre, un umbro che commerciava in legname e si era trasferito in Garfagnana per lavoro.

«Poi anche il padre morì. E Giuseppe andò a vivere a Velletri, in provincia di Roma, presso una coppia di zii che non avevano figli. Lì cominciò a lavorare da giovanissimo come autista in una concessionaria della Fiat. Ma non dimenticò la ragazzina conosciuta a Varliano. E di tanto in tanto affrontava un viaggio disagevole per rivederla.

«Il loro fidanzamento durò quasi dieci anni. Finalmente si sposarono il 16 febbraio 1931, nella parrocchiale di Varliano, in un giorno di freddo intenso. La mamma indossava un tailleur marrone, sul capo aveva un cappello a cloche dello stesso colore, ordinati sul catalogo della Rinascente. Sull'altare c'erano soltanto mimose che lei ricordava bellissime. Il viaggio di nozze lo fecero per andare a Velletri. L'unico luogo in cui sostarono fu Firenze, una città che la mamma non aveva mai visto e che trovò incantevole.

«A Velletri la loro vita fu molto felice. La mamma l'avrebbe poi rammentata come un succedersi di giorni indimenticabili. Il lavoro per il babbo non mancava. Era in grado di fare tutto: il meccanico, l'autista, il contabile. Mamma Rosaria era casalinga. E per non dispiacere agli zii, che forse avrebbero preferito una nipote cittadina, aveva imparato a tirare la pasta a mano, e a cucinare broccoli e carciofi alla giudia, piatti che non si usavano in Garfagnana.

«L'unico cruccio degli sposi era la mancanza di un figlio. Per la mamma rappresentava una vera sofferenza. Diventava malinconica quando vedeva il marito prendere in braccio un bambino e coccolarlo. Grazie alle conoscenze del babbo, venne visitata dai migliori ginecologi di Roma. Il responso fu di avere pazienza e aspettare: prima o poi un figlio sarebbe arrivato. La mamma andò più volte a fare delle cure a Salsomaggiore. Di quell'epoca conservo una fotografia dei miei genitori, giovani e felici, a braccetto per un viale della stazione termale.

«Poi arrivarono gli anni della guerra. Il babbo era fascista, come milioni di italiani in quel tempo. Ma non del genere scaldato. Si limitava ad attendere che quel periodo disgraziato finisse e che il figlio tanto sospirato nascesse in tempo di pace. Quando il fronte si avvicinò a Roma, anche i miei ricevettero l'ordine di sfollare. Dovettero lasciare a Velletri tutto ciò che possedevano. E decisero di ritornare in Garfagnana, a Varliano, il paese della mamma. Lì avrebbero potuto contare su una casa e su quanto si riusciva a trovare nelle campagne.

«Purtroppo avevano sbagliato i conti. Nella casa paterna della mamma poterono fermarsi poco perché una notte venne colpita da raffiche di mitraglia, forse sparate da qualche banda partigiana. In seguito i tedeschi requisirono una parte della casa per sistemare nelle cantine dei loro cavalli. Giuseppe e Rosaria dovettero chiedere ospitalità a uno zio di lei. E così andarono ad abitare in un'altra frazione, a Magliano. E lì la mamma si accorse di essere incinta.

«La loro felicità fu immensa. Ma erano davvero poveri. E allora, non volendo pesare sui parenti, tentarono di ritornare a Velletri per riprendere un po' delle loro cose. Il babbo sperava anche di ricevere dalla concessionaria Fiat quanto gli spettava per i tanti anni di lavoro. Purtroppo non ci riuscirono. I treni funzionavano a singhiozzo. Le strade erano sconvolte dai bombardamenti. A Pisa incapparono per tre volte in un'incursione degli aerei angloamericani e si salvarono per miracolo.

«Ritornarono a Magliano, in una Garfagnana ormai immersa nella guerra civile. I miei non ritenevano di essere in pericolo. Il babbo era soltanto uno sfollato, non aveva mai avuto la più piccola carica nel Partito fascista repubblicano, anche se si era appena iscritto al partito. Insomma, era un civile per bene come tanti, alle prese con l'unico problema di sopravvivere insieme alla moglie e di far nascere il bambino che attendevano, per poi ritornare presto a Velletri. Invece, non so il perché neppure oggi, i partigiani della zona decisero di sequestrarlo e di ucciderlo.

«Quanto adesso le racconterò l'ho appreso dalla mamma, anni dopo, quando ero già grande. La sera del 7 ottobre 1944, dopo cena, un gruppo di giovani armati, con il basco e il fazzoletto rosso, bussò con prepotenza al piccolo portone della casa. Andò ad aprire mio padre e si sentì ordinare che doveva andare al loro comando, per essere interrogato.

«La mamma, incinta di cinque mesi, pensò subito al peggio e si disperò. Il babbo, anche nella concitazione del momento, rimase tranquillo. Diede un bacio alla mamma e le disse: "Rosaria, non temere. Non ho mai fatto nulla di male contro nessuno. Aspettami senza piangere perché ritornerò presto a casa". Poi scomparve nel buio della notte, insieme ai rapitori.

«Per anni e anni, nel raccontarmi quei momenti, la mamma scoppiava in lacrime. Ricordava tutto con precisione estrema. Rimasta sola in casa, si gettò su un sacco di fagioli secchi ancora nelle bucce. I fagioli si sparsero sul pavimento, con un rumore che l'angosciava sempre.

«Poi cominciò a muoversi nell'alloggio come una pazza. Vagando da una finestra all'altra, seguita da una giovane cugina, atterrita quanto lei. Dopo un po' di tempo, mentre scrutavano il buio, sentirono degli spari. Il silenzio della notte li amplificò.

«In seguito si seppe che il babbo era stato ucciso dai partigiani subito dopo la cattura, in un luogo poco distante da casa, chiamato monte Tondo. Dissero che si era ribellato nel tentativo di salvarsi. Era un uomo ancora giovane, alto più di un metro e ottanta. Gli spezzarono un braccio. Poi lo ammazzarono e lo gettarono in un fossato.

«Per giorni e giorni, la mamma vagò in cerca di notizie. Fu un calvario. Nessuno parlava. Per paura o per compassione verso la sua gravidanza. Ma c'era pure chi le dava notizie false. Le dicevano dell'esistenza di un comando partigiano nei pressi di Parma, dove il babbo era stato portato. Naturalmente, non era vero. Altri sostenevano che lui era vivo e che forse occorreva del denaro per farlo ritornare sano e salvo.

«La mamma andò da un paese all'altro, sempre a piedi e con me in seno. Si aggrappava a una speranza sempre più fragile. Poi un'altra cugina della mamma, una signora possidente, la volle con sé per assisterla nella gravidanza. Abitava in una grande casa in pietra, le pareti affrescate con scene mitologiche, dove nei tempi migliori si suonava il pianoforte. Un giorno qualcuno recapitò lì degli oggetti appartenuti al babbo: un anello, un portafoglio vuoto e non so che altro.

«Nacqui a Magliano, frazione del comune di Giuncugnano, il 25 febbraio 1945, quattro mesi dopo l'assassinio del babbo. Mi battezzò un canonico del duomo di Massa, sfollato nel paese. Faceva così freddo che il prete provvide a scaldare l'acqua della fonte battesimale. Una giovane signora del paese portò alla mamma un mazzolino di violette profumate. Gliele consegnò con un sorriso, senza dire nulla.

«Il corpo di mio padre venne recuperato dopo diversi giorni. Lo trovarono nel fosso dove i partigiani l'avevano gettato, sotto un debole strato di foglie. I tedeschi volevano parlare con la mamma per sentire se aveva dei sospetti. Ma lei si rifiutò di vederli. Il suo dolore era immenso, però c'erano già stati troppi morti innocenti, come il babbo.

«Mio padre venne sepolto nel cimitero di Varliano. Nel paese gli uomini erano scomparsi, chi per paura dei tedeschi, chi per timore dei partigiani. E così la bara di legno di castagno venne portata al cimitero sulle spalle da quattro giovani sorelle. Erano Mimì, Ida, Rina e Angelita Marini. Avevano conosciuto il babbo da bambine, quando faceva l'autista per il loro padre. Le sorelle camminarono per tre chilometri fino al camposanto, nonostante il feretro pesasse molto.

«Sulla tomba del babbo, la mamma fece posare una semplice lastra di marmo. Vi era incisa questa scritta: "Dal cielo sorridi alla tua piccola Pina e alla tua sposa inconsolabile". Dopo la morte della mamma, il 7 febbraio 1994, a 86 anni, vi ho fatto aggiungere quattro parole: "Qui uniti per sempre". Lì sarò inumata anch'io.

«Finita la guerra, la mamma ritornò a Varliano, nella casa paterna. L'idea di risposarsi non le passò mai per la mente. Io crebbi con lei. Ho studiato con grande passione, aiutandomi con le borse di studio. A 23 anni mi sono laureata in Giurisprudenza all'Università di Pisa. Ho scelto poi di rimanere in quell'ateneo, come funzionaria.

«Non mi sono mai cercata un marito, oggi sono una single di 65 anni, ormai in pensione. Ho fatto anche il giudice conciliatore nel comune di Giuncugnano. Per chi non lo conosca, dirò che è un paese di circa seicento abitanti, a 850 metri di altezza, in provincia di Lucca.

«È la prima volta che racconto di mio padre Giuseppe Mannaioli. La sorte ha voluto che nascessi dopo il suo assassinio. Ma lo vedo sempre di fronte a me, sorridente e affettuoso. Mi manca molto. Tuttavia, la mia esistenza è serena. Anche se non posso dimenticare la grande sofferenza che la mamma e io abbiamo sempre patito. Ma ho avuto la fortuna di essere amata dalla famiglia di un mio cugino e da molti amici.

«Mi è stato detto che gli uomini coinvolti nella nostra tragedia sono poi emigrati. Non conosco le loro facce. Mi auguro solo di non incontrarli mai.»

«Che cosa dice di questa testimonianza?» domandai a Livia.

Lei mi rispose: «A volte la storia di una sofferenza personale ci rivela una tragedia più grande. E ammiro il coraggio di Giuseppina Mannaioli. Non è di tutti, anche tanti anni dopo la guerra civile».

10
Di notte, sul Po

«Ho ricevuto una storia nuova grazie a un mio vecchio libro» dissi a Livia.

«Le succede spesso, mi pare» sorrise lei, per nulla sorpresa.

«È uno dei pochi vantaggi dell'età. Se fossi ancora un giovane giornalista e avessi scritto poco, nessuno mi filerebbe. Comunque vorrei essere ancora sui trent'anni o al massimo sui quaranta. Pagherei volentieri lo scotto di non avere alle spalle tanti libri. Ma è un sogno impossibile!»

«La smetta con questa litania. Mi racconti la nuova storia.»

«Dovrà raccontarla lei. Le spiegherò soltanto in che modo mi è arrivata. Nel luglio dell'anno scorso, ero stato a Grado per presentare *Il revisionista*. Dopo l'incontro, i due amici che organizzano la rassegna Libri e autori, Giuliana Variola e Paolo Scandaletti, mi hanno portato al bar per un aperitivo. Mentre stavamo seduti all'aperto, si è fatta avanti una signora che mi ha consegnato un plico, dicendomi: "Qui ci sono dei documenti che la prego di leggere. Se la storia che raccontano le interessa, la pubblichi in uno dei suoi libri sulla guerra civile". Ecco, i documenti sono questi, glieli affido. Li legga lei.»

«Perché dovrei farlo io?» mi domandò Livia, incuriosita.

«Perché lei è una donna. Queste carte vengono da un'altra donna. E credo che raccontino di un'altra donna ancora. Se la storia che rievocano la colpisce, vorrei sentirla dalla sua voce.»

Livia prese il plico, lo lesse con il solito scrupolo e il giorno successivo mi narrò la storia che adesso ascolteremo.

«I documenti che ho letto» cominciò Livia, «prendono le mosse da una vicenda che aveva raccontato in *Sconosciuto 1945*, nel capitolo intitolato *Cinquantasette giustiziati*. Lei scriveva che il 16 maggio 1945 la Compagnia carabinieri di Ferrara aveva riferito ai comandi superiori che quel giorno era stata scoperta un fossa piena di cadaveri. Le salme erano di quattordici fascisti fucilati: tredici uomini e una donna. I corpi stavano a Pioppe di Francolino, una frazione o una località del comune di Ferrara, di fronte al Polesine, in una fossa sulla parte asciutta del letto del Po.

«I cadaveri erano stati sepolti soltanto a metà. Si trovavano in uno stato di avanzata putrefazione. Avevano le mani legate dietro la schiena. E i volti irriconoscibili. I carabinieri stabilirono che erano stati colpiti con armi da fuoco di vario calibro. E scrissero che la strage doveva risalire alla notte fra l'11 e il 12 maggio 1945.

«Non fu possibile accertare chi avesse compiuto l'eccidio. Erano di certo partigiani che venivano da Francolino, da Ferrara o dalla Romagna. E comunque negli altri documenti che lei cita in quel capitolo dello *Sconosciuto* non si parla più dei quattordici uccisi di Pioppe.»

«Che cosa dicono le carte che mi ha consegnato la signora a Grado?»

«Raccontano una storia semplice e insieme terribile: il tentativo di avere giustizia compiuto dalla moglie di uno di quei fucilati. Lui si chiamava Giuseppe Brunaldi ed era del 1917. Lei si chiama Giuseppina Bonora, è nata nel 1920 e oggi ha novant'anni. I documenti le sono stati consegnati dalla figlia di quella coppia: Giuseppina Brunaldi, nata dopo l'uccisione del padre, il 20 dicembre 1945, insegnante di lettere nelle scuole medie.

«Di queste carte» aggiunse Livia, «mi ha colpito soprattutto l'esposto inviato dalla vedova Brunaldi Bonora al procuratore della Repubblica di Ferrara. La data è l'11 gennaio 1991, quarantasei anni dopo la strage. Lo dobbiamo leggere insieme perché ci racconta la storia dell'Italia di allora e di oggi.»

«Il marito della sottoscritta, Brunaldi Giuseppe, aveva appena compiuto 28 anni quando fu assassinato in modo premeditato e a sangue freddo una notte del maggio 1945.

«Ci eravamo conosciuti sin da ragazzi e ci fidanzammo nel 1938. Dopo pochi mesi, Giuseppe partì per il servizio militare di leva. Nel 1941 ritornò a casa con una licenza illimitata perché era orfano di guerra. E così nel 1942 ci sposammo. Purtroppo le tragiche vicende del secondo conflitto mondiale, fecero sì che egli fosse di nuovo richiamato alle armi.

«In occasione dell'armistizio dell'8 settembre 1943, Giuseppe si trovava a casa per una breve licenza e lì rimase in attesa degli eventi. Dopo qualche settimana, ricevette l'ordine di ripresentarsi al distretto militare, impartito dal governo della Repubblica sociale italiana. Per evitare le sanzioni previste, lui si presentò e venne inserito nei ranghi della Guardia nazionale repubblicana.

«Fu trasferito a Padova, ma dopo due mesi si ammalò di pleurite. Gli venne permesso di ritornare in famiglia per curarsi. Noi allora abitavamo a Monestirolo, una località vicina a Ferrara, ma alla data del 25 aprile 1945 eravamo sfollati a casa dei miei genitori a Sant'Egidio, località di San Bartolomeo in Bosco, un'altra frazione del capoluogo provinciale. Mio marito volle ritornare subito nella nostra casa. E a nulla valsero i consigli di mio padre.

«Lui disse a Giuseppe di attendere ancora un po' di

giorni. Infatti si sentivano già voci di delitti compiuti da sedicenti partigiani. Costoro, vuoi per vendette personali, vuoi per furore ideologico, prelevavano ex fascisti o anche semplici reduci della Rsi e li eliminavano.

«Mio marito si sentì offeso dai consigli di mio padre. E gli rispose che lui non aveva mai fatto del male a nessuno. Quindi non aveva bisogno di nascondersi. Purtroppo aveva ragione mio padre.

«Appena due giorni dopo il ritorno a casa, si presentarono al nostro alloggio di Monestirolo due partigiani: uno era di Marrara, frazione di Ferrara, l'altro di Monestirolo. Un terzo, il loro capo, rimase ad aspettarli in strada. Armati di mitra, ingiunsero a mio marito di seguirli nel loro comando di Marrara, dicendo che era per un interrogatorio.

«Lo stesso giorno, questi partigiani prelevarono dalle loro case di Monestirolo un nostro vicino, Vittorio Galli, 26 anni, poi ucciso il 12 maggio; Pietro Ziotti, di appena 18 anni, mai più ritrovato; Walter Roversi, 23 anni, e Umberto Perdomi, 25 anni, anche loro uccisi il 12 maggio. Furono tutti portati nella caserma di Marrara, già dei carabinieri e poi occupata dai partigiani.

«Nella medesima caserma fu portato un gruppo di persone di Marrara. Di loro conoscevo: Tommaso Carlini, 27 anni e Hones Barabani, 25 anni, poi uccisi a Francolino; Mendes Fornasari, detto Ciro, 24 anni e Giulio Sarti, 28 anni, che si sono salvati. C'era anche un gruppo di ragazze il cui unico torto era quello di aver pelato patate per i tedeschi. Furono insultate e malmenate.

«Una notte queste ragazze vennero prelevate da alcuni camion con a bordo anche dei partigiani romagnoli e furono violentate. La sorte peggiore toccò ad Angelina Pasquali, 26 anni, anche lei residente a Marrara, ritrovata uccisa a San Nicolò d'Argenta, sempre in provincia di Ferrara. Prima di essere ammazzata, venne stuprata e seviziata.

«La stessa sorte toccò a due fratelli, non ricordo con esattezza il cognome, poteva essere Ferrari o Ferrazzi. Prelevati nella notte e uccisi a sangue freddo, furono ritrovati molto tempo dopo in una postazione antiaerea tra Marrara e San Nicolò. La medesima fine fece anche un mio zio, Otello Marzocchi, ritrovato dal figlio parecchi mesi dopo in una di queste postazioni.

«Mio marito, nonostante l'interessamento del nostro datore di lavoro, signor Adamo Mainardi, che si offrì generosamente di garantire per lui, non venne rilasciato.

«Il 1° maggio 1945 mi recai alla caserma di Marrara per avere sue notizie. Qui in una grande stanza del primo piano vidi tutti i ragazzi che ho prima nominato e insieme a loro molti altri. Stavano distesi per terra ed erano assai malridotti. Vittorio Galli, nostro vicino di casa e uno dei prigionieri, mi disse che a ridurli in quel modo erano stati dei partigiani romagnoli. Mio marito, invece, non riuscii a vederlo, perché mi cacciarono subito dalla caserma.

«Un giorno o due dopo, i prigionieri di Marrara furono portati a Ferrara, in via Cisterna del Follo, al numero 1. Andai anch'io a Ferrara e finalmente riuscii a vedere mio marito Giuseppe, sia pure soltanto per pochi minuti. Anche lui era ridotto male, per la fame e per le sevizie. Fu l'ultima volta che lo vidi vivo.

«Lo stabile era pieno di giovani sofferenti che avevano già capito quale sorte li aspettava. Molti dei loro parenti supplicarono il Comitato di liberazione di Monestirolo affinché intervenisse per far liberare quei giovani che non avevano commesso nulla di male. Ma le loro preghiere non vennero esaudite. Il Cln di San Bartolomeo in Bosco si impose, ottenne la restituzione dei suoi prigionieri e li salvò. Invece il Cln di Monestirolo non fece nulla.

«Il sabato mattina 12 maggio i prigionieri non c'erano più. A noi parenti che supplicavamo per avere notizie, i partigiani dissero che erano stati tutti liberati. Dopo molti sforzi ottenni di parlare con il loro comandante e lui mi raccontò una cosa diversa: tutti i prigionieri erano stati portati in un campo di concentramento a Firenze. E aggiunse che, appena fosse risultato possibile, sarebbe stato più preciso. Ma da allora di notizie non ne vennero più.

«Fu grazie a Mendes Fornasari, di Marrara, tuttora vivente, che venni a sapere com'era morto mio marito Giuseppe. Durante la notte fra l'11 e il 12 maggio, i partigiani caricarono i prigionieri su dei camion e li condussero a Pescara di Francolino, lungo il Po, in località Pioppe. E li uccisero tutti con raffiche di mitra o con colpi di rivoltella. Tutti meno uno.

«Quest'uno era proprio Fornasari. Doveva essere ammazzato anche lui, ma rimase soltanto ferito. Riuscì a scappare e arrivò al comando degli Alleati a Francolino. Fu soccorso e portato all'Ospedale Sant'Anna di Ferrara. Qui pregò il sacerdote dell'ospedale di avvisare il prete di Monestirolo e di spiegargli dove stavano i corpi delle vittime.

«Le sorelle di mio marito ritrovarono il suo cadavere. Giuseppe aveva lo stomaco sfondato dai proiettili dei mitragliatori. Non tutti i corpi delle vittime vennero recuperati, perché molti erano stati portati via dalla corrente del Po. E finirono chissà dove.

«Denunciai l'assassinio di mio marito Giuseppe al maresciallo dei carabinieri di Marrara. E gli diedi anche i nomi dei partigiani che lo avevano prelevato. Ma fu tutto inutile. In quel tempo, e per molti anni ancora, il clima di intimidazione e di violenza instaurato dai suoi assassini ha impedito la ricerca della verità.

«Mio marito è stato ucciso, insieme a tanti altri giovani, soltanto perché aveva fatto il suo dovere di italiano, mentre i suoi assassini se ne stavano nascosti. Dopo tanti anni di solitudine e di dolore, con la mia bambina nata il 20 dicembre 1945, sette mesi dopo la morte del padre, chiedo finalmente giustizia per questo delitto che ha distrutto la mia famiglia come è accaduto a quelle di tanti altri innocenti.

«Chiedo giustizia anche perché gli assassini di mio marito Giuseppe lo hanno ucciso due volte. La prima a raffiche di mitra. La seconda diffamandone la memoria: hanno fatto credere che quei giovani fossero tutti criminali.

«Quel delitto non è caduto in prescrizione. Per questo chiedo alla procura della Repubblica di Ferrara di svolgere le necessarie indagini.»

Livia posò i fogli che teneva in mano, mi guardò e disse: «Non ha dimenticato nulla la signora Brunaldi».

«Direi proprio di no. Ci racconta un pezzo della storia d'Italia in modo semplice e chiaro. Siete voi donne le vere custodi delle memorie famigliari. Me ne sono reso conto dalle tante lettere che ho cominciato a ricevere subito dopo *Il sangue dei vinti*. Otto su dieci erano scritte da donne... C'è qualche altro racconto interessante nel plico che abbiamo ricevuto?»

«Sì. Ci sono i rapporti dei carabinieri e gli interrogatori di alcuni testimoni, condotti dopo l'apertura dell'inchiesta in seguito alla denuncia della signora Brunaldi. Dobbiamo leggerne soprattutto uno: il racconto dell'unico sopravvissuto alla strage del 12 maggio 1945, Mendes Fornasari, chiamato Ciro. Venne reso il 31 luglio 1991 alla stazione dei carabinieri di San Bartolomeo. È un documento raro, che ci permette di vedere una strage compiuta dai partigiani nel ricordo di una vittima scampata all'eccidio. Eccolo.»

«Mi chiamo Mendes Fornasari, sono nato a Ferrara il 1° aprile 1921, risiedo nella frazione di Marrara, sono pensionato. Era il 4 o il 5 maggio 1945, mi trovavo in casa quando venni invitato a presentarmi alla caserma dei carabinieri che era occupata dai partigiani. Lì fui trattenuto alcune ore, finché a bordo di un camion mi trasferirono a Ferrara, in via Cisterna del Follo. Lì rimasi per circa una settimana, forse meno. Insieme a me vi erano altre persone di Marrara e di Monestirolo, esattamente quelle che mi indicate voi.

«Una sera, verso le ore 22 o le 23, ci caricarono su dei camion e ci condussero a Pescara di Francolino, sull'argine del Po. Saremo stati una decina di persone, compresa una donna. Di mano in mano che noi si scendeva dal camion, gli uomini che scortavano il convoglio ci sparavano alla nuca con una pistola.

«Quando arrivò il mio turno, la rivoltella di chi doveva spararmi si inceppò o era rimasta in sicurezza. Sta di fatto che io ebbi alcuni secondi di tempo per divincolarmi e scappare verso il Po. Era buio fitto. I partigiani mi spararono alle spalle. E solo dopo ripetuti tentativi mi colpirono a un fianco. Dopo aver realizzato che non ero ferito in modo grave, mi feci forza e ripresi a fuggire per i campi. Avevo compiuto da poco i 24 anni e fui in grado di non farmi riprendere.

«Quando era già mattino, fui soccorso da una famiglia di agricoltori. Loro mi condussero a Francolino dove fui visitato da un medico. Il dottore constatò che le mie condizioni non erano gravi, perché il proiettile era entrato in un fianco e ne era uscito, senza ledere parti vitali. Tramite il comando inglese, erano truppe della 8ª Armata, fui condotto all'Ospedale Sant'Anna di Ferrara, dove venni curato.

«Ricordo che alla caserma di Marrara vi erano alcuni miei compaesani. A Ferrara, in via Cisterna del Follo, eravamo rinchiusi in uno stanzone. Con le persone che ci custodivano non avevamo nessun rapporto, dal momento che potevamo vederle quando ci portavano del cibo. Nessuna violenza ci fu perpetrata.

«Quando ci condussero sui camion per il trasferimento a Francolino, ci legarono le mani dietro la schiena. Era già buio e i locali dove avvennero tali operazioni erano illuminati solo da una candela. Per questo motivo non sono in grado di dire né di identificare dette persone. Lo stesso devo affermare per quelle persone che ci scortarono a Francolino e che poi uccisero i miei amici. I camion avevano il telo di copertura. Quindi anche in quella occasione nel buio risultava difficile scorgere il loro volto.

«Mentre mi trovavo all'ospedale di Ferrara, fui avvicinato da un uomo in borghese. Costui doveva essere un militare o un carabiniere. Avendo appreso che mi ero salvato da una esecuzione, mi interrogò circa la sorte delle persone che erano state prelevate insieme a me. Io gli raccontai tutti i fatti, indicando anche i nomi delle persone uccise.

«Non ho nulla da aggiungere se non che io ho preferito dimenticare quanto mi accadde allora. E perdonare le persone che mi fecero del male. Per tale motivo, non intendo sottoscrivere il presente verbale. Non perché i fatti che ho narrato non siano veri, anzi lo sono fin troppo e avrei preferito non viverli. Ma perché non voglio passare dei guai adesso che sono anziano.»

«Era un testimone ancora impaurito quarantasei anni dopo» osservò Livia.

«Sembra anche a me» convenni. «Però come non capirlo? Del resto, Mendes Fornasari ci ha trasmesso l'essenziale: i prigionieri con le mani legate dietro la schiena, il Po immerso nel buio, i colpi di rivoltella sparati alla nuca di chi veniva fatto scendere dal camion, uno alla volta, il caso fortunato che gli permette di sopravvivere. E di farsi sentire da noi, nell'anno 2010. Che cosa possiamo pretendere di più da lui?»

«Sono d'accordo» mi disse Livia. «Del resto, l'inchiesta nata dalla denuncia della signora Brunaldi venne archiviata dal Giudice per le indagini preliminari di Ferrara su richiesta del pubblico ministero.»

«In che data e per quale motivo?» le chiesi.

«La data è il 20 novembre 1991. Il motivo venne spiegato alla signora Brunaldi così: "Non sono emersi elementi utili alla identificazione dei responsabili o comunque per la ulteriore prosecuzione delle indagini preliminari".»

«Bene» conclusi. «Sa che cosa diceva mia nonna Caterina? Chi muore giace e chi vive si dà pace.»

«Un proverbio cinico, ma realistico, purtroppo» osservò Livia.

«Certo, realistico. Però non sempre. Una persona che non si è mai data pace è la figlia di Brunaldi, Giuseppina. Quando l'ho cercata per dirle che avrei messo in questo libro la storia di suo padre, mi ha scritto due lunghe lettere, il 7 e l'8 aprile 2010. Le ho trovate emozionanti. E dopo aver ricevuto il suo consenso, ho deciso di riprodurle in parte.»

«Perché?» mi domandò Livia.

«Perché ci aiutano a vedere la guerra civile dal basso e non dall'alto, come abbiamo detto prima ed è necessario fare. E anche a sapere che cosa era accaduto dopo, nell'esistenza di molte persone. Sono lettere scritte nel modo giusto. Non dimentichiamo che Giuseppina Brunaldi è stata per molti anni insegnante di lettere. Ma sentiamo che cosa ci dice la signora.»

«Caro signor Pansa, la sua telefonata mi ha costretto a riaprire quel cassetto che contiene tutti i ricordi trasmessimi da mia madre. E i ricordi di quanto ho vissuto in prima persona e che riguardano le domande che mi ponevo crescendo. Perché non avevo un papà? Perché era stato ucciso? Perché non c'è giustizia? Da che parte sta la ragione? In nome di che cosa si giustifica un assassinio?

«Mi facevo dei pianti silenziosi, però mai davanti a mia mamma. Non volevo darle un altro dolore. Avevo una sorta di pudore e sentivo che era mio dovere aiutarla. Forse ho sbagliato. Ma l'educazione ricevuta in collegio dalle Orsoline di Ferrara mi insegnava ad avere il controllo delle emozioni e un grande senso del dovere. In più c'era la dirittura morale che non è mai venuta meno.

«Soltanto una volta ho rotto gli argini e le lacrime sembravano inarrestabili. Frequentavo la seconda magistrale e il comune di Ferrara aveva indetto un concorso sulla Resistenza. Il compito scritto consisteva nel commentare alcune lettere di giovani morti per il loro ideale.

«Ero andata a scuola ben decisa a esprimere tutto il mio dolore. E a dire, nero su bianco, che cosa c'era anche "dall'altra parte". Volevo scrivere che in nome della giustizia e della verità bisognava riconoscere ciò che era avvenuto di terribile e di inumano da entrambe le parti.

«Il mio pensiero non era di certo politico. Ma volevo gridarlo in nome di quella umanità, della "pietas" che ci deve appartenere. Ma lo scombussolamento interiore fu tale che mi sentii male e dovetti ritornare a casa. E allora, davanti a mia madre, piansi come non avevo mai fatto. Umiliata anche perché non avevo avuto la forza di dire come si distingue il Bene dal Male.

«Ma ora basta parlare di me. Voglio dirle del mio papà. Dalle carte che le ho consegnato conosce già l'essenziale. Qui desidero aggiungere qualche cosa che per me è importante.

«Papà è nato senza la possibilità di conoscere suo padre, come è accaduto a me. Il suo papà era morto durante la disfatta di Caporetto ed è sepolto a Redipuglia, si chiamava Malvino Brunaldi. Mio padre Giuseppe è cresciuto orfano, insieme a due sorelle. Poi la mamma si risposò ed ebbe altri quattro figli, un maschio e tre femmine. Tutti gli hanno sempre voluto bene. Tutti mi hanno sempre parlato della sua operosità e generosità, in una parola del suo buon carattere e della sua bontà.

«Ricordo che, quando da Ferrara andavo al paese, molte persone che avevano conosciuto mio padre, si avvicinavano facendomi una carezza. E mi dicevano che era un uomo buono, bravo, e che non meritava di finire "così"!

«Nonostante la povertà, il duro lavoro, le disgrazie e sette anni di servizio militare, Giuseppe Brunaldi aveva fiducia nella vita. Si era innamorato, aveva una figlia e ne aspettava un'altra, era giovane, tanto giovane. Non importava se con la mamma avesse trascorso in tutto pochi mesi perché veniva di continuo chiamato sotto le armi. Credeva che tutto si sarebbe risolto perché si sentiva pulito e credeva di aver agito onestamente.

«Mio padre non ha saputo interpretare gli avvenimenti. Mi chiedo spesso perché, avendo la possibilità di nascondersi, per più di una settimana, dopo aver trascorso la notte a casa, sia tornato tutte le mattine in caserma a Marrara in attesa di essere interrogato dai partigiani. Adesso sembra un'ingenuità spaventosa. Ma era evidente che la parola data e la sua coscienza pulita gli imponevano anche questa prova. Oltre la quale vedeva, finalmente, una vita libera e normale con la sua famiglia...

«La mamma ha portato il lutto per sette anni. Dopo il marito, ha perso la figlia maggiore, aveva tre anni, poi sua madre, insomma gli affetti più cari. Ma il suo carattere forte e orgoglioso le ha permesso di andare avanti. Non si è mai nascosta. Ha affrontato a viso aperto chi secondo lei era responsabile dell'uccisione del suo sposo. Li ha chiamati a rendere conto delle loro azioni anche in tribunale. Ma finiti gli eccidi, chi le avrebbe dato ragione? Erano tempi ancora cupi. E non era certo facile trovare giudici coraggiosi!

«Questo “buco nero” della storia in cui è caduto mio padre Giuseppe, non è stato possibile rischiararlo neppure di recente, come lei ben sa avendo letto le carte che le ho dato. Tutto è stato archiviato. Chi c'è ancora, non sa o non ricorda. Qualcuno non c'è più. Qualcuno non è stato rintracciato!…

«Nell'inverno del 1992, a casa di un mio cugino, sono riuscita a incontrare Mendes Fornasari, l'unico scampato alla strage sul Po. Lui mi ha detto una cosa diversa da quella che aveva raccontato ai carabinieri. Una volta ferito, quando riuscì a raggiungere una casa di contadini e chiese soccorso, costoro non lo aiutarono. Anzi lo minacciarono. Ma il mattino successivo, trovandolo svenuto davanti alla porta di casa, lo consegnarono al Cln di Francolino. Poi, per intervento del comando alleato, fu soccorso e trasportato all'ospedale di Ferrara. In questo modo si salvò, però visse per molto tempo nella paura…

«Sa qual è la cosa più angosciante che mi ha raccontato? Si riferisce alla notte tra l'11 e il 12 maggio, quando i prigionieri vennero trasferiti in camion sul luogo dell'esecuzione. Durante il percorso da Ferrara a Francolino, i prigionieri, stretti l'uno accanto all'altro, se ne rimasero in silenzio, senza scambiarsi una parola. Sapevano di andare a morire, eppure non si parlarono.

«Immagino la loro paura, che non lascia più spazio alla speranza. Papà aveva ventotto anni. Che cosa pensava in quei lunghi momenti? Che cosa provavano tutti?»

Parte terza

11
Tito a Trieste

Nel nostro programma, era previsto un viaggio a Trieste e a Gorizia. Arrivammo a Trieste un sabato mattina di fine marzo. Tutto ci sembrò perfetto. Cielo azzurro, mare calmo, niente bora. La città era splendida, una regina che si specchiava nell'Adriatico.

Livia sospirò: «Dovremmo essere qui in vacanza. Invece andiamo in posti meravigliosi soltanto per lavorare. E soprattutto per ascoltare storie orribili».

Le replicai con affetto: «È stata lei a propormi questo libro. Dunque non si lamenti».

Avevo prenotato due stanze al Grand Hotel Duchi di Aosta, su piazza dell'Unità d'Italia. Dopo aver sistemato i bagagli, dissi a Livia: «Conosco un piccolo ristorante a pochi passi dall'albergo. È la Città di Cherso: ottima cucina e tranquillità assoluta. Potremo parlare dell'incontro che ci aspetta nel pomeriggio».

Ordinammo due piatti di pesce e nell'attesa Livia osservò: «Mi ha già spiegato perché dovremo occuparci di Trieste, di Gorizia e di Fiume. Ma non so chi vedremo in città».

«È un insegnante di storia in pensione che ho conosciuto l'anno scorso. Sempre dopo una presentazione del *Revisionista*» le spiegai. «Mi ha cercato lui, mentre il pubblico lasciava la sala. Mi ha consegnato il suo biglietto da visita, dicendomi: "Se vorrà sapere che cosa è accaduto a Trieste nei quaranta giorni dell'occupazione comunista jugoslava, venga a trovarmi. Sono in grado di offrirle un racconto onesto perché è da molti anni che quella storia sta dentro la mia vita". Gli ho telefonato da Roma qualche giorno fa. E lui è pronto a riceverci».

«Che altro sa di questo insegnante?» domandò Livia.

«Non molto, ma quanto ci serve. Ha la mia stessa età, dunque nel 1945 aveva dieci anni. È stato a lungo professore di storia nei licei. Ho chiesto di lui a qualche mio amico di Trieste. Mi hanno spiegato che ha un'ottima fama. È un laico, lontano dai partiti. È stato repubblicano nel vecchio Pri di Ugo La Malfa. L'aspetto è quello di un uomo più giovane della sua età: un signore alto, magro, una corta barba bianca, un modo di fare cordiale e al tempo stesso riservato. Vive da solo perché è rimasto vedovo da poco. Ha un paio di figli grandi, uno è medico, l'altro dirigente d'azienda. Non so altro di lui. Ma penso che sarà un buon testimone per il nostro libro.»

Il Professore, lo chiamerò così, abitava in un palazzo vicino al nostro hotel. Appartamento grande, gremito di libri. Gli presentai Livia e lui ci fece sedere nello studio, attorno a un tavolo ingombro di carte.

Volle parlare per primo e disse: «Innanzitutto devo spiegarle perché l'arrivo degli slavi a Trieste sta dentro la mia vita. Come lei sa, nell'aprile 1945 avevo dieci anni. E da ragazzino mi ero costruito un idolo: mio cugino Antonio, figlio di una sorella di mia madre. Antonio aveva dodici anni più di me ed era stato partigiano in Piemonte perché all'armistizio si trovava da militare a Torino. Nell'autunno 1943, raggiunse una banda in val di Lanzo, poi diventata una Brigata Garibaldi. Lì fece il proprio dovere nella Resistenza sino al gennaio 1945».

Il Professore continuò: «Era un inverno terribile e la sua brigata scese in pianura, nella zona fra le Langhe e Asti. Ma anche lì incontrò molte difficoltà nel trovare riparo e cibo. Il comandante disse ai suoi uomini che, se lo volevano, potevano ritornare a casa. Antonio decise di rientrare a Trieste e ci arrivò, dopo molte traversie.

«Per qualche tempo rimase nascosto in un paese sul Carso, poi si arruolò in una banda del Partito d'Azione. Alla fine dell'aprile 1945 scese a Trieste e partecipò ai combattimenti contro i tedeschi che non volevano arrendersi e aspettavano l'arrivo dei reparti neozelandesi del generale Bernard Freyberg.

«Come lei saprà, invece dell'8ª Armata britannica, entrarono a Trieste i partigiani jugoslavi della 4ª Armata dalmata. E il 2 maggio iniziò un'occupazione violenta, gonfia di orrori e di sangue. I comunisti cominciarono ad arrestare molti triestini. Era l'inizio della pulizia etnica, con l'obiettivo di spargere il terrore fra gli italiani che respingevano le mire di Tito su Trieste e la Venezia Giulia.

«Lo storico Raoul Pupo l'ha definita un'epurazione preventiva, per eliminare tutti gli oppositori potenziali al nuovo regime comunista. L'8 maggio venne arrestato anche Antonio. Era un antifascista, un partigiano, aveva combattuto contro i tedeschi e la Repubblica sociale, ma venne considerato un fascista da far sparire.»

«Chi lo arrestò?»

«Una squadra della Difesa popolare, il corpo dei miliziani comunisti, la nuova polizia di Tito. Da quel momento, di Antonio non si seppe più nulla. La sua famiglia e la mia cominciarono a cercarlo con la forza della disperazione. Era stato subito fucilato? Scaraventato in una foiba? Deportato nell'inferno dei lager sloveni? Antonio scomparve nel buio della notte di Tito...»

Dissi al Professore: «Adesso comprendo perché un anno fa mi aveva confidato che l'occupazione slava di Trieste stava dentro la sua esistenza».

«È così» mormorò lui. «Dopo la morte di Antonio ho cominciato a odiare i comunisti jugoslavi. E anche quelli italiani che gli avevano tenuto il sacco. Le confesso uno stato d'animo del quale un po' mi vergogno. Dopo la morte del maresciallo Tito, quando la Jugoslavia si è disfatta ed è cominciata una guerra civile disumana, ci ho goduto. Mi sono detto: adesso tocca a loro, i diavoli si stanno mandando all'inferno, fanno tutto da soli, senza l'aiuto di nessuno. Ho pensato che, dopo mezzo secolo, la storia rendeva giustizia ad Antonio.»

Il Professore rimase in silenzio. Fissava il vuoto, alle prese con fantasmi che soltanto lui scorgeva. Poi si riscosse e si alzò per preparare un caffè a Livia e a me. Quando ritornò nello studio, si rivolse a entrambi: «Ho capito perché volete dedicare una parte del vostro libro a Trieste. Il punto di partenza mi trova d'accordo. Se i comunisti italiani avessero trionfato nella guerra civile, e non avessero avuto di fronte gli americani e gli inglesi, avrebbero fatto ovunque quello che i loro compagni titini hanno fatto qui. Venezia, Verona, Milano, Torino, Genova, Bologna sarebbero diventate dei cimiteri come Trieste e Gorizia. Migliaia di deportati, migliaia di scomparsi, delitti, confische di beni, torture, il predominio della polizia politica, l'autorità assoluta del Partito comunista italiano…»

«Insomma, ci è andata bene!» esclamò Livia, turbata.

Lui annuì con un cenno del capo: «Già, vi siete salvati da un'altra guerra. Proprio per questo mi sembra giusto che vogliate ricordare quello che abbiamo sofferto noi. Tuttavia posso darvi un consiglio da vecchio insegnante di storia?».

«Siamo venuti da lei anche per questo» replicai.

«Bene. Il consiglio è di non pretendere di raccontare nei dettagli i quaranta giorni dell'occupazione jugoslava di Trieste. È un tema che è già stato sviscerato in decine di libri, di saggi, di articoli, di memorie, di scritti polemici. Ne conoscerete molti anche voi. Allora, ecco il mio suggerimento: limitatevi a rievocare soltanto due momenti di quella tragedia. Uno è il lavoro sanguinario compiuto a Trieste dall'Ozna, il servizio segreto di sicurezza e di intelligence di Tito. L'altro è il grande orrore di Villa Segrè, il top della crudeltà comunista in questa città.»

«L'Ozna è una sigla che in italiano significa Sezione per la protezione del popolo» ci spiegò il Professore. «Per dirla con parole semplici, era il servizio segreto dell'esercito popolare di liberazione jugoslavo. Temprato nella guerra contro i tedeschi e gli italiani.

«Ne facevano parte soltanto militanti comunisti con attitudini particolari: specialisti in operazioni di spionaggio e controspionaggio, ma specialmente esperti in eliminazioni, singole o di massa. Tutti capaci di muoversi con spietatezza, nei confronti di chiunque venisse ritenuto pericoloso per il nuovo regime di Tito.»

Dissi al Professore: «Mi ero già occupato dell'Ozna quando stavo scrivendo *Prigionieri del silenzio*, la storia di un comunista italiano fuggito in Jugoslavia nel dopoguerra e poi finito nel lager infernale di Goli Otok, l'isola Calva. Vi spiegavo che la struttura dell'Ozna, la sua mentalità e la sua crudeltà corrispondevano in pieno al modello insuperabile dei servizi segreti sovietici».

«Era davvero così» convenne lui. «L'Ozna aveva una fama pessima per chi non voleva sottomettersi agli jugoslavi. Ma godeva di una fama ottima presso Tito e i suoi gerarchi. Alla fine del 1945, il Maresciallo decise di mantenerla in vita, anche se la guerra era conclusa. Anzi, la rafforzò dicendo: "Se l'Ozna mette il terrore nelle ossa di chi non ama la nuova Jugoslavia, la cosa torna a vantaggio del nostro popolo".

«A quel punto, l'Ozna cambiò nome» ci disse il Professore. «Fu chiamata Udba, che significava Direzione per la sicurezza dello Stato. Ma i suoi sistemi d'indagine e di repressione restarono gli stessi. Se ne resero conto molti comunisti jugoslavi e stranieri che nel 1948 non avevano approvato la rottura fra Stalin e Tito. Costoro vennero subito considerati nemici della Jugoslavia e provarono sulla loro pelle la ferocia dell'Udba.

«Ma facciamo un passo indietro nel tempo e torniamo alle origini dell'Ozna. Tito decise di far nascere un servizio unificato di sicurezza nel maggio 1944. Gli fu di grande aiuto l'Unione sovietica. Nel febbraio di quell'anno arrivò al suo quartier generale una missione di quattordici alti ufficiali dell'Armata rossa. Tra questi c'era un colonnello del Nkvd, il progenitore del Kgb, che ebbe un ruolo chiave nella costruzione dell'apparato dell'Ozna. Alla fine del 1944, un gruppo di ufficiali jugoslavi venne poi inviato a Mosca per essere addestrato nella cosiddetta Accademia Dzerzhinsky, la scuola sovietica per la sicurezza dello Stato.»

Il Professore ci avvisò: «Quello che so l'ho imparato soprattutto da un saggio di William Klinger, pubblicato su "Fiume", rivista di studi adriatici, nel gennaio-giugno 2009. Dovete leggerlo per saperne di più sull'Ozna. Io mi limiterò a raccontarvi l'essenziale.

«Il compito dell'Ozna era il controllo politico del territorio via via liberato dai partigiani di Tito, in vista della liberazione dell'intera Jugoslavia. Era un apparato capillare, diretto a consolidare il potere comunista, spargendo il terrore soprattutto nelle aree ostili alla sua rivoluzione sociale. Destinata a concludersi con la dittatura del proletariato, vale a dire del Kpj, il Partito comunista jugoslavo. In attesa di quest'ultima fase, l'Ozna doveva difendere le conquiste progressive della rivoluzione.

«Insieme all'Ozna» continuò il Professore, «venne costituito il suo braccio esecutivo armato. Aveva due segmenti. Il più importante era il Knoj, una polizia militare. L'altro era il Corpo di Difesa popolare della Jugoslavia. Questo corpo venne costituito anche a Trieste, subito dopo l'inizio dell'occupazione. Qui raggiunse una forza di 2800 uomini. Molti di loro erano operai comunisti: volevano che la città e la Venezia Giulia passassero a Tito. E si trovarono a fianco di duecento partigiani delle Garibaldi.

«Knoj e Difesa popolare furono il piccolo esercito dell'Ozna a Trieste. Impiegato soprattutto nelle azioni di pulizia etnica e politica da condurre nelle zone liberate. Accadde così anche in questa città e in proporzioni devastanti. Del resto, per gli slavi Trieste era una loro città. L'avevano liberata e adesso doveva essere ripulita di tutti gli avversari del regime comunista di Tito, ossia degli italiani non comunisti.

«A Trieste operò l'Ozna sloveno, guidato da Ivan Macek, detto Matija. Era un dirigente abile, spietato e dal potere senza limiti. Godeva di una posizione particolare perché aveva l'assoluta fiducia di Tito. Del resto, era proprio il suo reparto a occuparsi della sicurezza personale del Maresciallo. E Trieste fu la sua prima operazione importante.

«Macek arrivò nella nostra città il 3 maggio 1945. Veniva da Belgrado dove aveva appena partecipato a una riunione con Tito e altri pezzi grossi del comunismo jugoslavo. In quell'incontro si era discusso soprattutto di Trieste. E si decise che l'obiettivo numero uno consisteva nel riportare l'ordine in città. Con l'aiuto del Knoj e della Difesa popolare che si andava costituendo anche qui.

«Il capo dell'Ozna sloveno si installò in una villa di San Giovanni di Duino. Con lui c'era un seguito imponente: i capi reparto, i consulenti sovietici, i responsabili degli schedari con i nomi di chi doveva essere arrestato e poi eliminato. Infatti, l'unica cosa di cui doveva occuparsi l'Ozna erano gli arresti di massa. E fu quello che avvenne: tutte le catture e le deportazioni furono dirette e condotte su ordine del servizio segreto di sicurezza.

«A proposito degli schedari» disse il Professore,

«ho trovato una notizia interessante in un libro di Rolf Wörsdörfer, pubblicato dal Mulino nel 2009: *Il confine orientale. Italia e Jugoslavia dal 1915 al 1955*. L'autore cita un brano scritto da Macek nelle proprie memorie. Sentite che cosa dice.»

Il Professore lesse le parole di Macek: «Man mano che la fine della guerra si avvicinava, l'attività dell'Ozna si intensificò. Il servizio di schedatura si rivelò particolarmente importante per l'occupazione delle città. Essa si basava soprattutto sullo schedario dei servizi informativi e di sicurezza di Lubiana, trafugato clandestinamente prima della resa italiana e da allora costantemente aggiornato. Gli schedari e i registri erano alimentati dai dati su tutte le personalità di rilievo che avevano appoggiato le potenze occupanti tedesche e italiane ed erano colpevoli di tradimento del popolo. All'inizio del 1945, vi erano archiviati dati su oltre 17 mila persone.

«Il binomio Ozna-Difesa popolare cominciò subito ad attuare le deportazioni di massa. E in pochi giorni divenne il super-potere in città. Molto più forte dei comandi militari titini e delle autorità civili messe in sella dagli occupanti, a cominciare dai tribunali. Spettava all'Ozna decidere le catture e i sequestri dei beni più importanti. Gli arresti venivano compiuti sulla base di elenchi predisposti durante la guerra partigiana e poi completati dagli informatori dell'Ozna. E soprattutto dalle soffiate che arrivavano dai comunisti triestini. Era gente che spasimava per Tito e voleva che la città fosse divorata dalla Jugoslavia.

«L'Ozna s'impadronì anche del carcere più importante, il Coroneo. Qui, come nelle altre prigioni, si viveva in condizioni umilianti. Celle sovraffollate. Un po' di cibo ogni due o tre giorni. Pidocchi dappertutto. Malattie cutanee diffuse e senza cure. Interrogatori brutali.

«In molti casi, questi tormenti avevano fine soltanto con la morte del detenuto, portato fuori dal carcere, ucciso con un colpo alla nuca e poi scaraventato in una delle tante foibe del Carso. Molti dei sequestrati ci vennero gettati ancora vivi. Il lavoro dei boia era frenetico. La maggior parte delle esecuzioni, quelle su vasta scala, avvennero fra il 2 e il 15 maggio. Poi continuarono sino all'inizio di giugno, ma con un ritmo meno intenso.»

«Abbiamo letto quello che è accaduto» disse Livia.

Il professore sospirò: «Un conto è leggerlo, un altro conto è viverlo. Da ragazzo ho visto l'inferno. Annunciato, per noi, dalla scomparsa di Antonio. Sappiamo che l'inferno è difficile da descrivere. Qui vi ricorderò soltanto la sequenza di fatti che precedeva l'ingresso in una voragine di fuoco dove sparirono a migliaia.

«Di solito tutto iniziava di notte. E a questo proposito bisogna ricordare un fatto che non è soltanto un dettaglio temporale. Il 3 maggio, subito dopo l'inizio dell'occupazione, il generale Dusan Kveder, nuovo governatore militare di Trieste, impose il coprifuoco. All'inizio ebbe una durata abnorme, diciannove ore, dalle tre del pomeriggio alle dieci di mattina. In seguito venne ridotto, ma restò in vigore per le ore di buio e della notte. E fu durante il coprifuoco che venne compiuta la maggior parte delle catture.

«Alla base degli arresti c'era una denuncia o una soffiata. Poi veniva l'irruzione della Difesa popolare nelle case, l'arresto, il saccheggio, le violenze, gli stupri delle donne. Infine la deportazione in un mondo buio, illuminato soltanto dai roghi accesi dai vincitori. Era l'effetto perverso delle retate a strascico. Si pescava nel mucchio e chi finiva nella rete moriva. Non importava che si trattasse di un fascista o di un partigiano, di un collaboratore dei tedeschi o del Comitato di liberazione. L'accusa era unica per tutti: essere italiani e volerlo restare.

«Il regista del terrore era sempre l'Ozna slovena, la più efficiente nella Jugoslavia, che a Lubiana disponeva di un carcere speciale, l'ex manicomio. Macek era davvero un dio onnipotente e spietato. Che si era proposto un solo obiettivo: spargere il terrore tra gli italiani di Trieste. L'emblema di questa ferocia, il luogo più infernale dell'inferno comunista, fu Villa Segrè.»

«Sapete che cosa accadeva in quella villa?» domandò il Professore.

Livia rispose anche per me: «Non molto. Per questo siamo venuti da lei. La prima cosa che vorremmo conoscere è banale. Esiste ancora questa villa, intendo l'edificio?».

«Certo. La troverete in via dell'Università. Oggi il suo aspetto esterno non lascia immaginare nulla. Ma nei giorni dell'occupazione jugoslava divenne il regno della malvagità umana. E per non essere vago, aggiungerò: della malvagità comunista.

«Durante la guerra civile, era diventata sede di un comando tedesco, forse della Gestapo. Dopo l'arrivo degli slavi, s'impadronì dell'edificio un gruppo di rossi che avevano costituito un nucleo di terroristi, fanatici e dal sadismo feroce. Erano tutti italiani e si facevano chiamare Squadra Volante. Qualche fonte li definisce delinquenti comuni e pregiudicati. Erano anche quello, non c'è dubbio. Ma si consideravano miliziani rossi. E avevano di certo l'avallo dell'Ozna, altrimenti non avrebbero mai potuto commettere tante infamie.»

«Quanti erano?» domandò Livia.

«Non più di dieci. Troverete i loro nomi con facilità. Li comandava un italiano che in passato era stato istruttore alpinistico dei giovani fascisti e poi si era scoperto comunista. Adesso era diventato commissario del popolo e comandava il 2° Settore della Difesa popolare. Come vi ho accennato, questa era un'altra polizia politica subordinata all'Ozna. Del resto a Trieste non c'era più nulla che avesse bisogno di essere difeso, poiché nessuno era in grado di disturbare i nuovi padroni della città.»

«Quale attività svolgeva la Squadra Volante?» chiese Livia, che seguiva il racconto del Professore con una tensione sempre più forte.

«Posso risponderle con schiettezza?» domandò lui. «Quella del sequestratore, del rapinatore, del torturatore e del macellaio. Il loro primo lavoro fu di condurre arresti in massa. Bastava essere sospettati di non amare il regime di Tito per essere presi, derubati, condotti al carcere chiamato dei Gesuiti, quello usato dalla banda, e poi trasferiti a Villa Segrè. Quanto accadeva in quelle stanze è difficile da raccontare.»

«Vorrei saperlo» gli domandò Livia, con un tono imperativo.

«Cara signora, forse si pentirà di avermelo chiesto. La villa diventò un luogo di interrogatori brutali, di sevizie efferate, di eliminazioni in serie, sempre a colpi di rivoltella nella nuca. C'è un vecchio libro che può consultare, scritto da Ennio Maserati: *L'occupazione jugoslava di Trieste. Maggio-giugno 1945*, pubblicato nel 1963 dall'editore Del Bianco, di Udine. Lì troverà una serie di testimonianze mai smentite.

«Per farla corta» ringhiò il Professore, «in quella villa i prigionieri venivano torturati, picchiati, bastonati con le verghe d'acciaio, costretti a pestarsi fra di loro, a combattersi sino a quando uno dei due sventurati moriva. Come saprete di certo, anche all'isola Calva i deportati erano obbligati a sostenere questi match, sotto lo sguardo divertito dei guardiani. Doveva essere una specialità dei comunisti jugoslavi...

«Se qualcuno dei sequestrati si ribellava, gli ficcavano la testa nel bugliolo ripieno di feci. Come in tutte le carceri in mano ai comunisti slavi, anche a Villa Segrè il cibo per gli arrestati era quasi inesistente. L'acqua veniva negata. La Squadra Volante rivelava una fantasia terribile nell'umiliare i detenuti. A una donna, catturata nonostante fosse antifascista, venne ordinato di pulire il pavimento delle celle usando come straccio una bandiera italiana.

«Maserati racconta il caso di una signora presa dalla banda il 19 maggio, nel pieno dell'occupazione titina. Era una insegnante del Liceo Petrarca, un'antifascista che aveva lavorato da clandestina per il Cln di Trieste. Condotta a Villa Segrè, venne seviziata in modo brutale, usando la fiamma ossidrica. Il 7 giugno un medico delle carceri riuscì a visitarla e le riscontrò gravi ustioni in tutto il corpo. Da quel momento di lei non si seppe più nulla. Allo stesso modo non si seppe più niente dei tanti detenuti nella villa. Tutti uccisi, quasi sempre nelle foibe vicine a Trieste.»

Il viso del Professore era diventato livido. Mormorò: «Nel raccontarvi di queste nefandezze mi sento sporco anch'io». Si rivolse a Livia, pure lei sconvolta e le ingiunse: «E adesso non chiedetemi quanti siano stati i triestini assassinati durante l'occupazione jugoslava. Sui libri di storia troverete una sarabanda di cifre tutte diverse. Limitatevi a scrivere che le persone soppresse dai comunisti di Tito, con l'aiuto di non pochi comunisti italiani, furono parecchie migliaia».

Poi picchiando il pugno sul tavolo, gridò: «Certo, parecchie o alcune migliaia, che differenza fa? E adesso non domandatemi più niente».

Gli replicai: «Professore, la capisco. Può ancora dirci come si è chiusa la storia dei sadici di Villa Segrè?».

Lui raccontò: «La loro carriera criminale si concluse verso la fine di maggio. Una sera, la banda fece salire sopra un camion diciotto dei sequestrati nella villa, li condusse a Basovizza e li gettò vivi in una foiba chiamata l'Abisso di Plutone. Due giorni dopo, era il 26 maggio 1945, qualche autorità jugoslava decise che la Squadra Volante aveva superato ogni limite. E ordinò l'arresto di quasi tutti i suoi terroristi.

«Il 7 giugno, quando l'occupazione di Trieste stava per terminare, gli slavi decisero di trasferire il gruppo a Lubiana, in Slovenia. Durante il viaggio in camion, quattro di loro tentarono di fuggire. Due vennero uccisi dalle guardie, gli altri due ce la fecero a ritornare a Trieste. Uno fu di nuovo catturato, ma cercò ancora di scappare e venne giustiziato.

«L'unico a salvarsi fu il capo della Squadra Volante. Smise di ammazzare cristiani a Villa Segrè. E si limitò ad arrestarli e a farli deportare, nella veste di responsabile di un settore della Difesa popolare. Insomma, invece di essere punito, venne premiato. Il 12 giugno 1945, quando i soldati jugoslavi lasciarono Trieste, se ne andò a Capodistria. Qui diventò segretario del Partito comunista locale. Potrà sembrarvi assurdo, ma la sua carriera proseguì senza intoppi. Guidò l'epurazione a Capodistria e a Buie. E alla fine diventò persino deputato nel Parlamento di Lubiana, la capitale della Slovenia.»

Il Professore si prese la testa fra le mani e mormorò: «Non pensiate che vi abbia raccontato una favola. Troverete tutti i dettagli nel libro di uno studioso di grande serietà, Roberto Spazzali: *L'Italia chiamò. Resistenza politica e militare italiana a Trieste. 1943-1947*, pubblicato nel 2003 dalla Libreria Editrice Goriziana. E adesso che cosa intendete fare?».

Livia rispose: «Andremo in via dell'Università per vedere com'è Villa Segrè oggi».

Ma io mi opposi: «Non voglio vedere nulla che mi ricordi la Trieste del maresciallo Tito».

12
L'uomo dell'Ozna

L'incontro con il Professore ci spinse a sapere qualcosa di più su Ivan Macek, detto Matija, ossia Matteo o Mattia, il potente capo dell'Ozna sloveno. Era stato lui a guidare le deportazioni da Trieste e da Gorizia. Dunque valeva la pena di spendere un po' di tempo per precisare la sua figura.

Un aiuto determinante ce lo diede William Klinger, lo storico che su "Fiume" aveva pubblicato lo studio citato nel capitolo su Trieste. E grazie all'intervento del dottor Marino Micich, della Società di studi fiumani, Klinger fu così generoso da offrirci una lunga scheda su Macek e sulla sua storia nel Partito comunista jugoslavo.

Tanto Livia che io dobbiamo essere molto grati a Klinger. È un ricercatore e uno scrittore di storia molto speciale. Nato a Fiume in una famiglia di origine mista, italiana, tedesca e slava, si è laureato all'Università di Trieste. Ha 38 anni e ottimi lavori alle spalle. Sta per pubblicare anche uno studio sull'Ozna. Dunque non potevamo imbatterci in uno storico migliore.

Macek era nato in Slovenia il 12 marzo 1908, a Spodnja Zadobrova, un piccolo paese nei dintorni di Lubiana. La famiglia era di condizioni modeste, il padre faceva l'operaio. Sin da giovanissimo, Macek entrò nei ranghi del Partito comunista sloveno, in quella fase clandestino. Qui si mise subito in luce come sostenitore della leadership di Tito. E nel 1935, quando aveva 27 anni, insieme ad altri militanti sloveni venne inviato dal partito a studiare all'Università Lenin di Mosca, dove rimase sino al 1937. Quindi ritornò in Slovenia e iniziò una carriera politica destinata a progredire nel tempo. Cominciata con un passaggio inevitabile: il carcere.

«Che cosa ci spiega Klinger a proposito del percorso di Macek?» domandò Livia.

«Partiamo da una data storica. Nell'aprile 1941, la Germania e l'Italia assalirono la Jugoslavia. E in dieci giorni costrinsero alla resa le forze armate monarchiche. Il 17 aprile re Pietro II Karadjordjevic e il governo, a bordo di aerei inglesi, fuggirono in Grecia, prima tappa dell'esilio a Londra. Al momento dell'attacco tedesco, Macek si trovava in carcere, a Sremska Mitrovica, in Serbia.»

«Chi l'aveva spedito in prigione?»

«La monarchia jugoslava. Non dimentichiamo che il Partito comunista era fuorilegge. E le carceri politiche erano piene di comunisti, compresi molti che poi sarebbero diventati dirigenti importanti nel nuovo regime di Tito.

«Quello di Sremska Mitrovica era un carcere molto duro. E in seguito sarebbe stato utilizzato da Tito dopo il 1948, per rinchiudervi i comunisti rimasti fedeli a Stalin...»

«I regimi cambiano, ma le prigioni restano sempre le stesse» osservò Livia.

«Sì. Può sembrare banale dirlo, ma le politiche autoritarie hanno sempre bisogno di sbattere in galera i propri avversari. Anche nella Jugoslavia di Tito, Sremska Mitrovica era un posto infernale. Identico al penitenziario di Stara Gradiska, in Slavonia, una regione della Croazia situata tra i corsi inferiori di due fiumi, la Drava e la Sava. Quest'ultimo carcere stava in una fortezza eretta nel 1750, ai tempi di Maria Teresa d'Asburgo, come avamposto contro le truppe musulmane.

«Fra il 1941 e il 1944, Stara Gradiska era stato utilizzato come lager dai tedeschi e dagli ustascia croati. Soprattutto gli ustascia vi avevano massacrato centinaia di partigiani serbi e croati, e anche tanti ebrei. Dopo la fine della guerra, i comunisti di Tito ci rinchiusero molti italiani dell'Istria, del Quarnaro e della Dalmazia, considerati fascisti o semplicemente ostili al nuovo regime del Maresciallo.

«Erano gli scampati alle foibe» spiegai a Livia. «Tutti condannati ad anni di lavoro forzato in processi ai quali non avevano quasi mai potuto assistere per difendersi. Nell'inverno fra il 1946 e il 1947, a Stara Gradiska furono rinchiusi anche duecento sacerdoti cattolici che avevano da scontare fra i quindici e i venti anni di detenzione.»

Lei commentò: «Questa piccola descrizione la dedichiamo ai pochi o tanti italiani di oggi che credono ancora alla favola di un comunismo dal volto umano».

«Non sia polemica!» le raccomandai, sorridendo. «Devo ancora parlarle di un altro carcere duro, quello di Bilece, in Erzegovina. Era una vecchia caserma austroungarica adattata a lager. Tra il 1949 e il 1953 vi furono rinchiusi 3567 detenuti politici cominformisti, rimasti fedeli a Mosca dopo la rottura fra Tito e Stalin. Un centinaio di loro morì sotto le torture o si tolse la vita. Uno soltanto riuscì a evadere.»

«Torniamo al carcere dove stava rinchiuso Macek» mi chiese Livia.

«Sotto il regime di Tito, era uno dei penitenziari che i comunisti arrivati al potere avrebbero poi chiamato, con ipocrisia crudele e beffarda, Istituti di miglioramento. Ossia luoghi dove chi era rimasto fedele a Stalin veniva rieducato sotto il profilo ideologico.

«A Sremska Mitrovica il prigioniero poteva essere ridotto a un mucchietto di ossa, senza più volontà. Un comunista italiano di Monfalcone, contrario alla rottura con il Cominform, rimase per tre mesi in cella, sempre con le mani legate dietro la schiena. Viveva immerso nelle proprie feci. Ed era costretto a mangiare come un animale, chinandosi sulla ciotola posata sul pavimento.»

«Ai tempi del detenuto Macek i sistemi erano gli stessi?»

«Penso di sì. Ma lui era un tipo duro e a Sremska Mitrovica faceva parte del cosiddetto Comitato di galera. Secondo Klinger, era la frazione comunista che si distingueva per l'adesione cieca e totale ai metodi della violenza politica. All'inizio questo gruppo aveva riconosciuto come leader Petko Miletic, il principale avversario di Tito nella frangia estremista del Partito comunista jugoslavo. Poi Miletic venne eliminato nelle purghe staliniane, compiute fra il 1935 e il 1938. E una parte del suo gruppo ritornò con Tito.

«Quando la monarchia jugoslava crollò sotto l'attacco dell'Asse, Macek e i suoi compagni riuscirono a fuggire dal carcere di Sremka Mitrovica. E nella primavera del 1942 si rifugiarono sulle montagne di Belgrado. Matija si era unito a Edvard Kardelj, il comunista sloveno più prestigioso, considerato secondo soltanto a Tito. Kardelj aveva un anno in più di Macek e in origine era un maestro di scuola. Anche lui era finito in carcere. Scontata la pena di due anni, nel 1934 si trasferì a Mosca, dove studiò all'Università Lenin, creata dal Comintern per i quadri stranieri, e ne divenne uno degli insegnanti.

«Rientrato in Jugoslavia, Kardelj lavorò con Tito a riorganizzare il Partito comunista e nel 1940 divenne membro del Politburo. Grazie a questo leader, Macek entrò in contatto con Tito. In quel momento aveva 33 anni. E furono gli uomini come lui a costituire la guardia del corpo del futuro Maresciallo. Era il nucleo forte che, in seguito, avrebbe dato vita all'Ozna.

«Klinger scrive che il rapporto di Macek con Kardelj era reso ancora più saldo da un vincolo famigliare. Infatti la moglie del leader sloveno era la sorella di Macek,

Pepica. E la Slovenia resterà sempre il fulcro del potere di Macek.

«In quella regione, prima della nascita dell'Ozna, durante la guerra partigiana esisteva già un apparato comunista tra il poliziesco e il militare, chiamato Vos. La sigla significava Servizio sicurezza e informazioni. Aveva un compito molto speciale. Mentre l'esercito partigiano di Tito faceva la guerra di guerriglia all'interno dei Balcani, il Vos organizzava attentati e omicidi nei centri urbani.

«Poteva contare anche su una struttura segreta, incaricata di raccogliere informazioni sugli avversari del movimento comunista. Kardelj la chiamava "la nostra Ceca", per indicare il modello esemplare della polizia politica bolscevica, la madre del Nkvd e la nonna del Kgb. Il Vos era guidato da una donna, Marjeta, nome di copertura della moglie di un dirigente comunista sloveno, Boris Kidric. Alla vigilia della guerra, anche lei era ritornata di nascosto da Mosca, dove aveva frequentato la scuola di partito.»

«Comincio a intuire» disse Livia, «da che cosa derivava il potere di Macek.»

«La forza e il prestigio di Macek aumentarono quando nel 1942, sempre in piena guerra e durante l'occupazione tedesco-italiana, lasciò il quartier generale di Tito e ritornò a casa sua in Slovenia. Qui divenne subito il commissario politico nel comando generale dei partigiani comunisti sloveni. Sloggiando il compagno Kidric da quell'incarico di grande importanza.»

«L'avverto che stiamo sempre parlando di strutture clandestine» ricordai a Livia. «E di un momento storico dove per i comunisti era sempre possibile la cattura, la tortura e la fucilazione per opera dei tedeschi e degli italiani. Non appena arrivato in Slovenia, Macek smantellò il Vos e fece rientrare i suoi componenti nei ranghi del Vdv, ossia dell'esercito di difesa dello Stato, l'antenato dell'Ozna.

«Klinger osserva che, in questo modo, il potere comunista in Slovenia passava dalla famiglia Kidric alla famiglia Kardelj. Del resto, era quest'ultimo ad avere in mano le carte migliori, grazie al periodo trascorso accanto a Tito in Bosnia e in Serbia. Macek "normalizzò" la Slovenia, sostiene Klinger, assoggettando il partito sloveno agli ordini di Tito.»

«Insomma, questo Macek ormai apparteneva al giro stretto di Tito e godeva della sua fiducia totale» osservò Livia.

«È così. Macek curava di persona la selezione dei partigiani destinati a far parte della guardia personale di Tito. Si era meritato questo ruolo quando i tedeschi avevano tentato di catturare il capo jugoslavo.

«Accadde il 25 maggio 1944. In quel momento, Tito stava nel suo quartier generale di Drvar, nella Bosnia settentrionale, presso il confine con la Croazia. Per ordine di Hitler, un reparto di paracadutisti germanici andò all'assalto di Drvar. Dovevano prendere Tito, vivo o morto. In quel momento Macek si trovava lì, per progettare la struttura nazionale dell'Ozna. Quando i parà tedeschi arrivarono, Macek si mise alla guida del battaglione sloveno e riuscì a respingere l'assalto, salvando la vita al leader jugoslavo.

«Il maggio 1944 fu un mese importante per Macek anche a causa di un altro motivo. Il giorno 13, sempre a Drvar, Tito decise la nascita dell'Ozna. E ne affidò il comando ad Aleksandar Rankovic. In quel momento il capo del servizio segreto aveva 35 anni, dunque era ancora giovane come la maggior parte dei dirigenti vicini al leader jugoslavo. Dopo la guerra, sarebbe diventato il ministro dell'Interno della Repubblica jugoslava, nonché capo della polizia militare e dell'Udba, il successore dell'Ozna.

«Come osserva Wörsdörfer nel libro che abbiamo citato, l'Ozna fu il primo servizio segreto comunista esteso a tutta la Jugoslavia. Aveva tre caratteristiche. La prima era che doveva occuparsi di intelligence e di guerra psicologica, oltre che di sabotaggi e di eliminazioni fisiche. La seconda era che possedeva una struttura unificata che andava dal quartier generale di Tito sino all'ultima delle sue basi sul Litorale adriatico. La terza era che, a differenza dell'esercito partigiano, tutti i suoi membri erano militanti del Pc jugoslavo o erano candidati a diventarlo.

«Macek ritornò in Slovenia con l'incarico di far nascere l'Ozna nella sua regione. Non ci mise molto a costituirla. Nel giugno 1944 la struttura era pronta. All'inizio il comando venne posto nella zona di Kocevje, nella Slovenia meridionale, non lontano dal confine croato. E soltanto alla fine della guerra si trasferì a Lubiana. Secondo la testimonianza di Macek, all'inizio del 1945, sull'intero territorio jugoslavo, gli agenti dell'Ozna erano più di 15 mila. Al loro fianco si muoveva una miriade di informatori.»

Dissi a Livia: «Secondo Klinger, la Slovenia era un'area di importanza cruciale nella strategia di Tito. È lì che venne progettata l'annessione della Venezia Giulia. Ed è sempre in Slovenia che, dopo la conclusione della guerra, fu deciso lo sterminio di migliaia di ustascia croati che avevano combattuto a fianco dei tedeschi. Insieme a molti anticomunisti sloveni.

«La maggior parte delle eliminazioni venne compiuta nella Carinzia austriaca dai militari della 4ª Armata jugoslava, composta di unità dalmate e bosniache. Ma l'Ozna slovena ebbe un ruolo speciale in quella mattanza di massa. Doveva garantire la sicurezza delle retrovie e sorreggere l'occupazione di Lubiana e di Trieste. Lo aveva stabilito lo stesso Tito a Belgrado, in un incontro con Macek nella primavera 1945.

«Sul ruolo di Macek nei quaranta giorni dell'occupazione jugoslava di Trieste» dissi a Livia, «ho trovato altre notizie in *Foibe. Una storia d'Italia*, pubblicato da Einaudi nell'ottobre 2009. Il volume contiene saggi di diversi autori, a cominciare da Joze Pirjevec che firma il libro, docente di Storia all'Università del Litorale, di Koper-Capodistria. Un saggio interessante è di Nevenka Troha, ricercatrice presso l'Istituto di Storia contemporanea di Lubiana.»

«Che cosa si dice sul conto di Macek?» chiese Livia.

«Prima di tutto emerge un dato di fatto che conoscevamo già: nei giorni terribili di Trieste, Macek prendeva ordini direttamente da Tito e rispondeva soltanto a lui. Non era sottoposto a nessun'altra autorità. Neppure al numero uno del Partito comunista sloveno a Trieste, Boris Kraigher. Anzi, era lui a doversi rivolgere a Macek per le questioni più importanti. Lo stesso era costretto a fare il presidente del nuovo governo sloveno, Boris Kidric, pure lui subordinato all'Ozna.

«Anche i capi locali dell'Ozna avevano poteri assoluti. E respingevano qualsiasi tentativo di influire sul lavoro del servizio segreto. Nel corso delle deportazioni compiute a Gorizia, che tra poco rievocheremo, il pubblico ministero, Mirko Slibar, disse al rappresentante dell'Ozna che talvolta si arrestava la gente senza motivo. Ma si sentì replicare che non doveva impicciarsi di affari che non lo riguardavano.»

«Una volta terminata la guerra, Macek venne messo da parte?» domandò Livia.

«Per niente. Anzi, nella Jugoslavia comunista diventò l'uomo più potente e temuto della Slovenia. Era quasi sconosciuto al grande pubblico. Non amava parlare di sé e non gli garbava che altri lo facessero. Klinger ci ricorda che dal 1947 al 1953 fu il ministro dell'Interno della Repubblica slovena. Furono gli anni terribili della rottura fra Tito e Stalin. E della caccia brutale a tutti i comunisti jugoslavi rimasti fedeli a Mosca.»

«Sono gli anni dei lager come Goli Otok» osservò Livia, «l'infernale campo di prigionia dell'isola Calva. Quello che lei ha rievocato in *Prigionieri del silenzio*, pubblicato nel 2004 dalla Sperling & Kupfer.»

«Sì. Nel 1948, l'anno della rottura fra Tito e Stalin, Macek aveva 40 anni. Secondo la scheda che ci ha offerto Klinger, fu l'artefice principale della repressione contro i cominformisti jugoslavi. E come ministro dell'Interno divenne il supervisore delle forze di sicurezza che operavano a Goli Otok. L'Ozna non esisteva più, al suo posto c'era l'Udba. Ma i metodi erano rimasti altrettanto feroci.

«A subirli furono non pochi comunisti italiani» ricordai a Livia. «Erano ex partigiani fuggiti in Jugoslavia per evitare l'arresto in Italia per delitti commessi dopo il 25 aprile. Uno di loro era il protagonista del mio libro, il sardo Andrea Scano. Per la verità, lui non aveva ucciso nessuno. Era ricercato per aver nascosto un piccolo arsenale di armi, in vista di una rivoluzione rossa che non sarebbe arrivata mai. E aveva pensato di trovare scampo a Fiume. Senza immaginare che lì si sarebbe trovato sotto una pioggia di sangue.»

«Abbiamo una descrizione fisica di Macek?» domandò Livia.

«Su Internet, ho trovato soltanto una sua fotografia a mezzo busto. Indossa ancora la divisa da partigiano, compresa la bustina militare con tanto di stella rossa a cinque punte. Ha un viso affilato, con baffi sottili. E l'espressione del soldato politico deciso a tutto.

«Ma Klinger ha visto parecchie fotografie di Macek, scattate nel tempo del suo massimo potere» dissi a Livia. «Mi ha detto che era un uomo alto, longilineo, magro, dai tratti estremamente duri. Ci immaginiamo così gli ufficiali della Gestapo nazista, o per lo meno il loro stereotipo. Il compagno Matija avrebbe potuto indossare bene la divisa delle SS. Gli sarebbe andata a pennello.»

«Quanto è vissuto Macek?»

«Molto. È scomparso a 85 anni, il 1° aprile 1993 a Lubiana. Ha lasciato un libro di memorie, dal titolo molto semplice: *Ricordi*. È uscito in due edizioni: una in sloveno, e l'altra in croato, pubblicate all'inizio degli anni Ottanta dalla Globus di Zagabria. Ma si è ben guardato dallo svelare i tanti misteri che ancora circondano l'Ozna.

«Di questo libro sappiamo qualcosa grazie a Klinger. In quelle pagine, Macek parla molto poco della propria infanzia, con scarsissimi riferimenti al padre che sembra sia stato un uomo violento. Dalle sue memorie emerge il percorso tipico del quadro comunista cresciuto nel periodo dell'affermazione definitiva di Stalin come leader dell'Unione sovietica e del Pcus. Molto diverso dai dirigenti comunisti della generazione precedente, più colti e con maggiori esperienze internazionali.

«Klinger conosce bene quel libro» continuai, «e ne ricava un giudizio che mi ha colpito. Quando descrive le persone che lo hanno circondato, Macek ne nota soltanto i punti deboli, i difetti nel carattere, i torti che ha subìto per causa loro.»

«Da quel che ho capito, Macek era sempre pronto a vedere in chiunque un nemico. Insomma, il tipo di uomo dal quale bisogna stare alla larga» commentò Livia.

13
Le deportate di Gorizia

«La signora di Gorizia mi ha mandato l'elenco che cercavo» dissi a Livia.

«Quale elenco?» domandò lei.

«L'elenco dei goriziani deportati dai comunisti di Tito e scomparsi. Gliel'avevo chiesto un mese fa. Il nome della signora mi era stato fatto da un amico. Mi aveva garantito che era una persona cortese e attenta, di cui potevo fidarmi. Le ho telefonato, le ho spiegato chi ero e perché mi serviva quell'elenco. Lei mi ha promesso di inviarmelo. L'ho ricevuto una settimana fa.»

«Non lo sapevo. Lei ha dei segreti che non mi confida» sorrise Livia.

«Volevo farle una sorpresa. Ecco il plico.»

Consegnai a Livia la fotocopia di un documento prezioso. Era stato stampato nel 1980 dall'Associazione Congiunti dei Deportati in Jugoslavia, a cura del comune di Gorizia. Il titolo diceva: *Gli scomparsi da Gorizia nel maggio 1945*. Insieme a un saggio storico, conteneva i nomi di 651 persone sequestrate e mai più ricomparse, dal 1° maggio alla notte fra l'11 e il 12 giugno 1945. Ciascun nome era accompagnato dai dati anagrafici reperiti e dalle circostanze della deportazione.

«Che uso possiamo farne?» mi domandò Livia.

«Lo decida lei dopo aver letto il documento. Visto che ha ottenuto una settimana di vacanza dalla Biblioteca nazionale, ci fermeremo qui a Trieste ancora per qualche giorno. Poi andremo a Gorizia per incontrare la signora che ci ha offerto il suo aiuto.»

Livia prese l'elenco e si ritirò in camera a studiarlo. Rimase da sola per un'intera mattinata, poi si ripresentò da me.

Le chiesi: «Che decisione ha preso?».

Livia rispose: «Glielo dirò fra un istante. Ma è necessaria una premessa. A proposito delle deportazioni di Gorizia è stato scritto molto. Non quanto su Trieste, ma tanto. Che cosa possiamo fare di diverso? Non certo ripubblicare tutti i nomi stampati su questo documento. Però possiamo fare un'altra cosa: ricordare le donne che sono state sequestrate da Tito e che compaiono nell'elenco».

Scrutai Livia perplesso. Ma lei non mi diede il tempo di parlare: «Adesso non mi venga a dire che è una scelta femminista. Non è così. Scrivere di loro ci aiuta a comprendere sino in fondo l'orrore di quelle deportazioni. Perché le donne rapite dai comunisti jugoslavi e svanite nel nulla erano quasi tutte persone qualsiasi, se posso definirle in questo modo sbrigativo. Eppure venivano considerate anche loro un pericolo per il potere rosso di Tito. Al punto di ucciderle».

«Quante sono le donne che compaiono nell'elenco?» domandai a Livia.

«Sono trentasei. E dobbiamo ricordarle tutte, senza dimenticarne nessuna» replicò lei.

«Trentasei nomi!» esclamai. «Non è eccessivo richiamarli nel capitolo di un libro? Rischiamo di annoiare il lettore.»

Livia mi fulminò con un'occhiata aggressiva: «Non pronunci più la parola annoiare. Stiamo parlando di trentasei vite spezzate, di trentasei donne uccise senza colpa, di trentasei condanne a morte eseguite con la lentezza del boia pigro, attraverso una catena di tormenti che non riusciamo neppure a immaginare!».

Non osai oppormi, colpito dagli argomenti di Livia. E conclusi: «D'accordo. Faremo come dice lei».

«Procederò seguendo l'ordine alfabetico dell'elenco originario» mi spiegò Livia. «I dati che di volta in volta le citerò sono ricavati dal documento che mi ha dato da studiare.

«La prima donna che incontriamo è Carolina Bellincar, aveva 36 anni ed era un'impiegata. Venne rapita e deportata il 3 maggio. Di lei non si seppe più nulla e ne è stata dichiarata la morte presunta. La seconda era Liana Lucinda Benaglia, 23 anni, nata a Trento, anche lei impiegata. Fu deportata in Jugoslavia il 24 maggio 1945. Era riuscita a inviare qualche notizia da un campo di lavoro forzato a Lubiana, in Slovenia, poco prima del Natale di quell'anno. Poi più nulla.

«La terza era una donna di 53 anni, Augusta Brecelj, nata a Salcano di Gorizia. Forse era una semplice casalinga. Fu arrestata nei pressi di Moncorona di Gorizia il 17 maggio 1945. La deportarono in Jugoslavia e non se ne seppe più niente. Fausta Candusio aveva 24 anni ed era nata a Trieste. Venne catturata nei pressi di Monfalcone, a Fiumicello, nel maggio 1945. Deportata, scomparve: una ragazza morta chissà dove. Di Luigia Celli si conosce soltanto che era nata a Cormons e che fu deportata il 5 maggio 1945.

«Adesso vengono due sorelle: Fernanda e Carmen Chiades, entrambe nate a Gorizia, la prima di 41 anni, la seconda di 36. Fernanda era impiegata in municipio, la burocrazia la definiva aiuto applicata. Furono arrestate insieme, il 3 maggio 1945, e condotte nel carcere di Gorizia. Vennero deportate, sempre insieme, nella notte fra il 7 e l'8 maggio. E sparirono.

«Aveva già 62 anni Sofia Ciani, nata a Spalato il 28 gennaio 1883. Eppure rappresentava un pericolo per la Jugoslavia comunista. La sequestrarono in casa, anche lei come tanti altri goriziani nella notte fra il 2 e il 3 maggio, la prima dell'occupazione. Rinchiusa in carcere, ne uscì l'8 maggio, ma soltanto per essere caricata su uno dei camion della morte allestiti dagli jugoslavi. Si sa soltanto che venne deportata in Slovenia. Più di due anni dopo pare fosse ancora viva e rinchiusa nell'ex manicomio di San Vito di Lubiana, diventato un carcere politico, gestito dall'Ozna. Poi anche su Sofia scese il buio.

«Era una maestra nelle scuole elementari Anna Maria Ciuffarin, nata a Volosca il 19 dicembre 1915. Nel maggio 1945 insegnava a Gorizia e doveva ancora compiere i 30 anni. Fu arrestata il 4 maggio, portata in carcere e tre giorni dopo processata. Non so di quale reato l'accusassero, ma durante il giudizio non risultò nulla a suo carico. Gli slavi le promisero che l'avrebbero rilasciata l'indomani. Invece, alle dieci di sera dello stesso 7 maggio fu deportata ad Aidussina, un centro a ventisei chilometri da Gorizia. Qualcuno la vide in quel campo per tutto il mese di maggio. Poi anche Anna Maria scomparve.

«Emilia Cocianni in Marra era goriziana e aveva 42 anni. Lavorava da impiegata in municipio, lei era un'applicata. Venne sequestrata a Gorizia il 3 maggio, condotta in carcere e il 12 maggio deportata in Jugoslavia. Da quel giorno non se ne seppe più nulla.

«Maria Colla, nata a Gorizia, aveva 45 anni, era impiegata e interprete. Arrestata il 3 maggio, fu interrogata l'8 e subito deportata. Nel maggio 1946 fu vista nel carcere di Kocevje, in Slovenia. Era prigioniera da un anno e si seppe che doveva scontarne altri otto, non so per quale reato. Poi di lei si persero le tracce.

«Luigia Del Zotto aveva 22 anni. Di lei si conosce soltanto che fu arrestata a Gorizia il 27 maggio e subito deportata. Anche Milena Derndich era una ragazza di 24 anni. Nata a Pola, abitava a Trieste e nell'aprile 1945 si era recata a Gorizia per far visita al padre Luigi e alla madre. Nel maggio 1945 venne vista con tre partigiani jugoslavi che, forse, la stavano portando in carcere. Poi anche di lei non si seppe più niente.

«Eugenia Dessi era nata a Ronchi dei Legionari, in provincia di Trieste, il 29 agosto 1922. Nell'aprile 1945 andava per i 23 anni e faceva l'impiegata a Gorizia. Il 3 maggio fu arrestata e rinchiusa nel carcere della città. Di qui uscì nella notte fra il 7 e l'8 maggio per essere avviata verso una destinazione ignota. Cinque giorni prima era stata deportata una signora ben più anziana di Eugenia: Natalia Gatti, casalinga, nata nel 1872 e dunque di 73 anni. Penso si tratti della più anziana deportata di Gorizia. Ma non so perché i titini abbiano voluto sequestrarla.

«Angela Maria Grachi, detta Ginetta, era nata a Latisana e stava per compiere i 25 anni. Fu arrestata a Gorizia il 3 maggio 1945. Quattro giorno dopo venne trasportata ad Aidussina e poi nelle carceri di Idria, a ottanta chilometri da Gorizia. In quel momento erano ancora località italiane, poi vennero annesse alla Slovenia. Nel giugno 1945 fu processata a Lubiana e inviata nella prigione di Kocevje, come altre deportate dal Goriziano. Non so quale reato le venisse attribuito. Ma anche di lei non si conobbe più nulla.

«Dolores Grapulin era nata a Gorizia e stava per compiere i 30 anni. Arrestata il 3 maggio, fu deportata cinque giorni dopo. Pure lei era stata rinchiusa ad Aidussina. Il 25 luglio 1945 si trovava ancora lì. Poi si persero le sue tracce. Dolores lavorava da impiegata al comune e forse era una delle addette all'anagrafe cittadina che i partigiani jugoslavi catturarono subito. Le sequestrarono insieme al dirigente dell'ufficio, un funzionario rimasto sempre estraneo all'attività politica. Si chiamava Corrado Princis, era nato a Gorizia e aveva 57 anni. Lui fu preso il 4 maggio e deportato sei giorni dopo.

«Dell'anagrafe municipale presero possesso funzionari sloveni che, sottraendo e sostituendo schede e documenti, tentarono di alterare la composizione etnica di Gorizia che per il 90 per cento era abitata da italiani.

Così dice il saggio storico che introduce l'elenco dei deportati scomparsi.

«Olga Grion era nata a Capodistria nel 1903 e aveva 42 anni. Venne arrestata a Gorizia il 3 maggio e deportata nella notte fra il 7 e l'8 maggio. Nel settembre 1945 si trovava in un campo di concentramento nei pressi di Lubiana, in Slovenia. Poi non si è più saputo nulla di lei. L'elenco non dice se fosse sposata e che professione facesse.

«Orestina Gronelli, 33 anni, era anche lei impiegata al municipio di Gorizia. Fu sequestrata il 3 maggio e deportata nella notte fra il 7 e l'8. Nell'estate 1945 si trovava a Lubiana. Alla fine dell'ottobre 1946 fu vista in un'altra località slovena e poi in Serbia. Dopo di allora il buio.

«Leggere con scrupolo quell'elenco non è soltanto terribile, ma frustrante» disse Livia. «Di molte deportate non si sa quasi nulla, a parte il nome, l'età e la data del sequestro. Siamo abituati a dire e a scrivere che erano come svanite nell'aria. È davvero così. Per esempio, di Rosa Huala conosciamo soltanto che aveva 20 anni, era nata a Santa Lucia di Tolmino e fu deportata il 30 maggio 1945, quando mancavano tredici giorni alla fine dell'occupazione jugoslava.

«Lo stesso vale per Albina Ierchich, 22 anni, nata a Gorizia, arrestata il 17 maggio e, forse, deportata a Lubiana. Idem per Stanislava Kravos, 22 anni, casalinga, arrestata a Gorizia il 7 maggio e fatta partire per una destinazione ignota. Pochissime notizie anche per Jolanda Marchi, 23 anni, sequestrata a Gorizia e scomparsa. C'è solo da sperare che essendo così giovani non siano finite nei bordelli dell'Armata popolare jugoslava.

«Era più anziana Maria Carmen Mastrandea, una donna di 54 anni, nata a Gorizia. Arrestata il 9 maggio, fu rinchiusa nella caserma di via Santa Chiara. Il 12 maggio venne processata e poi deportata. Maria

Miliavez aveva 32 anni, fu presa a Gorizia il 22 maggio da partigiani slavi e sparì. La medesima sorte incontrò Elisabetta Moderc, 30 anni, nata in Austria, domestica, sequestrata il 9 maggio a San Lorenzo di Mossa.

«Rina Battiston in Novo era nata a Pordenone nel 1901. In luglio avrebbe compiuto 44 anni. Abitava a Sant'Andrea, una frazione di Gorizia. Fu deportata in Jugoslavia il 25 maggio. Anche per lei fu dichiarata la morte presunta. Lo stesso accadde per Giuseppina Venuti in Paternolli, una signora goriziana di 57 anni. Sequestrata l'11 maggio, passò per la caserma di via Santa Chiara e cinque giorni dopo fu spedita in Jugoslavia. Lo stesso destino ebbe Regina Peressoni. Nata a Gorizia aveva soltanto 18 anni e lavorava da impiegata. Gli jugoslavi la presero il 2 maggio, nel primo giorno d'occupazione, e da quel momento scomparve.

«Maria Picech era di Cormons e aveva appena compiuto i 40 anni. I partigiani di Tito andarono a prelevarla nella sua casa di Gorizia il 20 maggio e la fecero sparire. Due giorni dopo lo stesso accadde a Maria Miljaver sposata Rajer, di 32 anni. Deportata, scomparve. Aveva la medesima età Erminia Rissdörfer, nata in Slesia, impiegata al municipio di Gorizia. Fu arrestata nella notte fra il 2 e il 3 maggio. Il 7 maggio la deportarono. Nell'agosto 1945 si trovava prigioniera a Lubiana. Poi di lei non si seppe più nulla.

«Era una professoressa di 29 anni Giulia Venezia, nata a Udine. Arrestata il 3 maggio, quattro giorni dopo venne caricata su un camion di partigiani titini e scomparve. Giuseppina Zoratti, casalinga, fu presa quando aveva già 68 anni. Venne prelevata il penultimo giorno dell'occupazione slava di Gorizia e morì non sappiamo dove. Lo stesso accadde ad Adriana Zorzi, 65 anni, sequestrata a Gorizia.

«Ed eccoci all'ultima delle trentasei donne deportate. Era la figlia della signora Adriana Zorzi e si chiamava

Gabriella. Aveva 36 anni e faceva l'insegnante. È probabile che sia stata catturata insieme alla mamma Adriana e anche lei sparì.»

«Che cosa ne dice?» mi domandò Livia.

«Sono annichilito» risposi. «E lei mi ha parlato soltanto di trentasei deportati da Gorizia. Quando si arriva alle persone, con i nomi, le età, le professioni, si misura con più esattezza l'enormità di quello che è accaduto. Mentre lei parlava, mi sono reso conto ancora una volta di una verità: i partigiani comunisti di Tito, che piacciono tanto alle nostre sinistre, erano uguali ai nazisti. Non ci ho visto nessuna differenza fra le retate di Gorizia o di Trieste e quelle degli ebrei ordinate da Hitler.»

Poi chiesi a Livia: «Tra le deportate che mi ha elencato c'erano delle donne fasciste che avevano collaborato con i tedeschi?».

Lei si ribellò alla mia domanda: «Non lo so. E non mi interessa saperlo. Fare l'anagrafe politica di tanti sventurati è un'operazione che mi ripugna. Che importanza ha sapere se la signora X o la ragazza Y avessero avuto a che fare con i tedeschi o con i fascisti? C'era la guerra civile, molto dura in Venezia Giulia. Si poteva anche essere obbligati a vicinanze pericolose. In più, esiste un altro argomento che rende inutile la sua domanda».

«E quale sarebbe?» chiesi a Livia, sorpreso dalla sua reazione.

«È il seguente. La punizione inflitta ai tanti deportati da Gorizia è stata talmente atroce da cancellare, proprio così!, quel che poteva essere accaduto prima. Né lei né io conosciamo per davvero il percorso infernale che tutti loro sono stati costretti a compiere. Spesso ho la sensazione che le nostre rievocazioni non facciano capire sino in fondo quanto fossero spietate certe violenze. Tanto che mi domando se le parole, dette o stampate, siano un mezzo adatto a raccontare le atrocità di una guerra civile e delle pulizie etniche che sono venute dopo. Purtroppo è soltanto questo lo strumento che abbiamo...»

Condividevo la perplessità di Livia: «Le confesso che anch'io provo la sensazione che le nostre parole siano inadeguate. Tuttavia dobbiamo scriverle e stamparle. È la piccola missione che ci siamo dati. Per questo le chiedo se ci sono altre cose da raccontare su Gorizia».

«Sì, dovremmo rievocare l'atmosfera della città nei giorni dell'occupazione jugoslava» rispose Livia. «Ma sarebbe necessario scrivere un libro. Del resto, di testi su Gorizia ne sono già stati scritti. Qui posso aggiungere che gli arrestati dai titini furono più di mille. Molti di loro vennero poi rilasciati, ma rimase il terrore diffuso da queste catture in una città come Gorizia.

«Tanti di questi sequestri di persona vennero effettuati di notte. Il coprifuoco ordinato dal comando jugoslavo imponeva di tenere aperti gli ingressi delle case. Era un espediente per facilitare le catture, rendendo superfluo sfondare le porte. Le persone da prendere venivano tirate giù dal letto, invitate a vestirsi e poi trascinate sopra un autocarro che le portava ai comandi della polizia militare o dall'Ozna. Possiamo immaginare il terrore dei parenti, le loro urla disperate, gli ultimi abbracci.

«Il lato assurdo di questa tragedia è che tutto avveniva sotto gli occhi di reparti dell'8ª Armata britannica» continuò Livia. «Erano i neozelandesi del generale Freyberg, gli stessi arrivati a Trieste.»

«Dinanzi a quanto accadeva che cosa facevano?» domandai a Livia.

«Nulla. Fingevano di non vedere. Se ne andavano a spasso per Gorizia, si sbronzavano di birra e whisky, cercavano ragazze facili, di sera si ficcavano in tutti i balli all'aperto. Può sembrare irreale, ma a Gorizia in quelle settimane di sangue si ballava, con l'approvazione dei partigiani titini.

«I neozelandesi mostravano di essere i soldati più felici del mondo. E in parte avevano motivo di esserlo. La campagna in Italia sul fronte adriatico era stata durissima. Molti dei loro commilitoni ci avevano rimesso la pelle. Ma adesso la guerra era finita. Quel che accadeva a Gorizia non li riguardava. Era una faccenda tra italiani e jugoslavi, due etnie che non si sopportavano.»

«Adesso basta» dissi a Livia. «Andiamo a incontrare la signora che ci ha spedito l'elenco dei deportati.»

Da Trieste ci recammo a Gorizia per conoscere la Signora dell'Elenco. Abitava in un grande appartamento nel centro della città. E bastava entrare nella sua casa per rendersi conto che non le mancavano i mezzi per vivere.

Tutto ci sembrò lussuoso, a cominciare dalla padrona. Era una cinquantenne molto in forma, elegante e assai spigliata. Il suo aspetto poteva far pensare a una donna molto presa da se stessa e dal desiderio di far colpo sui maschi che incontrava.

In quel caso, il maschio ero io. Infatti lei si stupì della presenza di Livia e, lì per lì, sembrò non gradirla. Ma aveva letto *Il sangue dei vinti*. E quando le spiegai che era l'altra protagonista di quel libro, il suo atteggiamento cambiò di colpo.

Livia le spiegò come aveva pensato di utilizzare la lista dei 651 deportati, citando tutte le donne sequestrate e fatte sparire a Gorizia dai partigiani di Tito. La Signora approvò con calore la decisione. Poi rivolse a entrambi una domanda che non ci aspettavamo: «Per quali partiti votate?».

Livia le rispose per prima. Quindi toccò a me. Le nostre scelte di elettori erano state all'incirca le stesse: sempre a sinistra, talvolta il Pci, più spesso il Psi e i radicali. Adesso eravamo entrambi dediti all'astensione.

La Signora replicò: «Io sto dall'altra parte. Ho sempre votato per il Movimento sociale, poi per Alleanza nazionale e ora per il Popolo della libertà. Ma vedo che il Pdl sta andando in rovina. Un po' per colpa di Silvio Berlusconi e un po' per colpa di questo Gianfranco Fini che adesso non capisco più. Tuttavia voi avete sbagliato a votare per i comunisti».

«Perché?» le domandò Livia.

La Signora sorrise, un po' fredda: «Perché i comunisti italiani, ieri come oggi, meritano soltanto di essere sconfitti. Dal momento che vi occupate della guerra civile, non sto a spiegarvi come si sono comportate allora le bande di Longo e di Togliatti. Ma per chi è nato e vissuto a Gorizia come me, c'è una ragione in più.

«La ragione consiste in un fatto elementare, vero in modo indiscutibile. Anche se quelli del Partitone rosso, come lo chiama lei, dottor Pansa, non vogliono ammetterlo. Le deportazioni a Gorizia sono state volute, decise e attuate dai comunisti jugoslavi. Che però hanno trovato dei complici entusiasti nei partigiani garibaldini di questa zona. Leggete l'introduzione del volume che vi ho mandato e troverete la conferma di quello che vi dico.

«Posso citarvi quasi a memoria uno dei passi più importanti» continuò la Signora dell'Elenco. «Nei quaranta giorni dell'occupazione jugoslava di Gorizia, le pattuglie dei partigiani di Tito non agivano da sole. In ogni pattuglia c'era almeno un garibaldino italiano che le accompagnava e le aiutava a individuare le persone che stavano in vere e proprie liste di proscrizione.

«In qualche caso, i partigiani comunisti italiani agivano da soli. Da aiutanti dei sequestratori si erano promossi a sequestratori in servizio pieno. Accadde nel caso di una signora che avrete certamente citato: Giuseppina Venuti vedova Paternolli, una donna di quasi sessant'anni, che due garibaldini andarono a prendere nel suo alloggio. O nel caso del direttore didattico Giuseppe Ceschia, un insegnante di 63 anni, goriziano. L'11 maggio un partigiano comunista italiano andò a prelevarlo in una scuola di Lucinico, una frazione di Gorizia che si trovava in una zona non occupata dagli jugoslavi. E dopo averlo preso lo portò a Gorizia e lo consegnò ai partigiani di Tito che lo deportarono.

«Ecco una delle nefandezze che le sinistre italiane non amano ricordare» disse gelida la Signora dell'Elenco. «Nel 1945 il comune di Gorizia aveva all'incirca 50 mila abitanti. In quaranta giorni, qui sparirono 651 persone, in media sedici al giorno. Ma l'espressione "sparirono" dice poco, così come quella simile, "sequestrarono". In realtà si trattava di condanne a morte, ormai decise e pronte per essere eseguite.

«Voglio dirvi una cosa che forse non vi aspettate di sentire da me» continuò la Signora. «Vi ricordate la fase del Terrore durante la Rivoluzione francese? Sono laureata in Storia. E so bene di che cosa parlo. La ghigliottina era in funzione tutti i giorni. Lo stesso è accaduto a Gorizia.

«La ghigliottina comunista jugoslava ha tagliato più di sedici teste al giorno, per quaranta giorni. I boia di Tito si sono dati un gran da fare. E hanno trovato dei servitori zelanti, dei volonterosi carnefici: i partigiani comunisti italiani. Scrivetelo nel vostro libro, se ne avete il coraggio. O almeno riportate le parole che vi ho detto.

«Lo faremo» risposi alla Signora dell'Elenco. «Lo scopo dei miei libri sulla guerra civile è gettare una piccola luce su tante tragedie che la storiografia rossa rifiuta di considerare. Il mio revisionismo consiste soltanto in questo: scrivere le pagine che tanti politici e tanti accademici di sinistra volevano restassero bianche.»

La Signora mi sorrise: «Lo so, perché ho letto tutti i suoi libri che danno tanto fastidio ai pennacchioni della sinistra italiana. La guerra civile non ha insegnato nulla al Pci e ai suoi eredi, anche a quelli che oggi si sono dati l'etichetta di democratici e fanno di tutto per travestirsi da liberal. La verità sull'epoca sanguinaria che seguitano a celebrare non vogliono vederla. Per questo hanno costruito una storia immaginaria da spacciare nelle scuole e a un pubblico militante che ama soltanto le favole rassicuranti.

«Andate avanti e insistete» concluse, rivolgendosi anche a Livia. «Siete una buona coppia di guastafeste. A proposito, siete pure una coppia di amanti?»

Livia scoppiò a ridere: «Per niente. Il nostro scrittore è un signore ormai troppo anziano. E io sono una single testarda che ama vivere da sola».

«Meglio così» sorrise la Signora. «Quando la passione si insinua nel lavoro, quasi sempre accadono dei disastri. Il lavoro riesce male. E la passione, prima o poi, si spegne.»

14
A Fiume croata

«Adesso dovremo occuparci di Fiume» disse Livia. «Questo leggo nel programma che abbiamo preparato. Andremo in Croazia a cercare notizie? Da Trieste non ci metteremmo molto.»

«Penso di no» le risposi. «Sarebbe un viaggio quasi inutile. Abbiamo già quanto ci serve. Mi ha dato un grande aiuto la Società di studi fiumani che ha la sua base a Roma. In una pausa del lavoro, lei si leggerà l'elenco dei deportati di Fiume fatti sparire dai comunisti jugoslavi dopo l'occupazione della città. Eccolo, glielo consegno.»

Eravamo ritornati a Trieste. Stavamo sempre al Duchi di Aosta e avevamo ancora due giorni di vacanza da dedicare al nostro libro. E per il momento la parola toccava a me.

«Nel 1940, quando Fiume era ancora in territorio italiano, la città contava 53 mila abitanti, ripartiti in 42 mila italiani e 11 mila croati. Con l'inizio della seconda guerra mondiale la popolazione cominciò a diminuire. Fra il 1945 e il 1946, i residenti scesero a circa 43 mila, suddivisi in 33-35 mila italiani e 8-10 mila slavi. Quasi tutti vivevano male. Fiume era uscita con le ossa rotte dalla guerra. Gli aerei angloamericani l'avevano bombardata ventidue volte. E su 2 mila proprietà immobiliari, più della metà era distrutta.

«Le industrie più importanti, i cantieri navali, il silurificio Whitehead e la raffineria Romsa avevano un potenziale ridotto del 70 per cento. Anche il porto era un cumulo di macerie. Al momento della ritirata, i tedeschi avevano fatto saltare i moli, dopo aver incendiato gli edifici e le caserme utilizzati dalla Wehrmacht.»

«Immagino che a rendere peggiori le condizioni di vita pure a Fiume ci abbia pensato l'occupazione jugoslava» osservò Livia.

«Sì, anche perché non si trattava di una conquista temporanea, come era avvenuto per Trieste e per Gorizia. Fiume era destinata ad appartenere alla nuova Croazia comunista. Tanto è vero che la città cambiò subito nome e si chiamò Rijeka. E si trovò sottoposta a un sistema di potere che le descriverò come una piramide a quattro livelli.

«Al primo, quello più basso, c'era il Comitato popolare di liberazione cittadino, la giunta comunale diremmo in Italia. Non si trattava di un organismo costituito da più partiti come il Cln italiano. Di fatto era un segmento del Partito comunista croato. Tutti i suoi membri, italiani o croati che fossero, erano militanti già partigiani con Tito. Il loro compito era soltanto quello di amministrare Fiume, senza poter prendere nessuna decisione politica.»

«Insomma, il Comitato popolare contava poco, per non dire nulla» commentò Livia.

«Esattamente. Al secondo livello stava il comando militare locale dell'Armata popolare. Deteneva un potere più grande e non era soggetto a nessun controllo di tipo civile. Al terzo livello c'era il tribunale popolare del circondario di Fiume, affiancato dai tribunali militari dell'Armata jugoslava.

«Sul lavoro dei tribunali, esiste uno studio molto accurato di Amleto Ballarini. Nel primo dopoguerra fiumano, dal 1945 al 1948, queste corti emisero circa duemila condanne per attività antipopolari. Non ci furono sentenze di morte, ma tantissime ai lavori forzati, per anni di carcere duro, molte confische di beni ed epurazioni, con la perdita del posto di lavoro. Spesso i condannati alla detenzione sparivano. E di loro nessuno avrebbe saputo più nulla, a cominciare dai parenti più stretti.»

«Leggendo l'elenco dei deportati, ho visto che cosa succedeva» osservò Livia, «e al momento giusto glielo dirò.»

«Bene, perché adesso bisogna parlare del quarto livello, la struttura che deteneva il vero potere a Fiume. Come era successo a Trieste e a Gorizia, era nelle mani dell'Ozna, i servizi segreti di Tito ormai usciti allo scoperto. Anche a Fiume gli uomini dell'Ozna incutevano molto timore. Quando comparivano nella loro muta tutta nera, nera la divisa, nera la bustina, neri gli stivali, la gente si aspettava sempre il peggio.

«La sede fiumana dell'Ozna era in via Roma» spiegai a Livia. «E un detto popolare diceva, in croato: "Via Roma – nikad doma". Significava: se ti portano in via Roma, non ritorni più a casa. Il comandante dell'Ozna di Fiume si chiamava Emil Karadzija Domaci. Ma come avveniva in tutta l'Armata jugoslava, il potere vero stava nelle mani del commissario politico: il croato Oskar Piskulic.

«Costui veniva chiamato Zuti che significa Giallo, un soprannome legato al colore della carnagione. Per il resto, era un uomo magro, quasi secco, con una folta mascagna di capelli neri, sempre molto in ordine. Aveva l'aspetto del giovane ufficiale che ha un futuro davanti a sé. La stessa impressione si ricava dalla fotografia del suo matrimonio, avvenuto subito dopo la guerra con una ragazza di Fiume.»

«Si conosce qualche cosa sulla vicenda politica di questo capo dell'Ozna?» domandò Livia.

«Certo, più di una. Prima di tutto la sua data di nascita: il 29 marzo 1920. Dunque era un ufficiale giovane, di 25 anni. Era nato a Fiume, allora italiana, e conosceva molto bene la città e i suoi abitanti. Nel 1941, quando aveva 21 anni, si iscrisse al Partito comunista ed entrò subito nel movimento partigiano. Ho rintracciato due interviste che gli vennero fatte nel dopoguerra. Ma quello che lui raccontò fu molto poco.

«La prima apparve nel luglio 1990 sulla "Voce del popolo", il quotidiano di lingua italiana stampato a Fiume. Piskulic non disse praticamente nulla. Spiegando all'intervistatore che, quando era entrato nei servizi segreti di Tito, aveva giurato di non rivelare niente della propria attività. Né da vivo né da morto, in memorie manoscritte da lasciare agli eredi.

«La seconda intervista uscì il 10 febbraio 1995 su "Globus", il giornale croato di Zagabria. In quel momento Piskulic aveva 75 anni e viveva a Fiume in un piccolo alloggio di due stanze. Anche lui era finito in carcere alla fine degli anni Quaranta per uno scontro con il ministro dell'Interno e aveva passato qualche anno nella prigione di Stara Gradiska.

«Negli anni Novanta, Piskulic era al centro di un'inchiesta italiana sulle fucilazioni di Fiume. Lui si difese dicendo: "Fucilati ce ne sono in tutte le guerre e da tutte le parti. Ma perché ci comportammo così? Bisogna sapere che proprio a Fiume alcuni italiani, almeno cinque, pur essendo iscritti al Partito fascista erano nostri informatori. Grazie a loro, noi sapevamo chi apparteneva all'organizzazione fascista... Noi fucilavamo soltanto chi collaborava con l'occupante, con la Gestapo tedesca, o era responsabile di qualcosa di grave. I condannati passavano attraverso una procedura normale per quel tempo tormentato". Gli domandarono anche dei morti nelle foibe. Piskulic replicò: "Da noi a Fiume non c'erano foibe. C'erano in Istria. Ma a Fiume non se ne parlava".»

«Un osso duro questo ufficiale dell'Ozna» osservò Livia.

«Certo. Ma adesso lascio la parola a lei che ha letto l'elenco degli scomparsi da Fiume a partire dal 3 maggio 1945.»

«La mia fonte» disse Livia, «è una sola, ma indiscutibile. È il *Piccolo libro bianco di una grande ingiustizia* stampato nel maggio 1995 dalla Società di studi fiumani. E curato da Claudio Schwarzenberg, sindaco del Libero comune di Fiume in esilio, e da Amleto Ballarini, presidente della Società di studi fiumani. Contiene l'elenco di 325 persone assassinate oppure scomparse a Fiume dopo l'inizio dell'occupazione jugoslava.

«Sul numero degli scomparsi, devo precisare un dato di fatto storico» continuò. «Secondo Ballarini, dopo il 3 maggio i comunisti fucilarono o fecero sparire non meno di 500 persone. Fu una delle pulizie etniche e politiche compiute dagli jugoslavi anche a Trieste e a Gorizia, come abbiamo visto, e in altre aree della Venezia Giulia. Di questi 500 e più, ne sono stati identificati 328 o 325, a seconda delle fonti.

«La maggior parte delle vittime venne prelevata in casa da pattuglie che agivano sotto la guida dell'Ozna croata di Fiume, ossia di Piskulic» continuò Livia. «Ballarini scrive che di norma le esecuzioni ebbero luogo al Campo di Marte, nel campo d'aviazione di Grobnico, nel cimitero di Tersatto e in quello di Cosàla a Fiume. I morti venivano sepolti in fosse comuni scavate sul posto o nelle vicinanze, senza un segno o un tumulo che le distinguesse. Poi si lasciava che, con il passare del tempo, la vegetazione ricoprisse le tracce dei massacri. In un caso, a Cosàla, sulle fosse comuni vennero erette le nuove tombe del cimitero cittadino.»

«Che cosa mi dice dell'elenco che ha esaminato?» domandai a Livia.

«Prima di tutto che ho avuto la stessa impressione ricavata dall'elenco di Gorizia. Anche a Fiume, insieme ad alcuni avversari molto in vista, gli jugoslavi uccisero o fecero sparire un gran numero di persone senza una storia importante alle spalle. Qualcuna di loro avrà pure collaborato con i tedeschi, ma la maggior parte venne soppressa perché era italiana o contraria al regime di Tito. Esiste un dato rivelatore: l'alto numero delle donne uccise.»

«Erano di più o di meno rispetto a quelle scomparse da Gorizia?» domandai a Livia.

«Molte di più, in proporzione al numero degli scomparsi. A Gorizia su 651 deportati e poi uccisi, le donne erano 36. A Fiume, su 325 identificati, la metà esatta di Gorizia, le donne soppresse furono 31, quasi il 10 per cento. Adesso le parlerò anche di loro» mi annunciò Livia. «Le dirò in seguito dei personaggi eccellenti, tutti uomini, uccisi dai comunisti titini. Mi baserò sull'elenco contenuto nel *Piccolo libro bianco* che le ho citato. E, come ho fatto per Gorizia, procederò secondo l'ordine alfabetico.

«Le prime due donne sono la moglie e la figlia di un antifascista sopravvissuto al campo di sterminio nazista di Dachau. Era Angelo Adam, un meccanico che era stato legionario fiumano con Gabriele d'Annunzio, repubblicano e mazziniano, antifascista di vecchia data. Rientrato a Fiume dal lager quando aveva 47 anni, venne arrestato all'inizio del dicembre 1945. Non più dai tedeschi, ma dai comunisti. Insieme a lui, furono catturate la moglie Ernesta e la figlia Zulema. E della famiglia Adam si perse ogni traccia.

«La stessa sorte toccò ad Anna Alì in Loffredo, arrestata e deportata nel maggio 1945: di lei non so altro. Tabea Bolf in Curri aveva 45 anni. Nel 1936 era stata imprigionata dalla polizia monarchica jugoslava. Condannata a venti anni di carcere per spionaggio a favore dell'Italia, venne rinchiusa in un penitenziario della Croazia. Con l'arrivo delle truppe italiane in territorio croato, fu liberata e ritornò a Fiume. Nel giugno 1945 fu di nuovo arrestata, questa volta dai comunisti, che in settembre la fucilarono a Tersatto.

«Sulla fine di Dolores Butcovich in Superina si sa soltanto che era fiumana. Nell'aprile 1945 andò a Gorizia, forse per incontrare dei parenti, e non fece più ritorno a

Fiume. Maria Chesele in Budak aveva 55 anni. Nel 1946 fu arrestata a Fiume dall'Ozna e di lei non si seppe più nulla. L'anno successivo le autorità jugoslave dichiararono che si era uccisa nel carcere della città.

«Nerina Copetti, 31 anni, moglie del giornalista Carlo Colussi, già podestà di Fiume, venne fucilata con il marito in una data e in un luogo rimasti sconosciuti. L'Ozna disse ai famigliari che entrambi erano partiti per Trieste. Invece erano già stati condannati a morte dal tribunale popolare di Fiume ed eliminati.

«Maria Ecker aveva 48 anni. Mentre ritornava da un viaggio a Trieste, fu arrestata alla stazione ferroviaria di Fiume. Condotta in carcere, venne accusata di spionaggio e fucilata in una data sconosciuta. Enrichetta Hödl era nata a Zagabria il 21 luglio 1927, ma risiedeva a Fiume da cittadina italiana. Un mese dopo l'occupazione della città, il 4 giugno 1945, andò in municipio per ritirare la nuova carta d'identità. Mentre usciva dall'ufficio, fu arrestata e rinchiusa in prigione. Per tre giorni la madre riuscì ad avere sue notizie. Poi la ragazza scomparve. Stava per compiere 18 anni.

«La stessa sorte ebbero due sorelle ben più anziane di Enrichetta: Anna Iker vedova Mandich e Vittoria Iker. Entrambe nate a Fiume, la prima aveva 56 anni e la seconda 54. Erano ospiti nella villa di una famiglia amica, i coniugi Hupp. Vennero arrestate non si sa quando né perché. E di loro non si seppe più nulla.

«Renata Lembo vedova Cernigoi era una signora di origine pugliese, nata a Canosa nel 1913, casalinga. Abitava a Laurana, un comune sul mare a venti chilometri da Fiume. Nel maggio 1945, quando aveva 32 anni, fu arrestata. Non si conosce il motivo della cattura né la data della deportazione e della morte.

«Maria Luksich Jamini, nata a Fiume, fu imprigionata nel maggio 1945, dopo l'arresto dei suoi due figli. Aveva 69 anni ed era in gravi condizioni di salute. Stroncata dalla detenzione e dagli interrogatori, morì il 10 gennaio 1947. Rosa Mandechich abitava a Fiume con il marito Franco. Partirono entrambi per Trieste e scomparvero durante il viaggio. Per entrambi fu dichiarata la morte presunta.

«Valeria Martincich, anche lei di Laurana, fu uccisa dagli jugoslavi nel maggio 1945. Abitava nello stesso paese Lidia Maurel, casalinga, pure lei ammazzata nel maggio 1945. Gina Mengotti Messori, fiumana, 38 anni, fu arrestata dagli slavi con l'accusa di essere stata una spia dei tedeschi. Era vero?» si domandò Livia. «Non lo sa nessuno. Ma allora l'accusa di spionaggio si sprecava. Gina venne fucilata subito, nel maggio 1945, al cimitero di Tersatto.

«Una donna speciale era Amanda Neugebauer. Nata nel 1901 a Fiume da una famiglia di forti sentimenti italiani, nel corso dell'impresa di D'Annunzio si era prodigata nell'assistenza ai feriti. Era giovanissima e fu decorata dal generale Giardino che comandava la città. Nel corso della seconda guerra mondiale prestò servizio al fronte come crocerossina. Nel giugno 1945, quando aveva 44 anni, l'Ozna di Fiume ne ordinò l'arresto. Il tribunale militare la condannò a morte, con l'accusa assurda di aver compiuto gravi crimini di guerra. Subito dopo la sentenza venne fatta sparire.

«Forse erano madre e figlia Maria Benedetti in Pagan, nata a Novi in Dalmazia nel 1872 e Margherita Pagan vedova Pavesi, nata a Fiume nel 1898. Nel giugno 1945, la prima aveva 73 anni e la seconda 47. Arrestate dagli jugoslavi, furono entrambe uccise nel carcere di Fiume il 28 agosto 1945. Margherita Rathofer, insieme al marito Giovanni, conduceva un negozio di ferramenta nel centro di Fiume. Arrestati a Trieste dalla polizia jugoslava dopo il 3 maggio 1945, vennero ricondotti nel carcere fiumano. E qui sparirono.

«Antonietta Rumaz era nata nel 1911 a Ville d'Icici, località di Abbazia. Prelevata dagli slavi dopo il 3 maggio 1945, fu deportata non si sa dove e scomparve: aveva 34 anni. Era appena ventenne Lucia Schieranz sposata Vendramin. Nata nel comune di Mattuglie, vicino a Fiume, fu arrestata non si sa quando né per quale accusa. Gli jugoslavi la fucilarono nei pressi del cimitero di Tersatto nel novembre 1946.

«Erano madre e figlia Margherita e Gigliola Sennis. I loro destini si incrociarono nel maggio 1945. Margherita, la madre, aveva 52 anni. Nata a Fiume si era laureata a Firenze e si era dedicata all'insegnamento. Da giovanissima, era diventata direttrice didattica del Circolo scolastico di piazza Cambieri. La figlia Gigliola Sennis Peresson, chiamata Lola, aveva 28 anni e dopo essersi diplomata maestra era andata in sposa a un ufficiale del Genio Navale. I coniugi avevano avuto una figlia, Tiziana.

«Forse guidati da un informatore, gli uomini dell'Ozna o della polizia, la notte del 6 maggio 1945 irruppero a casa Sennis. Nel perquisire l'appartamento, i poliziotti scoprirono la divisa del marito di Gigliola. Fu il pretesto per arrestare la giovane signora e interrogarla sul marito. Le dissero che, dopo aver firmato il verbale, sarebbe stata subito rilasciata, invece la inviarono nel carcere di via Roma, il regno oscuro dell'Ozna. Non vedendo ritornare Gigliola, la madre prese in braccio la nipotina Tiziana, andò al comando della polizia e qui le dissero di raggiungere il carcere perché la figlia stava per essere messa in libertà.

«La signora Margherita si recò alla prigione di via Roma, accompagnata da un'amica della figlia, Jole Udovich. La direzione del carcere la fece entrare, ma senza la bambina. Lei affidò Tiziana alla signorina Udovich e varcò l'ingresso della prigione. La Jole rimase ad aspettarla per l'intera giornata, sempre davanti al carcere e sempre con la piccola in braccio. Ma non vide uscire né la madre né la figlia. E di Margherita e Gigliola Sennis non si seppe più nulla. Le avrebbero uccise entrambe verso la fine del 1945. La piccola fu allevata da un'amica della mamma.

«Di Ada Springhetti nata Martini non si sa quasi niente. Era fiumana e aveva 44 anni. Arrestata nel maggio 1945, scomparve. Lo stesso accadde ad Anna Vaukich in Corigliano, deportata nel maggio 1945. Meno ancora si conosce di Margherita Vilfinger coniugata Zuliani, eliminata dai titini dopo il 3 maggio 1945. Dopo di lei, nella lista dei deportati o degli uccisi c'è Olga Vrazich. Nata a Fiume, durante l'occupazione jugoslava era stata arruolata nella polizia. Quando si accorsero che Olga aveva cercato di mitigare la sorte di alcuni degli arrestati, l'Ozna decise di arrestare anche lei e subito dopo la fucilò.

«Era di origine austriaca Teresa Wilhelm, nata a Vienna. Si era sposata a Fiume con un fotografo, Raimondo Wilhelm, che durante l'impresa di D'Annunzio aveva fatto parte della Guardia nazionale. Gli sposi ebbero tre figli: nel 1920 Guglielmo, nel 1921 Guglielmina e nel 1926 Gherardo. Dopo l'occupazione della città, i tre ragazzi vennero arrestati dagli jugoslavi. I genitori vagarono da un comando all'altro per conoscere la loro sorte, ma non riuscirono a scoprire nulla. Alla fine del maggio 1945 furono arrestati anche loro. E dell'intera famiglia Wilhelm si perse ogni traccia.

«Dell'ultima donna registrata nell'elenco degli scomparsi a Fiume non è rimasto nulla» disse Livia. «Si conosce soltanto il nome: Maria Zar. Abitava in città, fu arrestata dopo il 3 maggio 1945 e subito uccisa.»

«Prima di dar corso all'ondata degli arresti e delle deportazioni» continuò Livia, «l'Ozna decise di eliminare cinque personaggi di Fiume che avrebbero potuto avere una forte influenza sull'opinione pubblica, a favore dell'Italia e contro il comunismo jugoslavo.

«Le squadre del servizio segreto si mossero subito,

nelle stesse ore dell'occupazione. Il primo a essere ucciso fu Giuseppe Sincich. Aveva 52 anni, era uno dei leader dell'autonomismo fiumano e un antifascista più volte incarcerato. Come entrarono in città, i titini, guidati da Piskulic, si diressero subito verso la casa di Sincich e lo sequestrarono sotto gli occhi della moglie e della figlia. Poi lo trascinarono in una fabbrica vicina, gli portarono via il portafoglio e l'orologio, lo bastonarono, quindi lo assassinarono. Erano le 9.30 del 3 maggio e cominciò con quel delitto la lunga notte di Fiume.

«Il secondo a morire fu Nevio Skull. Aveva 42 anni e per molto tempo era stato medico a Fiume. Poi, nel 1935, dopo la morte di un cognato, aveva preso in mano lo stabilimento meccanico fondato dal nonno paterno. Da giovanissimo era stato un legionario di D'Annunzio e in seguito uno degli eminenti della città, consigliere della Banca d'Italia e vicepresidente della Cassa di Risparmio di Fiume.

«La sera del 3 maggio fu prelevato in casa da uomini dell'Ozna o della polizia titina. Venne portato fuori città e ucciso con un colpo di pistola alla nuca. Il cadavere fu poi ritrovato fra le macerie di un ponte sul fiume Eneo.

«Il terzo fu Mario Blasich, un medico di 67 anni. Anche lui era un autonomista. Dopo l'armistizio del settembre 1943, incontrò i rappresentanti del Cln. Quelli slavi gli chiesero di impegnarsi in modo pubblico a combattere i tedeschi per annettere Fiume alla Jugoslavia. Blasich era malfermo in salute e si muoveva su una sedia a rotelle. Esclamò: "Potete tagliarmi la gola, ma dalla mia bocca non uscirà mai una tale bestemmia. Però sarò felice di offrire all'Italia quanto resta della mia povera vita e del mio vecchio sangue".

«La notte del 3 maggio, una squadra del servizio segreto irruppe nella casa di Blasich. Dopo aver chiuso la moglie, la figlia e il genero nella stanza da bagno, i partigiani penetrarono nella camera da letto dove Blasich riposava. E lo strangolarono lì, fra le lenzuola, lasciando sulle coperte l'impronta dei loro scarponi. Prima di andarsene, i vincitori rubarono l'orologio da polso del medico che stava nel cassetto del comodino.

«La quarta vittima fu Riccardo Gigante, 64 anni, già senatore del Regno. Volontario nella prima guerra mondiale, dopo il ritorno a Fiume era stato tra i più fermi sostenitori dell'annessione all'Italia. E ne divenne il podestà. Quando gli dissero che gli jugoslavi si avvicinavano, rifiutò di fuggire. Disse: "Non ho nessun conto da pagare. E devo condividere la sorte della mia città". I servizi segreti jugoslavi andarono ad arrestarlo nella sua casa diroccata. La squadra incaricata di prenderlo era composta di fiumani che parlavano in italiano.

«La mattina del 4 maggio, Gigante fu condotto sulle colline di Castua, nei pressi di Fiume. Stava in un gruppo di altri arrestati che venne fatto passare per via Trieste. Avevano le mani legate dietro la schiena, con il filo di ferro. Ed erano stati privati dei vestiti e delle scarpe, come unici indumenti conservavano le mutande e il corpetto. I prigionieri, una decina, furono torturati, poi uccisi e sepolti in una fossa comune.

«Il quinto a sparire fu Icilio Bacci, 66 anni, notaio, anche lui senatore del regno. Come Gigante, si era rifiutato di fuggire da Fiume. Lì per lì, i comunisti lo lasciarono in pace. Poi decisero di prendere anche lui. Il 21 maggio Bacci si recò negli uffici della polizia jugoslava per ritirare un lasciapassare. In quel momento fu arrestato e fatto sparire. Soltanto nel gennaio 1946 si venne a sapere che da Fiume era stato trasferito nel carcere di Karlovac, dove l'avevano processato e fucilato.»

«Forse il nostro racconto su Fiume può finire qui» osservò Livia.

«Sì, perché abbiamo altre storie da rievocare» le risposi. «Ma qualcosa possiamo aggiungere a questo elenco terribile. Riguarda le condizioni di Fiume ormai diventata jugoslava. La nostra fonte è un militante comunista italiano contrario a Tito. Si chiamava Alfredo Bonelli e arrivò a Fiume nel novembre 1948, per riunirsi alla moglie Ivanka Pirc e al bambino appena nato. Sentiamo che cosa scrisse in un suo libro, intitolato *Memorie di un futuribile. 1910-1990*, rimasto inedito.»

Lessi a Livia un passo di Bonelli: «La città di Fiume era uno squallore. Colpivano soprattutto i negozi vuoti. In compenso le vetrine erano piene di scritte inneggianti al compagno Tito, al socialismo, al potere popolare, al Partito comunista jugoslavo. E poi di bandiere, di falci e martelli, di stelle rosse. Insomma, più i negozi si svuotavano di merci e più si riempivano di evviva...

«Era impressionante la sparizione totale degli oggetti di prima necessità: sapone, pettini, aghi, spilli, filo per cucire, bottoni, lamette da barba, chiodi da muro e chiodini per scarpe, pezzi di ricambio e utensili minuti di ogni genere. In tal modo, per milioni di persone in tutta la Jugoslavia, anche le piccole cose del tran tran quotidiano diventavano drammi insostenibili: pettinarsi, farsi la barba, lavarsi, cucire un vestito, attaccare un bottone, piantare un chiodo, riparare l'orologio.

«Durante tutto l'inverno del 1948, in città non trovammo un frutto per il nostro bambino. L'inverno successivo, malgrado gli sforzi sapienti e disperati di mio suocero, restammo senza vino. Lui imprecava: ho passato due guerre mondiali, l'occupazione tedesca, il periodo repubblichino. Ma per fare il Natale senza un bicchiere di vino dovevo venire a vivere in un Paese socialista!

«Naturalmente andava meglio per la nomenklatura titina che si andava formando: i dirigenti e i funzionari del partito, i membri della polizia politica, gli ufficiali delle forze armate e per tutti coloro che, in qualche modo, partecipavano del nuovo potere comunista. Ricordo gli ufficiali, con le divise nuove fiammanti, aggirarsi come damerini in mezzo a un popolo di straccioni. Mentre la gente sussurrava che qualcuna delle loro mogli faceva il mercato nero con il sovrappiù dei beni in dotazione...»

«Istruttivo, è vero?» domandai a Livia.

«Per noi sì» borbottò lei. «Ma per chi crede ancora nel comunismo, penso proprio di no.»

15
Falce, martello e fucile

Quando ripartimmo da Trieste, Livia si fermò a Firenze e io proseguii per Roma. Ma entrambi eravamo attratti dal libro che stavamo costruendo. E decidemmo di rivederci subito, per un altro weekend di lavoro che avremmo iniziato il venerdì sera.

Ci ritrovammo a casa di Livia e le enunciai il programma che ci aspettava: «Credo che dovremo parlare ancora di Trieste».

«Non l'abbiamo già a fatto a sufficienza?» osservò lei.

«Sì, ma c'è un aspetto della questione triestina che possiamo approfondire grazie alla storia di un personaggio. Dobbiamo ricordare che all'origine della tragedia di Trieste, parlo dell'occupazione jugoslava tra il maggio e il giugno 1945, ci fu anche il contrasto fra la città italiana e quella slovena. La prima contraria a Tito, la seconda pronta ad abbracciare il comunismo jugoslavo.

«Potrà sembrarle poco conseguente. Ma questa constatazione mi suggerisce di descrivere una figura controversa: quella di un comandante partigiano che non aveva combattuto la guerra civile in Venezia Giulia, bensì in Liguria: Anton Ukmar, conosciuto come Miro.»

«È un personaggio già incontrato in alcuni dei suoi libri» osservò Livia. «Che cosa possiamo dire di nuovo su di lui?»

«Parecchie cose. Anche perché la storia di Ukmar consente di proporci una domanda: come la pensavano molti comandanti comunisti della guerra partigiana? E quale sbocco volevano dare alla guerra civile? Lei sa come la penso: il loro obiettivo vero era la conquista del potere per gettare le basi di un regime autoritario, con un partito unico, l'anticamera della dittatura del proletariato.»

«Ragionava in questo modo anche questo Ukmar?» domandò Livia.

«Non c'è dubbio. Ukmar era l'esemplare perfetto di una generazione di comunisti che aveva per motto: falce, martello e fucile. Guerriglieri internazionali al servizio del Comintern. Fedeli all'Unione sovietica e a Stalin. Ma per quel che riguarda Miro con una deviazione finale che la sorprenderà.»

«Quali fonti abbiamo?» domandò Livia.

«Più di una. Ma quella importante è una biografia di Miro pressoché sconosciuta in Italia. L'ha scritta uno sloveno, Rastko Bradaskja. Ed è stata pubblicata nel 1981 dall'Editoriale Stampa Triestina, con il patrocinio della Lega dei comunisti della Slovenia di Capodistria. Il titolo è secco: *Anton Ukmar-Miro. Storia di un rivoluzionario*.

«È un testo interessante, anche se del genere agiografico e commemorativo. Ci servirà nel rievocare la figura di Ukmar. Ma qui voglio citarne subito un passo che aiuta a rispondere alla domanda su quanto molti quadri comunisti italiani volevano fare dopo la sconfitta del fascismo.

«Il passo si trova nelle ultime pagine della biografia di Ukmar e si riferisce alla conclusione della guerra civile in Liguria. Dopo aver citato le prime iniziative dei comandi partigiani scesi a Genova, rimettere in moto le fabbriche, rifornire la città di acqua, di energia elettrica e di viveri, l'autore scrive: "Naturalmente non tutto poteva svolgersi come avrebbero voluto i comunisti e con loro Anton Ukmar-Miro. Se i fatti si fossero svolti secondo le loro intenzioni, sarebbe stata instaurata la dittatura del proletariato. In armonia con le esperienze della grande Rivoluzione d'ottobre nell'Unione Sovietica". Purtroppo c'era "l'occupazione militare dell'Italia da parte delle truppe angloamericane". E dunque fu giocoforza rinunciare alla rivoluzione.»

«Più esplicito di così!» esclamò Livia.

«Certo. E tenga conto che stiamo parlando non di un comandante partigiano delle seconde o terze file. Alla liberazione di Genova, come vedremo, Miro era il numero uno della Sesta zona ligure. Il settore partigiano che stava alle spalle della capitale regionale e dove esistevano le formazioni più forti.

«Inoltre Ukmar aveva al suo attivo un lungo tragitto rivoluzionario, tutto svolto agli ordini di Mosca e preceduto da un lungo soggiorno in Unione sovietica in anni terribili, quelli delle purghe staliniane. Ma di questo le dirò fra un istante. Senza perdere di vista la domanda che ci ha condotto a Trieste, a Gorizia e a Fiume: che paese sarebbe diventata l'Italia se avessero prevalso gli uomini come Miro?»

«Ukmar era nato il 6 dicembre 1900 a Prosecco, una frazione di Trieste» cominciai. «In quel tempo era un villaggio sul Carso, tutto sloveno. Inutile dire che gli abitanti erano in gran parte povera gente. Gli Ukmar facevano i contadini ed ebbero l'ardire, o la sfortuna, di mettere al mondo ben dieci figli. Anton era il terzo e imparò subito che il piatto della minestra non si riempie da solo. Venne mandato al lavoro presto, ma poiché era intelligente concluse subito le elementari e poi frequentò due classi dell'avviamento in lingua tedesca.

«Nella biografia c'è una foto che rivela molte cose di quel tempo. Scattata nell'agosto 1912, ci presenta un imponente ritratto di famiglia, con bambini di tutte le età. Al centro spicca il ragazzino Ukmar, allora vicino ai 12 anni. È davvero un bel figliolo. Ritto sull'attenti, la coppola ben piantata in testa, con uno sguardo attento e fiero che sembra dire: tenetemi d'occhio perché farò grandi cose.

«Da piccolo iniziò a fare lavori in campagna, sorveglianza del bestiame, viaggi con la mamma nei mercati per vendere le verdure, la raccolta dell'uva e delle ciliegie, che integravano il bilancio famigliare. Il primo lavoro stabile fu l'aiutante giardiniere nel parco di Miramare. A 17 anni entrò in ferrovia. Il ragazzo parlava ben tre lingue: sloveno, italiano e tedesco. E questo lo aiutò molto, soprattutto quando si trovò a fare il guerrigliero.

«Diventato ferroviere, prestò servizio sempre nella stessa zona: Aurisina, Trieste, Monfalcone, Opicina. Il carattere lo spinse a gettarsi dentro le prime lotte operaie dopo la fine della guerra mondiale. Nel 1926 si iscrisse al Pci e per questo venne schedato come antifascista e sovversivo. E nell'estate del 1927 le ferrovie lo spedirono lontano da Trieste, in una stazione di Genova.

«Il fascismo stava diventando un regime e il destino di Ukmar era segnato. Alla fine del 1928, fu arrestato come membro della cellula genovese dei ferrovieri comunisti. Per questo venne licenziato e rispedito a Prosecco con il foglio di via obbligatorio. Rientrato al paese, proseguì il lavoro politico antifascista nella comunità slovena. Tanto che alla fine del 1929 si vide costretto a espatriare in Jugoslavia, a Lubiana.

«Di qui, Ukmar partì per il suo primo viaggio dentro il comunismo europeo. Il partito lo aiutò a lasciare Lubiana, per passare in Austria. Da Vienna andò in Cecoslovacchia, poi in Germania, in Lussemburgo e infine in Francia. Si diresse subito a Parigi dove fu accolto dal Centro estero del Pci. Aveva trent'anni e una buona esperienza di antifascista militante. E il partito lo inserì nella commissione speciale per la Venezia Giulia.

«Il compagno Anton lavorò al fianco di Luigi Frausin, un triestino di Muggia, più anziano di due anni, che nell'agosto 1944 verrà ucciso dai fascisti o dai tedeschi nella Risiera di San Sabba. I dirigenti comunisti consideravano Ukmar un quadro di valore. E nel dicembre 1931, previo accordo con il Comintern, decisero di mandarlo a Mosca.»

«Da Prosecco all'Unione sovietica!» esclamò Livia. «Penso sia stato un passaggio cruciale nella vita di Ukmar. Perché fu inviato a Mosca?»

«Il motivo ufficiale era di aiutarlo a studiare all'Università Lenin, nella sezione italiana. La ragione vera non la conosco. Questo capitolo dell'esistenza di Ukmar è molto smilzo nella biografia scritta da Bradaskja: una paginetta e mezza, non di più.

«Ma la storia di quegli anni» continuai, «ci dice che l'Urss stava allestendo una rete di militanti in grado di agire su tutti i fronti di guerra. In quell'epoca erano davvero tanti, nella battaglia contro il capitalismo e per la vittoria del comunismo in Europa. Dunque non è un azzardo immaginare che Ukmar abbia ricevuto, insieme a quella politica, anche un'istruzione militare.

«La sua biografia dice soltanto che in un solo anno completò il corso e imparò il russo. Quindi venne inviato a lavorare come operaio in due fabbriche, a Leningrado e a Mosca. E nel 1933, con il nome di Ogenj, ossia Fuoco, venne accolto nella sezione jugoslava di un'altra università, quella riservata alle minoranze etniche dell'Occidente.

«La sezione era conosciuta in gergo come l'Aspirantura ed era destinata a creare i futuri dirigenti comunisti. Anche qui Ukmar si rivelò un allievo modello, studiando a testa bassa per tre anni. Imparò a parlare francese. E conobbe dei compagni destinati a diventare i leader del comunismo di Tito, a cominciare da Edvard Kardelj, per anni vicepremier del Maresciallo.»

«È banale dirlo» osservò Livia, «ma la storia del comandante Miro ha la scansione di un romanzo.»

«Già, e dobbiamo ancora arrivare ai capitoli più importanti. Nel giugno 1936, concluso il corso all'Aspirantura, Ukmar ritornò a Parigi. E in settembre venne subito spedito in Spagna, dove era iniziata la guerra civile. Ma qui non andò al fronte. Un quadro politico come lui non poteva finire in qualche Brigata internazionale e rischiare la vita negli scontri con i franchisti. Infatti gli affidarono subito un incarico delicato: occuparsi dello spionaggio e del controspionaggio.

«Insieme ai comunisti spagnoli, Ukmar diede vita a una struttura nuova: il Servicio Special, un servizio segreto incaricato di missioni destinate a rimanere sconosciute. Non riguardavano soltanto la lotta contro la cosiddetta Quinta Colonna franchista, che agiva all'interno della repubblica, e la caccia alle spie straniere. Compito del Servicio Special era vigilare anche su quanto accadeva all'interno dell'esercito repubblicano e sul rapporto tra le Brigate internazionali e la popolazione spagnola.

«Nel Servicio Ukmar, adesso chiamato Jose, era il commissario politico, dunque il numero due o uno bis della struttura. La sua base era a Madrid e in seguito a Valencia. Ma il lavoro lo portava di continuo in tutto il territorio controllato dalla repubblica. Gli anni trascorsi a Mosca gli stavano fruttando davvero molto...»

«Dare la caccia alle spie» osservò Livia, «non è un bel mestiere. Penso agli interrogatori, alle torture, alle confessioni estorte, alle esecuzioni segrete!»

Le sorrisi: «Cara Livia, lei ragiona così perché non ha mai pensato di fare una rivoluzione. Ukmar a quello mirava. E combattere lo spionaggio era il primo dovere di un comunista in guerra. Non so quanto il Servicio Special sia riuscito a svolgere il proprio compito. Ma ho l'impressione che, alla fine dei conti, tutto quel lavorio sporco si sia concluso con un mezzo fallimento.

«Sono indotto a pensarlo dal fatto che nella primavera del 1938, Ukmar lasciò l'incarico e si trasferì in una Brigata internazionale tutta composta da italiani. Il suo biografo sostiene che lo fece perché era stanco di dare la caccia alle spie e voleva andare al fronte. Ma chi può sapere quale fosse la verità?

«Comunque, Ukmar restava l'uomo giusto per le missioni delicate. Quando la repubblica stava per cadere, e le Brigate internazionali ripiegarono in Francia, all'inizio del 1939 gli venne affidato un incarico importante. Quello di andare a Barcellona e aiutare l'Ufficio quadri del Partito comunista spagnolo a distruggere tutti gli archivi.

«Ukmar fece sparire anche le carte delle Brigate internazionali. E soprattutto gli elenchi nominativi dei miliziani per evitare che cadessero in mano ai falangisti di Franco. Poi fu uno degli ultimi a passare in Francia. Qui venne internato in un campo di concentramento, prima a Saint Cyprien e quindi ad Argelès sur Mer.»

«E dopo che cosa accadde?» domandò Livia. «Sono curiosa di sapere in quale nuova avventura si cacciò Ukmar...»

«Ha ragione. Il Comintern rosso era una fabbrica di sorprese. A farla girare a pieno ritmo era la speranza di esportare dappertutto la rivoluzione comunista. L'unico termine di paragone possibile è con la Chiesa cattolica. Il Vaticano manda dovunque i suoi missionari, nel tentativo di diffondere la propria religione. Mosca inviava i propri agenti nei luoghi più disparati con lo stesso compito. Non credo di dire una bestemmia» osservai, «se sostengo che Ukmar, in fondo, era anche lui un missionario, sia pure dedito a imprese di guerra o di guerriglia.

«Il nostro ex ragazzo di Prosecco ormai era vicino alla quarantina» continuai, «e dunque si trovava nel pieno della sua maturità di dirigente comunista. Rimase pochissimo tempo nei campi di detenzione per i repubblicani spagnoli. Il Comitato centrale del Pci lo avvisò di aver predisposto per lui un piano di fuga. E un giorno del marzo 1939 venne prelevato da un colonnello dei servizi segreti francesi, insieme a un altro reduce dalla Spagna, Bruno Rolla.

«Rolla aveva otto anni meno di Ukmar. Era nato nel 1908 ad Arcola, un comune vicino a La Spezia. Veniva da una famiglia di contadini ed era un comunista convinto. Nel 1931, a 23 anni era espatriato in Francia, forse perché aveva dei guai con la polizia fascista. Quando s'iniziò la guerra di Spagna, Rolla si arruolò nella Centuria Sozzi, per poi passare nella Brigata Garibaldi. Insomma, un compagno ideale per Ukmar.

«Durante il viaggio in auto verso Parigi, Ukmar conobbe il compito che gli avevano assegnato: andare in Etiopia per formare un esercito di guerriglieri da contrapporre alle forze armate italiane che dal 1936 avevano occupato il paese. Era un'impresa folle, senza speranza di riuscita. Anche perché a fare il lavoro sarebbero stati soltanto in quattro: Ukmar, Rolla, l'ufficiale francese e Ilio Barontini. Quest'ultimo, un livornese di Cecina, nato nel 1890, era stato il commissario politico che aveva guidato la Garibaldi nella vittoria di Guadalajara contro i franchisti.»

«In quattro per incendiare l'Etiopia?» si meravigliò Livia.

«Sì. Ma Ukmar, e come lui Barontini e Rolla, non fecero una piega, per dirla alla buona. Ebbero tre identità nuove certificate da falsi passaporti olandesi e svizzeri. Miro diventò Johannes, Barontini fu Paulus e Rolla fu battezzato Petrus. Cito soltanto i loro nomi, perché i cognomi sono rimasti ignoti. Da Parigi vennero condotti a Marsiglia e qui s'imbarcarono su una lussuosa nave passeggeri diretta ad Alessandria d'Egitto.

«Ukmar non conosceva nulla dell'Etiopia. Certo, il Comintern lo aveva fornito di denaro, ma di nient'altro. Per sapere qualcosa di quel paese lontano, Johannes trovò nella valigia soltanto qualche carta geografica assai poco dettagliata. E tre piccole guide turistiche. Vuole sapere stampate da chi? Proprio da missionari italiani, un anno prima della guerra. Non c'era nulla che gli servisse davvero. Neppure per apprendere qualche parola di amarico, visto che i ribelli etiopi non conoscevano nessuna delle lingue europee.

«Arrivato ad Alessandria, Ukmar e i suoi compagni raggiunsero Il Cairo. Di qui partirono in treno per Khartum, la capitale del Sudan. Alla fine riuscirono a entrare in contatto con bande di guerriglieri in Etiopia. Ma l'esperienza si rivelò un disastro. Le bande se ne infischiavano del comunismo. Combattevano quando e dove gli faceva comodo. L'ultimo dei loro scopi era scalzare il regime militare fascista. I capi tribù cercavano soltanto il bottino e mostravano una avidità insaziabile. Per di più, il colonnello dei servizi francesi che doveva garantire il rifornimento di armi si beccò una malattia tropicale. Non c'erano medicinali per curarlo e andò al Creatore.

«Per fortuna, gli uffici del Comintern ordinarono ai tre italiani di ritornare in Europa. Era la primavera del 1940, la seconda guerra mondiale era già cominciata con l'aggressione della Polonia da parte dei tedeschi e dei sovietici. All'inizio di giugno, Ukmar e i suoi compagni arrivarono in Francia a bordo di una nave della Croce Rossa che trasportava profughi francesi e olandesi. Barontini se ne andò per conto proprio. Ukmar e Rolla proseguirono per Parigi. Qui vennero subito arrestati e condotti di nuovo in uno dei campi da dove erano evasi.»

«Vorrei sentire di Ukmar quando diventa Miro e s'installa tra i partigiani italiani della Sesta zona ligure» mi incitò Livia.

«Ci stiamo arrivando. Il nostro eroe rimase nel campo di Vernet fino alla primavera del 1943. Poi riuscì a fuggire anche di lì. Per qualche tempo si unì a un gruppo di partigiani francesi in Provenza, poi il partito gli ordinò di rientrare in Italia. L'armistizio dell'8 settembre lo sorprese mentre stava per passare la frontiera.

«Ukmar fu tanto svelto da arrivare a Milano. Qui incontrò Luigi Longo che aveva conosciuto in Spagna e Ferruccio Parri, il leader del Partito d'Azione. Ricordò a entrambi di essere sloveno. E spiegò che voleva andare a combattere i tedeschi a casa sua, ossia a Trieste e nella Venezia Giulia. Ma Longo e Parri gli dissero di no.»

«Per quale motivo?» chiese Livia.

«Non lo so. E non lo sa neppure l'autore della biografia di Ukmar. Scrive solo che tanto Longo che Parri "non vollero cedere" alle richieste di Anton. E lascia intendere che entrambi non desideravano che uno sloveno, per di più con quel passato, si assicurasse un ruolo importante sul confine orientale.

«Ma forse la verità era ancora più aspra» dissi a Livia. «Longo era stato uno dei leader repubblicani nella guerra di Spagna. E doveva conoscere bene Ukmar. Sapeva che era un agente del Comintern e non voleva averlo tra i piedi in un'area delicata come la Venezia Giulia. Nello stesso tempo, non poteva affidargli un incarico da nulla.

«Fu così che, nel maggio 1944, Longo spedì Ukmar a Genova. Prima nel Triumvirato insurrezionale del Pci. Poi come membro comunista nel comando militare regionale. Quindi, dall'inizio di agosto del 1944, come numero uno della Sesta zona ligure.»

«Perché scelsero proprio lui per guidare la Sesta zona?» domandò Livia.

«Il suo biografo non lo dice in modo chiaro. La mia spiegazione è la seguente. Nella spartizione degli incarichi fra i partiti del Cln, il posto di comandante militare della Sesta zona non poteva che spettare ai comunisti, visto che il 90 per cento dei partigiani di quell'area erano garibaldini. Nel Pci ligure, Ukmar era l'unico ad avere alle spalle una carriera di guerrigliero. Per di più, era vissuto a Mosca. Infine aveva 44 anni, l'età giusta per imporsi a comandanti partigiani che avrebbero potuto essere suoi figli. E il gioco fu fatto.»

«Come si comportò Miro nella Sesta zona?» chiese Livia.

«Immaginavo che lei mi avrebbe fatto questa domanda. Ci ho riflettuto. E avendo scritto molto sulle vicende partigiane in quell'area, sono arrivato a una conclusione che qualcuno riterrà revisionista. Sotto il profilo militare, Miro esercitò un comando formale e nient'altro. A decidere erano i comandanti delle formazioni, dopo aver discusso con i commissari politici, se ritenevano di farlo. Quella partigiana era una guerra tutta diversa dalla spagnola. I capi banda stavano sull'Appennino ligure-alessandrino da molto prima dell'arrivo di Miro. Avevano un'autorità assoluta, conquistata sul campo, in mesi e mesi di guerriglia. Dunque facevano a modo loro.

«Per di più, qualche comandante cominciò presto ad avere dei dubbi sulle reali capacità di Miro come leader guerrigliero. Tra chi lo considerava con scetticismo, e poi iniziò a contestarlo, c'era Aldo Gastaldi, Bisagno, il comandante della Divisione Cichero, un leader vero e un cattolico convinto. A dividerli esisteva anche una barriera generazionale. Bisagno aveva appena 24 anni, venti meno di Miro.

«Sotto l'aspetto politico, Miro si rivelò quello che il Pci si aspettava fosse: un controllore delle bande e, soprattutto, dei comandanti non comunisti. Ma anche su questo terreno, Ukmar inciampò più volte. In particolare quando il Pci decise di trasferire Bisagno in un'altra zona della Liguria, per toglierselo dai piedi. E suscitò una rivolta dei partigiani fedeli a Gastaldi che per poco non regolarono la questione facendo la pelle a Miro.

«Ukmar invece fu molto abile nei rapporti con le missioni alleate scese in paracadute sul monte Antola nei primi giorni del 1945. Gli ufficiali inglesi e americani restarono affascinati dalla sua figura di guerrigliero internazionale. E presero abbagli colossali. Il capitano Leslie J. Vanoncini, capo della missione Usa, scrisse in un rapporto che Miro "non aveva alcuna affiliazione politica". Il capo della missione inglese, colonnello Peter McMullen, sostenne che "sarebbe stato difficile trovare un uomo migliore" per la guida della Sesta zona.

«Ma chi si innamorò di Miro fu un altro ufficiale inglese, il maggiore Basil Davidson, poi diventato un giornalista importante, esperto di questioni africane. Dedicò a Ukmar un romanzo ispirato alla guerra partigiana nella Sesta zona. Pubblicato a Londra nel 1949, era intitolato *Highway Forty*, che possiamo tradurre in *Strada statale numero 40*. Dopo il frontespizio c'era una pagina bianca con due sole parole: "To Miro", a Miro.

«La passione di Davidson per Ukmar era soprattutto politica. Il maggiore era un uomo di sinistra e dunque, fatalmente, indotto ad ammirare Miro. Ce lo conferma un ritratto pubblicato da Davidson su un quotidiano inglese, il "Manchester Guardian" del 6 luglio 1958. È l'unica vera perla che ho trovato nella biografia di Bradaskja. Vuole sentire che cosa scrisse?»

«Certo. Mi piacciono le descrizioni dei personaggi» confessò Livia.

«Allora glielo leggerò, sia pure soltanto in parte.»

Lessi le parole calde di Davidson: «Diverse sono le cose che si possono dire di Ukmar. Per esempio, che non era per niente un vero italiano, ma uno sloveno e un contadino per di più. Che era un agente del Comintern, un uomo senza patria e privo di una ferma convinzione nazionale. Che era un profugo e della guerra aveva fatto il suo mestiere. Che era spesso non rasato, smemorato, che la sua tasca era un deposito di lettere dimenticate. E che era tante altre cose ancora, come può dire la gente comune dei suoi figli migliori... Aveva la corporatura solida del contadino, anche il suo volto era largo e grande, gli occhi azzurri, addirittura sorridenti e di un azzurro profondo. Le mani, così importanti nel suo esprimersi, erano tutte di un pezzo, le dita tozze eppure agili, pratiche, in un certo qual modo una delle parti importanti nell'impartire ordini e nel comandare... Era affascinante e modesto, perciò ancora più affascinante. Una persona piena di energia, di coraggio e di entusiasmo».

«Un po' enfatico, ma bello» commentò Livia.

«Io direi: un maxi soffietto, un'immagine quasi religiosa di Miro. Un santo che parla con le mani. E potrebbe pure usarle per fare qualche miracolo...»

«Talvolta lei si lascia prendere dal sarcasmo» sorrise Livia. «Le succede spesso nei suoi articoli sui politici di oggi. Ma ritornando ad allora, in che modo Ukmar concluse la sua carriera di comunista con il fucile in pugno?»

«Nel grigiore, come accade ai guerrieri quando non sono più di moda. Se ne andò da Genova lasciandosi alle spalle un clima avvelenato dai contrasti fra i comunisti e Bisagno. Un clima che si arroventò quando il 21 maggio 1945 Gastaldi, il giovane capo che aveva contestato Miro, perse la vita in un misterioso incidente stradale che sollevò una tempesta di dubbi. Allora molti lo ritennero un delitto, deciso dai comunisti.»

«E lei come la pensa?» mi domandò Livia.

«Non ho nessuna prova che sia stato un omicidio. Ma nella strategia insurrezionale del Pci per la conquista del potere in Italia, Bisagno rappresentava un avversario molto duro che era urgente togliere di mezzo. Non so dire se in quel momento Ukmar fosse già a Trieste. Ma lì non venne accolto con gli onori che riteneva di meritare.

«A Trieste ottenne una sola carica, per di più senza

peso politico: la presidenza regionale dell'Associazione partigiani. Allora si diede da fare come organizzatore sindacale. E fu tra i promotori dello sciopero generale del luglio 1946, un'agitazione che durò dodici giorni. L'Amministrazione militare alleata lo denunciò. E Ukmar fu condannato a quattro mesi di carcere.

«La polizia non riuscì ad arrestarlo perché il partito lo fece scappare a Capodistria, nella zona controllata dagli jugoslavi. Ukmar ritornò a Trieste due anni dopo, nell'estate del 1948, subito dopo la rottura fra Stalin e Tito. Ed ecco la sorpresa: Miro non si era schierato con Stalin, bensì con il capo jugoslavo. Per questo si scontrò con il numero uno degli stalinisti triestini: Vittorio Vidali. Anche costui aveva combattuto in Spagna, con il nome di Carlos Contreras, comandante e poi commissario politico del 5° Reggimento.

«Vidali aveva la stessa età di Ukmar: 48 anni. Ma a Trieste contava ben più di lui. Il comandante Carlos fece il vuoto attorno a Miro. Dovunque si presentasse, l'ex capo della Sesta zona veniva attaccato, offeso, disprezzato. Era diventato un servo di Tito che, a sua volta, era divenuto un lacchè degli Stati Uniti.

«Qualcuno si ricordò che Ukmar doveva scontare quattro mesi di prigione. Il 26 novembre 1948 fu arrestato e condotto nel carcere triestino del Coroneo, dove rimase sino al 10 marzo 1949.»

«Era una vendetta di Vidali?» domandò Livia.

«Non lo so. Ma tra comunisti succede spesso. In difesa di Ukmar a Trieste non si levò nessuno. Non ci fu un'ora di sciopero, né un manifesto di protesta. Quando uscì dalla prigione, Miro se ne ritornò a Capodistria. E lì rimase sino alla morte.»

«Quando scomparve?» chiese Livia.

«Il 21 dicembre 1978, a 78 anni compiuti da pochi giorni. Spirò all'improvviso, mentre leggeva il giornale sulla terrazza di casa. Una morte da pensionato.»

16
Mirko e Katia

«Che impressione le ha fatto Gianni Conedera?» domandai a Livia.

«Molto forte. È un tipo volitivo, determinato. Non vorrei averlo contro» rispose Livia. «Ma l'aspetto che mi ha più colpito è la sua passione per la ricerca storica. Dopo averlo incontrato, capisco meglio i due libri che ha scritto sulla guerra civile in Carnia.»

«Sono d'accordo con lei» convenni. «Se Conedera avesse fatto il giornalista, sa come l'avrebbero definito i direttori di un tempo? Un cane da tartufi. Vale a dire, un cronista da scoop, capace di scovare le notizie che gli altri non vedono. Ci riesce perché ha coraggio, pazienza, carattere, intelligenza. E soprattutto non ha paura di andare contro le verità di comodo, dettate dall'opportunismo politico.»

Livia e io avevamo letto i due libri di Conedera, pubblicati entrambi a sue spese. Il primo era uscito nel 2004: *L'ultima verità. Da Mirko al dopoguerra. Vicende della lotta partigiana delle formazioni Garibaldi, Osoppo e Stalin in Carnia. 1944-1945*. Il secondo era apparso nel 2009: *Dalla Resistenza a Gladio. Lotta partigiana e organizzazioni paramilitari segrete sul confine orientale*. E dopo averli letti con cura ci era venuto il desiderio di incontrarne l'autore. L'occasione arrivò il 23 maggio 2010, quando Livia e io eravamo ritornati a Gorizia per il Sesto Festival internazionale della storia, creato dall'editore Adriano Ossola.

Conedera ci stupì subito per il suo aspetto fisico. Sapevamo che aveva 51 anni ed era nato a Udine da una famiglia di Ovaro, uno dei centri della Carnia. Ma ci sembrò assai più giovane, con il volto e la struttura di chi sta molto all'aria aperta ed è abituato a fare sport. In realtà, Conedera lavorava da perito chimico. E nelle ore di riposo coltivava la passione per la ricerca storica. Gli chiesi quando avesse iniziato e lui ce lo raccontò.

La spinta gli venne dal progetto di scrivere la storia di un patriarca carnico di Pani, una località di montagna sopra Raveo. Si chiamava Antonio Zanella, ma era conosciuto come l'Orso di Pani. Era un ricco pastore e venne ucciso il 5 marzo 1955. Con lui fu assassinata la figlia Maria, una donna ancora giovane. A sopprimerli era stato un altro pastore di Raveo. L'omicida fu arrestato, processato e condannato a trent'anni di galera. E non rivelò mai perché avesse compiuto il delitto. Forse il motivo era legato ai rapporti di Zanella con la Resistenza carnica.

Il mistero sull'assassinio dell'Orso spinse Conedera a indagare. Iniziò la ricerca nel 2002 e pensò di parlare con chi aveva fatto il partigiano nella zona di Pani. Loro avevano conosciuto di certo lo Zanella e forse potevano raccontargli qualcosa. Nell'andare da un testimone all'altro, Gianni si rese conto che esistevano storie ben più forti di quella che aveva pensato di scrivere. E decise di sapere il più possibile della guerra civile in Carnia.

A Gorizia ci spiegò: «Sono sempre stato un curioso degli esseri umani. Mi piace inoltrarmi nei sentieri che portano dentro l'esistenza delle persone, nella loro vita e nel tempo in cui sono cresciute. Ho scoperto che più le persone sono anziane e più ti parlano con il cervello e con il cuore, lasciando perdere le apparenze. Inoltre provo un grande amore per la Carnia, la mia terra. E ho il gusto di raccontare. I miei libri sulla guerra civile sono nati così.

«La Carnia è un territorio del Nordest che oggi fa parte della regione Friuli-Venezia Giulia» ci disse Conedera. «È un'area piccola, non più di 30 mila abitanti. Una zona povera, ma dignitosa, di gente onesta con una gran passione per il lavoro. Prima della guerra, gli emigranti erano molti. Andavano a lavorare in Austria, in Germania, in Cecoslovacchia. Gli scalpellini carnici hanno faticato persino nella costruzione della Ferrovia Transiberiana. Dopo la guerra, l'emigrazione carnica si è diretta in prevalenza verso la Francia, la Svizzera e la Germania.»

Livia chiese a Conedera di raccontarci il suo punto di vista sulla guerra in Carnia. Lui rispose con la schiettezza di sempre: «Se non ci fossero stati i partigiani, la Carnia non avrebbe conosciuto la guerra civile. Dall'autunno 1943 all'aprile 1944 nessun tedesco venne a cercare né gli ex soldati ritornati a casa dopo l'armistizio né i ragazzi di leva. Non ci furono rastrellamenti. La situazione cambiò a partire dall'aprile con l'arrivo da altre zone del Friuli di militanti comunisti decisi a estendere anche qui l'incendio che si stava sviluppando nell'Italia del Nord».

Nell'ascoltare Conedera, ci rendemmo conto per l'ennesima volta che la strategia militare del Pci era semplice e chiara, anche se molto costosa per i civili. E così pure la Carnia diventò una base operativa per uomini che avevano combattuto in Spagna o erano stati addestrati alla guerriglia in Unione sovietica.

Cominciarono a muoversi per gradi. Prima uccisero fascisti isolati e chi era contrario alle bande dei ribelli. Poi passarono ad attaccare le casermette dei carabinieri, per eliminare ogni controllo del territorio.

«Quel che accadde dopo era inevitabile» continuò a raccontare Gianni. «Anche in Carnia si videro le rappresaglie, sempre più cruente. Nel luglio 1944 la situazione divenne incandescente. Il 15 luglio i partigiani della Garibaldi tesero un agguato ai tedeschi sul ponte di Noiaris, al confine fra Sutrio e Arta Terme. Nel corso di quell'attacco morirono un commissario politico partigiano, Aulo Magrini, di Ovaro, e due dei suoi uomini.

«Nello scontro di Noiaris erano rimasti feriti diciassette soldati tedeschi. La reazione del comando germanico fu immediata. Dal 16 al 22 luglio vennero uccisi per rappresaglia cinquantadue civili, tutti dei comuni limitrofi alla zona dell'agguato. Soltanto a Pramosio, una malga montana nel comune di Paluzza sul confine con l'Austria, un reparto di SS travestiti da partigiani fucilò diciassette persone.»

Secondo Conedera, quel ciclo di operazioni e quei tanti morti segnarono la paralisi del movimento partigiano in Carnia. La guerra di guerriglia finì. E si ridusse a una serie di colpi isolati e a omicidi di fascisti, di presunte spie e di civili non comunisti. A muoversi erano soltanto i tedeschi, sempre in caccia delle basi garibaldine. L'inverno 1944-1945 fu terribile. Soprattutto per l'arrivo dei cosacchi che combattevano per la Wehrmacht. Era il flagello promesso da Hitler contro le provocazioni partigiane ai reparti tedeschi.

«Nell'autunno del 1944 le forze tedesche si stavano riducendo. La 24ª Divisione di Waffen SS ormai non disponeva che di 2 mila effettivi. Il territorio da controllare era vasto e per questo era stata inviata l'Armata cosacca. Erano 35 mila uomini, per la metà soldati, per l'altra metà famiglie al seguito. E occuparono la Carnia. Iniziando una caccia spietata ai partigiani, soprattutto a quelli comunisti, i loro nemici giurati. L'unico vero scontro con i partigiani avvenne alla fine della guerra. I cosacchi si stavano ritirando in direzione dell'Austria. I partigiani scesero dalle montagne e li attaccarono. Fu chiamata la battaglia di Ovaro.

«Dopo l'aprile 1945 le vendette furono poche» ci spiegò Conedera. «Non si videro le mattanze di altre zone. La gente carnica non ha la spinta a vendicarsi. Tutto si risolse in una resa dei conti quasi individuale.»

Anche qui, comunque, la guerra civile si lasciò alle spalle dei misteri. Il più inquietante riguarda la fine di Aulo Magrini. Era un medico di Ovaro, nato nel 1902. Non si trattava di un ragazzo: Magrini aveva 42 anni, era sposato e padre di quattro bambini. Ma era un antifascista coerente. Decise di combattere e diventò un commissario partigiano. Come sappiamo, morì durante lo scontro sul ponte di Noiaris. Ma sulla sua fine esistono due versioni opposte.

La prima sostiene che cadde ucciso dai tedeschi. La seconda che venne assassinato da uno dei suoi per ragioni mai chiarite sino in fondo. Conedera sostiene, con una serie di prove, che a spararagli fu un partigiano. Ma la contesa non si è ancora chiusa. E non saremo certo noi a risolverla.

Dalle tante storie svelate da Conedera, ne abbiamo scelta una: la vicenda di Mirko e Katia. Adesso la racconteremo alla nostra maniera.

«Di Mirko, il protagonista di questa storia, è rimasto soltanto il nome di battaglia e la nazionalità» dissi a Livia. «Del nome vero, del cognome, dell'età esatta e del suo passato prima di arrivare in Carnia non si conosce nulla o quasi.»

«Per quale motivo?» domandò lei.

«Forse perché non è un eroe della Resistenza e dopo la guerra quasi nessuno se ne è occupato, a parte Conedera. Aveva combattuto per molti mesi tedeschi, fascisti e cosacchi. Ma poi era entrato in conflitto con il comando delle Garibaldi in Carnia. E la sua fine carica di enigmi e di dubbi politici ne ha cancellato la figura di guerrigliero.»

«Cominciamo dai pochi elementi sicuri» mi invitò Livia.

«Mirko era nato in Slovenia, nei primi anni Venti,

così sembra. Quando arrivò in Carnia nell'aprile 1944 doveva avere meno di 25 anni. Dunque era molto giovane e aveva un aspetto che colpiva: bello, biondo, un corpo asciutto e agile. Parlava bene l'italiano e questo è un dato che dovremo tenere presente, perché in seguito avrà un suo significato nella conclusione della storia.

«Lui raccontò che si trovava ricoverato in ospedale a Padova, ma non rivelò mai come fosse arrivato fin lì. Nei giorni dell'armistizio era fuggito per non farsi catturare dai tedeschi e si era nascosto nella val Cellina, oggi in provincia di Pordenone. Di lì arrivò in Carnia, nella zona di Villa Santina ed Enemonzo, vicino a Tolmezzo. E si presentò al Battaglione Garibaldi Carnia, in compagnia di un partigiano: Italo Mestre, Diego, di Azzano Decimo.

«All'inizio, Mirko venne accolto con sospetto dal comando del Battaglione Carnia. La ragione non la conosco. Forse perché non era originario della zona, come il suo compagno del resto, e per di più era sloveno. Ma i garibaldini ebbero presto modo di ricredersi. Dal momento che Mirko cominciò subito a rivelarsi un partigiano speciale.»

«In che senso speciale?» chiese Livia.

«Mirko aveva un'idea della guerra partigiana molto simile sia a quella dei partigiani comunisti di Tito, sia a quella delle bande jugoslave anticomuniste che combattevano a fianco dei tedeschi. Lui riteneva che dovesse avere la spietatezza di una guerra totale, ingaggiata in ogni istante, dove non si facevano prigionieri. E dimostrò subito che era in grado di condurla senza riguardi per nessuno. Neppure per i civili che potevano essere vittime delle rappresaglie tedesche dopo ogni azione delle bande.

«Mirko iniziò a combattere nella zona di Ovaro, Chiassis e Lauco. Era un comandante nato, coraggioso, scaltro, un buon tattico e un bravo organizzatore. Ma anche un sanguinario, sempre violento. Uno di quei capi che preferiscono farsi temere anche dai propri uomini, trattati con inflessibile severità. Comunque la sua banda si irrobustì in fretta. E nell'estate 1944 divenne il Battaglione Garibaldi Friuli.

«I due libri di Conedera» dissi a Livia, «descrivono bene l'attivismo frenetico di Mirko. Insieme ai colpi di mano contro i tedeschi, il suo reparto si dedicò con tenacia fanatica alle esecuzioni dei fascisti e di quanti venivano ritenuti spie antipartigiane. Il battaglione si lasciava sempre alle spalle una scia di sangue.

«Mirko era implacabile nei confronti di chi veniva ritenuto, qualche volta a torto, un informatore dei tedeschi. Furono uccise anche donne, spesso molto giovani. Lui pretendeva persino che i giustiziati non venissero sepolti. Un giorno ordinò di affiggere in un paese dei cartelli che dicevano: "Non si fanno funerali alle spie".

«Tuttavia Mirko era afflitto da due problemi personali. Il primo, come vedremo, riguardava la sua storia precedente, ossia ciò che aveva fatto quando viveva in Slovenia. Il secondo era insidioso quanto il primo: nonostante il suo aspetto gagliardo, era ammalato.»

«Di che cosa soffriva?» domandò Livia.

«Di un male molto diffuso in quei tempi: la tubercolosi. Una malattia difficile da curare perché non esistevano gli antibiotici. Nell'estate del 1944 Mirko cominciò ad avvertirne i primi sintomi. Iniziò a tossire e ad avere momenti di estrema debolezza. Come tutti i partigiani, era costretto a lunghe marce. E si rese conto di non poterle affrontare con l'energia di sempre.

«Ma neppure la tubercolosi frenò il suo attivismo. Diceva ai suoi uomini: ogni tedesco che incontriamo deve essere un tedesco morto. Lo stesso valeva per quanti erano ritenuti collaboratori dei nazisti. Era la guerriglia alla slava, senza misericordia. I civili continuavano a patire la reazione dei tedeschi agli assalti delle bande? Pazienza, la guerra partigiana andava fatta così.

«Fu questa sua asprezza senza limiti a creargli i primi contrasti con la Divisione Garibaldi Friuli, operante in Carnia. La divisione era nata nell'agosto 1944 e aveva al vertice due comunisti sperimentati. Il comandante era Lino Zocchi, un triestino di 34 anni che aveva combattuto in Spagna nelle Brigate internazionali. Il commissario politico era Mario Lizzero, un friulano di 31 anni, uno degli iniziatori della Resistenza nel Friuli orientale. Erano dirigenti cresciuti in un partito rigoroso, abituato alla disciplina. Dove le teste calde alla Mirko non venivano apprezzate senza riserve.»

«Nel frattempo la vita privata del guerrigliero Mirko aveva subìto un mutamento di quelli fatali» dissi a Livia.

Lei sorrise: «Scommetto che il combattente senza pietà si era innamorato».

«Sì. Nella tarda primavera 1944, Mirko conobbe una ragazza di Raveo, un piccolo paese all'interno della zona in cui operava. Era Gisella Bonanni, 23 anni, nata in Francia, nelle Ardenne, da una coppia di carnici emigrati in cerca di lavoro. Il padre di Gisella era di sentimenti fascisti e allo scoppio della guerra, o subito dopo la sconfitta della Francia, aveva pensato bene di rientrare al paese. Senza immaginare di cadere dalla padella nella brace.»

«Com'era questa Gisella?» indagò Livia.

«Una ragazza bruna dalla bellezza rara. Lo attestano le fotografie: un volto perfetto, uno sguardo da folgorare chiunque, l'espressione insieme dolce e decisa. Tra lei e Mirko scoccò il classico colpo di fulmine. Anche la ragazza si innamorò. E un giorno decise di lasciare la famiglia per andare alla macchia con il suo guerrigliero.»

«Ma nelle bande partigiane non erano vietate le coppie?» domandò Livia. «Mi pare di averlo letto in più di un libro. Creavano soltanto problemi. E innescavano la gelosia dei partigiani che non avevano accanto nessuna donna.»

«Sì, neppure i comandanti partigiani potevano portarsi in banda la moglie o la fidanzata. Però Mirko riteneva di poter fare quel che voleva. E Gisella, vestita di una tuta mimetica, diventò la partigiana Katia. Fu il moroso a chiamarla con quel nome, allora insolito per la tradizione carnica.

«L'amore fra i due giovani divenne così intenso che nella tarda estate 1944, o all'inizio dell'autunno, decisero di sposarsi. Lo chiesero a un prete, partigiano nella Osoppo. Ma il sacerdote si rifiutò. Le autorità civili erano tutte fasciste e domandarlo a loro comportava molti rischi. A trovare la soluzione fu Mirko.»

«A chi si rivolse?» domandò Livia, meravigliata.

«Nientemeno che al capo del servizio informazioni delle Garibaldi e dell'Osoppo, Emilio Grossi, Vincenzi. Anche lui voleva rifiutarsi, ma sapeva che era difficile dire di no alle richieste di un tipo come Mirko. E così i due divennero marito e moglie con un rito civile di dubbia legittimità. Celebrato a Tartinis, una località di Enemonzo. Ma la Carnia, come il resto dell'Europa, era avvolta dalle fiamme della guerra. E nessuno si scandalizzò.

«Affiancato da Katia, Mirko seguitò a combattere. Questa volta anche contro i cosacchi arrivati in Carnia al seguito dei tedeschi. Dal 17 al 21 novembre 1944, Mirko fu l'astuto comandante che scacciò i cosacchi dal paese di Raveo, un'azione che si concluse con la cosiddetta battaglia di Pani.

«Poi scese un inverno terribile, pieno di freddo e di neve. A quel punto, Mirko e Katia si erano già allontanati dal resto della formazione partigiana. All'inizio del dicembre 1944 salirono in alta montagna, sopra Pani. Qui avevano allestito un rifugio presso la Pala dal Çoc, un luogo impervio e selvaggio. Non era semplice nascondersi in quei frangenti. E lì vissero, tra mille difficoltà, l'ultima stagione della loro giovane esistenza.

«Fu così che Mirko e Katia» continuai a raccontare a Livia, «videro arrivare il Natale 1944 e il Capodanno 1945 in un anfratto della montagna, adattato a rifugio. Mirko partiva spesso in cerca di viveri. E benché corroso dalla tubercolosi, riusciva sempre a trovarli. Anche perché minacciava i montanari restii ad aiutarlo.

«Ma nella primavera del 1945, Mirko si trovò di fronte al suo secondo problema. Era racchiuso in una lettera arrivata a Lizzero, il commissario politico della Garibaldi Friuli.»

«Da dove veniva il messaggio?» chiese Livia.

«Dal comando del IX Corpus sloveno, una forte unità partigiana dell'esercito popolare di Tito che stava appena al di là del confine orientale. Quel comando chiedeva che il partigiano Mirko venisse rimandato in Slovenia e consegnato al IX Corpus.

«Era una richiesta secca, quasi un ordine. E penso che nel messaggio fosse anche spiegato il motivo che imponeva il rientro di Mirko in Slovenia. Ma quale fosse non lo si è mai saputo con certezza. Esistono soltanto delle congetture.

«Attraverso un comandante di brigata, Tranquillo De Caneva, chiamato Ape, Lizzero comunicò a Mirko che i compagni sloveni lo rivolevano fra loro. E sulle prime lui accettò di ritornare in patria. Venne preparato un piano di rientro. Mirko sarebbe stato trasferito a Udine, nascosto dentro un autocarro carico di legna da ardere. Una volta in città, doveva passare in Slovenia con l'aiuto di emissari del IX Corpus.

«Per convincerlo ad andarsene, e forse per non metterlo in sospetto, la Divisione Garibaldi Friuli nominò Mirko comandante di brigata. Gli dissero che lo meritava, era il riconoscimento dovuto al suo coraggio e al contributo dato alla guerra partigiana in Carnia. Lui ne sembrò contento. Pareva tutto pronto per la partenza, ma Katia aveva scoperto di essere incinta. Questo complicò le cose, a cominciare dal trasferimento di Mirko in Slovenia.»

«Qualcuno andò a cercarli?» domandò Livia.

«Sì. In un primo tempo sembra che siano arrivati nella zona due partigiani sloveni del IX Corpus. Ma la neve era troppo alta e rinunciarono alla missione. Il giorno di Pasqua, ossia il 1° aprile 1945, Mirko e Katia stavano ancora nei pressi della Pala dal Çoc. Lo constatò la madre di Katia, salita a trovarli con una focaccia pasquale. Dopo non si seppe più nulla di loro. Tranne come erano morti.»

«Morti di fame e di freddo?» chiese Livia.

«No, morti sotto le raffiche di due partigiani garibaldini mandati per ucciderli. La data dell'esecuzione è rimasta incerta. Per quel che riguarda Katia, il documento dello stato civile parla soltanto di "un giorno imprecisato del mese di aprile 1945". Sulla fine di Mirko non esiste nessun pezzo di carta. Ma è certo che entrambi furono giustiziati durante la stessa azione: Mirko subito e Katia poco dopo.

«Il cadavere della ragazza venne ritrovato il 25 maggio 1945. Si stabilì che era stata assassinata con una raffica di mitra alla nuca, mentre stava seduta sulla neve. Il corpo di Mirko, ormai quasi dissolto, fu scoperto soltanto nell'agosto 1946.»

«Un'esecuzione compiuta da partigiani garibaldini su richiesta degli jugoslavi» commentò Livia.

«Le fonti resistenziali sostengono che i due partigiani avevano soltanto il compito di arrestare Mirko per una vecchia storia di un deposito di armi e di viveri che lui avrebbe saccheggiato. I due spararono quando si videro puntare contro un fucile mitragliatore Bren, impugnato da Mirko.»

«Dove sta la verità?» s'interrogò Livia.

Sospirai: «La verità è sempre un'araba fenice, soprattutto quando si tratta di guerre civili. Possiamo invece domandarci perché gli sloveni del IX Corpus volevano prendersi Mirko. Nei suoi libri, Conedera avanza un'ipotesi che mi sembra accettabile. E come le avevo annunciato, riguarda il passato del guerrigliero.

«Bisogna premettere che il comando del IX Corpus sapeva molte cose sui partigiani della Carnia. E grazie a Mario Lizzero aveva rapporti costanti con la Divisione Garibaldi Friuli e in genere con i partigiani comunisti friulani. Alla fine del dicembre 1944, gran parte della Divisione Garibaldi Natisone era passata sotto il comando del IX Corpus, recandosi in territorio sloveno con una marcia difficile durata tre settimane. A comandare quel reparto era Gino Lizzero, il fratello di Mario.

«Era la conseguenza dell'accordo sottoscritto da un dirigente del Pci clandestino, Vincenzo Bianco, vissuto per anni in Unione sovietica accanto a Togliatti. Nell'aprile 1944 un aereo sovietico lo aveva paracadutato in Jugoslavia. E da quel momento era diventato il rappresentante del Pci presso il comando del IX Corpus.

«Bianco si faceva chiamare colonnello Krieger e aveva firmato quell'accordo con gli sloveni per ordine di Togliatti. L'intesa non era piaciuta a diversi comandanti e commissari garibaldini del Friuli, a cominciare da Mario Lizzero. Ma alla fine la volontà di Togliatti si era imposta, anche per l'arrivo nella regione di Aldo Lampredi, ispettore generale delle Brigate Garibaldi.»

Dissi a Livia: «Le rammento che Lampredi era uno stretto collaboratore di Luigi Longo e di Pietro Secchia nel comando delle Garibaldi, installato a Milano. E che alla fine della guerra civile sarebbe stato incaricato di giustiziare Mussolini. Arrivato in Carnia, Lampredi si era mosso con durezza, obbligando i compagni a rispettare gli accordi e a mettere quasi tutta la Natisone sotto gli ordini degli sloveni.»

«Era anche per questo che al IX Corpus sapevano molto dei partigiani in Carnia?» domandò Livia.

«Certo. Ai servizi d'informazione di quell'unità, in pratica l'Ozna di cui abbiamo già parlato, non era sfuggita la presenza in Carnia di un capo banda sloveno tanto attivo come Mirko. E avevano cercato di capire chi fosse e che storia avesse alle spalle. In questo modo seppero che, dopo l'occupazione italiana di Lubiana e la spartizione della Slovenia fra noi e i tedeschi, Mirko aveva collaborato con i reparti fascisti.

«L'avverto» dissi a Livia, «che qui si entra nelle sabbie mobili dei "si dice". Dopo l'uccisione di Mirko e Katia, in Carnia si raccontò che lui aveva fatto parte di una milizia anticomunista slovena, i Domobranci o Domobrani, ossia Difensori della patria. Insomma, Mirko era un collaborazionista che aveva cercato di riciclarsi in Carnia diventando un partigiano garibaldino. Per questo doveva essere consegnato ai reparti di Tito e trasferito in territorio sloveno oppure essere giustiziato. Come avvenne.»

«È una storia credibile?» domandò Livia, dubbiosa.

«Non lo so. Secondo una ricerca di Bogdan C. Novak, *Trieste 1941-1954*, pubblicata da Mursia nel 1996, i Domobranci erano nati dopo l'armistizio italiano, nell'autunno del 1943. Tutti volontari, li guidava un generale dell'esercito jugoslavo, ex ufficiale austriaco, Leon Rupnik, nominato dai tedeschi presidente della provincia di Lubiana. Il nucleo principale dei miliziani veniva dalla Legione della morte, composta dai migliori distaccamenti delle Guardie civiche slovene.

«Il loro impegno principale era la caccia ai partigiani comunisti. Ma i capi parteggiavano per gli inglesi e gli americani. Erano convinti che, dopo la fine della guerra, l'alleanza innaturale dell'Occidente con l'Unione sovietica si sarebbe dissolta. Per questo, il generale Rupnik era in contatto con il governo monarchico jugoslavo in esilio a Londra. Ed era sicuro che, insieme al governo inglese guidato da Winston Churchill, approvasse la loro guerriglia contro i comunisti.

«Tuttavia in quell'epoca, vale a dire tra il 1943 e il 1944, Mirko si trovava già in Italia. Dunque non poteva essere stato inquadrato fra i Domobranci. Ma tedeschi e italiani erano entrati in Slovenia sin dall'aprile 1941. Mirko forse aveva collaborato con loro ben prima che il generale Rupnik creasse il corpo di volontari anticomunisti.

«Insomma, la sua storia è tutta un'incognita. Tra l'altro di lui, come ci siamo detti, non si conosce neppure il nome vero e il cognome. L'unico fatto di cui possiamo essere certi è che venne ucciso per ordine degli sloveni.

«Resta una cosa da aggiungere a proposito dei Domobranci. Alla fine del conflitto erano fra i 10 mila e i 15 mila, una forza notevole per una provincia come quella di Lubiana che contava 300 mila abitanti. Arrivati nella Carinzia austriaca, si consegnarono agli inglesi, convinti di essere trattati come prigionieri di guerra secondo la Convenzione di Ginevra. Invece il comando dell'8ª Armata britannica li passò ai partigiani di Tito. E i Domobranci vennero fucilati o infoibati quasi tutti.»

17
Quarantasei delitti

«Uccidere quarantasei prigionieri a guerra finita che azione è?» domandai a Livia.

Lei mi scrutò sorpresa: «È un crimine orribile, che non può essere giustificato in nessun modo. Chi l'ha commesso?».

«Una brigata di partigiani comunisti fra il 4 e il 5 maggio 1945, nei pressi di Valdobbiadene, in provincia di Treviso. Le vittime erano tutti militari fascisti della X Mas, appartenenti al Battaglione Nuotatori Paracadutisti, i cosiddetti Np. Si erano arresi ai partigiani, dal momento che la guerra era conclusa. Il patto era che sarebbero stati mandati in un campo di concentramento. Invece li ammazzarono tutti e nel modo più barbaro. Ha mai sentito parlare di questa strage?» chiesi a Livia.

«In modo vago. Non posso sapere tutto della guerra civile» ammise lei.

«Non deve giustificarsi» le replicai con un sorriso. «Lei ne sa molto di più di tanti storici di professione.»

«Lasci perdere gli elogi. E mi racconti di Valdobbiadene» disse Livia.

«La strage è stata già narrata più volte. E la mia descrizione aggiungerebbe poco al lavoro di altri autori. Per esempio, a quello di Antonio Serena, *I giorni di Caino*, pubblicato da Panda Edizioni nel 1990, un libro che mi è stato molto utile quando, nel 2002 e nel 2003, stavo preparando *Il sangue dei vinti*. Voglio invece fare un'altra cosa: pagare un debito contratto quattordici anni fa e che non ho mai onorato.»

Livia s'incuriosì: «Mi spieghi la faccenda del debito».

«Nell'ottobre 1996 avevo pubblicato con la Sperling & Kupfer un romanzo, *I nostri giorni proibiti*. Raccontava della guerra civile sull'Appennino ligure-alessandrino. Ed era già un lavoro revisionista, sia pure non in modo totale come i miei libri successivi.

«Qualche giorno dopo l'uscita del romanzo ricevetti una lettera da un signore di Milano, Sergio Bozza. Eccola qui, come vede l'ho conservata. Bozza aveva letto subito quel libro, in una tirata sola, "anche mentre pranzava e cenava", scriveva lui. Il suo giudizio era positivo, ma anche ironico. Diceva così: "Con riferimento al lampo di coraggio suicida dimostrato, scrivendo che i partigiani erano cattivi come i fascisti, è un fatto che desta pietosa ammirazione per la modestia del suo eroismo rispetto alla verità dei fatti... In previsione delle probabili accuse feroci che riceverà da chi ancora conta, vive e guadagna sulla menzogna, le allego un opuscoletto che le farà conoscere l'uno per cento rispetto al novantotto per cento di quello che gli italiani medi ignorano... Salutissimi e augurissimi!".

«In realtà, gli opuscoli, come li chiamava lui, erano due. Il primo era un libro di 113 pagine, edito a Milano nel 1994 da Greco & Greco editori. Gli autori erano lo stesso Bozza e Ivan Bianchini. Aveva un titolo lungo: *Ill.mo Sig. Sindaco, dopo cinquant'anni i quarantasei marò assassinati a Valdobbiadene chiedono un ricordo del loro olocausto: un monumento, signor Sindaco, un monumento agli Np della X Mas.*

«Il secondo era davvero un opuscolo, di 24 pagine senza data. Il titolo diceva: *Avere giustizia dopo 50 anni di menzogne e omertà. Valdobbiadene: Città assassina? Città martire? Paese emblematico?*

«Bozza aveva accluso ai due testi il suo indirizzo e il numero di telefono. Ma non mi rammento se lo chiamai per ringraziarlo e per promettergli che mi sarei occupato di quella strage. Tuttavia fu un impegno che presi con me stesso. Un impegno che non mantenni né con *Il sangue dei vinti* né con i libri successivi. Non mi chieda il perché» dissi a Livia. «Succede sempre di scegliere una storia al posto di un'altra.»

«Ho capito» disse Livia. «Ma adesso potrà rimediare.»

«Per cominciare, mi spieghi chi erano i Nuotatori Paracadutisti della X Mas» domandò lei.

«Era un reparto della Regia Marina, costituito e addestrato nel 1942 per la conquista dell'isola di Malta, con un'operazione dal cielo e dal mare. Dopo l'armistizio, il reparto si trasferì nella X Mas del principe Borghese, tranne una compagnia di stanza in Sardegna che decise di schierarsi con il governo del Sud.

«Nei venti mesi della guerra di civile, gli Ennepì, come loro si chiamavano, combatterono in diverse aree dell'Italia del Nord. In Piemonte contro le possibili infiltrazioni delle truppe di De Gaulle, e nel Goriziano, a Tarnova, contro i partigiani comunisti di Tito. Di fatto, erano una fanteria d'assalto, al comando di Nino Buttazzoni, classe 1912, capitano del Genio Navale, oggi scomparso.

«All'inizio del marzo 1945, il Battaglione Np stava dislocato a Valdobbiadene, per addestrarsi. La sua forza era di 650 uomini. Il 9 marzo, ricevette l'ordine di partire per il fronte del Senio, in Romagna. Doveva attestarsi nei bunker di quel che restava della Linea Gotica. Contro di loro c'erano una divisione indiana dell'8ª Armata britannica e a Porto Garibaldi due brigate di commandos inglesi.

«Prima di lasciare Valdobbiadene, Buttazzoni fece affiggere sui muri della cittadina un manifesto che salutava la popolazione. E ricordava come si era comportato il suo reparto. Diceva: "Testimoniano per noi, Np della X Mas: l'ordine pubblico, l'annonaria che abbiamo integrato, i trasporti ripristinati, i rifornimenti di sale, l'eliminazione della disoccupazione, la rifusione di ogni danno involontariamente creato, la vita di tre marò caduti per disinnescare le bombe a farfalla e altre insidie lanciate dagli aerei inglesi, tranelli per i bambini. Partiamo per il fronte sud, invitando la popolazione a fare voto affinché la sorte ci sia favorevole".»

«Che tipo era questo Buttazzoni?» domandò Livia.

«Un comandante abile e di grande coraggio, molto amato dai suoi marò. Era triestino e in quel momento aveva 33 anni. Un uomo tarchiato, atletico, capace di gesti molto generosi. Un giorno, durante un lancio, si accorse che a uno dei suoi non si era aperto il paracadute. Allora si gettò anche lui dall'aereo, in volo libero, riuscì ad afferrare il ragazzo, poi aprì il proprio paracadute ed entrambi toccarono terra sani e salvi.

«Ma Buttazzoni era anche un capo con la testa sul collo. Sapeva che sul Senio il suo reparto avrebbe dovuto affrontare l'inferno. Per questo decise di portare con sé soltanto gli uomini più validi. E diede ordine ai comandanti delle quattro compagnie di lasciare nella caserma di Valdobbiadene i marinai troppo anziani o troppo giovani, quelli con pesanti obblighi famigliari e quanti non erano in perfette condizioni fisiche. Con loro rimasero due ufficiali che non avevano comandi operativi e un caposervizio radio per i collegamenti. In tutto, nel deposito restarono poco meno di cinquanta marinai, credo quarantasette in tutto.»

«Furono questi ultimi a essere uccisi dai partigiani» osservò Livia.

«Sì, tutti tranne uno che riuscì a salvarsi, vedremo come. Ma sulle prime il deposito sembrava un posto sicuro. Nel libro curato da Bozza e Bianchini c'è, fra le altre, una testimonianza scritta da Buttazzoni. Ascolti che cosa racconta.

«Il 26 aprile 1945, Buttazzoni era già stato costretto

a lasciare il fronte sul Senio e a ripiegare a Padova con quel restava del battaglione. Scrive: "In quel momento non eravamo ancora accerchiati dagli inglesi in rapida avanzata. Quel giorno, dissi all'aiutante maggiore Armando Zarotti di mandare a Valdobbiadene un porta ordini in motocicletta, il sottotenente Alvisi. Doveva dire agli uomini del Deposito di ripiegare su Venezia, dove il grosso del battaglione avrebbe tentato di riunirsi. Alvisi tornò riferendo che gli ufficiali del Deposito erano tranquilli perché in ottimi rapporti con i civili e nulla temevano. Per questo avrebbero atteso la fine della guerra a Valdobbiadene. Avrebbero consegnato il Deposito ai vincitori, con le ricevute del caso".»

«Ecco un'altra illusione fondata sul niente» mormorò Livia. «Se avessero obbedito all'ordine di Buttazzoni si sarebbero salvati.»

«Con il senno del poi siamo tutti saggi» sospirai. «Del resto, quando si è giovani è difficile immaginare il peggio. Il giorno che il sistema politico e militare della Rsi crollò, alla fine dell'aprile 1945, gli Ennepì di Valdobbiadene trattarono la resa con una brigata delle Garibaldi, la Mazzini. La trattativa si concluse con l'impegno di avviare i marinai del deposito a un campo di concentramento.

«I due ufficiali consegnarono al comando della Mazzini tutto quanto si trovava nella base. Le armi, il materiale di casermaggio, i veicoli e molto denaro. Che il comando garibaldino incassò come preda di guerra.»

«Lei mi ha già anticipato che il patto di far salva la vita dei marinai di Valdobbiadene non venne rispettato» osservò Livia.

«Certo, andò così. Quel che accadde fu poi descritto da un rapporto redatto nel giugno 1950 dalla stazione dei carabinieri di Valdobbiadene e inviato alla procura della Repubblica di Treviso. È riprodotto in parte nel primo dei testi che mi aveva inviato Sergio Bozza. Il maresciallo Giuseppe Sotgiu vi descrive con precisione l'assassinio dei quarantasei marò rimasti nel Deposito.

«Nella notte fra il 4 e il 5 maggio 1945, quando la guerra era già finita da più di dieci giorni, ai marinai venne detto che dovevano partire per il campo di concentramento. Furono divisi in tre gruppi. Il primo lo caricarono su un camion che, scortato da partigiani, si diresse verso Saccol, una frazione di Valdobbiadene. In questo gruppo c'erano anche due donne e un vecchio. Il secondo fu portato a Combai, frazione di Miane, nella località Madean. Il terzo venne condotto a Segusino, comune limitrofo, in località Bosco.

«A Saccol i marò, le due donne e il vecchio vennero spinti in una galleria della prima guerra mondiale e massacrati a raffiche di mitra e con le bombe a mano. L'ingresso del tunnel fu poi fatto saltare con una carica di esplosivo. Uno solo dei marinai si salvò e riuscì a fuggire: Carlo Armando, un ragazzo di vent'anni di Altavilla Irpina, provincia di Avellino. Ferito e in preda allo choc, uscì dal tunnel e fu capace di trascinarsi sino alla casa di un'anziana contadina. La donna ebbe pietà di lui e chiamò un giovane medico che lo curò. Rischiando molto perché i partigiani avrebbero potuto rivalersi su di lui.

«I prigionieri condotti in località Madean furono picchiati, derubati del poco che avevano in tasca, uccisi e quindi gettati in una fossa profonda. I cadaveri vennero cosparsi di benzina, che poi fu incendiata. La stessa sorte toccò a chi era stato portato a Segusino: anche loro vennero pestati e poi assassinati.

«Le salme dei marò, o quel che ne restava, in seguito furono recuperate e sepolte in un paio di cimiteri» spiegai a Livia. «Nel rapporto del 1950, il maresciallo Sotgiu scrive che non si era riusciti a recuperare i corpi dei due sottotenenti lasciati al comando del Deposito: Ettore Rubino, di La Spezia, e Paolo De Benedictis, di Modugno, in provincia di Bari, entrambi di 26 anni. In un primo tempo, i partigiani li avevano messi in libertà a Valdobbiadene. Poi li catturarono di nuovo e li fecero sparire.»

«Erano i testimoni dei beni e dei soldi ceduti ai partigiani della Garibaldi Mazzini» osservò Livia. «Per questo dovevano tacere per sempre.»

«Penso che sia andata così» le dissi. «Il libro di Bozza e Bianchini elenca l'incasso dei vincitori. Un numero imprecisato di automezzi, materiali di valore e denaro. Dieci milioni di allora in assegni della Banca d'Italia e 750 mila lire in contanti. Dove sia finita questa ricchezza nessuno l'ha mai saputo.»

«Carnefici e avidi!» esclamò Livia.

La rimproverai: «Non lo dica. Potrebbe essere accusata di vilipendio della Resistenza. Per fortuna di questo paese, non tutti i partigiani si sono comportati come quelli della Mazzini...

«Dopo la strage» continuai, «un comando alleato chiese conto ai capi della Mazzini di quanto era avvenuto. Loro presentarono un po' di carte: le sentenze di morte comminate a carico dei marò. Ma erano soltanto diciannove sulla cinquantina di assassinati. Nel suo rapporto, il maresciallo Sotgiu ne trasse una conseguenza elementare: almeno trentuno dei prigionieri erano stati uccisi senza neppure essere identificati.

«In più quel tribunale, se vogliamo chiamarlo così, era composto tutto di partigiani comunisti. Lo erano il presidente, il pubblico accusatore, il pubblico difensore e quattro giudici. La tragica parodia di una corte marziale di guerra quando la guerra era già finita.»

Dissi a Livia: «Sergio Bozza mi aveva anche inviato l'elenco dei marò trucidati a Valdobbiadene. Quarantasei nomi e cognomi. Tra loro c'erano pure dei minorenni. Armando Marcolini, di Rovereto, aveva 18 anni, mentre Giovanni Bernocchi, Ildebrando Biasizzo e Mario Franco ne avevano 17. Nel suo libro c'è qualche dato sulla composizione sociale del reparto sterminato. Per la metà erano studenti, poi venivano i meccanici, gli impiegati, i tornitori e i fotografi. Ma non mancavano i contadini, i macellai, gli artigiani, gli insegnanti, i commercianti. È una fotografia dell'Italia di allora».

Livia mi disse: «Ho ancora una domanda. I marò di Valdobbiadene potevano essere mandati in un campo di concentramento, come successe a molti militari della Rsi. Perché allora quell'esecuzione di massa?».

Replicai: «Lei mi propone un quesito che non ha risposta. Oppure ne ha tante, il che equivale a non averne nessuna. Tutte le guerre civili suscitano sempre un odio profondo. Le due parti in lotta si scannano senza pietà. Chi vince non è quasi mai generoso nei confronti di chi ha perso. Ma nel caso della nostra guerra interna c'è una spiegazione in più.

«Provo a riassumerla nel modo più semplice» dissi a Livia. «I comunisti erano la forza principale nella Resistenza italiana, quella dominante. Ormai anche le pietre sanno che molti di loro speravano di conquistare il potere con le armi. Per dar vita a una democrazia progressiva, così la chiamavano, destinata a sfociare in una dittatura del proletariato, agli ordini dell'Unione sovietica.

«Per poter realizzare quel progetto, bisognava mettere fuori gioco quanti fossero in grado di opporsi. E prima di tutto chi aveva combattuto per la Repubblica sociale. Erano giovani, sapevano usare le armi, avversavano il comunismo. Dunque, dovevano eliminarne il maggior numero possibile. Un disegno politico e insieme criminale. Un lavoro di repressione preventiva, a futura memoria. Poi fallito per la presenza in Italia del governo militare alleato, ossia dei reparti americani e inglesi.»

«I marò di Valdobbiadene erano davvero molto giovani?» domandò Livia.

«Il piccolo libro di Sergio Bozza e Ivan Bianchini, dal quale siamo partiti, è una miniera di notizie. Ci dice anche che il 73 per cento dei marò aveva meno di 21 anni. Le conclusioni le tragga lei.»

«Ha parlato di recente con il suo vecchio lettore Bozza?» mi domandò Livia.

«Ci ho provato, ma senza riuscirci. Ha 81 anni e non sta bene. Ho parlato con il figlio Mauro. Mi ha raccontato qualcosa del padre. Veniva da una famiglia di contadini, con il genitore invalido della prima guerra mondiale. Nato a Portogruaro, in provincia di Venezia, il 23 febbraio 1929, si era arruolato nella Decima verso la fine del 1944, quando aveva appena 15 anni ed era studente del ginnasio.»

«Era anche lui uno degli Ennepì partiti da Valdobbiadene per la Linea Gotica?» domandò Livia.

«Sì, e venne catturato dagli inglesi a Venezia. Fu spedito come gli altri marinai di Buttazzoni in un campo di concentramento in Algeria, il 211. Poi la Croce Rossa internazionale impose di liberare i prigionieri che avevano meno di 17 anni. Erano una novantina su 10 mila internati. E lui tornò in patria prima degli altri, all'inizio dell'autunno 1945.

«In uno dei suoi libri, *90 uomini in fila*, Bozza descrive in quali condizioni rientrò a casa dal campo 211, un lager inglese molto duro. Al momento di partire era alto un metro e ottanta, il peso era di 72 chili. Quando rientrò, dopo meno di sei mesi, la statura si era ridotta di cinque centimetri e il peso era sceso a 42 chili. Senta come racconta il rientro in famiglia.»

Lessi le parole di Bozza: «Ricordo che quando arrivai a casa, forse perché la lampadina faceva poca luce, mio padre chiese a mia madre: "Ma ti sembra Sergio?". Era incerto che fossi suo figlio. Il mio fratellino, che allora aveva sei anni, continuava a chiedere: "Chi è questo?". La mamma invece era sicura che fossi io. Per farla breve, furono necessari tre mesi di brodini, con il sacrificio totale del pollaio di famiglia e di costante sorveglianza (di notte mi alzavo a rubare cibi che mi avrebbero ucciso) per rimettermi almeno in piedi».

«Ho pregato il figlio di salutare Sergio Bozza per me» conclusi. «E di dirgli che non l'ho dimenticato e ho mantenuto la promessa.»

Parte quarta

18
Gappismo

All'inizio di un altro weekend di lavoro a Firenze, dissi a Livia: «Adesso è venuto il momento di inoltrarci nei territori dove la resa dei conti sui fascisti sconfitti durò più a lungo nel tempo e fu più brutale. Per questo» aggiunsi, «sarebbe utile precisare da dove siamo partiti: un punto di vista non convenzionale sulla Resistenza, diverso dall'agiografia di comodo che di solito viene spacciata per storia vera.»

«Sono d'accordo» convenne Livia. «Ma cerchi di non esagerare.»

«In che senso esagerare?»

«Nel senso di lasciarsi prendere dal suo gusto per la polemica. Ormai penso di conoscerla bene, caro Giampa. Posso chiamarla così? Lei mi ha detto che questo abbreviativo lo usava sua madre Giovanna. Mi piace Giampa! Suona bene, è sintetico e veloce, dunque adatto ai nostri tempi frenetici.»

Livia proseguì: «La sua vis polemica è molto cresciuta in questi anni, dopo l'uscita del *Sangue dei vinti*. I detrattori che si è trovato contro le hanno fatto un gran regalo e adesso dovrebbero mangiarsi le mani. Ma le consiglio ugualmente di contenere la spinta a ingaggiare battaglie. La utilizzi con misura, le gioverà».

«Consiglio accettato» risposi a Livia. «Allora proverò, con misura, a dirle la mia sui primi passi della Resistenza o della guerra civile, considerata dal punto di vista dell'antifascismo. Per servirmi di un'immagine poco militare, parlerò dell'alba di una fase storica. E aggiungerò subito che fu un'alba quasi tutta rossa. Intendo il rosso delle bandiere comuniste.

«Comincerei con qualche dato sui territori di cui le ho parlato prima. Sono quelli del Nordovest italiano, ossia il Piemonte, la Lombardia e la Liguria. Per queste tre regioni le cifre accertate dal gruppo di Michele Tosca parlano chiaro. Dopo la fine della guerra, in Piemonte vennero uccisi 3611 fascisti o presunti tali, in Lombardia 2995, in Liguria 1722. Il totale fa 8328. Se ci aggiungiamo le 3905 vittime dell'Emilia-Romagna, la regione dove è stata ammazzata più gente, si arriva a 12.233 morti. Ossia a più della metà dei 20 mila fascisti accoppati in Italia quando la guerra era già conclusa.»

Dissi a Livia: «Se invece osserviamo tutto l'arco temporale della guerra civile italiana, a partire dal settembre 1943, le vittime fasciste, sia civili che militari, sono state nel complesso 46 mila. Devo precisarle che si tratta di persone identificate con un nome e un cognome. Poi ci sono i morti rimasti sconosciuti che fanno aumentare di non poco il totale. Naturalmente, da questo consuntivo sono esclusi i militari tedeschi caduti in Italia e le perdite di altri reparti stranieri che combattevano a fianco della Germania sul nostro territorio».

«Lei vorrebbe spiegare ai lettori come è iniziato questo bagno di sangue. È così?» mi domandò Livia.

«Sì. Mi sembra opportuno, anche se lo faremo in modo estremamente sintetico. Anche noi abbiamo parlato e parliamo molto di quanto accadde durante la guerra civile. Ma di solito lo facciamo a partire dalla primavera del 1944 in poi, quando tutti presero a sparare tutti i giorni. E invece bisogna iniziare dalle avvisaglie, quelle dell'autunno-inverno 1943. Perché è in quella fase che emerge il connotato primario della lotta partigiana, il suo Dna: il terrorismo.»

«Il terrorismo?» si stupì Livia.

«Sì. Del resto, non saprei in quale altro modo chiamare una tecnica sanguinaria, ma efficace: gettare nel panico il nemico e annientarlo sparando contro singole persone, quasi sempre indifese. Ricorda come si muovevano le Brigate rosse negli anni Settanta e Ottanta? Bene, è la stessa tecnica. Del resto, i killer delle Br si consideravano gli eredi dei terroristi comunisti della guerra civile. E con ragione, penso io.

«Ma prima di arrivare ai delitti del 1943, è opportuno dire qualcosa sul clima politico di quel tempo. Per cominciare, bisogna accennare a una verità che gli agiografi della Resistenza dimenticano sempre. In quell'autunno erano ancora molti gli italiani che avevano fiducia in Mussolini...»

«È sicuro di questo?» m'interruppe Livia.

«Sì. Anche se non significa che fossero tutti fascisti. La seconda guerra mondiale era iniziata per il nostro paese da più di tre anni. E i tanti militari caduti su troppi fronti avevano già scavato un solco profondo tra la popolazione e il regime. Tuttavia molti seguitavano a considerare il Duce e la sua nuova repubblica come l'unico baluardo contro la voglia dei tedeschi di farci pagare un conto pesante per l'armistizio.

«Nell'autunno 1943» continuai, «avevo 8 anni e mi ricordo bene certe discussioni in casa mia. Nessuno era fascista, anche se qualcuno si era iscritto al Pnf perché doveva farlo in quanto dipendente pubblico. Ma tutti temevano la reazione dei tedeschi. Avevano visto che erano bastati quattro o cinque paracadutisti con l'elmetto a pentola per rastrellare i soldati sbandati rimasti in città e rinchiuderli nelle caserme. E poi avviarli alla prigionia in Germania.

«Per questo si domandavano che cosa sarebbe accaduto dopo. I fascisti ritornati in pista non sembravano pericolosi. Erano davvero pochi: un gruppo limitato di ex squadristi vicini alla pensione. Urlavano, sfilavano, promettevano sfracelli. Ma erano i soldati di Hitler a mettere paura.

«Gli altri protagonisti di quell'autunno erano i militari sfuggiti alla cattura. In Piemonte ne esistevano molti, soprattutto nel Cuneese. Erano i resti della 4ª Armata, arrivati dalla Francia: migliaia di militari provvisti di armi, di soldi, di viveri e di comandi. Vivevano in gruppo, ben decisi a difendersi. Ma senza nessuna voglia di attaccare e di combattere, ossia di diventare partigiani.

«Secondo lo storico Renzo De Felice, nel territorio ormai occupato dai tedeschi c'erano ancora in libertà un milione di militari, forse un milione e 300 mila. Era un numero immenso se lo confrontiamo con l'esiguità delle prime bande partigiane. Però la loro sorte era segnata. La Rsi ne avrebbe poi recuperati non più di 100 mila. Pochi avrebbero scelto di fare il ribelle. Gli altri si sarebbero dispersi con l'arrivo dell'inverno e della neve, quando era quasi impossibile restare alla macchia.»

«E dei primi Comitati di liberazione che cosa mi racconta?» domandò Livia

«Che contavano molto poco, per non dire quasi nulla. Certo, ne facevano parte uomini coraggiosi e da ammirare. Tutti sapevano bene che cosa stavano rischiando. Come minimo, la deportazione nei campi di sterminio tedeschi. Eppure i Cln sorsero quasi dappertutto, anche nei piccoli centri. Quella fu la prima generazione dei Comitati. Ed era fatale che risentisse della debolezza dei partiti politici di cui erano l'emanazione.

«Il merito dei Cln fu di attestare, sin dall'inizio della guerra civile, che l'antifascismo era vivo, anche se decisamente minoritario. Quanto al resto, non potevano combinare molto. Di solito, i loro membri avevano iniziato a fare politica prima dell'avvento del fascismo. E sotto il regime di Mussolini erano stati costretti a rinunciare a qualsiasi attività pubblica. Spesso erano dei signori, quasi sempre della borghesia professionale o impiegatizia, che avevano intorno il deserto. I loro vecchi partiti erano scomparsi e stentavano a ricostituirsi. L'unica eccezione, come vedremo, era rappresentata dai comunisti.

«Mettersi insieme nei Comitati di liberazione» aggiunsi, «era l'unica forma di resistenza possibile. Anche se incrinata da un dato di fatto: la loro concordia risultava posticcia, per non dire fittizia. Come sarebbe emerso nella fase matura della guerra di liberazione. Ossia a partire dall'estate 1944.»

«Mi parli di questi partiti» mi incitò Livia. «E da un'ottica non convenzionale, per usare la sua immagine.»

«Prima di tutto, è necessario ricordare che i partiti antifascisti come strutture organizzate non esistevano più dalla metà degli anni Venti. Dopo il delitto Matteotti nel 1924, il fascismo li aveva spazzati via. Chi si era opposto all'avanzata del regime di Mussolini, in quel momento aveva soltanto tre opzioni: smettere di fare politica, finire in carcere o emigrare all'estero, soprattutto in Francia.

«Poi il consenso massiccio degli italiani per Mussolini aveva fatto il resto. E i partiti antifascisti erano diventati dei soggetti sconosciuti per la grande opinione pubblica. La stampa clandestina era ridotta al minimo. Non si sapeva quasi nulla degli oppositori arrestati. L'informazione del regime era una cortina compatta che non lasciava filtrare nulla.

«Il 25 luglio e la caduta di Mussolini riportarono gli antifascisti sulla scena. Ma erano dei fantasmi ricomparsi all'improvviso. Dei loro leader non si conosceva niente. Mi verrebbe da dire: persone qualsiasi ignote alle masse. Per di più erano convinti di poter ricominciare a fare politica alla vecchia maniera. Le divisioni li laceravano. Come vedremo tra un istante, i contrasti più gravi erano con i comunisti. Mentre gli altri non sapevano che pesci prendere, il Pci aveva le idee molto chiare sul da farsi. E le avrebbe subito messe in pratica.»

«Vorrei sapere in dettaglio dei partiti maggiori» mi chiese Livia.

«La Democrazia cristiana, l'erede del Partito popolare di don Luigi Sturzo, era poco più che un'area di opinione. Ne facevano parte signori rispettabili che avevano in mano una sola carta da giocare: il rapporto con la Chiesa cattolica. Lo stesso si può dire dei liberali e dei socialisti, entrambi privi di qualsiasi struttura organizzata.

«Infine esisteva il gruppo politico più giovane: il Partito d'Azione. Qui siamo sul terreno del liberalsocialismo, con punte estremiste e quasi rivoluzionarie. Ma il Pda era tutto da costruire. Sarebbe emerso nella guerra partigiana, con le bande di Giustizia e libertà. Per poi sparire molto presto, dopo le prime sconfitte elettorali nel dopoguerra.»

«Restavano i comunisti» osservò Livia.

«Certo. E su di loro dobbiamo fare un discorso a parte.»

«Il Pci aveva due grandissimi vantaggi sugli altri partiti antifascisti» spiegai a Livia. «Per cominciare, era l'unico ad avere un rapporto stretto con una grande potenza militare impegnata nella guerra al nazismo e al fascismo: l'Unione sovietica. Era un legame che esisteva sin dai primi anni Venti e si era consolidato nel corso della guerra civile spagnola.

«Il leader del Pci, Togliatti, viveva a Mosca e aveva superato indenne le grandi purghe dell'era staliniana. Molti dei quadri comunisti italiani avevano soggiornato a lungo nella capitale sovietica. Qui avevano frequentato i corsi politici e militari destinati ai comunisti stranieri. Ed erano stati provati sul campo non soltanto in Spagna.

Il caso di Ukmar, guerrigliero internazionale al servizio del Comintern, che abbiamo già ricostruito, è solo uno dei tanti.

«Per tutto questo, i comunisti italiani non vivevano in mezzo a un deserto, come accadeva ai democristiani, ai socialisti, ai liberali e agli azionisti. Il Pci poteva contare sul potere sovietico, una parete d'acciaio alla quale appoggiarsi, uno scudo in grado di proteggerlo. La strategia di Mosca, quella di espandersi nel resto dell'Europa, era diventata la strategia del Pci. Che in questo modo sentiva di far parte di un movimento rivoluzionario continentale. In grado di offrirgli una causa formidabile per la quale combattere e morire.»

«E il secondo vantaggio del Pci qual era?» domandò Livia.

«Quello di essere l'unico partito italiano ad aver conservato sotto il fascismo un minimo di struttura clandestina. Era stato un sacrificio non da poco, costato molti arresti di militanti, poi condannati ad anni di carcere o di confino. L'esistenza di questo partito invisibile, sepolto nelle prigioni o tra i confinati nelle isole, aveva consentito al Pci di essere pronto ad agire quando fosse venuto il momento per farlo. A conti fatti, in Italia i comunisti erano gli unici ad avere le idee chiare su come muoversi dopo l'8 settembre 1943, sotto l'occupazione tedesca. Infine, il Pci si era predisposto per tempo a dare battaglia ai nazisti e ai fascisti.»

«In che modo si era preparato?» chiese Livia.

«Dopo la sconfitta della Repubblica spagnola, molti dei suoi quadri stavano rinchiusi nei campi di concentramento francesi. La prima mossa del Pci fu quella di farli rientrare in Italia alla spicciolata, a partire dal 1941. Ossia dal momento della sconfitta francese e della conquista della Francia da parte dei tedeschi.»

«Con quale sistema?» domandò Livia.

«Con quello più semplice. Il prigioniero italiano chiedeva di essere consegnato alla polizia fascista. In questo modo veniva fatto uscire dal campo di prigionia, condotto alla frontiera e riportato in Italia. Qui era rinchiuso in carcere o mandato al confino in una delle nostre isole. C'è una vicenda esemplare che conferma la seconda ipotesi: quella del confino di Ventotene. Ne sa qualcosa?» domandai a Livia.

«Ben poco» ammise lei. «So che era un'isola al largo di Gaeta. Non lontana da quella di Ponza dove esisteva un'altra colonia di confino.»

«È già qualcosa» dissi a Livia sorridendo. «Alla fine del 1941, nell'isola di Ventotene vivevano 840 confinati politici. Circa 700 erano italiani e di questi ben 500 erano comunisti, il gruppo più organizzato e dominante. Poi venivano un centinaio di anarchici che nella vita della colonia non contavano quasi nulla. I socialisti erano una quindicina, a cominciare da Sandro Pertini. Altrettanti i giellisti del Partito d'Azione. Agli italiani si aggiungevano poi gli stranieri, quasi tutti albanesi e jugoslavi, anche loro in maggioranza comunisti.»

«C'erano anche donne?» domandò Livia.

«Appena una trentina. Tra loro spiccava la comunista Camilla Ravera, una maestra elementare di Acqui, che allora aveva 52 anni. Ventotene era un confino quasi per intero maschile. Ma la questione che ci interessa è un'altra. Il regime fascista aveva commesso un errore che si sarebbe rivelato fatale dopo il 25 luglio: a Ventotene era stato mandato mezzo vertice del Pci clandestino. Non parlo di Togliatti che viveva tranquillo a Mosca, coccolato da Stalin. Parlo di Luigi Longo e di Pietro Secchia, che in seguito avrebbero guidato i partigiani comunisti in tutta l'Italia occupata. Con loro c'erano Umberto Terracini, Mauro Scoccimarro, Giovanni Roveda, Girolamo Li Causi e Battista Santhià, l'operaio meccanico piemontese che era stato con Antonio Gramsci nel quotidiano "L'Ordine Nuovo".»

Dissi a Livia: «Le ho citato un po' di dirigenti che sarebbero diventati famosi nel dopoguerra, anche come parlamentari. Insieme a loro c'erano altri dirigenti di secondo livello. E infine la truppa di terza o quarta fila: quasi tutta di miliziani rossi che avevano combattuto nella guerra di Spagna. Come il sardo Andrea Scano, protagonista del mio *Prigionieri del silenzio*, anche lui uno spagnolo come si diceva allora per brevità.»

«Scano lo rammento» osservò Livia. «Avevo letto quel suo libro, pubblicato dopo *Il sangue dei vinti*.»

«Allora ricorderà anche quanto accadde a Ventotene dopo il 25 luglio 1943. I confinati vennero rimessi in libertà. Ma quelli comunisti non se ne andarono alla spicciolata, ciascuno per proprio conto. La loro partenza fu pianificata dal direttivo comunista di Ventotene. Secondo uno schema studiato in previsione dell'inizio di una nuova attività politica e militare, sempre clandestina. E nella certezza che, una volta caduto il fascismo, i tedeschi avrebbero occupato l'Italia.»

«Non li facevo così pronti quelli del Pci!» esclamò Livia.

«Invece lo erano per davvero. E non per nulla diventarono il primo partito antifascista nella guerra civile. A Ventotene vennero formati degli scaglioni di confinati per ciascuna provincia italiana, composti soprattutto da elementi originari della zona. Lo scaglione era costituito da dirigenti, da quadri intermedi e da attivisti con esperienza militare, a cominciare da chi era stato in Spagna nelle Brigate internazionali. Il primo livello avrebbe dovuto assumere la guida del Pci nella provincia designata. Gli altri si sarebbero messi al lavoro con loro.

«Era quello che venne chiamato il partito o il governo di Ventotene» spiegai a Livia. «A questo gruppo si unirono i comunisti rinchiusi nei penitenziari, anch'essi liberati dopo il 25 luglio. All'inizio di settembre, il Pci poteva contare su circa tremila militanti pronti a riprendere l'attività politica. E a iniziare quella militare, se le circostanze l'avessero imposto.»

«Tremila uomini. Non è una cifra troppo alta?» domandò Livia.

«Penso che sia un dato realistico. Anzi, secondo De Felice e altre fonti, nell'autunno 1943 l'organizzazione clandestina del Pci disponeva di un minimo di 4 mila uomini sino a un massimo di 6 mila. Ma più del loro numero, a pesare furono soprattutto due decisioni successive.

«La prima è che in ogni capoluogo di regione venne subito costituito un Triumvirato insurrezionale, incaricato di impostare e guidare l'attività militare dei comunisti. La seconda riguarda la nascita di un comando generale di quelle che poi sarebbero state chiamate le Brigate d'assalto Garibaldi. Questo vertice era installato a Milano e a guidarlo furono Longo e Secchia. E l'ordine impartito fu uno solo: muoversi subito e iniziare a uccidere i fascisti della nuova Repubblica sociale.»

«Uccidere?» domandò Livia, come spaventata da quella parola.

«Mi meraviglio del suo stupore» le replicai. «Che cosa vuol dire uccidere? Significa sparare. Non certo contro reparti fascisti o tedeschi. Oppure contro sedi di comandi militari, obiettivi troppo difesi e difficili da assalire. Bensì contro singoli individui, fascisti o tedeschi isolati, che potevano essere colpiti all'improvviso e ammazzati. È una forma di terrorismo vecchia quanto il mondo. Iniziata con l'uso del pugnale e della spada. E adesso messa in atto con le rivoltelle e le bombe.

«Fu allora che nacquero i Gap. La sigla significava Gruppi di azione patriottica. Sorsero un po' dovunque. Ed erano composti soltanto da militanti comunisti. Non rispondevano ai Comitati di liberazione, ma al partito e a nessun altro. Tra loro c'erano molti degli spagnoli liberati dal confino di Ventotene. Furono questi a formare i primi nuclei di gappisti.

«Il mio Scano, arrivato a Genova, entrò subito nel Gap cittadino. Anche il capo storico del Gap di Torino, Giovanni Pesce, classe 1918, aveva combattuto in Spagna nella Brigata Garibaldi ed era rimasto ferito tre volte. Veniva da Ventotene, dopo essere rientrato dalla Francia ed essere passato per il tribunale speciale che l'aveva condannato a un anno di carcere. Del resto pure Longo e Secchia erano degli spagnoli.

«Agli altri partiti del Cln, i gappisti non piacevano per niente. Si domandavano che tipi fossero questi monaci del terrorismo. Gente che viveva appartata, in gruppi di quattro uomini, non di più. Capaci di sparare a sangue freddo contro persone inermi. O che non pensavano di doversi difendere anche se erano militari.

«Ma i moderati dei Cln temevano soprattutto le inevitabili rappresaglie dei fascisti e dei tedeschi. Con le esecuzioni di detenuti politici oppure, eventualità ancora peggiore, di ostaggi presi a caso. E infine paventavano quel che poteva accadere in prospettiva. Era assai probabile che dalla guerra al fascismo e al nazismo si passasse a una lotta rivoluzionaria, per la conquista del potere. In quel caso le vittime dei Gap sarebbero diventate gli antifascisti estranei al Pci, eletti a bersaglio delle squadre di killer che si erano addestrate nella Resistenza.»

«Insomma, un democristiano o un liberale poteva pensare: oggi tocca ai fascisti, ma domani potrebbe toccare a me» osservò Livia.

«Sì, immagino che sia stato questo il pensiero preoccupato di molti uomini dei Cln. In più di una città il Comitato di liberazione rifiutò di avallare i sistemi dei Gap. I partiti democratici vedevano giusto. Ma non avevano mezzi per opporsi. In tutte le guerre ha la meglio chi possiede uomini e armi. E nell'Italia dell'autunno 1943 e poi della primavera 1944 ad avere entrambe le cose erano soltanto i comunisti. Adesso vedremo in che modo iniziarono a usarli. E con quale scopo.

«Ma a proposito di scopi, devo ancora dirle una cosa, Livia. In quel momento l'obiettivo numero uno dei comunisti veniva ancora prima della rivoluzione. Era quello di scatenare la guerra civile in Italia, il passo iniziale verso il traguardo più grande. Esisteva un solo modo per riuscirci: ammazzare i fascisti e suscitare la loro reazione, via via sempre più furibonda.»

«Anche questo mi sembra un sistema vecchio quanto il mondo» osservò Livia.

«Sì, è così. Ma per metterlo in pratica ci voleva molto cinismo. I dirigenti comunisti ne avevano da vendere. Delle rappresaglie a loro non importava niente. E meno ancora gli importava diffondere dovunque il germe malefico della guerra civile. Anzi, era quello che si proponevano.

«Sotto questo aspetto non era importante uccidere soltanto dirigenti politici o comandanti delle milizie fasciste. Anzi, mirare in basso era persino più utile che sparare in alto. Di Giovanni Gentile da eliminare ne esisteva uno solo. Mentre di fascisti delle ultime file, gente sconosciuta, ce n'erano moltissimi. Colpirli avrebbe creato il panico, perché chiunque avesse aderito alla Rsi si sentiva nel mirino di killer quasi sempre inafferrabili. E, come vedremo tra poco, fu esattamente questa la strategia gappista.»

«Diranno di nuovo che lei ragiona come un fascista di Salò» mi replicò Livia.

«Può darsi, ma non me ne importa nulla. Anzi, voglio dirle di più. Il primo ad aver affermato questa verità è stato un giornalista fascista che aveva combattuto per la Repubblica sociale: Giorgio Pisanò. Ci scrisse un libro uscito nel 1962: *Sangue chiama sangue*, ripubblicato nel 2005 da una casa editrice di Bologna, Lo Scarabeo. La prima edizione l'avevo letta quando facevo il giornalista da poco tempo. E oggi ho l'obbligo di dire che Pisanò aveva visto giusto.»

19
Terrore rosso

«Adesso le presenterò un rendiconto del lavoro svolto dai gappisti nei primi mesi della guerra civile» dissi a Livia. «È un elenco incompleto, ma credo preciso. Lette in successione nelle pagine di un libro, possono sembrare vicende da poco. Ma dietro ogni data e ogni nome si nasconde un dramma terribile, la morte di un essere umano, una storia coperta di sangue. Chi l'ha sofferta non l'ha di sicuro scordata. Scrivendo i miei libri sulla guerra civile ho imparato subito una verità: i vinti non dimenticano.»

Livia mi interruppe: «Lo dice con malinconia o sbaglio?».

«Non sbaglia» ammisi. «Il dolore degli altri, anche di quelli che non mi assomigliano, mi turba sempre. E le confesso che ne scrivo con fatica. Ma ho scelto io di narrare della nostra guerra civile e del tanto sangue che è stato versato in quegli anni orrendi. Dunque non ho il diritto di lamentarmi. Anzi, devo cercare di essere il più razionale e freddo possibile.

«I più svelti nel cominciare a sparare» raccontai, «furono i comunisti di Reggio Emilia. Il primo morto lo fecero appena quindici giorni dopo l'armistizio, la sera del 23 settembre 1943. Accadde a San Martino in Rio, un paese della Bassa, sul limitare della provincia di Modena. Era di sera e nella frazione di Gazzada un signore se ne stava a casa tranquillo. Era Guido Tirelli, un ex squadrista di 44 anni. Qualcuno lo chiamò dalla strada. Tirelli si affacciò sulla porta e uno sconosciuto lo freddò con due colpi di rivoltella.

«Il killer era arrivato in bicicletta. E se ne andò via pedalando con calma. Prima di ripartire, lasciò sull'uscio del Tirelli un foglietto di taccuino. Sopra c'era scritto a matita il seguente messaggio: "Per ordine di Badoglio così finiscono le spie dei tedeschi".

«I gappisti comunisti si stavano ancora organizzando. E così trascorse un mese prima di vedere un altro morto. Il 25 ottobre, nel centro di Torino, in via Carlo Alberto fu ucciso con tre rivoltellate nella schiena il seniore della Milizia Domenico Giardina. Forse l'avevano scambiato per un fascista più importante, Pietro Brandimarte.

«I killer erano tre, come i colpi di rivoltella. Due di loro vennero individuati e qualche giorno dopo furono arrestati. Erano entrambi comunisti. Uno era il comandante del primo Gap di Torino: Ateo Garemi, 22 anni, che in Francia aveva fatto il tagliaboschi e poi era entrato in un maquis della Resistenza francese. Il partito gli aveva chiesto di rientrare in Italia e lui c'era tornato un mese prima, il 22 settembre. Garemi e il suo compagno vennero fucilati il 21 dicembre 1943, nel cortile della caserma Montegrappa.

«Il 28 ottobre si mosse il Gap di Genova. La data, anniversario della marcia su Roma, non era stata scelta a caso. A Sampierdarena, fu ucciso un ufficiale della Milizia, Manlio Oddone, 41 anni, impiegato all'Ansaldo Fossati. L'agguato gli venne teso nell'atrio della sede della Milizia, in via Ettore Mazzucco, oggi via Cesare Dattilo. I killer gappisti erano quattro. Due spararono nello stesso istante, gli altri due erano pronti a coprire la fuga dei compagni. Oddone era ancora in vita. Lo trasportarono all'ospedale di Quarto e tre giorni dopo morì.

«All'inizio di novembre, ma il giorno esatto è rimasto imprecisato, sempre in strada a Genova i gappisti spararono contro quattro marò della X Mas che si andava costituendo a La Spezia. Due dei marinai morirono, gli altri due rimasero feriti. Anche in questo caso i gappisti riuscirono a fuggire, senza che nessuno li fermasse.

«Il novembre 1943 fu un mese importante per il gappismo rosso. A Brescia un ordigno esplosivo venne gettato nel cortile di una caserma della Milizia e fece due morti. Uno era un passante: Ciro Miraglia, direttore delle carceri giudiziarie di Brescia. Investito dallo scoppio, morì in ospedale. A Medicina, in provincia di Bologna, in un'incursione notturna furono uccise quattro persone. Tra loro c'erano un dirigente del fascio locale, un maresciallo e un brigadiere dei carabinieri. Il 4 novembre a Imola due gappisti in bicicletta assassinarono il seniore della Milizia Gernando Barani, di 50 anni. A Como altri due killer uccisero un caposquadra sempre della Milizia. Altri attentati mortali avvennero in novembre in diversi centri dell'Italia del Nord e in Toscana. A San Godenzo, in provincia di Firenze, morirono quattro fascisti e a Sesto Fiorentino due.

«Il 13 novembre i gappisti uccisero il federale fascista di Ferrara, Igino Ghisellini. Lo colpirono di sera, mentre ritornava a casa, nel paese di Casumaro, una frazione di Cento. Viaggiava da solo in auto e il suo corpo venne ritrovato la mattina successiva. Quel giorno, il 14 novembre, iniziava a Verona il congresso del Pfr. Partì per Ferrara un gruppo di fascisti veronesi e padovani. E a Ferrara ci fu la rappresaglia: otto fucilati sul fianco del Castello, più uno ucciso per strada e due in altri luoghi della città.

«Il 1° dicembre furono i Gap di Firenze a fare un colpo grosso. Quella sera uccisero il tenente colonnello Gino Gobbi, comandante del Distretto militare. Il delitto era stato deciso per intimidire gli ufficiali di carriera che avevano aderito alla Rsi. Gobbi fu abbattuto con più colpi di rivoltella mentre rientrava a casa. E spirò quasi subito.

«I fascisti fiorentini chiesero un'immediata rappresaglia: dieci contro uno. Ma nel carcere delle Murate c'erano soltanto cinque detenuti politici. Gli altri erano stati rilasciati su ordine del commissario federale del Pfr, l'avvocato Gino Meschiari, e del capo della provincia, Raffaele Manganiello, due dirigenti moderati. Allora la rappresaglia si limitò a quei cinque. Vennero fucilati il 2 dicembre al poligono delle Cascine. Erano comunisti e affrontarono il plotone d'esecuzione cantando l'*Internazionale*.

«L'11 dicembre a Genova i gappisti ammazzarono Carlo Bertazzini, 56 anni, meccanico specializzato alla San Giorgio, iscritto al Pfr. Venne atteso alle sette del mattino, in via Oliva, mentre usciva di casa per andare al lavoro. Gli spararono sette rivoltellate e lo soppressero all'istante.

«Due giorni dopo ad Alessandria venne assassinato un tenente colonnello dell'esercito repubblicano: Salvatore Ruggeri, comandante del deposito del 37° Reggimento di fanteria. Erano le sette e mezza di sera del 13 dicembre. Piazza Biffi era buia e deserta. Ruggeri stava rincasando a piedi. Gli gettarono contro due bombe a mano. Una non esplose, l'altra lo uccise. Era la prima vittima dei gappisti di quella città. Avevano già lanciato bombe contro sedi fasciste e sparato contro un milite, rimasto illeso.

«Il 15 dicembre ritornarono sulla scena i gappisti di Reggio Emilia. Questa volta la vittima scelta dai killer era un fascista di Cavriago: Giovanni Fagiani, 50 anni, seniore della Milizia e già comandante della 79ª Legione. Stava rincasando in bicicletta insieme alla figlia Vera, una ragazza di 19 anni. Due ciclisti avvolti nel tabarro lo affrontarono in località Prato Vecchio e lo investirono con una tempesta di rivoltellate. Dopo averlo ucciso, spararono anche a Vera che tentava di soccorrere il padre. La ragazza si salvò, ma rimase cieca.»

«Questo elenco di delitti mi atterrisce!» esclamò Livia. «Sparare anche a quella povera figlia mi sembra un gesto ancora più barbaro.»

«Ha ragione. Il delitto Fagiani destò molto clamore nel Reggiano. Nacque una leggenda, quella dei giustizieri della notte. Si cominciò a dire che erano militari inglesi travestiti da contadini grazie al mantello, il tabarro. E che usavano armi sofisticate: piccoli fucili, capaci di sgranare un rosario di proiettili silenziosi. Altri sostenevano che si trattava di russi, sbarcati dai partigiani jugoslavi sulla Riviera romagnola e arrivati nel cuore dell'Emilia per preparare la rivoluzione proletaria.

«In realtà si trattava di un piccolo nucleo di comunisti, una decina di persone, al massimo venti. Erano agli ordini di un comitato militare formato da tre dirigenti. Un compagno gli aveva portato un ordine del partito. Diceva di compiere atti di sabotaggio. E soprattutto di colpire i fascisti della pianura reggiana. Le racconterò tra poco in che modo questa linea si scontrò con quella di una piccola banda, destinata a diventare molto famosa: il gruppo dei fratelli Cervi.»

«Nel frattempo, l'offensiva dei Gap continuava senza soste» raccontai a Livia. «Tre giorni dopo l'uccisione di Fagiani, il 18 dicembre a Milano venne assassinato il segretario federale Aldo Resega.

«Il numero uno del fascismo ambrosiano era considerato una "colomba", un moderato contrario alle rappresaglie. Si spostava senza scorta, non era armato, di solito viaggiava in tram. Era un metodico, si divideva fra l'azienda che dirigeva e gli uffici della federazione. I gappisti lo uccisero a poca distanza da casa, in via Bronzetti, a Porta Vittoria. La rappresaglia scattò il giorno dopo, con la fucilazione di otto detenuti politici. Anche in quel caso il sangue aveva provocato altro sangue.

«Il giorno successivo, a Sestri Ponente, i gappisti genovesi spararono a un brigadiere della Milizia contraerea, Gino Caprini, 31 anni. Lo attesero alle sette di sera, quando era già buio, in via Chiaravagna. Sette colpi di pistola raggiunsero il sottufficiale. Trasportato in ospedale, morì ventiquattr'ore dopo.

«Il 23 dicembre, a Torino, fu ucciso nel proprio negozio in via Cibrario l'orologiaio Aldo Morej, 42 anni, ritenuto a torto un amico personale di Mussolini. A spargli fu il nuovo capo dei Gap torinesi: Giovanni Pesce, 25 anni, che aveva preso il posto di Garemi. Pesce era stato un giovanissimo combattente in Spagna, poi finito al confino di Ventotene e liberato con altri spagnoli dopo il 25 luglio.

«A scegliere Pesce per quell'incarico, dopo la fine di Garemi, era stato Secchia che lo aveva conosciuto al confino. Arrivato a Torino, scoprì di essere quasi solo. In città aveva trovato appena un altro gappista, Antonio Merlo: un ragazzo che non sapeva come s'impugna una rivoltella. Ma Pesce non era tipo da scoraggiarsi. Del resto il partito non ammetteva crisi di quel genere. Un giorno il nuovo capo del Gap torinese incontrò Ilio Barontini, responsabile dei gappisti nell'Italia del Nord. E osò dirgli che avvertiva il peso della solitudine. Barontini gli replicò: "Tu sei il partito. Dunque non dire mai che ti senti solo".

«La sera del 23 dicembre, verso le sette, Pesce entrò nel negozio di Morej armato di due rivoltelle. Gli sparò tre colpi alla schiena e il quarto alla tempia. Poi se ne andò in bicicletta com'era arrivato. Non ci fu nessuna rappresaglia. Una parte dei fascisti la pretendeva. Ma dissero di no tanto il capo della provincia, Paolo Zerbino, che il federale torinese, Giuseppe Solaro.»

«Perché si opposero?» domandò Livia.

«Perché non volevano fare il gioco dei comunisti. Tuttavia, l'assassinio di Morej ebbe conseguenze terribili sulla sua famiglia. Lo rivela Michele Tosca, grazie a una ricerca che presto citeremo. Un mese dopo l'attentato, il padre di Morej morì di crepacuore. La madre si impiccò per la disperazione. Il figlio di Morej, Giuseppe, un ragazzo di 13 anni, si arruolò nelle Fiamme bianche e perì a Moncalieri sotto un bombardamento aereo. Quando la guerra civile finì, la moglie dell'orologiaio venne sbattuta in galera. E la sua casa fu saccheggiata.

«Si stava avvicinando il Capodanno, il primo della guerra civile» dissi a Livia. «Ma non poteva essere una festa a fermare la strategia gappista. Lo si vide subito qualche giorno dopo, di nuovo nel Reggiano.

«Il lunedì 27 dicembre a Bagnolo in Piano venne ucciso Davide Onfiani, un impiegato di 48 anni che faceva il segretario comunale di quel paese. Verso le sei di sera stava sul marciapiede della stazione ferroviaria di Bagnolo, in attesa di poter ritornare a Correggio dove abitava. Alle sue spalle sbucò dalla nebbia un'ombra avvolta nel tabarro che impugnava una rivoltella. Onfiani morì senza neppure sentire i proiettili che gli laceravano la schiena.

«Non so dirle se la vittima fosse o meno iscritta al fascio repubblicano. Qualche fonte antifascista sostiene che era il segretario del Pfr di Bagnolo. Quella stessa notte i capi del fascismo reggiano si precipitarono a Bagnolo per rendersi conto di quest'altro delitto. Erano esasperati, si sentivano impotenti, alla mercé di un nemico inafferrabile. E fu così che decisero la loro prima rappresaglia: la fucilazione dei sette fratelli Cervi.»

Dissi a Livia: «La storia dei Cervi è stata già raccontata molte volte. Ma quasi mai si è messo in luce che si erano trovati in contrasto con la linea comunista dell'autunno-inverno 1943. Parlo di quella che privilegiava il terrorismo urbano, piuttosto che la guerra per bande in montagna. E adesso le racconterò quel poco che so.

«I Cervi avevano messo in piedi una piccola banda, una ventina di uomini, ed erano andati a stabilirsi sull'Appennino. Per l'esattezza a Cervarezza, una frazione di Busana, a ottocento metri d'altezza, non lontana da Passo del Cerreto. E avevano deciso di attestarsi lì, presidiando il paese.

«Ai capi comunisti di Reggio la faccenda non piaceva. I Cervi erano considerati anarchici senza disciplina, per nulla disposti a mettersi agli ordini del Pci. In più avevano raccolto ex prigionieri di guerra, russi, inglesi, sudafricani. Gente pronta di mano e capace di essere violenta anche nei confronti dei civili.

«Due inviati del Pci salirono a Cervarezza per convincere i Cervi che stavano sbagliando. Gli dissero che la banda era troppo piccola e si trovava vicina a due comandi fascisti. Dovevano lasciare l'Appennino, scendere in pianura e unirsi ai primi nuclei dei Gap, l'unico reparto militare in grado di spargere il panico tra i fascisti. Ma il capo del gruppo, Aldo Cervi, respinse la proposta. E mandò a quel paese gli inviati del Pci, accusando i comunisti di essere deboli e opportunisti.»

«Fu così che i Cervi firmarono la loro condanna a morte?» domandò Livia.

«Questo non possiamo dirlo. Ma sta di fatto che con l'arrivo dell'inverno la banda Cervi fu costretta a lasciare la montagna. E la famiglia si ritrovò tutta nel podere di Gattatico, verso la Bassa, sul confine tra Reggio e Parma. Qui vennero catturati la mattina del 25 novembre 1943, da un plotone della Gnr a ranghi ridotti, una trentina di militi. L'impressione è che siano stati venduti o traditi da qualcuno del Pci. Ma è soltanto un'ipotesi, sia pure diffusa, e nient'altro.

«I sette fratelli Cervi, insieme al padre Alcide, stavano già in carcere da un mese e due giorni, quando a Bagnolo in Piano i gappisti uccisero il fascista Onfiani. La mattina successiva, quella del 28 dicembre, tutti i fratelli Cervi vennero fucilati. L'unico risparmiato fu il vecchio Alcide.»

«Nonostante le prime rappresaglie, l'offensiva dei Gap continuò...»

Livia mi interruppe: «Forse dovremmo dire: grazie alle prime rappresaglie, i Gap si sentirono incitati a continuare».

«Obiezione accolta» ammisi. «Il 13 gennaio 1944 a Genova, in via XX Settembre, i gappisti ritornarono all'attacco. Erano le sei di sera e vennero presi di mira due ufficiali tedeschi che uscivano dall'Hotel Bristol, dove erano alloggiati. Li aspettarono sotto i portici, all'altezza della chiesa della Consolazione. A sparare furono Giacomo Buranello e Walter Fillak, due giovani comunisti. Scano e un altro gappista facevano da copertura sul lato opposto della strada. Uno degli ufficiali morì nella notte in ospedale. L'altro si salvò, ma restò menomato.

«Quella volta la reazione dei tedeschi e dei fascisti fu immediata. Nella notte fra il 13 e il 14 gennaio, vennero prelevati dalle carceri di Marassi otto detenuti politici antifascisti. Un tribunale militare speciale, convocato dal capo della provincia di Genova, Carlo Emanuele Basile, li processò e li condannò a morte. La sentenza venne eseguita subito, al forte San Martino, sulle alture della città.»

«Stava accadendo quello che i comunisti volevano» osservò Livia.

«Sì. E per ironia della sorte tra i fucilati c'era un giovane insegnante amico di Buranello: Dino Bellucci, di 32 anni. Gli altri erano un tipografo, uno straccivendolo, un tranviere, un giornalaio, un meccanico saldatore e un oste. L'ottavo era uno degli spagnoli arrivati da Ventotene con Scano: Giovanni Veronelli, 58 anni, di Sesto Fiorentino, a Genova da molti anni, comunista, volontario nella Brigata Garibaldi e rimasto ferito sul fronte dell'Ebro.

«Ma la rappresaglia non si concluse con quell'esecuzione. La sera del 15 gennaio ci fu una retata di antifascisti già schedati dalla polizia. Gli arrestati vennero uniti ad altri prigionieri politici. In tutto erano quarantadue.

Il giorno successivo partirono per il lager di Dachau, da dove ritornarono in pochi.»

«Non era un prezzo troppo alto per l'uccisione di un ufficiale tedesco? Otto fucilati, quarantadue deportati!» esclamò Livia.

Le replicai: «Non cerchi una risposta da me. Le dirò soltanto che nulla fermava i gappisti, a parte la cattura. La sera del 15 gennaio, Buranello e Scano lanciarono delle bombe a mano contro la Casa del fascio di Sampierdarena. Ma erano in difficoltà. Il nuovo segretario del Pci genovese, Remo Scappini, gli ordinò di risalire sul Tobbio.

«Tuttavia, la sorte di Buranello era segnata. Ritornò a Genova alla fine di febbraio, per appoggiare lo sciopero indetto dal partito il 1° marzo nel triangolo industriale, Milano, Torino e Genova. Lo sciopero fallì. Il commissario politico dei Gap, Luciano Penello, detto Fino, un padovano di 45 anni, anche lui uno degli spagnoli confinati a Ventotene, gli ordinò di riprendere la strada della montagna.

«Ma Buranello rimase in città: voleva tentare qualche azione clamorosa per rianimare gli operai. La mattina del 2 marzo venne riconosciuto in un bar da tre agenti della squadra politica della questura. Si difese sparando, ne ferì due, poi fu preso, torturato e condannato a morte. Alle sei di mattina del 3 marzo lo fucilarono al forte di San Giuliano.

«La reazione dei fascisti e dei tedeschi non fecero che accrescere le azioni dei gappisti. In molte zone nascevano nuovi Gap, spesso improvvisati. E a volte i loro colpi maldestri avevano conseguenze terribili. Ad Acqui, in provincia di Alessandria, uno di questi gruppi tentò un'azione contro un piccolo reparto tedesco e fallì. A pagarla furono cinque partigiani catturati nell'Astigiano e nel Cuneese. Vennero fucilati la sera del 25 gennaio 1944 nel cortile dell'Economato comunale di Acqui.»

«Conosce i loro nomi?» mi domandò Livia.

«Sì, li avevo pubblicati nella mia tesi di laurea. Erano Stefano Manina, Elidio Valle, Vittorio Novelli, tutti e tre di Asti; Luciano Obertini, di Savona e Giuseppe Oddo, di Siracusa.

«Il 26 gennaio, il Gap di Bologna uccise il segretario federale del Pfr, Eugenio Facchini, di 32 anni. Lo attesero mentre entrava alla mensa universitaria dove era abituato a consumare i pasti. Non aveva scorta e girava disarmato. Gli spararono alle spalle, almeno quattro colpi di rivoltella. Facchini morì subito.

«Come il federale di Milano, Resega, assassinato il 18 dicembre, anche Facchini era un moderato. Secondo Giorgio Pisanò, aveva tentato un accordo con i socialisti per evitare a Bologna le asprezze della guerra civile. Era il contrario di quanto i comunisti volevano. Per questo lo ammazzarono. Le conseguenze furono automatiche. Otto antifascisti vennero condannati a morte e subito fucilati.

«Quindici giorni dopo, cadde un altro segretario federale moderato. Era Arturo Capanni che guidava il partito a Forlì. Dirigeva il Pfr della provincia da una settimana. Anche lui girava senza scorta e in bicicletta. Il 10 febbraio 1944 i gappisti gli spararono mentre ritornava a casa, nella frazione di San Varano.Venne preparata la rappresaglia: dieci ostaggi da fucilare. Ma la vedova di Capanni, Carlotta Della Valle, non voleva che fossero uccisi dieci innocenti. E riuscì a salvarli.

«Possiamo inserire in questa fase della guerra civile ancora un colpo grosso del Gap torinese: l'uccisione del direttore della "Gazzetta del Popolo", uno dei quotidiani della città, Ather Capelli, 41 anni, nato a Ferrara. Era il 31 marzo, all'una di pomeriggio. Capelli stava rientrando a casa per il pranzo. Mentre scendeva dall'auto ed entrava nell'androne del palazzo, in via Morghen, gli spararono alle spalle.»

«Come Carlo Casalegno» mormorò Livia. «Quando le Brigate rosse lo colpirono, nel novembre 1977, anche lui rientrava a casa dal giornale per la pausa del pomeriggio. E venne ammazzato nell'ingresso del suo palazzo.»

«Sono atterrita da questo catalogo di delitti» disse Livia. «Vorrei passare a un'altra vicenda. È possibile?»

«No. Elenchi simili a questo sono indispensabili per capire che cosa sia stata la guerra partigiana in Italia, anche nella fase più matura, quella iniziata nella primavera del 1944. Talvolta lo scontro con i fascisti e i tedeschi divenne di tipo militare, come succede nelle vere guerre di guerriglia. Ma nella maggior parte dei casi continuò a essere una catena di delitti. Era sempre la strategia dei Gap: uccidere fascisti di quarta o quinta fila per destare il panico e ridurre il consenso alla Repubblica sociale.

«Mentre preparavo un mio romanzo ambientato nel territorio di Reggio Emilia, *I tre inverni della paura*, pubblicato da Rizzoli due anni fa, condussi una ricerca sui fascisti uccisi nella provincia tra il maggio e il giugno 1944. Vorrei ricordarla a lei.»

«Con tutti i nomi delle vittime?» mi domandò Livia. «Le confesso che mi impaurisce e mi stanca...»

«La capisco» le replicai. «Ma se non facciamo i nomi pure di chi ha perso la guerra che storia possiamo pretendere di scrivere? Tacerli sarebbe come ucciderli un'altra volta. Dunque mi ascolti con pazienza.

«Il 3 maggio 1944, fu assassinato il segretario del fascio di Correggio: Quirino Codeluppi, 46 anni. Lo ammazzarono di sera, per strada, con due rivoltellate alla schiena. Gli assassini non vennero mai scoperti. Il giorno successivo fu eliminata la fiduciaria del fascio femminile di Scandiano, Clotilde Cattani Tognoli. Aveva 39 anni, la uccisero nella frazione di Pratissolo, mentre rincasava. Il 6 maggio toccò alla fiduciaria del fascio di Guastalla:

Gina Folloni Soragni, 39 anni, insegnante. Si disse che a eliminarla furono due gappisti arrivati da Novellara e guidati da un compagno del posto.

«Il 17 maggio a Villa Bagno, una località di Reggio Emilia, fu abbattuto un sottotenente della Gnr: Alfonso Nardi, 21 anni. Sette giorni dopo, in città, i gappisti uccisero Giacomo Iori, veterano di guerra e squadrista. Erano le cinque del pomeriggio, lui camminava in viale Timavo, diretto a casa. Due uomini in bicicletta gli arrivarono alle spalle e gli spararono alla nuca e alla schiena.

«Il giorno successivo, era il 25 maggio, due gappisti sempre arrivati da Novellara, fecero irruzione nella farmacia di Fabbrico. Al banco c'era il farmacista: Francesco Davolio Marani, 57 anni, segretario del fascio locale. Lo uccisero con sei rivoltellate, sotto gli occhi di due clienti atterriti. Poi i gappisti se ne andarono in bicicletta, tranquilli come erano arrivati.

«Il 1° giugno, a Quattro Castella, nella frazione di Roncolo, morì il fiduciario dell'Unione fascista agricoltori: Alfredo Casotti, 50 anni. Verso le sette di sera, stava nel cortile di casa insieme al padre Domenico. Arrivarono in bicicletta due dei Gap e lo freddarono con le pistole. Era gente che sparava con calma e non fecero un graffio al vecchio Domenico.

«Il 2 giugno, a Bagnolo in Piano, i soliti ciclisti colpirono alle spalle Ovidio Liviani, 49 anni, membro del Direttorio del fascio repubblicano di Reggio. Era pieno giorno, poco prima dell'una. Liviani venne ucciso mentre rincasava per il pranzo. Il 4 giugno, a Guastalla, fu accoppato Giuseppe Sordini, 19 anni, militare della Rsi. La sera del 5 giugno a Massenziatico, una frazione di Reggio, venne ucciso a rivoltellate Bruno Manicardi. Aveva 38 anni ed era il segretario del fascio di quella località. Il 6 giugno a Correggio fu la volta di Davide Campari, un commerciante di 58 anni che era stato squadrista.

«Dopo qualche giorno di pausa, gli omicidi ricominciarono. Il 16 giugno, a Sant'Ilario d'Enza, i gappisti eliminarono il commissario prefettizio di quel comune: Ferruccio Manzini, di 47 anni. La mattina del 20 giugno i gappisti fecero il bis con un altro commissario prefettizio, quello di Cavriago. Era Romeo Pioli, di 62 anni, nato a Barco di Bibbiano. Il 22 giugno, la stessa squadra di Gap assassinò per strada il segretario del fascio di Villa San Pellegrino: Arturo Piazza, di 57 anni. Il 28 giugno, a Castelnovo Monti, sempre sulla strada fu ucciso il commissario prefettizio che era stato anche il podestà del paese: Azzio Vezzosi, di 48 anni.

«L'ultimo delitto di quella fase i gappisti reggiani lo fecero il primo giorno di luglio. A Castelnovo di Sotto venne ammazzato Umberto Luperini, 34 anni, abitante a Reggio. Di lui si sa che era iscritto al Pfr e nient'altro.»

Livia era diventava livida. E mi intimò: «Adesso basta! Non voglio sentire più nulla».

20
Vita da civili

«I fascisti potevano essere uccisi dappertutto, sia in città che in campagna» dissi a Livia. «E la medesima cosa accadeva ai partigiani. I civili estranei alla guerra interna correvano anche loro dei rischi, ma non sempre gli stessi. Un conto era se abitavano in un centro urbano, un altro se vivevano in poderi isolati, in mezzo ai campi.»

«Capisco che è arrivato il momento di ricordare quella che De Felice aveva chiamato la zona grigia» osservò Livia. «Vale a dire gli italiani che non stavano né dalla parte della Resistenza né con la Repubblica sociale. Anche lei pensa che fossero la grande maggioranza della gente dell'Italia del Nord, dove la guerra civile infuriò sino all'ultimo giorno?»

«Sì. E dobbiamo parlarne. Per due motivi. Il primo e il più importante è che questi italiani erano come un grande vaso di coccio tra due vasi di ferro, molto più piccoli, ma assai più temibili. Quando dico vasi di ferro parlo dei fascisti e dei partigiani. Tanto gli uni che gli altri erano giovani, possedevano le armi, avevano una causa che li spingeva a combattere. Dunque potevano fare molto male pure a chi stava nel grande vaso di coccio. Il secondo motivo è che anch'io, da piccolo, sono vissuto dentro il coccio. Tanto da vedere e da ricordare molte cose.»

«Lei era un bambino di città» osservò Livia con il suo bel sorriso.

«Certo, di una piccola città piemontese sul Po, Casale Monferrato. Ma avevo degli zii che abitavano in campagna, nel territorio di una frazione vicina. Durante la guerra civile sono andato spesso a trovarli. E nell'estate del 1944 sono stato sfollato per un paio di mesi in una cascinotta dell'azienda agricola di cui lo zio era il fattore.

«Più avanti le parlerò di lui e di quello che mi ha fatto comprendere della guerra tra partigiani e fascisti. Adesso però le dirò qualcosa che le suonerà del tutto nuovo. Dal momento che Livia Bianchi ha avuto la fortuna di nascere quando quel mattatoio si era già concluso. E per di più ha sempre vissuto in una grande città, Firenze.»

«Sentiamo i ricordi del piccolo Pansa cresciuto nel centro della sua piccola Casale» mi incitò lei, sempre sorridente.

«Nei venti mesi della guerra civile, gli italiani di città erano alle prese con due problemi pesanti. Di uno abbiamo già parlato: i bombardamenti degli Alleati. Quello di morire sotto le bombe dei liberatori, così venivano chiamati dall'opinione pubblica antifascista, era l'unico vero rischio che correvano. Il secondo problema, sempre più assillante, era la difficoltà di procurarsi da mangiare. Chi ha vissuto la guerra e poi il primo dopoguerra rammenta una parola: il carovita.

«Oggi, in questa epoca di benessere, sia pure non per tutti, e di grandi sprechi, è difficile immaginare quale mostro vorace fosse il costo della vita. I prezzi crescevano di continuo, soprattutto quelli dei generi alimentari. Il potere d'acquisto degli stipendi e dei salari diminuiva a vista d'occhio. I negozi erano vuoti. E chi non aveva qualche santo in paradiso poteva soltanto tirare la cinghia.

«Il governo della Rsi aveva istituito in ogni provincia un commissario dei prezzi con l'incarico di regolare quelli al consumo. Era questo ufficio a dover vigilare sul carovita, stabilire il costo delle derrate e impedire il mercato nero. Nella pratica non riusciva a fare nessuna delle tre cose. La materia prima, ossia i viveri, mancavano. Possedere la tessera annonaria non serviva quasi a niente. Avrebbe dovuto garantirti un minimo di riso, di pasta, di grassi, di carne. Ma sin dall'estate 1944 non venivano più distribuiti con regolarità o lo erano in modo insufficiente.

«Il mercato nero, o la borsa nera, trionfava. Ecco un altro personaggio della mia infanzia: il borsanerista. La propaganda della Rsi lo dipingeva come un vampiro speculatore, il nemico interno più pericoloso e accanito persino degli stessi ribelli. Ma gli addetti al mercato nero erano migliaia in tutta l'Italia del Nord. E se ne fregavano di Mussolini e dei ribelli. I padroni veri erano loro. Alla legge che imponevano nessuno poteva sottrarsi.»

«Anche la vostra famiglia veniva strozzata dai borsaneristi?» mi domandò Livia.

«Meno di altre. La nostra risorsa era lo zio fattore. E soprattutto sua moglie, una sorella di mio padre Ernesto. Lo zio veniva in città due volte alla settimana, per vedere il mercato del martedì e del venerdì che si svolgeva in piazza Castello, accanto al vecchio fortilizio che guarda il Po. E ci portava sempre qualche aiuto importante. Un pollo, un coniglio, un pezzo di carne, una dozzina di uova, due micconi di pane cotti nel loro forno, verdure di stagione. Grazie agli zii, la fame non l'abbiamo mai sofferta. Ma nel nostro palazzo di ringhiera non tutti erano fortunati come noi.

«Il mercato nero strangolava la gente costretta a ricorrervi. Nelle mie ricerche per la tesi di laurea, avevo trovato un rapporto dell'Ispettorato speciale di polizia presso la prefettura di Alessandria che riferiva nei dettagli i prezzi della borsa nera. Era la fine dell'agosto 1944 e comprare viveri al mercato normale risultava quasi impossibile. Il mercato illegale speculava soprattutto sull'olio, sul burro, sul lardo, sul formaggio, sullo zucchero, sul sale, sul pane bianco preparato di nascosto, sulla carne macellata in segreto. Tutto avveniva, diceva quel rapporto, con la complicità di veterinari, di podestà, di messi comunali e di quant'altri erano preposti alla vigilanza.»

«Nelle città anche i civili erano in guerra» osservò Livia. «Penso che non ci fosse una gran differenza tra gli aerei da bombardamento e i borsaneristi...»

«Be', una differenza c'era» dissi a Livia. «I primi potevano toglierti la vita, i secondi si limitavano a renderla molto difficile. Sempre in quel rapporto, il commissario capo dell'ispettorato di Alessandria, spiegava che il mercato nero si rifletteva in modo drammatico soprattutto sulle famiglie degli operai e degli impiegati. Loro potevano contare soltanto su un reddito mensile fisso, per di più decurtato dall'inflazione. E talvolta insufficiente ad acquistare un chilo di burro alla borsa nera.

«Ma a decadere era l'intera società. Il commissario capo di Alessandria ne riferiva con schietto realismo: "Le città appaiono squallide e come morte, colpite da una paralisi. La maggior parte delle fabbriche sono chiuse, per mancanza di commesse e di materia prima, senza speranza di ripresa vicina o lontana. Sono rimaste in attività soltanto le poche aziende che ancora lavorano per le necessità belliche dell'alleato tedesco. La polizia non può svolgere i suoi compiti, anche per la concorrenza prepotente e invadente di altri organi similari".

«E ancora: "Le campagne sono del tutto abbandonate al loro destino. A meno che per vigilanza non s'intenda quella esercitata dai radi e magri presidi della Gnr. Quando non passano al ribellismo, come è avvenuto in molti casi, questi militi mancano di esperienza professionale. Quella che possedeva l'Arma dei carabinieri, oggetto di confidente fiducia, di salutare timore e di apprezzabile correttivo".»

«La polizia che rimpiange la Benemerita!» esclamò Livia. «Questa non l'avevo mai sentita.»

«Le può sembrare un paradosso» replicai. «Ma senza dirlo, quel commissario capo spiegava perché la maggior parte della gente si sentisse senza vie di scampo. Se non quella di vedere finire la guerra in qualsiasi modo. Anche con la vittoria dei tedeschi di Hitler.

«Tuttavia, pure nell'estate del 1944, ai miei occhi di ragazzino la vita in una piccola città restava un paradiso. Fare i bagni nel Po era diventato impossibile. Il letto del fiume aveva troppe buche, scavate dalle bombe degli Alleati. Ma nei cortili si giocava sempre. Le ragazze erano magre e si vestivano come potevano. Però mi sembravano tutte bellissime. Le scarpe con la suola alta di sughero, gli zatteroni, ne slanciavano la figura. Le gonne si accorciavano. E lasciavano intravedere delizie purtroppo riservate soltanto agli adulti.

«Vuole sapere che cosa mi affascinava di più nelle ragazze grandi?» domandai a Livia. «Erano le labbra coperte di rossetto. Forse trovavano anche quello alla borsa nera. E lo usavano senza risparmio. Quelle labbra rosse erano un faro che mi abbagliava. Avrei voluto leccarle, come se fossi un piccolo cane affettuoso. Ma avevo soltanto nove anni e per me era un affare proibito.»

«Lei era un ragazzino guardone» osservò Livia, con un sorriso da schiaffi. «E non mi pare che da adulto abbia perso quell'abitudine.»

«Sì, e non credo sia un comportamento riprovevole. Del resto, anche oggi voi donne fate di tutto per essere osservate. Allora c'era la guerra e di giovanotti se ne vedevano in giro pochi. Quelli a disposizione in città stavano tutti con la Repubblica sociale. Chi faceva il partigiano viveva in montagna o sulle colline del Monferrato. I renitenti si nascondevano. Per questo fiorivano amori pericolosi. Mia nonna Caterina imprecava contro le strusone che andavano con gli ufficiali tedeschi per denaro o con i ragazzi della Brigata nera per amore. Ma anche quello faceva parte della vita in tempo di guerra.

«Nel giugno 1944 mi preparavo a entrare nella quarta elementare. Leggevo i romanzi di Emilio Salgari. Ma quando andavo dal barbiere, che aveva il negozio su via Roma di fronte alla modisteria di mia madre, mi gettavo su "Signal". Era un quindicinale in rotocalco stampato dai tedeschi a Berlino, pure in italiano. Sapevo tutto della guerra, anche perché di sera in casa si ascoltava Radio Londra. Era proibito, ma lo facevamo lo stesso. Mio padre Ernesto, operaio dei telegrafi, si mostrava pessimista. Diceva: il mattatoio non chiuderà presto, dovremo aspettare la prossima primavera.

«La città ci proteggeva» spiegai a Livia. «E anche la guerra non ci faceva paura. Mi sembrava di vivere dentro un romanzo di cappa e spada. La nostra casa stava in via Corte d'Appello, ribattezzata via Ettore Muti in onore del gerarca fascista fatto uccidere dal maresciallo Badoglio dopo il 25 luglio. Il palazzo accanto era tornato a essere la Casa del fascio. Lì, appiccicato al soffitto del salone più grande, c'era il piccolo aereo di Natale Palli, un eroe della prima guerra mondiale, il pilota che aveva portato D'Annunzio nel volo su Vienna.

«L'unico mio rammarico era che non potevo più andare ad ammirarlo. La Casa del fascio era diventata un bunker, con l'ingresso sbarrato da militi della Gnr e della Attilio Prato, la Brigata nera della provincia di Alessandria. Del resto, mia madre mi aveva proibito di entrare in quel palazzo. Diceva: "Lì dentro succedono cose brutte".

«Infatti girava la voce che alla Casa del fascio ci portassero gente catturata, da interrogare e da pestare. Dalla nostra ringhiera si vedeva bene un fianco dell'edificio, distante una decina di metri, non di più. Un giorno, mentre giocavo con mia sorella Marisa e mio cugino Adriano, scorsi un uomo seduto su una sedia dentro una stanza. Aveva il viso coperto di sangue. Uno dei due che si agitavano attorno a lui si accorse di noi. E con un gesto imperioso ci fece segno di ritornare in casa. Poi chiuse con rabbia gli scuri della finestra.»

«Lei ha visto la guerra civile anche dalla campagna, se non sbaglio» disse Livia.

«Sì. E adesso le racconterò dei contadini alle prese con i partigiani e con il rischio di essere coinvolti in qualche rappresaglia tedesca o fascista.»

«La mia nonna materna, Teresa Cominetti, viveva nella nostra città, insieme alla figlia più giovane e ancora nubile» raccontai a Livia. «Abitavano in via Saletta, in un quartiere molto vicino al Po. Quando gli aerei americani cominciarono a bombardare i due ponti, il pedonale e il ferroviario, le figlie decisero che per la madre era rischioso rimanere lì. E le proposero di sfollare in campagna.

«Lei si rifiutò, dicendo: "Ho soltanto settant'anni, figuriamoci se ho paura di quattro bombette! Camperò più di tutti". E infatti visse fino a novant'anni. Però mia madre si impose. E così all'inizio dell'estate 1944, la nonna si trasferì nella frazione di San Germano, in compagnia dei tre nipoti più piccoli: Marisa, Adriano e il sottoscritto. Andammo ad abitare in una cascinotta isolata, in una località chiamata Lumella, che faceva parte della grande tenuta di un signore di Biella, affidata alle cure dello zio.

«Lo zio si chiamava Silvio ed era un uomo speciale. Lo rammento alto, secco, con quattro spinaci in testa, i baffi sottili e lo sguardo da sparviero. Aveva la passione della caccia e in casa teneva nascosti tre fucili che si era ben guardato di consegnare alle autorità fasciste.

«Tutti i giorni, alla fine del lavoro sui campi, passava un'ora buona a occuparsene. Li smontava, li oliava, li rimontava. Per poi riporli con una buona scorta di cartucce in una cassa ben lucchettata, nascosta nella soffitta. Mi diceva: “Sono l’assicurazione sulla vita di tua zia Maria e la mia. Grazie a loro, non ho paura di nessuno: tedeschi, fascisti e partigiani devono starmi alla larga”.»

«Metteva tutti e tre nello stesso mazzo» commentò Livia.

«Sì. Erano un trio che lui considerava di estranei, arrivati a turbare la vita faticosa, ma ordinata, delle campagne. Dopo la fine della guerra, gli agiografi della Resistenza hanno fatto molta retorica sui contadini e i partigiani. Ma i miei ricordi di ragazzino coincidono con quanto ho poi imparato in seguito.»

«E che cosa ha visto?» mi domandò Livia.

«Prima di tutto che i contadini non amavano per niente i partigiani. Nell’ipotesi migliore, li consideravano delle teste calde. Li ritenevano pericolosi per le conseguenze che la loro guerriglia poteva avere. Lo zio Silvio era solito dire: “Alla fine saranno come il miele per le mosche. Faranno arrivare anche da queste parti i tedeschi e i fascisti. Combattono a vanvera e ammazzano pure quando non è necessario. Poi ci lasciano nella bagna a pagare i loro conti con qualche rappresaglia”.

«In Monferrato i contadini erano quasi tutti dei piccoli proprietari agricoli. In dialetto li chiamavano “i particolar”, per dire che non possedevano grandi tenute, ma soltanto un pezzo di terra che bastava a vivere senza problemi. Era una condizione conquistata con un lavoro sfiancante che non cessava mai, se non durante la pausa imposta dall’inverno. Anche per questo nessuno di loro sopportava l’accusa di arricchirsi alle spalle dei cittadini, alimentando il mercato nero.»

«Ma lo facevano o no?» domandò Livia.

Le risposi: «Come sempre succede dappertutto e in ogni tempo, la verità sta nel mezzo. Una parte lo faceva, una parte no. Mio zio non lo faceva. Per principio e perché non ne aveva bisogno. Non gli importava di diventare ricco. A lui interessava soltanto di onorare l'impegno che aveva preso con il proprietario della tenuta. Un padrone che era scomparso e stava nascosto chissà dove. Per il semplice fatto che era di religione ebraica. E rischiava di finire in qualche campo di sterminio nazista.

«Anche per questo lo zio Silvio non sopportava i fascisti. Ricordo che diceva: "Il fascio ci incolpa di far salire il carovita e di far viaggiare il mercato nero. In città mi sono sentito dire che compriamo oro e gioielli con i profitti di guerra. E che per questo siamo complici del bolscevismo che vuole la morte del fascismo".

«Una sera che era venuto a trovarci alla Lumella, portando un bel po' di provviste, lo zio squadernò sul tavolo della cucina il settimanale fascista della città, "Il Lavoro casalese". Rivolto alla nonna Teresa disse: "Mamma, sentite un po' che cosa scrivono qui". Cominciò a leggere: "I contadini del Monferrato dimostrano tutta la loro ferocia quattrinaria...".

«Lo interruppi chiedendo: "Cosa vuol dire?". Però la nonna Teresa si mise di mezzo e ci ordinò di andare a dormire. Del resto, sui particolar del Monferrato lei la pensava quasi come la Repubblica sociale. Ossia che erano egoisti, pieni di roba da mangiare, borsaneristi e così pitocchi che cavargli qualcosa dalle mani era come cavare l'olio dalla Romagna. Ma quella volta si guardò bene dal parlare. Pur essendo una donnina d'acciaio, non voleva indisporre quello zio tanto generoso.»

«E dopo che cosa accadde?» domandò Livia.

«La nonna Teresa e noi ritornammo a Casale all'inizio dell'ottobre 1944. Ricominciò un altro anno scolastico, per me quello della quarta elementare. Mi piaceva molto andare a lezione e mi resi conto di essere felice. Ero un ragazzino di città e passare l'estate da sfollato in campagna non era stato il massimo.

«Ogni giorno avevo rimpianto il mio cortile, la mia ringhiera, la mia stanza, persino la mia strada. Anche se adesso era percorsa di continuo da automobili cariche di ragazzi in camicia nera che andavano su e giù, sia pure senza molto costrutto. Ero curioso e osservavo tutto, con l'occhio sveglio. E imparai cose che soltanto in seguito fui in grado di spiegarmi.

«La prima fu che nell'estate 1944 e nel primo autunno le bande partigiane erano molto cresciute. Ormai formavano un piccolo esercito, davvero costoso da mantenere. Ogni partigiano comportava una spesa mensile di 3 mila lire, forse qualcosa di più. Questo voleva dire che una banda di cento uomini aveva bisogno di 300 mila lire ogni mese, soltanto per poter sopravvivere. I finanziamenti dal centro, quelli dei comandi regionali a loro volta sostenuti dal comando generale del Corpo volontari della libertà, arrivavano con il contagocce.»

«Ha qualche dato in proposito?» mi domandò Livia.

«Certo. Riguarda la 6ª Zona ligure, la più importante della regione, quella che stava alle spalle di Genova. Nell'ottobre 1944, il comando della zona aveva chiesto al comando regionale un contributo di 15 milioni di lire al mese, ossia 3 mila lire per 5 mila partigiani.

«Ma il comando regionale aveva le casse quasi vuote. Dal comando del Cvl si era visto assegnare per tutte le formazioni liguri i seguenti contributi: in settembre 4 milioni, in ottobre 7 milioni, per novembre 10 milioni, per dicembre 10 milioni, per gennaio 15 milioni. Una goccia nel mare delle necessità.

«Per questo, il Servizio polizia della 6ª Zona ligure dispose che tutti i civili residenti nelle aree controllate dalle bande venissero tassati a seconda delle loro possibilità. Qualche formazione ritenne troppo drastica la decisione. La 58ª Brigata Garibaldi Oreste preferì attenuarla cercando di ottenere forti contributi da chi aveva molto denaro. Per esempio, proprietari terrieri o imprenditori che lavoravano per conto dei tedeschi. E fu così che, dappertutto nell'Italia del Nord, le formazioni cominciarono a praticare quello che venne chiamato con un eufemismo l'autofinanziamento.»

«Perché lo definisce un eufemismo?» chiese Livia.

«Perché significava cercare i soldi dove c'erano e ottenerli con le buone o con le cattive. E dove si potevano trovare? Semplice: nelle tasche di chi era ricco e, per di più, spesso nutriva simpatie per i fascisti. Ecco un capitolo della Resistenza che ha molte facce, ma che è stato poco o niente indagato. Di fatto si trattava di estorsioni a mano armata, sia pure per motivi patriottici, diciamo così. E se badiamo all'essenziale, si svolgevano nel modo seguente.

«L'imprenditore, l'agricoltore, il possidente preso di mira veniva invitato a finanziare i partigiani della sua zona. Se accettava di farlo, lui scuciva il denaro, i comandi mandavano a incassarlo dei giovanotti fidati e tutto finiva lì. Il brutto cominciava se lui rifiutava di aprire i cordoni della borsa, sostenendo di non essere ricco quanto sembrava. Allora la richiesta veniva ripresentata in modi più rudi, per esempio con qualche incendio doloso o qualche minaccia molto diretta. Se si ostinava a dire di no, veniva prelevato e condotto al comando. A quel punto, l'affare era fatto: i soldi uscivano.»

«E se insisteva a rifiutare, che cosa accadeva?» domandò Livia.

«Non me lo faccia spiegare. Lei lo sa quanto me. L'ostinato finiva dentro una fossa. Ma chi aveva dei beni al sole non si mostrava tanto testardo da rischiare la vita. E pagava. Le ho descritto un sistema ridotto all'osso. Quando si comincia a scendere nei dettagli si scoprono storie di violenza molto pesanti. Spesso con finali imprevedibili.»

«Me ne racconti una» mi incitò Livia.

«D'accordo. Riguarda un piccolo imprenditore del Monferrato che possedeva una fabbrichetta di mobili sul crinale delle colline che guardano il Po. Gli erano stati chiesti dei soldi e lui si era rifiutato di darli. Cominciò a girare la voce che aveva detto di no perché era fascista. Una notte gli arrivò in casa una squadretta di partigiani o di giovani che si dichiaravano tali. Gli dissero: "Ti piace Mussolini? Adesso vedrai che cosa piace a noi". Fecero alzare dal letto sua moglie, la condussero nel cortile e la stuprarono. Da quel momento il marito andò fuori di testa. Giurò di vendicarsi e si arruolò nella Brigata nera. È meglio non parlare di quanto succedeva ai disgraziati che gli capitavano sotto le unghie.»

«Le estorsioni compiute dai partigiani nelle campagne diventarono un piaga quando vennero presi di mira anche possidenti che non avevano mai collaborato con i fascisti» raccontai a Livia. «E la piaga divenne tremenda nell'inverno fra il 1944 e il 1945. Molte formazioni di collina e di pianura si era sbandate. Frantumandosi in gruppi che nessun comando era in grado di controllare. Per di più, risultava sempre più difficile distinguere i partigiani sbandati dalle bande criminali che si muovevano anche nel Monferrato.

«La già scarsa simpatia dei contadini per i partigiani si trasformò in ostilità aperta. Qualcuno arrivò a informare di nascosto i fascisti sui movimenti delle bande, nella speranza che le catturassero. Ma la maggioranza scelse un'altra strada: quella di difendersi con ogni mezzo dalle irruzioni nelle cascine.

«Gli umori dei particolar si erano volti al brutto. Non ne potevano più della guerra civile. E non volevano più saperne dei tedeschi, dei fascisti e dei partigiani. Erano stanchi di vivere nel disordine e nel terrore.

«Anche la presenza dei partigiani li infastidiva. Si facevano mantenere dagli agricoltori, ma non si preoccupavano per le conseguenze della loro guerriglia, sempre a danno dei civili. I contadini si sentivano soli contro il mondo. Pure chi si era arricchito con il mercato nero, non pensava più ai soldi. Il suo unico scopo era diventato salvare la propria famiglia, se stesso e la cascina.

«Insieme alle due nonne, Caterina e Teresa, andammo a passare le vacanze di Natale dallo zio Silvio e dalla zia Maria. Ricordo tanta neve, quanta non ne avevo mai vista. Le cascine erano fortezze dentro un deserto tutto bianco. Lo zio ci raccontò che il momento più difficile della giornata arrivava quando scendeva il buio. Anche in città esisteva l'oscuramento per difendersi dai bombardamenti. Ma in campagna la notte era davvero più nera del nero.

«Lo zio ci raccontò di aver rafforzato il suo arsenale. Insieme ai fucili da caccia adesso aveva anche un fucile dell'esercito tedesco con molte munizioni. Non ci disse in che modo se lo fosse procurato. Oggi credo che l'avesse comprato da qualche disertore. In più aveva trovato una aiutante...»

«Una donna?» s'incuriosì Livia.

«Sì, una ragazza di 17 anni. Era la figlia di un mezzadro rimasta sola al mondo. La zia l'aveva presa in casa per compassione, ma poi ne era stata davvero contenta. Adesso diremmo che aveva trovato una brava colf, allora si diceva un serva. Però la ragazza era una serva di tipo speciale.

«Si chiamava Giuseppina, detta Pinuccia. Aveva un volto da madonna, ma il fisico e l'energia di un boxeur, di un pugile. Era piccola, ben fatta, con due tette che mi lasciavano tramortito. Lei aveva subito capito che la osservavo con certi occhi. E mi aveva avvisato: "Tu sei soltanto un ragazzino. Ricordati che guardare e non toccare è un mestiere da imparare!".»

«Ma in che senso questa Pinuccia era diventata l'aiutante dello zio?» chiese Livia.

«Nel senso che lo zio le aveva insegnato come si usavano i fucili, tanto quelli da caccia che quello dell'esercito tedesco. E con meraviglia della zia e dello zio, lei aveva imparato subito. Non solo: si era rivelata bravissima a sparare. Dopo i primi tentativi maldestri nei campi alle spalle della cascina, aveva cominciato a centrare tutti i bersagli. Diventando uno dei perni del piccolo sistema di difesa predisposto dallo zio Silvio.

«Come stavano facendo altri agricoltori del Monferrato, quando scendeva il buio le porte e le finestre della cascina venivano sprangate. I fucili uscivano dall'armadio, caricati con cura e disposti accanto alle finestre del pianterreno. Poi iniziavano i turni di guardia. Alla Pinuccia toccava quello iniziale, dalle undici di sera alle due di notte. Quindi subentrava lo zio Silvio che di solito dormiva con un occhio aperto, pronto a saltare dal letto al primo allarme.»

«Fu mai assalita la cascina di suo zio?» mi domandò Livia.

«Sì, una volta sola. Accadde tra il 1° e il 2 novembre, nella Notte dei morti. In città, la nonna Caterina posava sulla ringhiera un piatto di castagne cotte e due bicchieri di pusca, un vinello leggero. Ci spiegava che erano per rifocillare i defunti: "Non dovete avere paura di loro. Sono anime buone che vengono a trovarci. Girano attorno alla casa sotto forma di fiammelle. Mangiano le castagne e bevono il vino. Poi se ne vanno contenti". Infatti, il mattino del 2 novembre mia sorella e io scoprivamo che il piatto era vuoto e così i bicchieri.

«Quella notte del novembre 1944, invece dei defunti, alla cascina dello zio Silvio si presentò una squadretta di uomini armati. Vai a capire se erano banditi o partigiani rimasti isolati. Comunque sia, non cercavano castagne né pusca, ma roba da mangiare, vestiti, soldi e oro.

«Era di guardia la Pinuccia che cacciò un urlo tanto forte da svegliare un caseggiato intero. Arrivò di corsa lo zio Silvio ed entrambi cominciarono a sparare dalle finestre che davano sull'aia. Sparavano come matti e il fucile tedesco, in mano allo zio, faceva miracoli. Gli sconosciuti capirono subito l'antifona. Risposero con qualche colpo a casaccio, poi tagliarono la corda.»

«Ritornarono un'altra volta?» chiese Livia.

«Macché. Si era sparsa la voce che assalire quella cascina poteva costare la pelle. E allora nessuno più si fece vivo.»

Livia sorrise: «La Pinuccia con il fucile! Questa non me l'aveva mai raccontata. Mi ricorda certe donne dei film western che mettono in fuga i pellirosse. Che fine ha fatto questa Pinuccia?».

«È vissuta nella cascina degli zii sino ai 25 anni. Poi si è sposata con un agricoltore più anziano di lei. Come regalo di nozze, lo zio Silvio le ha consegnato un fucile da caccia nuovo di zecca. Dicendole, sornione: "Vedi di non usarlo contro il tuo sposo". Il matrimonio di Pinuccia è stato felice. Ha messo al mondo tre figli, tutti maschi. Ma a comandare in casa è stata sempre lei. Senza usare il fucile, per fortuna.»

21
Il sangue di Torino

Quando ritornai da Livia a Firenze per uno dei nostri weekend di lavoro, lei mi assalì con un ordine: «Adesso lei deve raccontare di Torino!».

Le replicai: «Perché dovrei? L'abbiamo già fatto insieme in due capitoli del *Sangue dei vinti*. Che cosa possiamo dire di nuovo?».

«Possiamo dire molto. A cominciare da quello che allora non avevamo spiegato: perché a Torino i partigiani hanno fatto scorrere tanto sangue quando la guerra era già finita. La mia domanda ha una base solida: i numeri dei fascisti uccisi in quella città e nella sua provincia. Sono molto alti. È strano che glielo rammenti io, ma nella capitale del Piemonte e nell'area immediata si è ammazzato più che in qualsiasi altra provincia italiana coinvolta nella guerra civile.

«Ho preparato una scheda che le spiegherà il motivo della mia richiesta» continuò Livia. «Lungo tutto il corso della guerra, i fascisti uccisi a Torino e nelle sue valli sono stati 2993. Di questi, le vittime dopo il 25 aprile 1945 risultano essere ben 1322. Questa cifra sale a 1519 se si tiene conto delle tombe senza nome nel cimitero di Torino e di chi è stato ammazzato nell'aprile 1945, ma non sappiamo in quale giorno. E al primo posto in questa macabra classifica non vengono i militari, bensì i civili: 343 eliminati.

«Torino e provincia conservano il primato anche per le donne assassinate dai partigiani a iniziare dall'autunno 1943. Sono state 292. Di queste donne, soprattutto civili, quindi non legate a uno dei corpi militari della Rsi, quelle soppresse dopo il 25 aprile sono quasi la metà, 135. Di loro, 99 vennero ammazzate a Torino città, le altre 36 nei comuni della provincia. Dunque le rinnovo la domanda: perché?»

«Lei mi sta mettendo di fronte a un problema non facile da risolvere» sospirai. «Le confesso che, dopo l'uscita del *Sangue dei vinti*, più di un lettore mi aveva proposto la stessa domanda. Per questo ci avevo riflettuto. E ne avevo parlato con il mio amico Michele Tosca, il ricercatore che ha studiato meglio di tutti la storia della Rsi a Torino. Tosca ha pubblicato un libro importante che abbiamo ricordato, ma non citato per esteso. Ha un titolo polemico: *I ribelli siamo noi. Diario di Torino nella Repubblica Sociale Italiana. La crudele cronaca di una guerra civile*. Sono due tomi che coprono l'arco di tempo dal 1943 al 1946. Li ha stampati nel 2007 Roberto Chiaramonte Editore, a Collegno.»

«E le sue riflessioni, fatte insieme a Tosca, quale esito hanno avuto?» domandò Livia.

«Il primo è quello più scontato. A Torino sono stati ammazzati così tanti fascisti per la semplice ragione che i fascisti torinesi erano davvero molti. Secondo una lista trovata nella questura della città dopo la Liberazione, gli iscritti al Pfr erano ben 16 mila, elencati per nome e cognome.»

«Le confesso che non mi sembrano così tanti» osservò Livia. «Durante la guerra civile, la città di Torino aveva all'incirca 650 mila abitanti.»

Risposi: «Non mi azzarderei a fare certi confronti. Dopo l'8 settembre 1943, iscriversi al Pfr era una scelta rischiosa, che comportava molto coraggio. Comunque Tosca sostiene che quella lista era incompleta. Ed è probabile che non tenesse conto degli iscritti repubblicani di molti piccoli comuni della provincia.

«Inoltre nell'elenco scovato in questura non erano censiti i tantissimi militari fascisti presenti in città. Non mi riferisco ai militi della Brigata nera Ather Capelli che erano tutti iscritti al partito. Parlo soprattutto della Gnr e di altri corpi militari presenti in città. Del resto, la famosa colonna guidata dal comandante della Gnr provinciale, il colonnello Giovanni Cabras, e partita da Torino la notte tra il 27 e il 28 aprile 1945 nell'illusione di arrivare in Valtellina, era composta di almeno 10 mila uomini, forse 15 mila.

«Bisogna tener conto anche di un altro dato. Il fascismo repubblicano torinese aveva una base popolare molto forte. Lo stesso federale Giuseppe Solaro, un giovane di 31 anni, figlio di un operaio delle ferrovie, era un fascista di sinistra. Prima del 1943 i socialisti torinesi avevano pensato che passasse dalla loro parte. Solaro credeva nella socializzazione. E aveva tentato di aprire un dialogo con gli operai della Fiat e di altre fabbriche della città. Senza successo perché la guerra stava finendo e la Rsi sembrava a tutti un'esperienza politica destinata alla sconfitta.

«Qui non racconteremo un'altra volta la fine orrenda di Solaro» dissi a Livia. «Lei ricorda che lo impiccarono nel pomeriggio del 30 aprile, in strada, nell'angolo fra corso Vinzaglio e via Cernaia, sotto gli occhi di una gran folla. Il suo corpo lo portarono a spasso per le strade di Torino. Fu la festa della forca. E alla fine lo scaraventarono nel Po, come stava accadendo per tanti altri cadaveri di fascisti.»

Dissi ancora a Livia: «Se fossimo in grado di fare un'analisi sociologica dei fascisti uccisi a Torino e in provincia lungo tutto l'arco della guerra civile, penso che si vedrebbe con chiarezza che il Pfr era un partito di gente comune, diremmo oggi. Piccola borghesia, dipendenti pubblici, operai, insegnanti, coltivatori diretti, salariati agricoli. C'erano famiglie intere iscritte al Pfr. Le sedi periferiche del partito erano il ritrovo di un'umanità semplice, non di intellettuali e di signoroni. Tosca mi ha regalato un'immagine che le offro: non risultavano molto diverse dai circoli dell'Arci odierni».

«È interessante quanto mi sta dicendo. Non piacerà all'Arci, un sodalizio di sinistre, ma pazienza!» esclamò Livia. «La conclusione sembra proprio quella che lei ha già esposto: i fascisti torinesi erano tanti, per questo tanti vennero uccisi. È un'equazione che regge, però non mi soddisfa del tutto.»

«Lei non si accontenta mai!» replicai. «Ma è un aspetto del suo carattere che mi spinge a essere più preciso. Cercherò di dirle qualcosa di più.»

«Prima di tutto, bisogna ricordare che in Piemonte esistevano formazioni partigiane tra le più forti dell'Italia del Nord, in grande maggioranza garibaldine. Nell'estate 1944 i comunisti avevano costituito anche le Squadre di azione patriottica. Erano le Sap, un partigianato di seconda serie, destinato ad agire nelle città e nei paesi.

«Dopo la crisi dell'inverno fra il 1944 e il 1945, molte bande, a cominciare dalle Sap, si erano ingrandite, arruolando patrioti dell'ultima ora. Non pochi di questi erano disertori delle forze fasciste o renitenti alla leva rimasti imboscati per molti mesi. E furono costoro i più decisi nelle vendette seguite alla Liberazione.»

«Volevano dimostrare di essere dei veri antifascisti?» domandò Livia.

«Mettiamola così. In realtà, a Torino esplose un furore incontrollato, una voglia di sangue che nessuno riusciva a frenare. Chi voleva ammazzare almeno un fascista, talvolta anche per motivi privati, si sentiva coperto dai due unici, veri poteri esistenti in città: gli angloamericani e i comunisti.

«I primi parlarono per bocca del colonnello inglese John Melior Stevens, il capo delle missioni della Special Force britannica in Piemonte. Disse al vertice del

Cln: "Fate pulizia per due o tre giorni. Poi non voglio più vedere un morto per le strade". Ma i partigiani e la folla che si era accodata a loro si ritenevano i veri vincitori. E il sangue dei fascisti continuò a scorrere per settimane.»

«I comunisti che cosa dissero?» chiese Livia.

«Per loro parlò uno dei leader nazionali, Giorgio Amendola. Con un articolo difficile da dimenticare, pubblicato sull'"Unità" di Torino il 29 aprile 1945. Diceva così: "Pietà l'è morta. È la parola d'ordine del momento. I nostri morti devono essere vendicati, tutti. I criminali devono essere eliminati. La peste fascista deve essere annientata. Con risolutezza giacobina, il coltello deve essere affondato nella piaga, tutto il marcio deve essere tagliato".

«Lei mi chiedeva il perché di tanti cristiani accoppati. Ecco un primo perché: la convinzione dell'impunità assoluta, di poter compiere qualsiasi delitto. Tosca documenta casi di gente che voleva a tutti i costi affiancare i plotoni di esecuzione. E in mancanza di un fucile, si faceva consegnare una bomba a mano per scannare il fascista già messo al muro.

«Se riuscivano ad agguantare un mitra, si mettevano a sparare. Ma da inesperti riuscivano soltanto a ferire la vittima. Il disgraziato rimaneva agonizzante a terra sotto gli occhi della gente, perché nessuno aveva il coraggio di spararli il colpo di grazia. Accadde alla caserma Montegrappa di Torino, il 29 aprile. Chi aveva voluto il mitra era una donna che, indicando l'uomo da uccidere, gridava in dialetto "Chest'chi lu masu mì!", questo qui lo ammazzo io!

«Un altro fatto che spiega l'alto numero dei morti va presentato con rispetto perché riguarda molte delle persone uccise nella mattanza sotto la Mole» dissi a Livia. «La mia spiegazione inizia da una domanda: che cosa avrebbe fatto lei, Livia Bianchi, nelle giornate sanguinarie di Torino se fosse stata una fascista della Repubblica sociale?»

Lei mi guardò sorpresa: «È semplice: all'avvicinarsi del crollo, diciamo a partire dalla fine del marzo 1945, sarei fuggita, senza esitare un minuto secondo. E avrei cercato di nascondermi in un posto il più lontano possibile dalla città. Dove molti sapevano che ero una militante della Repubblica sociale».

Replicai a Livia: «Ottima risposta, con il senno del poi. Ossia alla luce di tutto quanto abbiamo saputo in questi anni sul sangue dei vinti. Ma se ritorniamo al 1945, è facile rendersi conto che non poteva essere così istintivo il decidere di fuggire e di nascondersi.

«Molti fascisti erano convinti che, all'ultimo minuto, la Germania avrebbe vinto la guerra. Grazie alle armi segrete di Hitler, un mistero affascinante di cui si parlava tanto. Questa speranza, o questa illusione, dava a molti un senso di sicurezza destinato a rivelarsi tragicamente infondato.

«Esisteva poi un altro motivo. Sino alla fine dell'aprile 1945, quasi nessuno immaginava quanto sarebbe stata sanguinosa la resa dei conti. Erano pochi quelli che vivevano nel terrore delle vendette dei partigiani. Tanti erano sicuri che, nel caso di una vittoria degli angloamericani, tutti i fascisti sarebbero stati trattati come prigionieri di guerra. Da inviare nei campi di concentramento e non da mettere al muro o da appendere a un albero.»

Livia mi obiettò: «Eppure era stata proprio la propaganda fascista a descrivere le bande dei ribelli come un insieme di belve feroci, di carnefici senza pietà. E insieme alla propaganda, c'era l'esperienza brutale dei tanti mesi di guerra civile. Con molti fascisti, soprattutto civili, uomini e donne spesso anziani, accoppati a Torino e nelle sue valli con una spietatezza senza uguali. Bastava leggere giornali come "La Stampa" o la "Gazzetta del

Popolo" per sapere che non esisteva scampo per i fascisti catturati dai partigiani».

«Questo è vero» le replicai. «Ma nell'insieme mancava la consapevolezza di quanta crudeltà la guerra civile stesse generando. A cominciare dalla voluttà di uccidere l'avversario. A qualcuno potrà sembrare una bestemmia, ma lo stesso errore l'avevano fatto i renitenti raccolti nei primi mesi del 1944 attorno alle due bande partigiane sul monte Tobbio. Nessuno, neppure i commissari politici comunisti, dei padreterno che sembravano sapere tutto, era stato capace di prevedere il massacro che i tedeschi e i fascisti avrebbero compiuto attorno alla Benedicta.»

«Provo a riassumere le spiegazioni che mi ha offerto» disse Livia. «Speranza nella vittoria dei tedeschi e illusione di essere trattati da prigionieri di guerra. Per questi due motivi molti fascisti torinesi non se andarono in tempo dalla città. E fecero la fine del topo in trappola. È così?»

«Sì. Lo testimonia il fatto che molti dei fascisti uccisi a Torino nell'aprile e nel maggio 1945 vennero catturati in casa, senza colpo ferire. Non avevano armi e non cercarono di reagire, come invece tentò di fare un certo numero di cecchini. È crudele dirlo, ma sembrava che aspettassero immobili i loro boia.

«Le citerò un caso che vale per tanti altri. Il 28 aprile venne prelevato nel proprio appartamento un seniore della Milizia fascista, poi diventato un tenente colonnello della Gnr. Si chiamava Emilio Lubiani, era nato a Savona nel 1894, dunque aveva 51 anni. Nella prima guerra mondiale si era guadagnato due medaglie d'argento. Dopo aver aderito alla Rsi, era stato uno dei giudici del processo Perotti, concluso con la condanna a morte e la fucilazione di gran parte del primo Comitato militare di Torino.

«I partigiani erano guidati da qualche informatore, uno di questi poteva essere il vecchio proprietario dell'alloggio. Infatti la squadra andò a colpo sicuro e prelevò Lubiani in casa, al centro di Torino, in corso Vittorio Emanuele. Con lui c'era il figlio di 19 anni, Piermaria, sottotenente della Gnr. Entrambi vennero portati all'Albergo Nazionale, requisito da una brigata partigiana. Di qui vennero condotti in piazza Cavour e fucilati al cospetto di una folla che applaudiva.

«I Lubiani non furono gli unici a essere presi in casa. Una donna, che faceva la portinaia in via Lauro Rossi, si lasciò catturare addirittura nella guardiola. Non so perché la cercassero, ma i vendicatori la trascinarono sulla strada, nel tratto fra corso Giulio Cesare e corso Palermo. Soltanto allora la donna cominciò a difendersi. Si dibatteva con tutte le sue forze. Poi venne finita con un colpo di rivoltella alla nuca.

«Anche una famiglia intera, di tre persone, fu catturata nel proprio alloggio, in via Casalborgone, nella zona di Madonna del Pilone. Erano Pietro Porfido, 41 anni, impiegato comunale, la moglie Angela di 35 e la figlia Alda di 17. Tutti accusati di essere spie e torturatori. Ma era quello che si diceva dei fascisti o presunti tali.

«Alle due donne furono rasati i capelli e venne dipinta con il minio rosso una croce sulla nuca. Poi li spinsero lungo corso Casale fino alla caserma di via Asti, che durante la guerra civile era stata la sede della Gnr e poi anche della Brigata nera. Ad assistere alla sfilata c'erano due ali di folla. Gente che gridava, sputacchiava e insultava. Arrivati in via Asti vennero eliminati tutti e tre.

«In quei giorni a Torino» dissi a Livia, «il caos era talmente grande che poteva essere prelevato in casa e ucciso pure chi non era fascista, anzi aveva collaborato con la Resistenza.»

«Ma era possibile?» domandò Livia.

«Certo che lo era. Bastava un sospetto senza fondamento, una voce maligna, una denuncia ritenuta attendibile e si finiva sotto terra. C'è un caso documentato da Tosca che ha dell'incredibile. Riguarda un docente universitario: il professor Dino Monari, 54 anni, ordinario a Medicina veterinaria. Era un collaboratore dei partigiani, ma un gruppo di patrioti lo arrestò nel suo appartamento in corso Re Umberto.

«Mentre veniva condotto a un comando di brigata, il professore forse protestò per l'arresto. Allora uno dei sequestratori lo uccise con una rivoltellata. Quando si resero conto di chi avevano ammazzato, si decise di sostenere che a colpirlo era stato un cecchino fascista. E come vittima dei franchi tiratori il professor Monari comparve sull'"Unità" di Torino. Il cadavere lo seppellirono nel Campo della gloria, riservato ai caduti partigiani. In più Monari ebbe un posto nella lapide di piazza della Repubblica.»

«Infine, l'alto numero dei morti si può spiegare con la determinazione feroce dei vincitori di Torino» dissi a Livia. «Ad affermarlo non sono soltanto i revisionisti come il sottoscritto o i ricercatori di destra come Michele Tosca.»

«Già, ricordo quello che pubblicammo nel *Sangue dei vinti*» osservò Livia. «Forse sarebbe opportuno rammentarlo a chi non lo ha letto o ai lettori nuovi che lei si è conquistato dopo il 2003. In fondo lo diceva anche un famoso direttore di quotidiani, Mario Missiroli: nulla è più inedito della carta stampata.»

«Bene, l'osservatore più attento e critico di quel bagno di sangue fu proprio il comandante dei partigiani piemontesi, il generale Alessandro Trabucchi, il numero uno del comando militare regionale. Nel suo libro di memorie, *I vinti hanno sempre torto*, pubblicato da De Silva nel 1947, scrisse che a Torino, nei giorni della liberazione, ai partigiani-soldato si erano uniti i partigiani-folla dell'ultimo momento...»

«Mi colpisce questa immagine: i partigiani-folla» osservò Livia. «Riassume bene perché ci fu quel mare di morti. La folla non ragiona mai. È sempre cieca. E può diventare un mostro che nessuno è in grado di fermare.»

«Certo. Ma il generale Trabucchi racconta qualcosa di più. E per questo di più, se l'avesse scritto oggi, si beccherebbe anche lui l'accusa di diffamare la Resistenza. Trabucchi spiegò che nel mese di aprile era iniziata la corsa all'inflazione partigiana. Le vecchie formazioni si erano ingigantite. I socialisti e i democristiani avevano inventato dal niente dei loro reparti cittadini da contrapporre alle Sap comuniste. E questi reparti della venticinquesima ora, scrisse Trabucchi, "crescevano come la flora tropicale dopo la pioggia".

«Sempre nello stesso libro, Trabucchi narra che il 25 aprile furono travolte le barriere di protezione del buon nome partigiano. "Entrò nelle formazioni il fiotto della razzamaglia: avventurieri, disertori, profittatori, gente che aveva qualcosa da far dimenticare, da occultare, da far perdonare... L'incontro di questi elementi con la gente esasperata, che chiedeva comunque giustizia, determinò uno stato d'animo collettivo e dei comportamenti furiosi."

«Per quasi un mese» continuai, «Torino vide un inferno di violenza e di paura che nella storia recente non aveva mai sperimentato. A dirlo fu il cardinale arcivescovo della città, Maurilio Fossati. Il porporato lo scrisse in una lettera inviata al nuovo governo regionale. Nella seduta del 2 maggio 1945, il prefetto di Torino, il socialista Piero Passoni, ne informò la giunta. Riassumendo così la protesta del cardinale: "Fossati lamenta il disgusto della popolazione per il sangue versato". Il rappresentante del Pci reagì dicendo: "Il disgusto non esiste!". Il colonnello Stevens, che sedeva con la giunta, non aprì bocca.

«Il libro di Tosca registra episodi di ferocia che possono sembrare incredibili. I vincitori non ebbero pietà neppure dei militari fascisti ricoverati negli ospedali dopo essere rimasti feriti in azioni precedenti il 25 aprile. All'Ospedale militare vennero strappati dai letti e subito uccisi sette paracadutisti, uno dei quali aveva un braccio amputato. Alle Molinette furono ammazzati un milite della Brigata nera e uno della Gnr. Al San Giovanni morirono altri due della Guardia repubblicana.

«Ma il delitto più insensato e barbaro venne compiuto il 2 maggio, sempre all'Ospedale militare. Qui era ricoverato un soldato del I Battaglione Folgore, Fulvio Cristiano, un ragazzo triestino di vent'anni. Era rimasto ferito in modo grave in uno scontro con i partigiani al Moncenisio. I medici avevano dovuto amputargli entrambi i piedi, dilaniati non so da cosa, forse da un colpo di mortaio o da una bomba a mano. Lo assisteva la madre, venuta da Trieste.

«Quel che successe lo racconta Antonia Setti Carraro nel suo libro *Carità e tormento*, pubblicato da Mursia nel 1982. Nel 1945 l'autrice era una giovane infermiera della Croce Rossa, arrivata a Torino alla fine di aprile. Il 2 maggio quattro uomini armati irruppero nella stanzetta dove Cristiano stava disteso sul letto, con accanto la madre.

«La squadra lo prelevò di brutto e cominciò a trascinarlo fuori dalla camera. La madre si oppose con tutta la forza che aveva, ma venne picchiata, presa per i capelli e trascinata in corsia. Poi la tramortirono con un pugno tra gli occhi. Nessun altro osò fermare i sequestratori.

«Il ragazzo mutilato venne trasportato di peso nel cortile dell'Ospedale militare. Qui la squadraccia tentò di farlo entrare in un furgoncino, ma non ci riuscì. Allora lo gettarono per terra e lo uccisero con raffiche di mitra, sparate da tutti e quattro nello stesso momento. Poi se ne andarono, lasciando la madre di Cristiano che urlava: "Maledetti assassini!".»

Livia mi ascoltò sgomenta. E si limitò a mormorare: «Disgustoso. Sembra la sequenza di un film dell'orrore, dove i serial killer commettono le atrocità più bestiali».

«È così. A Torino, ma non soltanto lì, insieme alla voglia di uccidere emerse il piacere di far soffrire. Le vendette del dopo 25 aprile furono anche la festa dei sadici. Quelli che incontrò un giovane istruttore dell'Opera nazionale balilla e poi delle Fiamme bianche, il reparto di ragazzi minorenni che si erano arruolati nelle file della Rsi. Si chiamava Raffaele Galluzzo, era un insegnante di 21 anni, che un giorno prima dell'arrivo a Roma degli americani andò al Nord per combattere.

«Alla vigilia della partenza, Galluzzo scrisse nel suo diario, sotto la data del 3 giugno 1944: "Si parla di stato di emergenza per domani. Dunque forse ci siamo? Lasciare la casa, mia mamma, Roma. Non avrò più alcuna notizia di mia madre, né lei ne avrà di me. Come cadono le fantasticherie: vado ove non so come sarà regolarizzata la mia posizione. E se tutto andasse male, sarebbe l'esilio. La mia fede sola supera ogni ostacolo, ogni dolore. Spero e credo ancora che sopra il mio destino Iddio porrà la sua mano. Non io, ma mia madre lo merita".»

«Chi le ha dato questa pagina di diario?» domandò Livia.

«Uno degli allievi di Galluzzo, Angelo Faccia. È l'autore di un piccolo libro: *Grazie comandante. 1945-2005. Sessant'anni dopo*, pubblicato a Perugia nel 2005. Galluzzo era un militare, con il grado di tenente. Lasciò Torino il 26 aprile 1945, con quel che restava del suo reparto. Nessuno portava un'arma. Arrivati a Caluso, sulla strada per Ivrea, vennero fermati dai partigiani. E la furia dei vincitori si scatenò su Galluzzo.

«Era un giovane gracile, non aveva la figura fisica del comandante miliziano. Per prima cosa, i partigiani gli spaccarono le ossa a bastonate. Poi gli misero una pala in mano e pretesero che si scavasse la fossa da solo. Ma Galluzzo era moribondo e non si reggeva più in piedi. Allora lo impiccarono a un albero.

«Soltanto nel 1949 la madre Emilia riuscì a scoprire

che fine avesse fatto il figlio e dove fosse stato sepolto. Andò a Caluso e poté recuperare quel poco che restava della salma.

«Erano trascorsi quattro anni dalla fine della guerra civile. Ma la signora, una terziaria francescana, dovette subire gli insulti di un gruppo di ex partigiani. Le organizzarono una piazzata offensiva sotto le finestre della pensione dove alloggiava. E quando riuscì a caricare su un treno il feretro del figlio, i carabinieri furono costretti a presidiare la stazione per evitare che qualcuno l'aggredisse.»

«Ancora una volta debbo dirle basta!» esclamò Livia. «Non riesco a sopportare l'orrore di queste storie.»

«La capisco, ma devo ancora dirle una cosa» spiegai a Livia. «Quello che accadde a Torino fra l'aprile e il maggio 1945 ha lasciato un'impronta indelebile in chi scampò alla mattanza. Tosca mi ha raccontato che ancora oggi, a sessantacinque anni da quelle giornate per niente radiose, ci sono dei superstiti che non hanno mai voluto raccontare nulla. Il sangue di Torino fa ancora paura.»

Parte quinta

22
Giòn, brigatista nero

«Un amico romagnolo mi ha mandato un libro poco noto, però molto interessante. Eccolo» dissi a Livia.

Le porsi il volume. Era un lavoro di Antonio Fogli e Angelo Pasi, intitolato *1944-1945. A Nord di Ravenna. Chi sa, parli!* Era stato pubblicato nel 2004 a Milano da Greco e Greco editori. Con una presentazione di Gustavo Selva.

«In che modo ci può essere utile?» domandò lei.

«Ci consentirà di parlare delle Brigate nere, un tema che non abbiamo ancora affrontato. E poi di raccontare quel che accadde a una di queste formazioni, quella di Ravenna.»

«Tanti anni fa, lei si era già occupato delle Brigate nere. Nel suo *L'esercito di Salò*, uscito nel 1969 e poi ristampato dalla Mondadori con un titolo diverso: *Il gladio e l'alloro*. Ricordo bene?»

«Sì. E prima di arrivare alle vicende della Brigata nera di Ravenna, forse sarà utile rammentare il quadro d'insieme. A cominciare dal comandante del corpo: Alessandro Pavolini, il segretario del Partito fascista repubblicano, che abbiamo già incontrato nel capitolo sui cecchini di Firenze. Pavolini è stato molto mitizzato, nel male e nel bene» raccontai a Livia. «Anche per la sua fine. Catturato sul lago di Como mentre tentava l'ultimo combattimento, venne fucilato a Dongo nel pomeriggio del 28 aprile 1945. Prima di essere ucciso, riuscì a scandire: "Viva l'Italia, viva il fascismo!". Il suo cadavere fu poi esposto a piazzale Loreto.

«Si è detto di lui che era un demonio oppure un santo

in camicia nera. In realtà, era prima di tutto un leader politico che aveva ben chiara una verità: in una guerra civile, senza armi non potevi sopravvivere, neppure all'ombra di un alleato potente, com'era per i fascisti la Germania nazista.

«Ma le armi da sole non bastavano» continuai. «Dovevano essere impugnate da un corpo militare che rispondesse soltanto al partito. Pavolini era un uomo avveduto e sapeva bene che, dal settembre 1943 in poi, in Italia si combattevano due guerre. La più importante era quella fra gli angloamericani e i tedeschi. L'altra era una guerra minore, però non meno aspra: tra i fascisti e i comunisti. Lui riteneva che la Resistenza fosse un monopolio del Pci. Ed era consapevole che, in caso di sconfitta dell'Asse, e quindi della vittoria dei comunisti, non ci sarebbe stato scampo per chi si era schierato con il Pfr e la Repubblica sociale. Le sembra che avesse torto?»

«Direi proprio di no» convenne Livia. «Soprattutto alla luce di quello che abbiamo scoperto in seguito e andiamo ancora scoprendo.»

«Fu per queste ragioni che nell'estate del 1944, Pavolini decise di trasformare il partito da struttura politica a struttura militare. Con due scopi. Il primo era di consentire agli iscritti di resistere ai partigiani che sin dall'inizio, come abbiamo visto, si erano mossi sulla base di una strategia micidiale: uccidere tutti i fascisti che non si potevano difendere.

«È sufficiente leggere i censimenti dei caduti della Rsi: nella grandissima maggioranza rimasero vittime di omicidi isolati, in agguati tipici del terrorismo politico. E senza distinzione di sesso, di età, di incarico militare o nel partito. Il secondo scopo, meno importante del primo, era di partecipare alle operazioni di controguerriglia. Anche se Pavolini più di tutti sapeva che, per questa attività, le sue Brigate nere non erano né addestrate né attrezzate.»

«Quando stavamo preparando *Il sangue dei vinti*, a proposito delle Brigate nere lei disse una cosa che mi colpì» osservò Livia, «anche se poi non la scrisse nel libro.»

«Già, le dissi che non vedevo grandi differenze tra le bande di Pavolini e quelle partigiane, a parte il colore della camicia che indossavano. Decidemmo di lasciare fuori dal testo questo tema perché poteva sembrare una vera bestemmia in chiesa. Molto più scandalosa dei fatti che andavamo scoprendo. Ma sul punto in questione non ho cambiato idea.

«Le chiarisco subito il senso della mia bestemmia» continuai. «Tra le Brigate nere e quelle rosse le affinità risultavano davvero molte. I componenti erano volontari. I comandanti si rivelavano spesso improvvisati: civili senza esperienza militare trasformati in soldati. La base di entrambe era eterogenea: idealisti, fanatici, onesti, delinquenti, uomini normali e sadici. Infine neri e rossi commettevano le stesse atrocità, a cominciare dalle torture e dagli stupri. Poi la retorica dei vincitori ha descritto i brigatisti neri come diavoli scaturiti dall'inferno e i partigiani rossi come angeli scesi dal cielo a portarci la libertà.»

«Bene, adesso che ha bestemmiato» sorrise Livia, «mi racconti quel che sa della Brigata nera di Ravenna.»

«Come quasi tutte, anche la Bn di Ravenna venne costituita nella tarda estate del 1944. Ricevette un numero progressivo, la 29ª, e fu intitolata al ravennate Ettore Muti, già segretario nazionale del Pnf, ucciso in circostanze ancora oggi misteriose durante il governo Badoglio.

«Anche a Ravenna si replicò lo scontro fra la Gnr e le nuove brigate di Pavolini. La Guardia nazionale di Renato Ricci era molto ostile alle Bn. Ricci aveva fatto di tutto per evitare che venissero costituite. Il motivo era uno solo: il comandante della Gnr temeva la concorrenza dei nuovi reparti. I fascisti disposti a combattere non erano molti. E la Guardia temeva di vedersi portar via soldati e ufficiali.

«L'avversione della Gnr per le Bn è testimoniata dai notiziari riservati della Guardia. Il 21 agosto 1944, quella di Ravenna inviò al vertice della Rsi un'informazione ruvida. Diceva: "Tra i fascisti vanno affiorando varie correnti a scapito della disciplina. I capi non hanno più alla mano i gregari. E questo avrà una dannosa influenza anche sulla costituzione della Brigata nera qui a Ravenna".

«Verso la fine del settembre 1944, esplose il contrasto fra il nuovo comandante provinciale della Guardia, il colonnello Ivan Scalchi, e il commissario federale del Pfr, Pietro Montanari. Tra i due si tennero vari incontri, alla presenza del prefetto di Ravenna. Scalchi lamentò il "sabotaggio" del partito ai danni della Guardia. Ma non cambiò a suo favore la situazione.

«Quel che stava avvenendo» spiegai a Livia, «venne messo nero su bianco da Scalchi. Scrisse a Ricci e a Mussolini: "In questi giorni i presidi della Gnr di Marzeno, frazione di Brisighella, e di Sant'Alberto, frazione di Ravenna, sono stati incorporati in blocco nella Brigata nera, dietro un ordine arbitrario dei comandi di distaccamento della Brigata. Inoltre, da parte delle Bn, è sempre in atto ogni forma di allettamento nei riguardi dei militi della Guardia, a base di denaro e di azioni arbitrarie".»

«Il comandante della Gnr di Ravenna riuscì a ottenere qualcosa?» domandò Livia.

«Credo proprio di no. Tanto è vero che il colonnello Scalchi prese una decisione estrema, che altri comandi della Gnr in seguito imiteranno: considerare disertori i militi della Guardia che si arruolavano nei reparti di Pavolini.»

«Fu una decisione riservata o resa pubblica?» chiese Livia.

«Il colonnello Scalchi era talmente infuriato che la diffuse con una circolare del 21 settembre 1944, intitolata *Integrità presidi*. Scrisse: "L'esodo di militi della Guardia nelle nuove formazioni politico-militari ha da finire in modo assoluto. Per non acutizzare una situazione già difficile, ho deciso di ritenere sanati i passaggi arbitrari alle Brigate nere sino al 1° settembre. Da quella data in poi riterrò disertori, e come tali perseguibili dalle leggi militari di guerra, i militi che si arruoleranno in altri reparti fascisti. E come disertori li perseguirò e li trarrò in arresto, ovunque si trovino, a mezzo dei miei reparti armati".»

«Quanti erano gli effettivi della Bn di Ravenna?» domandò Livia.

«Con certezza non lo sa nessuno. Secondo il lavoro di Fogli e Pasi che abbiamo citato, nell'ultima fase della guerra civile erano più di cinquecento. Ma in quel momento la Ettore Muti si trovava già dislocata al Nord, a Intra, sul lago Maggiore, in provincia di Novara, dopo essere stata in provincia di Verona e in seguito nel Varesotto.

«La Muti aveva lasciato Ravenna nel novembre 1944, sotto l'incalzare dell'8ª Armata britannica e dei partigiani garibaldini di Bulow, Arrigo Boldrini. La città venne poi liberata il 4 dicembre 1944. E chi se la vide brutta furono i parenti dei militi fascisti già ripiegati nell'Italia settentrionale. Soprattutto le donne, rimaste a Ravenna o nei paesi circostanti.

«Ma dei civili fascisti le dirò dopo» continuai. «Adesso voglio rilevare un fatto che ci riporta al discorso più generale sulle Brigate nere. Anche il comandante di Ravenna non era un militare. L'abbiamo già nominato: Pietro Montanari, che essendo il federale del Pfr ravennate era diventato il capo della Ettore Muti. Lo imponeva quello che chiamerò lo "schema Pavolini", messo in atto senza eccezioni in tutto il territorio governato dalla Rsi.

«Montanari era un ingegnere, per molto tempo capo progettista della Cooperativa muratori e cementisti di Ravenna. Non era più un giovane, essendo nato il 28 gennaio 1894 a Villanova di Bagnacavallo, un centro della Bassa. Quando diventò comandante della Ettore Muti aveva compiuto da poco cinquant'anni. Secondo il testo di Fogli e Pasi, durante il ventennio era rimasto in ombra dal punto di vista politico. Come tanti altri fascisti repubblicani, penso che decise di impegnarsi sotto la spinta dell'umiliazione provata per l'armistizio.

«Era un uomo mite, concreto e moderato. Il contrario del fascista fanatico e violento come di solito vengono descritti i capi delle Bn dagli storici antifascisti, parlo di quelli faziosi. Montanari rimase sino all'ultimo accanto ai brigatisti che non avevano disertato. E il 23 aprile 1945, dopo aver trattato la resa con il Cln di Verbania, venne rinchiuso anche lui nel riformatorio giudiziario che esisteva in quella località.

«Il carcere minorile sorgeva a Pallanza, che con Intra costituiva il comune di Verbania, sulla sponda piemontese del lago Maggiore. Era un vecchio edificio tetro, su tre piani, oggi scomparso. Si affacciava su piazza San Giuseppe, l'attuale piazza Giovanni XXIII. Durante la guerra civile era pieno di minorenni, i cosiddetti "barabitt", piccoli Barabba. Secondo una fonte, un gruppo di questi ragazzi, fra i 15 e i 17 anni, si era arruolato nella Brigata nera.

«Era un fatto per niente inconsueto, in quel tempo di sangue» spiegai a Livia. «Anche in altre città dell'Italia settentrionale le brigate di Pavolini avevano incorporato dei minorenni. Ricordo di averne visti nella mia Casale Monferrato. Indossavano con spavalderia ingenua la divisa fascista e giravano armati. Ma non pochi di loro avevano l'espressione ansiosa, propria di chi va incontro a un futuro che fa paura.

«Quando venne condotto nel riformatorio di Pallanza, il comandante della Ettore Muti era già ammalato e sempre più stanco. La sera del 10 maggio, un partigiano di guardia ai prigionieri si ferì per sbaglio con il proprio mitragliatore e morì. Allora gli altri partigiani decisero che anche Montanari doveva morire. Lo fucilarono subito. Poi costrinsero i brigatisti a scavare una buca nel cortile del riformatorio e a seppellirvi il loro comandante.»

«In che modo la Ettore Muti era arrivata sul lago Maggiore?» domandò Livia.

«Attraverso le tappe che le ho già indicato. Come accadde anche alle altre formazioni fasciste costrette a ripiegare per l'avvicinarsi del fronte. Andavano da una zona all'altra, reparti itineranti senza più casa. Era una condizione frustrante che sullo spirito degli uomini aveva riflessi diversi. Poteva renderli più accaniti nelle operazioni di controguerriglia. Oppure abbatterli e spingerli all'inerzia, se non alla diserzione.

«La Bn di Ravenna aveva raggiunto i dintorni di Verbania con un compito privo di senso: la difesa a oltranza da mettere in atto nell'inesistente ridotto in Valtellina, l'ultima illusione della Rsi. Quando la guerra finì, Montanari chiese ai suoi che cosa intendevano fare. A maggioranza i brigatisti decisero di arrendersi. Anche perché il Cln locale aveva garantito a tutti la vita e il trasferimento in un campo di detenzione.»

«Andò davvero così?» chiese Livia.

«Per niente. Il riformatorio di Pallanza diventò l'anticamera della morte. Secondo le testimonianze raccolte da Fogli e da Pasi, molti dei brigatisti vennero pestati, uccisi e poi sepolti nei cimiteri di Intra, Pallanza e Busto Arsizio. Quando gli Alleati fermarono la mattanza, i brigatisti vivi erano soltanto 150. È un dato veritiero? Non lo so. Comunque i superstiti furono avviati al campo di concentramento di Coltano, vicino a Pisa. E quando vennero rimessi in libertà, nell'autunno 1945, altri ancora furono uccisi pochi giorni dopo il ritorno a casa.»

«Alle loro donne che cosa successe?» domandò Livia.

«Mi spiace rispondere in modo troppo spiccio, però non posso che usare due parole: di tutto. Soltanto poche avevano potuto seguire il marito andato al Nord. Quelle rimaste a casa ebbero un solo destino: i vincitori le perseguitarono sulla base del pregiudizio che le femmine sono sempre responsabili di quanto fanno i loro uomini: padri, mariti, figli o compagni che siano...»

«Non creda che quel pregiudizio sia scomparso del tutto, anche se siamo nel 2010!» m'interruppe lei.

«Sono d'accordo. Quelle che erano rimaste nel loro paese, spesso furono rapate in piazza e poi esposte allo scherno della gente. Altre furono mandate in campo di concentramento a Fano, in provincia di Pesaro, sulla base dei pretesti più assurdi: spionaggio, prostituzione, mercato nero. Capitò di peggio alle donne che, dopo il trasferimento dei brigatisti ravennati a Coltano, cercarono di ritornare a casa. Si ricorda del posto di blocco partigiano al ponte della Bastia, sul fiume Reno?»

«Certo. Eravamo andati a vederlo mentre lei preparava *Il sangue dei vinti*. Uno dei capitoli aveva per titolo: *Check-point alla Bastia...*»

«Sì. Il ponte sta sul confine fra la provincia di Ferrara e quella di Ravenna, sulla strada statale Adriatica. Era un passaggio obbligato per chi da nord si dirigeva a sud. A partire dall'aprile 1945 e fino all'autunno, quel posto di blocco fu un vero e proprio dazio della morte per chi era o sembrava un fascista. Alcune delle mogli dei brigatisti, nel tentativo di arrivare in provincia di Ravenna, incapparono nei partigiani di guardia al ponte e sparirono.

«Ma pure chi era riuscito a rivedere la propria casa visse giornate difficili e qualche volta ci lasciò la pelle. Il lavoro di Fogli e Pasi racconta la storia dello zio Giòn. Era il soprannome di Romeo Pasi, un bracciante analfabeta di 60 anni, che aveva fatto il cuciniere nel presidio della Gnr di Sant'Alberto, una grossa frazione di Ravenna.

«Quando il presidio passò alla Brigata nera, provocando la reazione infuriata del comandante della Guardia ravennate, Giòn vestì anche lui la divisa dei reparti di Pavolini. Voleva seguire il figlio Nello, trentenne, diventato prima milite e poi brigatista per forza, dopo essere stato catturato in un rastrellamento. Insieme andarono al Nord e insieme vennero catturati a Verbania.

«Nello Pasi fu ucciso nelle mattanze seguite alla cattura. Il padre fu rilasciato su ordine del Cln, con un attestato di buona condotta. Non sapendo che il figlio era stato eliminato, Giòn volle aspettarlo per ritornare a casa insieme. Aveva paura di partire da solo perché dubitava di saper trovare la strada. Per campare scovò un lavoro da operaio in una segheria sul lago Maggiore.

«Giòn cercò notizie sul figlio, ma non ne trovò. Fu così che, alla fine del maggio 1945, decise di mettersi in cammino verso Ravenna, a piedi. Arrivato finalmente in città, si presentò alla questura. Qui, dopo una pessima accoglienza, presero atto dell'attestato del Cln e gli dissero che poteva rientrare a Sant'Alberto, dove lo aspettava la moglie.

«Giòn era malmesso: vestito di stracci, una barbaccia, i capelli incolti. Pensò che doveva darsi una sistemata e andò da un barbiere. Ma quando stava già dentro il negozio fu riconosciuto da una partigiana del suo paese.»

«Giòn venne ammazzato subito?» domandò Livia.

«No. Ma forse sarebbe stato meglio se gli fosse andata così. Giòn venne fatto salire su un carro tirato da un ciuco e riportato a Sant'Alberto. Fu una via crucis. Al ponte del Lamone lo fecero scendere, lo pestarono, lo presero a calci nel basso ventre e poi gli fecero cantare *Bandiera rossa*.

«Lui non sapeva cantarla e allora lo caricarono di altre botte. Arrivato a Sant'Alberto, nella piazzetta del paese, fu di nuovo picchiato. Infine lo condussero al comando partigiano del posto e qui gli diedero un'ulteriore razione di pugni e di schiaffi. Infine gli ordinarono di presentarsi ogni sera ai partigiani per un controllo.

«Giòn obbedì. Per due sere si presentò con puntualità al comando, firmò il registro delle presenze con la croce degli analfabeti e incassò altre due razioni di percosse. La terza sera, la moglie Lucia lo vide tornare senza nuovi lividi in faccia. Lui le disse: "Stavolta non mi hanno fatto nulla. Forse si sono stancati di picchiarmi. Però mi hanno ordinato di restare in casa perché più tardi verranno per fare un nuovo controllo".

«I giustizieri, chiamiamoli così, furono puntuali» continuai. «Era già notte fonda quando si presentarono davanti alla casa che ospitava Giòn e la moglie. Erano mascherati. Lo fecero scendere e se lo portarono via. Fu ucciso subito dopo, in un campo di Mandriole, una delle tante frazioni di Ravenna. Il suo cadavere venne scoperto la mattina successiva, 31 maggio 1945, festa del Corpus Domini.

«Nessun falegname del posto volle fargli la bara. Il corpo di Giòn fu messo tra quattro vecchie assi sporche di terriccio. E portato al cimitero su un carretto spinto a mano, senza un prete, senza un fiore. Questo il racconto di Fogli e Pasi, molto ricco di notizie.

«Sul posto dove i partigiani avevano ucciso Giòn, la moglie fece mettere una rozza croce di legno. C'era dipinta una scritta che diceva: "Fu assassinato qui Pasi Romeo il 31-5-45". Pochi giorni dopo la croce venne divelta. Fu rimessa in piedi e di nuovo qualcuno la distrusse.»

23
Ulisse e il Gatto

«Lei è mai stata ad Asti?» domandai a Livia.

«No. Mi è sempre apparsa troppo lontana da Firenze. In compenso, ho letto molte delle tragedie di Vittorio Alfieri, il più celebre degli astigiani» rispose lei, sorridendo.

«Lo vede?» le replicai, scherzando. «Lei è una signora colta, una vera intellettuale. Io di Alfieri non ho mai letto niente. In compenso sono stato ad Asti molte volte e ne ho sentito parlare tanto, sin da ragazzo. Mia nonna Caterina non amava i suoi abitanti. Diceva, sogghignando: astigiani larghi di bocca e stretti di mani. Significava che parlavano molto, ma combinavano poco. Non è così, naturalmente. E visto che stiamo parlando della guerra civile, in quel periodo si diedero molto da fare.

«La mia città è molto vicina ad Asti» ricordai a Livia. «Nel dopoguerra anche da noi erano famosi due comandanti partigiani di quel territorio, entrambi garibaldini. Il primo era Davide Lajolo, classe 1912, più conosciuto come Ulisse. Nato a Vinchio, un paese dell'Astigiano, come molti della sua generazione era stato un fascista fervente. Quando aveva poco più di vent'anni, era andato volontario in Spagna per combattere contro la repubblica dalla parte di Franco. In seguito era diventato comunista e, dopo la Resistenza, aveva diretto per dodici anni "l'Unità" di Milano.»

«Lei l'ha conosciuto Lajolo?» mi domandò Livia.

«Sì, dopo il 1968, quando era già al terzo mandato come parlamentare del Pci alla Camera. Aveva la struttura fisica del contadino: corporatura compatta, cranio robusto, capelli tagliati a spazzola. Parlava bene, con un vocione da basso. Era anche un bravo scrittore ed ebbe il coraggio di raccontare il suo viaggio dal nero al rosso. Non era un comunista fanatico. Basta leggere i suoi libri per capirlo.

«Il secondo comandante garibaldino famoso anche dalle mie parti si chiamava Battista Reggio, aveva come nome di battaglia Gatto, ed era un tipo d'uomo molto diverso da Lajolo. Nato nel 1922 a Belveglio da una famiglia di contadini benestanti, alla fine della guerra comandava l'8ª Divisione Garibaldi Asti, ma la sua fama non era dovuta a questo incarico. Il Gatto lo conoscevano tutti perché era un giovanotto spietato, che non ci metteva nulla a sparare. Insomma, il genere di partigiano che è meglio non incontrare. Aveva anche il fisico del ruolo, come si usa dire: alto, molto robusto, biondo.

«A renderlo pericoloso era il carattere: impulsivo, facile alla collera, coraggioso al limite della spavalderia, un fegataccio che se ne fregava delle gerarchie e della disciplina. Non gli piacevano i politici, neppure quelli del Pci astigiano. Li considerava dei pavidi, capaci soltanto di perdere tempo in chiacchiere inutili.»

«Ho letto qualcosa di lui» osservò Livia. «E proprio in un suo libro, per una storiaccia di tre persone assassinate dopo la fine della guerra senza motivo.»

«Il libro è *Sconosciuto 1945*, uscito dopo *Il sangue dei vinti*. La storia è quella dell'assassinio del podestà di Montegrosso d'Asti, Virgilio Chiappori, di suo figlio Severino e del barbiere Filippo Bussi, capitato per caso sotto la mannaia del Gatto. Vennero uccisi nella notte fra il 14 e il 15 maggio 1945.

«Ma a proposito del Gatto bisogna leggere un altro libro, scritto da Ilario Fiore: *La stanza di Kerenskij*, pubblicato nel 1994 dalla Nuova Eri» dissi a Livia. «Fiore aveva fatto il partigiano sulle colline di Asti, poi era diventato giornalista. Penso che molti lo ricordino perché fu il primo corrispondente della Rai da Pechino.

«Fiore, bravo anche come scrittore, ha lasciato un ricordo a tinte forti del Gatto. Era un cristone dal grilletto facile, un energumeno con la faccia da bambino strambo, aveva occhi grigio chiari che diventavano ancora più freddi quando partiva dicendo: vado a caccia di fascisti. A volte la sua furia diventava incontrollabile. Per di più era un comunista integrale, un adoratore di Stalin.

«Anche dopo la fine della guerra civile, e nonostante la condanna per i tre omicidi di Montegrosso, il Gatto continuò a coltivare la sua idea fissa: vendicarsi sui fascisti sopravvissuti. Fiore racconta che quando morì per un infarto, a 61 anni, gli trovarono in tasca un libretto nero. Gatto si era segnato i nomi dei nemici da eliminare alla prossima rivoluzione, come un giacobino impenitente.»

Livia mi domandò: «Avendo tra le mani due personaggi così, come mai nel *Sangue dei vinti* non avevamo parlato di Asti e della sua provincia?».

«Perché non ero riuscito a trovare una fonte attendibile. Adesso ne abbiamo una, uscita due anni fa. È il censimento dei caduti della Rsi di Asti e provincia. Condotto da un ricercatore puntiglioso, Emilio Scarone. E pubblicato nel 2008 da NovAntico Editrice di Pinerolo.»

«Ma in questo modo parleremo soltanto di quel che è accaduto ai fascisti» obiettò Livia.

«È vero» le replicai. «Però il compito che mi sono proposto scrivendo i miei libri, anzi i nostri libri, non è di raccontare l'intera storia della guerra civile. È solo quello di narrare l'altra metà della luna, rimasta per anni sconosciuta: le vicende dei fascisti repubblicani alle prese con i partigiani. E, soprattutto, con le vendette del dopoguerra. Molti sostengono che sono un revisionista. E questo mi piace. Come lei sa, ho persino scritto una specie di autobiografia intitolata, per l'appunto, *Il revi-*

sionista. In realtà, mi sento soprattutto un completista. Nel senso che cerco di scrivere le pagine che gli storici faziosi, quelli rossi, si sono sempre rifiutati di scrivere.»

«Congratulazioni per la tirata» sorrise Livia. «Finiamo sempre con il parlare di lei, caro completista. Penso sia meglio vedere queste storie astigiane.»

«Se debbo restare a quanto conosco» dissi a Livia, «la guerra partigiana in provincia di Asti diventò robusta soltanto a partire dall'estate 1944. Lo si comprende mettendo in ordine cronologico i fatti di sangue più importanti fra i tanti censiti da Scarone. Il primo ha la data del 22 settembre 1944. Quel giorno, a Calosso d'Asti, furono uccisi in un'imboscata dei partigiani sei militi della Gnr e quattro soldati.

«Il 18 novembre, nei pressi di Cortanze, altri sei militi della Gnr vennero fucilati, dopo essere stati catturati non si sa dove. Una nuova strage fu scoperta il 25 novembre. A Camerano Casasco, un paese di collina a pochi chilometri da Asti, venne ritrovata una fossa comune che conteneva diciassette cadaveri: quindici uomini e due donne. Una delle donne era incinta e l'avevano fucilata con il figlio di 14 anni.»

«Si conosce chi erano?» domandò Livia.

«Qualcosa sappiamo, però non di tutti. Sulle prime, "Asti repubblicana", il settimanale della federazione fascista e della Brigata nera Luigi Viale, scrisse che non potevano essere fascisti, "perché nessuno dei nostri mancava". Ma non era vero, almeno non del tutto.

«Secondo il censimento di Scarone, una delle vittime era Carlo Zavattaro, 41 anni, di Vignale Monferrato. Da civile era un funzionario del Poligrafico dello Stato, poi si era arruolato nella Brigata nera astigiana e i partigiani l'avevano catturato a Cortazzone. Un altro era Egidio Benci, 29 anni, nato a Ponsacco, in provincia di Pisa, anche lui un brigatista, catturato e ucciso alla fine di ottobre del 1944 vicino a Camerano Casasco.»

«Se non sbaglio» disse Livia, «ho visto una fotografia delle esequie di quei morti.»

«Sì. È una foto famosa, per l'ambiente che rievoca. Un freddo giorno di novembre, con gli alberi spogli. Molti giovani armati e in divisa che fanno ala alle bare. I feretri dei diciassette morti posati su carri agricoli, trainati da buoi ricoperti di drappi scuri. L'ho sempre considerata un'immagine cupa e vera della guerra civile. Il simbolo di uno scontro fra due esigue minoranze, mentre nel mondo le grandi potenze si combattevano con armi micidiali.

«Nel censimento di Scarone» continuai, «è riprodotto l'articolo che "Asti repubblicana" pubblicò sulla strage di Camerano Casasco. Ma non dice molto su quanto era avvenuto. Si limita ad annunciare che non sarebbe scattata nessuna rappresaglia. Per il resto è un pezzo polemico contro i comunisti. Con qualche riga dedicata ad "alcuni proprietari di vigneti e di terre che si crogiolano nell'oro accumulato con i proventi della borsa nera", ritenuti collusi con il ribellismo rosso.

«Il 2 marzo 1945» raccontai a Livia, «ci fu una nuova strage, questa volta a Moncalvo, un paese a pochi chilometri dalla mia città. I partigiani di una Brigata Matteotti, socialista, fucilarono nei pressi del Cimitero degli ebrei quindici fascisti catturati qualche giorno prima a Rocchetta Tanaro. Erano quasi tutti della Brigata nera di Asti, spesso molto giovani, di età inferiore ai vent'anni.

«Ad esempio, Giuseppe Miccoli, nato a Trieste, era diciottenne. C'erano anche due fratelli: Cesare e Felice Tosetti o Tosetto, nati a Torino. Il primo aveva poco più di 17 anni, il secondo stava per compierne 16. Il censimento non dice perché si fossero arruolati nella Brigata nera. Ma forse la risposta è semplice: erano entrambi fascisti e volevano combattere l'ultima battaglia di Mussolini.»

Livia mi disse: «Confesso che rimango sempre turbata di fronte alla giovanissima età di molti militari della Rsi. Oggi i ragazzi di 16 o 17 anni mi sembrano dei bambini, se li mettiamo sullo sfondo di una guerra europea. E penso che gli anziani, di una parte e dell'altra, abbiano avuto la colpa imperdonabile di aver condotto a morire tanti ragazzi con tutta la vita davanti...».

«Lo penso anch'io» replicai. «Ma per ora lasciamo da parte la pietà. Il 9 marzo 1945, fra Cisterna d'Asti e Santo Stefano Roero ci fu un combattimento tra partigiani e fascisti, quasi tutti della Brigata nera di Torino, la Ather Capelli. I militari fascisti erano arrivati in quell'area per rastrellare, ma ebbero la peggio. E lasciarono sul terreno ben ventisei morti. Compreso un ufficiale, che forse era il comandante del reparto: il maggiore Alfredo Maestroni, 50 anni.

«Tra loro c'era un'ausiliaria della Brigata nera, Maria Comotto, torinese, di vent'anni. Nel censimento di Scarone si dice che la ragazza morì per i colpi ricevuti sulla testa dal calcio di un fucile. Se è così, bisogna supporre che un partigiano infierì su di lei quando era già a terra ferita.

«La Federazione dei fasci repubblicani di Torino diffuse un resoconto irreale di quello scontro, in un comunicato apparso sulla "Stampa". Parlava di un combattimento contro 1500 ribelli, riforniti dai lanci degli aerei angloamericani. Secondo quel documento, le perdite dei ribelli erano state altissime: "129 morti accertati, un centinaio probabili, tre catturati e moltissimi feriti, distrutti cinquanta depositi di armi ed esplosivi". Che ne dice?» domandai a Livia.

«Che la propaganda imperversa quando si avvicina la fine» rispose Livia. «Mi dispiace per quella ragazza di vent'anni, l'unica disarmata in mezzo a un mattatoio tutto maschile...»

«Già, la propaganda risuonava e le forze calavano» dissi a Livia. «Tre giorni dopo la battaglia di Cisterna, ci fu la strage di Villanova d'Asti. Un reparto della Monterosa, il Battaglione Brescia, si stava trasferendo dal fronte della Garfagnana nel Canavese. Seguiamo la ricostruzione di Carlo Cornia, nel suo libro *Monterosa*, pubblicato nel 1998 a Parma da Ermanno Albertelli Editore.

«Il Battaglione Brescia, del 2° Reggimento alpini, dopo aver trascorso un periodo di riposo a La Spezia, raggiunse Genova a piedi. Il 7 marzo, a Nervi, venne passato in rassegna dal maresciallo Graziani che disse agli alpini: "Il nostro compito è di combattere contro lo straniero che ha invaso l'Italia. E contro gli italiani che al soldo dello straniero ci ostacolano in quest'opera di difesa della Patria, noi combattiamo per difenderci".

«Da Genova, il Brescia proseguì per Torino su una tradotta. La mattina del 12 marzo arrivò ad Asti e vi trascorse la giornata. Non appena si fece buio, le compagnie si riunirono alla stazione, accanto alla tradotta. La partenza avvenne nella notte. La locomotiva del treno aveva sul davanti due pianali per difendersi dalle mine. Subito dopo il locomotore c'era un altro pianale a sponde alte, poi una vettura di terza classe, destinata agli ufficiali e ai sottufficiali. Quindi venivano i carri con gli alpini e i cavalli. La notte era serena e tranquilla, nel cielo non ronzava neppure il solito cacciabombardiere.

«Alle dieci e mezzo della sera, il convoglio si trovava sul passaggio a livello tra Villafranca e Villanova d'Asti. In quel momento scoppiò una mina tra il secondo e il terzo carro. I vagoni vennero sventrati. Gli altri si accavallarono uno sull'altro, uscendo dalle rotaie. Qualche cadavere fu ritrovato maciullato. La testa del caporal maggiore Renzo Martinelli venne ritrovata in mezzo all'erba di un prato.

«Il casellante, disfatto dal terrore, raccontò che i partigiani erano arrivati all'improvviso. Mentre uno lo teneva sotto la minaccia di una pistola, gli altri avevano collocato la mina a scoppio ritardato. Se n'erano andati soltanto dopo aver visto arrivare la tradotta. Secondo la ricostruzione di Cornia, nell'attentato morirono diciassette alpini e trenta rimasero feriti. Ma secondo il censimento di Scarone gli alpini uccisi furono ventitré.

«Fu il penultimo agguato prima della fine. L'ultimo avvenne il 7 aprile sulla strada fra Castello d'Annone e Quarto d'Asti. Un'autocolonna della Legione Muti e della Monterosa cadde in un'imboscata dei partigiani. Risultato: quattordici morti. Diciotto giorni dopo la guerra si concluse. E cominciò subito un dopoguerra anch'esso coperto di sangue.»

«La nostra fonte è sempre il censimento di Scarone» avvisai Livia. «Nel leggerlo e schedarlo, mi sono trovato di fronte a un grande puzzle. Bastava avere la pazienza di rimettere insieme i pezzi. E ne veniva un quadro chiarissimo, mai prima disegnato.

«La prima fucilazione del dopoguerra fu eseguita a Viarigi, nella frazione di Accorneri. Si arresero ai partigiani cinque fascisti del presidio di Felizzano: due della Gnr, uno della Monterosa e altri due di reparti non accertati. Il più giovane era l'alpino Ubaldo Ragno, genovese, diciottenne, del Battaglione Bassano.

«La seconda esecuzione avvenne il 27 aprile a Costigliole d'Asti. Tre fucilati nel cimitero del paese. Tra loro c'era una donna: Giovanna Campero, 22 anni, nata a Montanara, in provincia di Cuneo.»

«Perché la fucilarono?» domandò Livia.

«Non lo so. Il censimento dice soltanto che era sposata, risultava casalinga e risiedeva con il marito ad Asti.

«Nel frattempo erano iniziate le esecuzioni nel capoluogo provinciale. Tutte decise dal tribunale militare di guerra della 9ª Zona piemontese, l'Astigiano. Le prime cinque avvennero il 27 aprile in piazza Emanuele Filiberto, nel centro della città, accanto alla stazione ferroviaria. Furono uccisi tre militi della Brigata nera, una guardia municipale e un milite della Gnr. Tutti pesci piccoli.

«La guardia municipale era il più anziano dei cinque: Giovanni Rissone, detto Pierin, 50 anni. Due giorni prima, era stata uccisa sua moglie, Petronilla Crosa, 43 anni. Dei partigiani le erano entrati in casa e dopo aver arraffato quel che c'era da prendere, l'avevano portata al Cimitero Santo Spirito e subito accoppata.

«Le successive fucilazioni avvennero nello stesso camposanto» spiegai a Livia. «E sempre per decisione del tribunale di guerra. Il 29 aprile morirono in quattro. Di nuovo pesci piccoli, a parte un maggiore dell'esercito repubblicano: Tullio Massera, da Treviso, 52 anni. Altre sei fucilazioni ci furono il 1° maggio, anche queste al cimitero. Pure in quel caso i condannati a morte non erano personaggi di spicco: un militare, un cameriere, un milite dell'Ufficio politico investigativo, un maresciallo dell'esercito, un giovane interprete del comando tedesco e un sergente della Gnr.

«Una nuova strage ebbe per scenario un piccolo paese, Vallunga, frazione di Piea. Questa volta a morire furono dodici militari del Battaglione Tirano della Monterosa.»

«Che cosa facevano nell'Astigiano questi alpini?» domandò Livia.

«La loro storia è rievocata in un libro poco conosciuto: *I nostri caduti noti e ignoti*, pubblicato nel 1999 a Milano, in 1200 copie numerate, dall'Associazione degli appartenenti alla Divisione Monterosa. È un testo prezioso, curato con precisione elegante. E contiene un elenco infinito di nomi. Preceduto da un'ampia prefazione di Piero Buscaroli.»

«Voglio sentire che cosa racconta questo libro» mi chiese Livia.

«Il Battaglione Tirano era stato ricostituito a Sondrio, in Valtellina, e incorporato nel 2° Reggimento alpini della Monterosa. Dopo lo sbarco americano in Provenza, il 15 agosto 1944, era stato inviato sul fronte delle Alpi occidentali nel settore del Monginevro. Il 13 settembre diede il cambio a reparti della 5ª Divisione alpina germanica. E rimase in quel settore sino alla fine dell'aprile 1945. Il suo fronte correva a un'altitudine sempre superiore ai 2000 metri, lungo una linea che da Claviere arrivava al monte Gimont, con l'ultimo avamposto al monte Chenaillet, a 2650 metri d'altezza. Il Tirano aveva di fronte reparti americani e francesi, anche coloniali.

«Il 23 aprile 1945, quando gli americani avevano già superato Bologna, il Tirano ricevette l'ordine di ripiegare in pianura. Il giorno 26 il battaglione raggiunse Pinerolo e poi Rivoli, in provincia di Torino. Qui stabilirono un accordo con i partigiani. Gli ufficiali dovevano essere consegnati agli americani, mentre agli alpini veniva concesso di ritornare a casa.

«Ma quel che valeva in una zona, non valeva più in un'altra. Un gruppo di dodici alpini del Tirano stava tentando di rientrare in Valtellina a piedi. Non possedevano più le armi e avevano un solo desiderio: salvare la pelle e rivedere le famiglie. Arrivati nell'area di Piea, incapparono in una formazione partigiana che si dimostrò inflessibile. E il 29 aprile i dodici alpini vennero fucilati tutti.»

«In quale posto li uccisero?» domandò Livia.

«Nessuna fonte lo spiega. Ma nel libro della Monterosa e nel censimento di Scarone, di tutti e dodici troviamo i nomi, le età e il comune di provenienza. Il più alto in grado era un sergente allievo ufficiale: Paolo Elena, nato a Maderno, in provincia di Brescia, a novembre avrebbe compiuto 22 anni. Anche gli altri undici alpini erano molto giovani, andavano dai 23 ai 19 anni.

«Nel frattempo al cimitero di Asti continuavano le

esecuzioni ordinate dal tribunale di guerra. Il 4 maggio vennero fucilati un sergente della Brigata nera, Giovanni Doglio, 40 anni, astigiano, e un tenente dell'esercito repubblicano, Raimondo Domina, 24 anni, un palermitano di Petralia Sottana. Il Doglio era davvero sfortunato. Rimasto ferito in un agguato nel marzo 1944, l'aveva scampata. Poi cadde sotto il piombo dei giudici partigiani.

«Il 31 maggio concluse invece la sua avventura nella guerra civile un personaggio di cui avevo sentito parlare da ragazzino: il famoso capitano Davide.»

«Perché era famoso?» domandò Livia.

«Perché era stato il protagonista di una storia che la propaganda tedesca aveva molto amplificato. Si chiamava Enrico Guglielmo Ferrero ed era nato a Savona nel 1910. Sembra fosse davvero un capitano del Regio esercito che dopo l'armistizio si era dato alla macchia, raccogliendo un gruppo di sbandati. Ne era nata una formazione di ribelli senza rapporti con i partiti del Cln. Operava nell'area di Canelli, a sud di Asti, ma non so dirle che genere di azioni avesse compiuto.

«Poi, tra il febbraio e il marzo 1944, il capitano decise di saltare il fosso e di schierarsi con i tedeschi. Secondo un volantino della propaganda germanica, il passaggio avvenne a Canelli il 7 marzo, con tutto il suo reparto. L'evento fu eternato in una fotografia, oggi pubblicata da Scarone. Si vede questo Davide, vestito di una divisa militare italiana con la bustina, che stringe la mano di un generale tedesco, affiancato da due ufficiali.»

«Perché il capitano Ferrero aveva deciso di combattere insieme ai tedeschi?» domandò Livia.

«Il motivo vero non lo conosco. Ma posso citarle che cosa scrisse la propaganda germanica in un volantino diretto ai "ribelli". È il testo più assurdo che mi sia capitato di leggere. Segno che non sempre i tedeschi sapevano fare il proprio lavoro.

«Nel volantino raccontarono la storia seguente: "Da fonti degne di fede, il capitano Davide aveva ottenuto sempre nuove informazioni sulle reali condizioni dell'Italia meridionale. Egli sapeva esattamente ciò che gli Angloamericani intendono sotto la parola Liberazione. Cioè deportazione forzata dei bimbi per la Russia sovietica e degli uomini per l'Inghilterra, e infine svalutazione premeditata della lira. Nell'Italia meridionale regnano ora carestia, miseria e disoccupazione. Davide ormai è al corrente di questa situazione e perciò combatte a fianco dei camerati germanici per la libertà e la ricostruzione dell'Italia".

«Il manifesto si concludeva così: "Ribelli!, seguite l'esempio di Davide prima che sia troppo tardi. Ancora una volta vi viene offerta l'occasione di mettervi sulla retta via". Che ne dice?» domandai a Livia.

«Che mi sembra la spiegazione più assurda di un passaggio di campo. Questo capitano Davide avrà avuto delle sue ragioni, giuste o sbagliate che fossero, per andare con i tedeschi. Ma non erano di certo quelle raccontate dal manifestino. Quanti uomini lo seguirono?»

«Questo non lo so. Però non credo siano stati molti. Secondo il censimento di Scarone, il capitano Davide si arruolò nelle SS italiane. Un posto pericoloso, soprattutto in caso di sconfitta. Infatti, alla fine della guerra venne catturato dai partigiani che il 31 maggio 1945 lo fucilarono, "in territorio di Alessandria" dice il censimento. Aveva appena compiuto 35 anni.

«Scarone registra ancora tre nuove fucilazioni, le ultime dopo la fine della guerra. La prima avvenne il 4 settembre 1945, per decisione della Corte d'assise straordinaria. Il condannato era un maggiore della Gnr, addetto all'Ufficio politico investigativo di Asti: Giovanni Nardulli, 44 anni, di Orbetello.

«Il maggiore venne fucilato al Poligono di Sessant, una frazione di Asti. Nello stesso posto, il 22 ottobre, ci fu l'esecuzione di un sergente maggiore della Brigata nera: Giuseppe Saladini, 44 anni, di Massa Fiscaglia, provincia di Ferrara. Anche lui era stato condannato a morte dalla Corte d'assise.

«Per ultimo, l'11 febbraio 1946, venne fucilato nel carcere sussidiario di Asti un sergente maggiore della San Marco, appartenente al 3° Gruppo Esplorante, un reparto d'élite della divisione. Si chiamava Domenico Fabbroni, 35 anni, nato ad Arezzo. Con Fabbroni fu messo al muro un maresciallo della Brigata nera: Francesco Spinnato, nato a Mistretta, in provincia di Messina. Stava per compiere 58 anni.

«Adesso non ci resta che tracciare un bilancio numerico della guerra civile in provincia di Asti» dissi a Livia. «Ho provato a farlo sulla base dei dati offerti dal censimento di Scarone. Il consuntivo riguarda soltanto i caduti fascisti, civili e militari.»

«Sono cifre molto alte?» domandò Livia.

«Quando si parla di morti ammazzati, i numeri, piccoli o grandi, sono sempre terribili. Dunque, nel periodo che va dall'8 settembre 1943 al 25 aprile 1945 e dopo, nella fase della resa dei conti, i caduti fascisti censiti da Scarone risultano 751. Di questi, 558 sono morti ad Asti e nella provincia, mentre 193 sono deceduti in altre località italiane.

«Dei 751 fascisti astigiani, 130 sono stati uccisi dopo la fine della guerra. Dobbiamo commentare questo dato?» domandai a Livia.

Lei scosse il capo: «Dico di nuovo no».

24
Giudice o boia?

«Questa volta ho io una storia da raccontare a lei» mi disse Livia.

«Di che si tratta?» le domandai.

«Della fine di un giovane ufficiale della Repubblica sociale, condannato a morte e fucilato a Tortona, in provincia di Alessandria, il 9 maggio 1945. E del coraggio che rivelò nell'affrontare il plotone di esecuzione. In più, tenterò un confronto con la figura del suo giudice. Lo sfondo storico di questa vicenda l'aveva descritto lei, nei *Prigionieri del silenzio*.»

Le sorrisi: «Era la storia di Andrea Scano. Comunque mi precisi la vicenda che ha scoperto. E per cominciare, mi spieghi in che modo ci è arrivata».

«Nel modo più semplice e casuale» disse Livia. «Sono una bibliotecaria che ama molto i libri. E ho l'abitudine di cercare delle rarità nelle bancarelle dell'usato. Un giorno mi sono trovata fra le mani un opuscolo di settanta pagine. Aveva una copertina singolare. C'era una grande croce e sotto la scritta: "Per la memoria di nostro figlio Pier Luigi". Seguita da due nomi: Eugenia e Filippo Paliasso, i genitori di Pier Luigi. Il cognome Paliasso mi diceva qualcosa. Poi mi sono ricordata di averlo letto per la prima volta in quel suo vecchio libro.»

«Che cosa raccontavo?»

«Narrava di quattro fucilazioni avvenute a Tortona all'inizio del maggio 1945. Tutte precedute da un processo sommario dinanzi a un tribunale straordinario di guerra, uno di quegli organismi creati dai vincitori per dare un minimo di veste legale alle uccisioni dei fascisti che si erano arresi ed erano prigionieri. Scano ne faceva parte, a volte come pubblico accusatore, a volte come presidente. Ed ebbe un ruolo decisivo in quattro giudizi tutti conclusi con sentenze di morte.»

Livia continuò: «Il primo a essere giudicato, condannato e subito fucilato il 2 maggio fu un vigile urbano, Renzo Angeleri, di 41 anni. Il secondo fu Giuseppe Luciano, un graduato della X Mas, eliminato il 4 maggio. Il giorno successivo fu condannato e ucciso Ugo Rancati, vogherese, un sergente dell'esercito repubblicano. Quel giorno, ossia il 5 maggio, fu la volta di Paliasso: stesso tribunale, stessa sentenza capitale. Lui venne ammazzato il 9 maggio, nel medesimo posto dove erano stati uccisi i primi tre: lungo il greto del fiume Scrivia.

«L'opuscolo che le ho citato racconta la storia di uno soltanto dei vinti, come li abbiamo chiamati» mi precisò Livia. «Ma al tempo stesso ci offre un punto di vista insolito sulla grande mattanza dei fascisti sconfitti. Per questo la vicenda merita di essere rievocata.

«Paliasso era nato a Parma il 28 febbraio 1921. Il padre Filippo era avvocato, ma lui aveva scelto la professione del militare. Dopo l'Accademia di Modena era stato inviato a combattere in Montenegro e su altri fronti di guerra. All'8 settembre fu tra gli ufficiali che avevano aderito alla Rsi. Sottotenente in servizio permanente effettivo del 4° Reggimento alpini, insegnava armi alla Scuola ufficiali e allievi di artiglieria e genio a Torino. Quando la scuola era stata trasferita a Tortona, l'aveva seguita. Anche qui era rimasto un insegnante, mai addetto a operazioni militari, soprattutto mai contro i partigiani.

«A guerra finita» continuò Livia, «invece di essere consegnato agli Alleati per essere inviato in un campo di concentramento, Paliasso venne arrestato e rinchiuso nel carcere di Tortona. Dopo pochissimi giorni fu portato dinanzi al tribunale partigiano. Che si era messo al lavoro con una rapidità sorprendente. La stessa dimostrata in altre città, l'abbiamo visto nel caso di Asti. È chiaro che si voleva fare in fretta la resa dei conti, prima che il governo militare alleato intervenisse. Insomma, a trionfare era la giustizia sommaria.

«Paliasso fu accusato di aver compiuto rastrellamenti, uccisioni e sevizie. Lui negò in modo risoluto. Spiegando che in un solo caso aveva condotto un'operazione di controguerriglia. Era accaduto dopo un'imboscata tesa dai partigiani agli allievi della scuola, che aveva causato morti e feriti. La ricerca degli assalitori si era conclusa senza esito. Per il resto, non aveva mai ucciso né torturato nessuno. Paliasso non disponeva di un difensore. Tuttavia non uno dei capi d'imputazione venne provato. Però era un ufficiale fascista e per condannarlo a morte non servivano prove.

«Paliasso doveva essere fucilato subito» raccontò Livia, «ma riuscì a presentare una domanda di grazia, con l'aiuto di esponenti liberali del Cln. Tuttavia la domanda non venne inoltrata al comando genovese del Corpo volontari della libertà, dal quale dipendeva Tortona. Secondo i genitori dell'ufficiale, fu Scano a bloccarla, per dar corso all'esecuzione.»

«È credibile questa versione?» domandai a Livia.

«Penso di sì» rispose lei. «Del resto ho letto nel suo libro che, a Tortona, Scano aveva una sua autorità politica. Non dimentichiamo che possedeva un curriculum che nessuno in città poteva vantare. Era andato a combattere nella guerra civile spagnola, si era fatto il confino a Ventotene, poi era stato nei Gap di Genova e quindi nella prima banda garibaldina in Liguria, sul monte Tobbio. Qui si era ferito da solo, maneggiando una rivoltella. Ma era pur sempre un ferito della Resistenza.

«Tuttavia c'è una questione sulla quale ho riflettuto, senza arrivare a una conclusione» aggiunse Livia.

«E quale sarebbe?» le chiesi.

«Provo a spiegarla così. Mi sono sempre domandata se Scano non fosse il peggior giudice possibile per il tenente Paliasso.»

«Perché si è fatta questa domanda?»

«Perché ho provato a mettere uno di fronte all'altro i due protagonisti del dramma che stiamo raccontando. Partiamo da Scano. Aveva già 34 anni e non pochi fallimenti alle spalle. Era finito in Spagna quasi per caso, non volendo andare in carcere in Italia per il reato di espatrio clandestino. All'inizio della guerra civile era stato gappista a Genova, ma questa vicenda si era conclusa male con la morte del suo capo, Buranello. Alla Benedicta era rimasto poco per quel colpo di rivoltella che lo aveva ferito non in combattimento, bensì per una sua mossa sbagliata.

«Le cure che gli erano state prestate nell'area di Castelnuovo Scrivia, sempre in provincia di Alessandria, lo avevano guarito, ma lasciandolo con una piccola menomazione. Insomma, Scano zoppicava, sia pure leggermente. E questa non era la condizione ideale per chi doveva combattere in una guerra civile.

«Infatti a Scano era stato assegnato un compito speciale, ma che non gli avrebbe mai procurato un istante di gloria. Andava in giro a riscuotere le taglie imposte a chi veniva ritenuto ricco. Soldi indispensabili alle bande partigiane della pianura tortonese. Ho letto nel suo libro che si muoveva in borghese, con un vecchio feltro a tesa larga e un pastrano logoro color ruggine. Sotto il cappotto nascondeva la pistola e una borsa.»

Dissi a Livia: «Già, in *Prigionieri del silenzio* avevo citato il racconto di un testimone, un ragazzo figlio di un antifascista che spesso ospitava Scano. Una sera, lui gli aveva mostrato la borsa piena di banconote. E gli aveva detto, ridendo: "Vedi, abbiamo rapinato una diligenza. Il bottino darà da mangiare a parecchi partigiani".».

«Quando era avvenuto quell'incontro?» chiese Livia.

«In una sera dell'inverno fra il 1944 e il 1945. Dentro un casello ferroviario dalle parti di San Giuliano Vecchio, una frazione di Alessandria. Quel ragazzo abitava lì con la famiglia. E Scano era appena tornato da una delle sue missioni di esattore.»

«Bene. Vuol sapere la mia conclusione?» mi domandò Livia. «Le potrà sembrare troppo istintiva e femminile. Ma, secondo me, il nostro Scano era un uomo frustrato. Anni prima si era sposato in Sardegna, diventando padre di due bambini. Però a Tortona non aveva nessuna donna che si occupasse di lui, anche se nel suo libro lei racconta che non gli mancavano le storie di letto. In più non era un uomo notevole per bellezza fisica. Zoppicava. E soprattutto doveva sentirsi deluso per come si era conclusa la guerra civile: senza nessuna rivoluzione.

«Del resto, quando i carabinieri lo ricercarono nell'estate del 1947, il mandato di cattura che lo riguardava era stato spiccato dopo la scoperta di un deposito di armi, di munizioni e di esplosivi. L'aveva allestito Scano, nella speranza di un golpe militare dei comunisti. Certo, Scano non era l'unico a prepararsi per il giorno X tanto sognato» continuò Livia. «Le cellule comuniste che si attrezzavano a quello scopo erano molte nell'Italia del Nord.

«Infatti Scano, oltre ad avere dei complici a Tortona, venne aiutato da un nucleo di partigiani comunisti di Novellara, un centro nella bassa di Reggio Emilia. Il giorno che venne scoperto e ricercato, fuggì subito in Jugoslavia, a Fiume, come avevano già fatto altri partigiani rossi nei guai con la giustizia. Senza immaginare che cosa gli sarebbe accaduto dopo la rottura fra Tito e Stalin.»

«Non vedo quale rapporto abbia tutto questo con il processo al tenente Paliasso» obiettai.

«Mi lasci concludere» replicò Livia. «Paliasso era tutto l'opposto di Scano. Era giovane, bello, figlio di una famiglia benestante, il padre faceva l'avvocato a Parma. Per di più era un cattolico praticante, mentre Scano era ateo. Infine era un militare che, invece di andare alla macchia con i partigiani, aveva combattuto per Mussolini. Per questo le ho detto che il tenente Paliasso non poteva incontrare un giudice peggiore del compagno Andrea. La convince questo confronto?»

Borbottai: «Sì e no. Certo, la sua sensibilità femminile le suggerisce un'analisi alla quale io non avevo pensato. Ma nei momenti di grande scontro politico e militare, le figure dei protagonisti diventano meno importanti rispetto alle regole del gioco. E in quella fase, nella primavera del 1945, le regole erano ferree: Paliasso doveva morire e Scano non poteva né voleva aiutarlo a sopravvivere».

Livia sospirò: «Forse ha ragione lei. Persino il tenente Paliasso non si faceva illusioni sulla propria sorte. Tuttavia, nel corso del processo, si comportò con grande dignità. L'opuscolo che le ho citato contiene una lunga memoria di don Eugenio Manduca, il cappellano delle carceri di Tortona. Il sacerdote scrive che, portato dinanzi al tribunale di guerra, Paliasso si rivolse a Scano e agli altri giudici politici pronunciando parole che devo leggerle».

Livia le citò con la voce che tremava: «So che le probabilità che anch'io sia condannato a morte sono altissime, il novantanove per cento. Però dovete ricordare che, al di sopra di ogni legge e giustizia umana, esiste una legge e una giustizia divina che afferma: chi non ha ucciso non deve essere ucciso. Voi risponderete davanti a Dio delle condanne pronunciate contro degli innocenti.

«La sentenza di morte per Paliasso» proseguì Livia, «venne emanata il sabato 5 maggio nella caserma che era stata della Brigata nera di Tortona. Il tribunale di guerra si era trasferito qui, dopo le prime udienze tenute nei locali che stavano sopra il Teatro sociale. Il trasloco si era reso necessario per porre rimedio a una situazione paradossale.

«Al piano terreno, la gente andava al cinema e si divertiva. Mentre al piano sovrastante si pronunciavano sentenze di morte. Paliasso doveva essere fucilato subito. Ma l'esecuzione venne rimandata al giorno successivo, domenica 6 maggio, alle otto della mattina.»

«Perché questo rinvio?» domandai a Livia. «Di solito i tribunali partigiani erano molto più sbrigativi.»

«Don Manduca sostiene che il rinvio era stato deciso per concedere a Paliasso quanto aveva chiesto al tribunale. Lui domandava di ottenere l'onore delle armi, in quanto ufficiale effettivo dell'esercito prima dell'8 settembre. Poi di comandare il plotone di esecuzione e infine di scrivere alla madre l'ultima lettera. Ma io penso che il motivo reale fosse un altro.

«Scano e i suoi compagni» mi spiegò Livia, «non potevano ignorare che una parte del Cln era contraria all'esecuzione. E che una quota importante della borghesia antifascista cittadina riteneva eccessiva la sentenza. Secondo don Manduca, numerosi maggiorenti di Tortona firmarono la domanda di grazia. Il sacerdote elenca dieci nomi, primo fra tutti quello del funzionario che in città rappresentava il prefetto della Liberazione.

«Fu per questo, penso, che Paliasso ebbe ancora tre giorni di vita nel carcere cittadino. La domenica 6 maggio, don Manduca andò a trovarlo in prigione e gli spiegò che cosa si stava facendo per salvargli la vita. Paliasso gli replicò: "Don Eugenio, mi dica la verità. Non voglio illudermi, altrimenti poi la delusione sarebbe orribile". Il sacerdote lo rassicurò. E lo informò delle firme che la sua domanda di grazia stava raccogliendo.

«Il lunedì 7 maggio anche le sirene e le campane di

Tortona suonarono a distesa per annunciare la fine della guerra in Europa. Nel pomeriggio, accompagnato dal cappellano, il viceprefetto si recò in carcere per informare dell'evento i detenuti. Parlò a lungo con Paliasso della possibilità che la domanda di grazia fosse accolta. Ma il sottotenente era pessimista. E chiese a don Manduca di avere una copia del Vangelo.

«Il martedì 8 maggio non recò a Paliasso nessuna buona notizia. Allora il tenente si decise a scrivere una lettera alla madre Eugenia. Sentendo che la fine si avvicinava, la datò 9 maggio 1945. Il testo della lettera sta nell'opuscolo che ho ritrovato. Credo sia giusto conoscerla almeno in parte.»

Livia lesse: «Mamma adoratissima, quando tu riceverai queste mie poche righe io sarò già in cielo, da dove ti proteggerò. Sono stato travolto dall'odio di parte e sono colpevole solo di aver amato la mia grande Italia. Non piangere, mamma. Non piangere, te ne supplico. Un figlio perso così non è da piangersi. Devi invece tenere la testa alta e andare orgogliosa di me. Sappi che io non ho ucciso, né ho fatto uccidere, né ho fatto torturare. Quindi agli occhi di Dio la mia condanna non è stata giusta... Ricordati, mamma adorata, che forse è bene che ciò accada per me. Così non vedrò l'Italia dibattersi in una nuova guerra: quella inevitabile, per cacciare fuori i nemici. E dopo questa, la guerra fra i partiti. E nuovi fiumi di sangue scorreranno sul nostro suolo e nuove lacrime scorreranno sul mondo...».

«Quasi profetico il tenente Paliasso!» esclamai.

Livia mormorò: «Forse è vero che, quando la morte si avvicina, si vede tutto con maggiore chiarezza».

«E dopo la lettera alla madre, diretta anche al padre, che cosa accadde?»

«L'ordine di fucilare Paliasso arrivò alle sei di mattina di mercoledì 9 maggio. È evidente che Scano e gli altri partigiani del tribunale di guerra non avevano tenuto conto né della domanda di grazia né dell'opposizione di una parte della borghesia cittadina. Del resto, loro erano convinti di dover fare la rivoluzione. Un morto in più o un morto in meno che importanza poteva avere? Paliasso era soltanto un avversario da levare di mezzo, anche a futura memoria.

«Don Manduca corse al carcere. E vi trovò i quattro partigiani scelti per l'esecuzione. Il cappellano poi scrisse: "Leggo sui loro volti l'impazienza". Davanti al portone del carcere c'era un carro agricolo, destinato a condurre il tenente sul luogo della fucilazione. Paliasso non volle salirci e disse al sacerdote: andiamo a piedi, tanto non fuggirò di certo.

«Mentre si dirigevano verso il fiume Scrivia» continuò Livia, «Paliasso si rivolse ai quattro partigiani e gli disse: "Non so se il mio giudizio sia esatto, ma la nostra azione era simile alla vostra. Noi volevamo togliere di mezzo prima gli inglesi e poi i tedeschi. Voi intendete liberarvi dei tedeschi e poi degli inglesi. Ricordatevi che la vostra lotta non sarà meno dura della nostra".

«Poi osservò i fucili che portavano e vide che erano tedeschi. Allora gli raccomandò: "Vi prego di mirare al petto e di risparmiare il volto. Così, se mia madre verrà a vedermi da morto, potrà guardarmi in viso".

«Quando si arrivò sul posto dell'esecuzione, Paliasso volle disporre lui i quattro partigiani. Poi li abbracciò e li baciò, esclamando: "Voi vi perdono perché non siete colpevoli!". Quindi si tolse il maglione e pregò don Manduca di farlo avere alla sorella, dicendogli: "Me l'ha fatto lei. Adesso lo riavrà intatto, senza i fori dei proiettili". Infine si passò una mano sul viso e disse: "Mio Dio, quanto mi costa comandare il fuoco contro di me!".

«Paliasso si mise sull'attenti davanti ai quattro partigiani e disse ad alta voce: "Gesù, ti amo! Fuoco! Viva...". Voleva gridare: viva l'Italia. Ma la prima raffica gli tolse la parola. Poi venne il colpo di grazia. Il sacerdote si accostò al cadavere e gli somministrò l'olio santo. L'ufficiale aveva compiuto da poco 24 anni.»

«Finisce qui la storia di Pier Luigi Paliasso?» domandai a Livia.

«Sì. Anche se dovrei raccontarle che i genitori chiesero all'Università di Parma di concedere al figlio una laurea in Giurisprudenza ad honorem. Poteva essere data agli studenti universitari caduti in guerra. Ed esistevano tutte le condizioni di legge per darla anche a Paliasso. L'ateneo la concesse. Naturalmente i partigiani della città protestarono.»

La conclusione spettava a me: «Ormai i vecchi partigiani rossi sanno soltanto protestare. Per fortuna».

25
Lo stupro antifascista

«Nelle storie della guerra civile si parla poco delle donne» osservò Livia. «È una regola ferrea che vale sia per i libri scritti dagli antifascisti, sia per i testi di autori fascisti o di destra.»

Le replicai: «Si stupisce? Lei lavora in una grande biblioteca. Per questo dovrebbe sapere più di me che gli storici di professione, o i narratori dilettanti come il sottoscritto, al 90 per cento sono maschi. Ed esercitano il loro potere sessista anche raccontando di una guerra dove, in realtà, le vittime più infelici sono proprio state le donne. Del resto, abbiamo già parlato di questo a proposito delle deportazioni di Gorizia e di Fiume».

Livia mi sorrise: «Vedo che almeno lei lo riconosce».

«Non solo lo riconosco, ma ho cercato di fare un po' di luce su questa zona buia della nostra memoria collettiva. Nel *Sangue dei vinti* proprio lei, cara Livia, mi ha aiutato a scrivere il capitolo sulle ausiliarie della Rsi uccise dopo la fine della guerra. E anche quando ho lavorato da solo, non ho dimenticato le tragedie di tante donne, assassinate dai partigiani durante e dopo la guerra civile.»

«Mi ricordi dove ne ha scritto» chiese Livia, un po' scettica.

«Per esempio nei *Gendarmi della memoria*. In quel libro c'erano due capitoli dedicati alle donne uccise in provincia di Torino e in provincia di Cuneo. Avevo pubblicato anche i dati relativi a tutto il Piemonte. Forse vale la pena di ricordarli in questo nuovo lavoro.

«Lungo tutta la guerra civile e nelle mattanze del dopoguerra, le donne soppresse dai partigiani in Piemonte furono 778. Lo dice il censimento guidato da Michele Tosca, che da anni si occupa di inchieste sul versante fascista della nostra guerra interna. Il loro sito Internet si chiama *laltraverita.it*. Chiunque può consultarlo.

«Suddivisa per le sei province piemontesi, più la regione autonoma della Valle d'Aosta» continuai, «la cifra di 778 si riparte nel modo seguente. Torino e provincia: 282 donne uccise. Cuneo e provincia: 166. Vercelli e provincia: 117. Biella e provincia: 21. Novara e provincia: 108. Alessandria e provincia: 31. Asti e provincia: 30. Valle d'Aosta: 23.

«Adesso, sempre grazie al lavoro del gruppo di Tosca, siamo in grado di conoscere un dato generale, relativo alle donne uccise dai partigiani anche nelle altre regioni dove ci fu la guerra civile. Mi segua e prenda nota.»

Lessi a Livia le cifre che mi aveva riferito Tosca, regione per regione. In Lombardia 250. In Veneto e nel Trentino 235. A Trieste e Gorizia 162. In Venezia Giulia e in Dalmazia 251. In Liguria 272. In Emilia-Romagna 359. In Toscana 24. Nel Lazio 5. Nelle Marche 15. In Umbria 2. In Abruzzo 2. In località imprecisate 10.

«Il totale è impressionante: 2365 donne assassinate perché fasciste o ritenute tali. Di queste, 925 vennero soppresse quando la guerra era finita, nella loro regione s'intende. Ma è molto probabile che siano state assai di più. Nelle aree dell'Italia centrale, a partire dalla Toscana, le cifre sono troppo basse per non suscitare qualche dubbio. Comunque» conclusi, «il censimento guidato da Tosca non è terminato.»

«Lei si ricorda che molte di loro vennero uccise sulla base del semplice sospetto di essere spie dei fascisti o dei nazisti?» mi domandò Livia.

«Certo che lo so» replicai. «Del resto il libro che stiamo preparando si apre proprio con la storia di Arcevia: tredici fra donne e uomini assassinati con l'accusa infondata di essere informatori dei tedeschi. Ma esistono anche dei lavori molto accurati che documentano questo aspetto nefando.

«Gliene citerò uno, scritto da Ernesto Zucconi a proposito della provincia di Cuneo: *Quelle donne dimenticate. Una strage coperta dal silenzio nella culla della Resistenza*. L'ha pubblicato nel 2008 la Ma.Ro. Editrice, di Copiano in provincia di Pavia. Anche Zucconi è un ricercatore di destra. Quelli di sinistra si comportano come le tre scimmiette: non vedo, non sento, non parlo.»

«Negli anni Cinquanta e Sessanta l'antifascismo si comportava in modo diverso. Era più aperto e liberale di oggi. Lei stesso l'ha spiegato più volte» osservò Livia.

«Sì. Oggi la sconfitta politica della sinistra, battuta dal centrodestra, ha inacidito l'antifascismo rosso. I suoi cattivi umori l'hanno spinto a chiudersi in se stesso, come in un bunker assediato da alieni sbarcati sulla Terra da un'astronave. Lo constato da molti segnali. E non soltanto dal rifiuto testardo dei miei libri revisionisti. Le tante sinistre sono convinte di essere le uniche a possedere la verità sulla guerra civile e su molte altre cose. Questo vizio le rende arroganti, supponenti, boriose. Fingono di non trovarsi al lumicino. E si scagliano a testa bassa contro chiunque non accetti le loro parole d'ordine.»

«Non parliamo delle miserie di oggi. Mi dica piuttosto degli anni Cinquanta e torniamo alle donne che avevano sofferto la guerra civile» mi pregò Livia.

«Quando preparavo la tesi di laurea che poi discussi nel 1959» raccontai, «avevo trascorso molti giorni all'Istituto genovese per la storia della Resistenza. In quel tempo se ne occupava una donna che aveva fatto la staffetta e poi la segretaria del Cln ligure: Maria Eugenia Burlando, chiamata Genny.

«Ho scritto di lei in un capitolo del *Revisionista*. Doveva avere poco più di trent'anni. Era una signora minuta, un fascio di nervi, vestita con eleganza, le labbra cariche di rossetto e la sigaretta sempre in bocca. Per questo aveva una voce rauca che la rendeva ancora più sexy, come si usa dire oggi.»

«Se non ricordo male, Genny le piaceva molto» osservò Livia con un sorriso.

«Sì. Le donne più grandi mi attraevano. Per Genny ho provato un desiderio sconveniente. Però mi sono fermato a quello. Lei doveva averlo capito. E come per ringraziarmi, mi raccontò quanto era successo alle donne coinvolte nella guerra civile.

«Il suo era un discorso schietto» continuai. «Mi narrò che anche i partigiani avevano fatto cose orribili sulle donne che ritenevano legate al fascismo. Disse che erano accadute violenze che nessuno voleva ammettere. Soprattutto su ragazze considerate spie dei fascisti. Le sospettate negavano sempre, di prove non ce n'erano. Ma la storia si concludeva lì, con un colpo di rivoltella alla nuca o una raffica di Sten. Erano davvero fortunate le poche che, prima di morire, non venivano stuprate o torturate.»

«C'erano anche spie vere, immagino» osservò Livia.

«Certo, c'erano anche loro. Di solito erano donne giovani e di tutte le razze. Convinte di combattere la guerra civile dalla parte giusta, oppure obbligate, ricattate, spinte dall'amore o dall'avidità di denaro. Una ragazza catturata, se voleva salvarsi, aveva una sola strada: offrirsi ai partigiani che l'avevano presa. Quando era bella, poteva sperare di scamparla. Al prezzo di diventare la puttana del reparto. Ma a volte neppure questo bastava.

«A proposito della guerra civile sull'Appennino ligure, c'è una storia che è sempre stata nascosta» raccontai a Livia. «Un giorno dell'estate 1944, arrivò in val Borbera una ragazza ben fatta, una mora piccolina, spigliata e tutta curve. Aveva l'aria innocente e cominciò a fare domande sui partigiani della vallata. Si capì subito che era una spia.

«Venne pescata e portata al comando della Divisione Garibaldi Cichero. La interrogarono e lei confessò tutto. Decisero di fucilarla. Ma ad opporsi fu un commissario politico che disse: aspettiamo a ucciderla, forse potremo scambiarla con uno dei nostri che sono prigionieri dei fascisti o dei tedeschi.

«La bella spia lì per lì si salvò. Anche perché quel commissario si era invaghito di lei. Era un comunista di 48 anni. Aveva combattuto in Spagna, nelle Brigate internazionali, e nell'autunno del 1943 era stato uno dei primi a salire in montagna. Fu lui a prendersi cura della ragazza spiona. Nel senso che se la portava in giro sul sellino della motocicletta, nell'area che andava fra la val Borbera e il monte Antola.

«Era davvero una curiosa amicizia. Con degli esiti che possiamo immaginare, fra un maschio per niente anziano e una prigioniera costretta a essere compiacente. Poi la voce cominciò a circolare tra i distaccamenti, suscitando un brontolio incavolato. La storia fra la spia e il commissario comunista fu considerata scandalosa. Allora qualche comando disse basta. E la ragazza fascista venne fucilata.»

«Di solito, però, non andava così» osservò Livia. «L'ossessione per le spie era terribile. Sembrava fossero dovunque. E a sentire le fonti partigiane erano davvero tante. Ho riflettuto molto su questa convinzione, molto diffusa in tutte le bande. Al punto di propormi una domanda.

«È la seguente. Se lo spionaggio, attuato da uomini e da donne, era così massiccio, questo significa che i fascisti della Rsi non erano quattro mercenari al servizio dei tedeschi. Bensì molte migliaia di giovani e di meno giovani, una parte importante del paese, almeno nell'Italia del Centro e del Nord. Dunque, la tesi di un popolo alla macchia, tanto cara alla storiografia comunista, soprattutto a quella del primo dopoguerra, non regge. È una favola politica, nient'altro. Che cosa ne pensa?»

«Quello che ne pensa lei» convenni. «Nella guerra civile si scontrarono due minoranze, se le confrontiamo con i milioni di civili che stavano a guardare e aspettavano soltanto che il mattatoio finisse. Inoltre la minoranza in camicia nera era più numerosa di quella in camicia rossa. È un dato di fatto che anche una parte della storiografia antifascista ormai accetta. Infine aggiungo che la lotta contro lo spionaggio, vero o presunto che fosse, ha generato orrori sui quali nessuno ha indagato.

«Voglio ricordarle ancora quello che mi disse Genny Burlando a Genova, sempre a proposito delle donne» continuai. «Mi spiegò che c'erano molte tombe in montagna e anche molte fosse in città. Sepolcri senza nome, di donne che non riuscirono a vedere la fine della guerra. Alcune di queste stavano con i partigiani, ma altre con i fascisti. E molte di loro hanno sofferto pene indicibili.»

«Parleremo dopo delle violenze e delle torture. Continui a dirmi quanto sa della guerra alle spie» mi chiese Livia.

«Ci sono state delle esecuzioni decise nell'incertezza. I partigiani hanno ucciso anche donne che collaboravano con la Resistenza. Ma chi le aveva catturate lo ignorava. O non voleva credere alla loro difesa disperata» spiegai a Livia.

«Le voci di paese, le denunce di qualche vicino di casa, una lettera anonima, qualche viaggio sospetto, potevano avere conseguenze terribili. In tanti casi è stata fatta una giustizia spiccia, fondata sul niente. E spesso un colpo di pistola alla nuca era la conclusione di una catena di violenze bestiali, quasi sempre legate al sesso.»

«Era lo stupro antifascista» disse Livia. «Una vergogna sempre ignorata dalla retorica sulla Resistenza. Ma per una donna non c'è nessuna differenza se il violentatore è nero, rosso o bianco. La sofferenza è sempre la stessa.

«È la peggiore delle umiliazioni per una donna. Stuprare è annullare la persona, perché la donna violentata, da uno o da più maschi, perde la possibilità di disporre di se stessa. Ti senti come una bestia da portare al macello dove sarai squartata. È un'offesa di cui non ti liberi più. E che cambia la tua esistenza. Conosco casi di donne stuprate che sono diventate prostitute. In altri casi non sono più state capaci di avere rapporti sessuali normali.

«Lo stupro compiuto durante una guerra sulle donne degli sconfitti diventa anche la dimostrazione di un potere politico. Il violentatore mette in mostra la propria bestialità. Ma traveste la sua ferocia da sanzione giusta e inevitabile.

«In questi anni» continuò Livia, «dopo aver lavorato con lei per *Il sangue dei vinti*, ho raccolto molte testimonianze di orrori, fatti patire alle donne fasciste dai partigiani. Sono storie impubblicabili. Ma hanno scosso la mia fiducia nella Resistenza. O la mia convinzione candida che quella fosse la parte sempre buona contro l'altra sempre cattiva.»

«La capisco, Livia» sospirai. «Però dovrebbe ricordare che tutte le guerre sono la festa dei sadici. E siccome a fare le guerre siamo noi maschi, il sadismo si sfoga sempre sulle donne. Anche tra i partigiani c'erano dei sadici che si comportavano esattamente come i sadici dell'altra parte, quelli fascisti. Nella mia regione, il Piemonte, molte ragazze fasciste, giovanissime, sono state stuprate da intere squadre prima di essere assassinate. Lei che cosa ha saputo?»

Livia mi scrutò con una smorfia indescrivibile: «Non voglio neppure rammentarlo. Le racconterò soltanto un fatto. L'ho scovato su una fonte insospettabile, il libro di uno studioso di sinistra. Lui narra che, sempre in Piemonte, una formazione garibaldina aveva catturato due ragazze fasciste. Le ritenevano spie, anche se, come sempre, non vi era nessuna certezza che lo fossero per davvero. Vuole conoscere in che modo le hanno uccise? Sono state legate l'una all'altra. Poi nella vagina di entrambe sono state infilate due bombe a mano. Qualcuno ha tolto la sicura e le due ragazze sono morte dilaniate».

«Ritornando alle spie» dissi a Livia, «il problema diventò una vera ossessione di mano in mano che il movimento partigiano si sviluppava. Per un certo verso, era inevitabile che fosse così. Mentre l'attività dei fascisti e dei tedeschi stava sotto gli occhi di tutti, la Resistenza era un movimento clandestino che viveva nel segreto e grazie al segreto.

«Quando un partigiano veniva catturato, la prima cosa che gli avversari volevano da lui erano notizie sulla dislocazione della sua banda, sul numero degli uomini e sui nomi dei comandanti. Se il prigioniero si rifiutava di parlare, il suo destino era uno solo: quello di essere torturato e poi fucilato.

«La stessa sorte toccava agli informatori dei tedeschi e dei fascisti. Erano considerati il nemico più insidioso. Mettevano in pericolo la sicurezza delle bande e dei civili che sostenevano i partigiani. L'ordine dei comandi era di catturarne il maggior numero possibile, di fucilarli tutti e poi di farlo sapere. Lo scopo era di mettere paura a chi si dedicava allo spionaggio e di rincuorare chi appoggiava le bande.»

«Ma in questo modo si potevano commettere errori senza rimedio» osservò Livia. «Quante persone, uomini e donne, sono state uccise sulla base di un sospetto infondato?»

«Non so dirglielo» ammisi. «Però sono certo che non

pochi sono andati al Creatore sulla base di una convinzione infondata. A volte bastava essere un fascista o non essere schierato con i partigiani per finire sotto terra, anche se non si aveva mai fatto dello spionaggio.

«Gli errori si moltiplicarono a partire dall'estate del 1944, quando molte bande cominciarono a cercare le possibili spie. Ma era un lavoro difficile e non sempre dava risultati. Anche perché la rete informativa dei fascisti era estesa e si giovava di molti collaboratori sconosciuti. E rimasti senza volto anche dopo la fine della guerra civile.»

«Mi fa un esempio?» domandò Livia.

«Certo, quello che avevo incontrato quando stavo preparando la mia tesi di laurea sulla guerra partigiana tra Genova e il Po. Ad Arquata Scrivia, un comune della provincia di Alessandria sul confine con la Liguria, nella tarda estate del 1944 si era installato un reparto della Brigata nera. Lì c'era un nucleo di ufficiali molto esperti che governava una struttura di confidenti sparsi nelle vallate di quel settore dell'Appennino. A cominciare dalle zone occupate dalle bande della Divisione Garibaldi Cichero.

«Dopo la Liberazione, quando fu possibile leggere le carte di quell'ufficio, si scoprì che ad Arquata sapevano molte cose. A cominciare dalla dislocazione dei distaccamenti partigiani, la loro consistenza numerica, persino i nomi dei comandanti. Ce lo conferma una ricerca importante di Alessandro Cipriani: *La Silvio Parodi. Storia della Brigata nera genovese. Luglio 1944-aprile 1945*, pubblicata nel 1998 dal Centro editoriale imperiese.

«Anche per questo, il giorno che iniziò il rastrellamento invernale nella Sesta zona ligure, tra il dicembre 1944 e il febbraio 1945, i partigiani ebbero la sensazione che i reparti tedeschi e mongoli andassero a colpo sicuro. Puntando sui comandi e sulle missioni inglesi e americane paracadutate sul monte Antola all'inizio del gennaio.»

«Ritorniamo alle donne coinvolte nella guerra civile» mi chiese Livia. «Adesso dovremmo parlare di quel che accadde a molte donne in divisa: le ausiliarie della Repubblica sociale.»

26
L'ausiliaria vince

«Alla fine della guerra civile» disse Livia, «vestire la divisa di ausiliaria della Rsi significava mettere nel conto una fine orribile. Segnata da quattro momenti feroci: la cattura con il pestaggio, la violenza sessuale, le torture e poi la morte. Fu questa la via crucis percorsa da molte donne fasciste, quasi tutte giovani o giovanissime. È un aspetto della Liberazione che mi ha sempre inorridito. In particolare per un tormento di cui abbiamo già parlato: lo stupro.»

«È certa che le ausiliarie catturate dei partigiani fossero sempre violentate?» chiesi a Livia.

Lei si arrabbiò: «La sua è una domanda priva di senso. Come facciamo a saperlo? Gli stupratori non hanno mai ammesso nulla. Le ausiliarie uccise non potevano raccontare quello che avevano sofferto per la semplice ragione che non c'erano più. Ma quelle sopravvissute, e che si sono decise a narrare la propria storia, hanno quasi sempre detto di aver subìto violenze sessuali. E non dai reparti militari angloamericani, bensì dai partigiani che le avevano tra le mani».

«Non vorrà mica dirmi che i partigiani erano stupratori seriali o maniaci sessuali?»

Livia s'incollerì di nuovo: «Non mi faccia tanto stupida, caro scrittore revisionista. La sto invitando a riflettere su una questione che non può essere smentita. Per i vincitori della guerra civile, i prigionieri fascisti erano i nemici che li avevano combattuti per venti mesi. I partigiani li odiavano, più di quanto odiassero i tedeschi. Da una parte e dall'altra, come sappiamo, lo scontro era stato feroce, senza pietà, con atti di sadismo che oggi rifiutiamo di vedere perché quel genere di guerra ci fa ancora paura.

«Tra i fascisti catturati, erano le donne a suscitare gli istinti peggiori. Prima di tutto perché erano donne. Poi perché avevano osato vestire una divisa e schierarsi con Mussolini. È vero che le ausiliarie non portavano le armi e non partecipavano ai rastrellamenti, tanto meno agli interrogatori dei partigiani catturati. Ma agli occhi dei vincitori questo era un fatto senza importanza.

«Anche loro andavano punite» proseguì Livia. «E per una femmina, la punizione più pesante, e insieme l'offesa peggiore, era lo stupro. È sempre accaduto così in tutte le guerre, da che mondo è mondo. Lo abbiamo detto prima: il maschio vincitore si vendica sulla donna del vinto. Lo fa per dimostrare di essere diventato lui il padrone della femmina. L'atto sessuale non è più la conseguenza di un desiderio da soddisfare, bensì un gesto di disprezzo.»

«Intuisco che ha una storia da narrare» dissi a Livia, dopo averla ascoltata in silenzio.

«Sì, è una storia genovese. Nel *Sangue dei vinti* avevamo dedicato uno degli ultimi capitoli alle ausiliarie uccise dopo il 25 aprile 1945. Descrivendo molti casi e rivelando le circostanze della loro fine. Erano soltanto una piccola parte delle tante donne in divisa assassinate dai vincitori. Secondo un ricercatore di destra, Luciano Garibaldi, le ausiliarie ammazzate dopo la Liberazione furono 88. Un dato pressoché identico a quello offerto da Giorgio Pisanò: 90, ossia la metà di quelle uccise dai partigiani nei venti mesi della guerra civile, che erano state 184.

«E dal momento che sto per raccontarle una storia tutta ambientata a Genova, sarà bene ricordare le ausiliarie uccise in quella città e nella sua provincia.

«La mia fonte è il secondo volume dedicato a *I caduti*

della Rsi a Genova. 1943-1946, un censimento molto accurato e diviso in tre tomi, pubblicato nel 1993 dall'Associazione amici di Fra' Ginepro» mi spiegò Livia.

«Vi compaiono i nomi di sei ausiliarie morte nel corso della guerra civile. Una sola scomparve per cause naturali, una malattia grave. Si chiamava Angela Zedde, aveva appena 16 anni e spirò nell'ospedale di Cogoleto, il comune dove era nata. Le altre cinque furono uccise dai partigiani, nei giorni successivi alla fine del conflitto.

«La più anziana era una capogruppo del Saf, il Servizio ausiliario femminile: Carla Bardi, 42 anni, di Napoli. L'avevano assegnata al Distretto militare e lavorava anche alla Casa del Mutilato, in via Aurelio Saffi. Era insegnante di francese, sposata con un ufficiale caduto prigioniero degli inglesi durante la campagna in Africa settentrionale. Avevano quattro figli. Il più grande, di 17 anni, si era arruolato nella Gnr.

«Nei giorni della Liberazione, la Bardi venne catturata in piazza Di Negro e condotta alla base della Banda del Lagaccio, una squadra partigiana capace di qualsiasi nefandezza, un gruppo di veri criminali. Lì rimase per tre giorni. Il padre cercò di incontrarla, ma gli impedirono di vederla. Scorse la figlia mentre la stavano portando via su un piccolo furgone. Era il 9 maggio 1945.

«Che cosa sia accaduto dopo, nessuno riuscì a scoprirlo. Il corpo della donna fu rinvenuto nelle acque del porto di Genova, a Ponte dei Mille. La Bardi era stata uccisa con un colpo di rivoltella alla nuca. Venne identificata grazie a un biglietto che lei aveva scritto, prevedendo la propria fine. Stava in una tasca dell'abito, recava il suo nome e l'indirizzo. Quando era già morta, qualche partigiano pensò bene di svaligiarle la casa.

«La più giovane» continuò Livia, «era una ragazza che in giugno avrebbe compiuto 19 anni: Silvana Bonatti, genovese. In uno dei primi giorni della liberazione di Genova, scomparve. I parenti la cercarono per tutta la città, ma non ne trovarono traccia. Poi, all'inizio del dicembre 1945, il suo cadavere fu scoperto in una fossa comune nel cimitero di Sestri Ponente, con altri venti corpi, tutti di civili che avevano lavorato all'Ansaldo.

«Aveva 21 anni l'ausiliaria Alda Maria Bonetto. Lavorava al Distretto militare genovese, forse insieme a Carla Bardi. Quando la repubblica fascista crollò, si nascose per qualche giorno in casa di un'amica, a Genova. Poi decise di ritornare dai famigliari, a Rivarolo, un quartiere del capoluogo. Durante il tragitto venne fermata da una pattuglia di partigiani che capirono subito di aver acchiappato un'ausiliaria fascista. Non ci pensarono due volte e l'accopparono. Anche il suo corpo venne ritrovato in una fossa comune scavata nella zona di Bolzaneto. Era stata sepolta insieme a cinque uomini, non so dirle se civili o militari.

«Della quarta ausiliaria uccisa a Genova quando la guerra era già finita non si conosce quasi nulla. Il censimento registra soltanto il nome, Vincenza Lantieri e la data della morte, il 1° maggio 1945. La quinta si chiamava Lucilla Luci e aveva 37 anni. Il 3 maggio venne riconosciuta in via Luccoli. Le spararono subito e la ferirono in modo grave. Portata all'ospedale di San Martino, morì. La sua casa, in via Napoli a Genova, venne devastata da un gruppo di partigiani che poi la occupò. La famiglia riuscì a rientrarne in possesso soltanto molto più tardi e attraverso mille peripezie.»

Domandai a Livia: «Qualcuna di queste ausiliarie fu violentata dai partigiani, prima di essere uccisa?».

Lei scosse la testa: «Questo non lo so. Ma adesso le racconterò la storia di un'ausiliaria genovese costretta a patire mille tormenti: Adriana Origone».

«Le dirò subito che le mie fonti sono tre» m'informò Livia. «La prima in ordine di tempo è un libro che non conoscevo e che ho letto con grande interesse: *A destra della città proibita. Genova. Quelli che non si arresero*, pubblicato nel 2004 da un piccolo editore di Milano, Terziaria. Gli autori sono Sergio Pessot e Piero Vassallo. Il tema del libro è la destra neofascista genovese negli anni successivi alla fine della guerra. Insieme alla prefazione di Enzo Erra e alla postfazione di Giano Accame, vi ho trovato molti profili biografici. Uno è di Adriana Origone.

«La seconda fonte è un piccolo libro scritto con amore, e insieme con molta cura nei dettagli, da una delle figlie di Adriana: Alessandra Artale. Ha un titolo insolito, che in seguito le spiegherò: *Mio padre, un Repubblichino*. È stato pubblicato a Padova nel 2008 dall'Editoriale Programma.

«La terza fonte è un lungo articolo comparso sull'"Ultima Crociata" del novembre 2008. L'autore è Pietro Giulio Oddone, un ricercatore di destra molto attivo a Genova. Oddone l'ha scritto in occasione della scomparsa della signora Origone, nell'agosto 2008 a Sanremo.»

«Quando era nata Adriana?» domandai a Livia.

«Il 24 marzo 1923, a Genova e da una famiglia modesta. Il padre, Dario Origone, faceva il tassista, mentre la madre Lina era casalinga. Adriana era una ragazza fascista e nell'ottobre 1943, a vent'anni compiuti da poco, aderì subito alla Repubblica sociale. Nell'estate 1944, quando nacquero le Brigate nere, anche lei si arruolò in quella genovese, la Silvio Parodi, e diventò un'ausiliaria.

«Secondo Pessot e Vassallo, era molto bella e di grande intelligenza. La figlia Alessandra la descrive alta, con i capelli ramati e gli occhi azzurri. Si era diplomata in ragioneria e lavorava come impiegata da uno spedizioniere del porto. Poi la guerra civile cambiò la sua vita. Alla federazione del Pfr genovese, Adriana si occupava di assistenza, raccoglieva fondi per le famiglie in difficoltà, scriveva lettere ai militari che stavano al fronte. Forse non pensava, dice la figlia Alessandra, che la fede in un'idea le sarebbe costata così cara.»

Livia continuò: «Il 23 aprile 1945, dopo una drammatica riunione alla prefettura di Genova, Livio Faloppa, commissario federale e comandante della Brigata nera genovese, avvisò i suoi uomini che i partigiani stavano vincendo e bisognava subito ritirarsi verso il Nord. L'intento era quello di raggiungere il mitico ridotto della Valtellina.

«La stessa sera del 23 aprile, all'imbocco della camionale per Serravalle, si radunarono 1500 uomini, in gran parte della Brigata nera Parodi, più qualche squadra della Gnr. La colonna partì all'alba del 24 aprile, ma non fece molta strada. A Valenza si sfaldò. Soltanto Faloppa, con qualcuno dei suoi, arrivò nei pressi di Como. Qui i partigiani lo catturarono, ma lui riuscì a fuggire. Riparò in Spagna e lì rimase. Morì a Barcellona nel 1988, a ottant'anni giusti.

«Adriana non seguì la colonna dei brigatisti diretta al Nord. Non aveva mai partecipato ad azioni militari e non riteneva di dover fuggire. Purtroppo, come accadde a tanti altri fascisti, si sbagliava. La sera del 25 aprile 1945 una squadra di gappisti comunisti andò a cercarla a casa, in via Chighizola, dove viveva con i genitori. Adriana fu arrestata e condotta nella scuola elementare di via Bottini, occupata dai partigiani.

«La mattina successiva, i gappisti la consegnarono a un altro gruppo di garibaldini che si era accampato in una diversa scuola elementare, quella di corso Torino. E fu lì, a partire dal 26 aprile, che s'iniziò per Adriana il viaggio nell'orrore.»

«Iniziò con uno stupro, immagino» osservai.

«Sì. Tre partigiani s'impadronirono della ragazza e cominciarono a violentarla» raccontò Livia. «La stupravano a turno, mentre gli altri due la tenevano ferma. La violenza durò dalla sera del 26 al mattino del 27 aprile. Dopo averla violata, i tre garibaldini cominciarono a pestarla. La picchiarono anche sulla faccia, con un sadismo bestiale. Tanto da procurarle una lesione al sopracciglio sinistro così profonda che non guarì mai. E l'angustiò per tutta la vita, impedendole di chiudere la palpebra.

«Dopo la notte infernale nella scuola di corso Torino, Adriana venne spostata per la terza volta, in un comando partigiano di via Corsica. Qui, la mattina del 27 aprile, un donna chiamata Titina la rapò a zero. Per tagliarle i capelli, usò una forbice a lama larga, di quelle che servono per tosare le pecore. Più che tagliare i capelli, l'arnese li strappava. Adriana si lamentava e la partigiana cominciò a colpirla. Le gridava: "Sei una puttana fascista!" e rideva della sofferenza che procurava alla ragazza.

«Il 28 aprile, fu trasferita all'Hotel Britannia, in via Balbi. Era uno dei posti dove venivano radunati i prigionieri fascisti, sia militari che civili. In attesa di essere condotti in luoghi isolati. Dove era possibile accopparli senza essere bloccati dagli americani che nel frattempo avevano raggiunto Genova.

«Arrivata al Britannia, Adriana pensò che i suoi tormenti fossero finiti. Ma non andò così. Un altro gruppo di garibaldini s'impadronì della ragazza e la spogliò di tutti gli indumenti. Lei immaginò che volessero stuprarla di nuovo, ma era talmente malridotta da non invogliare più nessuno. Tuttavia poteva essere torturata ed è quello che fecero quei partigiani, diventati padroni del suo corpo.»

Livia continuò: «Adriana, completamente nuda, venne fatta sdraiare su una panca. Qui fu legata stretta perché non fosse in grado di muoversi e di sfuggire alla tortura. Poi un partigiano prese una canna di bambù e la fasciò con una striscia di cuoio grezzo. Quindi cominciò a percuoterle i seni. Per il dolore fortissimo, lei svenne più volte, ma i suoi torturatori la facevano sempre rinvenire con secchiate d'acqua gelida sul viso.

«Si fermarono solo quando videro che i capezzoli di Adriana erano maciullati e il seno, coperto di sangue, sembrava diventato insensibile ai colpi. A quel punto la slegarono dalla panca e la scaraventarono sul pavimento. Quando rinvenne, fu di nuovo trasferita. Questa volta al Palazzo Ducale, nel centro di Genova. Qui la rinchiusero dentro una gabbia, affinché gli altri prigionieri fascisti potessero vedere come venivano punite le donne in camicia nera.

«Adriana rimase nella gabbia per una trentina di giorni. Quindi fu portata nel carcere di Marassi. I detenuti fascisti l'accolsero con un grande applauso perché erano convinti che l'ausiliaria fosse stata uccisa. Una suora che assisteva i carcerati le disse: "È la prima volta che vedo un detenuto felice di entrare in prigione". Adriana le rispose: "Per me l'inferno è fuori!".

«I giornali di Genova diedero la notizia della sua cattura soltanto il 22 maggio, quando era già trascorso quasi un mese dall'arresto. Adriana rimase a Marassi fino al settembre 1945. Venne rimandata a casa senza mai essere condotta dinanzi a un tribunale per subire un processo.»

«È una storia orribile!» esclamai. «Quando ho scritto *Il sangue dei vinti* non la conoscevo. Abbiamo fatto bene a decidere questo nuovo libro. Però mi domando come mai Adriana Origone non sia stata uccisa come è accaduto ad altre ausiliarie genovesi.»

Livia rispose: «Una spiegazione la troviamo nel libro di Pessot e Vassallo. Subito dopo l'arrivo degli angloamericani a Genova e l'inizio delle esecuzioni decise dai partigiani comunisti, in città emerse una reazione imprevista. Un piccolo nucleo di giovanissimi fascisti, tutti provenienti dal reparto delle Fiamme bianche, decise di rispondere. È un capitolo sconosciuto del primo dopoguerra a Genova e merita di essere ricordato, sia pure in modo sommario. Perché fu un embrione di Resistenza nera anziché rossa.

«Secondo il libro che le ho citato» continuò Livia, «il primo gesto di questi ragazzi fu una sparatoria contro una colonna corazzata che entrava in piazza della Vittoria. Dal tetto di un palazzo sull'angolo tra la piazza e corso XX Settembre, in pieno centro di Genova, cinque Fiamme bianche spararono raffiche di mitra e lanciarono bombe a mano. Gli americani risposero con un fuoco massiccio, ma i ragazzi si salvarono passando di tetto in tetto sino ad arrivare in piazza Cristoforo Colombo. Qui si nascosero tra i passanti.

«A metà maggio, ci fu una sparatoria notturna contro una Casa del popolo del Pci. Il 19 maggio l'assalto fu ripetuto contro la sezione comunista di Castelletto. E quindi contro un edificio scolastico diventato una prigione per fascisti. L'azione più clamorosa fu condotta il 28 agosto 1945. Dal Ponte Monumentale, in via XX Settembre, vennero lanciate bombe a mano, insieme a volantini che denunciavano il massacro di fascisti genovesi disarmati.

«In settembre, il capo del gruppo fu individuato e arrestato. Era Alfredo Oppicini, un giovane di 17 anni, intelligente e volitivo. Interrogato dalla polizia, rivendicò la propria fede fascista. E spiegò l'azione del Ponte Monumentale dicendo: "È un avvertimento per i massacri e le esecuzioni sommarie di nostri camerati. A ogni vostra azione risponderemo con una nostra reazione".

«Secondo Pessot e Vassallo fu questa minaccia a salvare la vita all'ausiliaria Origone. Lei era una donna speciale e lo dimostrò nel dopoguerra, organizzando una rete di aiuti per i camerati sconfitti. Poi conobbe un ex ufficiale della Gnr, Ottavio Artale, anche lui genovese. Era uno studente di Medicina, classe 1926, che si era arruolato giovanissimo nella Guardia repubblicana. Catturato dagli inglesi alla fine dell'aprile 1945, era stato portato in Algeria e rinchiuso nel campo 211, famoso per le condizioni di vita durissime. Ma Ottavio era riuscito a fuggire e a ritornare a Genova, attraverso molte peripezie.

«Adriana e Ottavio si incontrarono nella sede genovese del Msi. E cominciarono a frequentarsi. Il colpo di fulmine fra i due giovani scoccò nell'estate del 1950, ai Bagni Lido di Boccadasse. Si sposarono nel gennaio 1951 ed ebbero due figlie, Rossana e Alessandra. La mamma non poté mai allattarle, a causa delle torture che i partigiani le avevano inflitte all'Hotel Britannia.

«Ottavio, diventato medico, aiutò Adriana a superare il trauma dello stupro e delle torture subite. Ebbero una vita felice. E molto coerente anche dal punto di vista politico, perché furono sempre militanti del Msi. Poi Adriana morì, il 13 agosto 2008, all'età di 85 anni. Ottavio scomparve il 30 gennaio 2010, a 84 anni. Entrambi vivevano a Sanremo.»

Come era solita fare, Livia mi domandò: «Che cosa pensa della vicenda di Adriana Origone?».

Le risposi: «Penso che la storia della nostra guerra civile andrebbe tutta riscritta. Quello che stiamo facendo noi è ancora troppo poco. Ma soprattutto penso che a vincere sia stata lei, Adriana. I presunti vincitori, i suoi carnefici, hanno perso. Come in fondo succede sempre a chi si comporta in modo infame».

Parte sesta

27
Un fascista alla Benedicta

«Lei rammenta di certo l'eccidio della Benedicta, sull'Appennino fra Alessandria e Genova, nell'aprile 1944: 147 ragazzi fucilati e altri 500 avviati nei lager tedeschi» ricordai a Livia.

«Ne ho letto più di una volta nei suoi libri. E anche nei giorni scorsi ne abbiamo accennato. Che cosa c'è di nuovo su quella tragedia?»

«Un documento unico nel suo genere. È la testimonianza di un militare fascista che, prima del rastrellamento, si infiltrò per un mese alla Benedicta. Fingendo di essere un partigiano, raccolse molte informazioni per indirizzare l'attacco poi condotto dai tedeschi.»

«Una spia, insomma» disse Livia. «E come l'ha scovata?»

«È venuto a cercarmi lui, molti anni dopo, nel 1971. La Mondadori aveva pubblicato il mio libro sull'esercito di Salò. Quel signore lo lesse e mi scrisse. Nella lettera diceva di conoscere un mio libro precedente, *Guerra partigiana tra Genova e il Po*, edito da Laterza nel 1967. Quel lavoro conteneva molte pagine su quanto era accaduto attorno alla Benedicta. E chiese di vedermi.

«Quando ci trovammo a tu per tu, lui mi rivelò di essere stato tra i partigiani della zona, come informatore di un comando fascista di Genova. E aggiunse di essere disposto a raccontarmi la sua avventura, durata una trentina di giorni.

«È trascorso molto tempo dal nostro incontro, ma è come se fosse accaduto ieri. Ci vedemmo a Milano, in casa mia. Parlammo per ore e compresi che non era un mitomane. C'era stato per davvero fra i partigiani della 3ª Brigata Garibaldi Liguria. Presi molti appunti e li trascrissi. Poi gli mandai il testo del suo racconto e lui lo approvò.

«Ci incontrammo un'altra volta e gli chiesi quale uso potevo fare della sua testimonianza. Lui dettò una serie di condizioni che mi impegnai a rispettare. Mi consentiva di pubblicarlo soltanto dopo la sua morte. E senza mai rivelare il suo nome, né indicare la città in cui abitava.»

«Erano le stesse condizioni che ha imposto a me il ragazzo marocchinato nel Senese» rammentò Livia.

«Già. La guerra civile ci ha lasciato anche molte testimonianze arrivate dalla parte che è stata sconfitta. Ma parlare da vincitori è facile, mentre diventa difficile e rischioso quando chi racconta appartiene al mondo dei vinti. Comunque» dissi a Livia, porgendole un foglio, «qui ci sono i dati che riguardano il nostro testimone: il nome, il cognome, l'indirizzo e la città in cui è vissuto.»

«Mi sta dicendo che il suo teste è scomparso» osservò Livia.

«Sì. È mancato nel 2002, all'età di 81 anni. Adesso possiamo pubblicare il racconto che mi aveva fatto. Eccolo, sono parecchie pagine. Le leggeremo insieme. Voglio ricordarle che è una testimonianza eccezionale. La tragedia della Benedicta è stata rievocata molte volte, ma sempre da una parte sola: quella partigiana. Tutt'al più con l'aiuto di qualche documento militare tedesco. Adesso la sentiremo descrivere da un fascista che ha combattuto per la Repubblica sociale.»

«Sono nato nel 1921 da una famiglia di origine calabrese, mio padre faceva il ferroviere, mia madre era casalinga, io ero il loro unico figlio. Sono sempre stato un fascista convinto, come molti giovani della mia generazione. Nel 1940, quando l'Italia scese in guerra, avevo diciannove anni e frequentavo da matricola la facoltà di Giurisprudenza. Non aspettai di essere chiamato alle armi e mi arruolai volontario.

«Le risparmio le mie vicissitudini da militare. Dirò soltanto che nell'estate del 1943 stavo in Sicilia come sergente di fanteria. Partecipai ai combattimenti contro lo sbarco angloamericano, poi come tanti altri soldati italiani fui costretto a ripiegare sul continente. Di qui venni inviato sul fronte occidentale, al confine con la Francia. Mi trovavo lì da pochi giorni quando ci fu l'armistizio dell'8 settembre. E l'Italia cambiò campo, con un tradimento ignobile che non ho mai accettato.

«Invece di sbandarmi, raggiunsi Genova e mi presentai al vecchio comando della Milizia fascista. Come sa anche lei, dalla Milizia nacque la Guardia nazionale repubblicana e mi ritrovai nei ranghi di quello che sarebbe diventato il 625° comando provinciale della Gnr. E qui all'inizio del febbraio 1944 venni convocato da un ufficiale dell'Ufficio politico investigativo, il cosiddetto Upi, della 36ª Legione della Gnr. Lei saprà di certo che era la sezione incaricata di occuparsi, tra l'altro, delle operazioni di controguerriglia. Vale a dire della lotta ai partigiani.

«In quel momento, nella provincia di Genova esisteva già una banda di ribelli, il nocciolo della 3ª Brigata Garibaldi Liguria. L'ufficiale mi spiegò che il gruppo si era formato nella zona del monte Tobbio, sul confine tra Genova e la provincia di Alessandria. Secondo le nostre informazioni, la banda era composta da trenta o quaranta uomini, dislocati vicino al lago della Lavagnina. Questo gruppo aveva attirato l'attenzione dell'Upi soprattutto per un assalto compiuto contro un piccolo presidio di militari fascisti sul monte Zuccaro, a poca distanza dalla valle Scrivia, nel territorio di Isola del Cantone.

«In realtà, il presidio era soltanto un posto di avvistamento aereo, con il compito di segnalare l'arrivo o il passaggio dei bombardieri nemici. La banda della Lavagnina lo attaccò il 12 gennaio 1944. I nove militari facevano parte del Servizio segnalamento dell'Aeronautica repubblicana. Vennero sorpresi verso l'una del pomeriggio mentre stavano consumando il rancio e furono sopraffatti.

«Qui devo ricordare una circostanza importante. Nessuno dei militari del posto d'avvistamento era armato, neppure di una rivoltella. Lo stesso accadeva in tutti gli altri posti di segnalamento aereo. Può sembrare assurdo, visto che si trovavano sempre in zone di montagna isolate. Ma all'inizio del 1944 la situazione era questa. Soltanto dopo l'eccidio sul monte Zuccaro si decise di armare gli avvistatori con moschetti, pistole e bombe a mano.

«Con una marcia di un'ora, i ribelli condussero i militari in una località deserta. Qui cominciarono a interrogarli uno per uno. Volevano sapere le generalità, che servizio svolgevano sul monte Zuccaro, in quale reparto stavano prima dell'armistizio, se dipendevano o no da un comando tedesco. Poi, quando stava per scendere il buio, li fecero spogliare e li uccisero uno dopo l'altro, con un colpo alla nuca.

«Il primo a essere ammazzato fu il sergente capoposto, Luigi Compagnone, 49 anni, di Rapallo. Poi toccò al caporale, Eugenio Albertini, 21 anni, di Arenzano, studente universitario. Quindi fu la volta degli altri: Rosario Buttere, 19 anni, di Caltanissetta; Aldo Furfaro, 21 anni, di Genova; Vincenzo Furigino, 20 anni, anche lui di Caltanissetta; Giorgio Sigona, 19 anni, sempre di Caltanissetta; Ermanno Vallieri, 20 anni, di Sampierdarena, studente di Economia e commercio; Antonio Vinafro, 19 anni, di Trecase, nel Napoletano.

«Il nono si salvò. Era Agostino Reho, 20 anni, di Matino, in provincia di Lecce. I ribelli erano convinti di aver ucciso anche lui e lo scaraventarono nella fossa comune scavata prima delle esecuzioni. Ma quel ragazzo era rimasto soltanto ferito in modo leggero e i cadaveri dei camerati uccisi lo protessero. Quando i ribelli se ne andarono, ebbe la forza di raggiungere Pietrabissara, di salire su un treno e di arrivare al comando di Genova, ancora all'oscuro della strage. Detto per inciso, quel milite sopravvisse alla guerra civile, ritornò in Puglia, fece il calzolaio e morì di vecchiaia.

«All'Upi mi fecero leggere il verbale dell'interrogatorio di questo soldato. Ne ricavai qualche notizia sui ribelli del Tobbio, relativa al mese precedente. L'assalto era stato condotto da tredici uomini, armati di moschetti e di rivoltelle. Nessuno portava armi automatiche e tanto meno gli Sten, le pistole mitragliatrici inglesi. Il capo era un uomo sui quarant'anni. Secondo Reho, parlava in una lingua straniera che gli sembrò fosse inglese. Anche un paio di altri ribelli parlavano inglese.

«Secondo me, invece, poteva essere russo o una delle lingue slave. Infatti si sapeva che sul Tobbio c'erano anche ex prigionieri sovietici e jugoslavi, fuggiti dopo l'armistizio dai campi di concentramento. Altri erano liguri. Uno di loro disse di essere di Genova e specificò anche il quartiere, Ponte Carrega.

«Tutti vestivano abiti civili, in cattivo stato. Pensai che non avessero molto da scialare. Tanto che prima di uccidere i prigionieri s'impossessarono dei loro indumenti, pantaloni, giubbe, camicie e scarpe. Dovevano aver bisogno di tutto. Prima di incendiare la casermetta, razziarono qualunque cosa potesse servirgli, a cominciare dai viveri. Il nostro soldato precisò che il gruppo aveva con sé parecchi sacchi che, una volta riempiti, vennero fatti portare a spalle dai prigionieri sino al luogo dell'esecuzione.»

«L'azione sul monte Zuccaro mise in grande allarme l'Upi di Genova. Si cominciò a pensare che dalla banda della Lavagnina sarebbe nata una formazione comunista in grado di accogliere volontari dei due versanti dell'Appennino. E così avvenne. Il gruppo si rafforzò. All'inizio del febbraio 1944 veniva considerato forte di un centinaio di ribelli. Erano armati in modo sommario. Moschetti, rivoltelle, bombe a mano. Avevano anche qualche Sten, ricevuto con un lancio effettuato da un aereo britannico.

«L'ufficiale mi disse: "Abbiamo bisogno di sapere il più possibile sul conto di questa banda comunista. Può diventare molto pericolosa per i collegamenti fra la Liguria e il Piemonte. Rischiamo di veder bloccate sia la Camionale che da Genova va a Novi Ligure, sia la statale che da Voltri si dirige verso Ovada e Alessandria. Le informazioni sono necessarie anche in vista di un probabile attacco dei tedeschi. I loro comandi stanno progettando un ciclo di rastrellamenti in molte zone dell'Italia del Nord".

«"Dovresti andare nella zona del Tobbio" continuò l'ufficiale, "fingere di essere un militare sbandato che vuole unirsi ai ribelli, restare lì il tempo necessario per sapere il più possibile su questa Brigata Garibaldi Liguria e poi ritornare a Genova. Ti senti in grado di farlo? Lo chiedo a te perché sei un ragazzo svelto e conosco la tua fedeltà a Mussolini. Puoi anche rifiutare l'incarico. Lo capirei".

«Stavo per compiere 23 anni e accettai la missione che mi veniva proposta. Anche se era molto rischiosa. Mi furono preparati documenti d'identità falsi, compreso il libretto militare. Poi mi diedero un abito civile piuttosto consunto e un paio di vecchi scarponi. Infine mi suggerirono di lasciarmi crescere la barba e i capelli, per avere l'aspetto del fuggiasco.

«L'ufficiale dell'Upi decise che la sera del 19 febbraio sarei partito da Genova a bordo di un camioncino scassato, guidato da un fascista in borghese. Mi spiegò: "Ti porterà sul versante alessandrino, sino al paese di Casaleggio Boiro. Di lì andrai a piedi verso il monte Tobbio. Ricordati che, qualunque cosa accada, devi lasciare la zona entro il 20 marzo. Altrimenti potresti rischiare di trovarti in mezzo al rastrellamento tedesco".

«L'ultimo avvertimento suonava così: "Quando arriverai nel territorio dei ribelli, ricordati che puoi contare soltanto su te stesso. Se scopri di essere in pericolo, non chiedere l'aiuto di nessuno perché nessuno potrà aiutarti. Taglia subito la corda e cerca di raggiungere il primo presidio della Gnr".

«Ancora oggi mi stupisco di un fatto: non avevo nessuna paura di essere scoperto. Anzi ero contento di quell'incarico speciale. Disprezzavo i ribelli. Li consideravo nemici dell'Italia, al servizio di due avversari storici del fascismo: il comunismo di Stalin e il capitalismo angloamericano. Infine devo confessare di essere stato anche spinto dalla voglia di vedere dall'interno quel ribellismo che impensieriva così tanto la Repubblica sociale.

«Arrivai a Casaleggio all'alba del 20 febbraio. Salutai il camerata che mi aveva portato sin lì e mi avviai verso il Tobbio. Mi ero studiato con cura la carta della zona e sapevo che strada percorrere per arrivare alla base dei ribelli. Faceva freddo, era un giorno di vento gelido. Poi cominciò a piovere forte. Presto mi resi conto di essere bagnato sino al midollo. Ma ero giovane e pieno di energie. Dicevo a me stesso: stai per entrare nella tana del lupo e la pioggia è poca cosa rispetto a quanto ti può accadere.

«Pensavo di essere fermato da qualche posto di blocco. Ed ero pronto a spiegare chi ero e perché volevo unirmi ai ribelli. Ma con mia grande sorpresa non incontrai nessuno. Soltanto alla fine del percorso m'imbattei in una pattuglia di partigiani. Erano in tre, anche loro fradici per la pioggia. E mi chiesero chi fossi e perché mi trovavo in quei posti.

«Gli mostrai i documenti falsi e gli raccontai la storia che mi ero costruito. Non erano per niente sospettosi. Anzi, sembravano contenti di vedermi. Uno dei tre mi disse: "Sei uno dei tanti che stanno arrivando. Meglio così: la nostra brigata diventerà sempre più forte".

«I tre mi condussero in un vecchio cascinale mezzo diroccato. Appresi dopo che il posto si chiamava la Benedicta. Lì si trovava l'intendenza della Brigata Liguria: il luogo dove affluivano i viveri per la formazione. E lì venni interrogato a fondo, dai due responsabili dell'intendenza. Il più autorevole era un operaio comunista di Genova, chiamato Macchi. Oggi conosco il suo nome, Saverio De Palo, e la sua età, 45 anni. Il secondo era un meccanico assai più giovane: Luigi Bovone, detto Febo, classe 1920.

«Controllarono con attenzione i miei documenti, soprattutto quelli militari. Mi fecero raccontare per due volte la mia storia e spiegare perché volevo andare con i partigiani. Non ebbero nessun sospetto sul mio conto. Del resto, per loro ero soltanto uno dei tanti giovani che salivano al Tobbio. Dunque non ero nessuno.

«Alla fine decisero che avrei lavorato con loro all'intendenza della brigata. Il più anziano mi disse: "Questo è il reparto più importante della 3ª Liguria. Dobbiamo dar da mangiare a molti giovanotti come te. Ma è un mestiere balordo perché i viveri non bastano mai, nonostante l'aiuto dei compagni di Alessandria e di Genova". Per me fu un vero colpo di fortuna perché l'intendenza era il cuore della brigata. Il posto dal quale si vedeva tutto e si capiva tutto.»

«Cominciò così la mia vita di finto partigiano e di vero spione. Per me la parola spia non ha nessun connotato negativo. Abbiamo imparato tutti che l'arma numero uno di ogni guerra sono le informazioni sul nemico. Se non sai nulla dell'avversario, sei come un cieco. Puoi essere più forte di lui, però rischi di sbagliare tutte le mosse.

«Il mio compito di soldato fascista era di guardarmi attorno, di conoscere il più possibile sul conto di quel reparto di ribelli. Dovevo memorizzare facce, nomi, comportamenti, punti di forza e di debolezza. E infine scoprire dove erano collocati i diversi gruppi della brigata, quelli che i ribelli chiamavano distaccamenti.

«Per prima cosa compresi che il comando della brigata era doppio, un fatto che giudicai negativo. C'era un comandante militare, chiamato Ettore. Soltanto anni dopo ho saputo che il suo nome era Edmondo Tosi, un ragioniere genovese poco più che trentenne, che era stato capitano di complemento negli alpini.

«Ettore mi apparve un uomo sopraffatto da un compito ben più grande di lui. Stava alle prese con un afflusso massiccio di renitenti, che a metà febbraio avevano portato gli effettivi della brigata a quasi duecento uomini. Non mi sembrò che avesse un'idea politica precisa. E forse per questo era stato scelto dal Pci, il padrone vero della 3ª Liguria.

«L'altro capo della brigata era il commissario politico: Sergio, ossia Rino Mandoli, comunista, sui trent'anni, un operaio meccanico che era già stato in carcere per antifascismo. Lo vidi soltanto per pochi giorni, però lo rammento come un uomo silenzioso, sempre in movimento da un gruppo all'altro, uno staliniano convinto. I ribelli raccontavano che era in conflitto con Ettore anche sul lavoro militare. Però non so dire se fosse vero.

«Ma i personaggi di spicco della brigata erano altri due. Tutti li consideravano i veri guerrieri del gruppo. Entrambi giovanissimi, sui 22 o 23 anni, si erano già messi in luce come terroristi di città. A Genova avevano ammazzato un ufficiale della Milizia e poi un ufficiale tedesco, quindi si erano distinti anche gettando bombe contro piccole sedi fasciste. Andavano e venivano dalla montagna quando i capi del Pci di Genova chiedevano il loro intervento nel capoluogo.

«Erano studenti universitari. Il numero uno era un piccoletto tarchiato, il viso rotondo, dal carattere schivo. L'avevano già arrestato quando era sottotenente del genio perché accusato di antifascismo. Ho saputo dopo che si chiamava Giacomo Buranello. L'altro era Walter Fillak, un piemontese che viveva a Genova.

«Tutti e due erano destinati a morire nella guerra civile. Fillak venne impiccato in Piemonte, a Cuorgnè, credo nel febbraio 1945. Buranello cadde prima. Fu catturato dai nostri a Genova il 2 marzo 1944. Sul Tobbio dicevano che era stato torturato, ma che non aveva detto nulla. Morì il giorno successivo, fucilato o suicida, questo è rimasto un mistero.

«Quando arrivò la notizia che Buranello era stato giustiziato, io stavo con i ribelli da una decina di giorni. La notizia della sua fine gettò le bande nello sconforto, ma nessuno decise di ritornare a casa. Mi domandai il perché. E mi diedi una risposta. Tra i tanti giovani renitenti accorsi sul Tobbio dominava un'euforia senza fondamento. Erano convinti che la guerra sarebbe finita di lì a pochi mesi, grazie a uno sbarco angloamericano in Liguria. E nessuno pensava che i tedeschi avrebbero deciso un attacco in forze.

«Sentivo dire da molti che Hitler aveva ben altre gatte da pelare, soprattutto sul fronte orientale. Le bande del Tobbio erano l'ultimo dei suoi pensieri. I capi della 3ª Liguria sostenevano che per rastrellare la zona i tedeschi avrebbero dovuto impegnare qualche divisione, una quantità di soldati che non erano in grado di raccogliere. Dal canto suo, il capitano Odino, un comandante di cui le parlerò tra poco, era certo che né i fascisti né i tedeschi si sarebbero azzardati a salire sull'Appennino, un'area considerata inattaccabile.

«La conclusione era una sola. Tutti quei ragazzi erano saliti in montagna non per combattere, ma per sottrarsi al servizio di leva. La Repubblica sociale stava chiamando alle armi i giovani delle classi dal 1922 al 1925. Per chi non si presentava, era prevista la pena di morte. Tuttavia molti ritenevano che era meglio imboscarsi piuttosto che essere mandati in Germania ad addestrarsi. Per poi farsi trovare con indosso la divisa di una repubblica destinata alla sconfitta.

«Nel frattempo cresceva il numero dei renitenti che arrivavano alla 3ª Liguria. Alla fine di febbraio la brigata cominciò a crescere con un ritmo che nessuno aveva saputo prevedere. Nel mese di marzo eravamo in cinquecento, suddivisi in sette od otto distaccamenti. Mi sembrava una forza spropositata, per di più tutta concentrata in un'area piccola. E pensai che prima o poi una parte dei renitenti sarebbe stata inviata in un'altra zona.

«Un giorno chiesi a uno dei commissari politici: "Ma non siamo in troppi attorno alla Benedicta? Potrebbe essere pericoloso. Siamo così vicini a Genova!". La sua risposta fu lapidaria: "Pensa ai fatti tuoi. E fa' il lavoro che ti hanno ordinato di fare". Allora compresi che sarebbero rimasti lì tutti. Senza rendersi conto che per i tedeschi rappresentavano un boccone che, prima o poi, sarebbe stato mangiato.

«Devo aggiungere che, insieme ai ragazzi della Garibaldi, ce n'erano altri duecento di una banda autonoma, dislocata nelle vicinanze. Era comandata da un signore di 50 anni che nella vita civile faceva il commerciante. Si chiamava Giancarlo Odino ed era stato capitano di complemento dei granatieri, richiamato in servizio alla fortezza militare di Gavi, non lontano dal Tobbio.

«Odino era un monarchico, vicino ai liberali. Aveva la fama di essere un uomo coraggioso. Ma non sapeva niente di come si fa la guerriglia. Infatti la sua banda era praticamente inattiva: una specie di campo reclute, tutte del versante alessandrino. Quasi nessuno possedeva un'arma. E a costo di sembrare crudele, aggiungo che tutti si ritenevano invisibili agli occhi dei presidi della Gnr.

«Nei primi giorni di marzo, un commissario politico mi disse: "Ci risulta che sei stato nell'esercito e hai combattuto in Sicilia. Dovresti istruire questi ragazzi all'uso delle armi". Accettai per non suscitare sospetti sul mio conto, anche se non ero in grado di fare quasi niente.

«Le armi a disposizione della 3ª Liguria erano davvero poche rispetto al numero degli uomini. La brigata possedeva una riserva di appena qualche moschetto, conservato proprio nella cascina dell'intendenza. Mancavano anche le munizioni. Verso la metà di marzo, gli inglesi fecero un secondo lancio di duecento Sten. Ma per ogni pistola mitragliatrice era stato mandato un solo caricatore.

«In più mi resi subito conto che soltanto pochi dei renitenti avevano voglia di imparare come si spara. La maggior parte non aveva mai avuto tra le mani un fucile. Inoltre si consideravano di passaggio nella zona attorno al Tobbio. Dal punto di vista mentale, non si ritenevano dei veri partigiani, disposti a fare la guerra ai fascisti e ai tedeschi per mesi e mesi. Anzi non gli importava nulla della guerriglia. Tanti volevano soltanto far passare i giorni per poi ritornare a casa. Capisco che può sembrare ingiusto dirlo, poiché molti di loro sono morti. Ma è quanto ho constatato con i miei occhi.

«Qualche volta ho anche pensato che qualcuno avesse deciso di mandarli tutti sul Tobbio per consentire ai tedeschi di prenderli nella rete, come si fa con i pesci o gli uccelli. Poi mi sono detto che nessuna mente malvagia poteva partorire un piano tanto infernale. Ho cominciato a riflettere e, passo dopo passo, mi sono avvicinato alla verità. È quella che ho capito meglio leggendo il suo libro sulla guerra partigiana fra Genova e il Po e altri lavori sulla Resistenza nella zona.

«Erano i comunisti di Genova che volevano una grossa brigata delle Garibaldi alle spalle della città. Per dimostrare agli altri partiti antifascisti che erano loro i più forti, gli unici in grado di dar vita alla lotta partigiana. Non arrivo a sostenere che i tanti morti della Benedicta siano stati vittime di un calcolo politico. Ma di certo l'imprudenza dei dirigenti del Pci si è rivelata micidiale.

«Senza rendersene conto, hanno fatto il gioco di noi fascisti e dei tedeschi. Per essere equanime, riconosco ai comunisti genovesi una sola attenuante. Che cosa avrebbero potuto fare alle prese con un afflusso di renitenti così massiccio? Era impensabile rispedirli a casa e dirgli: arruolatevi nella Rsi!

«Per tutto questo risultò fatale che le azioni di guerriglia fossero ridotte al minimo. Nel mese in cui rimasi al Tobbio ricordo due soli colpi attuati dalla 3ª Liguria, fra il 14 e il 18 marzo 1944. In realtà si trattò di due delitti, persino troppo facili da compiere: l'uccisione di due piccoli esponenti del fascio, che abitavano nei pressi di Ovada. Uno era di Tagliolo Belforte: Vincenzo Romairone. Aveva 69 anni, venne prelevato in casa e subito ucciso. L'altro era Orlando Tubino, commissario straordinario al comune di Casaleggio Boiro. Anche lui fu sequestrato in casa e poi eliminato nella zona di Parodi Ligure.

«In compenso, il 21 marzo, nel giorno successivo alla mia fuga, vicino ai laghi del Gorzente una pattuglia della Gnr catturò Mandoli, il commissario politico della Brigata Liguria, e due partigiani che lo accompagnavano. Questi ultimi vennero giustiziati a Lerma. Mandoli fu trasferito a Genova per essere poi fucilato al Passo del Turchino, il 19 maggio 1944.

«A proposito dei commissari politici, mi colpì la loro presenza quasi ossessiva fra i renitenti del Tobbio. Ogni distaccamento ne aveva uno, in questo modo moltiplicando la dannosa duplicità del comando che esisteva al vertice della 3ª Liguria. Da quel che ho visto, erano quasi tutti operai comunisti, sui trent'anni o poco più, cresciuti nel Pci clandestino. E quindi con la mentalità tipica del gruppo politico chiuso.

«Ragionavano tutti nello stesso modo. Il partito veniva prima di ogni altra cosa. La guerra partigiana doveva avere come sbocco inevitabile la rivoluzione e la conquista del potere in Italia. Il dio da venerare era Stalin. E la chiesa alla quale essere fedeli l'Unione sovietica. Aspettavano la fine del conflitto per iniziare un'altra guerra civile, questa volta contro gli americani e gli inglesi.

«Nei distaccamenti, ogni sera si teneva l'ora di discussione politica. Si commentavano i fatti della giornata. Si leggevano i documenti del partito, gli opuscoli arrivati in montagna, le pagine di qualche autore comunista. I commissari coltivavano un'illusione: forgiare dei militanti con questo tipo di pedagogia.

«Ma ho l'impressione che la maggior parte dei renitenti considerasse l'ora politica come un tempo noi giudicavamo l'ora di dottrina fascista: un obbligo noioso e nient'altro. Alla grande maggioranza dei ragazzi importava soltanto una cosa: che la guerra finisse presto e loro potessero ritornare a casa.»

«Verso la metà del marzo 1944, mentre si avvicinava il giorno del mio rientro a Genova, sul Tobbio la confusione aumentò. Il numero dei renitenti era diventato enorme. Nel suo libro ho letto cifre che l'intendenza conosceva bene perché doveva sfamare una quantità sempre più grande di giovani. Nella 3ª Garibaldi Liguria erano inquadrati, si fa per dire, 573 ragazzi. Nel gruppo di Odino, diventato nel frattempo la Brigata autonoma militare Alessandria, le presenze risultavano 193. In totale le due formazioni raccoglievano 766 ribelli, li chiamo così anche se molti di loro continuavano a essere disarmati.

«La situazione si era fatta insostenibile. Da settimane il vitto di questa truppa era limitato a un po' di riso, polenta e castagnaccio. Ma anche reperire quei pochi viveri diventava sempre più difficile. In seguito ho pensato molte volte che, pure in assenza di un attacco tedesco, qualcosa dovesse accadere. Il comando della Liguria, oppure i vertici del Pci genovese, sarebbero stati costretti a sfoltire i ranghi. Vale a dire rimandare a casa molti dei renitenti. E smistare gli uomini rimasti in altre aree dell'Appennino ligure-alessandrino.

«Nella sua tesi di laurea, ho letto un documento mandato a tutti i distaccamenti dal comando della 3ª Brigata Liguria. La data era il 2 aprile 1944, quattro giorni prima dell'attacco tedesco. Conteneva un elenco schietto dei difetti della 3ª Liguria: scarsa serietà e disciplina, poco impegno, mancanza di coesione, incapacità di usare le armi, abitudine a disobbedire, indolenza, menefreghismo, facilità nel criticare. Anche l'opera dei commissari veniva ritenuta insufficiente: "Trascuriamo troppo il lavoro politico ed educativo. Si combatte meglio quando si sa per quale fine si combatte".

«Io avrei aggiunto un altro difetto, forse il più grave di tutti. Anche i comandi inferiori non conoscevano gli uomini che dovevano guidare. Proprio così: non sapevano chi fossero. In questo modo veniva a mancare la condizione numero uno per qualunque gruppo armato. Vale a dire la certezza di sapere sempre chi sta con chi.

«Lo testimonia un fatto che mi riguarda. Ero un fascista, mandato sul Tobbio per raccogliere informazioni, insomma una spia. Eppure per tutto il mese che vissi all'intendenza nessuno ebbe mai il minimo sospetto sul mio conto. Si erano persino dimenticati come mi chiamavo, sia pure sulla base di documenti falsi. Per loro ero soltanto il Calabrese, il nome di battaglia che mi ero scelto.

«Tuttavia devo confessare che più di una volta ho provato paura. Sentivo dire di continuo che erano state individuate delle spie fasciste. E che dopo la tortura le avevano uccise. Quando cercavo di saperne di più, veniva a galla che erano favole e tiravo un sospiro di sollievo.

«Però la mia presenza sul Tobbio non era una favola. Per questo mi domandavo sempre che cosa mi sarebbe successo se mi avessero scoperto. Ho passato notti e notti alle prese con l'incubo di essere fucilato. E mi sono domandato più volte, con angoscia, se ce l'avrei fatta a ritornare a Genova.

«Come mi era stato ordinato, finalmente lasciai il Tobbio nella tarda serata del 20 marzo. Me ne andai a piedi in direzione di Busalla, in valle Scrivia. Di qui raggiunsi un presidio della Gnr. Non potevano sapere che ero un loro camerata e lì per lì passai un brutto quarto d'ora. Poi chiesi di essere messo in contatto con il mio comando di Genova. Qualcuno venne a prendermi e mi portò in città.

«Parlai per un giorno intero con l'ufficiale che mi aveva affidato la missione. Usando una carta militare dell'area attorno al Tobbio, gli mostrai dove si trovavano i distaccamenti. E gli spiegai che sia la 3ª Brigata Liguria che la Brigata autonoma di Odino non erano delle vere formazioni partigiane. Ma soltanto un centro di raccolta di renitenti alla leva, per di più quasi tutti disarmati.

«L'ufficiale era restio a credermi. Mi resi conto che tanto i comandi fascisti che quelli tedeschi erano convinti del contrario. Ricordo che gli dissi: "Quando inizierà l'attacco, non incontreremo che ben poca resistenza. Ci sembrerà di entrare con la baionetta dentro un materasso".

«Andò davvero così. Il rastrellamento si concluse con una disfatta terribile delle due bande. Per loro il bilancio fu disastroso: 147 ragazzi fucilati, circa 500 inviati nei lager tedeschi, anche se una parte di questi riuscì a fuggire dal treno che li deportava in Germania. Penso sia il record negativo dell'intera Resistenza, come la chiamate voi.

«Lei mi chiede se, dopo, non abbia mai provato un senso di colpa. Mi spiace deluderla, ma debbo rispondere di no. Ero un militare, combattevo per la Repubblica sociale, mi sono limitato a fare il mio dovere. Non avevo colpe. La responsabilità era tutta del Pci di Genova. Per una forma malsana di imperialismo politico, aveva creato sul Tobbio le condizioni di un massacro.

«In seguito, così ho letto su qualche libro, i comunisti genovesi si limitarono a fare un'autocritica molto parziale. Ci fu pure chi disse che all'origine del rastrellamento del 6 aprile e della strage successiva c'era stato un complotto spionistico. Leggevo, rileggevo e mi mettevo a sorridere: certo, una spia c'era, ma una soltanto, io.

«Le dirò ancora una cosa. Quando seppi dei tanti ragazzi fucilati o deportati, non mi rallegrai per niente. Pensai: se perdiamo questa guerra, ce la faranno pagare. E il conto sarà molto salato. È andata esattamente così.»

28
Nell'inferno di Bogli

«Dobbiamo incontrare questo signore» dissi a Livia, porgendole una lettera che avevo ricevuto.

Era stata scritta da Gianluigi Ragazzoni, farmacista e biologo, oggi più che ottantenne. Quando aveva vent'anni era stato un militare della Rsi, poi catturato dai partigiani in Liguria. In una pagina del *Revisionista* aveva letto che raccontavo del campo di concentramento di Bogli, un lager destinato ai prigionieri fascisti che lì venivano torturati e spesso uccisi. Nella lettera mi diceva di essere stato anche lui detenuto a Bogli. E poteva raccontarmi quel che aveva visto e sofferto.

Spiegai a Livia: «Non mi era mai capitato di incontrare un superstite di quel campo. E le confesso che sono molto ansioso di parlargli. Abita in Alto Adige. Qui c'è il suo indirizzo e il numero di telefono».

«Cerchiamolo» convenne Livia. «E speriamo che voglia davvero parlare. Ma io non so nulla di Bogli. Lei sa dove si trova?»

«Non soltanto lo so, ma ci sono stato. Tanti anni fa, nel maggio 1996. Bogli è una frazione di Ottone, in provincia di Piacenza. Sta sull'Appennino, a mille e cento metri d'altezza. Negli anni Quaranta aveva all'incirca trecento abitanti, poi via via si era spopolata sempre di più. Sino a diventare un paese quasi deserto che ritornava a vivere nei mesi centrali dell'estate.»

«Perché è andato a vedere Bogli?» mi domandò Livia.

«Volevo collocarvi qualche scena del romanzo che stavo scrivendo. Era *I nostri giorni proibiti*. Avevo sentito parlare di quel lager per prigionieri fascisti. E decisi che dovevo andare sul posto.»

«Mi racconti del suo viaggio» chiese Livia. «Così, quando incontreremo il dottor Ragazzoni, non farò la figura dell'oca giuliva, come avrebbe detto sua madre Giovanna...»

«D'accordo. La mia base di partenza fu Novi Ligure, in provincia di Alessandria. A farmi da guida c'era un geometra che avevo conosciuto in quella città. Partimmo su una Fiat Panda adatta a percorsi di montagna disagevoli. Da Novi prendemmo la strada della val Borbera. In quel mattino di maggio, la vallata era già tutta verde e splendeva anche sotto un cielo grigio, percorso da una nuvolaglia spinta dal vento.

«Superato il paese di Borghetto, la valle si restrinse. Il torrente Borbera ormai s'insinuava fra rocce scoscese, un canyon coperto di boschi. Superata la gola di Pertuso, il canyon di colpo si allargò e la media valle si aprì davanti a noi come un grande giardino quieto. Superato il paese di Cornareto, deviammo sulla sinistra, sempre continuando a seguire il corso del Borbera. E ci fermammo sulla piazzetta di Montaldo di Cosola, dove una volta si pagava il pedaggio che serviva a mantenere in ordine la strada.

«Di qui arrivammo all'alta valle. Eravamo entrati in una solitudine verde. Sul costone di destra c'erano roveri, cerri e robinie. Su quello di sinistra grandi castagneti. Dopo un percorso tutto a curve, giungemmo a Capanne di Cosola. Non era un paese, ma un piccolo pugno di case con un alberghetto. Il geometra mi spiegò che stavamo a mille e cinquecento metri d'altezza.

«Era meglio lasciare la Panda. E lui mi avvertì: "Di qui Bogli non si può vedere perché sta più in basso di almeno cinquecento metri, in una valletta chiusa, una specie di secchio. Ci andremo a piedi, lungo una mulattiera lastricata di ciottoli e di pietre messe di taglio.

Dovremo arrampicarci per almeno un'ora e poi scendere per un'altra ora. Vedo che ha due ottimi scarponi da montagna. Penso che ce la farà, anche se non è più un giovanotto" concluse sorridendo.

«Passato il bivio per Artana, cominciammo a scendere. La mulattiera sembrava diventata un piano inclinato verso il nulla. Su entrambi i lati, un letto di bucaneve copriva la neve rimasta lì dall'inverno. La nuvolaglia era calata in basso e adesso ci avvolgeva come un'ovatta grigia. I faggi apparivano e sparivano, sembravano spettri su un fondale nebbioso. Arrivammo a Bogli che scarnebbiava. Apparve per prima la chiesa, con un campanile dalla cupola a cipolla. Poi la canonica, il cimitero, il piccolo monumento ai caduti in guerra. Ecco il paese. Case di pietra grigia, con i tetti coperti da tegole marsigliesi, piatte e rosse, oppure da lose anch'esse in pietra.

«Di lì imboccammo uno stradello in discesa. Lo chiamavano il Canale del Diavolo, e non credo fosse uno scherzo. Poi ci dirigemmo all'estremità del paese. Il geometra mi indicò un piccolo fabbricato in rovina: "Questa era chiamata la casa di Capenardo, dove vivevano i partigiani che presidiavano il lager di Bogli". Andammo avanti per un centinaio di metri e ci trovammo di fronte a quel che restava del campo di concentramento e, in molti casi, di eliminazione.»

«Che cosa ha visto?» mi domandò Livia, rimasta in silenzio mentre raccontavo il mio viaggio.

«Per prima scorsi una bassa costruzione in pietra, su tre corpi tutti a pianoterra, ormai diroccata. Un tempo doveva essere stata una stalla, oppure un deposito di grano o di fieno. Lì vivevano rinchiusi i prigionieri fascisti. Sul fianco esisteva un'aia, invasa dai rovi. Alla destra della prigione, c'era una coppia di grandi vasche rettangolari, sempre in pietra.

«Una era colma di acqua limpida, rinnovata da una sorgente. L'altra di acqua stagnante, appatanata, con i bordi coperti di muffa verdastra. Erano vecchi lavatoi, che forse servivano anche per abbeverare il bestiame. Su una lastra stava inciso l'anno di costruzione: il 1906. Sentiremo dopo, dal dottor Ragazzoni, che uso ne facevano i guardiani del campo.

«Ritornai accanto alla vecchia prigione. Le porte erano inchiodate. E non consentivano di visitare l'interno. Il geometra andò a chiamare un suo conoscente: un signore molto anziano che non si era mai mosso da Bogli. Lui ci spiegò che durante la guerra civile, il fabbricato era diviso in tre cameroni, dove la luce filtrava da minuscole finestre aperte sul retro, contro un piccolo costone carico di erbacce.

«Gli domandai come erano sistemati i prigionieri. Lui mi raccontò che, di notte, dormivano sulla paglia o su strati di foglie di castagno, come i partigiani del resto. Di giorno, stavano sull'aia, sempre sorvegliati dai guardiani. Anche i militari erano in borghese, coperti di stracci perché gli avevano portato via le divise. Avevano l'aria stravolta di chi si aspetta di essere fucilato. Si spidocchiavano e parlavano fra loro a bassa voce. Erano tutti uomini, a parte due donne. Una era un'ostetrica genovese, fra i trenta e i quarant'anni, bionda e con la testa rapata. In seguito l'hanno uccisa con l'accusa di essere una spia dei tedeschi. L'altra donna era più giovane e non so che fine abbia fatto.»

«Uno scenario da brividi» mormorò Livia.

«Ha ragione. Anch'io pensai la stessa cosa. Ma adesso andiamo a sentire il nostro testimone.»

Livia e io ci recammo in Alto Adige a incontrare Gianluigi Ragazzoni. Era il 18 aprile 2010, la vigilia del suo compleanno. «Ne faccio ottantasei» ci spiegò. «Sono nato ad Alessandria il 19 aprile 1924.» Gli facemmo gli auguri e anche i complimenti. Avevamo di fronte un uomo ancora vigoroso, dalla memoria ferrea. E disposto a raccontarci il suo percorso nella guerra civile.

Il padre, Achille Ragazzoni, era un tenente colonnello dell'esercito in servizio permanente effettivo e anche il figlio sembrava destinato a una carriera in divisa. Gianluigi venne mandato a studiare nel collegio militare di via della Lungara a Roma e dopo la maturità classica fu iscritto all'Accademia di Modena. Era il 1942 e il ragazzo frequentò lì il primo anno e dopo l'armistizio seguì l'accademia nel suo trasferimento a Tortona.

Nell'autunno del 1943, Gianluigi ebbe il primo, terribile impatto con la guerra civile. Il padre aveva aderito alla Rsi e si trovava in servizio a Chieti. Il 26 novembre 1943, mentre camminava per strada insieme al figlio e a un aiutante, il colonnello Ragazzoni venne ucciso a rivoltellate da qualcuno che lo attendeva al riparo di una siepe. Prima di spirare, il colonnello chiese che non si facesse nessuna rappresaglia e così avvenne.

Gianluigi ritornò a Tortona per continuare il corso di allievo ufficiale. Lo concluse nell'estate del 1944, a vent'anni giusti. Era previsto che gli allievi prestassero servizio in zona di operazioni. Per questo venne mandato sulla Riviera ligure e inserito con il grado di sergente in un battaglione della Difesa costiera, il reparto che doveva contrastare un possibile sbarco degli Alleati. Dopo essere passato da un luogo all'altro, sempre in Liguria, all'inizio del novembre 1944 l'allievo Ragazzoni si trovò a comandare il posto di blocco a Cavassolo, nel comune di Davagna, vicino a Genova.

«Eravamo in sette» ci raccontò Ragazzoni, «io come sergente e sei bersaglieri. Uno di questi era un ex partigiano, si era arruolato dopo la cattura. Forse fu lui a tradirci. Nella notte fra il 3 e il 4 novembre 1944 venimmo assaliti e catturati dalla Brigata volante Severino. Ci fu impossibile reagire. Ma ebbi l'accortezza di strapparmi dalla divisa i gradi di sergente. Sapevo che i sottufficiali fascisti presi dai partigiani avevano un unico destino: essere fucilati.»

Cominciò quella notte l'odissea di Gianluigi. «La mattina del 4 novembre venimmo portati a Mareglia e poi a Canate, sotto l'Alpesisa, un monte di mille metri. Il 5 novembre ci trasferirono in val Trebbia, prima a Torriglia e quindi a Gorreto, dove si trovava il comando della 3ª Divisione Garibaldi Cichero, la formazione guidata da Aldo Gastaldi, il famoso Bisagno.

«A Gorreto ci interrogò il commissario politico della Cichero. Era Giovanni Battista Canepa, Marzo, un uomo vicino ai cinquant'anni. Lui ci pose davanti a un'alternativa: arruolarsi nei partigiani o essere liberati e rientrare a casa, con l'impegno di non tornare nei reparti della Repubblica sociale. Nel secondo caso ci avrebbe dato un lasciapassare firmato da lui.

«Non avevo nessuna intenzione di fare il partigiano. Pensavo a mio padre, assassinato a Chieti l'anno precedente. Dissi che sarei rientrato in famiglia. Marzo mi consegnò il lasciapassare e mi fece dare un po' di viveri a secco per il viaggio. Ripartii subito in direzione di Genova, sempre a piedi, con l'energia dei vent'anni.

«Ma poco dopo, quando mi trovavo già vicino a Torriglia, venni fermato da una pattuglia di partigiani. Quella era una zona praticamente occupata dalla Cichero, che proprio in quei giorni si era rafforzata per l'arrivo del Vestone, un battaglione della Monterosa, la divisione alpina della Rsi, che aveva in parte disertato ed era passato con i garibaldini.

«Mostrai alla pattuglia il lasciapassare firmato dal commissario Marzo dove si diceva che ero un militare della Repubblica e che avevo il permesso di ritornare a Genova. Il capo della pattuglia lesse il foglio, si mise a ridere e lo stracciò. Poi mi disse che dovevo andare con loro. Mi condussero a Montoggio, in valle Scrivia, e mi rinchiusero nella casermetta dei carabinieri, in una stanza di sicurezza.

«Passai in cella la notte fra il 5 e il 6 novembre. La mattina del 6 venni avviato verso Bogli, sempre scortato dai partigiani. Insieme a me, c'erano altri due prigionieri. Uno era un macellaio di Genova, sui cinquant'anni, catturato non so per quale ragione. L'altro era un piccolo industriale sempre di Genova e sfollato a Torriglia. Gli avevano chiesto di versare ai partigiani una somma importante, lui non ce l'aveva o si era rifiutato di consegnarla. E così l'avevano preso.

«Non fu semplice arrivare a piedi fino a Bogli. E non soltanto perché stava piuttosto lontano. Il motivo più pesante era un altro. Per evitare che tentassimo di scappare, i partigiani ci avevano obbligati a togliere le scarpe. Camminammo per ore a piedi nudi, protetti soltanto dalle calze.

«Si procedeva lungo sentieri di montagna, pieni di sassi. I piedi cominciarono presto a ferirsi e a sanguinare. Non c'era niente per medicarli o per fasciarli. Tutti e tre passammo la notte chiusi in una baracca, con i piedi doloranti. E il giorno dopo, nel pomeriggio del mercoledì 7 novembre 1944, arrivammo al campo di Bogli.»

Chiesi al dottor Ragazzoni di disegnarmi la pianta del lager. E lui mi tracciò una mappa molto precisa che corrispondeva alle fotografie che avevo scattato nel 1996. Ragazzoni restò rinchiuso a Bogli sino al 10 dicembre, per trentatré giorni. Ed ebbe modo di osservare molte cose.

«Quando arrivammo al campo» continuò a raccontare Ragazzoni, «i nostri accompagnatori ci consegnarono a un russo. Lui ci perquisì, diede un'occhiata distratta ai nostri piedi, ma non si curò di domandare alla pattuglia di riconsegnarci le scarpe. A questo proposito, voglio dirle che, come tutti gli altri prigionieri, anch'io rimasi sempre a piedi nudi. E infatti una delle ferite cominciò a infettarsi in modo grave.»

Il capo del campo era un partigiano chiamato Walter. Il suo nome vero era un altro. Ragazzoni me lo dettò e lo scrissi. «Era un giovane di Genova, sui 23-24 anni, alto come me, magro, capelli e barba castani. Non indossava una divisa, ma sulla giacca borghese aveva un triangolino, il grado dei comandanti di distaccamento.»

Chiesi a Ragazzoni se Walter zoppicasse. Si diceva che fosse rimasto ferito a un piede durante il rastrellamento della Benedicta, nell'aprile di quell'anno. E la ferita gli aveva leso un calcagno. Ma lui non rammentava questo dettaglio.

Invece ricordava molto bene che tipo fosse Walter: «Un violento, un sanguinario, un pazzo sadico che godeva a torturare i prigionieri e poi a fucilarli. Nessuno poteva impedirglielo perché lui era il padreterno del lager, con un dominio assoluto sui detenuti.

«La truppa di Walter era di sei o sette partigiani della Garibaldi. Ricordo i loro nomi di battaglia. Il suo secondo era Moretto, un sardo. Poi Vago, un ucraino forse evaso da un campo di concentramento. Quindi Tromba, un calabrese, Giuda, un genovese e un altro paio di russi. Infine c'era un commissario politico, chiamato Due. Era l'unico che si opponeva ai maltrattamenti inflitti ai prigionieri. Ma non contava quasi nulla. Walter era molto più forte di lui e faceva ciò che voleva.»

Domandai a Ragazzoni: «In che cosa consistevano questi maltrattamenti?».

Lui ci offrì un elenco da far gelare il sangue: «Bastonature. Bruciature ai piedi prodotte con pezzi di legno roventi. Immersioni della testa nell'acqua gelata dei due vasconi. Finte fucilazioni. Chi apparteneva alle classi 1924 e 1925, come me, non veniva picchiato, in base al principio che eravamo militari di leva e la Repubblica sociale ci aveva costretto ad arruolarci.

«Ma la vita a Bogli era identica per tutti i prigionieri. E dominata da una parola sola: fame. Ci davano da mangiare una volta al giorno: una ciotola di riso bollito senza sale, che spesso dovevamo dividere con altri detenuti. Quando entrai nel lager di Bogli pesavo 75 chili, forse 80. Quando venni liberato dai tedeschi in dicembre, come le racconterò dopo, ne pesavo appena 42. Ero diventato uno scheletro.»

Livia gli chiese: «Ci parli dei prigionieri».

Ragazzoni rispose: «Nel casolare eravamo una quarantina, ammassati uno sull'altro. I giovani come me, sui venti o ventuno anni, erano pochissimi. Gli altri erano più anziani di noi. Ricordo un colonnello dell'esercito addetto all'Ispettorato del lavoro. Un tenente dei carabinieri dell'esercito del Sud che aveva attraversato le linee, ma era monarchico e dunque un avversario. Parecchi imprenditori e commercianti che non avevano pagato le taglie imposte dai partigiani.

«Rammento il caporale Illustro, del Battaglione Mameli, medaglia d'oro della guerra in Etiopia del 1935, poi fucilato o, come penso io, affogato da Walter nel vascone dell'acqua. Quindi un partigiano di Giustizia e libertà o delle Matteotti entrato in conflitto con i comunisti. Un altro partigiano considerato una spia dei fascisti. Due marò della X Mas. Un guardiamarina, poi fucilato. Un altro guardiamarina che scampò e dopo la guerra divenne avvocato.»

«C'erano anche donne rinchiuse nel campo di Bogli?» domandò Livia.

«Sì, due. Una era un'ostetrica di un paese vicino a Torriglia, fra i trenta e i quarant'anni, con la testa rapata. Lei venne violentata e poi fucilata come spia. L'altra era più giovane, fidanzata con un maresciallo dell'esercito, e forse si salvò. Tanto gli uomini che le donne vivevano nel terrore di essere portati nel bosco di castagni, al di là del Rio Bogli. Era il posto delle esecuzioni.»

Dissi a Ragazzoni: «Quando mi sono recato a Bogli nel 1996, ho sentito parlare di tre fucilazioni. La prima avvenne alla metà di ottobre, quando lei non era ancora prigioniero. I condannati erano quattro: un marinaio che stava a Bogli da un mese, un sottotenente della Monterosa, un giovane milite della Brigata nera di Arquata Scrivia e uno più anziano, sulla cinquantina, della Brigata nera di Genova.

«Forse il marinaio era l'aspirante guardiamarina Sergio Allori» spiegai. «Era stato catturato nel settembre 1944, durante un tentativo di infiltrare in val Borbera un gruppo di finti partigiani. Nato a Genova, Allori aveva 22 anni e stava nella X Mas, nel Battaglione Risoluti. Fu condotto al lager di Bogli e risulta fucilato il 15 ottobre.

«Ho fatto qualche ricerca» dissi ancora. «E penso di aver individuato gli altri tre fascisti fucilati insieme ad Allori. C'era un sottotenente della Monterosa, Paolo Conti, di 23 anni, nato a Laveno Mombello, in provincia di Varese. Apparteneva al Battaglione Ivrea ed era stato catturato con altri trenta alpini al Passo della Forcella, nel comune di Borzonasca. Il secondo era Vincenzo Fajia, della Brigata nera di Genova. Il terzo era Franco Agosti, di Arquata Scrivia, un milite della Brigata nera di Alessandria.

«La seconda esecuzione» continuai, «venne decisa appena dopo i Santi. Non so quanti siano stati uccisi. La gente del paese mi raccontò che erano stati portati a morire in groppa a dei muli: non potevano camminare perché Walter gli aveva bruciato i piedi. Questi vennero fucilati sul versante alessandrino del monte Legnà, in un posto chiamato Prò Riundo, Prato rotondo. La terza esecuzione, se c'è stata, fu compiuta più o meno nello stesso punto, sulla costa del Legnà che guarda Cartasegna. Anche questa volta i condannati forse erano quattro. Che ne pensa?» domandai a Ragazzoni.

«Penso che le esecuzioni siano state molte di più» replicò lui. «Ricordo un solo scambio di prigionieri. Un ufficiale delle SS, un altoatesino che parlava bene l'italiano, venne messo in libertà per ottenere la scarcerazione di un partigiano catturato dai tedeschi e detenuto alla Casa dello studente di Genova.

«Quanto al resto» continuò Ragazzoni, «se la mia memoria non fa cilecca, a Bogli si fucilava quasi tutti i giorni. A volte era Walter a decidere le esecuzioni. Altre volte tutto dipendeva dal tribunale della Divisione Cichero. Si riuniva in una casa del centro di Bogli. Durante la mia prigionia tenne una seduta sola, il 1° e il 2 dicembre. Era composto da tre comandanti della divisione: il capo della polizia, il capo di Stato maggiore e un altro ufficiale. Ogni udienza durava una ventina di minuti. Ricordo un dettaglio che non so spiegarmi: chi doveva essere giudicato, riceveva in regalo quattro castagne arrostite.

«In quelle due udienze furono condannati a morte otto dei prigionieri di Bogli. Tra loro c'era una ragazza. Tutti vennero fucilati all'alba del 3 dicembre, in un castagneto a duecento metri dal campo. Finirono sepolti in modo sommario: quasi a fior di terra e poi ricoperti con foglie di castagno.

«Le sentenze erano già decise in precedenza, secondo un codice prestabilito» ci spiegò Ragazzoni. «La morte era prevista per gli ufficiali e i sottufficiali di qualsiasi corpo militare della Repubblica sociale. Lo stesso avveniva per chi apparteneva alla X Mas, alla Gnr, alle Brigate nere e alle SS italiane, senza distinzione di grado, dunque compresi i soldati semplici.

«Pure i sospettati di spionaggio erano condannati a morte. Dopo la sentenza, venivano tutti uccisi. Si salvavano soltanto i ragazzi di leva come me e gli ex partigiani. Loro venivano mandati a lavorare presso qualche formazione della Cichero. Io mi sono salvato perché, al momento della cattura, mi ero tolto dalla divisa i gradi di sergente.»

«E poi che cosa le accadde?» gli domandai.

«Venni inviato a lavorare a Cabella Ligure, nell'alta val Borbera. Dove i partigiani avevano attrezzato un forno per fare il pane da inviare ai distaccamenti. Lasciai l'inferno di Bogli il 10 dicembre 1944. E sempre a piedi arrivai a Cabella. Ma le mie ferite si erano infettate, avevo la febbre e non mi reggevo in piedi. Dopo tre giorni di lavoro al forno, mi condussero all'ospedaletto partigiano. E qui fui liberato dai mongoli della 162ª Divisione di fanteria tedesca Turkestan.»

«Quando avvenne?» domandammo a Ragazzoni.

«Attorno al 20 dicembre. Era iniziato il grande rastrellamento invernale di quell'area dell'Appennino. Coinvolgeva più province: Alessandria, Pavia, Genova e Piacenza. I mongoli capirono subito che non ero un partigiano ferito, bensì un prigioniero ammalato. Per prima cosa, mi diedero da mangiare, avevano viveri in quantità. Poi mi passarono ai tedeschi che mi inviarono all'ospedale militare di Voghera e, dopo due giorni, a quello di Alessandria. Qui mi curarono il piede che rischiava di andare in cancrena.»

«E dopo?» gli chiese Livia.

«La vigilia del Natale 1944 fui in grado di ritornare a Genova. Ottenni una licenza di convalescenza, quindi ripresi il servizio in un battaglione di bersaglieri. Alla fine dell'aprile 1945 mi trovavo a Quarto dei Mille, da dove ero partito. Qui venni catturato da un reparto inglese dell'8ª Armata e la mia guerra si concluse. Avevo appena compiuto 21 anni.»

Ci restava una questione da affrontare: qual era stata la fine di Walter, il sadico che imperava sull'inferno di Bogli. Ragazzoni ci disse che era stato catturato da un reparto fascista nel corso di un rastrellamento e subito giustiziato. In parte era così, ma la verità sulla sua morte risultava più complessa. Toccò a me di raccontarla a lui e a Livia. Sulla base delle ricerche che avevo fatto nel 1996.

Due giorni dopo la partenza di Ragazzoni da Bogli per Cabella Ligure, iniziò il grande rastrellamento invernale contro le formazioni partigiane della 6ª Zona ligure. Nella notte fra il 12 e il 13 dicembre 1944 i tedeschi e i mongoli avevano già superato il passo del Giovà e stavano sopra Pei, a poca distanza dalla mulattiera che porta a Bogli. Allora Walter decise di chiudere il campo e di portare la sua squadra e i prigionieri superstiti a Suzzi, un paesino a poca distanza.

Arrivato a Suzzi, Walter si accorse che non esisteva alcun ricovero al coperto. I suoi uomini mugugnavano, i più rognosi erano i russi. Stava nevicando e faceva un freddo cane. Nella notte morì un prigioniero fascista, un milite della Gnr, ucciso dal gelo o dalle botte che aveva preso da Walter.

La sosta a Suzzi durò un giorno, poi la mattina del 15 dicembre la carovana si trasferì ad Alpe, sempre più a sud di Bogli, sul fianco del monte Zucchello. Fu una marcia difficile e lentissima. Si erano appena sistemati ad Alpe quando arrivò una staffetta con un ordine di Bisagno: bisognava ritornare subito a Suzzi.

La mattina del 16 dicembre, quando faceva ancora buio, la colonna si mise di nuovo in marcia e alle dieci arrivò una seconda volta a Suzzi. Ma qui era impossibile accamparsi, a mille metri d'altezza il freddo e la neve erano insopportabili. A mezzogiorno del 17 dicembre, Walter e i suoi prigionieri partirono verso il paese di Bertone, sotto il monte Alfeo. Ma anche lì si rischiava di finire in bocca ai tedeschi.

Nel tardo pomeriggio del 18 dicembre, s'iniziò una nuova marcia per ritornare ad Alpe. Fu la nottata più terribile. Sette ore di traversata da disperati, su sentieri di cresta. I partigiani bestemmiavano, i prigionieri piangevano. Due fascisti si lasciarono cadere dentro la neve. Erano sfiniti e supplicavano di essere uccisi. Ma Walter non voleva abbandonare il proprio bottino. E ordinò di trascinare i prigionieri sino ad Alpe, dove arrivarono all'una di notte del 19 dicembre.

A quel punto, si persero le sue tracce. Si disse che aveva disertato, scappando con lo zaino pieno di soldi: 40 mila lire che il comando della Cichero gli aveva consegnato per le spese del campo di Bogli. Il tribunale della divisione lo condannò a morte. Ma ormai lui era arrivato a Genova.

Pensava di essere in salvo, quando la polizia fascista lo catturò, grazie a una spiata. Walter finì in mano alla Gestapo tedesca che di certo lo fece parlare. Poi lo costrinse a unirsi ai reparti dei rastrellatori con l'obbligo di guidarli sino a Carrega Ligure, dove si sperava di prendere i comandi della Cichero e della Sesta zona. La spedizione fallì perché a Carrega non c'era più nessuno. Ma Walter rimase in ostaggio ai comandi tedeschi che continuavano il rastrellamento.

Poi arrivò l'ultimo atto di questa tragedia. All'inizio del febbraio 1945, dei civili catturati dai tedeschi videro Walter in una stanza del municipio di Carrega, prigioniero come loro. Nella camera c'era un caminetto e lui cercò di fuggire, insinuandosi nella cappa fumaria per arrivare al tetto. Ma il passaggio era troppo stretto e Walter rinunciò a scappare.

Il mattino successivo i tedeschi abbandonarono Carrega per scendere a valle. Una parte degli ostaggi furono costretti a fare i portatori, reggendo le armi pesanti, le cassette delle munizioni, il materiale da casermaggio, le due radio trasmittenti e la roba razziata a Carrega. Tra loro c'era anche Walter, ammanettato a un ostaggio e guardato a vista. La marcia durò un giorno, con i tedeschi nervosi e impauriti. I mongoli della Turkestan, invece, se ne fregavano di tutto: avevano trovato merce da razziare e donne da violentare, questo gli bastava.

La colonna arrivò a Rosano, una frazione di Cabella Ligure, nell'alta val Borbera. Qui sostò per dormire. All'alba, il reparto e gli ostaggi si rimisero in moto verso Cremonte. Poco sotto questo paese, un tedesco si avvicinò a Walter e lo uccise con una raffica, come per eseguire un ordine. Sembra che fosse il 7 febbraio 1945. L'inferno di Bogli era davvero finito.

29
L'Arsenale in fiamme

«Nel *Sangue dei vinti* avevamo ignorato del tutto La Spezia» osservò Livia. «Mi sono sempre domandata il perché.»

«Il motivo è semplice: eravamo sopraffatti dalle vicende di altre aree della Liguria, specialmente Genova e Savona. Oggi possiamo rimediare, raccontando di una città e del suo entroterra martoriati due volte: dall'accanirsi dei bombardamenti angloamericani e dalla ferocia della guerra civile.»

«Quali fonti abbiamo?» chiese Livia.

«Per le condizioni di La Spezia durante la guerra ci fa da guida un ottimo studio di Franco Martinelli, ordinario di Sociologia urbana alla Sapienza di Roma. Si intitola: *Città italiana in tempo di guerra. La Spezia 1940-1945*. Lo ha pubblicato a Napoli nel 1999 Liguori Editore. Me lo sono letto e schedato pagina dopo pagina. E ho compreso sino in fondo il dramma del nostro paese scaraventato dal regime fascista in un conflitto che poteva soltanto vederci sconfitti.»

«Quanti abitanti aveva La Spezia nel 1940?» domandò Livia.

«Attorno ai 110 mila. La sua economia gravitava tutta sull'Arsenale navale e sul porto, la più grande base della Marina militare. Era dunque fatale che la città diventasse un obiettivo dell'aviazione alleata, soprattutto di quella inglese.

«La prima incursione su La Spezia arrivò la notte del 29 aprile 1941. La città ne uscì duramente provata, dice Martinelli, e di certo con parecchi morti. Il secondo bombardamento ci fu soltanto cinque mesi dopo, a mezzanotte del 29 settembre. Ventidue aerei inglesi colpirono l'Arsenale e molti fabbricati civili. Duemila famiglie persero la casa e furono costrette a sfollare altrove.

«Le incursioni divennero più frequenti nel 1943, sempre per opera degli inglesi. Iniziate il 4 febbraio e il 14 febbraio, si rivelarono via via più disastrose. Nella notte fra il 13 e il 14 aprile duecento bombardieri, in maggioranza quadrimotori Lancaster, si accanirono sulla base navale. Non riuscirono ad affondare nessuna delle navi nella rada, ma in compenso distrussero molte altre case. Cinque notti dopo, gli aerei inglesi ritornarono in forze. Fu un'incursione terribile: duecento abitazioni colpite, quattromila nuovi senza tetto. Il cacciatorpediniere Alpino venne centrato da una bomba dirompente che cadde proprio sulla santabarbara, il deposito delle munizioni.

«Morirono più marinai che civili. La Spezia aveva numerose gallerie che potevano servire da rifugi antiaerei. I marinai, invece, non possedevano difesa. Maggio e giugno furono mesi di incursioni continue, anche durante il giorno. I danni si moltiplicarono. Fu danneggiata pure la Cattedrale. E il numero degli sfollati aumentò.

«Il 14 giugno 1943, finalmente, arrivò a La Spezia il re Vittorio Emanuele III» dissi a Livia.

«A fare che cosa?» chiese lei, stupita.

«Ma che domanda, dottoressa Bianchi! A portare la solidarietà dei Savoia. Del resto che altro avrebbe potuto fare Sua Maestà? Fu una visita improvvisa e blindata. Il servizio di sicurezza gli impedì di avere qualsiasi contatto con la popolazione, per lo meno con quella non ancora sfollata. Si temeva una dimostrazione di protesta contro la guerra. Ma si trattava di precauzione eccessiva. Infatti non accadde nulla. La gente aveva ben altro a cui pensare. E contestare i Savoia era l'ultimo dei suoi pensieri.»

«Dove venne condotto il re?»

«A visitare gli impianti della Marina militare e il personale. Vittorio Emanuele dichiarò il proprio cordoglio per le vittime. Quindi fece una rapida apparizione in città, accompagnato dall'ammiraglio Giotto Maraghini, per rendersi conto delle distruzioni. E rientrò subito a Roma.»

Dissi a Livia: «Qualcuno sostiene che la visita a La Spezia abbia rafforzato nel sovrano la convinzione che bisognava chiudere con il regime di Mussolini. E infatti bastò il successivo bombardamento su Roma per togliergli ogni dubbio. Qualche giorno dopo l'incursione sulla capitale, nel quartiere di San Lorenzo, Vittorio Emanuele decise la crisi del 25 luglio. Ordinò l'arresto di Mussolini e al suo posto mise in sella il maresciallo Pietro Badoglio.

«Poi arrivò l'armistizio di settembre» ricordai a Livia. «Per La Spezia fu un'altra giornata di lutto, la più pesante dall'inizio della guerra. Alle tre di notte del 9 settembre 1943, la squadra di battaglia della Marina lasciò il porto per andare verso sud. Doveva dirigersi su Malta e consegnarsi agli inglesi. Queste erano le condizioni dell'armistizio.

«La flotta non aveva nessuna protezione aerea. Nel pomeriggio del 9 fu attaccata da bombardieri tedeschi. Gli aerei disponevano di un nuovo tipo di bombe radiocomandate che potevano essere sganciate da grande altezza. La nave ammiraglia, la corazzata Roma, venne colpita e affondò. Morì il comandante, l'ammiraglio Carlo Bergamini. Stava per compiere 55 anni e aveva trascorso tutta la vita nella Marina militare. Con lui scomparvero 1253 dei 1800 uomini dell'equipaggio. Molti erano ragazzi di leva della provincia di La Spezia e di altre zone della Liguria.»

«Mentre gli angloamericani seguitavano a bombardare La Spezia, per gli abitanti della provincia ebbe inizio un'altra tragedia: la guerra civile» dissi a Livia. «I fascisti che, dopo il 25 luglio, sembravano scomparsi diedero il primo segno di vita verso la fine del settembre 1943. Il giorno 25 fecero nascere anche a La Spezia il nuovo partito e ne affidarono la guida ad Augusto Bertozzi.»

«Che uomo era il nuovo segretario federale?» mi domandò Livia.

«Ha fatto bene a chiedermelo perché di Bertozzi esistono ritratti contrastanti. In un vecchio libro di Ricciotti Lazzero, *Le Brigate Nere*, stampato da Rizzoli nel 1983, c'è un profilo truculento del personaggio. Lazzero scrive che aveva "una triste fama di torturatore: spilli sotto le unghie, fuoco sotto i piedi, un cerchio di legno con vite per stringere la testa". Ma credo che Lazzero abbia preso un abbaglio colossale.»

«Che cosa glielo fa pensare?» chiese Livia.

«Quello che ho letto su un altro libro dedicato a La Spezia, molto più recente: *Il Tricolore insanguinato*, scritto da Riccardo Borrini e pubblicato nel 2005 dall'editrice Ma.Ro di Copiano (Pavia). In più ho parlato con l'autore, un ricercatore molto preciso ed equilibrato, di quelli che non si schierano con nessuno. E mi sono fatto una convinzione diversa sul personaggio di Bertozzi.

«Anche il nuovo segretario federale di La Spezia confermava la crisi di vocazioni, se posso chiamarla così, emersa subito con la nascita della Rsi. Certo i volontari erano davvero tanti e tutti pronti a combattere l'ultima battaglia di Mussolini. Ma nel quadro dirigente del Pfr i vuoti erano diventati vistosi. E si rivelò necessario ricorrere agli idealisti rimasti sulla breccia.

«Uno di questi era il Bertozzi. Un signore di 45 anni, impiegato al comune, medaglia di bronzo nella guerra 1915-1918, già legionario a Fiume con D'Annunzio e poi squadrista, uomo di buonsenso e avveduto. L'avventura fiumana gli era rimasta nel cuore. E difatti aveva chiamato i suoi due figli Spalato il maschio e Zara la femmina.»

«Dunque non era il sadico descritto da Lazzero?» indagò Livia.

«Per nulla. Ce lo conferma quanto gli accadde proprio mentre la guerra civile stava raggiungendo il calor bianco. Ossia nell'estate 1944, con la nascita anche a La Spezia di una delle Brigate nere volute da Pavolini. Bertozzi era destinato a comandarla in quanto segretario federale del partito. Ma non fece in tempo ad assumerne la guida. Infatti morì subito, il 26 luglio 1944. E nel più banale dei modi, in un incidente stradale nei pressi di Genova.

«A succedergli nel comando della Brigata nera spezzina fu Giobatta Parodi, anch'egli come Bertozzi un personaggio ben lontano dal fascista sanguinario. Su di lui Borrini rivela un particolare che la dice lunga sulla continuità della storia italiana. Ancora oggi, nel 2010, nei giardini dell'ospedale di La Spezia esiste un busto del Parodi che forse era stato un benefattore di quell'istituzione. E almeno la statua non è finita sotto la mannaia dell'epurazione.

«Nello schema numerico delle Brigate nere, quella di La Spezia fu la 33ª e, come si usava fare, venne intitolata a un caduto fascista: Tullio Bertoni.»

«Chi era?» domandò Livia.

«La vittima di una delle tante tragedie della guerra civile. Era un signore sui quarant'anni, podestà fascista di un comune di quasi quattromila abitanti, Sesta Godano, nell'alta val di Vara. Un giorno della prima estate 1944, mentre stava in casa con la moglie, ricevette una visita poco gradita: quella di una pattuglia di partigiani. Il capo della squadra gli chiese di rinnegare la fede per Mussolini. Bertoni rifiutò. E allora venne ucciso subito, sulla scala dell'abitazione, con un colpo di rivoltella alla nuca che gli spararono sotto gli occhi della moglie.

«Ma adesso dobbiamo ritornare agli inizi della Rsi a La Spezia. Il capo della provincia fu Franz Turchi, un dirigente fascista che era già stato federale in alcune province del Mezzogiorno. Turchi era un napoletano di 50 anni, giornalista di professione e fascista convinto, uno della prima ora. Dopo la nascita della Rsi, Mussolini lo inviò a La Spezia, un'area delicata per la presenza dell'Arsenale. E considerata rossa per i tanti operai delle fabbriche meccaniche e tessili, oltre alle maestranze dei cantieri navali.»

«Se non sbaglio, Turchi ebbe una carriera lunga, anche nel dopoguerra» osservò Livia.

«Certo. Venne eletto senatore del Msi per quattro legislature, dal 1953 al 1968. E fu anche capogruppo missino a Palazzo Madama. Un impegno lieve rispetto a quello che Turchi aveva dovuto affrontare quando arrivò a La Spezia come nuovo prefetto.

«Turchi trovò la città in condizioni pessime. Diroccata dai tanti bombardamenti alleati, con intere zone disabitate e le strade coperte di macerie. Nel tardo pomeriggio diventava un deserto, dal momento che molti dei civili ritornavano ai paesi dove avevano sfollato le famiglie. I negozi era chiusi o restavano aperti soltanto per poche ore. Salpata la flotta e inutilizzabile l'arsenale, La Spezia sembrava condannata alla miseria.»

«Quanti erano gli sfollati dal capoluogo?»

«Diverse fonti parlano di parecchie migliaia. All'8 settembre 1943 erano circa 15 mila. Ma all'inizio del febbraio 1944 pare fossero già diventati 40 mila. Per lo più erano rifugiati nei paesi delle Cinque Terre, nella piana di Sarzana, in val di Vara e in altre aree dell'Appennino. E furono tutti spettatori impotenti dei combattimenti tra fascisti e partigiani.»

«La guerra civile esplose nel gennaio 1944, con le prime uccisioni di fascisti isolati. E proseguì sempre più violenta sino alla fine del conflitto. Le bande partigiane attive furono quelle comuniste e di Giustizia e libertà. La Repubblica sociale poteva contare sulla X Mas del comandante Borghese che aveva la propria base principale a La Spezia. Poi sulla Gnr e, dalla tarda estate del 1944, sulla 33ª Brigata nera. Ma fu la Gnr a prendersi i colpi più duri.»

«Accadde anche nello Spezzino quello che stava accadendo in tutto il territorio controllato dalla Repubblica sociale» osservò Livia.

«Sì. Pure nella provincia di La Spezia, la Guardia repubblicana disponeva di molti piccoli presidi, all'incirca la vecchia struttura dell'Arma dei carabinieri. E dunque fornì i primi bersagli ai partigiani. Con tutto quello che di solito veniva dopo. Rappresaglie e controrappresaglie. Attentati e rastrellamenti. Arresti e deportazioni, anche di ebrei. Secondo una monografia antifascista citata da Martinelli, almeno 250 furono gli spezzini che morirono nei lager tedeschi.»

«La Brigata nera di La Spezia come si comportò?» domandò Livia.

«Come tutte le altre Brigate nere dell'Italia settentrionale. Nonostante gli sforzi di Pavolini e del suo stato maggiore, non divennero mai veri reparti militari. Per molti aspetti, erano l'alter ego delle bande partigiane. Ne rispecchiavano le qualità e i difetti. Tra le qualità c'era l'adesione volontaria alla lotta per la sopravvivenza del partito e della Repubblica fascista. Tra i difetti, l'eccessiva autonomia che induceva fatalmente a comportamenti violenti.

«L'insieme dei partigiani aveva comunque due vantaggi sui reparti di Pavolini. Il primo, quello decisivo, era la certezza nella vittoria, garantita dall'avanzata delle armate angloamericane. Era soltanto una questione di tempo. Ma poi il fascismo, come il nazismo, sarebbe stato sconfitto.

«Il secondo vantaggio» dissi a Livia, «riguardava le

formazioni comuniste. Ce lo siamo già detti, ma conviene ripeterlo. Le bande garibaldine avevano una strategia ben definita, anche se mai dichiarata: conquistare il potere in Italia. Al contrario, tutti i reparti della Rsi non possedevano che un obiettivo: resistere il più a lungo possibile e vendere cara la pelle.»

«E della Brigata nera di La Spezia che altro sa dirmi?» chiese Livia.

«Che in fondo era un reparto modesto. I suoi effettivi reali non erano più di duecento, al massimo duecentocinquanta. Non disponeva di grandi mezzi. Quando mi occupai dei notiziari riservati della Gnr per il mio *Esercito di Salò*, nelle relazioni del comando generale di Brescia trovai soltanto note dolenti sulla 33ª Brigata spezzina.

«All'inizio dell'agosto 1944, la Tullio Bertoni incontrava gravi difficoltà per equipaggiarsi e armarsi. E nella seconda metà dello stesso mese, la Gnr scriveva che i miliziani erano appena un centinaio, con divise rimediate e poche armi. Nell'inverno fra il 1944 e il 1945 soffrì anche la mancanza di indumenti adatti ad affrontare il freddo. Un bel guaio per reparti che dovevano compiere rastrellamenti anche sull'Appennino.

«Secondo la ricerca di Borrini» spiegai a Livia, «alla Brigata nera spezzina vennero affidati compiti ben superiori alle proprie forze. Avrebbe dovuto garantire la protezione delle strade statali Aurelia e della Cisa. Difendere le retrovie della Linea Gotica dagli sbarchi, dai sabotatori e dalle incursioni dei paracadutisti. E infine condurre operazioni contro le bande partigiane. Troppi incarichi, tutti molto gravosi, per un reparto di efficienza modesta.»

«Quanto la guerra civile sia stata crudele anche nella provincia di La Spezia» osservò Livia, «lei lo aveva già rievocato in un capitolo di *Sconosciuto 1945*.»

«Sì, avevo pubblicato una testimonianza di Carlo

Pocci, un mio coetaneo di La Spezia, ormai diventato un amico. Carlo raccontava l'uccisione di suo padre Giuseppe, brigadiere della Gnr. I partigiani l'avevano assassinato il 12 aprile 1945 a Borghetto di Vara, un paese dell'alta val di Vara, a una ventina di chilometri da La Spezia. Nella casermetta c'erano ventidue militi. I partigiani li assalirono e li catturarono. Due di loro, il maresciallo e il tenente, erano caduti nello scontro. Gli altri furono assassinati a Torpiana, a Suvero e a Vetto.

«In quell'aprile Pocci era un ragazzino di dieci anni. Da allora non si è mai dato pace per l'uccisione del padre. Ha scritto anche un libro pieno di dolore e di rabbia: *Un orfano di Salò*, pubblicato a proprie spese nel 2006. Bisogna leggerlo per capire come le ferite di una guerra civile non guariscano mai.»

«Il 23 aprile 1945, le autorità fasciste decisero di partire da La Spezia senza combattere. Lasciandosi alle spalle una città distrutta dai bombardamenti degli angloamericani. E divisa nell'anima dei suoi abitanti» dissi a Livia.

«Ricordo l'immagine che mi aveva offerto Pocci. L'Arsenale militare sembrava un formicaio. Gli ultimi soldati tedeschi avevano fatto saltare attrezzature, capannoni e magazzini. Colonne di fiamme e di fumo si alzavano da ogni parte. Ai varchi c'era un via vai di gente. Molti civili uscivano trascinando carretti pieni di mobili, di macchinari, di sacchi con chissà cosa.

«I militari sconfitti se ne andarono formando due colonne. Una dei fascisti, diretta al Passo della Cisa e poi su Milano. L'altra dei tedeschi, diretta a Genova lungo l'Aurelia. Ma entrambe non ebbero fortuna. Del resto, come potevano averla?» dissi a Livia. «Tutta l'Italia del Nord stava per essere liberata, o occupata, dagli angloamericani. E al loro seguito stavano i partigiani. Spinti dal proposito di vendicarsi sui fascisti sconfitti.»

«Come fu la resa dei conti a La Spezia e nella provincia?» domandò Livia.

«Molto dura. Senza eccidi di massa, ma segnata da una miriade di uccisioni, di rivalse fisiche, di violenze anche sulle donne colpevoli di essere state fasciste o mogli di fascisti. A Santo Stefano di Magra fu soppressa la sorella di un repubblicano. Era incinta e morì anche il bambino. A Ortonovo venne assassinata la madre di un milite della Brigata nera spezzina. E le cito appena due casi fra i tanti.»

«Vennero uccise anche le mogli o le compagne di chi aveva militato nella Rsi?» chiese Livia, disgustata.

«Purtroppo sì. I libri di Borrini e di Martinelli ricordano anche questi casi. Oltre a quattro ausiliarie, due delle quali della Brigata nera, vennero eliminate pure donne che non avevano combattuto nella guerra civile. Le ausiliarie erano Anita Sanna, Lidia Andreani, Egle Zana e Jolanda Lauro. Alla Foce, località di La Spezia, fu accoppata un'anziana contessa tedesca che viveva in Liguria da molti anni e che talvolta aveva fatto da interprete al comando germanico. Numerose ausiliarie della X Mas e della Gnr vennero rapate, percosse e spedite in carcere.

«Alla Chiappa, sempre a La Spezia, furono linciati dalla folla tre uomini: un maresciallo dei carabinieri, un milite della Brigata nera e un fascista. Prima di essere ucciso, il maresciallo venne fatto sfilare sotto la sua abitazione affinché la moglie e i figli vedessero lo spettacolo.

«Il clima si era fatto talmente arroventato da spingere il vescovo di La Spezia, monsignor Giuseppe Stella, a scrivere un'omelia di aspra condanna. Fu letta in tutte le chiese della diocesi la prima domenica del giugno 1945.

«Ecco le parole del vescovo Stella: "È con il cuore angustiato che abbiamo assistito ad esplosioni di gioia sfrenata, a manifestazioni di libertà scomposta e spregiudicata, a scene di odio e di vendetta crudele. Come nel 1944 abbiamo alzato la voce per deplorare con parole di fuoco gli atti di ferocia e di ingiustizia commessi con paurosa freddezza, così ora facciamo condannando le uccisioni, i ferimenti, le intimidazioni, le esplosioni selvagge di istinti vergognosi, i ricatti, le spogliazioni".

«Nel mese di maggio a Ortonovo furono uccisi tre fascisti, a Lerici quattro, a Pitelli, frazione di La Spezia, otto. In giugno vennero assassinate ventun persone. Tra loro c'era il pugile Bruno Grisoni, ex milite della Gnr. A La Spezia lo conoscevano tutti perché negli anni Trenta era stato il campione italiano dei pesi piuma. Lo fucilarono in via Fontevivo vicino al carcere.»

Spiegai a Livia quanto mi aveva raccontato un amico che in quei giorni si trovava a La Spezia: «Le vendette dopo il 25 aprile non furono attuate da schegge impazzite. Esisteva una strategia precisa: uccidere chi era stato fascista, per gettare nel panico la loro area di consenso politico e impedire che si riprendesse. Lo prova il fatto che le uccisioni continuarono a lungo, anche sino alla fine del 1945 e dopo. Quando i reduci di Salò cominciarono a ritornare a casa dai campi di prigionia dove erano stati rinchiusi».

«È avvenuto così un po' dappertutto» osservò lei.

«Sì. Anche a La Spezia si videro gli effetti di questa vendetta lunga, protratta per mesi e mesi.»

«Quanti furono i fascisti uccisi in quella provincia?» chiese Livia.

«Non esiste un censimento preciso. Leggendo il libro di Borrini, ho ricavato un elenco di 117 nomi di fascisti o presunti tali uccisi dopo il 25 aprile. Ma una stima realistica parla di oltre 500 repubblicani eliminati lungo tutto il corso della guerra civile. Ed è anche possibile che i morti siano assai di più. In molte località della provincia esistono ancora fosse senza nome, che nascondono i resti di sconosciuti. Sono una necropoli segreta sulla quale nessuno indagherà mai.»

30
All'ultimo minuto

«È un brutto affare morire all'ultimo minuto di una guerra che hai combattuto sin dai primi istanti» dissi a Livia. «E l'affare diventa ancora più brutto se emerge il sospetto che dietro quella morte ci sia la mano di qualcuno che doveva stare al tuo fianco, non contro di te.»

«Non capisco di che cosa mi stia parlando» ribatté lei. «Mi spieghi quale storia vuole raccontarmi.»

«È una vicenda che penso di conoscere bene perché è accaduta nella mia provincia, sull'Appennino che sovrasta Tortona. Anche se l'ultimo minuto scocca in un territorio vicino, l'Oltrepò pavese. Ma prima di entrare nei dettagli, devo mettere a fuoco due questioni più generali, che riguardano l'intera Resistenza italiana.

«La prima è un semplice dato di fatto che i retori della Resistenza dimenticano sempre» spiegai a Livia. «Nel corso della guerra partigiana ci sono stati molti casi di morti misteriose. Parlo dei comandanti scomparsi in circostanze mai chiarite. Si è sostenuto che fossero caduti in combattimento, uccisi dai tedeschi o dai fascisti. Ma non sempre era la verità. A ucciderli era stato quello che oggi chiamiamo il fuoco amico. Esploso da rivoltelle, fucili o mitragliette di altri partigiani. Esecutori di una sentenza decisa da un'autorità superiore: di solito politica e comunista.

«La seconda questione si può riassumere in una domanda. Provo a esporla nel modo più semplice: che cosa poteva accadere a un comandante partigiano che non accettava la supremazia politica e militare del Pci?

E soprattutto non era disposto a inchinarsi di fronte ai big comunisti che dominavano sul suo territorio?»

«Sto cominciando a capire dove vuole andare a parare» osservò Livia. «E le domando subito, caro Giampa, se lei sia sicuro di non farsi prendere la mano dalla sua avversione al Partitone rosso, come lo chiama lei.»

Alzai le spalle: «Può darsi. Ma di solito è la storia che parla al posto mio. Soprattutto nel caso di comandanti che, dopo aver superato mille pericoli, morivano proprio l'ultimo giorno di guerra, anzi nell'ultimo minuto. È quanto è accaduto a un capo partigiano dell'Appennino ligure-alessandrino. Si chiamava Franco Anselmi, il suo nome di battaglia era Marco. Cadde il 26 aprile 1945 a Casteggio, nell'Oltrepò pavese. In circostanze che hanno lasciato aperti molti dubbi».

«Se è così» osservò Livia, «la vicenda di Anselmi può stare a pieno diritto nel suo libro. In fondo, anche lui è un vinto, pur appartenendo al campo dei vincitori. Ma che uomo era Marco?»

«Prima di tutto, era un giovane coraggioso. Fu uno dei primi a darsi alla macchia, quando molte formazioni partigiane ancora non esistevano. Nato a Milano il 21 ottobre 1915, all'armistizio stava per compiere 28 anni, ed era tenente dell'aviazione militare, di stanza all'aeroporto di Cameri, in provincia di Novara. Invece di sbandarsi o di consegnarsi ai tedeschi, si rifugiò a Dernice, un posto che conosceva bene perché la sua famiglia ci andava a villeggiare.»

«Dove si trova Dernice?» domandò Livia.

«È un comune di mezza montagna, a seicento metri d'altezza, in val Grue. Siamo sull'Appennino sopra Tortona, in provincia di Alessandria. A Dernice allora vivevano un migliaio di persone. Marco era ben conosciuto e trovò subito qualche amico che, come lui, non intendeva farsi catturare dai tedeschi. Non so quale armamento avessero, immagino poche rivoltelle e qualche fucile da caccia. Ma gli bastavano per sentirsi ribelli.»

«Quanti erano i suoi uomini?» chiese Livia.

«Poco più di dieci, forse quindici. Dunque una banda molto piccola. Ma dappertutto la guerra partigiana è iniziata con gruppi ridotti al minimo. Restare insieme e non darsi prigionieri era già un atto di resistenza. Alla fine del novembre 1943, Marco conobbe un paio di esponenti del Comitato di liberazione di Tortona. E grazie a loro entrò in contatto con i comunisti genovesi. Gli stessi che stavano già costituendo una banda partigiana sull'Appennino alle spalle di Genova, nell'area del monte Tobbio.

«Poco prima di Natale, a Volpedo, sulle colline di Tortona, Anselmi incontrò due quadri politici del Pci genovese: l'ingegner Adriano Agostini e l'operaio Oscar Barillari. A mediare l'incontro c'era Mario Silla, anche lui comunista, un piccolo agricoltore di 52 anni, un personaggio speciale, lontano dalla faziosità partitica. Nel dopoguerra, sarà il primo sindaco della città. Silla e i comunisti di Genova promisero a Marco di mandargli delle armi.»

«Che cosa diede in cambio Marco?» domandò Livia. «Accettò di entrare nell'orbita delle formazioni comuniste, le Brigate Garibaldi?»

«La mia risposta le sembrerà strana: sì e no. Come dimostrerà la sua storia successiva, Marco non voleva stare alle dipendenze di un partito. Tanto meno del Pci. Era un ribelle anticomunista? Io lo definirei un partigiano che non si fidava dei comunisti. Ma in quel momento il Pci era l'unico gruppo politico impegnato a combattere tedeschi e fascisti. Non si poteva ignorare questa verità. E anche Anselmi fu costretto a tenerne conto.

«All'inizio del 1944, il Cln di Tortona consegnò a Marco un po' di armi. Erano tre fucili mitragliatori, undici moschetti e una pistola. Ma la banda non si mosse per tutto l'inverno. La sua fatica più grande fu quella di difendersi dal freddo e dalla fame. Era sfibrante vivere alla macchia, nei casolari abbandonati e negli essiccatoi di castagne. Serviva una grande tenacia, insieme alla convinzione che esisteva un dovere da compiere. Marco e i suoi ribelli dimostrarono di possederle entrambe.

«La primavera cominciò sotto una grande luna nera, sporca di sangue: l'eccidio della Benedicta» ricordai a Livia. «Anche la formazione più grossa, la Garibaldi Liguria, si sfasciò nel giro di poche ore. Tuttavia, molti dei comandanti e dei commissari sopravvissero al rastrellamento. E qualcuno di loro, assorbito lo choc del disastro, riprese a fare il partigiano sul confine fra Genova e Alessandria.»

«Accadde così anche per il comandante della Liguria, Tosi?» domandò Livia.

«No. La sua figura venne cancellata dai comunisti e dalla loro storiografia. A Ettore successe quel che è sempre accaduto in tutte le guerre: la vittoria ha cento padri, la sconfitta soltanto uno. A Tosi venne addossata la colpa esclusiva del disastro. Come sappiamo, era un'accusa ingiusta o per lo meno parziale. Eppure ancora oggi viene di continuo ripresentata.»

«Da chi?» domandò Livia.

«Le propongo un caso solo. Nel 2008 è uscito a Genova il *Dizionario della Resistenza in Liguria* pubblicato dall'editore De Ferrari, ma a cura dell'Istituto ligure per la storia della Resistenza e dell'età contemporanea. Alla voce "Tosi", e a proposito della Benedicta, si legge: "Le ragioni di questa tragedia sono diverse. Ma numerose testimonianze e relazioni sembrano concordi nell'attribuire al comandante Tosi le responsabilità del modo in cui fu affrontato il rastrellamento". E la conclusione è questa: "Lo stesso Tosi, poco tempo dopo, si allontanerà dalla zona per recarsi nel Parmense". Tutto qui.»

«Non mi chieda un commento» ringhiò Livia, «perché non ho intenzione di farlo!»

«Capisco. Meglio ritornare ad Anselmi. Il suo gruppo rimase l'unico in armi sull'Appennino fra Genova e Alessandria. Per ragioni di sicurezza, Marco trasferì la banda più in alto, da Dernice alla val Sisola, a sudovest della val Borbera, fra Avi e Camere Nuove. Fino a quel momento, Marco e i suoi avevano tentato un solo colpo, la sera del 4 febbraio 1944. L'obiettivo era la casermetta della Guardia nazionale repubblicana di Garbagna, nella bassa val Grue. Ma l'assalto non riuscì.

«Tuttavia, dopo la Benedicta, la banda di Marco restava una delle poche carte da giocare per i comunisti genovesi. Il Pci cercò di stringere i rapporti con lui. E gli mandò un commissario politico. Era un impiegato delle ferrovie, Eliseo Cavecchia, genovese, 30 anni, vicino al partito. Anselmi lo accettò perché Cavecchia era un uomo di buonsenso e non fazioso. Del resto, la banda, adesso di trenta partigiani, aveva bisogno di ogni genere di aiuto.

«Anselmi superò bene un'altra prova: la cosiddetta "Offensiva di pace" della Rsi. Era l'invito ai ribelli di costituirsi ai comandi fascisti entro il 20 maggio 1944. Chi si fosse presentato non sarebbe finito in Germania. Poco prima dello scadere del bando, Marco radunò gli uomini e li lasciò liberi di ritornare in pianura. Ma nessuno se ne andò.

«Cinque giorni dopo il 20 maggio, la Gnr cercò di stanare la banda, senza riuscirci. A Volpara, nell'Oltrepò pavese, sette militi della Gnr vennero fatti prigionieri. E all'inizio di giugno Marco assalì un deposito di munizioni tedesco a Carezzano, sul fianco della val Scrivia. La banda uccise un maresciallo tedesco e ritornò sull'Appennino con un bottino di armi e quattro soldati della Rsi che avevano disertato.»

«L'estate del 1944 fu una stagione di svolta nell'esperienza partigiana di Anselmi» raccontai a Livia. «Giugno era stato un buon mese per la sua banda. Ormai in grado di colpire tedeschi e fascisti anche sul versante ligure. L'azione più clamorosa venne condotta il 19 giugno. A Savignone, sul fianco della valle Scrivia, tre uomini di Marco uccisero in un'imboscata il generale Silvio Parodi, commissario prefettizio al comune di Genova.»

«Mi dica qualcosa di lui» domandò Livia.

«Era un fascista genovese di 66 anni, con una lunga carriera militare e politica alle spalle. Aveva comandato le squadre fasciste liguri nella prima guerra civile, quella conclusa dalla marcia su Roma dell'ottobre 1922. Nell'autunno del 1943 era stato tra i primi ad aderire alla Rsi e nel marzo 1944 il governo l'aveva nominato commissario prefettizio al comune di Genova, in pratica podestà. Parodi era anche un maggiore generale della Gnr.

«Quell'incarico l'aveva messo subito nel mirino dei partigiani. Il 16 giugno gli venne teso un agguato proprio nel centro di Genova, in via Garibaldi, nei pressi di Palazzo Tursi, il municipio. Ci fu una sparatoria, ma Parodi ne uscì illeso. L'agguato venne ripetuto tre giorni dopo, la mattina del 19 giugno, in una frazione di Savignone, sul fianco della valle Scrivia. Parodi stava uscendo di casa per recarsi a Genova. E questa volta fu ucciso. Sulla paternità dell'agguato le fonti antifasciste sono discordi. Qualcuna sostiene che il generale fu ammazzato dai Gap comunisti. Altre fonti affermano che l'attentato venne compiuto da tre partigiani di Anselmi.»

Dissi a Livia: «Fu in quel periodo che i comunisti decisero di rafforzare il controllo sulla banda di Marco. Verso la metà di luglio, lui e Cavecchia incontrarono un dirigente militare del Pci. Era Antonio Ukmar, chiamato Miro, un personaggio che abbiamo già descritto: un guerrigliero internazionale legato al Partito comunista sovietico».

«Con quel passato» osservò Livia, «Ukmar non doveva essere il tipo giusto per intendersi con Anselmi. È così?»

«Credo di sì. Ma come avviene in tutte le guerre civili, spesso le intese fra comandanti di colore diverso dipendevano dalla forza che ciascuno aveva alle spalle. Miro poteva contare non soltanto sulla sua esperienza di militare professionale, ma anche sulla forza della struttura comunista che in quell'area dell'Appennino non aveva concorrenti. In più, le formazioni garibaldine avevano deciso che tutte le piccole bande della val Trebbia e del versante alessandrino dovevano mettersi agli ordini di quella che sarebbe diventata la 3ª Divisione Garibaldi Cichero.»

«Immagino che anche la banda di Anselmi sia stata inglobata da quell'unità» disse Livia.

«Certo, andò in questo modo. Anselmi non mancava di realismo. E con i suoi ottanta uomini formò il Battaglione Garibaldi Casalini, inquadrato nella Cichero. Fu una scelta giusta che mise Anselmi in contatto con il comandante della divisione: Aldo Gastaldi, il famoso Bisagno, genovese, un perito industriale di 23 anni, cattolico, anche lui come Marco salito alla macchia nell'autunno 1943.»

«Se non sbaglio» osservò Livia, «pure Bisagno morì in circostanze misteriose. Perse la vita in un assurdo incidente stradale pochi giorni dopo la conclusione della guerra. Si ricorda la data?»

«Sì, il 21 maggio 1945. Negli ultimi mesi di vita partigiana, Bisagno era entrato in conflitto con l'apparato comunista della propria divisione e della Sesta zona ligure. Al punto di chiedere l'abolizione dei commissari politici. Dopo la Liberazione aveva cercato di fermare la mattanza dei fascisti a Genova. E soprattutto non nascondeva il timore che il Pci prendesse il potere nell'Italia del Nord. Fu questo a decidere la sua sorte. È quanto ritengono i tanti, compreso me, che non hanno mai creduto alla versione dell'incidente stradale.

«Tornando ad Anselmi, il suo gruppo si comportò

bene negli scontri dell'estate. Respingendo i rastrellamenti che arrivavano dal versante alessandrino. Marco dimostrò di essere un comandante dal forte carisma. Ma non aveva un carattere facile. Era individualista, disincantato, portato a ironizzare su tutto e su tutti. Leale e disinteressato, pronto a sacrificarsi per gli altri e capace di trascinare i suoi uomini nelle imprese più difficili, non dava molto peso alla disciplina. O almeno non la intendeva alla maniera dei commissari comunisti delle Garibaldi. In più sentiva un'attrazione forse esagerata verso i fegatacci della sua banda e aveva un senso un po' romantico dell'organizzazione.»

«È sicuro del ritratto di Marco che mi ha offerto?» domandò Livia.

«Credo di sì. È quello che avevo ricostruito nel mio *Guerra partigiana tra Genova e il Po*. E nessuno lo ha smentito o corretto. Comunque, l'inserimento del gruppo di Anselmi nelle Garibaldi fu definitivo. Alla fine dell'ottobre 1944, il suo battaglione diventò una brigata e prese il nome di Virginio Arzani, un partigiano genovese di 22 anni ucciso dai fascisti nel rastrellamento dell'agosto 1944.

«Ma neppure in seguito il carattere di Marco e della sua formazione cambiarono. Anselmi era geloso della propria indipendenza. Si considerava, con ragione, il pioniere del movimento partigiano sull'Appennnino tortonese. E continuava a non vedere di buon occhio l'intrusione dei genovesi in un settore che era sempre stato il suo.»

«Quando lei dice "genovesi" intende "comunisti genovesi". Erano questi che davano fastidio ad Anselmi» commentò Livia.

«Per la verità, esisteva un insieme di problemi, dovuti a rivalità territoriali e politiche. I comunisti seguitavano a non piacere a Marco. E a molti dei suoi. La loro avversione emerse in modo clamoroso nell'estate 1944, in almeno un paio di casi. Il primo fu quello del disarmo e dell'arresto del capo della polizia partigiana della Sesta zona ligure, l'area in cui si trovava anche la banda di Anselmi.

«Era il potente Amino Pizzorno, il compagno Attilio, un comunista di 35 anni, già impiegato tecnico, militante rigoroso e dal carattere duro. Il suo Sip, ossia il Servizio informazioni e polizia, era di fatto una struttura di partito: i cinquanta componenti erano tutti militanti comunisti. Dobbiamo fermarci un istante su questo servizio perché ci aiuta a capire la natura del comando della Sesta zona.

«In altri territori dell'Italia del Nord, i comandi delle zone militari erano di solito composti da uomini di partiti diversi. Scelti con il criterio di non dar vita a organismi dello stesso indirizzo politico. Ma il vertice della Sesta zona faceva eccezione alla regola. Era comunista il comandante militare, Miro. Idem il commissario politico, Anelito Barontini, che conosceremo fra un istante. E lo stesso il capo del Sip. Insieme formavano un meccanismo perfetto, un triangolo ferreo. In grado di avere un controllo assoluto sulle bande della zona.

«Per quel che ho capito, Pizzorno era un quadro rivoluzionario pressoché perfetto. Molto severo con tutti, a cominciare da se stesso. Lo conferma un fatto che mi venne raccontato quando preparavo la mia tesi di laurea. Il compagno Attilio si muoveva molto, passando da una formazione all'altra. Quando scendeva la notte, rifiutava di riposare su un letto o sopra una branda. E voleva dormire sulla paglia stesa per terra o sui sacconi di foglie. Spiegando che un comandante aveva il dovere di vivere nelle stesse condizioni dei propri uomini.»

«Perché i partigiani di Anselmi avevano fermato e disarmato il capo della polizia?» chiese Livia.

«Non sono riuscito a saperlo. Forse Pizzorno aveva qualcosa da ridire sulla disciplina della banda. I partigiani dell'Arzani gli replicarono in quel modo ruvido. E c'è da giurare che Attilio si sia legato al dito lo sgarbo.

«Il secondo caso ebbe per vittima il commissario politico della Sesta zona. Nell'estate del 1944 era il comunista Anelito Barontini, classe 1912, nato a Castagneto Carducci, in provincia di Livorno. Da giovane aveva fatto il tornitore in uno stabilimento militare di La Spezia. Diventato comunista, nel 1937 era stato condannato a quattro anni di carcere dal tribunale speciale. Aveva iniziato a combattere da partigiano nella zona di Sarzana. Poi era passato a Genova, come ispettore delle Brigate Garibaldi.

«Quando era già diventato il commissario politico della Sesta zona, un giorno Barontini andò in val Curone per controllare la situazione della Brigata Arzani. Ma venne accolto in malo modo dagli uomini di Anselmi che lo rinchiusero nella torre di Gremiasco, una frazione di San Sebastiano Curone.»

«Come si risolsero i due incidenti?» domandò Livia.

«In apparenza senza conseguenze per Anselmi. Ma da quel momento i suoi rapporti con i compagni della Sesta zona continuarono a peggiorare. I contrasti con la Divisione Cichero si acuirono durante il grande rastrellamento del dicembre 1944. Bisagno aveva ordinato alle brigate di allestire nell'alto Appennino dei ricoveri sotterranei. Dovevano consentire ai partigiani di nascondersi e attendere che l'attacco finisse.

«Anselmi si rifiutò di obbedire. Riteneva le buche troppo rischiose. E quando arrivò il rastrellamento inviò i propri uomini nella pianura di Tortona con il compito di attaccare il nemico alle spalle. Ma la coesione dei suoi distaccamenti era scarsa. E non appena giunti nell'area fra Tortona e Novi Ligure si sfaldarono.»

«Anselmi rimase nella zona rastrellata con la speranza di rimettere insieme i pochi gruppi ancora in val Curone» raccontai a Livia. «Ma nei primi giorni del gennaio

1945 venne convocato al comando della Sesta zona. Salito a Carrega Ligure, si vide mettere sotto inchiesta. I capi d'accusa erano due: non aver attuato il piano delle buche e aver causato lo sfaldamento della brigata con l'ordine di trasferirsi in pianura.

«Il processo poteva finire male, visti anche i contrasti di Marco con i capi comunisti della zona. A salvarlo, fu un'improvvisa puntata dei tedeschi che obbligò il comando della Sesta a sloggiare. Anselmi si impegnò a scendere in pianura per radunare gli uomini e riportarli in montagna. Ma pochi giorni dopo venne a sapere che a Milano era morto suo padre.

«Un'altra fonte, il *Dizionario della Resistenza in Liguria* che abbiamo citato, sostiene che il papà di Marco si era ammalato. Comunque sia, Anselmi, sempre coraggioso al limite dell'imprudenza, decise di ritornare a casa per vedere il padre. Allertata da una spia, la polizia fascista lo arrestò. E lo consegnò alla Gestapo tedesca.»

«Sembra la sceneggiatura di un film!» esclamò Livia.

«Già, un film-verità. A quel punto, al comando della Sesta si aprì un dibattito. C'era chi voleva abbandonare Anselmi al suo destino e chi, invece, pensava che si dovesse salvarlo. Prevalse la seconda tesi, anche perché Marco era un prigioniero troppo importante per i tedeschi. Conosceva tutto della guerra partigiana nella Sesta zona ligure. Non avrebbe di certo parlato, ma la tortura poteva piegare anche l'uomo più coraggioso.

«La Cichero catturò un pezzo grosso, forse un ufficiale tedesco. E attraverso i canali misteriosi che tenevano collegati i due fronti, si riuscì a realizzare uno scambio di prigionieri. Anselmi ritornò in val Curone e scoprì che la ricostituzione dell'Arzani era stata affidata a un altro comandante: Erasmo Marrè, arrivato in zona con una missione lanciata dagli Alleati. Marrè aveva 25 anni, studiava Scienze e non militava nel Pci. Poiché stimava Anselmi, si disse disposto a restituirgli la guida della brigata. Del resto, la Squadra Volante e due distaccamenti dell'Arzani rivolevano come comandante Marco.

«Ma Anselmi si rese conto di non poter più restare in val Curone. Sapeva di non essere gradito al comando della Sesta zona. E così decise di andarsene nell'Oltrepò pavese dove si aggregò a una brigata Garibaldi inquadrata nella Divisione Aliotta. Le traversie di Marco sembrano finite. Invece la sua vita si concluse proprio in quell'area, a Casteggio, un centro sulla via Emilia. Qui morì il 26 aprile 1945, mentre tentava di snidare dei tedeschi che non volevano arrendersi. Aveva 29 anni e, dopo tanto combattere, non vide l'arrivo della pace.»

«Perché lei ha parlato di una morte misteriosa?» obiettò Livia. «Dal racconto che mi fatto non si direbbe.»

«Perché quella che le ho raccontato è la versione ufficiale. Ma ne esiste un'altra. È di un testimone diretto della sua morte, sentito da un ricercatore di Casteggio, Fabrizio Bernini, che l'ha pubblicata in un libro sulla guerra civile nell'Oltrepò pavese: *Nel sangue fino alle ginocchia*, pubblicato nel 1999 dalla Cdl Edizioni.»

«Che cosa racconta questo testimone?»

«Quel 26 aprile, Anselmi e il partigiano che lo affiancava furono costretti ad arretrare perché il caposaldo tedesco si difendeva sparando all'impazzata. I due trovarono rifugio in una casa in via Umberto I, oggi intitolata ad Anselmi. Marco si mise a ispezionare l'alloggio e si trovava al piano terreno, in una stanza che dava sul cortile alle spalle dell'abitazione. Proprio in quel momento venne raggiunto da una raffica sparata da una pistola mitragliatrice tedesca. E morì.»

«Naturalmente non si conosce chi abbia sparato la raffica» osservò Livia.

«Con certezza no. I partigiani sostengono che fu un tedesco a uccidere Anselmi. Ma in tanti la pensano in modo diverso. Questi ritengono che ad ammazzare

Marco sia stato qualcuno incaricato di far tacere per sempre un comandante scomodo. Se davvero i comunisti contavano di prendere il potere con la forza delle armi, Anselmi era un nemico potenziale. Meglio saperlo sotto terra che con un fucile in mano. Lo stesso discorso vale per Bisagno, il comandante della Cichero: un altro comandante entrato in conflitto con l'apparato del Pci.»

«Sapremo mai la verità su queste morti misteriose?» mi domandò Livia.

«Credo di no. L'unica cosa giusta che possiamo fare è non dimenticare che quei morti ci sono stati.»

Parte settima

31
Il nemico socialista

«C'è un mistero anche nella guerra civile a Bologna. Ed è racchiuso in questa fotografia» dissi a Livia. «La osservi con attenzione.»

Le misi sotto gli occhi l'immagine. Livia la studiò, poi me la restituì. Allora le chiesi: «Che cosa ha visto?».

«Ho visto due cadaveri. Quello in primo piano è di un uomo che mi sembra sulla mezza età. Un signore un tantino pingue, vestito con proprietà, sotto la giacca indossa persino un panciotto. Doveva portare il cappello. Lo si vede con chiarezza perché gli sta appoggiato sulla testa. Il corpo sembra collocato con cura sulla strada sterrata. Non gli manca nulla, calza ancora le scarpe. Del cadavere in secondo piano non si vede quasi niente, tranne la parte superiore del cranio con i capelli un po' in disordine.»

Domandai a Livia: «La persona in primo piano le fa pensare a un uomo catturato, picchiato, torturato, trascinato chissà dove e poi ammazzato?».

«Direi di no» rispose lei. «Mi sembra un uomo ucciso a sangue freddo, lì dove sta il suo corpo. E con un colpo di rivoltella alla nuca. Nella fotografia si nota una macchia nera, lunga e stretta, che parte dalla tempia sinistra e si espande sul terreno. Non vedo segni di torture. Di solito, chi subisce sevizie viene prima spogliato. Ma l'uomo è vestito di tutto punto, come se dovesse recarsi in ufficio o a un incontro di lavoro.

«A sorprendermi» proseguì Livia, «è specialmente quel cappello. Una cattura violenta, e quanto ne segue, non si conciliano con la presenza di un copricapo. Se poi uno riceve una rivoltellata alla nuca, l'urto dello sparo e del proiettile è talmente potente da strapparlo via. L'insieme mi fa pensare a una messinscena. Quell'uomo deve essere stato ucciso a tradimento. E il killer o i killer ne hanno poi ricomposto il cadavere.»

«Il suo è un esame convincente» dissi a Livia. «E adesso le spiegherò chi sono i due uomini della fotografia. Il signore con il cappello era Giuseppe Bentivogli, il segretario dei socialisti bolognesi nella fase finale della guerra civile. Il secondo morto si chiamava Sante Vincenzi ed era un quadro politico del Pci. Erano stati uccisi insieme, il 20 aprile a Bologna, il giorno precedente l'ingresso in città delle truppe alleate. La foto venne scattata il 21 aprile, subito dopo il ritrovamento dei corpi, da un fotoreporter del quale non è rimasto il nome. L'ho trovata in un libro di Nazario Sauro Onofri, un eccellente giornalista e storico che conosco da molto tempo. Il libro è *I socialisti bolognesi nella Resistenza*, pubblicato nel 1965 a Bologna dalle Edizioni "La Squilla", che era il settimanale del Psi bolognese.»

«Non so chi fosse Bentivogli» ammise Livia. «Mi parli di lui.»

«Era il leader storico del socialismo riformista di Molinella, in provincia di Bologna, uno dei capisaldi delle lotte agrarie in Italia. Sulla sua figura è stato scritto molto. E qui mi limiterò a pochissimi cenni. Bentivogli era nato a Molinella il 3 febbraio 1885, faceva l'operaio meccanico ed era cresciuto alla scuola del grande Giuseppe Massarenti, l'apostolo che predicava nelle campagne la giustizia sociale. Avversato dagli agrari e poi dai fascisti, Bentivogli lottò tutta la vita per i lavoratori, per gli umili, per gli ultimi. Entrando e uscendo dalle galere e dal confino. E nell'autunno del 1943 iniziò l'ennesima battaglia, questa volta nella Resistenza.»

«Dopo averlo visto in fotografia da morto, vorrei sapere com'era da vivo» disse Livia che amava sempre andare al di là delle biografie politiche.

«Bentivogli era un uomo di statura media, con un bel volto, gli occhi azzurri, di corporatura robusta. Pur non essendo ricco, era accurato nel vestire, tanto da avere l'aspetto del signore borghese. Ma nello scontro politico era molto determinato, con robuste motivazioni ideali. Un uomo dolce e insieme forte. L'opposto del rivoluzionario parolaio, sempre in disordine. A Molinella lo chiamavano "al Libarèl", il liberale. Quando iniziò la guerra civile, scelse come nome di copertura Nonno, dal momento che aveva già 58 anni.»

«Qual era la situazione dell'antifascismo bolognese nell'autunno del 1943?» mi chiese Livia.

«Gli unici partiti dotati di una struttura organizzata erano i comunisti e i socialisti. Il Pci aveva una posizione dominante. E, come abbiamo visto, si era messo subito a sparare, nella convinzione che, dando fuoco alle polveri, la guerra civile si sarebbe estesa come un incendio in un campo di stoppie. I socialisti avevano una linea diversa, lontana dal terrorismo urbano.

«Alla fine del dicembre 1943, Bentivogli e l'altro leader riformista emiliano, Paolo Fabbri, si erano incontrati con il nuovo federale fascista, Eugenio Facchini, per capire che intenzioni avessero i dirigenti del Pfr. L'incontro era stato chiesto da Facchini, nella speranza di evitare le atrocità della guerra civile. Ma non aveva condotto a nulla. L'unico esito era stato l'assassinio di Facchini, ucciso dai Gap comunisti nel gennaio 1944.»

«Che rapporti c'erano tra le due sinistre bolognesi?» domandò Livia.

«In apparenza stretti, ma in realtà poco buoni. Il Pci era un partito chiuso in un estremismo settario. A guidarlo ci pensava un Triumvirato insurrezionale. Composto da Ilio Barontini, uno spagnolo che abbiamo già incontrato narrando di Ukmar, da Giuseppe Dozza, che poi sarebbe stato a lungo il sindaco rosso di Bologna, e da Giuseppe Alberganti. Erano rivoluzionari, di quelli convinti che la guerra di liberazione doveva condurre al potere i comunisti. E sia pure con sfumature diverse, consideravano i socialisti un partito minore, moderato, confuso, diviso.

«In effetti, il Partito socialista non era un blocco d'acciaio» continuai. «Anche perché su di lui incombeva la superpotenza comunista. Secondo una stima di Onofri, sulla base dei congressi del primo dopoguerra, nel Psi bolognese esistevano tre aree. La più grande era di socialisti decisamente autonomisti, ma favorevoli a una collaborazione con il Pci. Una seconda area era contraria a lavorare insieme ai comunisti. Una terza riteneva che fondersi con il Pci fosse l'unica strada da percorrere.»

«Bentivogli dove stava?» chiese Livia.

«Penso nella seconda area. Del resto il Nonno era un riformista vero, un socialdemocratico diremmo oggi. Credo che anche Fabbri ragionasse come lui. Entrambi non piacevano per niente ai comunisti. Per il loro incontro con il fascista Facchini erano finiti sul libro nero del Pci bolognese. Secondo Giorgio Pisanò, i comunisti avevano pensato di ucciderli. Poi ci avevano rinunciato, per non creare una frattura insanabile con i socialisti. E nel gennaio 1944 si erano limitati ad ammazzare Facchini.»

«Qui non possiamo fare la storia dei socialisti bolognesi e dei loro conflitti con i comunisti» osservò Livia. «Vorrei tornare alla fotografia che lei mi ha mostrato. E a quanto era accaduto in precedenza.»

«Ha ragione, ma non ci metteremo molto a raccontare quello che lei chiede. Però è necessario ricordare ciò che avvenne verso la fine del settembre 1944. Il Triumvirato comunista era convinto che gli angloamericani sarebbero entrati presto a Bologna. Era un abbaglio vistoso, che spinse il Pci a proclamare per il 25 settembre uno sciopero generale insurrezionale.

«La decisione venne presa senza sentire il Cln. E poteva provocare un bagno di sangue perché gli Alleati non erano ancora in grado di liberare la città. O non volevano farlo in quella fase della guerra sul fronte italiano. Fabbri e Bentivogli protestarono e riuscirono a bloccare l'iniziativa sconsiderata del Pci.

«L'insurrezione popolare armata, così la chiamavano i comunisti, venne rimandata a tempi migliori. Ma anche questo contribuì ad accentuare l'ostilità di Barontini e dei suoi contro quei due capi socialisti che non erano disposti a mettersi agli ordini del Partitone rosso di Bologna.

«L'inverno 1944-1945 fu terribile. Nel fascismo bolognese stava prevalendo l'ala dura. Le milizie repubblicane, a cominciare dalla 23ª Brigata nera intitolata a Facchini, cominciarono a rastrellare tutti i giorni la città. Vennero prelevati da casa e uccisi in strada numerosi antifascisti moderati, per gettare nel panico la borghesia che stava dalla parte del Cln.»

«Mi citi qualcuno di questi delitti» domandò Livia.

«Sì, li ricavo da un libro di Luciano Bergonzini, *La svastica a Bologna: settembre 1943-aprile 1945* pubblicato dal Mulino nel 1998. Il 14 novembre 1944 fu ucciso l'odontotecnico Giovanni Casoni, ammazzato sotto le finestre del suo laboratorio. Il corpo venne lasciato in strada, all'angolo fra via Bigatto e via San Vitale. La notte del 22 novembre, la Brigata nera prelevò in casa quattro professionisti: gli industriali Giorgio Maccaferri e Francesco Pecori, il medico Pietro Busacchi e l'avvocato Alfredo Svampa.

«I fascisti li accopparono con rivoltellate alla nuca. Poi abbandonarono i cadaveri sulla via. Dopo aver messo in tasca agli assassinati biglietti che dicevano: "Ha tradito il santo movimento di liberazione" e "Traditore della causa democratica". Lo scopo era di far pensare che gli omicidi fossero stati compiuti dai Gap comunisti.»

«Nel *Sangue dei vinti* avevamo tracciato un quadro terribile di Bologna nell'inverno fra il 1944 e il 1945» mi rammentò Livia.

«Era un ritratto succinto, ma fedele» le dissi. «Molti quartieri avevano subìto i bombardamenti angloamericani. Tanti caseggiati erano un cumulo di rovine. La città viveva al freddo e in preda alla fame. Le condizioni igieniche erano precarie, anche per la presenza di migliaia di famiglie contadine. Si trattava di poco meno che 150 mila persone, fuggite con il bestiame dai paesi dell'Appennino investiti dalla guerra. Ogni notte nelle strade si sparava. Morivano anche i fascisti. Ma se il morto era un partigiano il cadavere diventava un trofeo, da esporre davanti a Palazzo d'Accursio, il municipio.

«Per sapere com'era Bologna durante la guerra civile» dissi ancora a Livia, «lei deve leggere un libro che mi ha colpito molto: *Vecchie storie di giovani. (Bologna 1942-1945)*, scritto da Luigi Colombari e pubblicato nel 2008 a Bologna da Giraldi editore. Viene presentato come un romanzo, ma è un documento impressionante su quel tempo. E sulle violenze crudeli compiute dalle due parti, fascisti e antifascisti. Si combattevano tutti i giorni nelle strade di una grande città, prigioniera di due fanatismi politici opposti.»

«Quando l'inverno finì» spiegai a Livia, «cominciarono a morire dei dirigenti socialisti. Catturati dai fascisti o dai tedeschi e fucilati. Ma la prima storia inquietante ebbe per vittima il numero uno dei socialisti bolognesi: Paolo Fabbri.»

«Vorrei sapere qualcosa anche di lui» mi pregò Livia.

«Fabbri, chiamato Palita, era nato nel 1889 a Conselice, in provincia di Ravenna. Aveva quattro anni meno di Bentivogli, ma apparteneva alla stessa generazione di socialisti riformisti.

«Era il primo dei dieci figli di una famiglia di mezzadri, era stato capolega, allievo di Massarenti, segretario della Camera del lavoro di Molinella. Anche lui era entrato e uscito di continuo dalle carceri e dal confino. Dopo l'8 settembre fu uno dei primi a dar vita alla Resistenza socialista. Aveva frequentato soltanto le scuole elementari. Ma il suo slang impastato di dialetto romagnolo era molto efficace e aveva un forte impatto sui compagni.

«Nella tarda primavera del 1944, Fabbri diventò il segretario provinciale del Psi a Bologna. E sei mesi dopo, si assunse il peso di una missione molto delicata e pericolosa: attraversare il fronte e raggiungere Roma. Doveva incontrarsi con il vertice nazionale del partito, con il governo italiano e il comando alleato.

«Lasciata a Bentivogli la guida del partito in città, Fabbri partì da Bologna il 17 dicembre. Lo accompagnava Mario Guermani, un tenente colonnello dell'esercito che faceva parte, da clandestino, del comando piazza della città.

«Come Bentivogli, anche Fabbri non era più un giovanotto» dissi a Livia. «In luglio aveva compiuto 55 anni. Ma pure lui era un uomo di coraggio e molto motivato. Con Guermani riuscì ad attraversare a piedi l'Appennino, nonostante la neve alta e la presenza di molti campi minati allestiti dai tedeschi. A Porretta Terme si congiunsero con una formazione delle Matteotti socialiste e di qui arrivarono a Roma.

«Nella capitale, Fabbri incontrò il vertice del suo partito, il governo Bonomi e il comando alleato. Andò a visitare il vecchio leader Massarenti. Si spinse fino a Napoli e intervenne al primo congresso della nuova Cgil, iniziato il 28 gennaio 1945. Pietro Nenni lo pregò di restare a Roma, ma Fabbri decise di ripartire, sempre insieme a Guermani. Voleva ritornare a Bologna, anche perché gli era stata affidata una grossa somma, cinque milioni di lire, per sostenere le attività del partito emiliano.

«Dopo aver raggiunto l'Appennino, nella zona di Porretta Terme, fecero un primo tentativo di andare al di là del fronte. Ma era caduta troppa neve, i sentieri restavano invisibili e furono costretti a rientrare a Porretta.

«Fabbri si recò al comando di una divisione brasiliana e gli affidò in custodia i cinque milioni in contanti. Poi lui e Guermani decisero di ritentare il passaggio del fronte a Bombiana, frazione di Gaggio Montano. Li avrebbe guidati uno del luogo, Adelmo Degli Esposti.

«Erano le quattro del pomeriggio del 14 febbraio 1945. Da quel momento si persero le tracce di Fabbri e di Guermani. Al di là del fronte arrivò il solo Degli Esposti. Raccontò che, durante il passaggio delle linee, lui camminava precedendo gli altri due. A un tratto aveva udito una forte esplosione e si era messo a correre spaventato, perdendo di vista gli esponenti socialisti. Giurò di non sapere altro.»

«Che cosa era successo a Fabbri e a Guermani?» domandò Livia.

«Non si è mai saputo con certezza. I loro cadaveri vennero ritrovati soltanto nell'aprile 1946, dopo lunghe ricerche condotte dal figlio di Fabbri, Nevio. Nel suo libro sui socialisti bolognesi, Onofri scrive che entrambi "erano stati colpiti al capo da un'arma da fuoco di grosso calibro". Ma in questi giorni l'ho chiamato per sapere di che tipo fosse quell'arma. E Sauro mi ha spiegato che l'autopsia su quanto restava dei due corpi aveva accertato la presenza di tante lesioni alle ossa, forse dovute all'esplosione di una mina nascosta nel terreno.

«Degli Esposti venne messo sotto inchiesta dalla magistratura di Bologna, in seguito a una denuncia di Nevio Fabbri. Ma l'indagine si chiuse senza esito. Il magistrato che istruiva la causa affermò in seguito di aver subìto pressioni minacciose e anonime per archiviare la storia.»

«Scomparso Fabbri» osservò Livia, «a Bologna restava un solo leader socialista: Bentivogli. Anche lui era destinato a morire.»

«Sì. Pure il Nonno scomparve, anzi venne ucciso proprio l'ultimo giorno di guerra. E in circostanze che hanno suscitato anch'esse molti dubbi. Accadde in città, nel pomeriggio del 20 aprile 1945.

«Ridotta all'essenziale, la storia è la seguente. Bentivogli si era incontrato con il comunista Sante Vincenzi. Mentre stavano parlando in piazza Trento e Trieste sparirono. I loro cadaveri vennero ritrovati la mattina del 21 aprile, il giorno della liberazione di Bologna. Nelle condizioni documentate dalla foto che le ho mostrato.»

«Chi era Vincenzi?» domandò Livia.

«Era un coetaneo di Bentivogli, entrambi avevano 60 anni. Vincenzi era nato a Parma e abitava a Reggio Emilia, di professione faceva il meccanico. Anche lui era stato in carcere e poi al confino. Nella struttura della Resistenza bolognese, aveva l'incarico di mantenere i collegamenti tra le brigate della Divisione Garibaldi Bologna.

«La versione più diffusa della loro fine, anzi la più conclamata, sostiene che entrambi erano stati catturati da un reparto della Brigata nera che, nel lasciare la città, aveva fatto un posto di blocco a Porta Santo Stefano. A segnalarli ai militi repubblicani ci aveva pensato una spia fascista, un giovanotto di Molinella. Costui li aveva notati mentre transitava in bicicletta per piazza Trento e Trieste. E aveva subito riconosciuto Bentivogli.

«Sempre secondo questa versione, dopo la cattura il Nonno e Vincenzi sarebbero stati condotti in una caserma. Qui i brigatisti li avevano torturati e uccisi. Ma dove erano stati ammazzati? Nessuno l'ha mai saputo. I loro cadaveri furono scoperti fuori Porta Saffi, in località Santa Viola. Siamo nella parte ovest di Bologna, su una stradina sterrata, che dopo pochi metri sfocia sulla via Emilia.»

«Ci sono testimoni della loro fine?» domandò Livia.

«Chi li ha uccisi è di certo anche un testimone, ma non si è mai rivelato. Esistono invece molti dubbi sulla versione ufficiale della morte di Bentivogli e, di conseguenza, su quella di Vincenzi. I primi dubbi vennero espressi, sia pure in modo criptico, dall'edizione bolognese dell'"Avanti!", il quotidiano socialista. Il 23 aprile 1945, nell'annunciare in prima pagina la morte del segretario di Bologna, parlò di "vigliacchi di dentro" che avevano voluto sopprimere Bentivogli.»

«Che cosa significano quelle tre parole?» domandò Livia.

«Le confesso di non avere una risposta certa. Vigliacchi nell'animo o vigliacchi annidati dentro lo schieramento antifascista? Possiamo soltanto fare delle ipotesi. Quelle che hanno fatto per anni molti socialisti bolognesi e di Molinella. A cominciare dal figlio di Bentivogli, Gastone, oggi scomparso.»

«Lei che cosa ne pensa?» mi chiese Livia.

«Prima di tutto, penso che Bentivogli non fosse un socialista attratto dalla superpotenza comunista, e tanto meno succube dei suoi capi. Nel corso della guerra civile, si era trovato molte volte in conflitto con gli uomini al vertice del Pci bolognese. Non era d'accordo con il loro modo di fare la guerra al fascismo. Troppe uccisioni, troppi delitti, troppo di tutto.

«Aveva detto più volte che, dopo la Liberazione, sarebbe stato necessario fare i conti, ossia mettere in chiaro molte questioni rimaste avvolte nel buio. Intendeva dire i giochi sporchi e i morti ammazzati senza motivo. Le presunte spie assassinate. I compagni uccisi perché sospettati di aver parlato sotto tortura. Gli attentati inutili. Senza contare che il Nonno era un socialista riformista e anticomunista che avrebbe dato molto filo da torcere al Partitone rosso. A quello bolognese, certamente. Ma vista l'importanza di Bologna, anche a quello nazionale.

«Insomma, Bentivogli poteva diventare un sasso nell'ingranaggio del Pci. Proprio perché intendeva salvare e riaffermare la tradizione del riformismo socialista. Bisognava farlo sparire, quel sasso. Per consentire alla macchina comunista di funzionare al massimo dei giri. E per non avere concorrenza in città. Tanto è vero che, una volta scomparsi Fabbri e Bentivogli, a Bologna il Psi fu ridotto al rango di partito secondario. E tale rimase per tutta la Prima Repubblica.»

«Non c'è un pregiudizio anticomunista nel suo ragionamento, caro Giampa?» mi provocò Livia. «Le faccio la domanda che potrebbero rivolgerle certi suoi lettori...»

«Ma no!» esclamai con un sorriso. «Sappiamo che cosa voleva ottenere il Pci dalla vittoria sul fascismo: un mutamento radicale della società italiana, ossia una rivoluzione. Era un progetto sostenuto da un'ambizione politica ferrea. E per di più ancorato all'unica rivoluzione comunista vittoriosa in Europa, quella sovietica. In questo quadro, uccidere Bentivogli era un affare da nulla. Nella guerra civile italiana, i comunisti hanno cercato sempre di eliminare chi poteva opporsi ai loro piani. È una faccenda che conosciamo bene entrambi.

«Del resto, a confermare i dubbi sulla morte del segretario socialista» aggiunsi, «ci sono le condizioni del suo cadavere e di quello di Vincenzi. Non risulta che nessuno dei due sia stato torturato. Bentivogli venne ucciso con un colpo di rivoltella alla tempia che gli frantumò anche una stanghetta degli occhiali. Del Vincenzi sappiamo che venne ucciso nello stesso modo, mentre aveva le mani legate dietro la schiena.

«Anche la teoria che siano stati catturati e uccisi dalla Brigata nera bolognese non regge, a giudizio di molti. I tedeschi stavano lasciando Bologna dal 16 aprile. Di conseguenza, tutto l'apparato fascista si era dissolto. I reparti politici della Rsi avevano un solo obiettivo:

andarsene dalla città per sottrarsi non soltanto a una cattura, ma a una serie di esecuzioni, quelle che poi avvennero.

«In quei frangenti» continuai, «perché attardarsi ad arrestare due politici avversari per torturarli, trasportarli in un altro luogo della città e ucciderli? In ogni caso, uno come Bentivogli poteva servire ai fascisti più da vivo che da morto. Era un moderato, non uno stalinista assetato di vendetta. In più si trattava di una preda molto preziosa, dal momento che non era un semplice militante. Dunque, per quale motivo disfarsene? Se restiamo sul terreno delle congetture, un Bentivogli morto era più utile ai comunisti vittoriosi che ai fascisti sconfitti.»

«Ammettiamo che sia così» osservò Livia. «Allora perché i presunti killer comunisti avrebbero dovuto ammazzare anche Vincenzi? In fondo era un loro compagno di partito.»

«Una risposta al suo interrogativo c'è» replicai. «Vincenzi è stato ucciso perché aveva visto uccidere Bentivogli. O perché aveva assistito alla sua cattura fatta da qualche killer rosso e non nero. Se fosse rimasto in vita, avrebbe potuto parlare. E tutta la messinscena sarebbe crollata.»

«Ho un'ultima domanda» mi annunciò Livia. «Sempre nell'ipotesi che siano stati i comunisti a sopprimere Bentivogli, perché ucciderlo proprio l'ultimo giorno di guerra? Poteva essere accoppato prima, in qualsiasi momento. Magari da gappisti travestiti da fascisti.»

Le risposi: «È vero che i Gap bolognesi erano in grado di agire indossando le divise della Brigata nera. Avevano già compiuto azioni in città vestiti in quel modo. Per esempio, l'assalto al carcere di San Giovanni in Monte. O l'attentato fallito al Grand Hotel Baglioni, un albergo di lusso in via dell'Indipendenza, frequentato dalla crema tedesca e fascista. Ma di fronte a una domanda come la sua, esiste una spiegazione molto semplice».

«E qual è?» chiese Livia.

«Prima del 20 aprile 1945 non era un affare da poco ammazzare Bentivogli e poi darne la colpa ai fascisti. Le autorità della Rsi avrebbero saputo bene come provare di non aver compiuto il delitto. Lei potrebbe replicarmi che anche ucciderlo dopo il 20 aprile e addossare il crimine ai fascisti sarebbe stato impossibile. Per la ragione evidente che a Bologna non c'erano più repubblicani in armi. Tutti quelli in grado di fuggire se ne erano andati. E in città stavano già gli Alleati.

«Ma la sera del 20 aprile Bologna era terra di nessuno. Un varco minimo da utilizzare per un omicidio tanto delicato. Chi ha deciso il delitto Bentivogli ha saputo sfruttare l'unico istante adatto. Si doveva farlo in quel preciso momento o mai più. È quello che deve aver pensato il mandante politico di questa storia torbida e crudele.»

«Sapremo mai dare un nome a questo mandante? Ammesso che l'ipotesi di un delitto rosso sia attendibile» domandò Livia.

«Credo proprio di no. Da quella sera di aprile sono passati sessantacinque anni. Un tempo infinito. Tutti i protagonisti e i testimoni sono morti. Se qualcuno è ancora in vita, non parlerà mai.»

32
Un Prodi a Coltano

Avevo bisogno di sapere qualcosa su un ragazzo internato a Coltano. Per questo, con Livia, andai a trovare Pietro Ciabattini, nella sua casa di Firenze. Era l'11 maggio 2010. Pietro stava benissimo. Aveva compiuto 83 anni e conservava la lucidità di un quarantenne. Quando lo lasciai, gli dissi che in autunno gli avrei spedito il nostro libro. Ma qualche settimana dopo, Ciabattini se ne andò. Lasciò questa vita una sera, seduto sul divano. Forse dopo aver visto la prima partita dell'Italia ai mondiali di calcio.

Per chi non lo sappia, devo dire che Coltano, vicino a Pisa, era il più grande campo di concentramento dei prigionieri fascisti catturati dagli americani o dagli inglesi nella primavera del 1945. Da Coltano ne erano passati dai 30 ai 35 mila. E molti vi erano rimasti rinchiusi sino all'autunno di quell'anno.

Uno di loro era Ciabattini. Ma dire uno di loro non gli rende giustizia. Lui è l'autore dell'unica storia di quel campo e degli uomini che vi erano vissuti. Parlo di un libro che molti conoscono: *Coltano 1945. Un campo di concentramento dimenticato*, pubblicato nel 1995 da Mursia.

Ciabattini, nato a Siena il 4 dicembre 1926, ci era arrivato verso la metà di luglio, dopo una serie di peripezie, iniziate nell'ottobre 1943. In quel momento non aveva ancora compiuto 17 anni, ma da vero ragazzo fascista si era subito presentato volontario a un reparto della Milizia a Bologna. Di lì era passato alla Gnr e poi, verso la fine del 1944, in un reparto delle SS italiane.

Nel giugno 1945, a guerra finita da più di un mese, Ciabattini ritornò a Siena e, vista la pessima aria che tirava per chi era stato con la Rsi, a malincuore si consegnò a un comando inglese della città, in via Montanini. Un sergente di Sua Maestà britannica si trovò di fronte a quello che sembrava un ragazzino e gli disse: «Adesso ho da fare, ritorna domani». Ciabattini dormì sulle scale del comando inglese e la mattina successiva riuscì a darsi prigioniero.

Era il 12 giugno 1945. Pietro rimase in carcere a Siena per tre giorni. Quindi su una jeep venne condotto al suo primo campo di concentramento, Scandicci, vicino a Firenze. Alla metà di luglio fu trasferito a Coltano. Lì rimase sino al 28 ottobre 1945, per più di tre mesi. Poi gli americani lo condussero al campo di Laterina, in provincia di Arezzo. Qui il 30 dicembre ottenne la libertà. E ritornò a Firenze sul camioncino di uno che vendeva i polli. Aveva compiuto da poco 19 anni.

Poiché era stato un combattente onesto e non si era macchiato di azioni nefande, Ciabattini sperava di aver chiuso l'esperienza in divisa. Ma non andò così. La nuova Repubblica italiana si ricordò di lui e constatò che, essendo stato un volontario nei reparti della Rsi, non aveva adempiuto al servizio militare. Pietro venne convocato al distretto e spedito a fare il soldato. Questa volta agli ordini della democrazia.

All'inizio del gennaio 1948, partì per il Centro addestramento reclute di Fossano. E una volta concluso il periodo al Car, fu mandato a Cuneo e poi di nuovo a Fossano. Qui si accorsero subito che aveva un passato militare, sia pure con la Repubblica di Mussolini. Venne subito promosso caporal maggiore istruttore e inserito in una compagnia tutta di giovanotti reduci della Rsi.

In occasione delle elezioni politiche del 18 aprile, fu inviato a Genova per fare la guardia a un seggio. Secondo la prassi, essendo diventato maggiorenne, il caporale

Ciabattini votò in quella sezione. E diede il suo voto al Movimento sociale. Durante lo scrutinio, si scoprì che per il partito neofascista c'era quel solo voto. Scoppiò un pandemonio. Gli scrutatori di sinistra s'indignarono: chi mai poteva aver votato per il Msi? Non lo seppero mai.

Sempre nel 1948, in luglio, quando ci fu l'attentato a Togliatti con tutto il bordello successivo, Ciabattini si trovò fra i militari che da Cuneo vennero spediti a Genova per difendere il Corpo d'armata da eventuali assalti. Mentre ce lo raccontava, Pietro aggiunse, sornione: «Il governo De Gasperi sapeva che su di noi poteva contare».

Ero andato a trovare Ciabattini per cercare una risposta a una domanda: nel campo di concentramento di Coltano aveva per caso conosciuto un prigioniero fascista di nome Giovanni Prodi? Lui comprese subito che si trattava di un fratello del futuro presidente dell'Iri e poi del Consiglio, Romano Prodi. Ma rispose: «Mi dispiace deluderti, però non sapevo neppure che a Coltano ci fosse uno dei Prodi. Del resto, come ho raccontato nel mio libro, in quel campo eravamo in trentamila e spesso di più. Era impossibile che ci conoscessimo tutti!».

Ritornati a casa di Livia, ragionammo sul motivo che ci aveva condotti da Ciabattini. E lei mi chiese: «Come ci è arrivato alla storia di Giovanni Prodi prigioniero fascista?».

«Per caso, attraverso la vicenda di un altro personaggio che era stato un militare della Rsi ed era poi finito anche lui a Coltano. Forse lei se la ricorda perché ne avevo parlato in uno dei miei libri revisionisti, *I gendarmi della memoria*. Si chiamava Luciano Chiappini.»

«Mi pare di rammentarlo. Ma lei non può pretendere troppo dalla mia memoria» mi replicò Livia. «Forse è meglio che mi racconti per ordine l'intera storia.»

«Tutto ebbe inizio nell'estate del 2002» cominciai a narrare. «Il 20 agosto di quell'anno, morì a Ferrara un signore ottantenne che si chiamava Luciano Chiappini. Era uno dei cittadini eminenti della città. Molto noto per l'impegno nell'Azione cattolica e nella Democrazia cristiana, ma soprattutto per il suo lavoro di storico. Era il principale studioso degli Estensi e della Chiesa ferrarese. E un uomo del dialogo tra il mondo cattolico e quello socialista.

«Il giorno successivo alla morte comparve sul quotidiano "La Nuova Ferrara" un profilo biografico di Chiappini, scritto con molto equilibrio da Carlo Pagnoni, un avvocato ferrarese. In quell'articolo c'era un passo che devo leggerle. Eccolo qui.

«Chiappini era nato a Ferrara nel 1922. Si laureò in Lettere a Bologna nel 1944. Fu chiamato alle armi nel 1943. Dopo alterne vicende vissute nel clima di sbandamento determinato dall'armistizio, dapprima non si presentò, ma poi rispose alla chiamata della Repubblica sociale italiana. Venne inviato in Germania dove rimase sei mesi. Finì prigioniero nel campo di Coltano. E tornò a Ferrara nel 1945.»

«Una storia identica a quella di migliaia di altri ragazzi italiani di quel tempo» osservò Livia.

«Sì, ma bastarono quelle poche righe per scatenare un dibattito sulle pagine della "Nuova Ferrara" e del "Resto del Carlino". La discussione non si aprì subito, ma più di un mese dopo la scomparsa dello storico. E rivelò presto un accanimento assurdo. A innescarlo fu una lettrice che si firmava Tatiana Rossi. La signora dichiarava di essere rimasta angosciata dalla scoperta che Chiappini, "uomo di dialogo e di pace", era stato "un repubblichino", così lo definiva. E dopo aver vestito la divisa di Salò "aveva combattuto per Mussolini a fianco dei nazisti, sino a finire nel campo di prigionia di Coltano, riservato ai fascisti irriducibili".

«Tatiana Rossi doveva essere un'antifascista pure lei irriducibile» dissi a Livia. «E non soltanto perché aveva inviato la propria lettera a due quotidiani. Infatti si chiedeva come "era possibile che un uomo degnissimo come Chiappini, ben provvisto di mezzi intellettuali e di adeguate conoscenze culturali" avesse potuto intrupparsi con le camicie nere, invece di fare il partigiano.

«Sul "Resto del Carlino" rispose la famiglia di Chiappini ricordando il percorso di Luciano negli anni tormentati della guerra civile. A una prima chiamata alle armi della sua classe, il 1922, fatta dalla Rsi nel novembre 1943, lui non si presentò, dal momento che non si sentiva fascista. Poi ci fu una seconda chiamata, il cosiddetto Bando Graziani, nel febbraio 1944. Come ci siamo già detti, per riempire le caserme la Rsi decise di comminare la pena di morte per i renitenti e i disertori. E di prevedere ritorsioni sulle famiglie dei ragazzi. Allora Luciano decise di rispondere alla chiamata.

«A proposito della detenzione nel campo di Coltano, la famiglia di Chiappini scrisse: "Conserviamo le lettere da lui inviate ai suoi cari in quel periodo: sono testimonianza di uno stato di dolorosa umiliazione. Durante i mesi della prigionia, si legò di amicizia profonda ad altri giovani che, in situazione del tutto analoga alla sua, erano stati internati nel medesimo luogo. Con alcuni di loro condivise un importante percorso di riflessione e di critica".»

Dissi a Livia: «Le risparmio le altre lettere del dibattito. Parlo di quelle scritte da antifascisti accaniti come la signora Rossi. Mostravano un'assoluta ignoranza di quanto era accaduto in Italia durante la guerra civile. E insieme rivelavano una cieca chiusura mentale. Come se tutti i militari della Rsi fossero mostri ripugnanti, diavoli alieni sbarcati su un pianeta popolato soltanto di angeli democratici. Poi la discussione scivolò sul revisionismo storico. Con una parata di argomentazioni più comiche che tragiche.

«Tuttavia esisteva una domanda che mi intrigava molto: chi erano i prigionieri di Coltano ai quali Luciano Chiappini si era legato con un'amicizia profonda? Uno era, per l'appunto, Giovanni Prodi.»

«In che modo lo scoprì?» mi chiese Livia.

«Leggendo un libro curato con passione da Pagnoni: *Una voce fedele e libera: il Taccuino di Luciano Chiappini*, pubblicato nel 2000 a Ferrara da Corbo Editore. A pagina 28 c'era una riga che diceva: "A Coltano conobbe Giovanni Prodi e, successivamente, tramite lui, la sua intera famiglia".»

«Tutto lì?» domandò Livia.

«No, c'era anche un capoverso che offriva una scheggia della vita di Chiappini nel campo di Coltano: "Di quel periodo ricorda che gli americani, custodi del campo, si fidavano più dei tedeschi che degli italiani. Poi le precarie condizioni di vita nel campo, particolarmente per quanto atteneva al vitto e all'alloggiamento. La grande debolezza fisica, ma anche gli scherzi, le recite teatrali e le conferenze fatte per passare il tempo. Chiappini ne tenne una su Dante Alighieri".»

«Posso farle una domanda che le sembrerà impertinente?» mi chiese Livia con il suo solito sorriso.

Le sorrisi anch'io: «Non esistono domande impertinenti, ma soltanto risposte insincere o sciocche».

«La mia è questa. Perché le interessa tanto la vicenda di Giovanni Prodi? In fondo era soltanto uno dei trentamila prigionieri fascisti passati per il campo di Coltano.»

«Buona domanda» osservai. «La mia risposta è quella di un giornalista: perché la famiglia Prodi ha contato non poco nella vita pubblica italiana. Soprattutto per merito di Romano Prodi, due volte presidente del Consiglio. Le basta?»

«Diciamo di sì» sospirò Livia. «A volte mi dimentico

che lei è un giornalista. Certe abitudini non si scordano mai. Dunque mi dica quel che ha scovato su Giovanni Prodi.»

«Molto poco, purtroppo. Per cominciare era il primo dei nove fratelli Prodi, nato a Scandiano, in provincia di Reggio Emilia, il 28 luglio 1925. Il padre, Mario, era un ingegnere che veniva da una famiglia contadina. La madre, Enrica, faceva la maestra elementare.

«Dopo aver frequentato a Reggio Emilia il Liceo ginnasio Ariosto, prese il diploma nell'estate del 1943. In quell'autunno si iscrisse all'Università di Parma per studiare Matematica. E adesso le racconterò il seguito, ricavandolo da un ricordo di Giovanni Prodi scritto da un altro matematico: Gian Cesare Barozzi, professore emerito presso la facoltà di Ingegneria dell'Università di Bologna.

«La prima chiamata alle armi decisa dal governo della Rsi venne annunciata per radio il 16 ottobre 1943. Riguardava l'ultimo quadrimestre della classe 1924 e l'intera classe 1925 della leva di terra. L'ordine di chiamata venne reso pubblico il 9 novembre. Il bando specificava che i ragazzi di quelle classi dovevano presentarsi ai distretti militari nel periodo compreso fra il 15 e il 30 novembre 1943.

«In quel momento Giovanni aveva appena 18 anni e quattro mesi. Suo fratello Romano di anni ne aveva 4. Immagino che anche lui, come tanti altri ragazzi, si chiese se dovesse presentarsi o no. Poi decise di recarsi al distretto per evitare ritorsioni sul padre che era un dipendente pubblico. I suoi timori furono confermati dal successivo Bando Graziani, del febbraio 1944, che prevedeva sanzioni pesanti per chi prestasse aiuto ai renitenti. Chi li appoggiava veniva punito con una reclusione non inferiore ai dieci anni di carcere.»

Livia osservò: «Mi ha appena detto che Giovanni Prodi aveva poco più di 18 anni quando fu costretto a una scelta molto difficile. E scelse di presentarsi per evitare sanzioni alla famiglia. Che cosa poteva fare, povero figlio? Qualcuno come la gelida lettrice della "Nuova Ferrara" mi risponderebbe: poteva fare il partigiano. Ma non accetto questo modo di ragionare. Parlando con il senno di poi, sembra tutto facile. Lei come la pensa?».

«La penso come lei» risposi. «Nelle divisioni di Graziani erano molti i soldati per forza. C'erano anche tanti volontari, ragazzi fascisti pronti a combattere per Mussolini. Ma erano tanti anche i militari obbligati, li chiamerei così. Ragazzi costretti dalle circostanze a prendere decisioni difficili e spesso drammatiche.»

Livia mi interruppe: «Voglio ritornare all'età di Giovanni: 18 anni! Nel 1943 a quell'età si poteva andare a morire. E tanti sono morti. Oggi i ragazzi come Giovanni se ne stanno al sicuro in famiglia. Sono i famosi bamboccioni, capaci di vivere con papà e mamma per un'infinità di tempo. In fondo lui era il primo di tanti fratelli. Si è sacrificato per evitare guai pesanti alla famiglia. Che cosa gli accadde dopo aver risposto alla chiamata alle armi?».

«Immagino che, dopo una permanenza in qualche caserma italiana, anche lui sia stato inviato a Vercelli, presso il Centro costituzione grandi unità. Era di lì che partivano le reclute destinate all'addestramento in Germania. Per poi essere inserite in una delle quattro divisioni previste dal maresciallo Graziani: Monterosa, San Marco, Italia e Littorio.

«Purtroppo non sono riuscito a stabilire con certezza di quale divisione abbia fatto parte il giovane Prodi. Il professor Barozzi scrive che Giovanni, una volta rientrato in Italia dall'addestramento in Germania, venne mandato sul fronte contro gli Alleati. E visse "drammatiche vicende sull'Appennino". Ne deduco che potrebbe aver combattuto nella 1ª Divisione bersaglieri Italia, 14 mila uomini al comando del generale Mario Carloni. Ma l'avverto che è soltanto una mia ipotesi. Non ho trovato documenti o testimonianze che la confermino.

«Quello che so per certo» aggiunsi, «è che la Divisione Italia venne addestrata nel campo di Heuberg, nella Baviera occidentale. Il 17 luglio 1944, quando Giovanni stava per compiere 19 anni, la sua unità venne passata in rassegna da Mussolini.

«Il Duce era andato a far visita alle quattro divisioni, accompagnato dal maresciallo Graziani. La domenica 16 luglio incontrò gli alpini della Monterosa. Il giorno successivo fu la volta dell'Italia. Il martedì 18 passò in rassegna la San Marco e il mercoledì 19 dedicò la mattinata alla Littorio, che veniva allestita a Sennelager.

«Le reclute come Giovanni» dissi a Livia, «non immaginavano certo di trovarsi alla vigilia di un evento di portata storica. Nel pomeriggio videro partire Mussolini sul treno blindato che lo doveva portare al quartier generale di Hitler. Era la famosa Tana del Lupo, a Rastenburg, nella Prussia orientale, una zona tetra, umida, fitta di boschi. Fu un viaggio lungo che impegnò tutta la notte del 19 e la mattina di giovedì 20 luglio.

«Mussolini arrivò a Rastenburg verso le 16. E trovò ad accoglierlo alla stazione un Hitler sconvolto e tremante. Era appena scampato alla bomba che doveva ucciderlo. Aveva i capelli bruciacchiati, le gambe ustionate, il braccio destro paralizzato, i timpani lesi. Ma la congiura dei generali era fallita. Il Führer restava ancora in vita.

«Fu l'ultimo incontro fra i due dittatori. Hitler condusse Mussolini a visitare le rovine ancora fumanti della sala dove era scoppiato l'ordigno. Il Duce era sbalordito. E si sentì dire da Hitler: "Adesso che sono sfuggito alla morte, sono più che mai convinto che vinceremo". Mussolini era molto meno convinto di lui. Gli replicò: "La nostra situazione è quasi disperata. Ma ciò che oggi è accaduto mi infonde nuovo coraggio. Dopo questo miracolo, è inconcepibile che la nostra causa possa cedere alla sfortuna".»

Livia domandò: «Quando seppero dell'attentato le reclute delle quattro divisioni?».

«Le prime voci si diffusero la sera del 20 luglio. Qualcuno raccontò di aver sentito alla radio tedesca che Hitler era morto. Più tardi le voci si precisarono: Hitler era soltanto ferito. Nei quattro campi d'addestramento ci fu un'agitazione mai vista. Le reclute obbligate, come Giovanni, pensarono che la guerra sarebbe continuata. E si domandarono, angosciate, quale sarebbe stata la loro sorte. Poi cominciarono le partenze per l'Italia.»

«Ma di quanti uomini disponevano le quattro divisioni?» domandò Livia.

«All'inizio di quasi 58 mila, in seguito destinati a crescere. Questa forza possiamo suddividerla in due blocchi. 13 mila erano militari catturati dai tedeschi nei giorni dell'armistizio. Deportati in Germania, avevano aderito alla Rsi, accettando di ritornare a combattere. Tra loro c'erano di certo anche soldati che volevano sottrarsi al lager e rientrare in Italia. Ma molti, a cominciare dagli ufficiali, erano fascisti e possiamo considerarli dei volontari. Pronti a sfidare gli angloamericani e ad affrontare una guerra civile.

«Il secondo blocco» spiegai a Livia, «era ben più numeroso e contava 45 mila uomini. Questi venivano dall'Italia. In parte erano volontari, fascisti militanti. Ma nella grandissima maggioranza si trattava di giovani precettati con le due chiamate alle armi. Erano ragazzi di 19 anni, come Giovanni Prodi, di 20, 21 e 22 anni.

«Mussolini e Graziani li consideravano il nerbo delle quattro divisioni. Anche se sapevano che tanti di loro vestivano la divisa della Rsi perché erano stati costretti a presentarsi. E dunque, a differenza dei volontari, non garantivano di restare con la Repubblica sociale fino all'ultimo. E soprattutto di essere pronti a immolarsi in una guerra che consideravano già perduta.

«La prima unità a rientrare in Italia fu la Divisione alpina Monterosa. I suoi 19 mila uomini cominciarono a partire il 20 luglio 1944, il giorno stesso dell'attentato a Hitler. Per seconda si avviò la Divisione di fanteria di Marina San Marco, che iniziò a partire qualche giorno dopo. La San Marco disponeva di 14 mila uomini e tra questi c'erano una legione di camicie nere che l'8 settembre era fuggita dalla Grecia e 1800 volontari provenienti dalla X Mas del principe Borghese. Le altre due divisioni lasciarono la Germania soltanto in seguito, con qualche mese di ritardo.»

«Come mai?» domandò Livia.

«Bisogna tener conto di quanto stava accadendo sulla scena della guerra europea» le risposi. «Dopo lo sbarco in Normandia, iniziato il 6 giugno 1944, gli Alleati stavano avanzando verso il cuore della Germania. Il 15 agosto c'era stato lo sbarco in Provenza e il 25 la liberazione di Parigi. Il 3 settembre gli inglesi entrarono a Bruxelles. Hitler non solo era a corto di uomini, ma anche di armi, di munizioni, di rifornimenti. Ed era inevitabile che pensasse soprattutto alle proprie divisioni, non a quelle italiane. Tanto più che, in origine, le unità di Graziani non erano destinate al fronte italiano, diciamo la Linea Gotica, bensì a combattere le bande partigiane.

«La Divisione granatieri Littorio, 18 mila uomini, ritornò in Italia quando era già iniziato l'autunno 1944. Il suo fu un rientro accidentato, iniziato il 20 ottobre e concluso all'inizio di novembre. La Littorio fu costretta a lunghe marce per l'interruzione della ferrovia del Brennero, colpita dai bombardieri nemici in val d'Adige.

«Andò anche peggio alla Divisione bersaglieri Italia. Disponeva di 14 mila uomini, al comando del generale di brigata Guido Manardi. L'ufficiale si era guadagnato una medaglia d'argento durante la guerra di Spagna e dopo l'8 settembre era stato il capo di stato maggiore del Centro grandi unità. La divisione rientrò in patria soltanto nei primi giorni del dicembre 1944. Viaggiò sulle tradotte ferroviarie sino a Verona. Poi con lunghe marce raggiunse la zona di raduno. Stava a sud di Parma, fra Collecchio, Sala Baganza e Berceto. E fu in quell'area che i guai dell'unità si videro tutti.»

«Quali problemi aveva?» domandò Livia.

«Detto in breve, era la più debole e la meno organizzata delle quattro divisioni. In Germania aveva dovuto cedere più volte una parte delle armi e dei materiali ad alcune unità tedesche in allestimento, destinate al fronte francese. Ecco la prima ragione della sua partenza in ritardo. Alla fine del gennaio 1945, l'Italia aveva ancora un quarto degli uomini privi di armi, senza neppure una rivoltella. Fu lo stesso Graziani a dirlo al plenipotenziario tedesco in Italia, Rudolf Rahn, che gli chiedeva conto della fragilità della divisione.»

Spiegai a Livia: «Se Giovanni Prodi era davvero inserito in quell'unità, come abbiamo ipotizzato, anche lui fu in grado di osservare l'inizio dello sfacelo. Devo aggiungere, però, che l'Italia fu l'unica delle divisioni di Graziani a essere schierata subito e per intero sulla Linea Gotica.

«Verso la metà del gennaio 1945, iniziò a dislocarsi in Garfagnana dove si trovò accanto alcuni reparti della Monterosa. Ma si scoprì fra tre fuochi: l'offensiva degli Alleati, le imboscate dei partigiani e le diserzioni. Queste ultime erano una cancrena, sempre più diffusa, soprattutto fra i pionieri. E minava anche il morale dei soldati che non volevano, o non osavano, fuggire.

«La condizione della Divisione Italia non migliorò neppure con l'arrivo del nuovo comandante, il generale Mario Carloni, che aveva guidato la Monterosa. Carloni s'insediò il 22 febbraio 1945. E nel suo primo rapporto a Graziani descrisse con schiettezza lo stato dell'unità.

«Spiegò che l'Italia era sopraffatta da una serie di problemi, pesanti. Le diserzioni sempre più numerose, e in una misura persino superiore a quelle che dissanguavano le altre unità di Graziani. La mancanza di veicoli e di carburante. L'obbligo di spostarsi con lunghe marce in montagna tra neve e fango. L'enorme difficoltà di conservare un minimo di regolarità nei rifornimenti di munizioni e di viveri.»

Livia osservò: «Adesso capisco perché il professore Barozzi, a proposito di Giovanni Prodi, disse che aveva vissuto drammatiche vicende sull'Appennino...».

«Certo, tutta la Divisione Italia stava in condizioni molto precarie. E lo stesso accadeva ai tedeschi. Sempre il generale Carloni scrisse in quel rapporto: "Gli stessi camerati germanici non sono più né di aiuto né di esempio. Anche i loro reparti sono dissanguati da defezioni sempre più numerose. E risultano pervasi da un senso di stanchezza e di sfiducia che, giorno dopo giorno, contagia tutti".»

«Mi domando se Giovanni abbia pensato di disertare» disse Livia.

«Questo non lo sappiamo. Ma disertare era molto rischioso. Se ti riprendevano, finivi al muro. C'erano già state decine e decine di fucilazioni nelle quattro divisioni di Graziani. Eppure non erano bastate a impedire le fughe dai reparti.

«I comandi tedeschi erano infuriati. Sin dall'ottobre 1944, il generale Lemelsen, comandante della 14ª Armata tedesca, aveva sostenuto che la polizia fascista non faceva nulla per catturare i disertori. A sentir lui, i poliziotti di Mussolini non muovevano un dito perché "contavano su un'avanzata degli angloamericani in Italia e volevano mettersi al sicuro per questa eventualità".

«Sempre in quella circolare inviata ai comandi delle quattro divisioni, Lemelsen aveva proposto di "agire in modo energico e senza scrupoli". Ossia di rivalersi sui famigliari dei disertori italiani: "Uno dei genitori deve essere tenuto in prigione fintanto che il fuggitivo non si è costituito".

«Era il principio della cosiddetta responsabilità parentale» spiegai a Livia. «Nel febbraio 1945, il ministero dell'Interno della Rsi lo codificò in una circolare inviata ai capi delle province. Si stabiliva l'arresto e poi l'invio in un lager di un parente maschio del disertore. In più venivano previste sanzioni rapportate alle diverse professioni. Per i contadini il sequestro del bestiame. Per i commercianti il ritiro della licenza e la chiusura del negozio. Per i professionisti la radiazione dall'albo. Per i salariati il licenziamento in tronco, senza nessuna indennità.»

«Ecco perché tanti ragazzi, a cominciare da Giovanni, rimasero nei reparti sino all'ultimo» osservò Livia.

«Già, e seguirono la sorte dei comandi. La Divisione Italia iniziò a ritirarsi dalla Garfagnana il 19 aprile, sotto i bombardamenti angloamericani. Dieci giorni dopo si trovava in Emilia, diretta verso Fornovo di Taro. Ormai era accerchiata. Tentò di uscire dal blocco con un ultimo attacco nei pressi di Modena. Secondo una fonte fascista, l'assalto riuscì. Ma l'Italia fu di nuovo fermata dai brasiliani che sbarravano la via Emilia.

«Era inutile continuare a combattere. Nel pomeriggio del 29 aprile, il generale Carloni si arrese al comando della 1ª Divisione brasiliana. Il 30 aprile gli ultimi reparti dei bersaglieri gettarono le armi nella zona di Collecchio, in provincia di Parma. In seguito gli americani avviarono i prigionieri verso il campo di Coltano. Tra loro c'era anche Giovanni Prodi che in luglio avrebbe compiuto vent'anni.»

Dissi a Livia: «Come ci ha insegnato Ciabattini, a Coltano c'era uno spaccato completo della gioventù italiana che aveva condiviso le sorti della Rsi. Si andava dai fascisti irriducibili che rimasero tali per anni e anni, sino ai ragazzi chiamati alle armi dall'esercito repubblicano. Erano stati dei soldati per obbligo e tali restavano a Coltano. Non credo di sbagliare, se le dico che molti di loro si sentivano estranei al fascismo. E precipitati dentro una sconfitta che non avevano cercato.

«Poi Giovanni Prodi venne liberato, credo nell'autunno 1945. Ritornò in famiglia, riprese gli studi, si laureò a Parma e diventò un matematico di grande valore. Infine scomparve a Pisa il 29 gennaio 2010, sei mesi prima di compiere 85 anni.

«C'è ancora una cosa da dire su di lui» spiegai a Livia. «Com'era accaduto a Ciabattini, anche a Giovanni la Repubblica italiana impose di fare il servizio militare. Vestì di nuovo la divisa e diventò un caporale addetto all'istruzione delle reclute. E sa dove prestò servizio? A Casale Monferrato, nella mia città.»

«Ecco una sorpresa» sorrise Livia. «Forse, da ragazzino, lei lo avrà visto passare davanti al negozio di sua madre Giovanna, in via Roma...»

Le sorrisi anch'io: «Chi lo sa. A volte il mondo è assai più piccolo di quanto pensiamo».

33
Quel mastino di Scelba

«Nel *Sangue dei vinti* avevamo dedicato parecchie pagine alla provincia di Modena» disse Livia. «In quell'area la resa dei conti contro i fascisti, e contro chi non accettava la supremazia del Pci, era stata molto dura. I nostri lettori ricordano di certo il Triangolo della morte, il territorio fra Castelfranco Emilia e le frazioni di Manzolino e di Piumazzo. Lì di morti ammazzati i comunisti ne avevano fatti davvero tanti. A mio parere dovremmo riparlarne ancora.»

«Abbiamo qualcosa di nuovo da raccontare?» domandai a Livia.

«Sì. Una lettrice di quel libro, una signora che conosco bene, mi ha mandato delle carte interessanti. Non ha voluto dirmi dove le abbia scovate, però mi sembrano buone, per usare una formula che adopera sempre lei, caro Giampa. Sono di due tipi. Si tratta di radiogrammi inviati nel 1949 dalla prefettura di Modena al ministero dell'Interno a Roma. Riguardano delitti politici avvenuti tra il 1945 e il 1946, conosciuti soltanto in minima parte, e un succedersi di arresti compiuti dopo una serie di indagini. Poi ci sono articoli di quotidiani che ricostruiscono una polemica oggi dimenticata.»

«Una polemica tra chi?» chiesi.

«Fra due big dell'epoca: il direttore dell'edizione milanese dell'"Unità" Davide Lajolo e il democristiano Mario Scelba, che nell'autunno 1949 era il ministro dell'Interno nel quinto governo De Gasperi. La questione in ballo era molto delicata: il numero degli ex partigiani comunisti arrestati in provincia di Modena e i metodi della polizia che li incarcerava. L'insieme delle carte che ho ricevuto ci offre uno spaccato del tormentato dopoguerra italiano. E anche dell'ennesimo scontro fra democristiani e comunisti, iniziato subito dopo la vittoria della Dc il 18 aprile 1948.»

«D'accordo, cominciamo dai radiogrammi» dissi a Livia.

«Bene, li descriverò uno per uno. Omettendo soltanto i nomi degli arrestati. Ho deciso così per una elementare norma di prudenza. Infatti non sappiamo quali sviluppi processuali abbiano avuto le inchieste della polizia e dei carabinieri. Scelba aveva ordinato ai prefetti e ai questori di andare a fondo nelle indagini. E le forze dell'ordine si diedero da fare, spesso usando la mano dura.

«Non pochi degli arrestati, tutti comunisti e molti ex partigiani, sul momento ammisero di aver compiuto quei delitti» proseguì Livia. «Ma quando arrivò il momento del processo, ritrattarono. Sostenendo di aver confessato sotto i pestaggi e le torture. Come vedremo, tutti ebbero la copertura politica del Pci di Togliatti. E anche il sostegno di robusti collegi difensivi, composti quasi sempre da avvocati legati al partito.

«I radiogrammi che ho sotto gli occhi sono nove. Ma bastano a confermare che in provincia di Modena il sangue dei vinti non è soltanto un buon titolo per un libro, bensì una realtà orrenda, una trama feroce costellata di cadaveri. Adesso le racconterò quel che ho letto nei documenti, procedendo in ordine cronologico. Sulla base della data in cui avvennero i delitti.»

Livia cominciò a raccontare: «La sera del 31 agosto 1945, quattro mesi dopo la fine della guerra civile, una squadra di sconosciuti arrivò a Carpi e prelevò in casa Giovanni Pelloni, 60 anni appena compiuti. Lo fecero salire a forza su una Topolino rossa senza targa e si allontanarono in direzione di Mantova.

«Il suo corpo venne ritrovato quasi un anno dopo, nell'aprile 1946. Era sepolto in un campo di Migliarina, una frazione di Carpi. Per ammazzare il Pelloni gli avevano sparato più di una rivoltellata. Poi, per essere sicuri che fosse morto, gli spaccarono la calotta cranica a colpi di vanga.

«Le indagini svolte nel settembre 1945 erano state un buco nell'acqua. Ma quando vennero riprese all'inizio del 1949, portarono all'arresto di tre persone e all'identificazione di una quarta, nel frattempo deceduta. Secondo la prefettura di Modena, erano tutti "pericolosi attivisti comunisti" e avevano confessato di aver compiuto il delitto».

«Ma chi era Pelloni?» domandai a Livia.

«Ho saputo qualcosa di lui da una persona di Carpi. Era nato il 25 agosto 1885, aveva combattuto nella prima guerra mondiale da soldato semplice e ne era tornato invalido a una gamba. Per poter essere assunto alle Poste come portalettere, si era dovuto iscrivere al Pnf. Ma non aveva mai fatto attività politica. Doveva provvedere a una famiglia sterminata: dieci figli, sei dei quali ancora vivi nel 1945.

«Insomma, un italiano come milioni di altri, che per anni aveva distribuito lettere, telegrammi e cartoline. Dopo l'8 settembre non aveva preso la tessera del Pfr. Ma per qualche motivo il Pelloni non doveva piacere ai comunisti di Carpi. Subito dopo il 25 aprile, era stato fermato dalla polizia partigiana per essere interrogato. Poi, non essendo emerso nulla a suo carico, l'avevano rilasciato. Quattro mesi dopo, qualcuno lo sequestrò e lo uccise.

«Sempre il 31 agosto 1945, nel comune di Novi di Modena, fu assassinato un appuntato dei carabinieri: Antonio Sgrablich, di 41 anni. La sua vicenda ha dell'incredibile. Secondo il radiogramma che ho letto, questo carabiniere era stato deportato in Germania dai tedeschi, forse nell'autunno 1943. Liberato dalla prigionia alla fine della guerra, era ritornato a Novi di Modena per cercare i propri famigliari. Ma i killer non gli diedero il tempo di rintracciarli. Lo presero quasi subito e lo fecero sparire.

«Anche in questo caso le indagini svolte nel 1945 non avevano portato a nulla. Non si era riusciti neppure a trovare il cadavere dell'appuntato. L'inchiesta venne riaperta fra il 1948 e l'inizio del 1949. Quando il clima politico era già mutato. I carabinieri e la polizia individuarono e arrestarono i quattro presunti colpevoli. Uno era il mandante del delitto. Il secondo aveva condotto l'appuntato Sgrablich sul luogo dell'esecuzione. Il terzo e il quarto l'avevano accoppato. Il quarto si era anche impadronito della sua valigia di cartone.

«C'è un dettaglio che rivela come si erano mossi i killer: al carabiniere non avevano dato neppure il tempo di disfare il suo povero bagaglio dopo il ritorno dal lager. Dentro la valigia c'erano del pane e della frutta che si era procurato per affrontare il viaggio. Tutti gli arrestati, tranne uno, confessarono di aver ucciso l'appuntato. E indicarono il posto dove avevano sepolto il cadavere, che così fu recuperato.»

Dissi a Livia: «Ammazzare un prigioniero appena ritornato a casa. E per di più rubargli un po' di pane e della frutta. Non avevo mai sentito una storia tanto ignobile!».

«Aspetti che ne ascolterà delle altre» mi avvertì lei. «Il 7 ottobre 1945 venne denunciata alla questura di Modena la scomparsa di un capitano dell'esercito: Gino Greco, 31 anni, di Mirandola. L'ufficiale era appena uscito di casa, in pieno giorno, quando venne fermato sulla strada da quattro uomini armati. Costoro lo costrinsero a salire su un'auto che si allontanò veloce, in una direzione sconosciuta.

«Il radiogramma spiega che il capitano Greco era stato un militare coraggioso. Aveva combattuto su diversi fronti, era rimasto ferito tre volte, si era guadagnato medaglie e promozioni. Dopo l'8 settembre 1943, aveva aderito alla Repubblica sociale, ma non era stato nei reparti impegnati contro i partigiani.

«Inviato ad Asolo, in provincia di Treviso, Greco aveva prestato servizio come ufficiale istruttore. Per di più, così dice la prefettura di Modena, era entrato in contatto con i partigiani. Quando la guerra finì, il Cln di Asolo gli rilasciò un certificato di benemerenza. E lui ritornò a Mirandola.»

«Ecco un altro militare della Rsi che si fece prendere in casa» osservai.

«Per la verità non fu rapito nel proprio alloggio, ma a Modena in quello di un sergente maggiore suo amico, anche lui di Mirandola. È chiaro che qualcuno aveva progettato di catturarlo e l'aveva pedinato. A sequestrarlo, il 6 ottobre 1945, non furono quattro uomini, ma sei e tutti armati. Greco venne spinto dentro un furgone e portato in località Villa Freto. Qui lo picchiarono e poi lo uccisero con il solito colpo di rivoltella alla nuca. Il cadavere finì sotto terra in un campo.»

«Anche in questo caso ci furono degli arresti?» domandai a Livia.

«Sì. Dopo indagini molto laboriose, dirette dal questore di Modena, Carmelo Marzano, la polizia arrestò i rapitori di Greco. Secondo il radiogramma inviato dal questore al ministero dell'Interno, erano tutti attivisti comunisti. E confessarono di essere stati loro a uccidere l'ufficiale. Il motivo che accamparono fu quello solito: odio politico per chi si era arruolato con la Repubblica sociale.

«Il 5 novembre 1945, a Modena, venne prelevato in strada nei pressi dell'abitazione Umberto Arletti, di 29 anni. Secondo una fonte, era stato un ufficiale della Gnr.

Ma il radiogramma non dice nulla in proposito. Le prime indagini non fecero nessuna luce sul sequestro. Si pensò l'Arletti se ne fosse andato da casa per dissidi famigliari. E la faccenda sembrò finire lì.

«Più di tre anni dopo, verso la fine del 1948 o l'inizio del 1949, l'inchiesta fu riaperta e condusse alla scoperta di un gruppo criminale e politico insieme. Un gruppo comunista, ovviamente. Vennero arrestati in quindici, alcuni per essere stati i mandanti e altri come esecutori dell'omicidio. Secondo la polizia, erano militanti fanatici e avevano deciso di accoppare l'Arletti durante una riunione della cellula.

«Il 17 giugno 1949» continuò Livia, «su indicazione degli arrestati furono recuperati i resti dell'Arletti. Il rapporto del prefetto di Modena, Giovanni Battista Laura, afferma che la vittima del delitto era stato fascista, ma "senza macchiarsi di colpe specifiche". Alla base del sequestro e dell'uccisione esistevano motivi politici, ma anche rancori personali, come spesso accadeva in quei casi.»

«Qualche volta, la procedura per uccidere un avversario era molto più sbrigativa. Il 9 dicembre 1945, a Mirandola, verso le sette e mezza di sera, uno sconosciuto armato di pistola irruppe nell'abitazione di Lino Fabbri. Senza perdersi in discussioni, il killer lo accoppò con tre colpi di rivoltella, sotto gli occhi della moglie e dei cinque figli. Poi se ne andò in tutta tranquillità, così com'era arrivato.

«Le indagini dei carabinieri e della polizia non diedero risultati. E il 10 gennaio 1946 il caso andò in archivio. Anche questo fascicolo fu riaperto all'inizio del 1949 e con più fortuna. Venne arrestato un attivista comunista di Mirandola, già finito in prigione a Modena, dopo una condanna per detenzione di armi. Il 12 settembre

1945 costui era evaso e sembrava scomparso dalla circolazione.

«In realtà il killer non si era allontanato troppo da Mirandola. Aveva un obiettivo: vendicarsi del Fabbri che, in qualità di guardia notturna, aveva fornito ai carabinieri notizie utili a concludere un'operazione. Ma perché il Fabbri era stato ucciso? Il radiogramma non lo dice. Si limita a escludere "qualsiasi motivo politico".»

Dissi a Livia: «Modena e dintorni non erano posti da abitare nel primo dopoguerra. Un pregiudicato poteva scappare di prigione, entrare in una casa e ammazzare un padre di famiglia...».

«È così» osservò Livia. «Ma ascolti quest'altra storia, sempre documentata da uno dei radiogrammi. Ne avevamo già accennato nel *Sangue dei vinti*, ma in nove righe appena e senza sapere come si fosse conclusa. In pieno Triangolo della morte, ossia a Piumazzo, una frazione di Castelfranco Emilia, il 19 maggio 1946 venne ammazzato il medico condotto, Umberto Montanari, di 59 anni. Era domenica mattina e il dottore stava andando a messa. Lungo la strada si trovò di fronte quattro uomini in bicicletta e fu ucciso a rivoltellate. Ricordiamo che era già passato più di un anno dalla fine della guerra.»

«Se la memoria non m'inganna, Montanari non era mai stato fascista» dissi a Livia. «Anzi aveva collaborato con le formazioni partigiane cattoliche. Però non amava i comunisti che lo accusavano di aver fatto il patriota soltanto per convenienza. Ci dissero anche, e noi lo scrivemmo, che la decisione di ucciderlo era maturata nella Casa del Popolo di Piumazzo.»

Livia aggiunse: «Il documento che oggi abbiamo rivela di più. Per prima cosa ricorda che l'inchiesta subito iniziata dai carabinieri e dalla polizia fece un buco nell'acqua. Poi, all'inizio del 1949, le indagini vennero riprese per iniziativa del questore di Modena, Marzano.

E questa volta portarono all'arresto degli assassini, anche grazie a uno di loro che confessò.

«A vuotare il sacco fu un operaio cinquantenne di Piumazzo: era l'uomo che aveva sparato al dottor Montanari, vedremo dopo il perché. Insieme a lui vennero arrestati per concorso nell'omicidio il segretario della sezione di Piumazzo del Pci e un attivista comunista. Finirono in carcere anche il segretario dell'Associazione partigiani del paese, l'Anpi, più un altro militante comunista. Il rapporto li definisce entrambi "istigatori del crimine".

«Nel radiogramma c'è un dettaglio che dà i brividi» disse Livia. «Quell'operaio cinquantenne era stato scelto come esecutore materiale del delitto perché odiava il dottor Montanari. Lo accusava di aver fatto ricoverare in manicomio la propria moglie. Le indagini chiarirono che la donna era davvero una malata di mente e il medico condotto non aveva potuto evitare di prendere quel provvedimento.

«Infatti, dopo il delitto, il Cln di Piumazzo non elevò nessuna accusa contro di lui. La decisione di uccidere il dottor Montanari venne presa per odio politico e per un altro motivo che oggi ci sembra di un'assurdità folle: la cricca di pistoleri voleva avere a Piumazzo un medico condotto iscritto al Partito comunista!»

Ricordai a Livia: «Il delitto Montanari fu l'ultimo crimine compiuto nell'area di Castelfranco: il crimine numero trentanove».

«Sì, ma in provincia di Modena si continuò a uccidere» precisò lei. «Il 10 luglio 1946, a Sassuolo, un proprietario terriero, Luigi Giuliani, di 51 anni, stava ritornando a casa in bicicletta. Era già buio e l'agricoltore si trovò di fronte degli sconosciuti che lo accopparono a rivoltellate. Ecco un delitto che presenta una serie di elementi interessanti per capire il clima di quel tempo, non soltanto in provincia di Modena: un clima infernale, anche se la fine della guerra civile si stava allontanando sempre di più.

«Per prima cosa, il rapporto della questura ci spiega che nell'estate del 1946 le indagini vennero ostacolate soprattutto dall'omertà della gente di Sassuolo. Nessuno parlava, ma non perché si volessero coprire i killer. Il motivo era un altro: molte persone vivevano ancora nel terrore destato dai tanti omicidi compiuti in provincia nel corso della guerra civile e dopo. Per questo motivo, la questura di Modena pensò che quel delitto fosse destinato a rimanere impunito.

«Ma nel 1949 l'aria era davvero cambiata» spiegò Livia. «E le indagini riprese in quell'anno si conclusero con successo alla fine di agosto. Vennero individuati e denunciati tre militanti comunisti. Il primo, un giovane di 25 anni, residente a San Michele dei Mucchietti, una frazione di Sassuolo, era già scappato in Slovenia per sfuggire all'arresto. Il secondo era un suo intimo amico e venne trovato in possesso di una lettera scritta dal fuggitivo. Gli spiegava di essere espatriato in Jugoslavia e di non voler ritornare in Italia per evitare il carcere.

«Il terzo, un comunista di 24 anni e amico degli altri due, in carcere ci stava già, nel penitenziario di Portolongone, all'isola dell'Elba. Era uno di quelli che avevano la rivoltella facile. Un mese e mezzo dopo l'uccisione dell'agricoltore Giuliani, aveva partecipato a un'incursione sanguinosa nella villa di un avvocato che, alla fine, era stato ucciso. Lei ricorda il fatto?»

«E come posso dimenticarlo?» replicai a Livia. «Accadde il sabato 24 agosto 1946 a San Michele dei Mucchietti, il paese del fuggitivo in Slovenia. In quella frazione c'era la villa di un avvocato di Reggio Emilia: Ferdinando Ferioli, di 34 anni. Suo padre, Aristide Ferioli, era stato l'ultimo sindaco liberale di Sassuolo, prima dell'avvento del fascismo. E un giorno del 1944 era stato prelevato nella sua casa di Reggio da miliziani fascisti che l'avevano condotto lungo il torrente Crostolo e qui l'avevano ucciso.

«Il figlio era destinato a essere assassinato da ex partigiani comunisti. Quel sabato l'avvocato Ferioli si trovava con la madre nella casa di campagna a San Michele. Nel pomeriggio, si presentarono alla porta quattro giovani del posto e chiesero dell'avvocato. Quando lui si presentò lo ammazzarono, sparandogli raffiche di mitra. Nel quartetto c'era il tizio che poi sarebbe stato denunciato per il delitto Giuliani. Stava a Portolongone con una condanna a 28 anni di carcere per l'omicidio di Ferioli.»

«Secondo il radiogramma della questura di Modena» precisò Livia, «quella era una banda comunista che faceva il bello e il cattivo tempo a Sassuolo. Sempre in nome della rivoluzione proletaria che prevedeva l'eliminazione dei borghesi e degli agrari. La rivoluzione rossa ancora non si vedeva. Ma a ogni buon conto valeva la pena di accoppare chi poteva mettersi di traverso.

«La sera del 30 agosto 1946, fu la volta di un facoltoso commerciante di Spilamberto, sempre in provincia di Modena, a poca distanza da Sassuolo. Era Roberto Ferrari e aveva 47 anni. Mentre si trovava nel cortile di casa, uno sconosciuto gli sparò molti colpi di rivoltella e lo uccise. Anche in quel caso, le indagini vennero ostacolate "da difficoltà ambientali e dalla diffusa omertà", così dice il rapporto. E si conclusero con un nulla di fatto.

«L'inchiesta venne riaperta nei primi mesi del 1949 e la questura di Modena individuò "con assoluta certezza" l'assassino del Ferrari. Era di Spilamberto, un giovanotto di 25 anni, latitante da tempo perché sospettato di aver commesso altri delitti in provincia.»

«Perché aveva ucciso il commerciante?» chiesi a Livia.

«Secondo il rapporto della questura, per rancore personale e per odio di classe. Ferrari non era mai stato fascista, ma veniva considerato ricco e per questo meritava di morire ammazzato. Il suo killer fu descritto così: "Un pericoloso estremista, fazioso organizzatore di crimini, spietato esecutore degli ordini impartiti dal Pci e molto temuto nella zona".

«I documenti che possiedo citano un ultimo delitto, compiuto a Novi di Modena l'8 ottobre 1946. Venne assassinato in strada un possidente agricolo, Cornelio Ferrari, di 78 anni, mentre ritornava a casa da una visita ai suoi poderi. Le prime indagini portarono all'arresto di due persone, sospettate di aver ucciso l'agricoltore. Era l'ottobre 1948. Ma esistevano dei dubbi sulla loro effettiva responsabilità. La magistratura chiese alla polizia di scarcerarli e poi di continuare le indagini.

«La questura di Modena le proseguì. E nel maggio 1949 individuò i veri killer. Erano due militanti comunisti, uno di 24 anni e l'altro di 30. Entrambi confessarono. Secondo il rapporto della questura, il trentenne aveva comandato la polizia partigiana di Novi. Ed era ritenuto responsabile, insieme ad altri, di un omicidio che abbiamo già ricordato: quello dell'appuntato dei carabinieri Sgrablich, ucciso il 31 agosto 1945, il giorno del suo ritorno da un lager tedesco.»

«Perché venne assassinato l'agricoltore Ferrari?» domandai a Livia.

«Il rapporto della questura lo spiega ricordando un altro delitto: l'uccisione di Luigi Callera, avvenuta il 10 maggio 1945. Sembra che per quel fatto di sangue il Ferrari, da sempre antifascista, avesse deposto contro il capo partigiano di Novi. E costui aveva deciso di chiudergli la bocca per sempre. Così afferma il radiogramma del prefetto di Modena inviato al ministero dell'Interno il 17 maggio 1949.»

«Una bella sfilza di morti ammazzati» dissi a Livia. «Molti di questi delitti non li avevamo censiti nel *Sangue dei vinti*. Che conclusioni possiamo dedurne?»

«Ci ho riflettuto e ne ho ricavate almeno tre. La prima è che, a più di un anno dalla fine della guerra, a Modena, ma anche nel resto dell'Emilia-Romagna e in genere nell'Italia del Nord, i comunisti continuavano a uccidere i nemici di classe. Possiamo parlare con certezza di omicidi politici rossi perché a commetterli erano soltanto ex partigiani legati al Pci e non ex partigiani bianchi, verdi o azzurri. E non per rapinare o imporre taglie, ma soltanto per togliere di mezzo persone ritenute ostili al partito di Togliatti.

«La seconda osservazione riguarda le indagini su quei delitti. Il clima del dopoguerra in Emilia era così rovente che ben poche delle inchieste andavano in porto. La polizia e i carabinieri si trovavano di fronte a un muro invalicabile: la mancanza di testimoni. Un'assenza dovuta alla paura della gente e al silenzio che ne derivava.

«L'unico potere imperante sino al 1948 era il Pci. Guai a mettersi contro questo colosso. Tanto gli inquirenti che i magistrati rischiavano di giocarsi la pelle. E così i fascicoli delle indagini venivano messi a dormire in archivio. In attesa che arrivassero tempi migliori.

«La terza considerazione» concluse Livia, «riguarda i responsabili dei delitti, tanto i mandanti che gli esecutori, quelli che per brevità chiamiamo i killer. Agivano nell'impunità assoluta. E si sentivano coperti dal Pci. Le eccezioni erano molto rare. Voglio ricordarne una.»

«Quella del sindaco comunista di Concordia sulla Secchia?» domandai.

«Sì. Concordia è un comune della provincia di Modena, sul confine con il Reggiano e il Mantovano. Nel 1946 anche lì erano stati ammazzati dei proprietari agricoli. E l'aria era diventata irrespirabile. Nel settembre di quell'anno, il sindaco Giuseppe Tanferri, comunista, affisse un manifesto che apriva uno spiraglio sulla verità. Diceva: "Perché questo stillicidio di morti? È un'onta immeritata sul nostro paese… Bisogna collaborare con le autorità perché i fatti deplorati non abbiano più a ripetersi. E perché, se qualche scoria affiora, sia sommersa e distrutta. Oppure si persuada ad abbandonare la cattiva strada seguita".»

«Il sindaco di Concordia era una mosca bianca, pur essendo rosso» osservai.

«Certo. Il Pci reagiva nel modo opposto» disse Livia. «Nell'ottobre 1946, quando fu ucciso Cornelio Ferrari, il proprietario terriero di Novi di Modena, l'Associazione agricoltori denunciò ancora una volta la campagna di odio e di violenza che aveva prodotto molti morti tra i possidenti della provincia. Ma la replica del Pci fu sprezzante.

«Venne stampata il 2 novembre sulla "Voce del partigiano". E diceva, a proposito del Ferrari: "Vittima dell'odio di classe? Noi al contrario crediamo che il povero signor Ferrari sia stato piuttosto la vittima dell'odio seminato da coloro che vogliono mantenere al potere i grandi agrari e i magnati della finanza che speculano sul lavoro e sulla miseria del popolo lavoratore…".»

«Poi i tempi cambiarono» dissi a Livia. «Arrivò la vittoria elettorale della Dc nelle elezioni del 18 aprile 1948. E la Balena bianca superò anche la bufera dell'attentato a Togliatti, il 14 luglio. E a quel punto entrò in scena il ministro dell'Interno, Scelba.

«Scelba, siciliano di Caltagirone, aveva 47 anni. In gioventù era stato il segretario particolare di don Luigi Sturzo, il fondatore del Partito popolare. Con l'avvento del fascismo, si era rifugiato nella professione di avvocato. Ed era ritornato alla politica soltanto nel 1943. Nel formare il suo terzo governo, De Gasperi lo aveva scelto come ministro dell'Interno. E aveva visto giusto» dissi a Livia. «Scelba era un mastino e non sopportava i comunisti.

«All'inizio del 1949, Scelba chiese a tutte le prefetture del Centronord di riaprire le inchieste sui delitti del dopoguerra. I prefetti e i questori obbedirono. Lo scopo era di dare un nome e un volto ai tanti responsabili di quei crimini. Fu una lotta senza quartiere. Produsse anche parecchi eccessi delle forze dell'ordine, ma raggiunse l'obiettivo previsto. Molti arresti, molte confessioni, ritrovamento dei resti di tante vittime sparite nel nulla.

«Ci furono anche ritrattazioni» osservai a Livia. «Non pochi ex partigiani comunisti sostennero di aver confessato soltanto per le pressioni violente della polizia e dei carabinieri. Però alla fine si riuscì a vedere più chiaro nel grande buio che aveva sempre avvolto la resa dei conti sui fascisti. E su tanti che non lo erano mai stati, ma non volevano inchinarsi al potere comunista. Mi racconti lei che cosa successe dopo.»

Livia rispose: «Il vertice del Pci sapeva benissimo che cosa era avvenuto in Emilia. Lo prova anche l'intervento di Togliatti a Reggio Emilia alla fine del settembre 1946. Quando incontrò i dirigenti comunisti delle province di Modena, di Bologna e di Reggio. E gli spiegò che la macelleria messicana, come l'avrebbe chiamata Giovanni Guareschi, doveva finire. In seguito furono ancora commessi dei delitti. Ma l'ondata di sangue in qualche modo si fermò.

«Tuttavia il Pci non poteva permettersi di abbandonare i suoi squadroni della morte. Il rischio era che qualcuno dei killer finisse per raccontare di aver sparato e ucciso per conto del partito. Per questo, quando le indagini massicce volute da Scelba cominciarono a dare molti frutti, il Pci fu costretto a intervenire in difesa dei tanti arrestati.

«Lo fece nell'autunno del 1949 attraverso il quotidiano del partito, "l'Unità", allora diretto da Pietro Ingrao. E con una campagna di stampa contro Scelba. Le forze di polizia e la magistratura furono accusate di condurre un processo alla Resistenza. A Modena arrivò nientemeno che Davide Lajolo, responsabile dell'edizione milanese del giornale, per iniziare un'inchiesta su quanto stava avvenendo in quella provincia.

«Il primo articolo di Lajolo apparve il 4 novembre 1949 sulla terza pagina» disse Livia. «Il titolo recitava *Inchiesta sulle persecuzioni contro la Resistenza. Il governo ha dichiarato guerra ai partigiani della provincia di Modena*. Lajolo scrisse che quelle sul Triangolo della morte erano tutte menzogne. Ma qualche giorno prima il quotidiano comunista aveva commesso un errore marchiano. Affermando che in quella provincia i partigiani in carcere erano mezzo migliaio, per l'esattezza 506.

«Scelba replicò con una mossa inaspettata. Spedì un telegramma a Lajolo e gli chiese di fornirgli l'elenco nominativo di quei cinquecento partigiani in galera. Lajolo fu costretto ad ammettere che il dato era inesatto. In realtà, la cifra si riferiva alle persone arrestate dalla primavera del 1945 alla fine dell'ottobre 1949. La maggior parte dei fermati era stata scarcerata o si trovava in attesa di processo.

«Ma il ministro dell'Interno era un tipo roccioso. Dopo l'attentato a Togliatti e i violenti contraccolpi dei comunisti, aveva proposto al governo De Gasperi di mettere fuori legge il Pci. Il Consiglio dei ministri ne aveva discusso nel settembre 1948. E Scelba si era scontrato con il ministro della Giustizia, il liberale Giuseppe Grassi, 65 anni, di Lecce, avvocato e docente universitario.

«La proposta di Scelba non passò. Fu allora che il ministro dell'Interno ordinò di riaprire i fascicoli sui delitti del dopoguerra. E chiese al Sifar, il nuovo Servizio informazioni delle forze armate, di preparare una relazione sull'apparato paramilitare del Pci non soltanto in Emilia, ma in tutta l'Italia del Nord.

«Nel febbraio del 1950, il Sifar consegnò a Scelba uno studio dettagliato che confermava l'esistenza di una struttura molto organizzata. E funzionale non solo a strategie insurrezionali, ma anche a intervenire nel caso di un conflitto europeo fra il blocco sovietico e quello occidentale. Ma questa è un'altra storia» osservò Livia. «E dobbiamo fermarci qui. Adesso ci rimane da decidere in che modo chiudere il nostro lavoro.»

34
Chi è bianco muore

«Come pensiamo di concludere questo libro?» mi domandò Livia.

«Lo faremo raccontando di un delitto compiuto quando il dopoguerra era finito da un pezzo. C'erano già state le elezioni del 18 aprile 1948. La Dc di De Gasperi aveva trionfato sulle sinistre riunite nel Fronte popolare. E il Pci di Togliatti si avviava verso il lungo purgatorio dell'opposizione.»

«Allora quella che racconteremo non è una vicenda della guerra civile» osservò Livia. «Non rischiamo di andare troppo oltre i confini temporali di quel conflitto? Lei deve già misurarsi con una truppa di cervelloni rossi che maledicono il suo revisionismo. La incolperanno di un altro reato: pensare che il 1948 fosse ancora un tempo di guerra politica. All'incirca identico agli anni di sangue che abbiamo rievocato.»

Sorrisi a Livia, alzando le spalle: «Non ho di questi timori. Anche perché il Quarantotto me lo ricordo bene. Ero un ragazzino sveglio e andavo per i 13 anni. Vivevo in una piccola città dove si sapeva tutto di tutti. In famiglia si discuteva di politica quasi ogni sera. Per di più, il negozio di mia madre Giovanna, collocato sulla via centrale, era un formidabile punto di osservazione. Lei ne sapeva più del commissario di pubblica sicurezza. Conosceva storie pubbliche e storie private. Ho imparato da lei a guardarmi intorno e a capire in quale Italia vivevo».

Livia mi scoccò un'occhiata ironica: «Lei è un furbo di tre cotte, caro autore. Ha imparato a trasformare l'età anziana in un vantaggio, invece di viverla come un disastro. Io sono più giovane e questo mi fa sentire più debole, non più forte. Se non la stimassi, e se non mi piacesse lavorare con un signore tanto cortese, l'avrei già mandata al diavolo!».

Le risposi da sfrontato: «Se fossi un presuntuoso, direi che Livia Bianchi mi sta facendo la corte in un modo subdolo. Ma non lo dico perché rischierei di rovinare la nostra bella amicizia. E per dimostrarle che a lei tengo molto, le spiegherò perché anche la storia che fra un istante rievocheremo può stare, a pieno titolo, in un lavoro sulla guerra civile.

«C'è una premessa che debbo fare» cominciai. «Quando una guerra interna finisce, la parte sconfitta scompare. Nel senso che viene eliminata in due modi. Dal punto di vista fisico, perché la uccidono. Dal punto di vista morale e politico, perché impediscono ai superstiti di parlare e persino di ricordare. Poi i vincitori si dividono. Tra loro riaffiorano i vecchi contrasti, i veleni, le malvagità che la vittoria aveva nascosto. E nell'aria intossicata maturano nuovi crimini.

«Da noi tutto questo è accaduto nei due anni successivi al 25 aprile 1945. Ma è stato il 1948 l'anno nel quale è esplosa la guerra tra i vincitori. Specialmente fra il Pci e la Dc. Una contesa aspra, gonfia di violenza, di aggressioni, di minacce che venivano tutte da una parte sola: quella dei comunisti.

«Aggiungo che era quasi fatale che accadesse. I militanti del Pci si sentivano derubati della vittoria nella guerra civile. Avevano sconfitto i fascisti, ma non erano riusciti a incassare il premio che spettava ai vincitori. La rivoluzione rossa non c'era stata. L'Italia era rimasta divisa in ricchi e poveri. L'assetto sociale restava sempre lo stesso. E l'odiata borghesia trionfava sul proletariato.»

«Non crede che sia un ritratto molto sommario dell'Italia nel Quarantotto?» mi domandò Livia.

«Certo che lo è. Ma è questo che pensava la base attiva del Pci. E il vertice del partito, ossia Togliatti, Longo e Secchia, per citare soltanto la triade che lo guidava, ogni giorno faceva di tutto per ribadirlo ai militanti. Da questo punto di vista, il Quarantotto fu un anno cruciale. La Dc aveva già sbarcato dal governo i comunisti. Ma adesso doveva tentare di batterli nelle prime elezioni politiche della Repubblica. E di sconfiggere con loro anche i socialisti di Pietro Nenni, uniti nel Fronte popolare. Quello nato all'ombra di una barba storica in camicia rossa: Giuseppe Garibaldi.

«De Gasperi non era per niente sicuro della vittoria. Tanto da aver già trattato con il governo francese l'accoglienza dei dirigenti democristiani e delle loro famiglie che, in caso di sconfitta, sarebbero stati costretti a riparare al di là delle Alpi. I frontisti, invece, erano convinti di vincere. E di battere i nuovi fascisti della Dc.

«Tenga presente» dissi a Livia, «quello che potrebbe sembrare soltanto un eccesso polemico. I comunisti non avevano dubbi: De Gasperi era il nuovo Mussolini. La sua Balena bianca non era altro che una versione nuova del male eterno rappresentato dal fascismo. Per di più rafforzato dal capitalismo agrario e industriale. Sostenuto da una potenza mondiale: gli Stati Uniti.

«Sappiamo entrambi come andò a finire. La Dc vinse le elezioni del 18 aprile. La frustrazione della base comunista divenne ancora più pesante e rabbiosa. Nel luglio di quell'anno ci fu l'attentato a Togliatti. I rossi lo ritennero la prova che i democristiani stavano per dar vita a un nuovo regime autoritario. Fu in quel clima, il 4 novembre 1948, che in Emilia venne ucciso un giovane democristiano: Giuseppe Fanin.»

«Non so quasi nulla di questo delitto» mi confessò Livia.

«La sua unica colpa è l'età» le dissi sorridendo. «Io ne avevo sentito parlare già allora. E tanti anni dopo mi ero ripromesso di inserire questa storia in uno dei miei libri revisionisti. Cercai di ottenere la testimonianza di qualcuno dei fratelli e delle sorelle di Fanin. Ma dopo le prime telefonate compresi che non gradivano incontrarmi. Non so perché. Forse non mi conoscevano o non volevano rievocare una tragedia che aveva segnato la loro vita. Quindi misi da parte quel progetto.

«Nel frattempo era uscito dal Mulino un libro importante, scritto da Giuseppe Trevisi e pubblicato nel 1998: *Il delitto Fanin. 4 novembre 1948*. In quel lavoro c'era tutto. Lo lessi e lo schedai. Infine, nel sessantesimo del delitto, Franco Visentini, un lettore di Nogara, in provincia di Verona, mi spedì un libro che non conoscevo. Era uscito nel 1987 a Bologna dall'editore Cappelli: *Per Giuseppe Fanin. 1924-1948* a cura di Alessandro Albertazzi. Saranno queste le fonti principali del mio racconto.»

«Prima mi descriva lo scenario di quel crimine» chiese Livia.

«Accadde tutto a San Giovanni in Persiceto, una piccola città della pianura a nordovest di Bologna. Nel 1948 contava all'incirca 22 mila abitanti. Era un centro agricolo dove i comunisti dominavano. Tirava un'aria dura. I braccianti, tutti poveri, si sentivano sempre in lotta contro i padroni, i preti e i democristiani.

«Fanin nacque lì, l'8 gennaio 1924. La sua era una famiglia di coltivatori diretti, arrivata da Sossano, nel Vicentino, che nel 1910 aveva acquistato un podere. Non erano degli agrari e faticavano anche loro sui campi. Ma erano bianchi e cattolici, non rossi. E dunque i comunisti li consideravano dei nemici.

«Detta così, sembra una faccenda da nulla» osservai. «Anche nell'Italia di oggi, se non sei d'accordo con qualche fazione politica, diventi subito un nemico da contrastare in tutti i modi, anche con quelli meno eleganti, mi lasci usare questa parola tranquilla. Ma nel dopoguerra, e nella pianura bolognese, essere in disaccordo con il partito di Togliatti non era un affare da nulla. Si rischiava molto. Quasi sempre di essere aggrediti e pestati. Ma talvolta si metteva in pericolo anche la pelle.»

«In fondo è molto meglio oggi, no?» domandò Livia, con un sorriso. «Se lei avesse scritto i suoi libri revisionisti in quell'epoca avrebbe di certo avuto problemi di sicurezza, diciamo così...»

«Lasciamo perdere» le replicai. «Per fortuna il comunismo è scomparso, almeno in Italia. Allora ci voleva molto coraggio a mettersi contro il potere rosso, soprattutto in un'area come San Giovanni in Persiceto. Giuseppe Fanin, terzo di dieci figli, era un ragazzo coraggioso e intelligente. Si laureò in Agraria a Bologna nel 1947. E continuò a lavorare sui campi. Era un bel giovane, molto attivo, uno di quelli che non si fermano mai. Ben saldo nelle proprie opinioni, ma anche un tipo entrante, con una grande capacità di tenere i rapporti con il prossimo.

«Il suo primo scontro duro con militanti del Pci, Fanin lo ebbe il giorno dopo l'attentato a Togliatti, il 15 luglio 1948. Mentre stava al lavoro con i fratelli, vide arrivare al podere una squadra di attivisti comunisti. Gli ordinarono di smettere e di rientrare in casa perché era stato proclamato uno sciopero generale di protesta per il ferimento del Migliore. I Fanin si rifiutarono di obbedire. Cominciò una lite furiosa, con insulti e minacce. Uno degli agit-prop rossi cercò di aggredire Giuseppe. Alla fine si calmarono. Ma nell'andarsene gli dissero che, prima o poi, si sarebbero incontrati di nuovo e a tu per tu.»

«L'attentato a Togliatti e la reazione del Pci stavano creando un caos terribile, se non sbaglio» osservò Livia.

«Certo, e non soltanto nell'ordine pubblico. Quello stesso 15 luglio, il numero uno della Cgil, Giuseppe Di

Vittorio, salì al Quirinale e presentò al capo dello Stato, Luigi Einaudi, una richiesta quasi rivoluzionaria: le dimissioni del governo De Gasperi, ritenuto il responsabile morale dell'agguato a Togliatti.

«La richiesta del Pci venne respinta da Einaudi» dissi a Livia. «Ma provocò la prima scissione nel sindacato. Sino ad allora i cattolici erano rimasti nella Cgil insieme ai comunisti e ai socialisti. Però la dichiarazione dello sciopero generale li decise a rompere.»

«Quanto ci misero i cattolici a uscire dalla Cgil?» domandò Livia.

«In quegli anni la politica si muoveva con ritmi assai più veloci di oggi. Adesso i cambiamenti all'interno della casta avvengono con una lentezza esasperante. Per due motivi: i big fanno troppi calcoli opportunistici e non sono mai sicuri di quello che pensano. Allora tutto si svolse nel giro di pochi giorni. Il 22 luglio il consiglio nazionale delle Acli, esteso agli undici membri democristiani del direttivo della Cgil, decise di dar vita a un sindacato nuovo, quello che poi diventerà la Cisl. Tre giorni dopo, il 25 luglio, il vertice della Dc approvò la decisione.»

«E a San Giovanni in Persiceto che cosa accadde?» chiese Livia.

«Anche lì nacque il sindacato bianco. Il merito fu soprattutto di Fanin. Aveva fondato le Acli della città. Dirigeva le Acli-terra in provincia di Bologna, per tenere uniti e organizzare i lavoratori agricoli di quel territorio. Aveva creato anche la Fuci locale, l'associazione tra gli universitari cattolici. E infine era pure iscritto alla Dc. Da quel momento i comunisti del posto cominciarono a considerarlo il nemico più pericoloso. E contro di lui iniziò un'odiosa campagna di calunnie e di minacce.»

«Come venne condotta?» domandò Livia.

«La Federterra provinciale di Bologna lo aveva già diffidato dal pensare alla scissione. Poi arrivarono gli attacchi diretti. Il 26 ottobre 1948, la Camera del lavoro di San Giovanni in Persiceto e la Lega dei braccianti, in occasione di uno sciopero nelle campagne, lo bollarono con un manifesto che diceva: "La mano ossuta degli agrari, appoggiata dagli organi di governo, stretta a quella dei servi sciocchi tipo Fanin, Bertuzzi e Ottani, tenta di stendersi di nuovo rapace nelle nostre campagne per dividere i lavoratori e instaurare un regime di sfruttamento e di oppressione poliziesca di tipo fascista".»

«Fanin non aveva paura per la propria vita?» domandò Livia. «Eppure avrebbe dovuto ricordarsi di quanto era accaduto nel Bolognese durante la guerra civile e subito dopo. Non soltanto per la mattanza a danno dei fascisti, ma per i proprietari agricoli uccisi dai partigiani rossi.»

«Non so come risponderle. Fanin non era di certo un avventato, ma un coraggioso sì. Altrimenti non avrebbe mai fatto quello che ha fatto. Il fratello Giorgio in seguito lo descrisse così: Giuseppe era un idealista, con un forte senso della solidarietà cristiana, aveva valori positivi che gli venivano dalla famiglia.»

«Insomma era la vittima perfetta per qualche killer rosso» affermò Livia, sempre capace di andare al sodo.

«Già. Era proprio così» convenni. «Ma pure chi sa di rischiare non mette mai in conto di essere ucciso. E del resto la guerra civile era finita da più di tre anni.»

«Il 4 novembre 1948 era un giovedì. Verso le nove e mezza di sera Fanin stava ritornando a casa in bicicletta, dopo aver incontrato la fidanzata, Lidia Risi. Nessuno lo accompagnava e lui non era armato, non aveva mai posseduto una rivoltella. Un buio fitto avvolgeva la campagna, forse c'era anche un po' di nebbia. Fanin pedalava tranquillo e non si accorse che qualcuno lo stava seguendo.

«Di colpo si trovò di fronte un tipo massiccio, aveva delle mani grosse come badili. Lo sconosciuto gli domandò: "Chi è lei?". Giuseppe gli rispose: "Sono Fanin. Perché vuol saperlo?". Ma non ebbe il tempo di sentire nient'altro. Il Maciste gli sferrò un primo colpo alla testa con una grossa sbarra di ferro. Il colpo lacerò a Fanin la fronte e gli ruppe la mano che aveva alzato in un gesto istintivo di difesa.

«In quel momento, dal buio sbucarono altri due uomini. Cominciarono a pestare Fanin con pugni e calci. Il Maciste continuò a infierire con la sbarra. Lo colpiva al cranio. Ne spezzò le ossa. Penetrò nel cervello, più volte. L'autopsia poi rivelò che le fratture alla testa erano cinque. Avevano voluto ucciderlo e non soltanto picchiarlo. Completato il lavoro, Maciste lanciò la sbarra al di là di una siepe. E scomparve insieme ai due complici.

«Fanin era ancora vivo e rantolava. Un passante lo scambiò per un ubriaco, caduto dalla bicicletta e finito a terra. Corse ad avvisare i carabinieri. Fanin venne portato in ospedale. Aveva il volto sfigurato e la testa sfondata. Morì poco prima delle due del 5 novembre. Sotto gli occhi della fidanzata, atterrita e disperata.

«La madre di Giuseppe, Stella Italia Borinato, fu avvertita la mattina. Corse in ospedale e quasi non lo riconobbe, tanto era martoriato. In seguito disse: "Accetto volentieri da Dio il sacrificio di mio figlio purché sulla terra scenda la pace". Disse ancora: "Meglio in Cielo che saperlo vivo fra gli assassini".»

«Immagino che le indagini siano iniziate subito» osservò Livia. «Quali risultati ebbero?»

«Nei primi giorni nessuno. Gli investigatori dei carabinieri fermarono una dozzina di persone, tutti militanti della Cgil e del Pci di San Giovanni in Persiceto. Ma si resero conto che tra loro non c'erano gli assassini di Fanin. Anche se, come vedremo, non era del tutto vero. Infatti uno dei fermati era il mandante dell'omicidio. Per protestare contro i fermi, venne proclamato nella zona lo sciopero generale. Nel frattempo, la stampa comunista cominciò a fare il mestiere che le riusciva meglio: disinformare, sviare, spacciare menzogne.

«Il 6 novembre, due giorni dopo il delitto, "l'Unità" scrisse che Fanin "apparteneva ai sindacati neri del Governo della discordia, che istiga all'odio e alla violenza". Poi protestò "per gli indiscriminati arresti di sindacalisti unitari". Il 9 novembre il quotidiano del Pci tentò di far passare la tesi che Fanin era stato minacciato da un ex fascista della Repubblica sociale che pretendeva un lavoro dalle Acli.

«I compagni di San Giovanni in Persiceto dovevano sapere bene qual era la verità. Ma il giornale del partito seguitò a stampare bugie e insulti nei confronti di Fanin. Il 16 novembre, Lajolo definì la vittima con queste parole: "Era un individuo provocatore, a tutti inviso, più volte minacciato dagli stessi fascisti". Che ne dice?» domandai a Livia.

«Dico che è un vero schifo!» replicò lei, disgustata.

«La nuvolaglia di bugie si dissolse di colpo il mercoledì 25 novembre 1948. Quel giorno un uomo si presentò alla stazione dei carabinieri di San Pietro in Casale, un comune vicino a San Giovanni in Persiceto, dove si erano installati gli investigatori. Disse: sono io che ho ucciso Fanin, ho fatto tutto da solo. I carabinieri gli replicarono: è impossibile che non ti abbia aiutato nessuno, devi farci i nomi dei tuoi complici. E lui non ci mise molto a farli.»

«Chi era quell'uomo?» chiese Livia.

«Non ci crederà. Era il segretario della sezione comunista di San Giovanni in Persiceto, un giovanotto di 23 anni, operaio canapino, membro della commissione interna del Consorzio della canapa. Stava nel gruppo dei fermati che poi i carabinieri avevano rimesso in libertà. Anche i suoi complici erano operai agricoli iscritti al Pci.

Il più anziano aveva 27 anni, gli altri due 24 e 20 anni. Quest'ultimo era il Maciste che per primo aveva iniziato a sfondare il cranio di Fanin.»

«Anche loro confessarono?» domandò lei.

«Non subito. Appena portati in caserma, negarono. Poi il mandante, il segretario del Pci, scoppiò a piangere, abbracciò Maciste e gli gridò: "Racconta tutto come ho fatto io! È inutile negare". E così anche il killer e i due manovali del delitto confessarono.»

«I carabinieri accertarono com'erano andate le cose. Il segretario aveva deciso di dare una lezione definitiva a Fanin che stava cercando di estendere l'influenza del sindacalismo cattolico tra i braccianti e gli operai agricoli della zona. La lezione definitiva significava ucciderlo. E stroncare con la paura il tentativo di far nascere un sindacato libero, non legato al Pci. Mentre glielo racconto, cara Livia, mi ritorna in mente un motto delle Brigate rosse, roba di trent'anni dopo...»

«Quale motto?»

«Colpirne uno per educarne cento. La morte di Fanin doveva servire da monito a tutti i sindacalisti bianchi come lui. Il segretario diede a Maciste l'incarico di ammazzarlo a sprangate. Il sicario era un giovane forzuto e dalla testa calda. Voleva essere sicuro di eseguire bene l'ordine ricevuto. E chiese a due compagni di affiancarlo nell'impresa.»

«Come andò a finire la storia?»

«Con le confessioni ai carabinieri, l'inchiesta poteva dirsi terminata. Il 16 dicembre 1948 l'istruttoria fu chiusa. I quattro vennero incriminati per omicidio premeditato. Al segretario e a Maciste fu addebitata anche l'aggravante di aver promosso e organizzato la consumazione del reato.»

Livia sembrava scettica. Mi domandò: «Mi pare impossibile che il segretario di una sezione di partito, per di più di un piccolo centro, possa decidere un assassinio di quel livello. Non è stato individuato nessun altro mandante oltre a lui?».

Osservai: «Lei si sta chiedendo se qualche importante dirigente del Pci o della Cgil bolognese abbia suggerito di ammazzare Fanin? Credo che l'inchiesta non si sia neppure posta questa domanda. Del resto, un mandante superiore esisteva. Era un mandante collettivo: il clima di odio che in quel tempo avvelenava l'Italia e in particolare l'Emilia-Romagna.

«Voglio essere chiaro e aggiungo: un odio che spirava tutto da una parte sola. Dal mondo comunista contro quello democristiano, cattolico e liberale» spiegai a Livia. «È una verità che potrà non piacere alle tante sinistre di oggi. Ma questo ci dice la storia italiana del dopoguerra.

«Nel libro di Trevisi c'è una testimonianza del fratello di Giuseppe, Giorgio Fanin. L'autore la raccolse nel 1997, quando Giorgio, che in quel momento aveva 76 anni, era il presidente provinciale della Federazione dei coltivatori diretti pensionati.

«Giorgio raccontò a Trevisi che quando vennero rimessi in libertà i primi fermati, compreso il mandante del delitto, un corteo di una ventina di donne comuniste del paese si radunò sotto le finestre dei Fanin. E senza vergognarsi, cominciò a gridare: "Voi accusate i lavoratori di aver ucciso vostro fratello, mentre invece siete stati voi!".

«Giorgio Fanin disse ancora a Trevisi: "Qualcuno in casa voleva prendere il fucile, ma lo fermai. Fu questo episodio che mi spinse a recarmi a Roma il giorno dopo per parlare con Mario Scelba, che allora era il ministro democristiano all'Interno. Lo pregai di andare sino in fondo nelle indagini e di non lasciarsi sfuggire i colpevoli che stavano di certo tra i comunisti. Scelba mi chiese se avevo dei sospetti. Gli risposi che se ne avessi avuti li avrei già riferiti alle forze di polizia".»

«Mi dica qualcosa del processo agli assassini di Fanin» domandò Livia.

«La Corte di Cassazione aveva deciso che si svolgesse all'Aquila, forse per sottrarlo al clima arroventato di Bologna. Il giudizio in Corte d'assise durò otto giorni. I quattro imputati vennero ritenuti colpevoli di omicidio premeditato aggravato, ma beneficiarono delle attenuanti generiche. Il mandante e Maciste si presero 23 anni di reclusione ciascuno, gli altri due 21 anni. La famiglia Fanin, parte civile, sa quanto chiese di avere come risarcimento? Soltanto una lira per ognuno dei killer.»

«Il delitto Fanin e la descrizione dell'ambiente politico che lo ha deciso mi incutono un terrore profondo» mormorò Livia.

La scrutai stupito: «Eppure nel *Sangue dei vinti* e in questo libro che concludiamo qui, lei ha raccontato o ha sentito narrare molte vicende di persone sequestrate, torturate, violentate, vilipese, ammazzate...».

«Certo, ma stavamo rievocando tragedie accadute in una guerra civile. Quando Fanin è stato ucciso in quel modo barbaro, in Italia non c'era nessuna guerra in corso, almeno in apparenza.»

«E allora?» la incalzai.

«Anche oggi, nel 2010, in Italia non c'è una guerra. Viviamo in pace, sia pure angustiati dai tanti problemi che abbiamo. Per questo provo terrore» concluse Livia. Il terrore di chi si aspetta sempre che scorra di nuovo il sangue.

Indice

Finito di stampare nel mese di settembre 2010
presso Grafica Veneta - Via Malcanton, 2 - Trebaseleghe (PD)

Printed in Italy